ro
ro
ro

Susanna ist erst sechs, als ihre Mutter Gwladys sie und ihre zwei Geschwister im Stich lässt, um im fernen England mit einem anderen Mann ein neues Leben zu beginnen. Nach dem schmerzvollen Verlust wachsen die Kinder behütet von Onkel und Tante am königlichen Hofe in Morgannwg auf. Fünf Jahre später ruft Gwladys Susanna nach England: Will sie sich mit der Tochter aussöhnen? Oder will sie Susanna vor einem normannischen Angriff auf Wales warnen?

Jane Watt wurde in Usk, Südwales, geboren. Heute lebt sie mit ihrem Mann John im neuseeländischen Auckland. Nach dem Bestseller «Die Herrin von Llyn» (rororo 23560) ist der vorliegende Band ihr zweiter Roman.

Jane Watt

Die Waliserin

Historischer Roman

Deutsch von Silvia Kinkel

Rowohlt Taschenbuch Verlag

Deutsche Erstausgabe
Veröffentlicht im Rowohlt Taschenbuch Verlag,
Reinbek bei Hamburg, Dezember 2006

Gedicht S. 187 «Y TANGNEFEDDWYR» («THE PEACEMAKERS»)
aus Waldo Williams, The Peacemakers, Gomer Press, Llandysul, Cerdigion, Wales.
Karte von Wales: Peter Palm
Umschlaggestaltung: any.way, Barbara Hanke
(Foto: Hintergrund: Fine Art Photographic Library/CORBIS
Frau: Waterhouse, Windflowers: Illusion Gallery)
Satz Adobe Garamond PostScript, InDesign bei
Pinkuin Satz und Datentechnik, Berlin
Druck und Bindung Clausen und Bosse, Leck
Printed in Germany
ISBN 13: 978 3 499 24188 8
ISBN 10: 3 499 24188 9

personenliste

Südostwales war in drei Herrschaftsgebiete unterteilt: Morgannwg, Gwynllwg und Senghennydd. Die von den Normannen besetzten Gebiete lagen im angrenzenden Tiefland.

MORGANNWG
Iestyn ap Gwrgant – Prinz von Morgannwg

Rhodri – hoher Lord und Iestyns persönlicher Ratgeber
Gwenllian – seine Gemahlin
Crystin – ihre Tochter
Maredudd }
Llywelyn } ihre Söhne

Idwal – Rhodris Neffe
Susanna }
Gorffenna } Rhodris Nichten

GWYNLLWG
Urien ap Caradog («Urien Wan») – Prinz von Gwynllwg
Morgan }
Iorwerth } seine Söhne

SENGHENNYDD
Cydifor – verstorbener hoher Lord von Senghennydd, Iestyns Schwager
Meurig – Cydifors Sohn, künftiger Herrscher von Senghennydd

NORMANNISCHES TERRITORIUM

Roger – normannischer Ritter

Gwladys – seine Gemahlin, Idwals, Susannas und Gorffennas Mutter

Geoffrey, Hawise, Eleanor – ihre Kinder

Anmerkungen zur Aussprache im Walisischen

C:	wie ein K (z. B. Caradog – Karadog)
DD:	wie weiches TH in engl. *the* (Maredudd – Maredith, Senghennydd – Senghennith, Gruffudd – Griffith)
F:	wie ein W (z. B. Ifor – Iwor)
Doppel-F:	wie ein F (z. B. Ffenna – Fenna)
IE:	gesprochen wie JE (Iestyn – Jestin)
LL:	wie HL oder CHL (Llywelyn – Hlewelin)
RH:	stark gerollt, RH wie HR (Rhodri – Hrodri)
U:	wie i (z. B. Gruffudd – Griffith)
W:	wie ein kurzer oder langer O/U-Vokal (z. B. Cadwgan – Caduhgan), als Konsonant bleibt das W als W bestehen (z. B. Gwilym – Gwilim); bei Gwladys: stumm wie beim englischen *Gladys*
Y:	langes oder kurzes I (z. B. Bryn y Ffin – Brin i Finn)

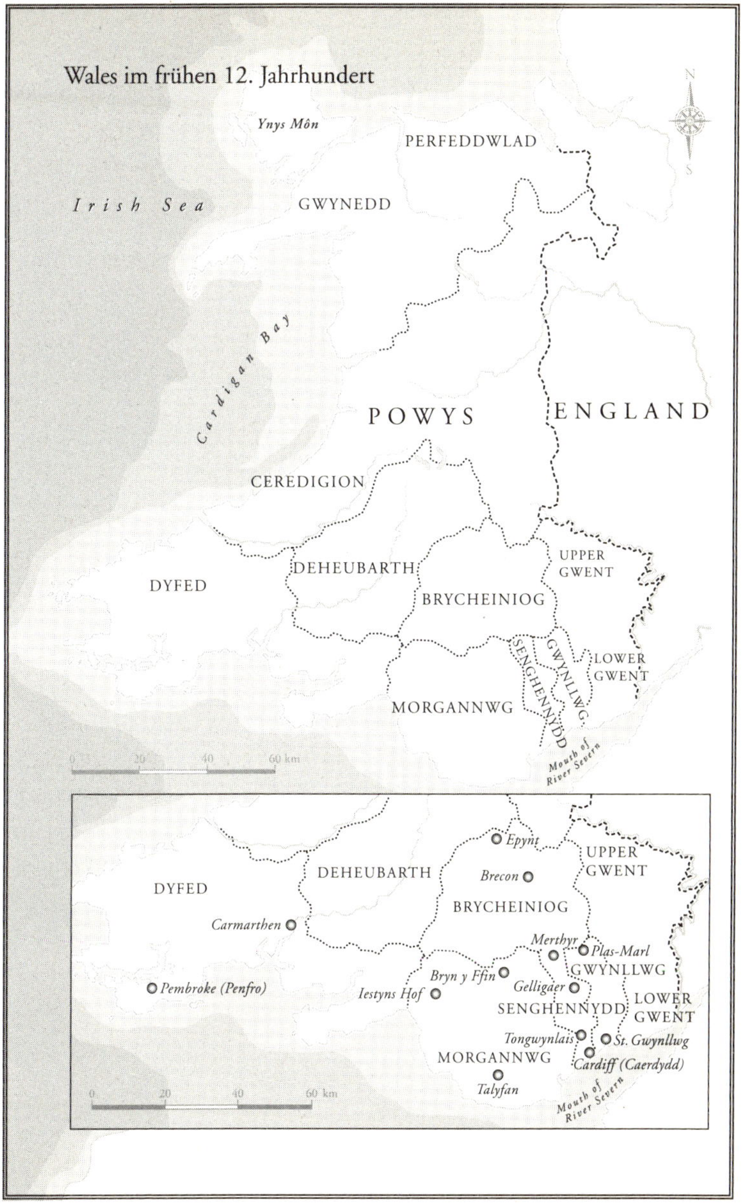

Wales im frühen 12. Jahrhundert

PROLOG

September 1100. Am Hofe Lord Iestyns, Morgannwg

Gwladys betrachtete die aus dem Burghof unter ihr aufsteigenden Staubwolken, während die letzten von Lord Iestyns Gästen hereingeritten kamen und den Weg zur Halle einschlugen. Seufzend wandte sie sich vom Fenster ab. Nun war es an der Zeit, Abschied zu nehmen. Aber als Gwladys' Blick auf ihre drei Kinder fiel, die drüben in ihrem Zimmer glücklich und zufrieden spielten, musste sie schlucken. Susanna und Idwal hockten wie immer zusammen. Idwals braunes Haar verschwand förmlich hinter Susannas schwarzer Mähne. Mit ihren sechs Jahren hatte sie bereits so langes und volles Haar, dass sie sich und ihren Bruder problemlos darin einhüllen konnte. Die beiden kicherten verschwörerisch, und Susanna neigte den Kopf zur Seite und sah ihren Bruder auf eine Weise an, mit der sie unbewusst eine Eigenart ihrer Mutter nachahmte. Das Kerzenlicht spiegelte sich in ihren Augen und brachte die goldenen Sprenkel zum Leuchten. Als ihr Bruder sie verschmitzt angrinste und damit bestätigte, dass ihre Zweifel an seiner Lügengeschichte durchaus begründet waren, verzog sie den Mund zu einem Lächeln. Idwal ähnelte Gwladys von den dreien am meisten. Er hatte die gleiche Stupsnase, die gleichen haselnussbraunen Augen, die heller waren als Susannas und ohne die bezaubernden goldenen Sprenkel. Gwladys' Blick wanderte zu ihrer Jüngsten, Gorffenna, die geschäftig mit der Puppe plapperte, die Rhodri für sie gefertigt hatte. Das weizenblonde Haar umspielte ihren Kopf, und als die Kleine herübersah und mit ihren blauen Kinderaugen die Mutter erblickte, breitete sich auf ihrem Gesicht ein strahlendes Lächeln aus. Gwladys' Augen füllten sich mit Tränen – und genau das hatte sie doch vermeiden wollen. Sich in Gedanken scheltend, zog sie ihren Gürtel fest. Sie raffte den Rock ihres Gewandes aus festem Wollstoff, schob ihn so unter den Gürtel, dass er nur noch bis zur Mitte ihrer Unterschenkel reichte, und vergewisserte sich, dass das Unterkleid ihre Knöchel bedeckte. Bevor sie das Zimmer der Kinder betrat, legte sie ihren Umhang an und befestigte ihn mit einer edelsteinbesetzten Fibel. Die Kleinen sollten nicht sehen, dass sie darunter reisefertig gekleidet war.

«Ihr bleibt hier und seid brav», ermahnte sie die drei.

«Warum dürfen wir nicht mit in den Saal?», fragte Idwal traurig. Er hatte sich von dem Platz neben seiner Schwester erhoben und stand nun mit schmerzerfülltem Blick vor seiner Mutter.

«Hör auf zu jammern, Idwal», wies Gwladys ihn schärfer zurecht, als es ihre Absicht gewesen war. «Die herrschenden Lords von Gwynllwg und Senghennydd sind wegen einer wichtigen Besprechung mit Lord Iestyn und deinem Onkel Rhodri nach Morgannwg gekommen. Dabei können sie keine kleinen Kinder gebrauchen, die ihnen zwischen den Beinen herumlaufen.»

«Aber ich werde morgen neun! Und schließlich geht es auch um mein Land», beharrte Idwal und verzog schmollend das Gesicht.

«Und morgen, an deinem Geburtstag, wirst du der Ehrengast sein», beschwichtigte Gwladys ihn mit sanfter Stimme. «Aber nicht heute. Außerdem möchte ich, dass du auf deine Schwestern aufpasst, insbesondere auf Susanna. Du weißt doch, wie eigensinnig sie sein kann.» Die Proteste ihrer ältesten Tochter ignorierend, sah Gwladys ihren Sohn streng an. «Ich verlasse mich auf dich und will keinen von euch dreien dort herumschleichen sehen. Ist das klar?»

Als Idwal widerstrebend nickte, kniete sie sich hin und breitete die Arme aus. «Kommt her, ihr beiden.» Während sie Idwal und Susanna fest an sich drückte und küsste, musste sie blinzeln, um die aufsteigenden Tränen zurückzuhalten. Dann hob sie ihre Jüngste hoch, streichelte ihr über das seidige Haar und presste sie fest an sich, bis die Zweijährige sich wand und zappelte, um wieder freizukommen.

«Ich muss gehen, euer Onkel und eure Tante fragen sich bestimmt schon, wo ich bleibe.» Gwladys wischte rasch eine Träne weg und atmete tief durch. «Ich möchte, dass ihr gut aufeinander aufpasst und immer daran denkt, wie lieb ich euch habe.»

«Wir haben dich auch lieb, Mama», rief Susanna, während sie auf einem Bein herumhüpfte, «aber warum weinst du?»

«Ich weine ja gar nicht, mein Kind, ich habe Staub in die Augen bekommen. Wir müssen die Dienstmägde unbedingt dazu anhalten, dieses Zimmer gründlicher zu säubern», gab sich Gwladys betont heiter. «Jetzt muss ich aber los.» Sie erhob sich und eilte davon. Ihr leichter Schritt war bald nicht mehr zu hören, aber ihr Duft hing noch eine ganze Weile im Raum.

Das Zimmer der Kinder lag am Ende des Saals, hinter dem Podium und unweit der Küche. Gwladys wollte nicht unnötig Aufmerksamkeit erregen. Deshalb machte sie einen Umweg durch die Küche und über den Burghof und konnte so den Saal durch den Haupteingang – weit weg von den Versammelten – betreten. Die Besprechung hatte bereits begonnen. Gwladys nahm ihren Platz bei den anderen Damen des Hofes ein. Als sie den forschenden Blick ihrer Schwägerin Gwenllian erwiderte, verrieten Gwladys' haselnussbraune Augen nicht das Geringste. Aber so nervös, wie sie an ihren Haaren herumzupfte, war nicht zu übersehen, wie unbehaglich sie sich fühlte. Gwladys hatte sich nie von Gwenllians äußerem Erscheinungsbild täuschen lassen. Ihre Zartheit wurde oft mit Zerbrechlichkeit verwechselt, aber Gwladys wusste, dass ihre Schwägerin hart wie Stahl war. Wie die geschärfte Klinge eines Rasiermessers drang Gwenllian durch alles hindurch, bis auf den wahren Kern der Dinge. Sie konnte einem die beste Freundin sein, aber wer ihr oder ihren Angehörigen Leid zufügte, der machte sie sich für alle Zeit zur erbitterten Feindin. Gwladys konnte Gwenllians Blick nicht länger standhalten und sah weg. Sie tat so, als würde sie durch die heftige Auseinandersetzung abgelenkt, die gerade zwischen den anwesenden herrschenden Lords der umliegenden Gebiete stattfand.

«Es war nicht meine Idee, die Normannen in Cardiff eine Siedlung gründen zu lassen. Ich habe auf dich gehört, Iestyn, und sie in Ruhe gelassen. Fitzhamon war hier in deinem Haus zu Gast, und du musst uns für Dummköpfe halten, wenn du glaubst, uns jetzt die Schuld dafür geben zu können, dass sie immer noch da sind», donnerte Urien ap Caradog, Prinz von Gwynllwg. Er sprang auf und strich wie ein Raubtier um die Versammelten herum.

«Offenbar hat dein Erinnerungsvermögen etwas gelitten, Urien. Es war dein Vater, der sie eingeladen hat. Er brachte sie auf die Idee mit der Siedlung – als Gegenleistung für ihre Unterstützung auf dem Schlachtfeld», konterte Iestyn mit aller Schärfe.

«My Lords, Ihr ereifert Euch über Ereignisse, die fast 30 Jahre zurückliegen», warf Lord Cydifor beschwichtigend ein. «Zwei englische Könige haben seitdem den Tod gefunden, und wir sind doch hier zusammengekommen, um zu besprechen, welche Konsequenzen der Tod Williams II. für uns hat.»

«Mein Schwager hat Recht.» Iestyn warf Urien einen triumphierenden Blick zu, während die anderen Lords zustimmend murmelten. «Bitte, Rhodri, du hast das Wort», wandte er sich mit lauter Stimme an seinen wichtigsten Berater.

Als Rhodri mit seiner tiefen, kraftvollen Stimme das Wort ergriff, richteten sich sofort alle Blicke auf seine eindrucksvolle Gestalt. «Die Ermordung von William Rufus im letzten Monat wird für uns erhebliche Folgen haben. Ich denke dabei nicht nur an unsere Herrschaftsgebiete, sondern an sämtliche walisischen Ländereien. Aber die Sorge derer, die sich heute hier versammelt haben, gilt Morgannwg und Gwynllwg.» Rhodri machte eine kurze Pause und sah zuerst Cydifor, dann Iestyn an. «Und Senghennydd», fügte er hinzu und ignorierte den wütenden Blick Iestyns ebenso wie das freudige Aufleuchten in Cydifors Gesicht.

«Es ist schwer zu sagen, ob Rufus' Tod vorsätzlich herbeigeführt wurde. Jedenfalls hat sein Bruder Henry keine Zeit verloren und ist auf schnellstem Wege durch ganz England geritten, um sich krönen zu lassen. Unter den Normannen war es schon vorher zu erheblichen Spannungen gekommen, weil viele von ihnen meinten, Rufus führe einen korrupten Lebensstil. Ihnen missfielen die Vergünstigungen, die er seinen Lieblingshöflingen zuteil werden ließ. Und wie wir alle wissen, stand Lord Fitzhamon ihm besonders nah. Es waren nicht nur unsere Niederungen, in die Rufus eingedrungen ist.» Rhodri grinste, während sich leises Gelächter im Saal ausbreitete. Die Gerüchte, dass Lord Fitzhamon der Geliebte von König William Rufus gewesen sei, waren nie vom englischen Hof dementiert worden. «Rufus' Feinde glauben, dass mit der Thronbesteigung Henrys eine neue Ära der Normannenherrschaft anbrechen wird. Ich habe keinerlei Grund, das zu bezweifeln. Er hat bereits bewiesen, dass er seine Ziele rücksichtslos verfolgt, und jetzt fügt er seinen Eroberungen die Krone Englands hinzu. Er scheint allerdings keinen Groll gegen Lord Fitzhamon zu hegen, obwohl Rufus diesem die Gloucester-Ländereien übertrug, auf die eigentlich Henry ein Anrecht hatte. Fitzhamon wird nicht nur diese Ländereien behalten, sondern auch die an der Küste gelegenen Gebiete, die er uns vor sieben Jahren abgenommen hat. Als Gegenleistung wird er Henry ebenso treu zur Seite stehen wie zuvor Rufus, wenn auch nur in militärischer Hinsicht – nehme ich jedenfalls an.» Eine weitere Welle des Gelächters durchlief den Saal. Rhodri hatte sichtlich Vergnügen an seinem Auftritt.

Gwladys betrachtete den Bruder ihres verstorbenen Mannes. Mühelos zog er die volle Aufmerksamkeit aller Männer auf sich. Aber Rhodri hob sich eben von der Masse ab, und das nicht nur, weil er größer war als die meisten Männer. Mit seinem bohrenden Blick aus dunklen Augen unter buschigen Brauen fixierte er der Reihe nach alle Zuhörer. Sein Körper war wesentlich durchtrainierter und fester, als es seinem Alter entsprach. *Und wenn er geht, hat der Anblick dieser muskulösen Schenkel schon so manches Frauenherz höher schlagen lassen,* dachte Gwladys leicht spöttisch. Sein wollener Waffenrock war von einem schlichten, gedeckten Grün, aber so fein gewebt und wunderbar gearbeitet, dass er keinen Zweifel am Stand dieses Mannes aufkommen ließ. Rhodri war sich seiner Macht bewusst und hatte sie über Jahre hinweg ausgebaut. Man brachte ihm enormen Respekt entgegen, und sein Wort wurde widerspruchslos akzeptiert. Iestyn mochte zwar die Krone von Morgannwg tragen, aber er regierte lediglich, weil ihn einige mächtige Familien unterstützten. Und die größte Macht verkörperte Rhodri. Gwladys entging nicht, dass Iestyn Rhodri unablässig beobachtete – die Augen zusammengekniffen, das einstmals hübsche Gesicht gezeichnet von tiefen Furchen, die sich über viele Jahre hineingegraben hatten. Von Misstrauen gegenüber jedermann geplagt, hatte Iestyn immer wieder darum kämpfen müssen, seine Vormachtstellung zu behaupten. Die Herrscher von Powys und Deheubarth und jetzt die Normannen – sie alle begehrten das einträgliche, zentral gelegene Morgannwg. Iestyn mochte vielleicht nicht über Rhodris Redegewandtheit verfügen, aber er war ein Kämpfer, und zwar einer, den man ernst nehmen musste. Bevor die Normannen auftauchten, hatte er sich als der tonangebende Herrscher dieses östlichen Teiles von Wales hervorgetan, und er würde seine Macht nicht so einfach an benachbarte Lords abtreten, ob walisische oder normannische. Gwladys schaute weg, als Iestyns durchdringender Blick sie kurz streifte, bevor er ihn erst auf Prinz Urien von Gwynllwg und schließlich auf Cydifor, den Mann seiner Schwester, richtete. Urien stellte für ihn keine Bedrohung dar – Iestyn nahm ihn nicht einmal ernst. Der Prinz von Gwynllwg konnte sich noch so aufplustern und Forderungen stellen, er besaß keine echte Autorität. Seine Macht war mit dem Tod seines Vaters erloschen, und was Urien davon als Erbe hätte antreten können, löste sich an dem Tag in Luft auf, als er die Anwesenheit der Normannen offiziell akzeptierte. Das wusste Urien genauso wie jeder andere in diesem Raum. Sein farbenprächtig bestickter Waffenrock stand in hartem Kontrast zu seinem wenig eindrucksvollen Gesicht, und über seine nur zu offensichtlichen Versuche, Cydifor auf seine Seite zu ziehen, musste Gwladys zynisch lächeln. Zumal Cydifors Miene völlig ausdruckslos blieb und er den Blick von Urien abwandte. Damit distanzierte er sich von ihm genauso deutlich, als wäre er auf die andere Seite des Saals gegangen. *Ihn wird man im Auge behalten müssen,* schoss es Gwladys durch den Kopf, *Iestyn wird es noch sehr bedauern, seine Schwester mit ihm verheiratet zu haben.* Iestyn hatte auf diese Weise einen aufsässigen Lord im Zaum halten wollen; stattdessen hatte er Cydifor damit genau die Familienbeziehungen verschafft, die dieser brauchte, um sein Ziel zu erreichen.

Rhodri sprach immer noch. Gwladys verschloss sich seiner donnernden Stimme und ließ ihre Gedanken zurückschweifen. Sie dachte an die letzten zehn Jahre und daran, wie sich alles gegen sie verschworen hatte, bis hin zu dem Dilemma, in dem sie jetzt steckte. Es war das Jahr 1093 des Herrn gewesen, als die Normannen in das walisische Herrschaftsgebiet einmarschierten. Man hatte sie gerade erfolgreich in Brycheiniog, dem nördlich an Morgannwg und Gwynllwg angrenzenden Gebiet, stoppen können, als Rhys ap Tewdwr, Prinz von Deheubarth, getötet wurde. Es geschah während der Osterwoche, und die Waliser waren bis ins Mark erschüttert gewesen. Gott schien sich von ihnen abgewandt zu haben. Zum selben Zeitpunkt fielen die normannischen Streitkräfte unter der Führung Lord Fitzhamons in Gwynllwg und Morgannwg ein. Die Waliser hatten erbitterten Widerstand geleistet, aber mit Hilfe eines kleinen vorgelagerten Stützpunktes in Cardiff, der noch aus der Zeit Williams I. stammte, konnten die Normannen in den flachen Küstengebieten Fuß fassen. Mittlerweile standen diese völlig unter ihrer Kontrolle. Allerdings war es den Walisern unter Iestyns Regentschaft gelungen, Fitzhamons Vorstoß am Fluss Ogmore zu stoppen. Fitzhamon hatte sich mit Iestyn geeinigt, und auf diese Weise hatte man ein Vordringen der Normannen über die Tiefebene hinaus in höher gelegene Landstriche verhindern können. Gwladys warf einen Blick auf Gwenllian. Sie und Rhodri hatten im walisischen Widerstand ihren zweitgeborenen Sohn verloren. *Wie mochte sie sich angesichts eines drohenden neuerlichen Angriffs durch die Normannen fühlen? Und wie geht es mir dabei?* Gwladys seufzte leise. Nach dem Tod ihres Ehemanns Ifor vor zwei Jahren war ihr keine andere Wahl geblieben, als sich dem Schutz Rhodris zu unterstellen. Sie hatte zwei kleine Kinder und trug ein drittes unter dem Herzen. Was also hätte sie tun sollen? Da Rhodri ihr nächster männlicher Verwandter war, fiel die Vormundschaft über die Kinder automatisch an ihn. Gwladys wusste, dass Rhodri alles in seiner Macht Stehende tun würde, um die Interessen seines jüngeren Bruders zu wahren. Was das anging, konnte sie ihm nichts vorwerfen. Er würde dafür Sorge tragen, dass Plas-Marl für Idwal erhalten blieb, damit dieser sein Erbe antreten konnte, sobald er erwachsen war. Davon war Gwladys überzeugt, denn Rhodri und Ifor waren loyale Brüder gewesen. Zwischen ihnen war es nach dem Tod des Vaters nicht – wie sonst oft bei Walisern – zu blutigen Erbstreitigkeiten gekommen. *Idwals Zukunft ist gesichert, und auch für meine Töchter wird gesorgt sein,* sagte sich Gwladys wieder und wieder, bevor laute Stimmen sie aus ihren Gedanken rissen. Urien von Gwynllwg war erneut aufgesprungen, zweifellos hatte Iestyn ihn erneut als Urien Wan – den Blassen und Schwachen – bezeichnet. *Urien der Schwache,* dachte sie verbittert. *Genau diese Schwäche hatte Ifor getötet.* Aber das war Vergangenheit, und sie musste jetzt an ihre Zukunft denken – die sie hier nicht mehr sah. Diese Männer mochten vielleicht nicht bereit sein, das Unabwendbare zu akzeptieren – sie schon. Mehr noch, sie hieß es sogar willkommen. Das Vordringen der Normannen brachte Gwladys in Kontakt mit einer völlig anderen Welt, und mehr als alles andere wünschte sie sich, Teil von dieser zu sein. Sie sehnte sich danach, den Zwängen des walisischen Hofes und der Ablehnung durch die Familie ihres Mannes zu entfliehen. Rogers

Leben war so viel strahlender und aufregender als ihres, und es scherte sie einen Dreck, was Iestyn, Rhodri oder sonst jemand sagte – die Normannen würden hier bleiben. Sie verfügten über mehr Mittel, Ehrgeiz und Machthunger als die Waliser. Und sie wollte zur Welt der Sieger gehören, deshalb würde sie mit Roger weggehen.

Ein letztes Mal ließ sie den Blick durch den Saal schweifen und dachte daran, wie sehr er sich im Laufe der Jahre gewandelt hatte. Sie konnte sich noch lebhaft daran erinnern, wie es war, als sie diesen Raum zum ersten Mal sah. Sie war gerade einmal zehn Jahre alt gewesen und furchtbar aufgeregt. Ihr Vater hatte damals entschieden, dass sie nun alt genug sei, um am königlichen Hof zu leben. Iestyn befand sich auf dem Höhepunkt seiner Macht und war der unangefochtene Herrscher von Morgannwg. Die Normannen stellten zu diesem Zeitpunkt noch keine Bedrohung dar, und durch die Vermählung seiner Tochter mit Rhys ap Tewdwr, dem Prinzen des Südwestens – dem Einzigen, der mächtig genug war, um ihm gefährlich zu werden –, hatte Iestyn einen vorläufigen Frieden mit den benachbarten Walisern erkauft. Iestyns Tochter war ein sehr hübsches Mädchen gewesen, und Rhys ap Tewdwr hatte sich ihrem Wunsch gefügt, keinen Krieg gegen ihren Vater zu führen. In jenen Tagen hatte diese Halle, die von außen schlicht und streng wirkte, in ihrem Innern förmlich gestrahlt. Schwere Wandteppiche mit Darstellungen von Jagdszenen schmückten die Wände, und die hohen Holzpfeiler, die das Dach stützten, waren so reich bemalt gewesen, dass es der jungen Gwladys vorkam, als hätte man ihre geliebten umliegenden Wälder in diesen Saal gebracht. Damals lebte noch Iestyns erste Frau, Constance, und gemeinsam hatten sie rauschende Feste ausgerichtet. Ein strahlendes Paar, das sich seines Platzes in dieser Welt sicher war und eine Dynastie gründete, von der es annahm, sie würde noch viele Generationen lang herrschen. Aber mit dem Einmarsch der Normannen wurde Iestyns Autorität plötzlich auch innerhalb der eigenen Reihen angezweifelt. Andere hochgeborene Lords waren bereit und in der Lage, ihren Vorteil aus der Situation zu ziehen und eigene Machtansprüche geltend zu machen. Cydifor von Senghennydd tat sich dabei besonders hervor. Iestyns Macht war nicht länger uneingeschränkt, und mehr als einmal verwitwet – wobei jede neue Ehefrau jünger war als ihre Vorgängerin –, fehlte ihm Constance, die ihm eine Stütze gewesen war und den hohen Standard eines gut geführten Haushalts erhalten hatte. Die Weitläufigkeit dieses einst so prachtvollen Ortes trug jetzt nur noch dazu bei, seine Vernachlässigung aufzuzeigen. Iestyn war durch und durch ein Kämpfer, der seine gesamte Zeit und all seinen Besitz in einen Krieg investierte, der nicht enden zu wollen schien. Er war sich der verblichenen, ausgefransten Wandbehänge, der von den Holzpfeilern abblätternden Farbe und der vergammelten Binsen auf dem Boden gar nicht bewusst. Die Feuerstelle in der Mitte des Raumes war kaputt und versorgte den Saal nicht mehr mit Wärme, und das in besseren Zeiten lodernde Kaminfeuer war nur noch eine blasse Erinnerung. Nein, Gwladys würde diesen Ort nicht vermissen. Sie dachte an Rhodris weitläufigen Besitz in Bryn y Ffin mit seiner gepflegten, wohnlichen Halle. Der Unterschied zwischen seinem und Iestyns Anwesen war schon seit Jahren Gesprächsstoff an den Feuerstellen des Hochadels. Iestyn war der anerkannte Prinz dieses Fürstentums, aber nicht nur Gwladys fürchtete Rhodris Zorn wesentlich mehr als den seinen. Sie wusste, wenn sie diesen Ort erst einmal verlassen hatte, würde man sie niemals mehr zurückkehren lassen. Aber für ihre Kinder würde gut gesorgt werden. Ihr Entschluss stand fest. Gwladys erhob sich unauffällig von ihrem Platz und schlüpfte durch den Haupteingang auf den Burghof. Draußen sog sie die frische Luft tief ein, als sei sie dem Erstickungstod entronnen.

«Du hast dich also entschieden.»

Gwladys fuhr herum. «Gwenllian, spionierst du mir etwa nach?»

«Allerdings, und ich werde mich dafür ganz bestimmt nicht

rechtfertigen», entgegnete Gwenllian. «Rhodri konnte sich nicht vorstellen, dass du es wirklich fertig bringst, aber ich wusste es besser. Allerdings habe ich nicht erwartet, dass du dich davonschleichst wie ein Dieb in der Nacht.»

«So ist es am besten», verteidigte sich Gwladys. «Dank Rhodris Einsatz bei Iestyn dürfen Roger und seine Männer mich am Flussübergang abholen. Aber du weißt genauso gut wie ich, dass er es nur gestattet hat, weil er glaubt, sie würden vergeblich warten. Wenn ich vor den Augen aller von hier wegginge, wäre das kein schöner Abschied. Und vor den vielen Herrschern, die hier versammelt sind, möchte ich Rhodri nicht in Verlegenheit bringen.»

«Unsinn», schleuderte Gwenllian ihr entgegen. «Du hast dir ganz bewusst den heutigen Tag ausgesucht. Du wusstest, dass Rhodri lange genug abgelenkt sein würde, damit du dich aus dem Staub machen kannst.»

«Was erwartest du eigentlich von mir, Gwen?», brauste Gwladys auf. «Ich gehe mit einem Normannen fort, das entspricht wohl kaum Rhodris Vorstellungen von meiner zweiten Ehe!»

«Und was willst du deinen Kindern sagen?» Als Gwladys ihrem Blick auswich, sog Gwenllian hörbar die Luft ein. «Großer Gott, Gwladys, du gehst ohne ein Wort des Abschieds! Wie kannst du nur?»

«Wie schon gesagt, so ist es am besten.» Gwladys reckte trotzig das Kinn. «Ich kann sie nicht mitnehmen. Rhodri ist ihr rechtmäßiger Vormund und würde es niemals erlauben. Er dachte, dass ich ohne die Kinder auf keinen Fall gehen würde. Nun, er hat sich geirrt. Ich habe meine Pflicht gegenüber meinen Kindern erfüllt, jetzt ist es an der Zeit, dass ich an die Verpflichtung mir selbst gegenüber denke.»

Gwenllian betrachtete sie mit einer Mischung aus Trauer, Wut und Verachtung. Gwladys wusste, wie sehr Gwen nach Ifors Tod mit ihr gefühlt hatte. Aber jetzt sagte ihr der Blick dieser Frau, dass sie nie verstehen, geschweige denn verzeihen würde, dass eine Mutter ihre Kinder im Stich lassen konnte. Es gab nichts mehr zu sagen. Gwladys zog ihren Umhang fester zusammen. Ein leichter Nieselregen hatte eingesetzt, und sie wollte weg von hier. «Leb wohl, Gwen», sagte sie leise, drehte sich um und ging.

«Idwal», rief Susanna aufgeregt, «Idwal, komm schnell her.»

«Was ist denn?» Idwal unterbrach nur ungern sein Knobelspiel.

«Was tut Mama da?» Susanna schaute angestrengt aus dem Fenster.

Idwal stellte sich neben seine Schwester. Als er sah, wie ihre Mutter zu den Pferdeställen eilte, zuckte er mit den Schultern. Von ihrem Zimmer aus hatten sie einen guten Blick auf den Burghof und die Stallungen auf der gegenüberliegenden Seite.

«Wo will sie denn hin?», fragte Susanna, als ein gesatteltes Pferd herausgeführt wurde und ein Stallbursche ihrer Mutter beim Aufsitzen half.

«Nach England», teilte ihnen Tante Gwenllian mit, die lautlos das Zimmer betreten hatte.

«England?» Idwal war sichtlich verwirrt.

«Es gibt keinen schmerzlosen Weg, es euch zu sagen», fuhr Gwenllian im gleichen schroffen Ton fort. «Eure Mutter hat sich entschieden, wieder zu heiraten, und zwar einen Normannen. Folglich wird sie mit ihm in England leben.»

«Aber was ist mit uns?», rief Susanna ängstlich. «Werden wir auch dorthin gehen?»

«Nein, ihr bleibt hier, bei eurem Onkel Rhodri und mir. Ihr werdet von uns aufgezogen und immer da sein, wo wir sind, entweder hier, am Hofe Lord Iestyns, oder in Bryn y Ffin.»

«Mama hat uns wegen eines Normannen verlassen?» Zorn verzerrte Idwals Kinderstimme. «Aber die Normannen sind unsere Feinde! Sie haben Papa getötet. Warum ist sie fortgegangen?»

Gwenllian verspürte ein schmerzhaftes Ziehen in ihrem Herzen, als zwei verstörte kleine Gesichter sie erwartungsvoll ansahen. Aber sie wusste, dass Mitleid jetzt nicht half, deshalb zuckte sie nur mit den Schultern und antwortete kühl: «Diese Frage kann dir nur deine Mutter beantworten.»

Wie auf Kommando stürmten Idwal und Susanna aus dem Zimmer. Am hinteren Tor machten sie Halt, denn weiter durften sie nicht. Susanna sah Idwal an, der kreidebleich geworden war. In beider Augen stand das blanke Entsetzen. Sie nahm seine Hand und drückte sie ganz fest. So standen die beiden und sahen schweigend zu, wie ihre Mutter den Weg zur Furt hinunterritt und im Zwielicht verschwand.

teiL eiNS

Kapitel eins

Juni 1105. Am Hofe Lord Iestyns, Morgannwg

Susanna band ihr Pony an einer großen Eiche fest und ging in den Wald hinein. Sie schürzte Rock samt Unterkleid und folgte vorsichtig dem Steinpfad, der in das kleine Tal hinunterführte. Mehr als einmal rutschte sie mit ihren Lederstiefeln auf dem Moos aus, das an diesem schattigen Platz reichlich wuchs. Als sie die Quelle erreichte, setzte sie sich in die dämmrige, mit Farnen bewachsene kleine Grotte und starrte auf das Wasser, das zwischen moosbedeckten Steinen hervorsprudelte. Sie streute einen Strauß Wildblumen auf das Wasser und sprach leise in das Plätschern hinein, wie sie es immer tat, wenn sie nicht weiterwusste. Dieser Ort wurde Cerrigceinwen genannt – die Felsen von Ceinwen. *Wer war diese Ceinwen?,* fragte sich Susanna, während sie ganz still saß, *eine schöne Dame oder eine Heilige?* Das wusste niemand, dieser Ort hatte schon immer so geheißen, und man sagte, die Quelle sei heilig. «Was soll ich nur tun?», erflehte Susanna laut Rat von der Herrin der Felsen, während sie verzweifelt über Onkel Rhodris Worte nachdachte. «Deine Mutter möchte dich sehen», hatte er gesagt. Fünf simple Wörter, die Susannas Welt völlig durcheinander brachten.

Susanna war jetzt fast elf Jahre alt. Beinahe fünf Jahre waren vergangen, seit ihre Mutter sie verlassen hatte. Dennoch konnte Susanna sich so deutlich daran erinnern, als wäre es gestern gewesen. Sofort spürte sie wieder den Schmerz und die Bestürzung darüber, dass ihre Mutter sie einfach im Stich gelassen hatte. Niemand hatte je wieder von ihr gesprochen – bis heute ein Bote mit einem Brief für Onkel Rhodri am Hofe Lord Iestyns eingetroffen war. Stirnrunzelnd hatte ihr Onkel das normannische

Siegel betrachtet. Nachdem er den Brief gelesen hatte, reichte er ihn schweigend weiter an Iestyn. Und dann hatte Onkel Rhodri ihr jene Worte gesagt, die sie gleichermaßen herbeigesehnt und gefürchtet hatte. Im ersten Moment hatte ihr Herz einen Satz gemacht. Bei dem Gedanken, ihre Mutter wiederzusehen, die zudem ausdrücklich nach ihr verlangt hatte, durchströmte sie ein Gefühl der Freude. Aber ein kurzer Seitenblick auf Idwals Miene genügte, um ihre Euphorie zu dämpfen und sie an das zu erinnern, was passiert war.

Sie brach einen Farnwedel ab und drehte ihn geistesabwesend in der Hand. Je länger sie darüber nachdachte, desto zorniger wurde sie. In all den Jahren hatte sie kein Lebenszeichen von ihrer Mutter erhalten. Nichts als eine erdrückende Wand des Schweigens. *Und jetzt erwartet sie tatsächlich von mir, dass ich angelaufen komme!*, dachte Susanna wütend. *Meint sie vielleicht, ich vergesse vor lauter Dankbarkeit über ihre Nachricht einfach die Vergangenheit?* Onkel Rhodri hatte gesagt, es sei ihre Entscheidung, ob sie ginge, aber sie hatte ihm angemerkt, dass er es wollte. Warum eigentlich? Er war damals so wütend gewesen, dass er allen verboten hatte, jemals wieder ihren Namen zu erwähnen. Immerzu hatte er gepredigt, dass Gwladys keine Loyalität gegenüber ihrer Familie kenne und dass ihre Kinder ihr egal seien. Er hatte sie drei gelehrt, ihr Herz gegenüber der Mutter zu verschließen. *Dabei hätte Idwal dazu überhaupt nicht aufgefordert werden müssen,* dachte Susanna traurig. Laut seufzend warf sie den zerknickten Wedel ins Wasser und sah zu, wie er vom Strudel erfasst und fortgespült wurde. «Was soll ich nur tun?», fragte sie zum x-ten Male laut.

Sie fröstelte und blickte durch die Baumwipfel hinauf zum Himmel. Die Sonne stand schon recht tief. Seufzend dachte Susanna, dass sie sich besser auf den Rückweg machen sollte. Als sie sich den Schmutz aus den Kleidern klopfte und den Moosfleck entdeckte, der nicht nur ihr schönes zartgelbes Gewand, sondern auch ihr leinenes Unterkleid verunzierte, verzog sie das Gesicht. Auf dem Weg zur Grotte hatten sich dünne Zweige und

Blätter in ihrem langen Haar verfangen. Tante Gwen würde ganz schön mit ihr schimpfen, nicht nur, weil sie so zerzaust herumlief, sondern auch, weil sie so lange weggeblieben war. Susanna kämpfte sich bis zum Waldrand zurück, bestieg leichtfüßig ihr Pony und ritt widerstrebend den ausgetretenen Pfad entlang, der zu dem lang gestreckten, verwahrlosten Gebäude führte, in dem Lord Iestyn Hof hielt. Ja, sie würde zu ihrer Mutter reisen. Hatte sie denn überhaupt eine andere Wahl?

«Und? Wirst du gehen?», wollte Idwal wissen, kaum dass sie den Saal betreten hatte. Er war nur 30 Monate älter als Susanna, wurde aber bereits langsam zum Mann und war in letzter Zeit unglaublich in die Höhe geschossen. Die Empörung stand ihm ins Gesicht geschrieben.

«Onkel Rhodri möchte, dass ich gehe», erwiderte sie ausweichend.

«Ich würde nicht gehen!», rief er zornig.

«Das weiß ich – und sie weiß es auch», seufzte seine Schwester. «Onkel Rhodri wartet», fügte sie hastig hinzu, weil sie keine Lust hatte, sich mit Idwal zu streiten. Sie drückte einem Dienstboten ihren Umhang in die Hand und lief in das Zimmer, in dem ihr Onkel sie erwartete.

«Jetzt schau nicht so besorgt», sagte Rhodri, nachdem sie ihm ihre Entscheidung mitgeteilt hatte. Er lächelte sie beruhigend an. «Es ist nur für ein paar Tage. Und wenn dir selbst das zu lang ist, kommst du früher zurück. Du musst es nur sagen, und Geraint bringt dich auf dem schnellsten Weg nach Hause.»

«Nein, ich werde so lange bleiben, wie du es wünschst, es ist nur …» Sie brach ab und sah ihn bedrückt an.

«Ja, mein Mädchen?», ermutigte Rhodri sie.

«Ich verstehe einfach nicht, warum sie ausgerechnet mich sehen will!»

«Deine Mutter hat dir vielleicht etwas mitzuteilen», fuhr Iestyn schroff dazwischen.

«Was Lord Iestyn damit sagen will», beeilte sich Rhodri zu erklären, «ist, dass du allmählich zur Frau heranwächst und sie dir vielleicht Dinge sagen will, mit denen sich nur eine Mutter auskennt. Und jetzt lauf und hilf deiner Tante beim Packen», entließ er sie, damit sie keine unangenehmen Fragen stellen oder, schlimmer noch, darauf hinweisen konnte, dass doch Tante Gwenllian in all den Jahren für sie wie eine Mutter gewesen sei und ihr «gewisse Dinge» erklären konnte.

Nachdem Susanna davongeeilt war, warf Rhodri Iestyn einen wütenden Blick zu. «Ich hatte dir doch gesagt, du sollst mich die Sache in die Hand nehmen lassen», fuhr er ihn an. «Sie ist immer noch ein Kind, verdammt nochmal, lass ihr einen Rest Hoffnung, dass ihre Mutter sie aus purer Zuneigung sehen möchte und nicht, weil sie irgendwelche Hintergedanken hegt.»

«Vielleicht ist es ja auch wirklich so. Du weißt nicht, ob Gwladys tatsächlich Informationen hat, und wenn ja, ob sie auch bereit ist, diese an uns weiterzugeben. In den letzten Jahren sind wir ihr ziemlich egal gewesen. Aber Susanna kann sich ja mal umhören. Wie gut ist ihr Französisch?» Iestyn gab einem Bediensteten ein Zeichen, er möge ihnen Wein einschenken.

«Praktisch nicht vorhanden», erwiderte Rhodri grimmig und ergriff den angebotenen Becher.

Iestyn trank langsam einige Schlucke, bevor er ganz ruhig sagte: «Dann müssen wir einfach hoffen, dass deine ehemalige Schwägerin uns etwas zu sagen hat und nicht einfach nur versucht, ihre Kinder zurückzubekommen.»

«Gwladys weiß nur zu gut, dass sie daran nicht einmal im Traum denken sollte», entgegnete Rhodri. «Nein, Iestyn, sie wird uns die Gerüchte bestätigen, darauf verwette ich meinen guten Namen.»

Susanna reiste mit ihrer Kammerjungfer und begleitet von einer Eskorte. Sie mussten erst Lord Iestyns Reich und dann das von Lord Urien regierte Gwynllwg durchqueren, bevor sie weiter nach Süden zur normannischen Siedlung in St. Gwynllwg gelangen konnten. Je weiter sie vorankamen, desto nervöser wurde Susanna. Mehr als einmal hätte sie Geraint fast gebeten, umzukehren, und lediglich der Gedanke, ihren Onkel zu enttäuschen, ließ sie schweigen. Solange sie im Hochland unterwegs gewesen waren, war es ihr leichter gefallen, nicht an das bevorstehende Treffen zu denken. Die vertraute Landschaft hatte ihr ein Gefühl von Sicherheit gegeben. Aber dieses Gefühl schwand mehr und mehr, je weiter sie die Berge hinter sich ließen. Susanna war ans Reisen gewohnt, da Onkel Rhodri seinen Haushalt regelmäßig zwischen dem Hof Lord Iestyns und Bryn y Ffin hin- und herverlegte. Aber diese Anwesen lagen alle im bergigen Landesinneren, schützend umgeben von bewaldeten Hügeln. Nie zuvor hatte Susanna diese Gebiete verlassen. Am Ende des zweiten Tages ihrer Reise erreichten sie das flache Tiefland, wo sie sich wesentlich ungeschützter bewegten. Susanna spürte, wie sie mit jedem Schritt unruhiger wurde. Sie war erleichtert, als Geraint vorschlug, über Nacht Rast zu machen, bevor sie am nächsten Tag St. Gwynllwg erreichten.

Als sie am nächsten Morgen aufbrachen, versuchte Susanna sich abzulenken, indem sie die ihr unbekannte Landschaft betrachtete. Obwohl die Entfernung zwischen dem von Walisern regierten Gwynllwg und dem unter normannischer Herrschaft stehenden St. Gwynllwg eigentlich gar nicht so groß war, hatte Susanna das Gefühl, in eine andere Welt einzutauchen – so sehr hatten die Bewohner diese Landschaft geprägt. Das Land war ganz auf landwirtschaftliche Nutzung ausgerichtet, mit Wiesen und Weideland für die Tiere direkt am Fluss. Zu einer Zeit, als Susanna noch gar nicht auf der Welt gewesen war, hatten die Niederungen von Gwynllwg und Morgannwg als Kornkammern für ihre eigenen Leute gedient. Aber Susanna hatte diesen bewirtschafteten Landstrich nie mit eigenen Augen gesehen. Hier gab es nichts von der Wildheit der freien Natur des Hochlands, das in schmalen Streifen dort bebaut wurde, wo Bodenqualität und Landschaft es zuließen. Wohin sie auch schaute – überall war das Land in Parzellen unterteilt und umzäunt worden. Jede Koppel diente entweder als Feld für den Anbau landwirtschaftlicher Produkte oder als Viehweide. Susanna hasste dieses Land vom ersten Augenblick an. Als sie sich der kleinen Siedlung von St. Gwynllwg näherten, zügelten sie die Pferde, und Susanna betrachtete mit großen Augen die ihr völlig fremde Szenerie. Die Siedlung war während der letzten zehn Jahre entstanden, nachdem der herrschende Normannenfürst sich hier niedergelassen hatte und seine Getreuen in dieses Gebiet gefolgt waren. Dicht aneinander gereiht standen Holzhäuser entlang der einzigen Straße, auf der sich die Menschen drängten. Susanna musste ihr Pferd jäh zurückreißen, weil sich plötzlich ein kleines Kind aus einer Menschenschlange löste, die draußen vor einer Bäckerei geduldig darauf wartete, dass jedem sein Brot gebacken wurde. Händler priesen ihre Waren an. Auf einigen Holzkarren lagen große runde Käse, auf einem anderen wurden edelsteinbesetzte Messer feilgeboten. Susanna entdeckte einen Wagen mit einem Berg aus leuchtend bunten Bändern. *Vielleicht hätte ich Mutter ein Geschenk mitbringen sollen,* dachte sie plötzlich mit schlechtem Gewissen.

Was Susanna irritierte, war die Sprache dieser Bauern, die miteinander lachten und Handel trieben. Sie hatte schon einmal gehört, wie sich Leute auf Französisch unterhielten, aber das hier klang anders. Sie sah Geraint an.

«Englisch», nahm er ihre Frage vorweg und nickte bekräftigend, als er den überraschten Ausdruck auf ihrem Gesicht sah.

Susanna starrte die Bauern an. Nie zuvor hatte sie einen leibhaftigen Engländer gesehen, obwohl sie schon viel von ihnen gehört hatte.

«Gibt es hier keine Waliser?», flüsterte sie.

«Nein», erwiderte Geraint schroff und presste die Zähne zusammen, sonst hätte er womöglich seiner Wut darüber lautstark Ausdruck verliehen. Er hatte diesen Auftrag nur ungern angenommen. Zwar sprach nichts dagegen, die junge Dame zu beschützen, aber er war nicht sicher gewesen, ob er es ertragen konnte, in seinem Heimatland wie ein Fremder behandelt zu werden. Er befürchtete, seine Zunge nicht im Zaum halten zu können.

Etwa zwei Stunden nach der Mittagszeit erreichten sie ihren Bestimmungsort. Als sie durch das Tor in den Hof ritten, studierte Susanna aufmerksam das Anwesen, in dem ihre Mutter lebte. Es lag nicht weit von der Siedlung entfernt und entsprach in keiner Weise Susannas Erwartungen. Sie hatte es sich wesentlich größer vorgestellt. Es gab keinen Erdwall oder Wassergraben zum Schutz der Anlage, bloß einen Palisadenzaun und ein massives Tor. Die Aufteilung des Geländes ähnelte dem, was Susanna kannte. Die Unterkünfte der Wachen waren nahe dem Haupttor, Stallungen und Schmiede lagen am hinteren Tor. Essensdüfte hingen in der Luft, obwohl die Essenszeit bereits vorbei war, denn die Normannen pflegten ihre Hauptmahlzeit um die frühe Mittagsstunde einzunehmen. Man konnte das Küchengebäude nicht unmittelbar sehen, da sich die Wirtschaftsräume auf der Rückseite der Halle befanden. Bevor Susanna hineinging, betrachtete sie die Halle geringschätzig. Es war eine recht primitive Konstruktion, nur eingeschossig und mit einem schlichten Holzdach. *Keine gewölbten Stützbalken oder Holzschnitzereien wie in Onkel Rhodris Halle in Bryn y Ffin, und gerade einmal halb so groß,* stellte sie zufrieden fest. Allerdings um einiges einladender als Lord Iestyns Behausung – das konnte sie nicht leugnen. Der Lehmboden des Saals war mit frischen, angenehm duftenden Binsen bestreut, und Kissen in leuchtenden Farben ließen die Fenstersitze gemütlich und freundlich wirken. Plötzlich tauchte vor ihrem geistigen Auge ein Bild auf: Sie dachte an die Kissenüberzüge ihres Bettes, die ihre Mutter damals für sie bestickt hatte. Susanna wurde von dieser Erinnerung völlig überrascht und brauchte einen Moment, um sich wieder zu sammeln. Sie senkte den Kopf und mied den Blick der Leute, die sie neugierig musterten, während sie zu dem kleinen, vom Saal abgetrennten Raum geführt wurde, in dem ihre Mutter sie erwartete.

«Susanna!» Gwladys lief auf ihre Tochter zu und schloss sie in die Arme. Als sie jedoch spürte, dass die Umarmung nicht erwidert wurde, ließ sie los und trat einen Schritt zurück. «Wie groß du geworden bist», strahlte sie. «Gib Alys deinen Umhang.»

Schweigend löste Susanna die Fibel und reichte dem Dienstmädchen ihren Umhang.

«Danke, Alys», sagte Gwladys. Das Dienstmädchen deutete einen Knicks an und ließ sie dann allein.

Susanna fühlte sich äußerst unbehaglich, als sie jetzt vor ihrer Mutter stand. Sie wusste plötzlich nicht mehr, was sie sagen sollte, und starrte sie einfach nur an. All die Worte, die sie sich während ihrer Reise zurechtgelegt hatte, schienen sich in Luft aufgelöst zu haben. «Du hast dich nicht sehr verändert», brachte sie schließlich mühsam hervor.

«Findest du?» Gwladys trat unter dem prüfenden Blick ihrer Tochter verlegen von einem Fuß auf den anderen.

Sie sah tatsächlich immer noch so aus, wie Susanna sie in Erinnerung hatte – obwohl sie heute offenbar besonders sorgfältig zurechtgemacht war. Aber diese haselnussbraunen Augen und die glänzenden braunen Flechten – an denen Gwladys nervös herumzupfte – waren Susanna nur zu vertraut. Gwladys trug ein hübsches rotgelbes Kleid, dessen tief sitzender Gürtel ihre immer noch schlanke Figur betonte. Aber es war nicht ihr Aussehen, sondern ihr Duft, der in Susanna die lebhaftesten und schmerzvollsten Erinnerungen wachrief. Sie hatte ihn noch lange, nachdem ihre Mutter damals fortgegangen war, in den Räumen wahrgenommen. Und sosehr Susanna sich auch bemüht hatte – vergessen hatte sie ihn nie.

Ein unbehagliches Schweigen folgte, bis Gwladys schließlich das Wort ergriff. «Susanna, dies ist für uns beide eine schwierige

Situation, deshalb wollte ich auch, dass wir uns zunächst allein treffen. Du hast bestimmt jede Menge Fragen an mich, aber sollen wir uns nicht zuerst ein wenig stärken? Meine Mutter pflegte immer zu sagen: ‹Mit einem vollen Bauch sieht die Welt ganz anders aus.›» Sie rang sich ein Lachen ab, das aber vor dem anhaltenden Schweigen ihrer Tochter im Nichts verhallte. «Bitte, setz dich doch», bat sie und lächelte erleichtert, als Susanna sich folgsam setzte, während sie selbst geschäftig herumlief und ihnen mit Wasser verdünnten Wein einschenkte. Währenddessen war nichts zu hören außer dem Rascheln ihrer schweren Brokatröcke.

«Hast du die ganze Zeit hier gelebt?», fragte Susanna in vorwurfsvollem Ton und dachte an die kurze Reise. Gerade einmal drei Tage war sie unterwegs gewesen.

«Nein, normalerweise leben wir auf dem Anwesen in England. Wir sind erst seit kurzem hier. Obwohl du vielleicht weißt, dass Roger schon früher einige Zeit hier zugebracht hat …» Sie brach ab, weil Susanna bei der Erwähnung Rogers zusammengezuckt war. «Es war sehr großmütig von deinem Onkel, dass er dich kommen ließ», fügte Gwladys mit sanfter Stimme hinzu.

«Ich bin ausschließlich auf seinen Wunsch hier», erwiderte Susanna trotzig.

«Natürlich», sagte Gwladys leise. «Aber ich freue mich sehr darüber.» Sie ergriff die Hand ihrer Tochter. «Ich habe dich vermisst … euch alle.»

Susanna schwieg. Sie wusste, was ihre Mutter jetzt hören wollte. Aber Susanna konnte und wollte ihr nicht sagen, dass auch sie ihre Mutter schmerzlich vermisst hatte.

Gwladys ließ Susannas Hand los und erhob sich. «Komm, lass uns einen kleinen Spaziergang machen. Wir gehen hinunter zum Fluss. So einen breiten Fluss wirst du in deinem ganzen Leben noch nicht gesehen haben.»

Woher willst du das wissen?, klagte Susanna sie im Stillen an, aber sie stand auf und folgte ihrer Mutter gehorsam ins Freie.

Es war nicht weit bis zum Flussufer, und als Susanna fasziniert die langsam dahinströmenden Wassermassen betrachtete, die sich auf den unendlichen Horizont zubewegten, vergaß sie für einen Moment ihren Groll. Sie nahm eine Hand voll Sand und ließ ihn zwischen den Fingern hindurchrieseln. Als der Wind ihr offenes Haar zauste, wünschte sie plötzlich, wieder ein kleines Kind zu sein. Wie gern hätte sie einfach die Arme ausgebreitet und wäre bis zum Rand des Wassers gelaufen. Stattdessen stand sie einfach nur da und wickelte sich fester in ihren Umhang. Sie war kein Kind mehr, sie war schon fast elf Jahre alt und musste sich dementsprechend verhalten.

«Ach, Susanna, so sag doch etwas», bedrängte Gwladys sie.

Susanna drehte sich um und sah ihre Mutter, die jetzt dicht neben der Tochter stand, herausfordernd an. Es war nicht leicht für sie, dieses vertraute Gesicht so nah bei sich zu haben, aber sie hielt es aus, ohne Rührung zu zeigen. «Was willst du, Mutter?»

«Ich wollte dich sehen! Ist das denn so falsch von mir? Roger und ich werden von nun an in dieser Gegend leben, wir sind also nicht mehr ganz so weit weg. Vielleicht könntest du …»

«Ich werde nicht bei dir leben», fiel Susanna ihr ins Wort. «Ganz bestimmt werde ich Onkel Rhodri nicht so behandeln, wie du es getan hast – keiner von uns wird das tun.» Ihre Wangen röteten sich vor Zorn und Verbitterung.

«So etwas würde ich auch nie vorschlagen», erwiderte Gwladys gefasst. «Aber ich dachte, dass du mich vielleicht besuchen kommst. Du könntest Gorffenna und Idwal mitbringen.»

«Idwal wird nicht kommen», erklärte Susanna kategorisch, «und Ffenna erinnert sich gar nicht mehr an dich», log sie. «Hast du etwas anderes erwartet?» Diese Worte verfehlten ihre Wirkung nicht, denn Gwladys schien verletzt. Aber das war Susanna egal. «Papa war noch nicht lange tot, da bist du schon mit diesem Normannen weggelaufen.»

«Euer Vater war bereits zwei Jahre tot, und ich bin auch nicht ‹weggelaufen›, wie du es nennst. Die übliche Trauerzeit wurde eingehalten.»

«Die Trauerzeit wurde eingehalten! Wir konnten doch gar nicht richtig um Papa trauern, so schnell hast du die Sachen gepackt und uns zu Onkel Rhodri geschafft.»

«Ich war auf seinen Schutz angewiesen, das weißt du ganz genau, Susanna – und ich musste Idwals Erbe sichern.»

«Außerdem war der Hof Lord Iestyns sicher auch um einiges attraktiver als der von Lord Urien», meinte Susanna bissig und tat einen Schritt von ihrer Mutter weg.

«Sei doch nicht so naiv, Kind!», fuhr Gwladys sie an. «Ich war eine junge Witwe mit zwei kleinen Kindern und dem dritten unter dem Herzen. Mit dem Tod deines Vaters wurde Onkel Rhodri automatisch zu unserem Schutzherrn. Mir wäre es auch lieber gewesen, ständig in Bryn y Ffin zu leben, aber wir mussten ihn nun einmal begleiten, wenn er sich an Iestyns Hof aufhielt.» Sie lächelte kurz, dann sah sie Susanna ernst an. «Ich kann dir versichern, mein Kind: Lord Iestyns Hof hat auf mich nicht den geringsten Reiz ausgeübt, aber wir waren dort einfach sicherer. Und ich werde mich nicht dafür entschuldigen, dass ich um die Zukunft meiner Kinder besorgt war und entsprechend gehandelt habe.»

«Unsere Zukunft! Wohl eher deine. Das Leben an Iestyns Hof war dir wohl nicht gut genug?»

«Ich war noch jung, und es war nur recht und billig, wieder zu heiraten», sagte Gwladys traurig. Das Blut schoss ihr in die Wangen.

«Aber ausgerechnet einen Normannen! Warum nur?» Susanna war nicht minder aufgebracht als ihre Mutter. Ein Windstoß fegte über sie hinweg, wirbelte die Schöße ihres Umhangs auf und zerwühlte ihr Haar. Aber Susanna schien das gar nicht zu merken. Regungslos starrte sie ihre Mutter an, ihr drängender Blick eine einzige Frage, die nach Antwort verlangte.

«Warum denn nicht?» Gwladys holte tief Luft. Sie wollte nicht über dieses Thema streiten. «Wenn du etwas älter bist, wirst du mich vielleicht verstehen», fügte sie leise hinzu.

Susanna atmete ebenfalls tief durch. Ihr wurde plötzlich bewusst, dass sie sich wie ein Kind aufführte, dabei wollte sie doch gerade beweisen, dass sie keines mehr war. Sie senkte den Kopf und verbarg das Gesicht hinter ihrem dichten, langen Haar. Dann schluckte sie ein paarmal und versuchte, den Kloß in ihrem Hals zu beseitigen. Sie hatte nicht erwartet, dass es so schwer sein würde. Der Anblick ihrer Mutter und der Klang ihrer Stimme beschworen Gefühle herauf, die sie lange erfolgreich unterdrückt hatte – und Erinnerungen, die sie längst vergessen geglaubt hatte. Vorher, weit weg von hier, war es einfach gewesen, ihre Mutter zu verteufeln, aber jetzt … Susanna blinzelte wütend. Gwladys war immer noch ihre Mutter. Susanna biss sich auf die Lippen und rang um Beherrschung. Sie dachte an Idwal und seinen angestauten Zorn, an Gorffenna und die Geschichten, die sie sich ausmalte, und allmählich verwandelten sich ihre hitzigen Gefühle in kalte Wut. Mit beiden Händen strich sie das dunkle Haar zurück und blickte ihre Mutter direkt an. Die goldenen Sprenkel in ihren haselnussbraunen Augen wirkten hart wie Metall.

«Ich habe von diesem Augenblick geträumt», sagte sie leise. «Aber ich stellte mir immer vor, dann schon erwachsen zu sein und selbst Kinder zu haben. Ich würde dir ebenbürtig gegenüberstehen – und dir zeigen, was für eine gute Mutter ich bin, die ihre Kinder niemals verlässt.» Sie machte eine kurze Pause, denn ihre Worte hatten offensichtlich einen wunden Punkt berührt. «Was erwartest du eigentlich?», fuhr sie in schroffem Ton fort. «Hast du überhaupt eine Vorstellung davon, was du uns angetan hast? Ohne ein einziges Wort bist du davongeritten. Du hattest nicht einmal den Mut, dich von uns zu verabschieden!»

Brüsk wandte sie den Kopf ab und starrte auf das Wasser, das unermüdlich ins Meer strömte, wünschte, sie könnte sich mit den Wellen weit forttreiben lassen. Der Wind fuhr durch ihr

Haar und wickelte es wie einen schützenden Umhang um ihren Körper.

«Warum wolltest du ausgerechnet mich sehen?», fragte sie dann. «Ich war nie dein Lieblingskind. Idwal ist der Erstgeborene und dein einziger Sohn. Du hast ihn immer deinen ‹kleinen Mann› genannt. Und Ffenna, die erst nach Vaters Tod auf die Welt kam, war vom ersten Tag an das verhätschelte Nesthäkchen. Warum also ich, Mutter? Und warum jetzt?»

«Weil du immer die Mutigste warst und die mit dem wachsten Verstand. Und wie ich sehe, hast du beides nicht verloren», fügte Gwladys zärtlich hinzu und näherte sich Susanna zögernd. «Ich wollte dich sehen, um dir zu sagen, dass wir hierher ziehen.»

«Das erwähntest du bereits», erwiderte Susanna trocken.

Gwladys packte sie an den Schultern. Nach einem kurzen Seitenblick auf die Eskorte, die sich die ganze Zeit in ihrer Nähe aufhielt, sah sie Susanna fest in die Augen.

«Ich möchte, dass du deinem Onkel Rhodri Folgendes ausrichtest: Wir haben unseren Wohnsitz hierher verlegt, so wie etliche unserer Freunde. Mein Mann, Roger, war nie einer von Lord Fitzhamons Gefolgsleuten, er diente König Henry schon vor dessen Krönung und dient ihm immer noch. Lord Fitzhamon ist bei der Belagerung von Falaise schwer verwundet worden. Noch ist er am Leben, aber vielleicht nicht mehr lange. Außerdem hat sein Verstand solchen Schaden davongetragen, dass er keinesfalls mehr in der Lage sein wird zu regieren. Der König hat bereits Lord Fitzhamons kleine Tochter – die Alleinerbin seiner Besitztümer – unter seinen Schutz gestellt. Das ist die Situation. Hast du alles genau verstanden, Susanna?»

Susanna starrte ihre Mutter an. Nach und nach begann sie den Sinn dessen zu begreifen, was Gwladys gerade gesagt hatte. Am Hofe Lord Iestyns hatte Susanna mit angehört, wie sich die Männer über gewisse Gerüchte unterhielten. Jetzt war ihr auf einmal klar, warum Onkel Rhodri sie zu diesem Treffen ermutigt und warum Gwladys darum gebeten hatte. «Du möchtest uns also wissen lassen, dass sich jetzt der englische König höchstpersönlich für unsere Ländereien interessiert», antwortete sie fast unhörbar und mit ausdruckslosem Gesicht.

«Ich wusste, dass du mich nicht enttäuschst», stellte Gwladys zufrieden fest. Völlig unempfänglich dafür, wie sich Susanna in diesem Augenblick fühlen musste, fuhr sie mit gedämpfter Stimme fort: «Anfänglich war ich nicht sonderlich besorgt angesichts der normannischen Burgen, von denen mehr und mehr in den von Walisern regierten Gebieten auftauchten. Ich glaubte Roger, als er mir sagte, sie dienten lediglich der Verteidigung. Aber in all den Jahren, die ich jetzt an seiner Seite lebe, habe ich erfahren, wie land- und machthungrig die Normannen sind. Die Herrscher sind hartgesottene Männer, die jede Gelegenheit ergreifen, um ihre Macht zu vergrößern. Und jetzt haben sie einen König, dessen Raffgier die ihre noch übertrifft.» Sie streckte die Hand aus und strich ihrer Tochter zärtlich über die Wange. «Aber genug von der Welt der Männer. Komm, ich habe ein kleines Abendessen für dich herrichten lassen. Ich dachte mir schon, dass du das Mittagessen versäumen würdest – wir pflegen sehr früh zu speisen. Danach musst du dich tüchtig ausschlafen, und morgen reden wir weiter. Ich möchte alles über euch drei erfahren, wie es euch ergangen ist und was eure Tante euch beigebracht hat.»

Susanna zwang sich zu einem Lächeln und erlaubte der Mutter, sich bei ihr einzuhaken. Während sie zurückgingen, schalt sie sich selbst, weil sie so enttäuscht war. Sie hätte es besser wissen müssen. *Es geht ihr nicht darum, mich zu sehen, sie brauchte lediglich einen zuverlässigen Boten,* dachte sie voller Bitterkeit.

Als sie zur Halle zurückkehrten, bemerkte Susanna, dass die Leute sie mit dem gleichen Interesse betrachteten wie bei ihrer Ankunft. Alle grüßten überaus freundlich, und Gwladys übersetzte alles geduldig, da Susanna kein Französisch sprach. Sie war sehr fasziniert von diesen Menschen, die sich gar nicht viel anders kleideten als ihre eigenen Leute. Lediglich die Stiefelschäfte waren nicht ganz so hoch, sondern reichten gerade einmal bis über die Knöchel. Außerdem trugen die Männer Vollbärte, und am Halsausschnitt ihrer Waffenröcke sah man Brusthaare sprießen. Susannas Landsmänner waren alle glatt rasiert, und außer dem Kopfhaar waren lediglich Oberlippenbärte eine geduldete Form der sichtbaren Körperbehaarung.

«Wie du siehst, ist unsere Art zu leben gar nicht viel anders.» Gwladys hatte sich dicht neben Susanna gesetzt und sah ihr beim Essen zu.

«Wo hält sich dein Ehemann zurzeit auf?», erkundigte sich Susanna höflich und vermied bewusst den vertraulichen Ton ihrer Mutter.

«Er ist in Cardiff und erfüllt seine Pflichten als Wachhabender der Burg», erklärte Gwladys und fügte leise hinzu: «Die Ankunft des Königs wird erwartet.»

Obwohl es ziemlich unwahrscheinlich war, dass hier irgendjemand Walisisch sprach, wusste Gwladys, dass sie vorsichtig sein musste. Eine lose Zunge galt als Todsünde, und ihr Mann würde sie dafür bestrafen. Sie wollte ihn nicht hintergehen, aber sie hatte auch kein schlechtes Gewissen – schließlich ging es um ihre Kinder.

Susanna hörte auf, an dem Hühnerbein zu knabbern, und schluckte schnell herunter. Tante Gwens Ermahnungen bezüglich ihrer Tischmanieren klangen ihr förmlich im Ohr.

«Weiß Roger, dass ich hier bin?»

Gwladys senkte den Blick und betrachtete ihre Hände. «Er wird es erfahren», erwiderte sie leise. Dann lächelte sie und tätschelte Susannas Hand. «Komm, du musst dich unbedingt hinlegen und ausruhen, die Mägde haben für dich ein Lager in meinem Schlafgemach bereitet.»

Susanna erwiderte das Lächeln. Obwohl sie dagegen ankämpfte, wurde sie allmählich etwas vertrauter mit ihrer Mutter und betrachtete sie verstohlen, während sie ihr durch den Saal bis hinter einen Vorhang folgte, der das Schlafgemach vom übrigen Raum abtrennte. Sie plauderte schon fast vertrauensselig, während sie sich auszog und für das Bett zurechtmachte, als plötzlich eine Magd mit zwei kleinen Kindern im Schlepptau hereinkam.

«Bitte entschuldigt, Mylady, die beiden wollten einfach nicht schlafen gehen, ohne Euch eine gute Nacht gewünscht zu haben.»

Beim Anblick der Kinder strahlte Gwladys, drückte die beiden fest an sich und überschüttete sie mit Kosenamen in einer Mischung aus Französisch und Walisisch. Der Junge mochte etwa vier, das Mädchen vielleicht drei sein, vermutete Susanna. Und trotz ihrer blonden Haare war unzweifelhaft zu erkennen, wer die Mutter der beiden war.

«Susanna, darf ich dir deinen Halbbruder und deine Halbschwester vorstellen, Geoffrey und Hawise», sprudelte es aufgeregt aus Gwladys heraus, während die beiden Kinder Susanna schüchtern betrachteten. «Sie möchten dir auch gute Nacht sagen», fuhr sie fort und registrierte nicht im Geringsten, dass Susanna plötzlich wie versteinert wirkte.

Dass ihre Mutter noch mehr Kinder hatte, war für Susanna ein Schock, obwohl sie davon eigentlich hätte ausgehen müssen. Während sie mit ansah, wie ihre Mutter die beiden küsste und herzte und dabei auf die gleiche Art den Kopf neigte und lächelte wie damals, als Susanna noch klein war, wurde ihr jäh bewusst, um was sie gebracht worden war. *All das habe ich nicht gehabt,* dachte Susanna und spürte, wie sich ihr Herz verhärtete.

«Sagt Susanna gute Nacht», forderte Gwladys die beiden auf.

«Bonne nuit», murmelte Geoffrey, und als seine Mutter mahnend den Finger hob und mit gespieltem Tadel die Stirn runzelte, fügte er rasch hinzu: «Nos da.» Dann schob die Magd die beiden eilig hinaus.

«Findest du nicht auch, dass Hawise mit ihren hübschen Locken aussieht wie Gorffenna?», rief Gwladys und klatschte vor Begeisterung in die Hände, während sie sich wieder Susanna zuwandte.

«Ffennas Haar ist nicht so goldgelb und viel glatter. Und sie ist auch nicht mehr das Baby, das du in Erinnerung hast», murmelte Susanna abweisend. «Wenn du mich jetzt bitte entschuldigen würdest, Mutter.»

Ohne ein weiteres Wort schlüpfte Susanna unter das Laken und hoffte, dass ihre Mutter enttäuscht war, weil sie ihr keinen Gutenachtkuss gegeben hatte. Aber Gwladys schwieg und ging zurück in die Halle.

Susanna schlief nicht besonders gut. Sie war schon früh auf den Beinen und hatte bereits ihre Reisekleidung angelegt, als Gwladys erwachte.

«Wo willst du hin, Susanna?», fragte sie überrascht, während sie sich von einem Dienstboten einen Becher Wein reichen ließ.

«Wir reisen ab», erwiderte Susanna geradeheraus.

«Aber ihr wolltet doch ein paar Tage bleiben?», protestierte ihre Mutter, griff nach ihrem Umhang und stieg hastig aus dem Bett.

«Das war keineswegs so vereinbart. Du hast mich gebeten, dich zu besuchen, und das habe ich getan. Jetzt mache ich mich auf den Heimweg», erklärte Susanna in schneidendem Ton, streifte ihre Lederhandschuhe über und wandte sich zum Gehen.

«Susanna, warte.» Gwladys packte sie am Arm. «Was ist passiert? Habe ich dich durch irgendetwas verärgert?»

Susanna zögerte angesichts der Angst, die ihrer Mutter deutlich anzuhören war, und wandte sich ihr zu.

«Warum hast du mir nicht gesagt, dass du noch mehr Kinder hast?», fragte sie leise.

«Ich dachte, davon würdest du ohnehin ausgehen, ich meine …», erwiderte Gwladys verwirrt. Nachdem sie sich wieder etwas gesammelt hatte, fuhr sie fort: «Ich habe einfach auf den richtigen Moment gewartet. Jetzt weiß ich, dass es falsch war, dir nicht sofort davon zu erzählen. Aber die Kinder sind doch nicht etwa der Grund für deine Abreise?»

«Durch sie ist mir klar geworden, dass du dein eigenes Leben führst, eines, an dem wir keinen Anteil haben.» Susanna sah ihre Mutter mit festem Blick an.

«Aber Susanna, ich möchte, dass ihr zu meinem Leben gehört, ebenso wie ich zu eurem.» Gwladys' Stimme klang flehentlich.

«Auf dieses Anrecht hast du vor fünf Jahren verzichtet.»

Gwladys zuckte zusammen wie bei einer Ohrfeige. «Ich habe es vermutlich nicht anders verdient», murmelte sie traurig.

«Damit liegst du verdammt richtig», herrschte Susanna sie an. Sie wollte ihre Mutter verletzen, deshalb bediente sie sich ganz bewusst eines Wortes, das sie bei Hofe aufgeschnappt hatte.

Gwladys funkelte sie böse an. «Susanna! Ich verbitte mir diesen Ton. Ich bin immer noch deine Mutter.»

«Nun, ich hoffe, du wirst den beiden Kleinen eine bessere sein, als du es uns gewesen bist», entfuhr es Susanna, die ihre Gefühle nicht länger im Zaum halten konnte. «Ich hoffe, Geoffrey wird niemals so wie Idwal nachts im Dunkeln weinen, wenn er glaubt, dass seine Schwester schläft. Und Hawise wird ihre mageren Erinnerungen nicht mit den romantischen Geschichten irgendwelcher Dichter ausschmücken müssen, so wie Ffenna.»

«Und du kannst anscheinend nichts anderes tun, als mich ständig zu verurteilen», versuchte sich Gwladys wütend zu verteidigen.

Susanna konnte nicht sofort antworten. Sie presste die Zähne aufeinander, bis es schmerzte, in der Hoffnung, ihre Unterlippe würde dann aufhören zu zittern.

«Was siehst du, wenn du mich anschaust, Mutter?», fragte sie schließlich. «Ein junges Mädchen an der Schwelle zum Frausein, das hart und zynisch geworden ist? Soll ich dir sagen, was ich sehe? Ein sechsjähriges Kind, das zum Tor läuft und zusehen muss, wie seine Mutter davonreitet. Ein völlig verwirrtes kleines Mädchen, das innerlich fleht, sie möge sich umdrehen ... sie möge sich doch bitte umdrehen.» Wütend wischte sie mit der Hand eine Träne weg. «Nicht ein einziges Mal, Mutter, du hast nicht ein einziges Mal zurückgeschaut. Idwal ging schließlich, aber ich blieb dort stehen, auch noch, als du schon längst außer Sicht warst. Es fing an zu regnen, aber ich habe gewartet. Ich stand dort, bis Onkel Rhodri kam, mich hochhob und meine Tränen wegküsste. Wage also nicht, mir vorzuwerfen, dass ich dich verurteile.»

«Es tut mir so Leid ... das habe ich nicht gewusst», sagte Gwladys mit erstickter Stimme.

«Es ist wohl das Beste, wenn ich jetzt gehe.» Susanna atmete tief durch, um sich selbst zu beruhigen. «Es hätte keinen Zweck, länger zu bleiben», fügte sie hinzu und warf ihrer Mutter einen Blick zu, in dem die Bitte zu lesen war, nicht darüber zu streiten.

«Wie du willst», gab sich Gwladys geschlagen. «Ich begleite dich zum Tor.»

Als Mutter und Tochter hinausgingen, sahen sich die Bediensteten fragend an. Sie waren Ohrenzeugen der heftigen, auf Walisisch geführten Auseinandersetzung gewesen und wünschten, sie hätten etwas davon verstehen können.

Geraint wartete bereits mit den gesattelten Pferden, und Susanna saß sofort auf. Von ihrem Pferd herab sah sie ihre Mutter an. «Ich werde Onkel Rhodri deine Botschaft übermitteln», sagte sie mit belegter Stimme.

«Komm gut nach Hause», flüsterte Gwladys und ergriff Susannas Hand. «Werde ich dich wiedersehen?»

«Ich weiß es nicht», erwiderte Susanna müde. Sie löste ihre Hand aus Gwladys' Umklammerung, griff nach den Zügeln ihres Pferdes, tätschelte das Tier liebevoll und ritt durch das Tor hinaus.

Während sie davonritt, breitete sich große Erleichterung in ihr aus. So lange hatte sie ihre Gefühle unterdrückt, jetzt hatten sie endlich hervorbrechen dürfen. Sie fühlte sich, als wäre eine schwere Last von ihr genommen. Festzustellen, dass sie ihre Mutter nicht hasste, verursachte zwar widersprüchliche Empfindungen in ihr, aber Susanna hoffte, dass der Gedanke an sie von nun an nicht mehr ihr Leben vergiften würde. *Schön nach vorn schauen,* sagte sie sich stirnrunzelnd, *nur nach vorn schauen.* Aber als ihre kleine Gruppe sich immer weiter von dem Gebäude entfernte, da war es, als drehe eine unsichtbare Hand ihren Kopf. Sosehr sie sich auch dagegen sträubte, sie musste einfach zurückschauen. Aber da stand niemand mehr – ihre Mutter war bereits gegangen.

Kapitel zwei

August 1105. Am Hofe Lord Iestyns, Morgannwg

«Ich werde in den Saal gehen!», verkündete Idwal. Er und Susanna quetschten sich in die Fensteröffnung ihres Zimmers, um die Besucher aus Senghennydd sehen zu können, die soeben auf den Burghof geritten kamen.

«Onkel Rhodri hat gesagt, dass wir hier bleiben sollen», entgegnete Susanna.

«Das ist mir egal. Dass Lord Iestyn wütend auf seinen Neffen ist, wissen doch ohnehin alle. Seit Lord Cydifors Tod beansprucht Meurig mehr Macht, als ihm nach Iestyns Meinung zusteht. Onkel Rhodri wird mich nicht davon abhalten, diesen Schlagabtausch mitzuerleben», sagte Idwal, und seine Augen blitzten nur so vor Entschlossenheit.

«Das wird er, vorausgesetzt, du benutzt den Haupteingang …» Susanna warf ihm einen verschmitzten Blick zu. «Aber es gibt andere Wege.»

Als Idwal den Mund öffnete, um nachzufragen, schüttelte sie den Kopf und machte ein Zeichen Richtung Gorffenna, die sich wie gewöhnlich in dem polierten Stück Metall bewunderte, das an der Wand hing.

«Bin ich genauso hübsch wie Mama?», fragte Gorffenna. Sie war gerade damit beschäftigt, sich die leuchtend blauen Bänder, die Susanna ihr mitgebracht hatte, in das seidige blonde Haar zu flechten.

Susanna und Idwal stöhnten. Seit Susanna von ihrem Besuch zurückgekehrt war, kannte Gorffenna kein anderes Thema mehr. Ständig löcherte sie ihre ältere Schwester mit Fragen, wollte wissen, wie ihre Mutter ausgesehen hatte, was sie trug, wie ihre

Stimme klang. Noch aufgeregter war sie allerdings angesichts der Tatsache, dass sie jüngere Geschwister hatte und somit nicht länger das Nesthäkchen in der Familie war.

«Bestimmt bin ich hübscher als Hawise», fuhr Gorffenna fort, «schließlich fließt normannisches Blut in ihren Adern, und Tante Gwen sagt immer, die Normannen seien blass und hätten grobe Gesichtszüge.»

«O Ffenna, eines Tages hältst du sie noch für Dämonen aus Fleisch und Blut», meinte Idwal entnervt.

«Das tut sie wahrscheinlich bereits», lautete Susannas trockener Kommentar.

«Ffenna, warum hilfst du nicht Tante Gwen beim Überwachen der Vorbereitungen für das Abendessen?», schlug Idwal hastig vor und warf Susanna einen warnenden Blick zu. Gorffenna petzte immer alles ihrer Tante, und sie wollten nicht wegen ihrer vermeintlichen Gotteslästerungen vor den Priester gezerrt werden.

«Gute Idee, Idwal, das sollte ich tun», rief Gorffenna mit zuckersüßer Stimme, erhob sich und ging – aber nicht, bevor sie Susanna noch schnell die Zunge herausgestreckt hatte.

«Oooh», ächzte Susanna, nachdem Gorffenna weg war, «sie ist ganz sicher ein Wechselbalg; sie kann unmöglich aus den gleichen Lenden stammen wie wir.»

«Susanna! Du musst endlich aufhören, so zu reden. Wir werden niemals einen Ehemann für dich finden, wenn du ständig fluchst wie ein Krieger.» Idwal bemühte sich, nicht zu lachen. «Es beweist allerdings, dass du dich häufig in Lord Iestyns geheimste Konferenzen schleichst! Und jetzt zeig mir, wie ich ungesehen in diesen Saal komme.»

«Folge mir, großer Bruder. Ich werde dir zeigen, wie *wir* an dieser Besprechung teilnehmen können.»

Als Susanna und Idwal sich von der Küche aus über den Dienstboteneingang in den Saal schlichen, war die Stimmung dort bereits ziemlich angespannt. Den verblassten Wandschirm hinter dem Podium als Deckung nutzend, zwängten sich die beiden hinter einen Holzpfeiler und setzten sich auf den mit Binsen bestreuten Boden. Sie mussten erst einen Hund verscheuchen, der Knochen stibitzen wollte, dann widmeten sie sich dem Drama, das sich vor dem Podium abspielte.

«Nach all dem, was passiert ist, kann ich nicht glauben, dass du uns noch weiter aufspalten willst, Meurig», tobte Iestyn. Er rutschte nervös auf seinem Stuhl herum, und sein Gesicht glühte vor Wut.

Susanna reckte den Hals und stopfte ihr langes Haar in den Kragen ihres Gewandes, weil es ihr sonst ständig vor den Augen hing. Sie wollte den Mann gut sehen können, der seinen Onkel derartig herausforderte. Obwohl dieser mit fester Stimme sprach, fand sie ihn erstaunlich jung für jemanden, der Lord Iestyn die Stirn bot. Sein lockiges braunes Haar umrahmte ein energisches und nicht unattraktives Gesicht. Susanna musterte den jungen Fürsten aus Senghennydd eingehend und hatte lediglich zu monieren, dass die Brauen über seinen dunklen Augen zu gerade und ordentlich waren. *Jedenfalls im Vergleich zu denen von Onkel Rhodri,* dachte sie und konnte nur mit Mühe ein Kichern unterdrücken. Idwal stieß sie heftig in die Rippen. Das riss sie aus ihren Träumereien, und sie konzentrierte sich auf das, was gesprochen wurde.

«Ich will keinen Keil zwischen uns treiben, Onkel, sondern lediglich mein Recht geltend machen, den Platz meines Vaters als Herrscher von Senghennydd einzunehmen», entgegnete Meurig, und seine Beharrlichkeit wirkte auf Iestyn wie ein rotes Tuch.

«Er hatte den Platz inne, den ich ihm zugeteilt habe, nichts weiter», donnerte Iestyn.

«Das sehe ich anders», beharrte Meurig. Obwohl seine sanfte Stimme an die seines Vater erinnerte, war es für die hier Versammelten offensichtlich, dass Meurig über eine Zielstrebigkeit und Entschlossenheit verfügte, die sein Vater nicht besessen hatte. Er hielt dem eisernen Blick seines Onkels stand. «Meine

Mutter – Eure Schwester – hat immer gesagt, Ihr hättet sie mit meinem Vater verheiratet als Zeichen dafür, dass Ihr seinen Aufstieg zu einem höheren Rang anerkennt. Er hatte seine Macht innerhalb Senghennydds bereits immens ausgedehnt und wurde nur durch seinen unerwartet frühen Tod aufgehalten. Ich möchte nicht gegen Euch in den Kampf ziehen müssen, bin aber fest entschlossen, zu Ende zu bringen, was mein Vater begonnen hat.»

«Und uns dabei direkt in die Arme von König Henry zu treiben», stieß Iestyn wütend hervor, sprang auf und näherte sich seinem Neffen. «Du junger Dummkopf, hast du denn gar nichts gelernt daraus, wie er mit Powys verfahren ist?»

«Lord Meurig, Ihr seid mit Euren 21 Jahren in der Tat noch jung, aber Ihr seid kein Dummkopf», fuhr Rhodri dazwischen. «Niemand von uns bezweifelt, dass Ihr ein fähiger Krieger seid. Viele Male habt Ihr Euren Vater an diesen Hof begleitet und seid Euch deshalb bestens bewusst, dass die Normannen in den fünf Jahren, die Henry jetzt an der Macht ist, einige unserer Ländereien in ihren Besitz bringen konnten. König Henry manipuliert unsere Fürsten und spielt sie gegeneinander aus, wie seine heuchlerischen Verbindungen mit dem Hause Powys deutlich zeigen.»

«Ihr hört Euch fast so an, als bewundertet Ihr ihn», warf Hywel, Meurigs engster Berater, sarkastisch ein. «Nicht sonderlich überraschend für einen Mann, der es der Witwe seines Bruders erlaubt hat, einen Normannen zu heiraten.»

Rhodri warf ihm einen undurchdringlichen Blick zu. «Wir sind nicht hier, um meine Familienangelegenheiten zu erörtern», sagte er mit eisiger Stimme. «Und falls Ihr Wert darauf legt, Eure Zunge zu behalten, dann solltet Ihr sie hüten. Beleidigt mich, und Ihr beleidigt uns alle.»

Hywel öffnete den Mund und hatte offenbar eine scharfe Erwiderung auf den Lippen, zog es jedoch vor zu schweigen, als sich die beiden stämmigen Söhne Rhodris neben ihrem Vater aufbauten.

«Ihr habt völlig Recht, Lord Rhodri, wir sind nicht hier, um über Eure Familie zu sprechen», griff Meurig ein und warf Hywel einen warnenden Blick zu.

Susanna beobachtete ihren Onkel genau, ihr entging nicht, dass er den jungen Mann voller Respekt musterte. Meurig hatte mit fester Stimme zu ihm gesprochen und war den ganzen Abend lang nicht von seiner Haltung abgewichen. Aber ihr Onkel und ihre Cousins waren nicht nur erfahrene Krieger, sie besaßen zudem ausgedehnte Ländereien in Morgannwg und Gwynllwg, den beiden mächtigen Nachbarn Senghennydds, und konnten Meurig somit dauerhafter schaden, als es eine kleine Schlägerei hier vermochte. Meurig blieb nichts anderes übrig, als ihre Position zu akzeptieren, aber gleichzeitig war er nicht bereit, seine eigene aufzugeben. Diese Haltung beeindruckte Susanna. Sie warf einen kurzen Seitenblick auf Idwal, der wie sie mit angehaltenem Atem und weit aufgerissenen Augen die Auseinandersetzung verfolgte. Es gab keinen Zweifel daran, wie groß der Einfluss ihres Onkels war, denn tatsächlich blickte Hywel zwar finster drein, sagte aber kein Wort mehr, und auch Iestyn kehrte murrend an seinen Platz zurück. Susanna betrachtete gebannt ihre beiden Cousins, die geradezu bedrohlich wirkten. Als sie und ihre Geschwister zu Schutzbefohlenen Onkel Rhodris wurden, waren dessen Kinder bereits erwachsen gewesen. Ihre Cousine Cristyn war mit einem Lord aus Upper Gwent verheiratet und kam nur selten zu Besuch, aber die Jungen hatten sich viel um sie gekümmert, mit ihnen gespielt und sie mit dem Hofleben vertraut gemacht. Ihre Cousins jetzt als so Furcht erregend zu erleben, war für Susanna eine neue Erfahrung. Plötzlich packte sie Idwal am Arm und kniff zu. Maredudd, der ältere Cousin, hatte sich umgedreht und sie entdeckt. Er grinste allerdings nur und zwinkerte ihnen zu, während er an seinen Platz zurückging. Susanna und Idwal grinsten zurück; Maredudd würde sie sicher nicht verraten. Dann widmeten sie ihre Aufmerksamkeit wieder Iestyn und Meurig, völlig gefesselt von der Spannung, die in der Luft lag, und insgeheim hoffend, dass sich das Ganze weiter zuspitzen und noch Aufregenderes passieren würde.

«Verweigert Ihr mir mein Recht, den Platz meines Vaters einzunehmen?» Meurig forderte von Iestyn eine klare Aussage. Seine ganze Haltung – die sprungbereiten Beine, die geballten Fäuste und die angespannten Muskeln seiner Arme – war eine einzige Herausforderung.

«Natürlich bist du der Erbe seiner Ländereien», gab Iestyn schnippisch zurück. «Du hast keine Brüder, folglich gibt es auch keine anderen Anwärter.»

«Ich bin nicht hier, um mit Euch über meine Ländereien zu sprechen. Wie Ihr selbst sagt, gibt es außer mir keine Anspruchsberechtigten. Ich bin hier, weil Ihr mir gesagt habt, ich hätte über Senghennydd nicht die Machtbefugnisse eines Prinzen.» Meurig sprach leise und mit ruhiger Stimme, klang aber dennoch drohend.

«Senghennydd ist kein unabhängiges Fürstentum», sagte Iestyn entschieden, lehnte sich in seinen Stuhl zurück und strich über seinen ungepflegten Schnurrbart, als sei Meurig nicht weiter wichtig und das Gespräch langweile ihn allmählich.

«Lord Meurig», sagte Rhodri, als er das wutentbrannte Gesicht des jungen Mannes sah. «Ihr seid noch nicht lange mit den Aufgaben eines Lords betraut. Außerdem seid Ihr der Sohn der Schwester Lord Iestyns. Er hegt keinerlei Bestreben, gegen Euch in den Kampf zu ziehen, sondern wünscht vielmehr, Ihr würdet Euch mit ihm verbünden, um weitere feindliche Einfälle der Normannen zu verhindern. Nicht wahr, Mylord?» Sein Blick ließ nicht von Iestyn ab, bis dieser widerwillig nickte. «Es ist in Euer beider Interesse, dafür zu sorgen, dass die Normannen nicht über die Niederungen hinaus weiter vordringen», fuhr er auf seine überzeugende Art fort. «Und da Tongwynlais im Süden Senghennydds gefährlich nah an Cardiff grenzt, ist Euch seine Unterstützung sicher wertvoller als seine Feindschaft. Es ist schließlich nicht leicht, an verschiedenen Fronten gleichzeitig Krieg zu führen.»

Dieses Mal bekam Meurig Rhodris stechenden Blick zu spüren und war gezwungen zuzustimmen. Er entspannte seine geballten Fäuste und nickte ebenfalls zögerlich.

«Dann sind wir uns also einig. Lord Iestyn erlaubt Euch, Euer Land in Frieden zu regieren, und im Gegenzug erkennt Ihr die Vormachtstellung Morgannwgs über Senghennydd an.» Rhodri breitete die Arme in Richtung der beiden Männer aus, damit sie aufeinander zugingen und sich den Friedenskuss gaben. «Jetzt lasst uns darauf anstoßen», fuhr er fort, nachdem die Geste vollzogen war, und schnippte mit den Fingern, damit die Dienstboten die Erfrischungen brachten.

Rhodri lenkte die Gespräche auf betont friedlichere Themen, und obwohl die Stimmung leicht angespannt blieb, fügten sich alle. Meurigs Blick blieb auf Rhodri geheftet, und er nippte nachdenklich an seinem Weinbecher.

Nachdem der hitzige Streit beigelegt war und die Männer sich über Kriegsführung und Kampfstrategien unterhielten, wurde es für Susanna langweilig. Ihr fielen gerade fast die Augen zu, da stieß Idwal sie mit dem Ellbogen heftig in die Rippen. Sie warf ihm einen vernichtenden Blick zu und rieb sich die schmerzende Stelle. Wenn Idwal damit nicht aufhörte, wäre sie bald mit blauen Flecken nur so übersät.

«Setz dich hin, Maredudd ist im Anmarsch», zischte er.

Da stand Maredudd schon vor ihnen. «Du wirst heute Abend bei uns Männern sitzen, Idwal», begrüßte Maredudd die beiden. Er grinste, denn Idwal sah ihn mit großen Augen überrascht und freudig an. «Papa meint, da du sowieso schon die ganze Zeit hier gewesen bist, könntest du dir den Rest auch in einer etwas bequemeren Position anhören.»

«Onkel Rhodri weiß, dass wir hier sind?», fragte Idwal besorgt.

«Du bist jetzt fast vierzehn, mein Junge, er wusste, dass du einfach nicht wegbleiben konntest. Und was dich angeht, meine kleine Pfingstrose», wandte sich Maredudd höchst amüsiert Susanna zu, die sich soeben bemühte, ihre Fohlenbeine aus den verhedderten Röcken zu befreien. «Da die wichtigsten Punkte geklärt sind, wird Iestyn gleich zum Essen rufen.» Er streckte die Hand aus, um ihr aufzuhelfen. «Und ich würde vorschlagen, du flitzt schnellstens in die Küche, wo du schon längst bist, wie ich Mama sagte. Wie ich hörte», er musste lachen, während er kleine Binsenstücke aus ihrem zerzausten Haar zog, «sollst du Iestyn und seine Gäste nach dem Essen unterhalten. Ich bin also gespannt, was Mama sagen wird, wenn sie dich so sieht!»

Susanna konnte sein schallendes Gelächter noch hören, als sie schon in Richtung Küche davonschoss und Stoßgebete gen Himmel schickte. Hoffentlich fand eine der Mägde Zeit, sie ein bisschen vorzeigbarer herzurichten, bevor Tante Gwen sie erwischte.

Nachdem das Essen serviert war, wandte sich das Gespräch privateren Themen zu. Rhodri saß gemeinsam mit Idwal und Maredudd um ein Schneidebrett herum. Er schnitt ein riesiges Stück Fleisch von dem Braten, spießte es mit seinem Messer auf, biss ab und wies dann damit auf Idwal, wobei er Blut und Fleischsäfte verspritzte. «Du solltest Maredudd zu deinen Ländereien in Gwynllwg begleiten, wenn er sich das nächste Mal dorthin begibt», sagte er zwischen zwei Bissen.

«Ich?», fragte Idwal freudig.

«In Kürze erreichst du das Mannesalter. Du musst anfangen, dich in der Öffentlichkeit zu zeigen und die Leute wissen lassen, wer ihr Lord sein wird», brummte Rhodri und biss wieder von dem Fleisch ab.

«Aber vergiss nicht: Noch trage ich die Verantwortung, jedenfalls für eine Weile», rief Maredudd gut gelaunt und füllte Idwals Becher mit Bier, wobei er das meiste verschüttete. Sie erhoben alle die Becher und stießen in Hochstimmung und bestem Einvernehmen an.

Vom anderen Ende des Saals aus beobachtete Susanna ihren Bruder neidisch. Unter den wachsamen Augen ihrer Tante und der anderen Hofdamen musste sie beim Essen ganz still sitzen. Es war ihr nicht einmal erlaubt worden, sich zu den anderen Mädchen zu setzen, stattdessen musste sie sich ein Stück Braten mit ihrer Tante teilen, die entschlossen war, Susanna nicht aus den Augen zu lassen, bis sie vor den Gästen gesungen hatte. Susanna schaute an dem Kleid herunter, in das ihre Tante sie gesteckt hatte. Im Unterschied zu dem noch sehr kindlichen, einteiligen Kittel, den sie sonst trug, war dieses hier aus zwei Teilen gearbeitet. Die anderen Mädchen hatten ihr neidische Blicke zugeworfen, und Susanna musste immer wieder mit stolzem Lächeln die aufwendigen Stickereien an den Innenseiten der weiten Ärmel befühlen. Das Mieder war aus einem elastischen, gestrickten Wollstoff gefertigt und schmiegte sich eng an ihren Körper, während die Röcke aus einem feineren, leichten Gewebe bestanden, das locker über den steifen Leinenunterrock fiel. Sie war diese Kleidung nicht gewöhnt und musste Acht geben, sich nicht mit den Füßen im Stoff zu verheddern. Unruhig rutschte sie auf ihrem Stuhl herum. Obwohl das Oberteil sowieso schon eng saß, hatte ihre Tante das Mieder so fest geschnürt, dass das Unterkleid zusammengepresst wurde und die Falten unangenehm drückten.

«Hör auf herumzuzappeln, Kind», ermahnte Tante Gwen Susanna, schürzte die Lippen und musterte ihre Nichte mit kritischem Blick. «Halt den Kopf gerade. Es ist schon eine ganze Weile her, dass wir so hochgeborene Lords zu Besuch hatten, und ich möchte nicht die Gelegenheit versäumen, dich ihnen vorzuführen. Wenn es dann an der Zeit ist, Eheverhandlungen zu führen, sollen sie sich an dich als eine gepflegte und fügsame junge Dame erinnern und nicht als ein im Wald herumtollendes Schmuddelkind.»

Susanna biss sich auf die Unterlippe; sie war alles andere als begeistert von der Aussicht, wie ein prämiertes Schaf vorgeführt zu werden. Dennoch blieb sie ruhig sitzen, als Tante Gwen ihr das Haar aus dem Gesicht strich, an ihrem Kleid herumzupfte und das Mieder noch gefälliger zurechtzog.

«Ich weiß, dass du mich nicht enttäuschen wirst, Susanna», fuhr Tante Gwen in sanfterem Tonfall fort. «Und du musst dir auch keine Sorgen machen. Bis zum Heiraten dauert es noch ein paar Jahre.» Sie lächelte ihre Nichte liebevoll an. «Heute Abend wollen wir lediglich ein paar Saatkörner auswerfen. Mir scheint, als sei das Essen fast vorüber, denn deine Harfe wird in den Saal getragen. Steh auf und lass mich dich anschauen.»

Ein letztes Mal zupfte sie an Susannas Haar und Kleid herum, bevor sie ihre Nichte an die Harfe schickte. Zuerst schenkte dem niemand Beachtung, aber sobald Susannas wohlklingende Stimme melodisch den Saal durchdrang, verstummten plötzlich alle. Für ein Mädchen, das gern wild herumtollte, hatte sie eine überraschend süße und geradezu bezaubernde Stimme, die noch unterstützt wurde von den Klängen, die ihre geschickten Finger der Harfe entlockten.

Auf den Gesichtern der Männer waren die unterschiedlichsten Reaktionen zu lesen. Rhodris gerötetes Gesicht glühte vor Vaterstolz, während seine Söhne sich amüsiert angrinsten. Ihre Mienen verfinsterten sich jedoch sofort, als sie den Anflug von Lüsternheit in Iestyns Zügen sahen. Die meisten lauschten mit mäßigem Interesse, bis ihnen klar wurde, wer dieses Mädchen eigentlich war. Einige murmelten einander Bemerkungen zu, denn selbst der härteste Kriegsherr war Klatsch und Tratsch nicht gänzlich abgeneigt. Am meisten überrascht aber war eindeutig Idwal. Susanna war sein bester Kumpel, jemand, mit dem er Geheimnisse teilen und Streiche aushecken konnte. Jetzt sah er seine Schwester auf einmal mit anderen Augen. Ihr rosenfarbenes Damastkleid betonte den zarten Teint und bedeckte züchtig die knospenden Brüste. Das Kerzenlicht spiegelte sich in ihrem glänzenden schwarzen Haar, das ihr wie ein Fluss aus dunklem Gold über den Rücken fiel. Zwei Strähnen umrahmten ihr Gesicht, während sie vorgebeugt die Saiten der Harfe zupfte. Als sie den Kopf hob, war es aber vor allem der Ausdruck in ihrem Gesicht, der Idwals Aufmerksamkeit erregte. Normalerweise war es verschlossen und wachsam, heute Abend wirkte es offen und zeigte ihre unverhohlene Freude an der schönen Musik. Ihre Augen strahlten, während sie sich ganz den Klängen hingab und all die Leute um sich herum offenbar völlig vergaß.

«Das ist meine Schwester», entfuhr es Idwal beinahe ehrfurchtsvoll. Ihm wurde erst bewusst, dass er laut gesprochen hatte, als Lord Meurig von Senghennydd ihm antwortete.

«Bezaubernd, wirklich bezaubernd.» Meurigs Augen schienen wie gefangen von der Schönheit des Mädchens – und sein politisches Interesse galt ihrer Blutsverwandtschaft mit Rhodri.

Das Lied war zu Ende, und Susanna zog sich wieder zu den anderen Frauen zurück. Iestyns Barde nahm ihren Platz ein und rezitierte Gedichte über vergangene Schlachten und ruhmvolle Siege. Nachdem Idwal sich wieder gefangen hatte, beeilte er sich, zu Susanna zu kommen.

«Du hast dich ja mächtig herausgeputzt», zog er sie frech auf.

«Ich kann es gar nicht erwarten, aus diesem engen Kleid herauszukommen und mir die Haare zusammenzubinden», stöhnte sie und strich ihre lange Mähne zurück. Nachdem der Zauber der Musik verflogen war, wollte sie nicht länger im Zentrum der Aufmerksamkeit stehen.

«Oh, Susanna, jetzt verdirb nicht den Spaß. Alle waren hingerissen – ganz ehrlich!»

«Andere mit weiblichem Charme zu betören überlasse ich Ffenna. Sie beherrscht das bis ins Letzte», entgegnete Susanna. «Im Wettstreit mit ihr wäre ich chancenlos.»

«Wärst du nicht, und das weißt du ganz genau. Du hast es soeben bewiesen. Onkel Rhodri sah aus, als würde er jeden Moment vor Stolz platzen.»

Susanna schoss vor Freude das Blut in die Wangen. «Wirklich?», hakte sie sofort nach. Ständig bemühte sie sich verzweifelt, es ihrem Onkel recht zu machen – jetzt war sie außer sich vor Begeisterung, ihn gerade heute nicht enttäuscht zu haben.

Idwal nickte. «Andere legten übrigens mehr als nur höfliches Interesse an den Tag. Wir werden keine Probleme haben, einen Ehemann für dich zu finden», flüsterte er ihr ins Ohr.

«Vorher brauchen wir erst einmal eine Ehefrau für dich», erwiderte sie und stieß ihn in die Rippen. «Du musst schließlich dafür sorgen, dass deine Ländereien in Familienbesitz bleiben.»

«Da wir gerade davon reden», sagte er und warf sich in die Brust. «Wenn Maredudd das nächste Mal nach Plas-Marl reitet, werde ich ihn begleiten. Und heute Nacht schlafe ich mit den Männern im Saal.»

Susanna sah ihn mit einer Mischung aus Neid und Stolz an. «Das ist ungerecht», seufzte sie. «Ich muss bei Tante Gwen schlafen.»

Sie beendeten ihre Neckereien, da der Barde jetzt begonnen hatte, die Männer zum Singen zu animieren. Susanna spürte eine Gänsehaut im Nacken, als sich der Chor erhob. Die Kraft und Eintracht so vieler Stimmen erweckten die besungene Schlacht förmlich zum Leben, und als das Crescendo das siegreiche Finale verkündete, schienen die Deckenbalken zu vibrieren. *Es ist mir egal, was über die Normannen gesagt wird,* dachte Susanna mit Tränen in den Augen, *auch wenn sie die Küstenstriche oder andere Gegenden von Wales erobern: Hierher werden sie niemals kommen, niemals.*

September 1105. Am Hofe Lord Iestyns, Morgannwg

«Idwal und Maredudd sind zurück, Onkel Rhodri», rief Susanna aufgeregt und kam atemlos in sein Zimmer gestürzt. Sie war quer über den ganzen Burghof gelaufen, und ihr leinener Überrock war mit Schlammspritzern gesprenkelt.

«Nun, dann lass uns gehen und das Geburtstagskind begrüßen», dröhnte Rhodri lächelnd, dann fasste er Susanna am Arm und begleitete sie durch den engen Gang in die Halle. Rhodri hatte die Gelegenheit von Iestyns Abwesenheit genutzt und eine Geburtstagsfeier für Idwal organisiert. Der ganze Raum war mit Herbstblumen geschmückt und wirkte viel einladender als sonst. Der Koch hatte ein besonderes Mahl vorbereitet: gebratenes Wildbret, gefüllte Gans und in Bier marinierten Fisch. Überall duftete es köstlich, was Susanna daran erinnerte, dass sie vor lauter Aufregung außer einem kargen Frühstück heute noch nichts gegessen hatte.

Idwal freute sich riesig und sprudelte förmlich über vor Begeisterung, während er von seinem Aufenthalt in Plas-Marl erzählte. Rhodri stellte seinem Neffen einige Fragen und nickte anerkennend, denn Idwals Antworten zeigten, dass er einiges Wissen über die Bewirtschaftung von Ländereien erworben hatte. Während der letzten Wochen vor Idwals 14. Geburtstag hatte Rhodri die Zügel ein wenig gelockert und es Idwal wie versprochen erlaubt, Zeit auf seinen Ländereien in Gwynllwg zu verbringen, wenn auch in Maredudds Obhut. Aber Idwal hatte Maredudds Ratschläge gern angenommen; er wusste, dass der Cousin das Land nicht begehrte. Derartige Loyalität unter Familienmitgliedern war selten, und dessen war sich Idwal stets bewusst.

Mit einem Augenzwinkern reichte Susanna ihrem Bruder einen Becher Met und ignorierte Tante Gwens Seufzen. Susanna hatte nie verstehen können, warum Tante Gwen das innige Verhältnis zwischen ihr und Idwal missbilligte. Jedenfalls würde sie sich die Freude über Idwals Heimkehr nicht verderben lassen. Sie war es auch gewesen, die dieses Fest angeregt hatte. Schließlich war Idwal jetzt 14 Jahre alt und somit nach walisischem Recht erwachsen und nicht länger Schutzbefohlener Onkel Rhodris. In Wahrheit hatte Idwal natürlich noch eine Menge zu lernen und war weiterhin auf Rhodris Schutz angewiesen – aber das tat diesem Fest keinen Abbruch. Idwal errötete vor Freude, als sein

Cousin Maredudd ihm ein Jagdmesser für Männer überreichte. Er befestigte es sofort an seinem Gürtel, wo es für alle Zeiten seinen Platz haben würde. Onkel Rhodri schenkte ihm einen herrlichen Schild, dessen Lederbespannung so bearbeitet und fest über den umlaufenden Rahmen gezogen war, dass er hart wie Stahl war. Damit der Schild perfekt zu ihm passte, war das Symbol hineingeätzt, das das Wappen seines Vaters geziert hatte: eine senkrechte Säule in der Mitte des Schildes, die sowohl für Kampfstärke als auch für Tapferkeit stand. Entlang der Kanten lief eine Ziernaht, um Idwals Wappen von dem seines Vaters zu unterscheiden. Rhodri hatte im oberen Teil eine kleine Säule in Form eines Daches hinzufügen lassen. Sie stand als Zeichen für seinen Schutz. Idwal, sonst nie um einen Kommentar verlegen, war sprachlos. Und dann überreichte Susanna ihm auch noch einen wunderschönen gestickten Wimpel mit dem gleichen Symbol wie der Schild, in Rot und Blau gehalten, den Farben des starken und treuen Kriegers. Idwal musste schnell einen Schluck Met trinken, um seine Rührung zu verbergen.

«Dieser Wimpel wird über dem Podium hängen, wenn du eines Tages Herr in deiner eigenen Halle bist», sagte sie leise.

«In der du immer einen Ehrenplatz haben wirst», erwiderte er und küsste ihr die Hand, als wäre sie bereits die Dame des Hauses.

Das Fest verlief feuchtfröhlich und dauerte bis in die frühen Morgenstunden. Idwal trank wesentlich mehr Bier, als gut für ihn war. Als sein Gesicht eine grünliche Blässe annahm, schleppte Susanna ihn nach draußen.

Sie hielt ihren pelzbesetzten Umhang fest zusammen und versuchte den für diese Jahreszeit ungewöhnlich kalten Wind zu ignorieren, während sie Idwal stützte, der seinen kompletten Mageninhalt von sich gab. Dann setzte er sich stöhnend auf eine Steinbank. Susanna lockerte die Riemen seines dicken Wollgewandes, denn trotz des eisigen Windes hatte er Schweißperlen auf der Stirn.

«Es wird wohl noch eine Weile dauern, bis du dich im Biertrinken mit deinen Cousins messen kannst», bemerkte sie trocken.

«Unwahrscheinlich, dass ich das Zeug jemals wieder anrühre», stöhnte er, brachte aber die Andeutung eines Lächelns zustande. «Du zitterst ja, geh wieder zurück in den Saal. Ich komme gleich nach», ächzte er und schloss die Augen.

«Ich lasse dich in diesem Zustand nicht allein. Komm, lass uns ein paar Schritte gehen.» Idwal erhob sich mühsam und hakte sich bei Susanna unter. Eine Weile gingen sie schweigend nebeneinanderher. Aus der Halle drang gedämpft der Festlärm herüber.

«Es geht mir schon ein wenig besser», sagte Idwal schließlich.

«Besser raus als rein, wie der alte Cadell zu sagen pflegte», grinste Susanna. Dann sah sie ihn ernst von der Seite an und fragte leise: «Bist du hier eigentlich glücklich, Idwal?»

Er nahm ihre Hand und drückte sie fest. «Du meinst, als verlassenes Kind, das gnädigerweise aufgenommen wurde?» Idwal wusste immer, was seine Schwester dachte. «Onkel Rhodri und Tante Gwen haben uns nie anders behandelt als ihre eigenen Kinder», fügte er rasch hinzu.

«Sie kümmern sich zweifellos gut um uns, aber es ist schwer, zu vergessen, dass wir schlicht und einfach verlassen wurden», erwiderte Susanna, während sie langsam zurückgingen. «Für Ffenna ist es anders. Sie hat Papa nie kennen gelernt und war noch so klein, als Mama uns verließ, dass sie sich nicht an sie erinnern kann. Für sie ist Tante Gwen ihre Mutter, und sie hängt sehr an ihr.»

Idwal legte den Arm um seine Schwester und zog sie fest an sich. «Ich werde nicht allzu lange damit warten, meinen Anspruch auf Plas-Marl geltend zu machen. Du wirst mit mir gehen, nicht wahr? Natürlich nur, bis wir einen Ehemann für dich gefunden haben!»

«Ich habe es mit dem Heiraten nicht so eilig, und vor allem

will ich keinen alten Mann. Wähle also gut, Bruderherz.» Susanna boxte ihn in die Rippen. «Ich kann mir nichts Schöneres vorstellen, als mit dir zusammen in unserem alten Zuhause zu leben», fügte sie seufzend hinzu.

Idwal küsste sie zärtlich auf den Scheitel. «Dann wäre es also abgemacht. Wir beide gegen den Rest der Welt!», verkündete er grinsend. Dann wurde er plötzlich wieder ernst. «Tante Gwen und Onkel Rhodri sind zwar unsere Verwandten, aber du und ich, Susanna, wir sind aus dem gleichen Fleisch und Blut, und dieses Band zwischen uns ist stärker als alles andere.»

Susanna erwiderte seine Umarmung. *Was auch immer passieren mag, wir haben uns und können uns jederzeit aufeinander verlassen,* dachte sie lächelnd. Arm in Arm schlenderten sie zurück in die warme Halle, zum Gegröle der Betrunkenen.

Februar 1106

Onkel Rhodri war an diesem Morgen aus Talyfan zurückgekehrt. Er hatte einen Angriff der Normannen zurückschlagen müssen, die ihr Territorium auf Kosten von Morgannwg erweitern wollten. Wieder zurück, hatte er unverzüglich Iestyn in seinem Privatgemach aufgesucht, um ihn von dem Erfolg in Kenntnis zu setzen – doch daraus hatte sich eine heftige Auseinandersetzung entwickelt.

Obwohl es keine Zeugen dieses Streits gab, spürten alle im Haus die angespannte Atmosphäre. Beim Abendessen war die Stimmung gedrückt. Dennoch grinste Idwal Susanna unbeirrt an, während sie ihren Pflichten nachkamen und am Tisch der Lords servierten. Aber Susanna schaute betont weg, denn ihr war nicht entgangen, dass Tante Gwen missbilligend die Stirn runzelte.

Feinfühliger für die eisige Stimmung als Idwal, huschte Susanna leise zwischen den Männern umher, füllte Becher nach und hielt ihren Körper geschickt von Iestyns grapschenden Händen fern. Während der letzten sechs Monate hatte sie sich sehr verändert, sie wurde unübersehbar langsam zur Frau. Sie war gewachsen, und ihre Figur hatte weibliche Rundungen bekommen, nach Ansicht ihrer Tante in geradezu erschreckender Weise. Aber Susanna gefiel es – und Iestyn leider auch. Susanna entging nicht die eisige Kälte im Blick ihres Onkels, als Iestyn Susanna begehrlich betrachtete. Nervös kaute sie auf ihrer Wange herum. Sie wollte keinen Anlass zu einer neuerlichen Missstimmung zwischen den beiden Männern geben. Onkel Rhodri war unglaublich wütend gewesen, als er von Iestyn kam. Er war in das Zimmer gestürzt gekommen, das er mit Tante Gwen bewohnte, und hatte getobt, dass Iestyn die Undankbarkeit in Person sei. Statt Anerkennung für den Sieg in Talyfan zu ernten, hatte Rhodri sich vorwerfen lassen müssen, er begehre die Herrscherkrone. Unter dem Mantel seiner Wut war Onkel Rhodri tief verletzt. Als direktem Nachkommen Morgans, dem Morgannwg seinen Namen verdankte, floss in Rhodris Adern das gleiche königliche Blut wie in Iestyns. Dennoch hatte er von Anfang an Iestyns Herrschaftsanspruch unterstützt. Lange Zeit waren zwei Söhne Iestyns in seiner Obhut gewesen, und wenn die Zeit gekommen war, würde er dafür sorgen, dass sie ihr Geburtsrecht in Anspruch nehmen konnten.

Durch Iestyns Verdächtigungen und kleinliche Zankereien drohte sein Königreich allmählich zu zerfallen. Er verfügte schon längst nicht mehr über die Macht, die er noch zehn Jahre zuvor innehatte, wohingegen Rhodris Einfluss stetig wuchs. Die anderen Lords mochten zwar Iestyns Hof unterstellt sein, aber es war Rhodri, auf dessen Wort sie hörten. Er hatte nie nach der Macht gestrebt, sondern war zufrieden, seine Dienste in Kriegszeiten zur Verfügung zu stellen und sich danach wieder zurückzuziehen und sich um seine Ländereien und die Familie zu kümmern. Stattdessen musste er nun am Hof bleiben, Quertreiber zur Räson bringen und Streitigkeiten so gut es ging verhindern. Und es oblag ihm, jegliche Zweifel bei den Normannen zu beseitigen, dass sie auf heftigsten Widerstand stoßen würden, sobald sie versuchten, weiter auf walisisches Territorium vorzudringen.

Aber seine Toleranz Iestyn gegenüber hatte ihre Grenzen. Rhodri stand abrupt auf und nahm Susanna den Weinkrug aus der Hand. «Du kannst dich zurückziehen, Susanna, wir bedienen uns selbst», bestimmte er in sanftem Ton und küsste sie zärtlich auf die Stirn. «Geh in meine Gemächer», sagte er, ohne sich auch nur mit einem Blick Iestyns Einverständnis darüber einzuholen, dass er Susanna aus ihren Diensten entließ. Damit demonstrierte er nicht nur, dass seine Nichte unter seinem Schutz stand, sondern er zeigte auch deutlich, über wie viel Macht er an diesem Hof verfügte. Dass die anwesenden Lords sich jedes Kommentars enthielten, machte Iestyn dies zweifelsfrei klar. Er mied Rhodris eisigen Blick, aber beide Männer wussten, dass der Kampf um die Vormachtstellung sich sowohl innerhalb als auch außerhalb Morgannwgs vollziehen würde.

Im Zimmer ihres Onkels und ihrer Tante wartete Susanna ungeduldig auf Idwal. Dass man sie weggeschickt hatte, bekümmerte sie. Obwohl sie sich völlig darüber im Klaren war, dass der Zwist zwischen ihrem Onkel und Iestyn nichts mit ihr zu tun hatte, meinte sie, Rhodri irgendwie enttäuscht zu haben, und ging im Kopf ihr Verhalten während des Essens noch einmal Schritt für Schritt durch. Aber sie hatte keinen Met verschüttet, den Blick immer sittsam nach unten gerichtet und nicht einmal Idwal angesehen, obwohl sie ganz genau wusste, dass er sie angrinste. Und jetzt war sie hier mit Ffenna eingesperrt und musste ihrem nie enden wollenden Geplapper zuhören. Viel lieber würde sie jetzt die Ohren spitzen, um etwas vom Gespräch der Männer mitzubekommen, während sie vorgab, der Unterhaltung der Damen zu lauschen. Zum Glück schlief Ffenna endlich ein.

Als sich die Tür öffnete, hob Susanna erwartungsvoll den Kopf, senkte ihn aber sofort wieder – es war nur Tante Gwen.

«Jetzt schau nicht so enttäuscht», sagte Gwenllian.

«Wo ist Idwal?», fragte Susanna.

«Er genießt seinen neuen Status im Kreis der Männer. Du musst endlich begreifen, dass ihr keine Kinder mehr seid und eure Wege von nun an getrennt verlaufen werden», sagte ihre Tante ein bisschen sanfter.

«Was meinst du damit? Er wird doch nicht weggeschickt, oder?» Irgendetwas am Verhalten ihrer Tante ließ Susanna aufhorchen.

«Nein, nein, er wird am Hof bleiben, zumindest noch für eine Weile.» Tante Gwen zögerte, bevor sie fortfuhr: «Aber wir werden weggehen. Ich bringe dich und Gorffenna nach Bryn y Ffin. Die Entscheidung ist bereits gefallen», fügte sie rasch hinzu, als Susanna Anstalten machte zu protestieren.

«Aber warum?», schmollte Susanna.

«Dein Onkel und ich sind der Meinung, dass der Hof Lord Iestyns in so unsicheren Zeiten wie diesen kein Ort für junge Mädchen ist. Es werden Dinge gesagt und getan werden, von denen ich nicht möchte, dass du sie mitbekommst.»

«Es ist wegen des Interesses, das Lord Iestyn neuerdings für mich an den Tag legt, nicht wahr?», bohrte Susanna.

«Ich weiß nicht, wovon du redest. Lord Iestyn gibt nichts auf Kinder», erwiderte Tante Gwen steif. Sie bedeutete der Magd, ins andere Zimmer zu gehen, und vergewisserte sich, dass Gorffenna nicht aufgewacht war.

«Aber ich bin kein Kind mehr, nicht damit», sagte Susanna und fasste sich ungeniert an die Brüste. «Lord Iestyn ist ein alter Ziegenbock, der nach allen Mädchen schielt. Ich unterscheide mich darin nicht von den anderen. Warum also muss ich weggehen?»

«Die anderen Mädchen stehen auch nicht unter Onkel Rhodris Schutz», sagte Gwenllian leise, setzte sich neben Susanna und nahm ihre Hand, ein sicheres Zeichen, dass dies ein ernstes Gespräch war. «Susanna, du bist für ihn wie eine Tochter, und er will deine Ehre schützen, wie jeder Vater.»

Susanna senkte den Blick, weil Tante Gwen sie so ernst ansah. Über Lord Iestyns wollüstiges Verhalten wurde unter den jungen Mädchen schon lange gescherzt. Er interessierte sich jeweils für das jüngste, gerade zur Frau erblühende Mädchen. Kichernd wurden Wetten abgeschlossen, wer die Nächste sein würde, und einige Monate zuvor hatte die Mehrheit für Susanna gestimmt. Sie hatte bisher nicht über die Konsequenzen nachgedacht, aber ihre Tante hatte Recht.

«Das ist einfach ungerecht, verdammt nochmal!» Susanna stand abrupt auf und stampfte durch das Zimmer.

«Susanna! Ich möchte nicht, dass du dich solcher Wörter bedienst», wies Gwen sie scharf zurecht. «Offensichtlich wird es höchste Zeit, dich aus dem Einflussbereich des Lebens bei Hofe zu entfernen. Du hast Recht, du bist kein Kind mehr. Nächsten Monat wirst du zwölf. Du musst allmählich die Pflichten einer Frau erlernen. Bisher hast du keinerlei Erfahrung darin, einen Haushalt zu führen, und ohne diese Kenntnisse bist du wohl kaum eine gute Partie.» Ihre Gesichtszüge entspannten sich, sie stand auf, ging zu Susanna, fasste sie an beiden Händen und fuhr mit sanfterer Stimme fort: «Ich weiß, dass dir das aufregende Leben zuerst fehlen wird, aber glaube mir, die kommenden Monate werden hier sehr schwierig werden. Und jetzt komm», sagte sie lächelnd, «lass uns zu den anderen in die Halle zurückgehen, sonst denkt dein Onkel noch, wir wären bereits abgereist. Aber bleib immer dicht bei mir», fügte sie mahnend hinzu.

Susanna stieg vorsichtig über die Körper der Schlafenden hinweg, bis sie vor ihrem Bruder stand. Sie berührte ihn leicht an der Schulter und lächelte, weil er sofort hellwach war.

«Ich konnte nicht schlafen», sagte sie leise.

«War mir klar», flüsterte er verschmitzt grinsend.

Sie nahmen eine Decke und zogen sich in einen Winkel des Saals zurück, wo sie ungestört reden konnten. Trotzdem flüsterten sie.

«Du weißt, dass ich nach Bryn y Ffin muss?», fragte Susanna niedergeschlagen, während Idwal die Decke um sie beide wickelte.

Er nickte mitfühlend. «Ich habe versucht, mit Maredudd darüber zu reden, aber er meinte, Onkel Rhodri sei fest entschlossen. Die Stimmung zwischen ihm und Lord Iestyn ist momentan ziemlich gespannt, und ich fürchte, wenn der alte Bock dich anrührt, hätte das schlimmere Konsequenzen, als es der Sache angemessen wäre.»

«Er versucht immer, uns zu befummeln», flüsterte Susanna und zog die Knie an den Körper, um sich zu wärmen.

«Zumindest bist du in Bryn y Ffin sicher, du könntest nicht tiefer in den Bergen versteckt sein. Die Normannen werden sich niemals so weit vorwagen», bemühte sich Idwal, sie aufzuheitern.

«Meinst du, ich sollte unserer Mutter sagen, wohin ich gehe?», fragte sie zögerlich, spürte jedoch, wie Idwal sich sofort versteifte. Obwohl er sich nicht von der Stelle bewegt hatte, schien plötzlich ein breiter Graben zwischen ihnen zu klaffen.

«Sie hat ihre Wahl getroffen, und die bestand darin, dass sie nichts mehr von uns wissen wollte», erwiderte er schroff.

«Bist du denn nicht ein kleines bisschen neugierig, Idwal? Sie hat uns immerhin gewarnt, dass der König Lord Fitzhamons Ländereien an sich reißt.» Susanna hätte so gern über die widerstreitenden Gefühle gesprochen, unter denen sie seit dem Besuch bei ihrer Mutter litt, aber Idwal wollte davon nichts wissen. Vorher war alles viel einfacher gewesen, Gwladys war nach England gegangen, in ein fremdes Land, für ein kleines Kind unvorstellbar weit weg. Die Normannen waren nicht weniger weit weg, aber seit dem Treffen war diese Frau für Susanna auf einmal wieder zu einem realen Menschen geworden. Und die Normannen, mit denen ihre Mutter leben wollte, entpuppten sich als Menschen aus Fleisch und Blut. Ihre Erinnerung an den Besuch stimmte wenig überein mit dem, was man bei Hofe über die Brutalität und Gefühlskälte der normannischen Barone erzählte. War ihre Mutter auch so? Sie hatte schließlich ihre Kinder verlassen. Und doch, so schoss es Susanna durch den Kopf, während sie nervös an der Decke herumzupfte, hatte sie Kontakt zu ihnen aufgenommen. Sie bedeuteten ihr also immer noch etwas. Susanna schielte auf Idwals versteinerte Miene und seufzte innerlich. Für ihn gab es nur Schwarz und Weiß, und seine Entwicklung zum Mann trug nicht gerade dazu bei, diese Sichtweise zu entschärfen. Wenn sie doch nur ein bisschen mehr so wie er wäre und sich nicht so viele Gedanken darüber machen würde, was in anderen vorging. Es bedrückte sie, dass er sich von ihr zurückzog, und sie fühlte sich schuldig, weil sie ihre Mutter erwähnt hatte.

«Du wirst mir fehlen», flüsterte sie und kuschelte sich dicht an ihn.

«Und du mir erst», gab er zurück, legte den Arm um sie und zog sie fest an sich. Er drückte sie lange und innig. Susanna hatte keinerlei Zweifel mehr, dass ihm genauso zumute war wie ihr. Etwas ging zu Ende, alles hatte sich verändert, und auch sie beide würden nie wieder dieselben sein.

kapitel drei

Dezember 1106. Bryn y Ffin, Morgannwg

Das Jahr verging wie im Flug, und trotz ihrer vorherigen Bedenken genoss Susanna den Aufenthalt auf dem Stammsitz ihres Onkels in Bryn y Ffin. Das Leben bei Hofe fehlte ihr wesentlich weniger, als sie befürchtet hatte, und die ruhige Atmosphäre des Ortes gefiel ihr sogar besser. Er lag so geschützt inmitten der dicht bewaldeten Berge, dass keine massiven Befestigungen nötig waren. Zwar patrouillierten zu jeder Zeit Wachen, aber man nahm sie kaum wahr, und das große Holztor wurde immer erst nach Sonnenuntergang geschlossen, sodass die Leute den ganzen Tag über nach Belieben ein und aus gehen konnten. Die große Halle, imposant und reich verziert, war so ausgerichtet, dass sie ständig von der Sonne beschienen wurde. Dadurch erhielten die hölzernen Wände eine warme rötliche Färbung, und das Gebäude wirkte auf jeden Besucher sehr einladend. Durch große Fenster hatte man vom Saal aus eine gute Sicht auf den Burghof mit all seinem Trubel. Am hinteren Ende kümmerten sich die Stallburschen um die edlen Pferde, und man hörte das Gemecker der Ziegen, wenn sie von den Mägden gemolken wurden. Etwa in der Mitte des Hofes lag der wundervolle Garten, den Tante Gwen liebevoll hegte und pflegte. Leider fand Gwen aber nur selten Zeit, sich darin zu entspannen und ihn zu genießen. Wie Susanna mit Freude feststellte, hatte Bryn y Ffin wesentlich mehr von einem Zuhause als jede Burg Lord Iestyns – es war geräumig, behaglich und beherrscht vom ganz alltäglichen Leben, nicht von Kriegsstrategien. Susanna gewöhnte sich schnell an dieses Leben; und Tante Gwen schien hier ein anderer Mensch zu sein. Als Herrscherin in ihrem eigenen Reich war sie weniger streng und angespannt als bei Hofe. Selbst äußerst kompetent in der Leitung des Haushalts und der Angelegenheiten Onkel Rhodris bezüglich der Ländereien, hatte sie zudem einen fähigen Verwalter, der sich während ihrer Abwesenheit um alles kümmerte und ihr sofort nach ihrer Rückkehr wieder das Zepter übergab. Dass es keine unterschwelligen Machtkämpfe zwischen Verwalter und Herrin gab, war ein Beweis für den Respekt, den man Tante Gwen hier entgegenbrachte.

Tante Gwen hatte Susanna Schritt für Schritt mit den Pflichten vertraut gemacht, die in ihrer Rolle als Ehefrau auf sie zukommen würden. Susanna verstand schnell und war eine eifrige Schülerin. Sie durfte Merfyn, den Verwalter, begleiten, wenn er seine Runde bei den Bauern machte, und Susanna fand großen Gefallen an diesen Ausflügen, weil sie dadurch jede der Familien kennen lernte. Sie hatte eine ganz eigene Fähigkeit, alle Menschen gleich zu behandeln, welchen Status sie auch hatten. Sie war sehr natürlich und legte keine Allüren an den Tag, sondern machte es sich zur Aufgabe, mit der persönlichen Situation jedes einzelnen Pächters vertraut zu sein. Nie vergaß sie ein Gesicht oder ein Ereignis, und die Leute waren ihr sehr zugetan. Im Laufe des Jahres hatte sie Merfyn fleißig über die Schulter geschaut, während er das Bestellen der Äcker organisierte und die erwirtschafteten Einnahmen kontrollierte. Und sie kümmerte sich darum, dass das Vieh zum Grasen auf abgeerntete Stoppelfelder getrieben wurde. Nachdem Susanna das Vertrauen ihrer Tante erworben hatte, wurde sie damit beauftragt, die Abgaben zu berechnen, und sie begleitete Merfyn, wenn er sie einsammelte.

Ein paar Tage zuvor war Merfyn die Treppe zum Wachhaus heruntergestürzt und hatte sich das Steißbein geprellt. Susanna wünschte ihm ganz bestimmt nichts Schlechtes, aber sie konnte sich nicht eines Anflugs freudiger Erregung erwehren, als Tante Gwen ihr zögernd erlaubte, an Merfyns Stelle zu den Bauern zu reiten und die Abgaben einzusammeln. Der Verwalter war nicht schwer verletzt, aber in seinem Zustand war es nicht angeraten, den ganzen Tag auf dem Rücken eines Pferdes zuzubringen. Susanna ergriff die Gelegenheit, für ein paar Stunden durch die umliegende Landschaft zu streifen. Gewissenhaft suchte sie der Reihe nach alle Pächter auf, wobei ihr der letzte, Ieuan, einer ihrer zuverlässigsten Bauern, Sorgen bereitete. Auf dem Rückweg hielt sie auf dem Bergrücken an und fragte sich, was Tante Gwen wohl zu dem Problem sagen würde. Ihre Augen tränten von dem kalten Wind, während sie sich umschaute und die kühle Luft tief einatmete. Susanna betrachtete ehrfürchtig die Landschaft, deren fesselnde Schönheit für einen Moment all ihre Sorgen beiseite schob. Obwohl die Bäume noch winterkahl waren, hatte die Natur nichts von ihrer Anmut eingebüßt. Ein Hügel erstreckte sich hinter dem nächsten, bis hin zum schneebedeckten Gebirge am Horizont. Der Anblick gab Susanna Kraft, und mit gestärktem Selbstvertrauen kehrte sie nach Hause zurück.

Seit kurzem war es Susanna erlaubt, ein kleines Zimmer in dem schmalen Holzgebäude zu nutzen, das sich an die rückwärtige Palisade schmiegte. Hierher ging sie, um die Einnahmen vom Vormittag zu überprüfen. Sie trug die letzten Zahlen in die Listen ein, die sie auf dem Tisch ausgebreitet hatte, addierte alle Einnahmen, notierte mit ihrer zierlichen Handschrift die Summe und ging abschließend alles noch einmal durch. Dann sammelte sie die Unterlagen ein und klemmte sie sich unter den Arm. Sie wollte sich auf die Suche nach Tante Gwen machen, die hoffentlich mit ihrer Arbeit zufrieden sein würde.

Susanna nahm an, ihre Tante in Onkel Rhodris Privatgemächern zu finden, folglich lief sie quer über den sonnenbeschienenen Hof zum Haupteingang der Halle. Es war ein wundervoller Tag, klirrend kalt, aber mit strahlend blauem Himmel. Susanna wich den Wasserspritzern aus, als die Wäscherin nasse Laken aus dem hölzernen Trog zog, um sie zum Trocknen aufzuhängen. Nachdem es tagelang nur geregnet hatte, wollte man sich das sonnige Wetter zunutze machen. Mit wichtiger Miene schritt Susanna durch den

Saal und raffte sorgfältig ihre Röcke, damit die Säume nicht zu staubig wurden. Der Saal war groß und geräumig mit zwei zentralen Feuerstellen und tiefen Fensternischen, in die man sich zurückziehen konnte, um ein bisschen Ruhe zu finden vor dem geschäftigen Haushalt. Die Stühle waren mit Kissen in gedeckten Beige-, Blau- und Grüntönen gepolstert, Farben, die so typisch waren für Tante Gwen – Reichtum ohne Prahlerei. Die Goldstickereien auf den Kissen der Fenstersitze waren Susannas Beitrag zur Einrichtung. Die hölzernen Säulen waren so poliert, dass sie wie Marmor schimmerten, und die auf den Binsen ausgestreuten frischen Kräuter verströmten einen angenehmen Duft, während Susanna, noch immer in ihren Stiefeln, auf Zehenspitzen darüber hinwegeilte. Ohne innezuhalten stieg sie die Stufen am hinteren Ende des Saals hinauf. Onkel Rhodris Arbeitszimmer und die Schlafgemächer lagen eine halbe Ebene höher. Susanna verharrte kurz und vergewisserte sich, dass keine Schmutzwasserflecken ihre Unterlagen verunzierten, bevor sie ihren Kopf durch die offene Tür ins Arbeitszimmer steckte. Sie hatte Glück. Tante Gwen war tatsächlich hier und sprach gerade mit Merfyn.

«Susanna!», rief Tante Gwen erfreut. «Du kommst genau im richtigen Augenblick. Ich überprüfe gerade mit Merfyn unsere Lebensmittelvorräte. In letzter Zeit hatten wir eine Menge Gäste, die über Nacht hier Schutz suchten und einen gesunden Appetit an den Tag legten. Die Weihnachtszeit naht, und ich erwarte die ganze Familie hier, einschließlich Cristyn und Rhys, die immer mit einem Riesengefolge reisen. Wir müssen sicherstellen, dass wir genug zu essen im Haus haben.» Beim Gedanken an ihre Tochter, die sie seit deren Heirat und dem Umzug nach Gwent wenig gesehen hatte, lächelte sie wehmütig. «Ich nehme an, die Liste mit den Einnahmen ist fertig?», fragte sie und wies auf die Unterlagen, die ihre Nichte fest an sich drückte.

Susanna nickte. «Ich wollte sie dir bringen, damit du nachprüfen kannst, ob ich alles richtig gemacht habe.» Sie legte die Unterlagen vor ihrer Tante auf den Tisch.

«Ich bin sicher, dass du das hast und wir so schnell keinen Fehler finden, nicht wahr, Merfyn?», fragte Gwen lächelnd.

«Gewiss, Mylady. Sie kommt ganz nach Euch», erwiderte Merfyn und zwinkerte Susanna zu, die daraufhin errötete.

«Dann wollen wir mal sehen», sagte Gwenllian leise, während sie die Spalten mit den Außenständen und den Einnahmen verglich. Wie Susanna erwartet hatte, runzelte ihre Tante die Stirn, als sie zu dem Eintrag hinter Ieuans Namen kam.

«Bei den Abgaben von Ieuan scheint etwas nicht zu stimmen. Seine Schuld ist mit Sicherheit höher als der Betrag, den er gezahlt hat.»

«Seine Situation ist momentan recht schwierig», erwiderte Susanna und trat unruhig von einem Fuß auf den anderen, weil sie sich unter dem strengen Blick ihrer Tante und den fragend gerunzelten Brauen des Verwalters unbehaglich fühlte.

«Inwiefern?», fragte Tante Gwen in scharfem Ton, wobei sie ihre Stimme leicht hob, wie immer, wenn etwas nicht so war, wie es sein sollte.

«Da die Normannen im Tiefland weiter vorgerückt sind, musste Ieuan Verwandte aufnehmen, die von ihrem Land vertrieben wurden. Und in den Wintermonaten ist es nicht leicht, so viele zusätzliche Mäuler zu stopfen», erklärte Susanna. Sie verschränkte nervös die Finger hinter dem Rücken und fürchtete, Tante Gwen könne glauben, der Farmer hätte ihre Jugend und Unerfahrenheit ausgenutzt.

Gwenllian schwieg, während sie die restlichen Zahlen durchging. «Ich kenne diese Familie sehr gut», sagte sie schließlich leise, «und habe sie immer als ehrliche Leute erlebt. Aber er hat kaum die Hälfte seiner Schuld beglichen. Hat sich seine Herde dieses Jahr gut entwickelt?»

Susanna nickte. «Ja, die meisten Kälber und Lämmer haben überlebt. Aber die Familie seines Bruders ist an das fruchtbarere Land im Tal gewöhnt, sie haben noch keine Erfahrung damit, hier oben Felder zu bewirtschaften.»

Susanna hatte Mitleid mit den Not leidenden Bauern gehabt und versuchte ihrer Tante nun verständlich zu machen, warum sie weniger Abgaben von Ieuan akzeptiert hatte. Sie wollte unbedingt verhindern, dass Tante Gwen ihr die neu erworbene Verantwortung wegen dieser Entscheidung wieder abnahm.

Gwenllian nickte kurz. «Ja, das kann schon sein. Aber sie kennen das Land, schließlich sind sie bisher jedes Jahr für ein paar Monate auf die Sommerweiden gezogen. Ich verstehe die Notsituation, aber eine so geringe Abgabe kann ich nicht akzeptieren. Du wirst noch einmal zu Ieuan gehen müssen, Susanna. Ich werde nicht den gesamten Zins verlangen, wenn er zusätzlich die Hälfte dessen zahlt, was er dir ausgehändigt hat, so will ich mich zufrieden geben – mit der Auflage, dass er und sein Bruder ihren Ernteertrag erhöhen. Der Boden ist sicher schwerer zu bestellen, aber andere Bauern haben das ebenfalls geschafft, deshalb erwarte ich es auch von Ieuan und seiner Familie.»

«Natürlich, Tante Gwen», erwiderte Susanna und lächelte erleichtert, als ihr klar wurde, dass sie ihre verantwortungsvolle Aufgabe weiterhin ausüben durfte. Dass Tante Gwen nicht den kompletten Zins von Ieuan verlangte und Verständnis für die Situation des Bauern an den Tag legte, zeigte Susanna auch, dass zum Leiten eines Besitzes mehr gehörte, als nur dafür zu sorgen, dass die Zahlen stimmten.

Tante Gwen schaute von ihren Unterlagen auf und suchte Susannas Blick. «Unser Leben ist durch das Vordringen der Normannen nicht sonderlich beeinträchtigt worden», sagte sie leise, «aber ich will nicht leugnen, dass es uns schmerzlich getroffen hat, das fruchtbare Zentrum des Königreiches zu verlieren – nicht mehr autark zu sein, bringt Probleme mit sich. Deshalb brauchen wir bessere Erträge. Das wirst du Ieuans Familie sicher verständlich machen können, Susanna», sagte sie und schenkte ihrer Nichte eines ihrer seltenen Lächeln.

Susanna nickte. «Da ist noch etwas anderes. Mir fiel auf, dass die große Brücke noch nicht repariert worden ist. Wir mussten dem

Fluss ein ganzes Stück folgen und konnten ihn erst an der Furt überqueren.» Sie wollte unbedingt beweisen, dass sie zwischen den Besuchen bei den Bauern keineswegs gebummelt hatte.

Mit hochgezogenen Augenbrauen sah Gwenllian den Verwalter an.

«Ich werde mich sofort darum kümmern, Mylady», beeilte der sich zu versichern. Lord Rhodri wäre alles andere als erfreut über dieses Versäumnis, insbesondere wenn es Lord Iestyn zu Ohren käme. Und irgendjemand hatte immer ein Interesse daran, für Ärger zu sorgen.

«Danke, Merfyn. Das wäre dann alles», sagte Gwenllian, räumte die Papiere zusammen und legte sie in eine große Holztruhe, in der alle den Haushalt betreffenden Unterlagen aufbewahrt wurden. «Komm, Susanna, jetzt setzen wir uns ans Feuer und gönnen uns eine Stärkung», sagte sie munter, hakte sich bei Susanna ein und schlenderte mit ihr in den Saal.

«Weihnachten wird Idwal doch hier sein, nicht wahr?», fragte Susanna und trank langsam die würzige, heiße Flüssigkeit, die angenehm wärmte. Der Wind hatte während der letzten Stunde sehr zugenommen und würde sicher bald Schnee bringen. Sie machte sich Sorgen, denn wenn sich das Wetter so verschlechterte, dass die Bergpässe blockiert waren, konnte Idwal nicht bis zu ihnen durchdringen. Nach so vielen Monaten wollte sie ihren Bruder endlich wiedersehen.

«Mach dir keine Sorgen, Kind, es ist alles vorbereitet. Dein Onkel wird dich nicht enttäuschen», sagte Tante Gwen so selbstverständlich, dass Susanna das Gefühl überkam, das Wetter würde es nicht wagen, ihre Tante oder ihren Onkel zu verärgern.

«Denkst du, dass Idwal bald nach Gwynllwg ziehen wird? Er ist vor einigen Monaten 15 geworden», fragte Susanna scheinbar beiläufig und vermied es, ihrer Tante in die Augen zu sehen.

«Ganz bestimmt nicht, Susanna. Dem Gesetz nach mag er ein Mann sein, aber dein Onkel wird nicht zulassen, dass Idwal schon so bald Herrscher über Plas-Marl wird», antwortete Gwen rasch.

«Er könnte am Herrscherhof Lord Uriens von Gwynllwg um Bewilligung seines Anspruchs ersuchen», hakte Susanna vorsichtig nach.

«Das könnte er», stimmte Gwenllian zu, neigte den Kopf und sah Susanna eindringlich an, «aber glaubst du wirklich, dass er das tun wird, oder dass Lord Urien das Risiko einginge, dem zuzustimmen?»

Susanna schüttelte zögernd den Kopf. Urien ap Caradog, Prinz von Gwynllwg, mochte zwar die Vorstellung reizvoll finden, dass ein Fünfzehnjähriger eines der größten Besitztümer innerhalb des gesamten Gebietes regierte, aber er wusste nur zu gut, wie riskant es wäre, wenn er versuchte, Idwal und dessen Territorium unter seine Kontrolle zu bringen. Von allen walisischen Herrschern war Urien ap Caradog der Gefährdetste dieser Region, und einen inländischen Krieg konnte er sich kaum leisten. Sein verstorbener Vater war sowohl Herrscher von Morgannwg als auch von Gwynllwg gewesen, Uriens Machtbefugnis dagegen beschränkte sich auf eines von Caradogs Herrschaftsgebieten weit oben im gebirgigen Teil von Gwynllwg. *Nein,* dachte sie seufzend, *bei der momentanen Situation wird Lord Urien es für ratsamer halten, dieser Versuchung zu widerstehen.*

«Ich fürchte also, du wirst noch eine Weile bei mir festsitzen», lächelte Gwenllian und tätschelte liebevoll Susannas Hand.

«O nein, ich wollte damit nicht sagen, dass ich zu Idwal nach Gwyllwg möchte», beeilte sich Susanna zu versichern. «Ganz ehrlich, Tante Gwen, ich bin glücklich hier bei dir.»

Und als sie weiter an ihrem Getränk nippte, wurde ihr auf einmal bewusst, dass sie die Wahrheit gesagt hatte. Sie fühlte sich wohl, mochte die Stabilität und Häuslichkeit hier, nicht das unruhige Leben bei Hofe. Es erfüllte sie mit Stolz, einige Pflichten der Hausherrin übertragen zu bekommen, und sie musste sich eingestehen, dass sie sich schon lange nirgendwo mehr so zu Hause gefühlt hatte.

Sie lächelte, als Tante Gwen ihre Worte mit einem kurzen Nicken zur Kenntnis nahm. Ihre Beziehung hatte sich während der letzten Monate stetig verbessert, und Tante Gwen schien ihre Gesellschaft wirklich zu genießen. Und die entschiedenen Versuche, «eine Dame aus ihr zu machen», verübelte Susanna ihr kaum, schließlich wurde sie in wenigen Monaten 13. Plötzlich wanderte Tante Gwens Blick zur Eingangstür in Susannas Rücken. Susanna hörte, dass Gorffenna den Saal betrat, und sie zwang sich, weiter zu lächeln und darüber hinwegzusehen, wie sehr Tante Gwens Gesicht beim Anblick der puppenhaften Jüngsten strahlte. Susanna verspürte einen Stich und fühlte sich zurückgesetzt, so wie immer, wenn Ffenna zugegen war. Sie konnte ja verstehen, dass alle ihre Schwester liebten, mit diesem hübschen blonden Haar und den strahlend blauen Augen. Mit ihrem sonnigen Wesen machte sie sich bei jedermann beliebt, aber Susanna wusste nur zu gut, wie raffiniert Ffenna sein konnte, wenn sie etwas erreichen wollte. Susanna war deshalb auch ständig hin- und hergerissen zwischen dem Wunsch, sie zu herzen oder wütend zu ohrfeigen, aber letztendlich liebte auch sie ihre Schwester. Während Susanna das Gesicht ihrer Tante betrachtete, missgönnte sie Ffenna ihre bevorzugte Stellung im Leben nicht, wünschte aber, sie würde ihr nicht ständig vor Augen geführt.

Zwei Wochen vor Beginn der Weihnachtszeit erwachte Susanna mit krampfartigen Bauchschmerzen. Sie hatte diese Schmerzen schon seit ein paar Tagen hin und wieder gehabt, aber an diesem Morgen war es besonders schlimm. Als sie sich von ihrem Lager erhob, wurde ihr derartig übel, dass sie beinahe über einen sich kratzenden Hund gestolpert wäre und es gerade noch bis zum Aborterker schaffte. Nachdem sie ihren Magen entleert hatte, setzte sie sich auf den harten Lehmboden, zog die Knie an und hoffte, den Schmerz dadurch zu lindern. Sie musste nicht einmal ihr Hemd heben, um zu wissen, was vor sich ging. Einige der anderen Mädchen fühlten sich auch unwohl, wenn sie ihren Monatsfluss hatten, aber Susanna hatte nicht erwartet, dass es so schlimm sein würde. *Als würde man in Stücke gerissen,* dachte sie und glaubte, nie wieder aufstehen zu können. In der Truhe ihrer Tante wurden die Leinenstreifen aufbewahrt, aber Susanna war außerstande, sich zu rühren. Nicht einmal die Kälte oder der Gestank des Aborts konnten sie von dem fürchterlichen Ziehen in ihrem Unterleib ablenken.

«Susanna?», hörte sie eine sanfte Stimme fragen.

Susanna blickte hoch und sah Tante Gwen im Türrahmen stehen. «Tante Gwen», flüsterte sie, «meine Blutungen haben begonnen.»

«Damit habe ich schon seit ein paar Tagen gerechnet», erwiderte Gwen. «Komm, du siehst durchgefroren aus. Wir müssen dich aufwärmen und waschen.»

Sie hielt ihr einen schweren Wollumhang hin. Susanna rappelte sich mühsam auf, und Tante Gwen wickelte sie fest in den Umhang. Während der letzten Tage war es so kalt gewesen, dass Susanna und ihre Schwester im Schlafgemach der Tante genächtigt hatten, wo es sehr viel wärmer war als in ihrer eigenen Kammer. Als Susanna den Raum betrat, war Siân, die Kammerjungfer ihrer Tante, bereits dabei, über der Kohlenpfanne Wasser zu erhitzen. Kurze Zeit später war Susanna gewaschen und umgezogen. Auch hatte man ihr gezeigt, wie sie die zusammengenähten Leinenstreifen mit Vlies ausstopfen und anlegen musste.

«Trink das hier, es lindert den Schmerz», sagte Gwenllian und reichte Susanna einen Becher Met, der nach ihr unbekannten Kräutern roch.

Susanna verzog das Gesicht – dieses Gebräu schmeckte ja fürchterlich –, leerte aber dennoch den Becher. Kurz darauf begannen die Krämpfe nachzulassen, und sie entspannte sich allmählich.

«Woher wusstest du es?», fragte sie ihre Tante.

«Du wirktest in den letzten Tagen nicht wohlauf und hattest

so üble Laune, dass dir sogar die Hunde aus dem Weg gegangen sind.» Tante Gwen lächelte, machte sich jedoch keineswegs über sie lustig. Es war ein verschwörerisches Lächeln angesichts eines geteilten Geheimnisses, und Susanna war völlig überrascht, als ihre Tante sie plötzlich auf die Stirn küsste. «Du bist jetzt eine Frau», sagte sie zärtlich und streichelte Susannas Wange.

Als Susanna den wissenden Blick bemerkte, den ihre Tante und Siân wechselten, hatte sie das Gefühl, sie sei in einen privilegierten Zirkel aufgenommen worden: die geheimnisvolle Welt der Frauen.

Eine Woche vor Weihnachten verkündeten die Wächter auf der Palisade mit lautem Rufen die Ankunft Onkel Rhodris mit Maredudd und Idwal im Gefolge. Susanna strich selbstbewusst ihr langes Haar zurück, raffte die Röcke und lief so schnell durch den großen Saal, dass jedermann einen Blick auf ihre Knöchel erhaschen konnte.

«Susanna! Ein bisschen mehr Anstand bitte», mahnte Tante Gwen, die zwar ebenfalls Richtung Innenhof eilte, jedoch auf wesentlich damenhaftere Weise.

Als die Männer durch das Burgtor geritten kamen, spritzte der Schlamm nur so. Sie sahen müde und erschöpft aus, aber auch glücklich, endlich angekommen zu sein. Als Idwal mit einem Satz aus dem Sattel sprang, bemerkte Susanna sofort, wie sehr er gewachsen war. Im Unterschied zu seinem sonst so spitzbübischen Charme strahlte er Selbstsicherheit aus und wirkte richtig erwachsen. Umgekehrt sah auch er Susanna bewundernd an, die mit erhobenem Kopf und einem strahlenden Lächeln auf ihn zukam. Das kastanienbraune Wollkleid stand ihr ausgezeichnet und schmeichelte ihrem kurvenreichen Körper. Ein tief sitzender silberfarbener Gürtel betonte ihre schlanke Taille und die fraulichen Hüften. Ihr volles Haar fiel offen den Rücken hinab und wurde von einem breiten, juwelenbesetzten Stirnband gehalten. Sie sah aus wie eine junge Dame.

«Ich trau mich ja gar nicht, dich zu drücken – dein Kleid könnte zerknittern. So damenhaft habe ich dich noch nie gesehen!», grinste er.

«O bitte, Idwal!» Susanna breitete die Arme aus. «Ich sehne mich geradezu nach ein oder zwei Knitterfalten.»

Aber als Idwal auf sie zukam, schrie Susanna entsetzt auf. Maredudd folgte ihrem Blick und grinste.

«Beruhige dich, das stammt nicht von einem normannischen Schwert», erklärte Maredudd feixend und wich Idwals freundschaftlichem Hieb aus.

«Was ist passiert?» Besorgt betastete Susanna die verkrustete Wunde auf der Stirn ihres Bruders.

Idwal lächelte verlegen. «Ich bin vor einen tief hängenden Ast geritten!», gestand er. Die Männer brachen in johlendes Gelächter aus, was Idwal ihnen aber nicht krumm zu nehmen schien. Lachend drückte er Susanna so fest an sich, dass ihr fast die Luft wegblieb. Dann öffnete er die Arme, um Gorffenna zu begrüßen, die ungeduldig neben ihm herumhüpfte.

«So, meine Damen», dröhnte Rhodri, «wir brauchen Wasser und Bier.»

«Es steht alles bereit», sagte Gwenllian, und auf ihr Zeichen hin halfen unzählige diensteifrige Hände den Männern dabei, sich ihrer Kleidung zu entledigen und sich Krüge dampfenden Wassers über die schmutzigen Körper zu gießen. Susanna wusste, wann es angebracht war, den Blick abzuwenden, ließ sich aber nicht davon abhalten, in einem fort mit Idwal zu plaudern, während sie ihm behilflich war, sich zu waschen.

«Ich helfe bei den Weihnachtsvorbereitungen», verkündete Gorffenna sichtlich aufgeregt einem sauberen und umgezogenen Idwal, während die drei Geschwister zusammen in den Saal gingen. «Aber es soll noch geheim bleiben», flüsterte sie ihm mit der nötigen Dramatik zu.

«Dann, Prinzessin, solltest du deine hübschen Lippen schön fest verschlossen halten», erwiderte Idwal und kitzelte sie, bis sie quietschte.

«Wie lange bleibst du?», fragte Susanna, während sie sich an die weiter hinten gelegene Feuerstelle setzten.

«Bis nach den Neujahrsfeierlichkeiten.» Idwal ergriff den ihm angebotenen Becher Bier.

«Das ist ja wunderbar!», rief Susanna begeistert.

«Es macht dir also nichts aus, dass eine ganze Horde Männer in deine geordnete Welt eindringt?», zog Rhodri sie augenzwinkernd auf.

«Ich glaube, wir haben uns alle nach ein wenig männlicher Gesellschaft gesehnt, nicht wahr, Susanna?» Tante Gwen war so glücklich über die Heimkehr von Ehemann und Sohn, dass ihr Gesicht fast mädchenhaft wirkte, während sie mit Rhodri lachte.

Susanna verlebte glückliche Wochen. Sie hatte Freude an ihrem neu erlangten Status im Haushalt des Onkels und stürzte sich in die Weihnachtsvorbereitungen. Täglich trafen neue Gäste ein. Rhodris und Gwenllians jüngster Sohn, Llywelyn, kam mit seiner Familie, und schließlich traf auch Cristyn mit Ehemann, Kindern und Gefolge ein. Susanna hegte eine scheue Bewunderung für ihre Cousine, die geheiratet hatte, lange bevor Susanna zu Onkel Rhodri kam. Sie war ihr deshalb längst nicht so vertraut wie Maredudd und Llywelyn. Cristyn war eine hoch gewachsene, dunkeläugige Schönheit, der ihr Mann an Attraktivität in nichts nachstand, weswegen die beiden für die junge, leicht zu beeindruckende Susanna die Kultiviertheit in Person waren.

In den folgenden Jahren würde Susanna oft an dieses Weihnachtsfest als eines der glücklichsten Ereignisse ihrer Kindheit zurückdenken. Sie begleitete die Bauern beim traditionellen Mistelzweigschneiden und brachte ganze Armladungen davon in den Saal, um sie aufzuhängen. Die leuchtend roten Beeren der Stechpalmzweige bildeten einen hübschen Kontrast zu den weißen der Misteln. Susanna amüsierte sich über Gorffenna, die vor Begeisterung in die Hände klatschte, als der große Julklotz hereingetragen und angezündet wurde. Für die vielen Leute war reichlich zu essen da, mit kräftigen und sehr würzigen Soßen, um den Geschmack des vielleicht nicht mehr ganz frischen Fleisches zu überdecken. Susanna griff herzhaft zu und sang überschwänglich mit, als schließlich die Weihnachtslieder angestimmt wurden. Aber trotz all des fröhlichen Feierns forderte auch jeder lautstark Informationen darüber, was außerhalb der geschützten Welt von Bryn y Ffin passierte.

«König Henry hat seinen Bruder bezwungen und zählt die Normandie jetzt zu seinem Herrschaftsgebiet», berichtete Rhodri ganz nüchtern. «Man munkelt, dass er seinen Bruder in der Burg von Cardiff einkerkern will. Nicht, dass wir uns Sorgen um ihn machen – um Henrys wachsende Macht allerdings schon. Die Normannen ziehen langsam, aber sicher das Netz um uns zusammen. Und sie profitieren davon, dass Henry ihr neuer Oberherr ist, und drücken Gwynllwg ihren Machtstempel energischer auf denn je.» Er sah zu Maredudd hinüber. «Sie werden deine Angriffe nicht mehr lange hinnehmen», warnte Rhodri ihn.

Aber Maredudd grinste nur und zuckte mit den Schultern, als wolle er sagen: «Diese kleinen normannischen Lords sind uns nie und nimmer gewachsen.» Die Waliser waren Experten für Angriffe aus dem Hinterhalt, sie kannten die Wälder in- und auswendig und wussten, wo sie sich gut verbergen konnten. Maredudd zweifelte nicht im Geringsten daran, dass sie jeden Normannen schlagen würden, der es wagte, in ihr Reich vorzustoßen.

«Und was machen die walisischen Herrscher währenddessen?», donnerte Rhodri und ignorierte die Unbekümmertheit seines Sohnes. «Gehen munter weiter aufeinander los.» Er nahm einen großen Schluck Met, um seine Verachtung und Frustration über das kurzsichtige Handeln der walisischen Prinzen herunterzuspülen. «Kein Wunder, dass die Normannen immer weiter nach Wales vordringen. Powys ist die reinste Jauchegrube des Mordens und Abschlachtens, und Deheubarth steht kurz davor, zerstört zu werden. Und es brennt wie eine Kralle in meinem Leib, dass es dem Burgvogt von Pembroke Castle gelungen ist, in den walisischen Adel einzuheiraten. Prinzessin Nesta ist die Tochter des königlichen Hauses Deheubarth, und Gerald von Windsor ist ein Nichts.»

«Nicht, dass man sie in sein Bett hätte zwingen müssen», flüsterte Idwal Susanna vertraulich zu, während sie an Rhodris Zuhörerschar vorbeigingen und sich in eine nahe Fensternische zurückzogen.

«Und woher weißt du so genau darüber Bescheid?», erkundigte sich Susanna mit verschwörerischem Grinsen.

«Cadwgans Sohn, Owain. Aus dem Hause Powys», klärte er sie auf. «Seine Familie ist stinksauer und hat eine blutige Fehde angezettelt gegen das, was noch übrig ist vom Haus Deheubarth.»

«Was ist aus dem jungen Prinzen von Deheubarth geworden?» Susanna runzelte die Stirn und versuchte sich an Ereignisse aus der Zeit zu erinnern, als sie noch ein kleines Mädchen gewesen war.

«Gruffudd? Der ist noch immer in Irland im Exil. Es wäre zu gefährlich für ihn, zurückzukommen, und außerdem ist er noch zu jung», erwiderte Idwal und ließ unkonzentriert den Blick durch den Saal schweifen.

«Und was hat es mit diesem Owain ap Cadwgan auf sich?», hakte Susanna nach. Sie wollte unbedingt, dass Idwal sich weiter mit ihr allein unterhielt und nicht zu den Männern zurückging. Sie war noch immer überrascht, wie sehr er sich verändert hatte. Er hatte ihr zwar auch gesagt, wie erwachsen sie geworden sei, aber in ihren Augen war das rein gar nichts im Vergleich zu seiner Entwicklung. Er war schon ein ganzes Stück über seinen 15. Geburtstag hinaus, und sein Gesicht trug bereits den unverkennbaren Ausdruck des Mannes, zu dem er jetzt in rasantem

Tempo wurde. Sein freches Lächeln gab Susanna jedoch die beruhigende Gewissheit, dass er seinen jungenhaften Charme niemals verlieren würde. Hin und wieder fuhr er sich mit der Hand über die Oberlippe, wo der Flaum eines Schnurrbarts zu sehen war, erstaunlicherweise von einem helleren Braun als sein Kopfhaar. Aber es war einfach sein gesamtes Auftreten, an dem man ablesen konnte, dass er vom Jungen zum Mann geworden war. An Maredudds Seite hatte er sein Schwert bei gelegentlichen Grenzscharmützeln in Blut getränkt. Das und die Zeit, die er mit der Leitung seiner Ländereien verbracht hatte, bewirkten, dass seine Stimme neuerdings sehr selbstsicher klang. Als er von seinen Erlebnissen berichtete, sorgte sich Susanna wegen seiner gleichgültigen Haltung gegenüber dem sich zuspitzenden Konflikt mit den Normannen. Sie hatte Angst, dass er eines Tages einem normannischen Schwert zum Opfer fallen könnte. Sie hatte ihrer Mutter übermittelt, welchen Schild Idwal trug, in der Hoffnung, sie würde diese Information an ihren Mann weitergeben und ihn bitten, Idwal in der Schlacht zu verschonen. Bisher waren die Normannen noch nicht in die Nähe des Hochlandes vorgestoßen, selbst auf das davor liegende Land hatte es bisher kaum Angriffe gegeben. Aber wenn Idwal erfuhr, dass Susanna Kontakt mit ihrer Mutter pflegte, wenn auch nur unregelmäßig und um Idwal zu schützen, würde er außer sich geraten. *Trotzdem,* dachte Susanna kampflustig, *für Idwal würde ich sogar einen Pakt mit dem Teufel eingehen.* Sie rutschte ein wenig näher zu ihrem Bruder hin und lächelte ihn nachsichtig an, während sie seiner Erzählung über den Prinzen von Powys lauschte.

«Es scheint so, als hätte er in jedem Lager ein paar Ohren. Wahrscheinlich hat er wirklich überall seine Spitzel», berichtete Idwal, und seine Augen funkelten nur so. «Er ist ein fabelhafter Kämpfer und soll eine Menge Gegner eigenhändig ins Jenseits befördert haben – erst kürzlich wieder zwei. Aber ich muss zugeben, dass ich Schwierigkeiten habe, seine politischen Ansichten auszumachen, abgesehen davon natürlich, dass er mit Leib und

Seele Waliser ist. In der einen Minute bekämpft er seinen Vater in Powys, in der nächsten belagert er Pembroke, und dann taucht er auf, um Ärger in Gwynllwg zu schüren! Wo auch immer gerade eine Schlacht tobt, findest du Owain mit gezogenem Schwert.»

«Für mich klingt das ein bisschen unbesonnen.»

Idwal zuckte mit den Schultern. «Vielleicht; niemand scheint wirklich zu wissen, ob er nun eine Hilfe oder eine Behinderung ist. Onkel Rhodri mag ihn jedenfalls nicht, weder ihn noch seine Familie. Ich finde ihn jedoch ganz amüsant.»

«Würdest du ihm denn vertrauen?»

«Aber nein, meine Süße, ganz bestimmt nicht», erwiderte Idwal mit Nachdruck.

Kapitel vier

Juli 1108. Bryn y Ffin, Morgannwg

Susanna konnte sich einfach nicht auf ihre Näharbeit konzentrieren und saugte nervös an dem Finger, in den sie sich gerade gestochen hatte. Ihr Blick wanderte immer wieder zur Eingangstür des Saals. Als sich die Tür öffnete und Susanna ihren Onkel Rhodri mit einem grimmigen Ausdruck im Gesicht eintreten sah, lächelte sie erleichtert.

«Er hat es dir also gesagt», stellte sie fest und warf die Näharbeit achtlos zur Seite.

«Du musst deshalb nicht so ein zufriedenes Gesicht machen», erwiderte er schroff.

«Wer hat dir was gesagt?», unterbrach Gwenllian die beiden.

«Idwal hat mir soeben mitgeteilt, dass er die Herrschaft über Plas-Marl übernehmen will», erklärte Rhodri kurz und bündig und ließ sich ächzend auf eine Sitzbank fallen.

«Das hat doch schon seit Monaten in der Luft gelegen. Idwal feiert in Kürze seinen 17. Geburtstag, du kannst von dem Jungen nicht erwarten, dass er bis in alle Ewigkeit in der zweiten Reihe steht», brachte Gwenllian vor.

«Das weiß ich auch», gestand Rhodri zögernd ein. «Ich dachte nur – wo willst du hin, Susanna?», rief er, als seine Nichte sich erhob.

«Mit Idwal reden», erwiderte sie unbekümmert. Und ohne eine Antwort abzuwarten, raffte sie die Röcke und eilte aus dem Saal.

«Sie hat dir nichts gesagt?», fragte Rhodri seine Frau.

Gwenllian schüttelte den Kopf. «Ich hatte nicht die leiseste Ahnung.»

«Maredudd muss es erfahren. Wie er es aufnehmen wird, weiß

ich allerdings nicht.» Rhodri zerrte sich mürrisch die Stiefel von den Füßen.

Gwenllian öffnete den Mund, als wolle sie etwas sagen, schloss ihn aber sofort wieder.

«Ja, Weib?», hakte Rhodri nach. «Du wolltest etwas sagen?»

Gwenllian legte ihre Näharbeit beiseite und erhob sich. «Ich glaube, dass Maredudd Idwals Entscheidung gutheißen wird», sagte sie vorsichtig und trat zu ihrem Mann. «Nach den letzten kampfreichen Jahren sollte Maredudd endlich Zeit auf seinen eigenen Ländereien zubringen.»

Rhodri fuhr sich mit der Hand durch sein ergrauendes, immer noch dichtes Haar und schaute zu ihr auf. «Bin ich denn der Einzige, der den Irrsinn dieser Sache sieht?», fragte er müde. «Dieser Friede ist taufrisch – und noch lange nicht sicher. Und Idwal ist noch grün hinter den Ohren!»

«Ach, Rhodri, wie oft hast du davon gesprochen, was für ein fähiger Krieger er ist und wie stolz du auf ihn bist. Er ist kein kleiner Junge mehr, du musst ihn ziehen lassen», sagte Gwenllian mit sanfter Stimme und ergriff seine Hand.

Rhodri lächelte erschöpft. «Ja, ich weiß. Ich bin es, der sich verrückt aufführt, ein verrückter alter Mann.»

Gwenllian setzte sich neben ihn, und sein Blick strich über ihren einladenden Körper. Mit dem Alter hatte sie etwas zugenommen, was ihr sehr gut stand. Es machte sie weicher und fraulicher. Sie nahm seinen Kopf in beide Hände: «Du bist ein wunderbarer, fürsorglicher Mann, der viel zu viel Last auf seinen Schultern zu tragen hatte. Was Idwal angeht, hast du deine Aufgabe großartig gemeistert. Und dass er sein Land ohne Blutvergießen übernehmen kann, zeugt nur davon, was für ein guter Vormund du ihm warst.» Sie küsste ihn zärtlich und lehnte ihren Kopf für einen Moment an seinen, bevor sie zu ihrem Platz zurückging. Sie nahm ihre Nadelarbeit wieder auf, als hätte es diesen Augenblick voller Zärtlichkeit nicht gegeben. Nur das zarte Rot ihrer Wangen zeugte davon.

Kurz darauf kamen Idwal und Susanna herein. Susanna strahlte über das ganze Gesicht.

«Nun, Onkel Rhodri, ich hoffe, du wirst dir keine Sorgen um uns machen», sagte sie glücklich, beugte sich über ihn und küsste ihn auf den Kopf.

«Natürlich nicht», erwiderte er. Dann sah er sie plötzlich irritiert an. «Uns? Wie soll ich das verstehen? Du wirst nicht mit Idwal gehen!»

«Und ob. Er braucht mich, ich muss ihm den Haushalt führen», trällerte sie fröhlich.

«O nein, Susanna, das können wir keinesfalls erlauben», mischte sich Gwenllian energisch ein.

«Darf ich fragen, warum?», erkundigte sich Idwal betont ruhig.

«Sie ist zu jung», erwiderte Gwenllian streng.

«Ich bin 14!», rief Susanna entrüstet. «Du warst nicht viel älter, als du Onkel Rhodri geheiratet hast.»

«Eben. Deine Tante hat geheiratet, als sie von zu Hause wegging. Aber genau das wirst du nicht tun, deshalb können wir dich nicht aus unserer Aufsicht entlassen. Ich lasse dich nur ungern ziehen, Idwal. Aber du bist längst mündig, folglich kann ich nichts dagegen tun.» Rhodri war sichtlich verärgert über die Haltung seiner Nichte und seines Neffen. Seine buschigen Augenbrauen zuckten nur so, und er schaute Idwal durchdringend an.

«Ich bin froh, dass du meinen Status anerkennst, Onkel Rhodri», erwiderte Idwal nach wie vor ruhig. «Mit Erreichen der Mannesreife wurde ich vor einigen Jahren auch zum Oberhaupt meiner Familie und kann deshalb die Verantwortung für Susanna übernehmen. Ich möchte, dass sie sich um meinen Haushalt kümmert. Tante Gwen hat sich mehr als zufrieden mit Susannas diesbezüglichen Fähigkeiten gezeigt, und Plas-Marl zu führen wird Susanna zugute kommen, wenn sie eines Tages ihren eigenen Haushalt gründet.»

«Was nicht heißt, dass Idwal bereits einen Ehemann für mich

ins Auge gefasst hat», fügte Susanna rasch hinzu, als sie die Mienen von Tante und Onkel sah. «Idwal hat nicht vor, mein offizieller Vormund zu werden, Onkel Rhodri», fuhr sie fort und warf Idwal einen warnenden Blick zu. Sie hatten lang und breit diskutiert, wie sie dieses Gespräch angehen wollten, und Idwals empfindlicher Stolz durfte die Sache nicht zum Scheitern bringen. «Ich werde in Plas-Marl ganz sicher mehr gebraucht als hier», fuhr sie auf eine, wie sie hoffte, überzeugende Art und Weise fort.

«Wir sind uns der Bedürfnisse Idwals durchaus bewusst», erwiderte Tante Gwen in scharfem Tonfall. «Aber du kannst nicht ohne Anstandsdame gehen, Susanna. Idwal ist zwar dein älterer Bruder, aber du kannst nicht leugnen, dass ihr beide zu unbesonnenem Handeln neigt, vor allem, wenn ihr zusammen seid. Außerdem kann Idwal nicht die ganze Zeit in deiner Nähe sein, was gefährlich für dich werden könnte», erklärte sie streng.

«Susanna wird Branwen mitnehmen», betonte Idwal. «Sie ist deine treueste und besonnenste Kammerjungfer, Tante Gwen. Du hast sie schon im letzten Jahr dazu bestellt, sich um Susanna zu kümmern, folglich hast du keinen Grund zur Sorge.» Er lächelte seine Tante an, bis diese laut seufzte.

«Ihr habt ja wirklich an alles gedacht», bemerkte sie unwillig und sah Rhodri fragend an.

«Bitte, Onkel Rhodri», flehte Susanna. «Verstehe uns nicht falsch. Ich bitte nicht darum, aus deiner Vormundschaft entlassen zu werden. Du bist mein Vormund, und ich werde deinen Anweisungen Folge leisten. Wenn du mir verbietest zu gehen, dann werde ich gehorchen. Aber vielleicht könnten wir es ja für kurze Zeit versuchen, bevor du deine endgültige Entscheidung triffst? Sollten wir Hilfe brauchen, wenden wir uns an dich, aber es ist für Idwal einfach an der Zeit, Verantwortung zu übernehmen. Du hast so viel für uns getan, und wir verdanken es deiner Anleitung und Erziehung, dass Idwal sich in der Lage fühlt, einen kleinen Teil der Last, die auf deinen Schultern liegt, zu tragen», fuhr Susanna fort, während sie sich folgsam auf eine Armlehne der Bank setzte.

Ganz bewusst drückte sie die Enden ihrer vollen Flechten gegen den weichen Samt ihres Gewandes, um selbstsicher und gefasst zu wirken. Sie genoss ihren Status hier in Bryn y Ffin, aber wie viel besser würde es erst auf Plas-Marl sein, weit weg vom gestrengen Blick ihrer Tante und als Herrin ihres eigenen Haushalts – dazu noch ohne die Einschränkungen und Pflichten, die eine Ehe mit sich bringen würde. Idwal dachte wie sie. Er traute ihr zu, den Haushalt so zu führen, wie sie es für richtig hielt. *Ich werde Plas-Marl zu einem richtigen Zuhause für uns beide machen,* dachte Susanna. *So wie es vor Papas Tod war.* Sie wusste, dass sie nie wieder so viel Freiheit bekommen würde, und war nicht bereit, sich diese Chance entgehen zu lassen. Onkel Rhodri schien zu zögern, und ein rascher Seitenblick auf Idwal zeigte Susanna, dass auch er es bemerkt hatte.

«Ein Großteil der Konflikte des vergangenen Jahres ist beigelegt, und die Bedrohung durch die Normannen hat nachgelassen», schob Idwal hinterher, um ihren momentanen Vorteil zu nutzen.

«Solange ihre Burgen und Streitkräfte noch da sind, ist die Gefahr nicht gebannt», wies ihn Rhodri energisch zurecht. Er wollte die Arme verschränken, aber Susanna hielt mittlerweile eine seiner Hände fest umklammert, sodass ihm nichts anderes möglich war, als ihren Arm zu tätscheln, was seinen Widerstand weiter abschwächte.

«Sie haben ihre Burgen auch gebaut, um sich vor unseren Angriffen zu schützen. Ihre Versuche, uns in der Hochebene zu besiegen, sind allesamt gescheitert. Und Plas-Marl liegt mitten in der Hochebene von Gwynllwg», drängte Idwal, ein bisschen versöhnlicher als zuvor. Er hatte gemerkt, dass Susanna richtig lag. Eine direkte Konfrontation mit seinem Onkel war nicht nur unhöflich, sondern auch aussichtslos. Außerdem verdankten sie den beiden wirklich viel, und auf seine Weise wollte Idwal seinem

Onkel gegenüber loyal bleiben. «Ich bitte um deine Erlaubnis, Susanna mit mir nehmen zu dürfen, selbst wenn es nur für kurze Zeit sein sollte», erklärte er ruhig und sah Rhodri fest an.

«Was ist eigentlich mit Gorffenna?», wollte Gwenllian auf einmal wissen.

Susanna und Idwal wirkten plötzlich verlegen und tauschten einen kurzen Blick, bevor Idwal antwortete.

«Ich denke, sie ist hier bei euch besser aufgehoben. Sie ist viel jünger als Susanna und braucht euch sicher noch.» Ffenna mitzunehmen gehörte ganz sicher nicht zu ihrem Plan.

Gwenllian lächelte schmallippig. «Natürlich», erwiderte sie spitz.

«Onkel?», drängte Idwal.

Rhodri räusperte sich. «Wie ihr wollt», brummte er schließlich.

Susanna stieß einen Freudenschrei aus und schlang die Arme um seinen Nacken. «Ich werde dich nicht enttäuschen», rief sie und bedeckte das Gesicht ihres Onkels mit Küssen.

Rhodri spähte über ihren Kopf hinweg zu seinem Neffen herüber. «Ich erwarte, dass ihr mich nicht enttäuscht.» Der Blick, mit dem er Idwal bedachte, war unnachgiebig, eindringlich und warnend. «Sei vorsichtig, in wessen Gesellschaft du dich begibst, Idwal», fügte er knapp, aber bestimmt hinzu.

Oktober 1108. Plas-Marl, Gwynllwg

Während der folgenden Monate war Susanna rundum glücklich. Nachdem Idwal offiziell als Lord von Plas-Marl eingesetzt war, suchten sie gemeinsam das Personal aus. Neben einigen erfahrenen Bediensteten für besonders verantwortungsvolle Aufgaben stellten sie vor allem junge, lernwillige Dienstboten ein. Idwal übertrug Susanna die komplette Verantwortung für den Haushalt, und sie stürzte sich begeistert in ihre neue Aufgabe. Auf der Grundlage der Erfahrungen, die sie bei ihrer Tante im wesentlich größeren Bryn y Ffin hatte sammeln können, entwickelte sie ihre eigenen Vorstellungen, wie die Dinge in Plas-Marl vonstatten gehen sollten. Es gab zwar hier und da kleinere Pannen, aber nichts war so schlimm, dass man es nicht wieder in Ordnung bringen konnte.

Bereits zweimal hatte Susanna ihre Runde bei den Bauern gemacht, beim ersten Mal hatte Idwal sie begleitet, den zweiten Besuch hatte sie allein erledigt. Die Älteren erinnerten sich noch an die Zeit, als ihre Eltern die Herren von Plas-Marl gewesen waren, aber niemand war so taktlos, Susanna mit ihrer Mutter zu vergleichen – *zumindest nicht, wenn ich dabei bin,* dachte sie. Tatsächlich schienen sie alle ins Herz zu schließen, fühlten sich angesprochen von ihrer Jugend und ihrer Begeisterung. Wie es ihre Art war, hatte sie sich in Ruhe mit den Lebensumständen jeder einzelnen Familie vertraut gemacht. Sie hatte ihnen versichert, dass alles beim Alten bliebe und die Abgaben nicht erhöht würden. Idwal wollte ihnen ein gerechter Lord sein.

Ja, dachte Susanna glücklich, während sie an einem der Fenster im Saal stand und über den Burghof blickte, *wo man nur hinsieht, wird deutlich, dass ein Herrscherwechsel stattgefunden hat.* Rein äußerlich hatte Idwal zwar bisher nichts verändert, aber er hatte jede Menge Pläne, die er angehen würde, sobald mehr Zeit und vor allem mehr Mittel zur Verfügung standen. Die Nutzgebäude waren noch zu Lebzeiten ihres Vaters unter rein praktischen Gesichtspunkten rund um den Burghof errichtet worden. Sie fügten sich in die recht kompakte Anlage ein, die dem hügeligen Untergrund angepasst war. In den Jahren nach ihres Vaters Tod hatten sich erst Onkel Rhodri und danach Maredudd um das Anwesen gekümmert. Es hatte keinen ständigen Verwalter gegeben, stattdessen wurden Leute von verschiedenen Gütern gesandt, wann immer jemand entbehrlich war. Tief in den Wäldern, an einem der weniger genutzten Grenzpässe gelegen, war Plas-Marl einst ein ziemlich abgelegener Außenposten der Bergregion gewesen. Jetzt sprach sich allerdings rasch herum, was für eine erfrischende und lebhafte Atmosphäre dort herrschte, und Reisende wählten Plas-Marl für ihre Rast. Dort wurden sie herzlich willkommen geheißen, erhielten ein sättigendes Mahl und angenehme Unterhaltung. Susanna dachte an einen dieser Abende zurück, an dem sie einige recht lebhafte Gäste bewirtet hatten und es etwas lauter zugegangen war, und musste lachen. Ja, Idwal und sie hatten eine Menge Spaß miteinander. Natürlich gab es auch Meinungsverschiedenheiten, aber nie ließen sie es zu, dass diese in einen Streit eskalierten. Idwal sagte sogar, dass ihre Dispute gut seien, weil sie zeigten, dass sie sich beide ihre Gedanken machten. Glücklich schlang Susanna jetzt die Arme um ihren Körper. Plas-Marl fühlte sich allmählich an wie ein richtiges Zuhause – ihr Zuhause. Und heute Abend würden sie ihr erstes offizielles Fest geben.

Sie wandte sich vom Fenster ab und ließ den Blick durch den lang gestreckten großen Saal schweifen. Der Raum war schmaler als der Saal von Bryn y Ffin, wirkte aber aus Susannas – nicht gerade objektiver – Sicht äußerst einladend. Sie ging sehr geschickt mit Nadel und Faden um, und die auf den Stühlen und Fenstersitzen verteilten Kissen zeugten von ihrem jugendlichen Geschmack und ihrer Persönlichkeit. Obwohl Susanna Tante Gwens Vorliebe für gedeckte Farben sehr geschätzt hatte, bevorzugte sie selbst leuchtende Rot-, Gold- und Grüntöne. Die Läden der beiden Fenster an der Stirnseite standen weit offen, um die Nachmittagssonne hereinzulassen. Das um die Fensterrahmen rankende Geißblatt bewegte sich leicht im Wind und verströmte einen lieblichen Duft. Auf dem Podium am entgegengesetzten Ende des Saals waren für die wichtigeren Gäste Tische auf Böcken aufgebaut und hübsch gedeckt worden. Direkt vor dem Podium war der Boden stellenweise mit einer dickeren Schicht Binsen und frischem Gras bestreut. Dort würden jeweils kleine Gruppen von Gästen um große Schneidbretter mit Gesottenem und ähnlichen Leckereien Platz nehmen.

Susanna nickte äußerst zufrieden und widmete ihre Aufmerksamkeit wieder dem Geschehen draußen auf dem Burghof. Vor den Stallungen erspähte sie Idwal. Er begutachtete gerade ein Pferd, das er kürzlich erworben hatte. Dann überließ er es der Obhut des Stalljungen, lächelte diesem zu und schlenderte gemächlich über den Burghof, wobei er dem hin und her eilenden Personal bei den letzten Vorbereitungen für das Abendessen zusah. Neben der eigentlichen Küche war zusätzlich eine provisorische errichtet worden, in der etliche Spanferkel am Spieß brieten. Als die Schwarte platzte und das heruntertropfende Fett die Flammen laut zischen ließ, verbreitete sich ein köstlicher Duft. Aufgeregtes Gegacker schallte quer über den Hof, als sich die Küchenmagd ein paar Hühner schnappte, die in den Kochtopf sollten. Als sie kehlig lachte, weil die Hühner sich erfolglos ihrem Griff zu entwinden suchten, blieb Idwal zögernd stehen. Susanna lächelte, sie wusste nur zu gut, wie sehr es ihn lockte, die Magd von der Arbeit abzuhalten. Susanna wusste alles, was in diesem Haus vor sich ging, und selbst wenn er gewollt hätte, so hätte Idwal nichts vor ihr verbergen können. Er schaute zu ihr hoch und erwiderte ihren Blick mit einem verlegenen Grinsen. Während er an den Küchen vorbeiging, winkte er ihr kurz zu und kam dann rasch auf den Saal zu.

Beim Eintreten ließ er den Blick für einen Moment auf dem Wimpel ruhen, den Susanna ihm zu seinem 14. Geburtstag geschenkt hatte. Er hing gut sichtbar über dem Podium und erinnerte ihn daran, dass er jetzt der Lord von Plas-Marl war – und das nicht nur dem Namen nach.

«Es ist alles vorbereitet, Idwal.» Susanna kam ihm mit einem vollen Becher Met entgegen und führte ihn zu einem Fensterplatz, damit sie dem Personal nicht im Weg standen.

«Das sehe ich.» Er hatte noch nie Grund gehabt, sein Vertrauen in ihre Fähigkeiten in Frage zu stellen.

«Dann bist du also einverstanden, dass ich heute Nachmittag für ein paar Stunden abwesend bin?», knüpfte sie an ihr Gespräch vom Vormittag an. Einer der Bauern hatte seine Frau verloren. Sie war bei der Entbindung ihres jüngsten Kindes gestorben, und Susanna sorgte sich so sehr, dass sie persönlich nach dem Rechten sehen wollte. Voller Ungeduld rutschte sie auf ihrem Kissen hin und her und wollte sich so schnell wie möglich auf den Weg machen. «Je früher ich aufbreche, desto eher bin ich wieder zurück», drängte sie.

Idwal hob die Hände – ein Zeichen, dass er sich geschlagen gab. «Schon gut, Susanna, du hast gewonnen», lachte er. «Mach dich auf den Weg, aber sei zurück, bevor die Gäste eintreffen, damit du sie begrüßen kannst.»

Susanna nickte, lächelte ihn beruhigend an und küsste ihn auf die Wange. Dann eilte sie davon.

Idwal saß in einem Lehnstuhl und breitete vor sich die Pergamente aus, die Susanna ihm zur Überprüfung gegeben hatte. Aber schon bald schob er die Unterlagen wieder weg. Er konnte sich nicht darauf konzentrieren. Ständig wanderten seine Gedanken zu den Gästen, die sie am Abend erwarteten. Neben ihren Cousins rechneten sie unter anderem mit den Söhnen des entthronten und getöteten Herrschers von Brycheiniog. Obwohl ihr Einfluss sich jetzt auf das im Norden gelegene Gebirge von Epynt beschränkte, genoss die ehemalige Herrscherfamilie in der walisischen Gesellschaft noch immer hohes Ansehen – und Idwal wollte unbedingt einen guten Eindruck machen. Er schaute auf, da ein Dienstbote meldete, dass soeben Lord Meurig von Senghennydd eingetroffen sei. Als Meurig in den Saal geführt wurde, hatte sich Idwal bereits erhoben und begrüßte seinen Gast mit einem strahlenden Lächeln.

«Mein lieber Lord Meurig, welche Ehre, Euch zu sehen», empfing Idwal ihn mit aufrichtiger Freude. Er hatte Meurig zwar eingeladen, war aber nicht sicher gewesen, ob dieser auch erscheinen würde.

«Ich hätte Euch schon viel früher einen Besuch abgestattet, wenn mich nicht dringende Angelegenheiten davon abgehalten hätten», erwiderte Meurig. «Allerdings», fuhr er fort, während er einen Becher Wein entgegennahm, «wollte ich keinesfalls Eure Einladung zu diesem Fest ausschlagen – schließlich feiert Ihr jetzt Eure offizielle Einsetzung als Lord von Plas-Marl.»

«Ihr erweist mir eine große Ehre, Mylord.» Idwal neigte leicht den Kopf. Er wies auf einen Stuhl und die Männer setzten sich einander gegenüber.

Das Gewand des Lords von Senghennydd war, wie immer, von erlesener Qualität. Obwohl er viel Zeit im Sattel und in der Schlacht verbrachte, bestand sein kurzer Waffenrock aus ganz fein gesponnener Wolle und war in modischen Brauntönen gehalten. Seine kniehohen Stiefel, aus denen ihm jetzt einer der Dienstboten half, waren aus festem, schützendem Leder, das dennoch leicht und geschmeidig wirkte. Mit welchen Problemen er in Senghennydd auch immer zu kämpfen hatte, wirtschaftliche schienen nicht dazu zu zählen.

«Euer Onkel Rhodri zeigt sich bei Hofe äußerst engagiert, Iestyn meinen Standpunkt zu vermitteln, dafür bin ich ihm sehr dankbar.» Meurig strich sich zufrieden über den tadellos gepflegten Schnurrbart.

Idwal lächelte verständnisvoll. Meurig hatte fünf Jahre fast ausschließlich damit verbracht, seine Macht über die Ländereien von Senghennydd zu festigen, und dabei einen Erfolg nach dem anderen verzeichnen können. Mittlerweile betrachteten die meisten der Adeligen von Senghennydd ihn bereits als ihren Herrscher. Trotzdem wurde weiterhin erbittert über den Status dieser zentral gelegenen Provinz gestritten, und Meurig kämpfte an Iestyns Hof unablässig dafür, als Herrscher eines unabhängigen Territoriums anerkannt zu werden – und nicht nur ein dem königlichen Haus von Morgannwg unterstellter Lord zu sein. Iestyn war immer zu mächtig gewesen, als dass Meurig es hätte in Erwägung ziehen können, seine Pläne mit Gewalt durchzusetzen. Aber so langsam war er mit seiner Geduld am Ende, und jetzt, angesichts Iestyns schwindender Macht, und nachdem er Rhodris Unterstützung hatte gewinnen können, sah es ganz danach aus, als könne Meurig sein Ziel ohne Blutvergießen erreichen. Idwal wusste, dass Meurigs Macht und Einfluss noch wachsen würden, weswegen ihm sehr daran lag, ihre Bekanntschaft zu pflegen. Dass Meurig auf Onkel Rhodris Unterstützung angewiesen war, kam der Sache sehr zustatten.

«Leider kann mein Onkel heute Abend nicht mit uns feiern. Meiner Tante ist nicht wohl, und die Reise wäre zu anstrengend für sie. Allerdings sind meine Cousins, Maredudd und Llywelyn, bereits eingetroffen», erklärte Idwal gut gelaunt.

Meurig nickte. «Verstehe. Machte es Maredudd eigentlich nichts aus, Euch die Leitung zu übergeben?»

Idwal schüttelte lachend den Kopf. «Er wollte das schon lange – noch bevor ich bereit war, diese Aufgabe zu übernehmen. Für seinen Geschmack sitzen wir hier ein bisschen zu tief in den Bergen. Er bevorzugt das höfische Leben.»

«Mir kam zu Ohren, dass Ihr mehr Reisende zu Gast habt als jeder andere Hof», grinste Meurig, der sich allmählich sichtlich entspannte.

«Wir sind jung und haben gern Gesellschaft», entgegnete Idwal, während er ihre Becher erneut füllte. «Und ich halte nichts von Streitereien unter walisischen Herrschern – davon hat es in letzter Zeit ohnehin zu viele gegeben», fuhr er in wesentlich ernsterem Ton fort. «Ich setze auf das Schmieden von Bündnissen – und nicht darauf, selbige zu zerstören.»

«Das walte Gott.» Zustimmend hob Meurig seinen Becher und prostete Idwal zu.

«Meine Schwester sollte bald wieder zurück sein», bemerkte Idwal beiläufig. «Sie macht einen Kondolenzbesuch bei einem unserer Bauern, dessen Frau die Geburt ihres jüngsten Kindes nicht überlebt hat. Susanna möchte sichergehen, dass das Neugeborene von einer Säugamme betreut wird.» Er sah Meurig vielsagend an. «Susanna nimmt ihre Pflichten sehr ernst. Sie kennt jeden Bauern und kümmert sich darum, dass es allen gut geht. Sie ist überaus beliebt.»

«Ich habe Eure Schwester schon etliche Jahre nicht mehr gesehen, nicht, seit sie Lord Iestyns Hof verließ.» Auch Meurig gab sich betont beiläufig.

«Ihr werdet sie sehr verändert finden.»

«Singt sie immer noch wie ein Engel?», fragte Meurig lächelnd.

«O ja, sie singt wie einer – damit hört die Ähnlichkeit aber leider auch schon auf!», lachte Idwal.

Er schaute auf, da sich ein Dienstbote näherte. «Euer Bad scheint gerichtet, Meurig. Ich lasse Euch jetzt allein, damit Ihr Gelegenheit habt, den Staub der Reise abzuwaschen.»

Nachdem Meurig den Saal verlassen hatte, rief Idwal nach seinem Knappen. «Rhys, sorge dafür, dass Lady Susanna sofort nach ihrer Rückkehr zu mir geschickt wird.»

Bevor Idwal jedoch seine Unterlagen zusammengesucht und selbst den Saal verlassen hatte, verkündeten ein vertrautes Grölen und das Kreischen einer Magd das Eintreffen eines ungeladenen Gastes.

«Idwal, du listiger Fuchs. Sieht so aus, als wäre ich genau zum richtigen Zeitpunkt hier aufgetaucht», dröhnte Lord Owain ap Cadwgan von Powys und kam in den Saal gestiefelt.

«Owain, was führt dich hierher?», fragte Idwal notgedrungen freundlich und schüttelte seine Hand – während er innerlich fluchte, dass Owain ausgerechnet jetzt hier aufgekreuzt war.

«Ich war nicht weit von hier bei einer Hochzeit zu Gast. Einer meiner Cousins hat geheiratet.» Owain ließ sich auf den Stuhl fallen, auf dem noch vor kurzem Meurig gesessen hatte. «Nun ja, ein ziemlich entfernter Cousin, um ehrlich zu sein. Jedenfalls hat mein Vater mich dazu bestimmt, die Familie zu vertreten», erklärte Owain gut gelaunt. «Du kennst mich, zu einem Fest sage ich nie nein. Und Hochzeiten haben etwas an sich, das die

Frauen irgendwie zugänglich stimmt, wenn du verstehst, was ich meine», ergänzte er in plump-vertraulichem Ton.

Idwal nickte lächelnd und füllte Owain einen Becher mit Met.

«Ich hörte von Vorbereitungen für ein Fest dir zu Ehren», fuhr Owain fort und trank den Becher in einem Zug halb leer. «Und da du genau auf meinem Rückweg nach Powys lagst, fand ich es unhöflich, dieses Ereignis zu verpassen. Ich nehme doch an, dass ich willkommen bin?» Trotz seines Lächelns waren seine Augen nur zwei schmale Schlitze.

«Ich möchte keinen Ärger, Owain», mahnte Idwal. «Du weißt, dass du an meiner Tafel ein willkommener Gast bist, aber bei diesem Fest wird sich die Familie versammeln. Ich verlasse mich auf dich.»

«Ich werde mich von meiner besten Seite zeigen», grinste Owain. «Wo steckt denn nun dieses Füllen von einer Schwester?»

«Unterwegs in einem Akt der Barmherzigkeit.» Idwal entspannte sich ein wenig. Er wünschte, Owain wäre nicht hier, nicht bei den Gästen, die sonst noch erwartet wurden, dennoch amüsierte er sich schon bald köstlich, als Owain auf drastische Weise pikanten Klatsch und Tratsch zum Besten gab, den er auf der Hochzeit aufgeschnappt hatte.

Susanna ließ den Blick durch Addas armselige Hütte schweifen und wusste, dass sie etwas unternehmen musste. Der Bauer stand verloren in dem einzigen Raum. Sein Gesicht war von Gram gezeichnet, und Susanna war nicht sicher, ob er ihr überhaupt zuhörte. Drei kleine Kinder klammerten sich an seine Beine und starrten sie mit der gleichen Hilflosigkeit an, die ihr Vater ausstrahlte.

«Gibt es niemanden, den du zur Unterstützung herholen könntest, Adda?», fragte sie mitfühlend.

Adda sah sie verzweifelt an. «Vielleicht für die größeren Kinder, Mylady», murmelte er. «Aber für das Baby …» Sein Blick irrte zu dem kleinen schlafenden Geschöpf in der provisorischen Wiege, und er betrachtete es halb mitleidig, halb vorwurfsvoll. «Das Mädchen, das ihn gestillt hat …», hob er an, räusperte sich und wandte sich wieder Susanna zu. «Sie sagte, sie hätte nicht genug Milch, um ihn zu nähren. Ihr eigenes Kind würde nicht mehr satt werden. Ich dachte, deshalb wären Mylady hier.» Seine Stimme brach ab, und er starrte auf seine Füße, als käme von dort die Rettung, die er so dringend brauchte.

Susanna wurde angesichts der Not dieses Mannes von Mitleid geradezu überwältigt. Dass er hoffte, sie würde wegen des Säuglings etwas unternehmen, war nicht zu übersehen. Aber was sollte sie tun? Das Kind brauchte eine Stillamme – und zwar schnellstens. Noch schlief der Kleine, aber er würde bald wach werden und vor Hunger schreien. Sie machte dem Mädchen, das ihn nicht weiter stillen wollte, keine Vorwürfe. Susanna wusste, wie hart das Leben dieser Menschen war, und dieses Mädchen hatte ein eigenes Kind zu versorgen. Eines stand jedenfalls fest: Hier lassen konnte sie das Baby auf keinen Fall. Adda war so verzweifelt, dass er kaum für sich selbst sorgen konnte. Zudem hatte er schon drei Kinder, alle jünger als fünf Jahre – mit einem weiteren war er schlichtweg überfordert. Außerdem brauchte das Kind eine Mutter, die es liebte und nicht nur mit Nahrung versorgte. Sie musste es nach Plas-Marl mitnehmen, eine andere Lösung gab es nicht. Was Idwal dazu sagen würde, stand allerdings in den Sternen. *Und ausgerechnet heute!,* dachte sie und strich sich mit einer heftigen Bewegung einige lose Haarsträhnen aus dem Gesicht.

Aber ihr Entschluss stand fest. Susanna eilte aus der Hütte und sprach mit einem der Männer ihrer Eskorte. Der zog erst fragend die Augenbrauen hoch, aber dann nickte er, stieg auf und ritt rasch in Richtung Plas-Marl davon.

Eilig kehrte Susanna wieder in die Hütte zurück. «Ich werde

den Kleinen mitnehmen – wenn du einverstanden bist, Adda», sagte sie.

Der Ausdruck von Erleichterung auf Addas Gesicht zeigte ihr, dass sie ihm genau die Rettungsleine zugeworfen hatte, nach der er gesucht hatte. Er würde keine Einwände vorbringen. «Ich warte draußen auf die Rückkehr meines Boten. Sobald er eintrifft, machen wir uns auf den Weg», sagte sie leise und ging hinaus, damit Adda sich ungestört von seinem Kind verabschieden konnte.

Während sie wartete, blickte sie immer wieder unruhig den Weg entlang. Die Sonne stand bereits recht tief, und Idwal würde sich fragen, wo sie nur blieb. Sie hatte nicht so lange wegbleiben wollen.

Ihr war eingefallen, dass Catrin, die Frau eines Junkers am Hof, kürzlich ihr erst wenige Wochen altes Kind verloren hatte. Susanna hoffte, Catrin würde Addas Jungen aufnehmen. Catrin hatte noch Milch, aber vielleicht wäre sie nicht sonderlich erbaut davon, ein fremdes Kind anzunehmen – das ihr eigenes keinesfalls würde ersetzen können. Deshalb hatte Susanna jemanden zur Burg geschickt, um Catrin zu fragen. Sie begann zu frieren und fragte sich besorgt, ob die letzten Vorbereitungen für Idwals Fest in ihrer Abwesenheit reibungslos verliefen. Als ihr Bote schließlich zurückkam, war sein Nicken alles, was sie brauchte. Catrin war einverstanden. Susanna wandte sich mit einem aufmunternden Lächeln an Adda und nahm das Kind entgegen.

Als sie in den Burghof geritten kamen, stand Idwal unruhig wartend im Schatten der Stallungen. Er hatte sich nicht entspannen können, solange sie noch unterwegs war. Folglich hatte er sich mit einer Entschuldigung aus dem Saal zurückgezogen und seine Gäste der Unterhaltung durch die Harfenistinnen überlassen. Susanna konnte ihm ansehen, dass er verärgert war, und das wahrscheinlich zu Recht, denn sie hätte bereits vor Stunden wieder zurück sein sollen. Sie war also ganz und gar nicht überrascht, als Branwen ihr zuflüsterte, dass Idwal drauf und dran gewesen sei, einen Suchtrupp loszuschicken. Susanna nickte und lächelte ihm entschuldigend zu. Bevor sie abstieg, reichte sie ihr kleines, eingewickeltes Bündel zu Branwen hinunter. Als sie es wieder an sich nahm, drang ein leises Weinen aus der Decke. Susanna schlug die Falten des Tuches zurück, um das mutterlose Kind zu beruhigen.

Trotz seines Ärgers musste Idwal bei diesem Anblick lächeln. Die Kapuze ihres Umhangs war ihr vom Kopf gerutscht, und ihre aufgelösten Flechten konnten ihr volles Haar längst nicht mehr bändigen. Ihre Wangen waren gerötet von der kalten Luft und ihr Gesicht staubverschmiert. Besorgt betrachtete sie das hungrig schreiende Baby, hob es an ihre Lippen und küsste es zärtlich auf den Kopf. Aber der Kleine wollte sich einfach nicht beruhigen. Auf Branwens Rat hin schob Susanna den kleinen Finger in den Mund des Babys. Als es gierig zu saugen begann, breitete sich ein strahlendes Lächeln auf ihrem Gesicht aus. Es brachte eine neue Seite in Susanna zum Vorschein, und trotz des Schmutzes und ihrer Zerzaustheit war sie in diesem Moment wunderschön. Eine Bewegung am Fenster der Halle erregte Idwals Aufmerksamkeit, und als er quer über den Hof dorthin schaute, sah er Meurig, der Susanna mit der gleichen Faszination betrachtete wie er selbst. Idwal lächelte zufrieden. Das war vielleicht nicht ganz so, wie er sie ihm hatte präsentieren wollen, aber dieses Urbild der Mütterlichkeit schien einen Funken entzündet zu haben. Weswegen also streiten?

Kurz darauf kam Susanna auf ihn zu.

«Nun?», fragte er mit hochgezogenen Augenbrauen.

«Oh, Idwal, es tut mir so Leid, aber Adda ist in einer entsetzlichen Verfassung.» Sie war immer noch tief bestürzt und klärte Idwal atemlos über die Situation auf. Dann blickte sie ihren Bruder an und wartete ab, ob er ihre Entscheidung billigte.

«Du hättest das Kind ruhig direkt mitbringen können. Catrin hätte sich dir nicht widersetzt», erklärte Idwal mit sanfter Stimme. Ihre Sorge um Adda und das Kind hatte auch seinen letzten Rest Ärger über ihre Verspätung zerstreut.

Sie fuhr sich mit der Hand durchs Haar und zog dabei weitere Strähnen aus ihren sich auflösenden Flechten. «Ich weiß. Aber es wäre so ungerecht gewesen, wenn dieses kleine Wesen erst die eine Mutter verloren hätte, um dann auch noch von einer anderen abgewiesen zu werden», erwiderte sie so betroffen, dass Idwal sie an sich zog und fest drückte.

«Du hast das Richtige getan», versicherte er ihr und küsste sie auf die Stirn. «Jetzt solltest du gehen und dich für unsere Gäste hübsch machen.»

«So, wie ich aussehe, kann ich sie ganz bestimmt nicht begrüßen», scherzte sie und gestattete sich ein entspanntes Lächeln. «Mir ist aufgefallen, dass Lord Owains Pferd hier ist. Ich wusste gar nicht, dass er eingeladen war», bemerkte sie betont beiläufig, während sie Richtung Saal blickte, aus dem bereits Musik und Gelächter zu hören waren. Sie hatte den gut aussehenden Lord vor einigen Monaten kennen gelernt und verspürte nun ein seltsames Kribbeln beim Gedanken daran, ihm wieder zu begegnen.

«War er auch nicht, aber hat ihn das jemals abgehalten?», erwiderte Idwal trocken. «Lord Meurig ist ebenfalls hier», fügte er hinzu und beobachtete neugierig, wie sie darauf reagierte.

«Wie schön», erwiderte sie nicht sonderlich beeindruckt. «Jetzt muss ich aber los und dafür sorgen, dass ich einen möglichst guten Eindruck mache.»

Sie sagte das mit einem Lächeln, war aber offenbar mit den Gedanken ganz woanders. Stirnrunzelnd sah Idwal ihr nach. Sein Gefühl sagte ihm, dass der Abend nicht ganz planmäßig verlaufen würde.

Idwal hatte sich zum Ziel gesetzt, an diesem Abend seine sorgfältig zusammengestellte Gästeschar zu beeindrucken. An den Speisen würde niemand etwas bemängeln können, und seine Kleidung entsprach der eines hochgeborenen Adeligen. Die bis zur Mitte der Oberschenkel reichende Tunika aus rotem Brokat und blauem Samt entsprach den Farben, die er auch für seinen Haushalt gewählt hatte. Er strich das Gewand über den feinen Wollbeinlingen glatt und rückte seinen Gürtel zurecht, damit er exakt über seinen schmalen Hüften saß. Überzeugt davon, dass jeder Zentimeter ihn als würdigen Nachfahren eines Königs auszeichnete, betrat er hoch erhobenen Kopfes den großen Saal. Er verschaffte sich rasch einen Überblick über das Gewimmel und durchquerte dann den Raum, um Meurig aus der Belagerung durch die anwesenden Damen zu retten.

Meurig begrüßte ihn erfreut, nur zu bereit, sich mit einem höflichen Kopfnicken zurückzuziehen.

«Eine interessante Runde, die Ihr hier versammelt habt, Idwal», sagte Meurig und ließ den Blick durch den Saal schweifen. Sie standen direkt vor dem Podium und konnten alles gut sehen.

«Wir repräsentieren das junge Blut – sozusagen die Erben», erwiderte Idwal und zwinkerte Meurig mit seinen haselnussbraunen Augen zu.

«Und was würde Euer Prinz von einem solchen Zusammentreffen halten?»

«Er sieht darin keinerlei Bedrohung.»

Meurig zog die Augenbrauen hoch. «Er weiß davon?»

«Natürlich», entgegnete Idwal mit fester Stimme. «Ich stehe zu meinem Lehnseid und würde nichts tun, womit ich meine Position gefährden würde.»

«Weiß er denn auch, dass *er* hier ist?», fragte Meurig und wies geringschätzig auf Owain ap Cadwgan. «Was für eine Rolle spielt er in dieser Runde?»

«Keine – ich habe ihn gar nicht eingeladen. Aber ich konnte ihm schlecht meine Gastfreundschaft verweigern», erklärte Idwal und sah Meurig offen an. «Ihr könnt ihn nicht leiden, habe ich Recht?», fügte er hinzu.

«Ihr werdet nicht viele in diesem Raum finden, die das tun», erklärte Meurig und streckte seinen Becher aus, damit einer der Dienstboten ihm nachschenkte.

«Ja, ich weiß, er ist oft ziemlich großspurig, aber er kann auch recht unterhaltsam sein.»

«Ich traue ihm nicht», sagte Meurig und blickte Idwal direkt in die Augen. «Seid vorsichtig bei der Wahl Eures Umgangs, Idwal. Was auch immer Euer Grund für die Zusammensetzung dieser Runde gewesen sein mochte – abgesehen von dem offiziellen –, Owain ist sicher keine Bereicherung.»

«Ich hege keinerlei Hintergedanken, was dieses Fest angeht, Meurig», erklärte Idwal ganz ruhig. «Wie ich bereits sagte: Ich glaube an stabile Allianzen zwischen unseren walisischen Königreichen. Wir Lords von Gwynllwg haben schon in der Vergangenheit Brycheiniog im Kampf gegen Eindringlinge unterstützt – vor nicht allzu vielen Jahren mit maßgeblichem Erfolg. So wollen wir es auch in Zukunft halten und uns gegenseitig dabei unterstützen, unsere Königreiche zu erhalten. Wir sind die Erben dieser alten Tradition, bereit und willens, die Fehler unserer Väter wieder wettzumachen. Ich beziehe Powys nicht darin ein, sehe aber auch keinen Grund, es zu provozieren.»

Meurig schwieg. Er teilte Idwals Ansichten, was mit ein Grund für sein Erscheinen war. Dass Owain unerwartet hier aufgetaucht war, bezweifelte er nicht – es war typisch für diesen Burschen. Owain war ein Außenseiter, und sein Vater und seine Onkel galten als äußerst aggressive Nachbarn. So zumindest versuchte Meurig sich seine Abneigung zu erklären, aber tief in seinem Innern wusste er, dass er Owain ap Cadwgan einfach nicht ausstehen konnte.

«Davon abgesehen», fuhr Idwal fort, «bin ich gerade dabei, bei den Lords aus dem Hause Brycheiniog um deren Schwester zu werben.»

Meurig zog die Augenbrauen hoch. «Es ist Euch ja wirklich ernst mit den Allianzen», lächelte er. «Und ich dachte, Ihr wäret dabei, die Netze für Eure eigene Schwester auszuwerfen.»

Idwal erwiderte das Lächeln. «Susanna ist immer Bestandteil meiner Gedanken», erwiderte er. «Und da kommt sie auch schon», rief er, als sich die Tür öffnete und Susanna eintrat. «Ein bisschen spät, aber umso willkommener», fügte er mit einem Schmunzeln hinzu.

Susanna hatte sich trotz der Eile äußerst sorgfältig zurechtgemacht und schritt selbstbewusst durch die Menge. Ein prachtvolles bernsteinfarbenes Gewand mit Trompetenärmeln brachte die goldfarbenen Sprenkel ihrer haselnussbraunen Augen zum Leuchten. Das lange Haar hatte sie sorgfältig gekämmt, bis es glänzte. Es reichte ihr fast bis an die Knie, und als Zeichen ihrer Jungfräulichkeit trug sie es offen. Während sie schritt, hob sie ihre langen Samtröcke ein wenig an. Erlesene, mit Juwelen besetzte Ringe schmückten ihre schlanken Finger – ein Zeichen ihres Status und des Reichtums ihrer Familie.

«Ist das tatsächlich unsere kleine Cousine? Wo ist denn nur der kleine Wildfang geblieben, den wir alle kennen und lieben?», scherzte Maredudd gegenüber seinem Bruder, während er Susanna an beiden Händen hielt und einen Schritt zurücktrat, um sie besser bewundern zu können.

Llywelyn lachte. «Ärgere sie doch nicht so», ermahnte er Maredudd. «Du siehst wunderhübsch aus, Susanna.» Er küsste sie liebevoll auf beide Wangen.

«Atemberaubend, süße kleine Pfingstrose», stimmte Maredudd zu und küsste sie ebenfalls. «Llywelyn hat Recht – du bist die Hübscheste im ganzen Saal. Mama wäre stolz, wenn sie dich so sehen könnte.»

Bei der Erwähnung ihrer Tante schwand Susannas Lächeln. «Wie geht es ihr?», fragte sie besorgt.

«Nicht gut», erwiderte Maredudd mit ernster Stimme. «Wir werden von hier aus direkt weiter nach Bryn y Ffin reiten.»

«Du tätest sicher gut daran, uns zu begleiten», fügte Llywelyn hinzu.

«Natürlich», nickte Susanna.

«Mama ist eine starke Frau», sagte Maredudd rasch, als er Susannas ängstlichen Gesichtsausdruck sah. «Wir sollten uns nicht den Abend verderben lassen. Komm, Idwals Gäste warten auf dich.» Er nahm Susannas Hand und geleitete seine Cousine stolz durch den Saal.

Susanna lächelte und nickte vielen Gästen grüßend zu, bis eine Stimme sie plötzlich innehalten ließ.

«Susanna, welch Augenweide!»

Susanna schoss das Blut in die Wangen, während sie sich umdrehte und die Hand ausstreckte. «Mein lieber Lord Owain, wie schön, Euch wiederzusehen», sagte sie höflich, während ihr Herz zu rasen anfing.

«Das Vergnügen ist ganz auf meiner Seite.» Owain musterte sie ganz ungeniert. Dann führte er ihre Hand an seinen Mund und strich mit seinen weichen Lippen darüber. «Ich wünschte, es wäre ganz mein», murmelte er mit einem Unterton, der Susanna einen Schauer über den Rücken jagte.

«Kommst du, Susanna», fuhr Maredudd schroff dazwischen, «dein Bruder erwartet dich.»

Während er Susanna wegführte, warf Llywelyn Owain einen warnenden Blick zu, aber der grinste nur und folgte den beiden.

«Susanna!» Idwal ging auf sie zu. «Du erinnerst dich doch sicher an Lord Meurig?»

«Natürlich, Ihr wart verschiedentlich am Hofe Lord Iestyns», sagte sie freundlich und bot dem Lord von Senghennydd die Hand, um seinen Gruß entgegenzunehmen.

«Lord Meurig wird heute Abend mit uns gemeinsam speisen, Susanna», sagte Idwal. «Und jetzt lasst uns Platz nehmen, es ist schon recht spät.» Er breitete die Arme aus, um den Weg zu weisen.

Susanna warf Owain einen entschuldigenden Blick zu, während sie sich auf das Podium begab. *Idwal hätte ihn auch an unseren Tisch einladen müssen,* dachte sie. Aber der Prinz von Powys ließ sie mit einem amüsierten Glitzern in den Augen zu ihrem Platz gehen und vermittelte nicht den Eindruck, als sei er gekränkt.

Bislang hatte ihn Susanna bei seinen Besuchen auf Plas-Marl nicht über einen harmlosen Flirt hinaus interessiert, aber er hatte Idwals ehrgeizige Pläne sofort durchschaut, und es entsprach einfach seinem Naturell, ein bisschen Staub aufzuwirbeln – weniger, weil er Böses im Schilde führte, sondern weil er das Spiel mit dem Feuer liebte. Als mutiger und fähiger Krieger brauchte er kein Schlachtfeld, um Krawall anzufangen. Aber jetzt enthielt er sich jeglichen Kommentars und fand glücklicherweise problemlos einen Platz.

«Vermisst Ihr das Leben bei Hofe, Susanna?», erkundigte sich Meurig, während er ein besonders saftiges Stück Fleisch abschnitt und es Susanna reichte.

«Nein, nicht mehr jedenfalls», antwortete sie wahrheitsgemäß und nahm das Bratenstück auf formvollendete Weise entgegen.

«Ihr findet hier sicher reichlich Zerstreuung.»

«Beschäftigt bin ich in der Tat, aber hauptsächlich mit Pflichten, so wie heute Nachmittag. Es gibt nicht ständig so unterhaltsame Abende wie diesen – auch wenn Ihr das vielleicht gehört habt, Mylord», tadelte sie ihn sanft. Ihr Lächeln war äußerst sittsam, aber ihre Augen funkelten nur so. Sie log nicht, ihre Tage waren tatsächlich erfüllt von banalen Tätigkeiten, aber sie konnte auch nicht widerstehen, diesen so ungemein ernsthaften Mann ein wenig aufzuziehen.

«Mir wurde lediglich berichtet, dass eine recht große Anzahl von Besuchern den Weg hierher findet», erwiderte Meurig und lächelte ebenfalls. «Aber wenn dies hier die übliche Kost ist, so fürchte ich, dass einige von ihnen nie wieder gehen mögen», scherzte er und aß mit Genuss ein köstliches Stück Spanferkel.

«Wir liegen genau an dem Weg, der durch die Berge führt, und unser Haus steht den Reisenden immer offen», erklärte Susanna arglos. «So muss es auch zu Lebzeiten unseres Vaters gewesen sein, nicht wahr, Idwal?»

Idwal bestätigte ihre Aussage mit einem freundlichen Nicken.

Plas-Marl war ein günstiger Rastplatz für Reisende, bevor sie dann zu den Bergpässen weiterzogen.

Ein Frauenlachen hallte durch den Saal, und als Susanna aufschaute, erkannte sie, dass es von dort kam, wo Owain ap Cadwgan saß. «Obwohl ich mich nicht daran erinnern kann, dass die Reisenden zu jener Zeit derartig unterhaltsam waren. Aber vielleicht war ich einfach nur zu jung, um diese Art von Humor zu verstehen», lautete ihr trockener Kommentar, bevor sie ihre Aufmerksamkeit vom charmanten Prinzen wieder auf den Gast an ihrer Seite richtete.

Meurig sah sie eine Sekunde lang an. Dann brach er in schallendes Gelächter aus, das genauso überraschend wie selten war. Er beugte sich vor, um etwas zu sagen, dabei fielen ihm seine dunklen Locken in die Stirn. «Ich bin sicher, sie unterscheiden sich auch deutlich von den Gästen Eurer Tante und Eures Onkels», raunte er.

«Das könnte wohl zutreffen», erwiderte Susanna. Fast schüchtern neigte sie den Kopf zur Seite und sah ihn unter ihren langen Wimpern hervor an, die Mundwinkel leicht nach oben gezogen. Es war nicht ihre Art, zu flirten, bisher jedenfalls nicht, aber während sie es zögernd ausprobierte, dachte sie, dass sich dieser ernsthafte Lord dazu genauso gut eignete wie jeder andere.

Ihre Unterhaltung plätscherte so dahin, und Idwal mischte sich nur ein, wenn sie zu versiegen drohte. Aber trotz der scheinbaren Leichtigkeit, mit der Susanna ihren Gast unterhielt, verbarg sie doch immer wieder das Gesicht hinter ihrem langen Haar, wenn Meurig zu ihr sprach. Und, ob sie wollte oder nicht, jedes Mal, wenn Owain ap Cadwgans Lachen durch den Raum dröhnte, warf sie verstohlene Blicke in seine Richtung.

Owain kannte seine Wirkung auf Frauen und bemühte sich, den größtmöglichen Effekt zu erzielen, als er eine seiner Heldentaten zum Besten gab. Mit seinem wallenden langen Haar und dem passenden, prächtigen Schnurrbart verkörperte er den tapferen Krieger schlechthin. Susannas Sinne erwachten langsam – sie war reif für die Liebe. Und obwohl sie dem ernsthaften Lord von Senghennydd aufmerksam zuhörte, irrten ihre Blicke immer wieder zu dem eloquenten Prinzen von Powys.

Nachdem die letzten gebratenen Äpfel verzehrt waren, stimmten die Musiker eine Tanzmelodie an.

«Susanna, darf ich bitten?» Meurig streckte ihr die Hand entgegen. Sie stiegen vom Podium herab und schlossen sich einer Gruppe an, die ein drittes Paar für eine Formation suchte. Es war ein ruhiger, traditioneller Tanz, und Susannas Hand ruhte auf Meurigs, während sie sich im Gleichschritt mit den tanzenden Paaren bewegten. Es kam der Moment, die Partner zu wechseln. Susanna hob die langen Wimpern, um ihrem neuen Tanzpartner ein freundliches Lächeln zu schenken, und blickte voller Überraschung in die Augen Owains, der ihre Hand hielt.

«Wie konntet Ihr …?», fragte Susanna verdutzt, denn er gehörte gar nicht zu ihrer Formation.

«Wie hätte ich nicht können», antwortete er mit tiefer Stimme, und seine grauen Augen brannten sich förmlich in ihre.

Ein Zittern durchlief Susannas Körper, als seine Hand die ihre sanft führte, und es gelang ihr kaum, nicht hörbar nach Luft zu schnappen, als sein Zeigefinger ganz leicht über ihre Handfläche strich. Es war kaum mehr als der Flügelschlag eines Schmetterlings und erzielte genau den gewünschten Effekt. Als der Tanz sie wieder ihren ursprünglichen Partnern zuführte, verabschiedete sich Owain mit einem Augenzwinkern.

Meurig sah die leichte Röte ihrer Wangen, während er Susanna zu den letzten Takten drehte, aber sie war zu sehr mit sich beschäftigt, um Meurigs angespannte Miene oder den eisigen Blick zu bemerken, mit dem er Owains lachendes Gesicht taxierte.

Die Musiker gingen zu einer lebhafteren Melodie über, um die Tänzer zum Weitermachen zu animieren.

«Würdet Ihr mir diesen Tanz überlassen, Meurig?», bat Maredudd und stellte sich neben Susanna.

«Aber natürlich», erwiderte Meurig höflich.

Während Maredudd seine Cousine in die Arme nahm, stellte er Blickkontakt mit Idwal her, der sofort verstand und an Meurigs Seite eilte.

«Aua, musst du mich so fest drücken?», beschwerte sich Susanna und reckte den Hals, um zu sehen, wo Owain abgeblieben war.

«Einer muss dich fest im Griff halten», murmelte Maredudd und schwang sie mit ein paar energischen Drehungen mitten unter die anderen tanzenden Paare.

«Ist meine Schwester nicht reizend?», fragte Idwal Meurig, während er ihm einen randvollen Becher mit Met reichte.

«Sie scheint ihren eigenen Kopf zu haben und kann wirklich zauberhaft sein.» Meurig betrachtete Susannas volles Haar, das nur so flog, als Maredudd sie herumschwang. «Wenn sie auch eine gewisse Wildheit an sich hat», fügte er hinzu und dachte dabei an ihre Reaktion auf Owain. «Die kann sich natürlich mit der Zeit noch verlieren.»

«Würdet ihr das denn wollen?», fragte Idwal mit verschmitztem Grinsen.

«Wahrscheinlich nicht», gestand Meurig und grinste zurück. Er mochte diesen jungen Mann sehr, und im Laufe des vergangenen Jahres war sein Respekt vor ihm gewachsen. Seine Familie war äußerst einflussreich, und obwohl sein Onkel sicher eine anständige Mitgift für Susanna bereitstellen würde, war es dieser Einfluss, der Meurig anzog. Es wäre für sie alle eine äußerst vorteilhafte Verbindung, die ihm die Unterstützung sichern würde, die er im Kampf gegen Iestyn brauchte und die Susanna im Falle seines Erfolgs zur Herrin von Senghennydd machen würde.

«Führe ich die Verhandlungen mit Euch oder mit Eurem Onkel?», fragte er lächelnd.

«Mein Onkel hat natürlich mitzureden, aber warum sollten wir nicht schon eine vorläufige Vereinbarung treffen. Meine Cousins Maredudd und Llywelyn wären bereit, an den Verhandlungen teilzunehmen.» Idwal sprach ganz ruhig, um sich nicht anmerken zu lassen, wie sehr er innerlich jubilierte, dass seine Bemühungen so schnell Früchte trugen.

«Es gibt keine anderen Bewerber?», hakte Meurig nach, während sein Blick durch den Saal schweifte.

«Keinen», erwiderte Idwal mit fester Stimme und fügte, Meurigs Blick folgend, hinzu: «*Er* käme niemals in Betracht.»

«Nun, dann sollten wir morgen reden.» Meurig erhob seinen Becher. Die Männer stießen an, und Susannas Gefühle interessierten in diesem Moment niemanden.

Susannas Kammerjungfer kämmte ihr gerade das Haar und half ihr aus den Kleidern, da wurde die Tür geöffnet, und Idwal steckte den Kopf herein.

«Bist du angezogen? Kann ich reinkommen?», fragte er und stand bereits halb im Zimmer.

«Nein und nein», antwortete sie lachend, während er sich auf eine Bank warf und einen Krug Met schwenkte.

Susanna legte sich einen wollenen Umhang um und wandte sich an die Kammerjungfer: «Du kannst gehen. Den Rest mache ich allein.» Die Jungfer deutete einen Knicks an und schloss leise die Tür hinter sich.

«Wo ist Branwen?» Idwal sah sich suchend im Zimmer um.

«Hat sich schon vor Stunden schlafen gelegt.» Susanna wies mit dem Kopf Richtung Tür. «Nicht einmal ein Gewitter würde sie wecken», fügte sie grinsend hinzu. «Wollen wir das jetzt noch trinken oder möchtest du es einfach auf dem Boden verschütten?» Sie schürte das Feuer in der kleinen Kohlenpfanne, sodass es noch einmal aufloderte, und setzte sich neben Idwal auf die hölzerne Bank.

Idwal füllte ihre Becher. Ihren stellte er auf die Armlehne der Bank.

«Ich nehme an, deine Gespräche mit den Lords von Brycheiniog sind positiv verlaufen?», fragte sie, während sie ihr volles

Haar über die Schulter nach vorn legte und begann, es für die Nacht zu einem Zopf zu flechten.

«Ja, die Jungfer von Brycheiniog ist mein», bestätigte Idwal. «Eine Verbindung, über die ich sehr froh bin. Ich habe mehr als nur die Schlacht gewonnen, als wir der Familie bei ihrem letzten Scharmützel mit den Normannen zur Seite standen.»

«Wann soll die Hochzeit stattfinden?»

«Wir dachten an dieses Frühjahr, direkt nach Ostern», erwiderte er und schaute träge zu, wie Susanna mit geschickten Fingern ihr Haar flocht und ein Band um das Zopfende wickelte.

«Das ist aber schon bald.» Sie warf den Zopf nach hinten und griff nach ihrem Becher. «Du bist dann noch keine 18 und Efa ist so jung wie ich.»

«Ihre Brüder sind der Meinung, sie sei bereit für die Ehe.»

«Wohl eher froh darüber, sie aus den Füßen zu haben», murmelte Susanna und starrte in ihren Becher, damit Idwal nicht sah, wie enttäuscht sie war. Ihr war immer klar gewesen, dass er eines Tages heiraten würde, aber sie hatte nicht damit gerechnet, dass sie ihre kostbare Position nur so kurze Zeit innehaben würde. Nach der Hochzeit war Idwals Frau die Herrin von Plas-Marl und Susanna einmal mehr das geduldete Familienmitglied.

«Ich sehe keinen Grund, zu warten. Ich möchte schon bald Vater werden, damit ich meine Kinder aufwachsen sehen kann.» Zum ersten Mal hatte Idwal kein Gespür dafür, was in Susannas Kopf vorging.

Susanna betrachtete den Bruder über den Rand ihres Bechers hinweg.

«Was bedeutet dieser Blick?», fragte er in einem Ton, als müsse er sich verteidigen.

Susanna schwieg und nippte nachdenklich an ihrem Getränk. «Hast du auf Mutters Brief geantwortet?», fragte sie schließlich.

Idwal sah sie aufmerksam an, dann schüttelte er den Kopf. «Du denkst, das sei der Grund, warum ich mich entschieden habe, jetzt zu heiraten und eine Familie zu gründen?» Ihre Anspielung irritierte ihn.

«Ist es denn nicht so?»

Für einen Moment überschattete ein Anflug von Ärger sein Gesicht, der jedoch sofort wieder verschwand. Er griff nach Susannas Hand. «So ganz Unrecht hast du nicht.» Er seufzte. «Wenn Papa noch lebte, wäre er das Oberhaupt von Plas-Marl. Wenn sie nicht fortgegangen wäre ...» Er zuckte mit den Schultern. «Keiner von uns kann die Vergangenheit ändern. Ich bin der Lord von Plas-Marl. Der Besitz braucht mich, und ich brauche eine Frau. Warum also nicht?» Er sah ihr in die Augen, als könne er dort eine Antwort finden. «Und nein», fügte er hinzu, «ich habe ihren Brief nicht beantwortet und werde es auch nicht tun.»

«Ach, Idwal», seufzte Susanna.

«Genug. Ich werde das nicht mit dir diskutieren.» Er führte ihre Hand an seinen Mund und hauchte einen Kuss darauf. «Möchte meine Schwester mir jetzt nicht zu meiner bevorstehenden Hochzeit gratulieren?»

«Natürlich.» Sie stellte den Becher ab, beugte sich herüber und küsste Idwal sanft auf den Mund. «Eine verbotene Frucht, der Mann einer anderen Frau.» Sie leckte sich feixend über die Lippen.

«Susanna! Du bist unverbesserlich. Und jetzt gib mich frei, Weib, damit ich uns nachschenken kann. Obwohl ich nicht weiß, ob du noch mehr trinken solltest!»

Er füllte ihren Becher und reichte ihn ihr. «Und sorge dich nicht, du wirst bald deinen eigenen Mann haben.»

Susanna Augen blitzten, und ihr Herz schlug wie verrückt. «Du hast eine Ehe für mich arrangiert? Heute Abend?», fragte sie ganz aufgeregt.

«Wir müssen natürlich erst noch mit Onkel Rhodri sprechen, aber ich glaube nicht, dass er irgendwelche Einwände haben wird. Maredudd und Llywelyn haben jedenfalls zugestimmt.»

«Wer ist es?», schrie sie förmlich.

«Lord Meurig», antwortete Idwal triumphierend.

Jetzt konnte Susanna ihre Enttäuschung nicht verbergen. «Lord Meurig? …»

Das war nicht die Reaktion, die Idwal erwartet hatte, und ihr enttäuschtes Gesicht versetzte ihm einen Stich. «Er ist eine gute Partie, Susanna, eine bessere, als du hättest erwarten können», erwiderte er hitzig. «Onkel Rhodris Einfluss ist groß, aber das hat auch seine Nachteile. Sowohl Iestyn als auch Urien Wan sind zu besorgt um ihre schwindende Macht, als dass sie eine Heirat seiner Nichte an ihren Hof zulassen würden.» Er packte sie an den Schultern, seine Augen glänzten vor Begeisterung und Ehrgeiz. «Aber Meurigs Stern geht erst noch auf, und wir werden von Beginn an dabei sein, du und ich, Susanna, wir gestalten unser Leben selbst und sind nicht länger auf das Wohlwollen anderer angewiesen. Du wirst nicht nur die Herrin deines eigenes Hauses, sondern die von Senghennydd.»

«Ich dachte, dass vielleicht …» Sie stockte.

«Er ist nichts für dich!» Idwal hatte plötzlich erkannt, wen sie im Sinn gehabt hatte.

«Ich weiß nicht, wen du meinst», erwiderte sie heftig.

«Owain ap Cadwgan!», sagte er ihr auf den Kopf zu und lehnte sich zurück.

Sie konnte nicht verhindern, dass sie rot anlief, und sie verfluchte Idwal innerlich für seinen selbstgefälligen Blick, als er erkannte, dass er Recht hatte.

«Onkel Rhodri weiß nichts von deinen Plänen?», fragte sie missgestimmt.

«Nein. Wie gesagt muss ich noch mit ihm reden. Aber ich glaube nicht, dass du ihn umstimmen kannst, Susanna. Er wird keine Einwände gegen meine Wahl haben», erklärte Idwal siegessicher.

Susanna schwieg und dachte über die Pläne ihres Bruders nach. Schließlich sagte sie: «Maredudd meint, ich sollte mitkommen nach Bryn y Ffin, um Tante Gwen zu besuchen. Begleitest du uns?»

Bei der Erwähnung ihrer Tante vergaß Idwal seine Enttäuschung über Susannas Haltung. «Ist sie wirklich so krank?»

«Ich fürchte ja.»

«Dann solltest du so schnell wie möglich zu ihr reisen», sagte er ehrlich besorgt. «Ich werde versuchen, später nachzukommen, aber schick mir sofort Nachricht, wie es ihr geht.»

Er beugte sich vor und umschloss Susannas Gesicht mit beiden Händen. «Ich möchte nicht, dass es zwischen uns zu Missstimmungen kommt», sagte er zärtlich, «ich liebe dich sehr und will nur dein Bestes.»

Susanna nickte. «Ich weiß, Idwal.» Sie küsste ihn auf die Wange. «Und jetzt müssen wir endlich schlafen gehen, sonst sehen wir morgen fürchterlich aus», befahl sie lächelnd.

Nachdem sie sich erhoben hatten, drückte Idwal Susanna ganz fest und küsste sie liebevoll auf die Stirn. «Gute Nacht, Schwesterherz», flüsterte er und verließ den Raum wesentlich leiser, als er ihn betreten hatte.

Susanna schlüpfte ins Bett und wickelte sich in die Felldecke, denn es drohte eine ziemlich kalte Nacht zu werden. Sie zitterte ein wenig, aber dann lächelte sie, denn insgeheim gefiel es ihr sehr, dass Idwal nicht direkt mit nach Bryn y Ffin kam. Dadurch hatte sie Zeit, allein mit Onkel Rhodri zu sprechen. Sie würde ihn ganz sicher davon überzeugen können, dass Lord Meurig nicht die beste Partie für sie war, auch wenn sie eigentlich kein Mitspracherecht bei der Wahl ihres Ehemannes hatte. Sie hatte nichts gegen diesen Mann, tatsächlich fand sie ihn sogar recht nett. Aber bei Owain ap Cadwgan hatte sie den Hauch von etwas viel Verheißungsvollerem gespürt. Dieser charismatische Charmeur, großartige Geschichtenerzähler und sinnliche Mann verkörperte ihr Ideal, und sie war fest davon überzeugt, mit einem anderen niemals glücklich werden zu können.

kapitel fünf

Dezember 1108. Bryn y Ffin, Morgannwg

Susanna war entsetzt angesichts der Situation, die sich ihr in Bryn y Ffin bot. Auf Gorffenna lastete viel zu viel Verantwortung für eine Zehnjährige, und sie war völlig erschöpft, da sie sich nicht nur um Tante Gwen, sondern auch noch um Onkel Rhodri kümmern musste. Gwenllians Krankheit nahm ihn fürchterlich mit, und er war kaum noch fähig, Entscheidungen zu treffen. Das Aussehen ihrer Tante hatte Susanna jedoch den größten Schrecken versetzt. Gwen war unglaublich schwach, und ihr abgemagerter Körper ließ jeden erkennen, dass sie über kurz oder lang sterben würde. Aber ihr Wille war ungebrochen, und noch hielt sie mit eiserner Entschlossenheit am Leben fest. Zwei Monate waren nun vergangen, seit Susanna zurückgekehrt war, und sie hoffte, dass Tante Gwen das Weihnachtsfest noch erleben würde.

«Wir müssen Idwal benachrichtigen, er sollte lieber früher als später herkommen», flüsterte Susanna Gorffenna zu, während sie die Vorhänge an Tante Gwens Bett aufzog, da diese so schlecht Luft bekam.

«Aber sie hatte doch schon öfter so schlechte Tage wie diesen und hat sich immer wieder erholt», meinte Gorffenna niedergeschlagen.

«Ich weiß, Ffenna», erwiderte Susanna mit sanfter Stimme und reichte ihr einen Becher mit warmem, gewürztem Wein. «Aber die schlechten Tage nehmen zu. Und ich weiß, dass Idwal sie gern sehen möchte, solange sie noch in der Lage ist, zu sprechen. Tante Gwen möchte das auch.»

«Du hast Recht, Susanna.» Gorffenna seufzte erstickt.

Die beiden Schwestern saßen dicht bei der Kohlenpfanne in Tante Gwens Zimmer, während draußen der Wind heulte. Susanna betrachte Gorffenna und dachte daran, wie nah sie sich während der letzten Wochen gekommen waren. Sie wusste, wie erleichtert Gorffenna gewesen war, als die große Schwester eintraf und ihr die ganze Verantwortung abnehmen konnte. Aber obwohl Susanna sich von da an um alles kümmerte, hatte sie darauf geachtet, dass Gorffenna ihren Teil an Pflichten behielt, und im Nachhinein war sie froh darüber. So belastend diese Situation war, sosehr begrüßte Susanna die neu gewonnene Vertrautheit mit ihrer Schwester.

«Cristyn wird bald kommen. Sie will bleiben bis … bis es vorbei ist.» Gorffenna schluchzte verhalten.

Susanna nickte. «Es wäre also entschieden, morgen schicken wir nach Idwal.»

Als Susanna hörte, dass Idwal Tante Gwens Gemach verließ, griff sie nach dem Weinkrug. Er würde jetzt sicher einen Schluck brauchen, was ihr ein Blick in sein Gesicht bestätigte, als Idwal den Saal betrat.

«Mein Gott, sie sieht fürchterlich aus.» Idwal war völlig erschüttert, nahm dankbar den Becher entgegen und trank hastig. Er saß nach vorne gebeugt am Kamin und starrte in die Flammen. «Ich hätte es nicht für möglich gehalten, dass jemand so mager und noch am Leben sein kann.»

Susanna stellte sich hinter ihn und massierte ihm die Schultern. «Es geht ihr heute etwas besser», sagte sie leise.

«Willst du damit sagen, sie sieht sonst noch schlechter aus?», fragte er bestürzt.

Susanna nickte. «Ja, wenn die Schmerzen unerträglich werden und sie um jeden Atemzug ringt.»

Sie ging um Idwal herum und sah ihm ins Gesicht. «Ich weiß nicht, was schlimmer ist. Dieses schreckliche Röcheln, wenn sie Luft holt, oder die plötzliche Stille, wenn sie wieder frei atmen kann.» Susanna schwieg einen Moment lang. «Ich glaube, die Stille», sagte sie schließlich, «weil wir dann immer denken, sie sei von uns gegangen.» Sie goss sich selbst einen Becher Wein ein und schenkte Idwal nach.

«Wie kommen die anderen damit zurecht?», fragte er, während sich Susanna ihm gegenüber hinsetzte. Wie es ihr ging, musste er gar nicht erst fragen, aber sie brachte für Idwal ein Lächeln zustande. «Jeder geht auf seine Art damit um. Ffenna ist manchmal eine große Hilfe, und dann wieder lässt sie sich einfach nur hängen.» Susanna zuckte mit den Schultern. «Du kennst sie ja.» Idwal nickte, und seine Stirn war voller Kummerfalten. «Und Onkel Rhodri?»

Susanna seufzte und trank einen Schluck, bevor sie antwortete. «Er ist um Jahre gealtert. Seine Stimmung schwankt zwischen Trauer und Zorn. Er ist wütend auf Tante Gwen, als wäre es ihre Entscheidung, von ihm zu gehen!» Sie blickte ihren Bruder nachdenklich an. «Mir war nie klar, wie nah sich die beiden stehen. Verrückt, was man so alles für selbstverständlich hält, nicht wahr?»

Idwal öffnete den Mund, um etwas zu sagen, besann sich dann jedoch eines Besseren. Aber Susanna entging nichts.

«Nein, Idwal», sagte sie mit schneidender Stimme.

Idwal blickte auf. «Gütiger Gott, liest du jetzt schon meine Gedanken?»

«Ich kenne dich, Bruderherz. Ich weiß, worüber du brennend gern mit ihm reden willst, und ich will einfach nicht, dass du Onkel Rhodri aufregst – nicht jetzt. Deine Pläne für meine Verheiratung können warten», stellte sie energisch klar.

«Sei dir da nicht so sicher», erwiderte er trocken. «Du magst vielleicht sehr hübsch sein, aber Lord Meurig könnten sich noch andere Möglichkeiten bieten. Wir müssen schnell handeln und den Termin für die Verlobung festsetzen. Onkel Rhodri braucht nur zuzustimmen, die Details können Maredudd und ich ausarbeiten.»

«Meine Güte, Idwal!», fauchte Susanna wütend. «Musst du unbedingt von mir reden, als wäre ich ein Pferd auf dem Viehmarkt? Und glaubst du wirklich, irgendjemand hier hätte angesichts Tante Gwens Zustand Lust, an einer Verlobungsfeier teilzunehmen?»

Idwal besaß zumindest den Anstand, verlegen zu werden. Er wich ihrem vorwurfsvollen Blick aus und starrte wieder in die Flammen. Aber an der Art, wie er die Lippen zusammenpresste, erkannte sie, dass er das Thema nicht auf sich beruhen lassen würde.

Susanna sprang auf, weil Gwenllians Kammerjungfer in den Saal kam.

«Ja, Siân, was gibt es?», fragte sie besorgt.

«Kein Grund zur Beunruhigung, Mylady», beeilte sich Siân zu versichern. «Sie verlangt nur nach Euch.»

«Ich komme sofort. Ist Lady Gorffenna schon zurück?»

«Ja, Mylady. Sie und Lady Cristyn sind soeben auf den Burghof geritten.»

Susanna wandte sich Idwal zu. «Sie bereiten die Weihnachtsfeierlichkeiten mit den Bauern vor – obwohl keiner von uns in Festtagsstimmung ist. Ich muss jetzt gehen und mich um Tante Gwen kümmern. Wir sehen uns nachher.» Sie musste sich mit einem düsteren Kopfnicken ihres Bruders zufrieden geben, bevor sie aus dem Saal eilte und dabei Binsen und Staub aufwirbelte.

Idwal schaute ihr mit einem bitteren Lächeln nach, schüttelte seine Stiefel ab, ließ sich in den Stuhl zurückfallen und schloss müde die Augen. Er konnte Onkel Rhodris Wut gut verstehen, denn ihm ging es nicht anders. Warum musste Tante Gwen ausgerechnet jetzt sterben? Es war keineswegs gelogen, als er Susanna sagte, dass sich Meurig andere Gelegenheiten bieten würden. Idwal rieb sich die Schläfen. Die Chance durfte ihm keinesfalls durch die Lappen gehen – er musste unbedingt mit Onkel Rhodri sprechen. Es spielte keine Rolle, wenn die Hochzeit erst in einem Jahr stattfand, aber die Verlobung musste unter Dach und

Fach gebracht werden. Idwal stand auf und zuckte zusammen. *Verdammt, mein ganzer Rücken ist verspannt,* fluchte er innerlich.

«He, du da!», herrschte er einen vorbeieilenden Dienstboten an. «Kannst du mir ein heißes Bad richten lassen?»

Der junge Bursche blieb stehen und sah sich hilflos um.

«Was ist nun? Steh nicht einfach so herum», fuhr Idwal ihn verärgert an.

«Ich bitte um Verzeihung, Mylord», murmelte der Junge. «Ich weiß nicht …» Er brach ab.

Die Verunsicherung des Jungen stimmte Idwal milde. Er legte dem Burschen die Hand auf die Schulter. «Mein Junge. Ich brauche entweder ein heißes Bad oder eine Frau. Was glaubst du, mir leichter besorgen zu können?» Um der Bemerkung die Schärfe zu nehmen, setzte er sein jungenhaftes Lächeln auf. Der Bursche entspannte sich und lächelte zurück.

«Ich denke, ich könnte ein Bad für Mylord herrichten lassen.»

«Guter Junge.» Idwal klopfte ihm auf die Schulter. Er dehnte Nacken und Schultern, während er sich wieder setzte. «Ein Bad wird mir wahrscheinlich ohnehin nützlicher sein als eine Frau», murmelte er spöttisch.

Idwal bahnte sich den Weg durch die vielen Leute im großen Saal und ging direkt zu der weiter hinten gelegenen Feuerstelle, wo er Maredudd und Llywelyn entdeckt hatte. Er schlug den beiden mit der flachen Hand auf den Rücken und lächelte, als sie sich umdrehten.

«Idwal, wir hörten schon, dass du hier irgendwo herumlungerst», sagte Llywelyn.

«Wann bist du eingetroffen?» Maredudd umarmte ihn kurz.

«Am späten Nachmittag.» Idwal sah sich suchend um. «Ist Onkel Rhodri bei Tante Gwen?»

Seine Cousins nickten. «Hast du sie schon gesehen?», erkundigte sich Llywelyn.

«Sofort nach meiner Ankunft», antwortete Idwal.

«Papa wird gleich herunterkommen», fuhr Llywelyn fort. «Mama sagt ihm immer, sie ermüde so schnell, aber die eigentliche Strapaze ist, nicht zu zeigen, was für starke Schmerzen sie hat. Sie glaubt aber, genau das tun zu müssen, wenn Papa bei ihr ist.»

«Susanna sagte, dass es ihn sehr mitnimmt», erwiderte Idwal leise.

«Sieh selbst.» Maredudd wies Richtung Treppe.

Idwal folgte seiner Geste und war entsetzt über den Anblick, der sich ihm bot. Sein Onkel war ein alter Mann geworden. Er hielt sich aufrecht und war noch immer von kräftiger Statur, aber sein Gesicht war bleich, gezeichnet von tiefen Sorgenfalten, und sein Blick zeugte von großer Seelenqual.

«Idwal, mein Junge», begrüßte er seinen Neffen, während er sich näherte. «Schön, dich zu sehen.»

«Onkel Rhodri.» Idwal umarmte ihn.

«Wie ist die Lage auf Plas-Marl?», brummte Rhodri und nahm einen Becher Wein von einem der Dienstboten entgegen.

«Alles bestens», erwiderte Idwal und sah überrascht zu, wie sein Onkel den Becher in einem Zug leerte und sich direkt nachschenken ließ. Als Maredudd leicht den Kopf schüttelte, zog Rhodri die Augenbrauen hoch und warf ihm einen warnenden Blick zu, sich jeglichen Kommentars zu enthalten.

Das Essen verlief trostlos, da niemand den leeren Stuhl neben Rhodri ignorieren konnte. Und die leise Musik verstärkte die gedämpfte Stimmung nur noch.

«Susanna», flüsterte Gorffenna, und es klang dringlich.

«Was ist denn?» Susanna runzelte verärgert die Stirn. Gerade erst war es ihr gelungen, Tante Gwen zu beruhigen, und jetzt würde Gorffenna sie nur wieder aufwecken.

«Es ist wegen Onkel Rhodri und Idwal. Sie haben einen furchtbaren Streit», sagte Gorffenna und fuhr nach einer kurzen Pause fort: «Ich glaube, es geht um dich.»

«Bleib du hier», befahl sie Gorffenna und eilte mit gerunzelter Stirn hinaus.

Sie konnte die lauten Stimmen schon hören, bevor sie Onkel Rhodris Privatgemach erreicht hatte, das seit dem Ausbruch von Tante Gwens Krankheit an das äußerste Ende der Halle verlegt worden war.

«Was geht hier vor?» Susanna trat ein, ohne anzuklopfen. «Der halbe Haushalt steht draußen und hört euch zu.» Sie sah die beiden Männer an, die sich wie zwei Kampfhähne gegenüberstanden, und konnte an ihren Gesichtern ablesen, dass sie keinen Augenblick zu früh erschienen war.

«Wenn Onkel Rhodri mir zuhören würde, müsste ich auch nicht so schreien», fauchte Idwal.

«Ich hoffe sehr, dass es nicht um das Thema geht, das ich dich nicht anzuschneiden bat», erwiderte Susanna mit eisiger Stimme.

«Du weißt also von seinen Hochzeitsplänen?», wandte sich Rhodri ihr zu.

Susanna war einen Moment perplex. «Du meinst Efa. Und ich dachte …»

«Ich rede nicht von seiner Hochzeit», tobte Rhodri. «Gegen die habe ich nichts einzuwenden. Wohl aber gegen seine Pläne, was dich angeht. Und deiner Miene nach zu urteilen, bist du offenbar im Bilde.»

«Ja, ich weiß davon, was aber nicht bedeutet, dass ich es gutheiße», beeilte sie sich zu sagen.

«Freut mich zu hören», knurrte Rhodri.

«Ich begreife einfach nicht, was du gegen Lord Meurig hast. Du kennst seine Vorzüge und hast dich schon oft genug bei Iestyn für ihn verwendet. Ich dachte, du könntest ihn gut leiden», ereiferte sich Idwal, aber unter Susannas strengem Blick senkte er die Stimme.

«Ich habe rein gar nichts gegen diesen Mann und kann ihn tatsächlich gut leiden», erwiderte Rhodri, der sich durch

Susannas Anwesenheit ebenfalls bemüßigt fühlte, leiser zu sprechen. «Aber ich lehne es entschieden ab, dass du hinter meinem Rücken Vereinbarungen bezüglich Susanna triffst. Das steht dir nicht zu.»

«Nichts ist hinter deinem Rücken geschehen.» Idwal fuhr sich mit einer Mischung aus Ärger und Enttäuschung durchs Haar. «Maredudd und Llywelyn haben an den Verhandlungen teilgenommen. Die Gelegenheit hat sich ergeben, und wir glaubten, schnell handeln zu müssen. Wir dachten, du seist mit diesem Vorgehen einverstanden.»

«Und haben Maredudd und Llywelyn auch in meinem Namen der Höhe der Mitgift zugestimmt, die ich zu leisten habe?» Rhodri blickte Idwal finster an. «Dazu haben sie nämlich kein Recht. Nicht ich bin es, der mit dem Tod ringt.»

Idwal schoss das Blut in die Wangen. «Das Aushandeln der Details wollten wir dir überlassen», murmelte er. Dabei wusste er nur zu gut, was seine Cousins versprochen hatten, aber er wollte seinen Onkel nicht noch mehr in Rage bringen.

«Wahrscheinlich hat Onkel Rhodri andere Bewerber ins Auge gefasst», warf Susanna eilig ein. Sie ging näher zu ihrem Onkel, wobei ihre Röcke durch den Staub schleiften. «Es war nicht richtig von dir, die Sache selbst in die Hand zu nehmen, Idwal», sagte sie vorwurfsvoll.

Idwal wirbelte herum und sah sie wütend an. «Du glaubst, er wird dir zustimmen? Sei nicht töricht, Susanna. Wenn er meine Wahl nicht billigt, dann schlägt er deine in jedem Fall aus. Ich habe dir bereits gesagt: Dieser Mann ist nichts für dich!»

«Susannas Wahl? Ja, hast du denn jetzt völlig den Verstand verloren, Idwal? Susanna hat in dieser Angelegenheit überhaupt nichts zu melden», wetterte Rhodri.

Susanna wandte sich ihrem Onkel zu. Durch seine Bemerkung verwandelte sich ihre Verzweiflung in Zorn. «Da irrst du dich, Onkel Rhodri, nach unserem Gesetz kannst du mich nicht zur Heirat zwingen», fuhr sie ihn mit eisiger Stimme an.

«Aber wir können dich davon abhalten, einen Mann zu heiraten, den wir nicht billigen», raunzte Idwal zurück.

«Und an wen hattest du bitte schön gedacht, Susanna?», fragte Rhodri gefährlich leise.

Susanna zögerte. Nicht wegen des warnenden Untertons in der Stimme ihres Onkels, sondern weil sie Mühe hatte, es sich selbst einzugestehen.

«Nun?», drängte Rhodri.

«Owain ap Cadwgan», antwortete Idwal für sie.

Rhodris Gesicht verdüsterte sich, und seine buschigen grauen Augenbrauen zuckten vor Wut. Susanna hatte ihn nie zuvor so zornig gesehen und wich einen Schritt zurück.

«Niemals», donnerte er so laut, dass Idwal zusammenzuckte.

«Aber warum nicht, Onkel Rhodri?», flehte Susanna; die Hände gefaltet wie zum Gebet, behauptete sie sich tapfer. «Er hat eine Menge Vorzüge, und seine Familie verfügt über mehr Macht, als die von Lord Meurig jemals haben wird. Er ist ein echter Prinz, ein tapferer Krieger und hat viele Siege errungen.» Sie sprach sehr schnell, als wäre sie verzweifelt bemüht, Owains Qualitäten aufzuzeigen. Und da Idwal das Thema nun einmal angeschnitten hatte, obwohl sie ihn gebeten hatte, es nicht zu tun, kämpfte sie um Mitspracherecht.

«Seine Familie ist machtgierig», brüllte Rhodri. «Das ist etwas ganz anderes. Sie schielen auf jedermanns Land und machen sich jede Schwäche innerhalb anderer Königreiche zunutze. In dieser Familie gibt es viel schlechtes Blut, und zu viel unseres Familienblutes wurde ihretwegen vergossen. Und du denkst daran, einen aus diesem Hause zum Manne zu nehmen! Nach all dem, was ich für dich getan habe, würdest du mich derart im Stich lassen? Wie die Mutter, so die Tochter.» Rhodri wandte sich mit Abscheu von Susanna ab. Er war so wütend, dass er nicht merkte, wie verletzend sein Ausbruch gewesen war. Hätte er Susanna ins Gesicht geschlagen, wäre sie nicht weniger getroffen gewesen.

«Dich im Stich lassen?», flüsterte sie. Jegliche Farbe war aus ihrem Gesicht gewichen. Sie griff sich mit der Hand an die Kehle, die wie zugeschnürt war. «Wie könnte ich dich im Stich lassen? Mama hat einen Normannen geheiratet, sie ging zu unseren Feinden», schluchzte sie.

«Ist der Lord von Powys etwa kein Feind?», brüllte Rhodri ihr ins Gesicht.

«Er ist Waliser. Owains Loyalität gehört Wales.» Sie warf Idwal einen verzweifelten Blick zu, doch er kam ihr nicht zu Hilfe.

«Dieser junge Trottel ist die Aufsässigkeit in Person», erwiderte Rhodri bissig. «Er schafft es, einen Strudel im Mühlteich zu erzeugen. Aber es wird ihm so ergehen wie allen seiner Art. Früher oder später kommt er zu Fall – und ich will verdammt sein, wenn er dabei unsere Familie mit in die Tiefe reißt.»

Susanna war wie benommen und bekam kein Wort mehr heraus. Zu viele Gefühle stürmten auf sie ein: Wut, Angst, Hass – all dies raste durch ihren Kopf, bis sie meinte, er würde jeden Moment platzen.

«Bestimmt siehst du jetzt ein, warum Lord Meurig eine gute Partie für sie ist und wir sie so schnell wie möglich verheiraten sollten», ergriff Idwal die sich ihm bietende Chance. «Eine klügere Verbindung könntest du dir nicht wünschen. Meurig wird der Herrscher über ein unabhängiges Senghennydd sein. Du weißt besser als jeder andere, dass er sich durch nichts von diesem Ziel abbringen lassen wird.»

«Ich sagte bereits, dass ich nichts gegen diesen Mann habe», fuhr Rhodri ihn an. «Und wenn Susanna verheiratet werden sollte, dann würde ich deine Wahl billigen. Aber sie wird nicht heiraten.»

Idwal starrte seinen Onkel ungläubig an. «Wie bitte?»

«Du hast schon richtig verstanden. Du weißt, wie krank eure Tante ist, sie stirbt – und wir alle werden uns damit abfinden müssen. Ich brauche Susanna hier, damit sie Tante Gwens Aufgaben übernimmt.» Müde ließ er sich auf einen Stuhl fallen. Er hatte sich damit abgefunden, dass seine Frau sterben würde, und auf sonderbare Weise hatte das eine Last von ihm genommen, die er seit Monaten mit sich herumtrug.

«Auf keinen Fall», brach es aus Idwal heraus. Er lief im Zimmer hin und her, sein Körper starr vor Wut. «Ich werde nicht zulassen, dass sie ihre Chancen vertut, um dir zu dienen.»

«Redest du nicht vielmehr von deinen Chancen?», erwiderte Rhodri voller Sarkasmus.

Idwal blieb abrupt stehen und warf seinem Onkel einen vernichtenden Blick zu. «Beides ist untrennbar miteinander verbunden», konterte er spitz. «Nein, Onkel Rhodri, es tut mir Leid, aber dass Susanna nach Tante Gwens Tod hier bleibt, steht nicht zur Debatte.»

«Du wagst es, dich mir zu widersetzen?», stieß Rhodri wütend hervor. Seine Stimme hatte einen gefährlichen Unterton, und er näherte sich drohend Idwal.

«Damit hast du verdammt Recht», rief Idwal hitzig und nicht im Geringsten eingeschüchtert. «Du hast eine Tochter, deine Söhne haben Frauen. Sie alle sind in der Lage, Tante Gwens Aufgaben zu übernehmen. Es gibt keinen Grund, Susanna hier festzuhalten.»

«Ich bin ihr Vormund, und ich werde über ihre Zukunft entscheiden.»

«Und wenn du stirbst, was ist dann? Susanna wird zu alt für die Ehe sein. Meine Cousins haben keine Verwendung für sie – sie wird im Kloster enden. Willst du das?»

«Und wie attraktiv wird sie für Meurig sein, wenn ich mich weigere, eine Mitgift zu zahlen? Sie hat keinerlei Ansprüche mir gegenüber und erhält nur das, was ich zu geben bereit bin. Was, wenn ich euch aus dieser Familie verstoße, wie attraktiv wäre diese Partie denn noch, ohne meinen Einfluss im Rücken?»

Während die beiden Männer einander anstarrten, versuchte Susanna, die schreckliche Wendung zu verdauen, die dieser hitzige Streit genommen hatte. Dass es eine Diskussion über ihren zukünftigen Ehemann geben könnte, damit hatte sie gerechnet, aber gar keine Ehe? Sie konnte es einfach nicht fassen. Sie wandte sich Idwal zu, um an ihn zu appellieren, aber er nahm sie gar nicht wahr, denn er begriff allmählich, was sein Onkel da gerade gesagt hatte.

«Du erwägst, mich zu verstoßen?», fragte Idwal mit eisiger Stimme, und sein Blick war hart wie Stein. «Du glaubst, das würde mir Angst machen? Nun, da irrst du dich, und da ich volljährig bin, bist du nicht mehr Susannas Vormund und auch nicht Ffennas, wenn wir schon dabei sind. Wir verlassen Bryn y Ffin, Onkel. Noch heute Abend.» Er wandte sich seiner Schwester zu. «Susanna, sorge dafür, dass deine Sachen gepackt werden. In einer Stunde musst du reisefertig sein. Sage auch Ffenna Bescheid, für sie gilt das Gleiche.»

«Rühre dich nicht von der Stelle, Susanna», befahl Rhodri und wies mit dem Finger auf sie wie ein Racheengel. «Dein Platz ist hier bei deiner Tante, und du hast mir zu gehorchen.»

«Sie geht mit mir», tobte Idwal und stellte sich zwischen seinen Onkel und seine Schwester.

«Susanna, ich bin zu dir wie ein Vater gewesen, du wirst hier bleiben», setzte Rhodri nach.

Susanna blickte verzweifelt zwischen ihrem Onkel und ihrem Bruder hin und her, während die beiden sich weiter gegenseitig aufstachelten. Sie musste der Sache Einhalt gebieten, bevor der Punkt überschritten war, der eine Umkehr und ein Einlenken unmöglich machte. «Genug!», schrie sie. «Hört auf damit.»

«Sie ist getreuer als du», beschimpfte Rhodri Idwal über Susannas Kopf hinweg. «Sie weiß, dass sie mir gegenüber die gleichen Pflichten hat wie eine Tochter.»

«Aber sie ist nicht deine Tochter, sondern lediglich deine Nichte», fauchte Idwal zurück. «Du magst unser Blutsverwandter sein, Onkel. Aber Susanna ist meine Schwester, in unseren Adern fließt das gleiche Blut, das wiegt mehr als alles, was uns mit dir verbindet.» Er wandte sich Susanna zu und streckte die Arme nach ihr aus. «Susanna, du weißt, dass ich die Wahrheit sage. Überlege, was du in Plas-Marl hattest, und sieh dich jetzt an. Das hier ist nicht das, was du willst.» Er wandte sich wieder seinem Onkel zu. «Und auch nicht das, was ich will», fügte er verächtlich hinzu.

Rhodris Gesicht war dunkelrot angelaufen, und er ließ seiner ganzen Wut auf Idwal freien Lauf. «Du bist nicht in der Position, Forderungen zu stellen, Junge», brüllte er. «Du wirst mir gehorchen oder – bei Gott – die Konsequenzen zu tragen haben. Du fürchtest nicht, von mir verstoßen zu werden? Stelle dich gegen mich, und du wirst alles verlieren. Du wirst kein Land mehr haben, kein Haus, keinen Status, nicht einmal einen Nachttopf. Wenn ich mit dir fertig bin, wirst du geringer sein als der Bettler an der Tür – ein Nichts.» Er hielt sein wutentbranntes Gesicht so dicht vor Idwals, dass sie einander fast berührten, und sein Speichel benetzte Idwals Kinn, als er das letzte Wort förmlich hinausspie. «Nichts.» Er ging zu Susanna und packte sie am Arm. «Susanna, du wirst hier gebraucht, geh und kümmere dich um deine Tante. Idwal, du wirst dieses Haus verlassen.»

«Lass die Finger von ihr», schrie Idwal, stellte sich neben Susanna und ergriff ihren anderen Arm. «Siehst du jetzt ein, Susanna, dass du mit mir dieses Haus verlassen musst?»

«Halt!», schrie Susanna. Sie befreite ihre Arme und stieß beide Männer mit aller Kraft auseinander. «Hört auf damit», rief sie, und Tränen liefen ihr über die Wangen. Sie keuchte, während sie verzweifelt von einem zum anderen sah. «Ihr reißt mich ja in Stücke», schluchzte sie. Sie schlug die Hand vors Gesicht und stürzte weinend aus dem Zimmer. In der Eile blieb sie mit dem Rock am Türrahmen hängen und zerriss ihn.

Idwal wollte ihr auf der Stelle folgen.

«Lass sie», befahl Rhodri. «Hast du nicht schon genug angerichtet?»

Idwal erwiderte Rhodris Blick, seine Augen waren hart wie Granit. «Wenn sie bleibt, werde ich dir das niemals verzeihen», zischte er und wandte sich um. Er stürmte den Gang entlang und verscheuchte unterwegs alle Dienstboten, die ihm im Weg standen.

Gorffenna hatte unruhig auf Susannas Rückkehr gewartet, und als sie sah, dass die Augen ihrer Schwester rot geweint waren, eilte sie sofort zu ihr.

«Es geht mir gut, Ffenna», sagte Susanna betont munter. Mit viel Mühe hatte sie sich beruhigen können, bevor sie zurückkehrte. Eisern kämpfte sie dagegen an, wieder in Tränen auszubrechen.

«Aber du zitterst ja. Was ist denn passiert?»

«Nichts, gar nichts. Bitte, Ffenna, jetzt mach nicht so viel Aufhebens», entgegnete sie schärfer als beabsichtigt. Gorffenna hatte Recht, sie zitterte wirklich, ob vor Schreck oder Zorn, wusste sie nicht, wahrscheinlich beides. Der Vorfall hatte sie bis ins Mark erschüttert. Die beiden Menschen, die ihr auf dieser Welt am wichtigsten waren, gingen wütend aufeinander los – und es war ihre Schuld. Sie blickte ihre Schwester an, die unsicher vor ihr stand, und bekam ein schlechtes Gewissen wegen ihres scharfen Tonfalls.

«Wie geht es Tante Gwen?», fragte sie wesentlich sanfter, aber doch so bestimmt, dass Ffenna verstand – Susanna wollte nicht über den Vorfall in Onkel Rhodris Zimmer sprechen.

«Na, wie schon», erwiderte Ffenna knapp und nahm widerstrebend ihre Näharbeit wieder auf.

Susanna setzte sich zu ihr an die Kohlenpfanne. Keine von beiden traute sich zu reden, aber es dauerte auch nicht lange, da wurde an die Tür geklopft. Gorffenna sah Susanna unschlüssig an, doch diese rührte sich nicht. Also stand Gorffenna auf und öffnete.

Idwal stand ungeduldig wartend an der Schwelle, aber Ffenna hielt ihn zurück, schlüpfte nach draußen und schloss die Tür hinter sich.

«Was ist los, Idwal?», flüsterte sie mit Nachdruck.

«Ich muss mit Susanna reden. Ist sie dadrin?», wisperte er zurück.

«Ja, aber ich glaube, sie ist sehr aufgebracht wegen dir», erwiderte Gorffenna und versperrte ihm weiterhin den Weg.

Idwal sah seine jüngere Schwester an, die sich langsam zur Frau entwickelte. Ihr Haar war locker nach hinten gebunden, und ihre blauen Augen sahen ihn mit einer Mischung aus Besorgnis und quälender Neugier an.

«Hast du gepackt?», fragte er unvermittelt.

Gorffenna blinzelte überrascht. «Gepackt?», wiederholte sie. «Warum?»

«Hat Susanna dir nichts gesagt?»

«Was gesagt?» Gorffenna war sichtlich verwirrt.

«Dass wir noch heute Nacht nach Plas-Marl aufbrechen», erklärte er schroff.

«Was meinst du damit? Wir können hier nicht weg!» Vor Schreck vergaß Gorffenna zu flüstern.

«O doch», fuhr Idwal sie an. Die Anspannung der letzten Stunde begann sich jetzt bemerkbar zu machen.

«Wir können Tante Gwen nicht im Stich lassen», wimmerte Gorffenna, und die ersten Tränen quollen hervor. «Sag ihm das, Susanna», fügte sie hinzu, als Susanna plötzlich die Tür aufriss.

«Würdet ihr wohl leise sein», zischte Susanna wütend. «Mein Gott, Idwal, willst du denn heute wirklich jeden aus der Fassung bringen?»

«Ich werde Tante Gwen nicht verlassen», sagte Gorffenna ängstlich.

«Natürlich nicht. Keiner von uns wird das», erklärte Susanna. «Idwal hat das nicht so gemeint.»

«Ich habe jedes Wort so gemeint, Susanna. Ich werde nicht länger in diesem Haus bleiben.»

«Tante Gwen war wie eine Mutter für uns, Idwal. Wie kannst du es wagen, ihr die wenige Zeit zu verleiden, die ihr noch bleibt? Hast du denn kein Herz?»

«Du hast ihn doch gehört, Susanna. Er hat mich beleidigt, uns alle. Ich will nicht, dass dieser alte Mann über unsere Zukunft bestimmt. Natürlich ist mir Tante Gwen nicht gleichgültig. Aber sie stirbt – und unsere Anwesenheit wird daran nichts ändern. Gütiger Gott», stöhnte er, als er Gorffennas entsetzten Gesichtsausdruck sah.

«Tante Gwen braucht uns.» Susanna legte beruhigend den Arm um ihre Schwester.

«Sie wird uns schon bald nicht einmal mehr erkennen. Der Arzt gibt ihr immer stärkere Arzneien – sie kann kaum noch den Tag von der Nacht unterscheiden. Der Tod wird für sie eine Erlösung sein», sagte er barsch, bedauerte es jedoch sofort, als Gorffenna leise schluchzend ins Zimmer zurückstürzte.

«Um Himmels willen, Idwal. Musst du so über Gwens Tod sprechen?», fuhr Susanna ihn wütend an.

«Tut mir Leid, so direkt hätte ich nicht sein müssen», sagte er wesentlich sanfter. «Aber das ändert nichts, Susanna.» Er verstummte. Von drinnen war eine schwache Stimme zu hören.

«Susanna, mit wem sprichst du?» Es war Gwenllian.

«Sieh, was du angerichtet hast. Jetzt musst du mit hineinkommen.» Susanna packte ihn am Arm. «Wage es nicht», sagte sie drohend, als er versuchte, zurückzuweichen. Widerstrebend betrat Idwal das abgedunkelte Zimmer.

«Ach, Idwal, du bist es», sagte Gwen, während er sich dem Bett näherte. Sie streckte die knochige Hand aus. «Komm näher, damit ich dich besser sehen kann.»

Idwal stand neben dem Bett, während Gorffenna die Bettdecke glatt zog. Er vermied es, ihr in die verweinten Augen zu sehen.

«Du bist ein guter Junge», keuchte Gwen und umklammerte seine Hand. «Und so groß geworden. Du wirst dich um deine Schwestern kümmern, besonders um diese hier.» Sie streckte die andere Hand aus, um Gorffenna übers Haar zu streichen. «Du siehst müde aus, Kind. Warum legst du dich nicht ein bisschen hin? Siân wird nach mir sehen.» Sie streichelte Gorffennas tränennasse Wangen. «Geh. Ich werde auch noch da sein, wenn du wieder zurückkommst. Oh, weine nicht um mich, Gorffenna, bete für mich.» Erschöpft von dem kurzen Gespräch sank Gwen in die Kissen zurück, hielt Idwals Hand aber weiterhin umklammert. Susanna schob Gorffenna sanft weg. Dann löste sie vorsichtig Idwals Hand aus Gwens Griff.

«Susanna?» Die Stimme ihrer Tante war kaum mehr als ein Flüstern.

«Ich bin hier, Tante», sagte Susanna liebevoll.

Gwenllians Lider zitterten unruhig. «Geh du auch, du kannst nicht immerzu an diesem Totenbett weilen. Idwal, bring sie in den Saal. Sie soll an den Festlichkeiten teilnehmen.» Sie lächelte plötzlich, das Furcht einflößende Lächeln einer Todgeweihten in einem skelettartigen Gesicht. «Bald ist Weihnachten, ihr müsst dafür Sorge tragen, dass Bryn y Ffin ein Ort der Freude ist. Versprecht ihr mir das?»

«Natürlich, Tante Gwen», murmelten Idwal und Susanna einstimmig.

«Ihr wart immer gute Kinder», flüsterte Gwen und schloss die Augen. «Gute Kinder.»

Idwal und Susanna wollten sich gerade von dem Bett zurückziehen, da packte Gwenllian Susannas Hand. «Du musst dich um deinen Onkel kümmern, wenn ich nicht mehr da bin», sagte sie fast drohend.

Idwal beobachtete Susanna scharf, während sie antwortete.

«Natürlich, ich werde mich um alle kümmern», erwiderte Susanna leise.

«Ja, du weißt, was zu tun ist», hauchte Gwenllian, ein fiebriges Glänzen in den Augen. «Aber versprich mir, dass du für Rhodri da sein wirst.»

Susanna warf einen raschen Seitenblick auf Idwal.

«Ruh dich jetzt aus, Tante Gwen», sagte er und sah Susanna geradezu beschwörend an.

«Versprich es mir, Susanna», beharrte Gwen und umklammerte Susannas Hand mit mehr Kraft, als sie seit Wochen aufgebracht hatte. «Du wirst dich um Rhodri kümmern.»

Susanna zögerte und sagte dann, Idwals Blick ignorierend: «Ich verspreche es.»

Erleichtert schloss Gwen die Augen, während sich Idwal umdrehte und das Zimmer verließ.

«Schicke nach mir, wenn ich gebraucht werde», sagte Susanna hastig zu Siân, bevor sie Idwal hinterhereilte.

Als sie ihn endlich eingeholt hatte, war er schon halb durch die Tür des Saals. «Was hätte ich denn deiner Meinung nach erwidern sollen?» Sie packte ihn am Arm.

«Es war ein erzwungenes Versprechen und hat keinerlei Bedeutung.» Er zog den Arm weg und ging weiter.

Sie folgte ihm nach draußen und zwang ihn, sie anzusehen. «Es hat keinerlei Bedeutung, Susanna», wiederholte er.

«Ich weiß. Aber …»

«Kein Aber», sagte er böse und schlug wütend gegen die Wand. «Ich wusste, dass das passieren würde.» Er sah sie eindringlich an. «Du wirst nicht Onkel Rhodris Kindermädchen werden. Er würde dich dafür kein bisschen mehr lieben», sagte er mit einem Anflug von Verachtung. Dann packte er Susanna grob bei den Schultern. «Du brauchst nicht länger nach seiner Pfeife zu tanzen.»

«Du meinst, ich soll nach deiner tanzen?», erwiderte sie heftig. Die bittere Wahrheit seiner Worte hatte ihr einen Stich versetzt.

«Willst du einsam und allein enden, ohne Ehemann und Kinder?», fuhr er sie an.

Susannas Kampfeswille brach, sie ließ den Kopf sinken und taumelte gegen die Wand. «Nein», stimmte sie unglücklich zu. Sie blickte hoch zu Idwal, mit einem ängstlichen, flehenden Ausdruck im Gesicht. «Aber was er da gesagt hat, war doch gar nicht so gemeint. Er ist durcheinander wegen Tante Gwen und musste sich abreagieren – und du hast dich als Ziel ja geradezu aufgedrängt», sagte sie vorwurfsvoll.

«Ich darf nicht gestatten, dass sich Rhodri in dieser Angelegenheit durchsetzt. Die Hochzeit ist notwendig, damit ich an Einfluss gewinne, Susanna. Bitte, stelle dich nicht gegen mich. Du weißt, ich hätte Meurig nie in Betracht gezogen, wenn ich denken würde, dass er dich unglücklich macht.» Er sah, wie sie ins Wanken geriet, und setzte nach. «Wir müssen in dieser Sache zusammenhalten.»

«Können wir nicht wenigstens bis Weihnachten hier bleiben?», fragte sie leise. «Es wird ihr letztes sein, wenn sie es denn noch erlebt.»

«Sie könnte aber auch noch bis Ostern dahinsiechen», konterte Idwal. Er fuhr sich entmutigt durchs Haar und entfernte sich ein paar Schritte von Susanna. «Ich kann nicht bleiben. Nicht jetzt. Es ist zu viel gesagt worden.»

«Und wenn du mit Onkel Rhodri sprichst und dich entschuldigst?», flehte sie.

Idwal sah sie ungläubig an. «Bestimmt nicht. Er hat Unrecht, und das wissen wir beide. Er darf nicht deine Zukunft zerstören, du musst mit mir kommen.»

«Tu das nicht, Idwal.» Susanna war wieder den Tränen nahe. «Ich kann Tante Gwen jetzt nicht verlassen, ich kann es einfach nicht.»

Sie schwiegen. Idwal zupfte an den Schnüren seines Gewandes herum und starrte vor sich hin. «Ich weiß», sagte er schließlich.

«Zwing mich nicht zu wählen, Idwal, das kann ich nicht», flüsterte sie mit zitternden Lippen, während ihr die Tränen über die Wangen liefen.

Idwal sah sie enttäuscht an. «Das hast du bereits», erwiderte er leise. Er richtete sich auf und holte tief Luft. «Ich muss noch kurz mit Maredudd und Llywelyn sprechen, dann mache ich mich auf den Weg», murmelte er, wandte sich ab und ging.

«Warum, Idwal, warum nur?», flüsterte Susanna unter Tränen

zu sich selbst, während sie zusah, wie er mit gesenktem Kopf und bleischweren Schritten über den Burghof ging. Susanna stand regungslos, ein Teil von ihr wollte ihm hinterherlaufen, seine Not von ihm nehmen und all das für ihn sein, was er brauchte. Aber ein anderer Teil war voller Zorn über seine Sturheit und Selbstsucht. Sie ließ Idwal ziehen, seufzte und ging widerstrebend in den Saal zurück. Sie würde Gorffenna die Wahrheit sagen müssen über das, was passiert war.

Eine knappe Stunde später warteten Susanna und Gorffenna im Burghof, um sich von ihrem Bruder zu verabschieden. Der gesamte Haushalt war im Bilde über den Streit zwischen Idwal und seinem Onkel, und die beiden Mädchen waren von Neugierigen umringt. Idwal kam mit seinen beiden Cousins heraus. Zum Glück gab es zwischen ihnen nicht die geringsten Anzeichen von Missstimmung. Von Onkel Rhodri keine Spur.

«Schau nicht so verdrießlich, Susanna», sagte Maredudd, während er sich näherte. «Es ist alles nicht so schlimm, wie es aussieht.»

«Ach nein?», empörte sich Susanna. *Er tut ja geradezu so, als handle es sich um ein Kavaliersdelikt. Kann er denn nie etwas ernst nehmen?* Zitternd vor Kälte schlug sie die Arme um sich und starrte ihren Cousin böse an.

«Nun, die Dinge sind nicht so verlaufen, wie wir es uns gewünscht hätten. Aber Idwal hat seinen Fehler eingesehen, und alles wird sich wieder einrenken.» Er wandte sich Idwal zu und umarmte ihn. «Guten Heimritt, Cousin, wir schicken dir Nachricht, wie sich die Dinge hier entwickeln.»

Idwal erwiderte die Umarmung und drückte danach Llywelyn. «Richtet eurer Mutter meine herzlichsten Grüße aus», sagte er mit belegter Stimme.

Seine Cousins zogen sich zurück und vertrieben die Neugierigen mit finsteren Blicken, damit Idwal sich in Ruhe von seinen Schwestern verabschieden konnte. Gorffenna weinte hemmungslos und klammerte sich an ihn.

«Bitte sei nicht böse auf uns», flüsterte sie.

«Aber ich bin doch nicht böse, kleiner Liebling», sagte er zärtlich. «Ich muss mich in Plas-Marl um einige Dinge kümmern – das ist alles.»

«Susanna hat mir alles erzählt», sagte sie, und Idwal schaute über ihren Kopf hinweg Susanna an.

«Sie ist alt genug», erklärte Susanna ruhig. Ihr Gesicht wirkte angegriffen, gezeichnet von Kummer, und die Augen waren vom vielen Weinen ganz verquollen.

Idwal nickte und hob Gorffennas Kinn an. «Dann wirst du verstehen, dass es am besten ist, wenn ich abreise.» Sie nickte traurig, und er drückte sie ganz fest. «Und ich verstehe auch, warum ihr bleiben müsst», fügte er liebevoll hinzu und küsste sie auf beide Wangen.

Er wandte sich Susanna zu und war unsicher, wie er sich verhalten sollte. Aber sie umarmte ihn, ohne zu zögern.

«Wie hat es nur so weit kommen können?», fragte sie traurig und schlang die Arme um seine Taille.

«Zwei sture Männer und eine Frau, die es nicht beiden gleichzeitig recht machen kann», erwiderte er mit einer Spur Keckheit in der Stimme.

Aber Susanna sah den Schmerz in seinen Augen, wusste um seine Qual und fühlte sich elend, weil sie diese verursacht hatte. «Wenn Tante Gwen …» Sie brach ab und schluckte. «Wenn alles vorbei ist, reden wir.»

Idwal sah sie eindringlich an. «Nach der Beerdigung kommst du zurück nach Plas-Marl.» Das war keine Frage, sondern eine Feststellung. Er sah das Zögern in ihrem Blick. «Darin lasse ich mich nicht umstimmen», beharrte er. Dann drückte er sie fest an sich. «Pass auf dich auf, Susanna.»

Sie schluckte die aufsteigenden Tränen hinunter. «Ich wünsche dir eine sichere Heimkehr, Idwal.» Dann stieß sie ihn weg. «Und jetzt geh, bevor ich hier eine Szene mache.»

Sie legte die Arme um Ffenna, während Idwal aufsaß. Als er

seinen Blick noch einmal über das Burggelände schweifen ließ, bekam Susanna Angst, dass er vielleicht nie wieder hierher zurückkehren würde. Sie schaute zur Halle. Von ihrem Onkel war nichts zu sehen, aber sie wusste, dass er dort irgendwo stand und zusah. Sie wandte sich wieder Idwal zu, der seine beiden Schwestern liebevoll betrachtete. Aber dann wurde sein Blick hart und entschieden. Susanna konnte in seinen Gedanken lesen wie in einem offenen Buch. Er würde nie gestatten, dass sie ihr Leben als Dienerin ihres Onkels fristete, nein, Idwal und sie sollten das bekommen, was ihnen rechtmäßig zustand. Angst nagte an ihr, dass er dafür sogar sein Leben riskieren würde. Während Idwal mit verbissenem Gesichtsausdruck sein Pferd herumriss und durch das hölzerne Tor hinausgaloppierte, rollte eine Träne über ihre Wange.

Januar 1109

Tante Gwen erlebte Weihnachten noch, aber die Feierlichkeiten hatten mehr von einer Totenwache als von einem Fest. Der Julklotz wurde pünktlich hereingetragen und angezündet. Der Saal war mit Stechpalmen- und Mistelzweigen geschmückt – aber als ungeladener Gast war der Tod anwesend. Das drohende Ende schwebte über allem und beeinflusste jede Handlung. Jeder spürte es, aber niemand wollte es sich eingestehen. Dienstboten standen flüsternd in den Gängen, und niemand wagte, Onkel Rhodri offen ins Gesicht zu sehen, aus Angst, seinen Zorn auf sich zu lenken.

Susanna wachte bei ihrer Tante, die immer wieder das Bewusstsein verlor. Sie war bis auf die Knochen abgemagert und kaum noch zu erkennen. Susanna betete, sie möge von ihrer Qual erlöst werden. Der Priester hatte ihr einige Stunden zuvor die Beichte abgenommen und saß jetzt still in einer Ecke, während sich die

Familie versammelte. Onkel Rhodri saß dicht neben dem Bett, die knochigen Finger seiner Frau in seiner riesigen Pranke. Sie alle spürten die Qual, die ihr jeder rasselnde Atemzug bereitete. Als das Todesröcheln plötzlich aufhörte, schnitt die Stille wie ein Schrei durch den Raum.

Susanna merkte, wie Gorffennas Finger ihre suchten. Sie presste Ffennas Hand, während sie darauf warteten, dass das Röcheln wieder einsetzte, wie es schon so oft der Fall gewesen war. Aber dieses Mal nicht. Es war vorbei.

Susannas Cousine Cristyn schnäuzte verhalten in ihr Taschentuch und drückte ihre Kinder an sich. Rhodri küsste seine Frau liebevoll auf die Stirn. «Ruhe in Frieden, mein Liebes», flüsterte er und ging dann zur Seite, damit seine Kinder sich von ihrer Mutter verabschieden konnten.

Susanna wartete, bis sie an der Reihe waren. «Komm, jetzt sind wir dran», sagte sie leise zu Gorffenna.

Als Gorffenna sich über ihre Tante beugte, war ihr verweintes Gesicht so blass, dass Susanna fürchtete, ihre Schwester würde jeden Moment in Ohnmacht fallen.

«Ffenna», sagte sie beruhigend und legte den Arm um sie, «sie hat ihren Frieden gefunden.»

«Ich weiß. Es fällt mir nur so schwer, zu glauben, dass sie nicht mehr bei uns ist.» Gorffenna warf sich in Susannas Arme und schluchzte haltlos.

Susanna führte sie aus dem Raum. Zurück in ihrem eigenen Gemach, weinte Gorffenna immer noch bitterlich, und Susanna war ratlos, wie sie ihre Schwester trösten sollte. Sie reichte Ffenna einen Becher mit unverdünntem Met und brachte sie dazu, sich ins Bett zu legen. Susanna strich ihr übers Haar und wiegte sie wie ein Baby. Schließlich fiel Ffenna in einen unruhigen Schlaf. Susanna warf noch einen besorgten Blick auf die geröteten Wangen und verquollenen Augen ihrer Schwester, dann zog sie die Bettvorhänge zu. Sie gab Branwen Zeichen, bei Gorffenna zu bleiben, und ging wieder zu den anderen in den Saal.

Sie hatten sich alle an der Feuerstelle versammelt. Als Susanna sich näherte, goss Maredudd ihr einen Becher Met ein. Soeben war frisches Holz ins Feuer geworfen worden. Susanna blinzelte, weil der Qualm ihr in den Augen brannte.

«Wie geht es Ffenna?», erkundigte sich Maredudd und reichte Susanna den randvollen Becher.

«Es hat sie sehr mitgenommen. Jetzt schläft sie, aber ich glaube nicht, dass sie in der Verfassung ist, heute Abend an der Messe teilzunehmen.»

«Lass sie schlafen. Vielleicht geht es ihr danach etwas besser.» Maredudd schob Susanna mit dem Fuß einen Stuhl hin, damit sie sich setzen konnte, denn auch sie wirkte recht angeschlagen.

«Vielleicht», meinte Susanna wenig überzeugt. «Tante Gwen war wie eine Mutter für sie. Es wird eine schwere Zeit für Ffenna werden – sie ist ja noch nicht einmal elf.»

«Sie hat dich», erwiderte Maredudd leise.

«Ja, sie hat mich. Und Idwal natürlich.» Sie trank einen Schluck. «Ich sollte ihm Nachricht schicken.»

«Ist bereits geschehen», versicherte Maredudd. «Ich hoffe nur, dass der viele Schnee nicht den Pass blockiert hat.»

«Du meinst, er könnte die Beerdigung versäumen?» Susanna sah ihn besorgt an. «Dieser alberne Streit mit Onkel Rhodri wird ihn ganz sicher nicht davon abhalten, Tante Gwen die letzte Ehre zu erweisen. Wo steckt Onkel Rhodri eigentlich?»

«Er spricht mit dem Priester», sagte Cristyn und gesellte sich zu ihnen. «Armer Papa, er wird Mama fürchterlich vermissen.»

«Wirst du nach der Beerdigung bleiben?», fragte Susanna arglos und war überrascht, wie ihre Cousine reagierte.

«Unmöglich! Ich habe schließlich Familie und Pflichten als Hausherrin», wehrte Cristyn brüsk ab, während ihre dunklen Augen schuldbewusst blitzten.

«Susanna meinte damit auch nicht, dass du diese vernachlässigen sollst», mischte sich Llywelyn beschwichtigend ein. «Sie wollte lediglich wissen, ob du Papa ein paar Tage länger Trost spenden könntest. Nicht wahr, Susanna?»

Susanna nickte wortlos und starrte unglücklich in die Flammen. Wenn Onkel Rhodri tatsächlich auf der Suche nach jemandem war, der in Gwens Fußstapfen trat, so konnte sie Cristyn ihre Reaktion nicht verübeln. Trotzdem hatte sie das Gefühl, als würden ihr Fesseln angelegt.

Idwal kam nicht zur Beerdigung, allerdings nicht aus Sturheit. Plas-Marl lag weit oben im Hochland von Gwynllwg und war völlig eingeschneit. Es war ein sehr harter Winter, und die Beerdigung musste um eine ganze Woche verschoben werden, weil der Boden rund um Bryn y Ffin so hart gefroren war, dass man nicht graben konnte. Am Tag der Beisetzung war es bitterlich kalt. Der Priester hatte die Totenmesse mit unziemlicher Hast gelesen, um schnell wieder zurück in die warme Halle zu kommen – dabei war die Atmosphäre drinnen genauso eisig.

«Hast du Mama benachrichtigt?», erkundigte sich Gorffenna einige Wochen nach der Beerdigung bei Susanna.

«Noch nicht.» Susanna warf die Stickerei zur Seite, auf die sie sich sowieso nicht recht konzentrieren konnte. «Und bevor du dich aufregst, ich habe es nicht getan, weil ich glaube, dass Mama momentan gar nicht in Wales ist. Sie hatte uns doch eine Nachricht zukommen lassen, dass sie Weihnachten in England verbringt. Ich wollte noch ein bisschen warten, um sicher zu sein, dass sie auch da ist und die Nachricht persönlich in Empfang nehmen kann.»

«Vielleicht will sie uns besuchen kommen», sagte Gorffenna sehnsüchtig und blickte Richtung Tür, als könne ihre Mutter wie von Zauberhand dort erscheinen.

«Das glaube ich kaum», erwiderte Susanna mit sanfter Stimme. «Kannst du dir etwa vorstellen, dass Onkel Rhodri sie empfängt?», fügte sie hinzu.

«Nein», pflichtete Ffenna bei und verzog schmollend den hübschen Mund. «Er hält ja auch Idwal von hier fern.»

«Jetzt bist du ungerecht. Du weißt doch, dass der Bergpass bei Schnee blockiert ist.»

«Woher sollte ich das wissen?», erwiderte Gorffenna missmutig. «Ich war doch noch nie in Plas-Marl. Und an unsere Mutter kann ich mich nicht erinnern.»

Susanna nahm eine Waffel und knabberte daran herum. *Gorffenna hat ja Recht,* dachte sie schuldbewusst. Sie warf die angenagte Waffel dem Hund zu, der zu ihren Füßen döste. Der war sofort hellwach und verschlang die Leckerei gierig.

«Morgen werde ich Mama eine Nachricht schicken», versprach Susanna und wischte sich die Finger an ihren Röcken ab. «Und wenn der Schnee schmilzt, möchtest du dann nach Plas-Marl?»

Gorffenna zögerte, bevor sie antwortete. «Der Schnee bleibt vielleicht noch einen ganzen Monat lang liegen», sagte sie.

«Das Wetter kann ich schlecht beeinflussen», meinte Susanna schnippisch. Ffennas ständiges Gejammer ging ihr allmählich auf die Nerven.

«Unten im Tiefland ist das Wetter bestimmt besser …», sagte Gorffenna leise.

Susanna starrte ihre Schwester an. *Das ist es also, was sie will.* «Das glaube ich einfach nicht, Ffenna», entgegnete sie langsam.

«Oh, bitte, Susanna, warum können wir nicht Mama besuchen?»

«Onkel Rhodri wird das niemals erlauben.»

«Erlaubt Onkel Rhodri überhaupt etwas, wenn es um uns geht?»

«Er war immer gut zu uns», sagte Susanna, ohne nachzudenken. Sie hatten diese Diskussion in den letzten Wochen schon viel zu oft geführt.

«Ich weiß, er erinnert uns schließlich ständig daran.» Gorffenna warf sich in ihren Stuhl zurück und verschränkte zornig die Arme.

«Wie kannst du nur so reden, Ffenna. Uns wurde nie etwas verweigert, und du weißt, wie sehr Tante Gwen dich geliebt hat. Wie kannst du nur so undankbar sein?», wies Susanna sie scharf zurecht. «Ach, komm her …» Sie setzte sich neben ihre Schwester, der die Tränen in die Augen traten.

«Ich vermisse sie so», weinte Gorffenna.

«Ich weiß, Liebling, ich weiß.» Susanna drückte ihre kleine Schwester ganz fest und wünschte, Idwal wäre da, um Gorffenna zu trösten. Die jüngsten Ereignisse hätten sie und Ffenna einander noch näher bringen können, aber Susanna hatte zu sehr mit ihren eigenen Dämonen zu kämpfen. Ihr fehlte die Kraft, es gerade jetzt auch noch mit Ffennas aufzunehmen. «Onkel Rhodri leidet momentan sehr. Seine Wutausbrüche sind wirklich nicht böse gemeint. Er hat uns immer wie seine eigenen Kinder behandelt, und es gibt keinen Grund anzunehmen, dass sich das geändert hat.»

«Aber alles hat sich geändert», schluchzte Gorffenna.

Susanna schwieg. Sie musste einfach glauben, dass Onkel Rhodris Verhalten unverändert war. Er hatte sie nach ihres Vaters Tod aufgenommen und sich liebevoll um sie gekümmert, nachdem ihre Mutter fortgegangen war. Oder war das allein Tante Gwens Werk gewesen? Jetzt war sie von ihnen gegangen, und seine Kinder führten längst ihr eigenes Leben – waren Ffenna und sie nur noch eine Last für ihn? Aber wenn dem so war, warum begrüßte er dann nicht die Möglichkeit, Susanna mit Lord Meurig zu verheiraten und Ffenna nach Plas-Marl zu schicken? Susanna blinzelte ihre eigenen Tränen weg. Sie wusste, dass ihr Schicksal in den Händen ihres Onkels lag, auch wenn Idwal etwas anderes behauptete. Wenn Rhodri ihnen seine Unterstützung entzog, hatten sie nichts – keinen Einfluss und keine Mitgift. An Plas-Marl war nicht genug Besitz geknüpft, als dass Idwal beide Schwestern ausstatten könnte. Vielleicht reichte es in ein paar Jahren, wenn sich seine Loyalität zum Prinzen von Gwynllwg bezahlt machte, für Ffennas Aussteuer. *Aber was wird aus mir?* Susanna hatte plötzlich das Gefühl, ihre ganze Welt sei aus den Fugen geraten. Nie zuvor hatte sie sich so allein gefühlt.

«Ich wünsche mir so sehr, Mama zu treffen», bettelte Gorffenna und unterbrach Susannas Gedanken.

«Warte ab, bis Idwal herkommt», sagte sie streng. Sie konnte Ffennas Gefühle gut nachvollziehen. Erst die Mutter zu verlieren und dann Onkel Rhodris ablehnendem Verhalten ausgesetzt zu sein, musste ihre kleine Schwester einfach verunsichern. Gorffenna sehnte sich nach ihrer leiblichen Mutter, von der sie ein romantisch verklärtes Bild pflegte. Ihr kindliches Gemüt suggerierte ihr, dass dann all ihre Probleme gelöst wären. Susanna hielt ihre leibliche Mutter ganz sicher nicht für die Lösung – aber von Bryn y Ffin wegzukommen, erschien auch ihr verlockend.

Anfang Februar gelang es Idwal endlich, den Pass zu überqueren. Er kam nach Bryn y Ffin wie ein heimkehrender Kreuzritter. Sofort nach seiner Ankunft brachten ihn Maredudd und Llywelyn in Onkel Rhodris Privatgemächer.

«Papa», sagte Maredudd bei ihrem Eintreten, «Idwal ist da.»

Rhodri erhob sich von dem Stuhl an seinem Tisch. «Dann bringt ihn rein», forderte er barsch.

Mit erhobenem Kopf trat Idwal ein, weder feindselig noch unterwürfig.

«Wie geht es dir, Onkel Rhodri?» Idwal begrüßte seinen Onkel unbefangen mit der obligatorischen Umarmung. «Ich bedaure, dass ich nicht an Tante Gwens Beerdigung teilnehmen konnte», sagte er, während sie einander losließen.

Onkel Rhodri winkte ab. «Ich habe selbst erlebt, wie viel Schnee im Winter in Plas-Marl liegt. Aber ich hörte, dass du eine Messe für sie hast lesen lassen, und dafür danke ich dir.» Er griff nach dem Krug. «Nach der langen Reise wirst du einen Schluck gebrauchen können», sagte er und füllte vier Becher. Er nahm einen davon und ließ die anderen drei auf dem Tisch stehen, damit seine Söhne und sein Neffe sich selbst bedienten.

Mit resigniertem Schulterzucken reichte Llywelyn jeweils einen Becher an Maredudd und Idwal weiter und behielt den letzten selbst. Sein Vater würde ihnen dieses Treffen schwer machen, aber wenigstens gab es bisher keine offene Feindseligkeit.

«Wie stehen die Dinge in Plas-Marl?», brummte Rhodri.

«Alles läuft gut, Onkel. Es ist ein harter Winter, aber wir haben nur geringe Verluste erlitten», erwiderte Idwal.

Rhodri nickte kurz und schwieg. Er sah, wie Idwal und seine Cousins einen Blick wechselten. «Nun, was gibt es?», knurrte er.

«Urien, Prinz von Gwynllwg, will sich in aller Form bei den Normannen für die Angriffe der Waliser entschuldigen», sagte Idwal leise und beobachtete seinen Onkel aufmerksam. Der reagierte nicht anders als erwartet.

«Hört, hört», zischte Rhodri leise, und seine dunklen Augen funkelten nur so. «Und was, in Gottes Namen, bekommt er dafür als Gegenleistung?»

«Frieden – sagt er», erwiderte Idwal.

«Frieden! Dieser Narr!», stieß Rhodri verächtlich hervor. «Die Normannen werden immer weiter nach Gwynllwg vorstoßen – und jetzt müssen sie nicht einmal mehr Vergeltungsschläge fürchten! Wie lange, glaubst du, wird Plas-Marl noch dir gehören?», wandte er sich wutschnaubend an Idwal.

«Solange ich will», erwiderte der gefasst.

«Bis dein Prinz es den Normannen übergibt», gab Rhodri zurück.

«Das steht ihm nicht zu.» Idwal blieb weiterhin ruhig, obwohl sein Onkel ihn aufzustacheln versuchte.

«Und? Wirst du Urien Wan begleiten, wenn er vor den Feinden das Knie beugt?», höhnte Rhodri.

«In Gottes Namen, nein», entgegnete Idwal mit allem Nachdruck und zeigte das erste Mal Gefühl. «Ich unterstütze seine

Haltung und sein Vorgehen keinesfalls. Und damit stehe ich nicht allein.»

«Und du bist nicht überrascht von seinem Handeln?», fragte Rhodri.

«Wie du schon sagtest, er ist schwach. Er bevorzugt den leichtesten Weg, oder was er dafür hält.»

«Iestyn muss davon erfahren, denn Lord Uriens Handeln wird die Normannen ermutigen, auch Morgannwg weiterhin anzugreifen», betonte Maredudd.

«Vielleicht hat Iestyn bereits davon erfahren», erwiderte Rhodri. «Dennoch halte ich es für das Beste, wenn ich morgen zu seinem Hof reise.»

«Du willst es ihm persönlich sagen?», fragte Llywelyn überrascht.

«Natürlich, das muss sein», erwiderte Rhodri. «Und jetzt habe ich eine Menge vorzubereiten.» Er leerte seinen Becher.

Die drei jüngeren Männer sahen sich erstaunt an. So tatendurstig hatten sie ihn seit Gwenllians Tod nicht mehr erlebt. Welche Auswirkungen Prinz Uriens Pläne auch immer auf Gwynllwg haben würden, bei Rhodri sorgten sie für den erhofften Effekt.

Idwal erhob sich. «Wenn du mich jetzt entschuldigen würdest, Onkel, ich möchte Susanna und Gorffenna begrüßen.»

Rhodri sah ihn misstrauisch an. «Ich verlasse mich darauf, dass du keine von beiden aufregst!», donnerte er.

«Warum sollte ich das tun?», erwiderte Idwal freundlich, aber mit einem gefährlichen Unterton.

«Das ist dir schon einmal zur Genüge gelungen. Aber wie es scheint, hast du dir meine Worte zu Herzen genommen», sagte Rhodri barsch, «lass uns also nicht weiter darüber reden.»

Idwal zögerte, bevor er antwortete, und wählte jedes Wort mit Bedacht. Die warnenden Blicke seiner Cousins ignorierend, wandte er sich dann seinem Onkel zu. «Ich kam her, um dich über die Ereignisse in Gwynllwg in Kenntnis zu setzen und um meine Schwestern zu sehen. An meinen Plänen hat sich aber nichts geändert.» Er drehte sich um und ging aus dem Zimmer, bevor Rhodri etwas entgegnen konnte.

«Llywelyn, sorg dafür, dass er Susanna nicht zu Gesicht bekommt», befahl Rhodri wütend.

«Papa, du kannst ihm nicht verweigern, mit seinen Blutsverwandten zusammenzutreffen», warf Maredudd besorgt ein.

«Solange er Gast in meinem Hause ist, entscheide ich, mit wem er zusammentrifft», fauchte Rhodri. «Und noch ist es *mein* Haus!»

«Um Gottes willen, Papa, Idwal ist genauso wenig ein Gast, wie ich es bin», versuchte Maredudd, seinen Vater zu beschwichtigen.

Llywelyn stand unsicher im Türrahmen. Rhodri blickte seine beiden Söhne an und knurrte: «Er wird die Mädchen nicht von hier wegbringen. Habe ich mich klar ausgedrückt?»

Die beiden jüngeren Männer stimmten widerwillig zu und ließen ihren Vater allein, damit er seine Reise zu Iestyn vorbereiten konnte, der momentan weit oben im Hochland von Morgannwg Hof hielt.

«Das darf nicht wahr sein», schimpfte Maredudd, während er mit Llywelyn über den Hof ging. «Idwal ist genauso stur wie der Alte. Warum zum Teufel konnte er das Thema nicht auf sich beruhen lassen – wenigstens für heute? Ab morgen ist Papa weit weg von hier und mit anderen Dingen beschäftigt. Beides wird dazu beitragen, dass er manches mit anderen Augen sieht.»

«Ich verstehe einfach nicht, warum er sich so dagegen sträubt, Susanna zu verheiraten. Seine Begründung ist jedenfalls nicht überzeugend. Mama hat ihn so oft an Iestyns Hof begleitet, dass Merfyn mehr als in der Lage ist, den Haushalt allein zu leiten. Es sei denn ...», Llywelyn zögerte, «es sei denn, Susanna soll mehr werden als die Hausherrin.»

Maredudd sah seinen Bruder ungläubig an. «Was willst du damit andeuten? Dass Papa Susanna zur Frau nehmen will?», fragte er empört.

«Solche Fälle hat es durchaus schon gegeben», erwiderte Llywelyn ganz ruhig.

«Papa ist für Susanna seit ihrem vierten Lebensjahr wie ein Vater gewesen», erklärte Maredudd entrüstet. «Nein, das ist nicht der Grund. Und Papa würde sich schämen für das, was du ihm da unterstellst.»

«Warum dann, Maredudd? Wie du selbst sagst, war er wie ein Vater für sie. Warum also verweigert er ihr eine Zukunft als Ehefrau und Mutter?»

«Weil er ein selbstsüchtiger alter Mistkerl ist», stieß Maredudd zwischen zusammengebissenen Zähnen hervor.

«Vielleicht hat es ihn gekränkt, dass wir ohne seine Einwilligung mit Meurig gesprochen haben», überlegte Llywelyn.

Maredudd zuckte mit den Schultern. «Dann ist er wirklich ein selbstsüchtiger alter Mistkerl. Und zwar einer, der uns bis ans Ende seiner Tage Vorschriften macht.»

«Wo willst du hin?», fragte Llywelyn, als Maredudd sich von der Halle abwandte und auf die Stallungen zusteuerte.

«Für heute ist mein Bedarf an hitzköpfiger Sturheit gedeckt. Wenn Susanna jetzt auch noch dazukommt, ist das mehr, als ein Mann ertragen kann», knurrte Maredudd.

Llywelyn warf einen Blick auf die Halle, in der Idwal und Susanna sein mussten, und entschied, dass auch er das dringende Bedürfnis nach einem langen Ausritt verspürte.

Susanna lief unruhig im Saal auf und ab. Die Frage, was wohl gerade in Onkel Rhodris Zimmer vor sich ging, bereitete ihr Magenschmerzen. Immerhin war es bisher nicht laut geworden. Sie zwang sich, auf einem Stuhl Platz zu nehmen – an Entspannung war allerdings nicht zu denken. Tatsächlich konnte sie nicht einmal sagen, welches Ergebnis sie sich wünschte. Sie hatte die wenigen Monate mit Idwal in Plas-Marl sehr genossen, schließlich durfte sie dort die Herrin spielen. Aber selbst wenn ein Wunder geschah und Onkel Rhodri sie gehen ließ – es wäre nicht mehr dasselbe. Idwal würde bald heiraten, und danach war es nicht mehr *ihr* Haushalt. Und wenn sie sich ihrem Onkel widersetzte und ohne seine Erlaubnis ging, würde er ihr das niemals verzeihen. Sie konnte es auch nicht ertragen, ihm wehzutun. Aber genauso wenig wollte sie Idwal verletzen. Und wenn Onkel Rhodri seine Drohung wahr machte und sich gegen sie stellte? Idwal konnte ruhig etwas anderes behaupten, niemand würde sie dann mehr heiraten. *Ach, warum hat es nur so kommen müssen,* dachte sie zum x-ten Mal und drehte ihr Haar um die Finger, bis es genauso durcheinander war, wie sie sich fühlte. Als ihr Bruder endlich kam, sprang sie mit einem Satz vom Stuhl auf.

«Idwal!», rief sie. Er kam auf sie zugeeilt, und die missbilligenden Blicke der anderen Anwesenden im Saal ignorierend, stürzte Susanna in seine Arme.

«Was für eine Begrüßung», lachte Idwal, hob sie hoch und drückte sie ganz fest an sich.

«Ich habe dich so vermisst!» Susanna zog ihn in eine etwas ruhigere Nische.

«Und ich hatte schon Angst, dass du mich vielleicht gar nicht sehen willst», gestand Idwal. Er ergriff ihre Hand, während sie sich eng nebeneinander auf eine gepolsterte Bank setzten.

«Niemals könnte ich dir gegenüber so abweisend sein», erwiderte sie ernsthaft. «Verärgert über deine Sturheit, das schon, aber nicht abweisend.»

«Es tut mir Leid, dass ich nicht zur Beerdigung hier sein konnte, es lag nicht daran, dass ich nicht wollte», sagte er bedrückt.

«Ich weiß.» Susanna legte die andere Hand auf seine.

«War es sehr schlimm?» Forschend betrachtete er ihr blasses Gesicht.

Sie schnitt eine Grimasse. «Ziemlich schlimm. Ich kann mich nicht erinnern, dass es auf Papas Beerdigung so traurig zuging. Allerdings ist das auch schon furchtbar lange her.»

«Wie geht es Ffenna?» Er lehnte sich zurück und legte einen Fuß auf den gegenüberstehenden gepolsterten Stuhl.

Susanna seufzte und stand auf, um der herbeieilenden Magd das Tablett mit Erfrischungen abzunehmen. «Danke», sagte sie zu dem jungen Mädchen, das einen Knicks andeutete und sie wieder allein ließ. Susanna schenkte ihnen beiden einen Becher Bier ein und reichte Idwal eine mit Honig bestrichene Waffel, die er hungrig verschlang.

«Nun?», hakte er nach, während sie sich wieder setzte.

«Sie trauert», sagte Susanna leise. «Jeden Tag besucht sie das Grab. Tante Gwen hat sie ziemlich verwöhnt, und Ffenna spürt den Verlust sehr.» Sie trank einen kleinen Schluck. «Und ich bin ihr wahrscheinlich auch keine große Hilfe, weil ich zu viele eigene Sorgen habe.» Sie sah Idwal auffordernd an, da sie zögerte, das Thema selbst anzusprechen.

«Und wie geht es Onkel Rhodri?», versuchte der erst einmal, die Lage einzuschätzen.

Susanna sah ihn deprimiert an. «Er ist fürchterlich wütend. Wütend auf Tante Gwen, dass sie gestorben ist, wütend auf Maredudd und Llywelyn, weil sie ihr eigenes Leben führen wollen, und Ffenna und mir nimmt er es einfach übel, dass wir da sind.»

«Und auf mich ist er sowieso wütend», ergänzte Idwal trocken.

«Das versteht sich von selbst.»

«Aber wenn ihr nur eine Last für ihn seid, warum ist er dann so scharf darauf, dass ihr bleibt?»

«Keine Ahnung, das weiß er wahrscheinlich selbst nicht.»

«Was auch immer seine Gründe sind, sie brauchen uns nicht länger zu interessieren. Er bricht morgen auf zu Iestyns Hof. Ich habe ihm erzählt, dass Urien beabsichtigt, sich bei den Normannen für das Verhalten der Waliser zu entschuldigen.» Die Verachtung für seinen Prinzen stand Idwal ins Gesicht geschrieben.

«Verstehe … Lord Iestyn weiß also noch nichts davon. Obwohl es mich überrascht, dass Onkel Rhodri nicht sofort zu Lord Uriens Hof reitet.»

«Selbst Onkel Rhodris Einfluss reicht nicht so weit», scherzte Idwal und konnte Susanna ein Lächeln entlocken.

«Das sind schlechte Nachrichten – aber vielleicht genau das, was er gebraucht hat.» Sie betrachtete ihre Hände, bevor sie nachsetzte: «Das war also der Grund, warum du hergekommen bist?»

«Es war der Anlass, nicht der Grund», sagte er leise. «Ich habe meine Meinung keineswegs geändert.»

«Davon bin ich auch nicht ausgegangen. Aber, Idwal, können wir nicht noch etwas warten?», fragte sie gereizt. Sie warf sich mit einem Ruck nach hinten und fluchte, als sie dabei Bier über ihr Kleid schüttete.

«Auf keinen Fall», beharrte Idwal, fest entschlossen, sich nicht noch einmal vertrösten zu lassen. «Und ich glaube, Ffenna muss unbedingt nach Plas-Marl, damit sie ihren traurigen Erinnerungen entkommt. Das kannst du wohl kaum bestreiten.» Sein Blick sagte ihr, dass er keinen Widerspruch duldete.

«Ich stimme dir zu, dass Ffenna Bryn y Ffin verlassen sollte.» Sie wollte nicht mit ihm streiten, und außerdem war ihr gerade eine Idee gekommen, die sie jedoch vorerst für sich behielt. «Aber bitte, Idwal, sprich das Thema nicht heute an, lass uns versuchen, alle miteinander einen schönen Abend zu verbringen – Ffenna zuliebe. Wie du selbst gesagt hast, reist Onkel Rhodri morgen ab.»

«Und dann soll ich mich hinter seinem Rücken davonschleichen wie ein Dieb? Das werde ich nicht tun, Susanna», entgegnete er verärgert.

«Nein, so habe ich es nicht gemeint», beschwichtigte sie ihn und legte die Hand auf seine. «Ich möchte es einfach nur einen Abend lang genießen können, dass du da bist. Würdest du mir diesen Gefallen tun?» Sie strich ihm über die Wange. «Wir werden auch für dich singen», fügte sie verschmitzt lächelnd hinzu, und das zarte Aufleuchten in ihrem Blick gab Idwal eine Vorstellung davon, wie diese Augen strahlen konnten.

Lächelnd zog er Susanna an sich und küsste sie zärtlich auf die Stirn. «Wie du willst, heute Abend werde ich keinen Streit vom Zaun brechen», versprach er. Idwal strich ihr eine Haarsträhne aus dem Gesicht und umschloss dann ihre Wangen mit beiden Händen. «Aber morgen, Susanna, wird nicht nur Onkel Rhodri abreisen. Unser Leben hat sich nun einmal verändert. Ffenna weiß das, ich weiß es – und du erst recht. Morgen beginnt für uns alle ein neuer Lebensabschnitt.»

Susanna seufzte und wandte sich ab. «Komm, du musst deine Schwester begrüßen. Sie wird mittlerweile von ihrem Besuch an der Grabstätte zurück sein.» Sie standen auf und verließen Seite an Seite den Saal, die Köpfe dicht zueinander geneigt wie zwei Liebende. Sie waren so ins Gespräch vertieft, dass sie ihren Onkel nicht bemerkten, der die beiden mit finsterem Gesicht beobachtete.

Idwal hielt Wort und hütete an diesem Abend seine Zunge. Er wiegte sich in der beruhigenden Gewissheit, dass Susanna ihm versprochen hatte, Bryn y Ffin zu verlassen. Auch Onkel Rhodri blieb friedlich, nicht nur, weil Maredudd und Llywelyn sich dafür verbürgt hatten, dass Idwal Susanna nicht ohne seine Erlaubnis mitnehmen würde, sondern auch, weil er mit Susanna geredet und sie ihm zugesagt hatte, während seiner Abwesenheit nicht nach Plas-Marl zu gehen.

Gelöster, als sie seit langem gewesen war, trug Susanna gemeinsam mit Gorffenna den Gästen etwas vor. Gefühlvoll zupfte sie die Saiten ihrer Harfe. Gorffenna senkte den Kopf, bis er Susannas fast berührte und sich ihr seidiges, golden schimmerndes Haar mit der schwarz glänzenden Mähne ihrer Schwester vereinte. Dann begannen sie zu singen. Susannas Stimme schwebte harmonisch über Ffennas, ihr Sopran verband sich mit der lieblichen Kinderstimme, und die auf der Harfe gespielte Melodie untermalte ihr Duett. Susanna sang mit klarer Stimme und dem Bewusstsein, dass sie weder ihren Onkel noch Idwal angelogen und keine Versprechungen gemacht hatte, die sie nicht würde halten können.

Am nächsten Morgen stand Susanna inmitten des Saals und blickte Rhodri, Idwal und Maredudd trotzig an. Wie nervös sie war, ließ sich lediglich daran ablesen, dass sie die Falten ihres Rockes fest umklammert hielt. Mit hoch erhobenem Kopf stellte sie sich dem vorhersehbaren Donnerwetter.

«Du erwartest doch nicht allen Ernstes von mir, das zu erlauben?», fuhr Onkel Rhodri sie wütend an.

Er war so wütend, dass sie zusammenzuckte, aber sie rührte sich nicht von der Stelle. «Genau das tue ich», erwiderte sie ruhig und entschlossen. «Ebenso wie ich keinen Widerstand deinerseits erwarte, Idwal», wandte sie sich ihrem Bruder zu, der nicht weniger wütend aussah.

«Ich versichere dir, den wirst du reichlich zu spüren bekommen», entgegnete er mit eisiger Stimme.

«Susanna», mischte sich Maredudd ein und redete mit ihr wie mit einem kleinen Kind. «Jetzt erkläre uns doch einmal, wie wir auf deine Mitteilung reagieren sollen. Wir hatten ja nicht die geringste Ahnung.»

«Sprich bitte nicht mit mir, als sei ich schwachsinnig», entgegnete Susanna scharf.

«Du hast mir dein Versprechen gegeben», wetterte Rhodri. «Jetzt ist Schluss mit diesem Unsinn!»

«Ich halte mein Versprechen – *beide* Versprechen», sagte Susanna und war offenbar zufrieden mit sich.

Maredudd musste trotz seiner Gereiztheit lächeln. Er hatte von ihren Gesprächen mit Rhodri und Idwal gewusst. Als er den Blick sah, den die beiden austauschten, bestätigte er ihre Vermutung. «Dir, Papa, hat sie versprochen, nicht nach Plas-Marl zu gehen, und dir, Idwal, nicht in Bryn y Ffin zu bleiben. Und in der Tat hatte sie ja auch ganz andere Pläne.»

«Du wirst Ffenna auf keinen Fall nach St. Gwynllwg bringen», erklärte Idwal. «In dieser Sache bin ich mit Onkel Rhodri einer Meinung.»

«Ich muss es tun, weil Gorffenna genau das jetzt braucht», entgegnete Susanna gefasst. Sie hatte die ganze Nacht wach gelegen und sich ihre Worte gut überlegt. Wenn sie jetzt die Selbstbeherrschung verlor, würde sie über dieser Auseinandersetzung scheitern. «Idwal, du hast selbst gesagt, dass Bryn y Ffin sie ständig an Tante Gwens Tod erinnert und sie deshalb von hier wegmuss – zumindest, bis es ihr wieder besser geht», fügte sie rasch hinzu, als sie die Miene ihres Onkels sah.

«Und du meinst, es sei gut für sie, ihre Tante zugunsten der Frau zu vergessen, die euch im Stich gelassen hat?», fragte er verächtlich.

«Natürlich nicht.» Trotz ihrer Bemühungen, ruhig zu bleiben, geriet sie allmählich aus der Fassung. «Tante Gwen war für sie in jeder Hinsicht ihre Mutter – deshalb ist Ffenna ja auch so voller Gram. In ihrer Trauer klammert sie sich an eine idealisierte Vorstellung von ihrer leiblichen Mutter und will sie unbedingt sehen.»

Idwal schnaubte verächtlich. «Sie wird Gelegenheit zu weiterem Kummer haben, wenn sie diese Frau wieder Teil ihres Lebens werden lässt. Wir waren ihr bisher völlig egal. Wieso sollte sich das geändert haben?»

«Entschuldige, Susanna, aber unabhängig von meinen Gefühlen Gwladys gegenüber ist es einfach zu gefährlich für euch, normannisches Gebiet zu betreten», erklärte Rhodri. «Zumindest, solange wir nicht wissen, wie die Normannen auf Uriens Entschuldigung für das Verhalten der Waliser reagieren. Es könnte sein, dass die Konflikte erneut ausbrechen. Und davon abgesehen brauche ich dich hier», erklärte er mit Bestimmtheit.

Aber Susanna blieb unbeirrbar. Dieses eine Mal war sie fest entschlossen, sich durchzusetzen. «Ich kann nicht zulassen, dass unsere Schwester noch länger diesem Gefühlschaos ausgesetzt ist. Unser ganzes Leben hat sich plötzlich verändert, und Gorffenna treibt orientierungslos wie in einem Strudel dahin. Tante Gwen ist von uns gegangen, und du, Idwal, bist auch nicht mehr da», sie hob die Hand, um seinen Protest im Keim zu ersticken, «so empfindet sie es zumindest. Und du, Onkel, hast dich nicht nur von Idwal entfremdet, sondern verschließt dich auch uns gegenüber. Ich weiß, dass ihr beide trauert, aber ihr könnt nicht leugnen, welche Wirkung das auf sie hat. Ihre einst so behütete Welt wird in einem fort von Schicksalsschlägen und Streitereien erschüttert.» Sie machte eine kurze Pause und holte tief Luft. «Sie weiß einfach nicht mehr, wohin sie gehört.»

Maredudd betrachtete sie besorgt und blickte dann seinen Vater und Idwal an. «Susanna, würdest du uns einen Augenblick allein lassen», bat er sie leise. «Bitte», drängte er, als sie den Mund öffnete, um zu widersprechen. Sie nickte kurz und verließ den Saal.

«Bevor einer von euch auf mich losgeht, hört erst einmal, was ich zu sagen habe», sagte Maredudd und schenkte jedem einen Becher Met ein. «Was ist der Hauptgrund dafür, dass ihr Susanna und Gorffenna nicht in normannisches Gebiet reisen lassen wollt? Ich verstehe dein Argument, Papa, dass Uriens Pläne sehr wohl einen neuerlichen Konflikt auslösen können. Aber der wird sich unter den Walisern zutragen. Es gibt also keinen Grund, anzunehmen, dass die Normannen sich einmischen werden. Es kommt ihnen doch nur entgegen, wenn wir uns gegenseitig an die Gurgel gehen», erklärte er trocken. «Und Susanna könnte während ihres Aufenthaltes dort vielleicht sogar etwas aufschnappen, das uns von Nutzen ist. Und wie du weißt, Papa, ist im Haushalt nicht viel zu organisieren, wenn du nicht da bist. Susannas Anwesenheit ist demnach keineswegs zwingend erforderlich.» Er blickte Idwal scharf an, der aussah, als würde er jeden Moment vor Wut platzen. «Und wogegen richtet sich deine Ablehnung: dass sie diese normannische Siedlung aufsuchen oder deine Mutter treffen?», fragte er ganz ruhig.

Idwal nahm einen Schluck, bevor er antwortete: «Ich stimme zu, dass Ffenna derzeit sehr verwirrt ist, aber ich kann mir nicht vorstellen, dass es helfen soll, diese Frau in ihr Leben zu lassen.»

«Aber ist nicht genau das Susannas Argument?», hakte Maredudd nach. «Dass Gorffenna sieht, wie ihre Mutter in Wirklichkeit ist, und endlich dieser Mythos zerschlagen wird, den sie um sie herum geschaffen hat? Verleugne eure Mutter nur weiterhin, und sie wird noch bedeutsamer werden.»

Idwal blickte seinen Cousin finster an und wollte nicht wahrhaben, dass er vielleicht Recht hatte.

«Außerdem», fuhr Maredudd fort, «musst du deine eigene Hochzeit vorbereiten, bevor du dich um Susannas Verlobung kümmern kannst. Einen Moment noch, Papa», sagte er, als Rhodri anhob, zu widersprechen. «Ob überhaupt eine Verlobung stattfindet, muss nicht auf der Stelle entschieden werden. Ein paar Wochen Aufschub tun niemandem weh und werden ganz sicher nicht Meurigs Interesse erlöschen lassen. Du, Papa, musst an den Hof, und du, Idwal, nach Epynt, um Efas Brüder deiner Absichten zu versichern.» Maredudd leerte seinen Becher und stellte ihn auf den Tisch. Als er die verbissenen Mienen der beiden anderen sah, wurde er ärgerlich. «Wenn ihr beide nur einen Augenblick eure Sturheit vergessen könntet, würdet ihr einsehen, dass ich Recht habe. Was soll denn passieren?» Er schenkte sich nach, ging zum Fenster und betrachtete das Treiben draußen, während hinter ihm Totenstille herrschte. Resigniert drehte er sich wieder um. «Ihr habt um Susanna gestritten wie zwei Hunde um einen Knochen. Lasst sie eine Weile in Ruhe.»

Rhodri knallte seinen Becher auf den Tisch. «Also gut, Maredudd, wir machen es so, wie du es für richtig hältst. Ich habe nicht die Muße, über die Launen eines jungen Mädchens zu debattieren. Aber ich warne dich, mein Sohn, du trägst die Verantwortung.» Er stürmte aus dem Saal, um sich in seinen Privatgemächern einzuschließen.

Maredudd grinste Idwal an. «Das lief doch ganz gut», sagte er zufrieden. «Herrgott, Idwal», fuhr er fort, als er die düstere Miene seines Cousins sah. «Jetzt vergiss mal für einen Moment deine Mutter. Es geht nicht um sie, wir haben Papa dazu gebracht, einzugestehen, dass Susanna für das Funktionieren dieses Haushalts nicht unabkömmlich ist. Wenn er jetzt eine Weile bei Hofe ist und mehr Abstand zu den Dingen bekommt, wird er einsehen, dass unser Vorgehen nicht nur ihr gegenüber gerecht, sondern auch gut für ihn ist. Besser hätte es nicht ausgehen können.»

«Ich bezweifle, dass Susanna das im Sinn hatte», erwiderte Idwal, begann aber allmählich aufzutauen. Plötzlich erwiderte er Maredudds Grinsen. «Und wenn sie sich eine Zeit lang unter Normannen bewegt, wird ihr klar werden, welch eine verlockende Aussicht es doch ist, Meurig zu heiraten.»

Als Gorffenna von Susanna erfuhr, dass sie ihre Mutter sehen würde, war sie außer sich vor Freude und konnte es kaum erwarten, endlich aufzubrechen. So viel Lebensfreude hatte sie nicht mehr gezeigt, seit Tante Gwen krank geworden war. Angesteckt von Gorffennas Aufregung, schienen die Tage zwischen dem Senden des Boten an ihre Mutter und dem Erhalt der Antwort auch für Susanna nur so dahinzukriechen. Sie lenkte sich ab, indem sie sich in die Reisevorbereitungen stürzte. Schließlich war alles für die Abreise bereit. Maredudd, Llywelyn und Idwal hatten sich auf dem Burghof versammelt, um sie zu verabschieden.

«Verdirb es ihr nicht», warnte Susanna Idwal leise.

Idwal sah, wie Gorffenna förmlich zu den wartenden Pferden hüpfte. «Ist lange her, dass sie so glücklich aussah», gab er widerwillig zu. «Obwohl ich nicht weiß, wie lange das anhalten wird, wenn ihr erst einmal da seid.»

«Ach, Idwal.» Susanna streifte ärgerlich ihre Handschuhe über. «Kannst du denn nicht einmal an die Gefühle der anderen denken statt immer nur an deine?»

«Ich denke dabei an Ffenna», verteidigte er sich. «Du und ich wissen schließlich, womit man bei dieser Frau rechnen muss.»

«*Ich* weiß es», betonte Susanna. «Und du hast dir schon vor langer Zeit eine Meinung gebildet, an der nicht zu rütteln ist. Jetzt gestatte Ffenna doch, sich ihr eigenes Bild zu machen.»

Ihre Bemerkung hatte etwas Flehentliches, und Idwal konnte nicht länger so ablehnend bleiben. Er legte die Arme um Susanna.

«Tut mir Leid, wie ich mich aufgeführt habe», sagte er zerknirscht. «Ich werde jetzt zu ihr gehen und ihr eine gute Reise wünschen – und zwar mit einem Lächeln im Gesicht.» Er setzte ein derart übertriebenes Lächeln auf, dass es eher einer Grimasse glich. Susanna musste lachen.

«Oh, Idwal, was soll ich nur mit dir machen.» Sie schlang die Arme um seinen Nacken und drückte ihn. Er hielt sie ganz fest, als hätte er Angst, sie gehen zu lassen, dann ließ er plötzlich los und lief zu Gorffenna. Susanna sah zu, wie er seine kleine Schwester hochhob und herumwirbelte. Gorffennas Lachen hallte über den Burghof.

«Danke», sagte Susanna zu Maredudd, der neben ihr ging.

Maredudd zuckte mit den Schultern. «Ich habe ihnen lediglich dabei geholfen, den Sinn des Ganzen zu verstehen. Ich hoffe, du lässt mich nicht im Stich, Susanna.»

Sie sah ihn überrascht an. «Wie meinst du das?»

«Ich verlasse mich darauf, dass du zurückkommst.»

«Natürlich tue ich das», stotterte Susanna. «Wie kommst du nur darauf …»

«Ich bin mir der Verlockungen des normannischen Hofes durchaus bewusst», fiel er ihr ins Wort.

«Nun, ich kann dir versichern, dass ich niemals … ich würde nicht …» Sie suchte nach Worten. Dann holte sie tief Luft und sah Maredudd fest in die Augen. «Ich bin nicht meine Mutter», stellte sie klar.

Maredudd lächelte und legte ihr liebevoll die Hand auf die Schulter. «Freut mich zu hören.»

Die anderen hatten bereits aufgesessen. Maredudd half Susanna in den Sattel.

«Habt ihr auch alles?», fragte er mit gespielter Strenge.

«Ja», riefen die Schwestern wie aus einem Munde.

«Passt gut auf die beiden auf», ermahnte Idwal die Eskorte.

«Susanna, wir müssen jetzt los», drängte Gorffenna.

Sie wendeten die Pferde und ritten langsam durch das hölzerne Tor hinaus. Sie waren noch nicht allzu weit entfernt, da berührte Susanna Gorffenna am Arm.

«Sieh zurück, Ffenna», sagte sie.

«Warum?», wollte Gorffenna überrascht wissen.

«Schau einfach zurück und winke», wies Susanna sie an.

Gorffenna tat wie befohlen und sah, dass Idwal oben auf dem Wachturm stand und ihnen nachschaute. Sie winkte und blickte dann rasch wieder nach vorn. Auch Susanna winkte und wendete den Blick erst ab, als der Turm und die einsame Figur ihres Bruders längst verschwunden waren.

teil zwei

kapitel sechs

Februar 1109. St. Gwynllwg

Die Reise verlief ohne besondere Zwischenfälle. Aber sobald sie auf normannischem Gebiet waren, trieb Trefor, der Anführer ihrer Eskorte, alle zur Eile an. Er fand es zwar nicht sonderlich erstrebenswert, sich wochenlang bei Männern aufzuhalten, denen er vor nicht allzu langer Zeit auf dem Schlachtfeld gegenübergestanden hatte, aber sich ungeschützt durch feindliches Gebiet zu bewegen, war auch nicht gerade angenehm – Ersteres schien ihm da noch das kleinere Übel zu sein. Daran gewöhnt, sich in schützenden Wäldern zu bewegen, suchten seine Augen unaufhörlich die offene Ebene nach möglichen Anzeichen eines drohenden Angriffs ab.

Gorffenna entdeckte die Siedlung als Erste. «Ist es das?», rief sie aufgeregt und wies auf die Palisadenspitzen, die in der Ferne sichtbar wurden.

«Gewiss», murmelte Trefor.

Susanna beobachtete Gorffennas Gesicht, während sie durch das Tor ritten, aber bei ihr schien dieses Anwesen im Vergleich zu Bryn y Ffin nicht so schlecht abzuschneiden wie damals bei Susanna. Ganz im Gegenteil – mit Bewunderung und Staunen betrachtete Ffenna die ihr unbekannte Welt. Die Holzbauten waren verbessert, neue hinzugefügt und die Halle offenbar ausgebaut worden. Bevor Susanna abstieg, bemerkte sie einen neu angelegten Fischteich und fragte sich zynisch, wie viele Waliser Roger wohl hatte töten müssen, um zu solchem Reichtum zu gelangen.

Gwladys war über die Ankunft der Gäste unterrichtet worden und stand bereits wartend im Hof. Zum Schutz gegen die Kälte trug sie einen dicken, mit Eichhörnchenpelz gefütterten Umhang. «Du meine Güte, ihr trefft aber früh ein. Ich habe erst in einer Stunde mit euch gerechnet», lachte sie nervös, während Trefor Susanna aus dem Sattel half.

«Da Trefor hier geboren und aufgewachsen ist, kennt er die kürzesten Wege», erklärte Susanna. Während sie die Zügel ihres Pferdes einem wartenden Stallburschen in die Hand drückte, tauschten sie und Trefor einen wissenden Blick, und die Andeutung eines Lächelns um seine Mundwinkel bestätigte ihre Worte.

«Natürlich», murmelte Gwladys und musterte den Begleiter ihrer Töchter eingehend. «Trefor?», sagte sie dann wesentlich lebhafter. «Trefor ap Hywel?»

Trefor nickte widerwillig.

«Bist ganz schön stattlich geworden, seit wir uns das letzte Mal gesehen haben», fuhr sie heiter fort. «Wenn ich mich recht erinnere, warst du etwa 18 Jahre alt. Weißt du noch, wer ich bin?»

«Ja, ich erinnere mich an Mylady.» Es gelang ihm nicht, den verächtlichen Ton in seiner Stimme gänzlich zu unterdrücken.

Weitere Peinlichkeiten wurden Gwladys erspart, da in diesem Moment Gorffenna neben Susanna trat und ihre Mutter schüchtern ansah.

«Ist das etwa Gorffenna, meine Gorffenna?», rief Gwladys, und Tränen schimmerten in ihren Augen. «Wie hübsch du bist», sagte sie und strich Gorffenna das seidige Haar aus dem Gesicht. «Und deine Augen sind genauso blau, wie ich sie in Erinnerung habe», schwärmte sie.

Sie drückte Gorffenna und bezog dann Susanna in die Umarmung mit ein. «Es ist so wunderbar, meine Töchter hier bei mir zu haben.» Schließlich ließ sie die beiden los und nahm sie an den Händen. «Kommt, ihr müsst die Reisekleider ablegen und euch ein bisschen erfrischen.»

Sie rief einem Mann, der die walisische Eskorte misstrauisch beobachtete, auf Französisch zu: «Edward, kümmere dich bitte um unsere Gäste», und wies auf Susannas Männer. «Sorge dafür, dass sie Erfrischungen bekommen, und zeige ihnen ihre Schlafstatt.»

«Ja, Mylady», murmelte Edward.

Susanna warf einen nervösen Blick auf die übrigen Normannen, die Trefor und die anderen fünf Begleiter mit unverhohlener Feindseligkeit musterten. «Geh du mit Ffenna schon vor, Mutter», sagte sie und entzog ihrer Mutter die Hand. «Ich muss noch kurz etwas mit Trefor besprechen.»

Sie eilte zu ihm. «Du wirst dich in Acht nehmen, hörst du?», sagte sie so leise, dass Trefor seinen Kopf herunterbeugen musste, um sie überhaupt verstehen zu können. «Ich weiß, dass dir diese Situation ganz und gar nicht gefällt», fuhr sie fort, «aber ihr seid nur zu sechst, und wir befinden uns in ihrem …», sie zögerte, «… Territorium.»

«Seid unbesorgt, Mylady», erwiderte Trefor und richtete sich grinsend wieder auf. «Ihr müsst auch nicht so leise sprechen, von denen versteht sowieso keiner, was Ihr sagt. Und da keiner die Beleidigungen des anderen verstehen kann, werden wir diesen Besuch schon überleben. Natürlich nur, solange niemand ein Schwert zückt – denn diese Sprache ist eindeutig», sagte er lachend, bedauerte seine Keckheit aber sofort, als er Susannas entsetzten Gesichtsausdruck sah.

«Bitte nicht, Trefor!»

«Lady Susanna, ich werde die Tugend in Person sein», versicherte er feierlich. «Doch Ihr müsst auch vorsichtig sein», fügte er hinzu. Er kannte Susanna, seit sie damals in den Haushalt ihres Onkels aufgenommen worden war, und er wusste, wie schnell sie ihre Beherrschung verlor.

Susanna verstand sofort, was er meinte, und erwiderte sein verschwörerisches Lächeln. «Wir werden beide unsere Zunge im Zaum halten. Das sollte doch zu schaffen sein!», erklärte sie. «Jetzt muss ich aber wieder zu meiner Schwester und meiner Mutter. Sieh zu, dass ihr tüchtig esst», fügte sie verschmitzt hinzu. «Mit einem vollen Magen ist nämlich alles leichter zu ertragen.»

Trefor sah ihr nach, als sie davoneilte, dann drehte er sich zu

Edward um, der ihnen signalisierte, ihm zu folgen. Trefor lächelte und nickte.

«Kommt schon», sagte er zu seinen Männern. «Ihr habt gehört, was Lady Susanna gesagt hat. Wir müssen stillhalten wie eine Jungfrau in der Hochzeitsnacht. Aber wir werden auf unsere Zunge genauso Acht geben wie darauf, dass keiner von uns hinterrücks überfallen wird», knurrte er. «Ich traue diesen Bastarden nicht und werde zu verhindern wissen, dass mein Blut an einem anderen Ort vergossen wird als auf einem Schlachtfeld.»

Es war ein mehr als üppiges Mahl, das ihre Mutter ihnen auftischen ließ. Die Normannen pflegten ihre Hauptmahlzeit mittags einzunehmen, und nachdem sie während der dreitägigen Reise nur spärlich gegessen hatte, sah Susanna keinen Grund, ihren Appetit zu zügeln – wie auch immer ihre Gefühle gegenüber ihren Gastgebern beschaffen sein mochten. Sie hatte tüchtig zugegriffen bei in Bier geschmortem Hammelbraten, tunkte nur zu gern das reichlich vorhandene, frisch gebackene Brot in die eingekochte, würzige Soße und – ihre ersten Gedanken über den Fischteich einfach beiseite schiebend – hielt sich auch bei mit Kräutern und Mandeln gefüllter Forelle und Hecht nicht zurück. Zu ihrem Leidwesen hatte sie auch den süßen Pasteten, die als Nachtisch gereicht wurden, nicht widerstehen können und war gezwungen, heimlich die Schnüre ihres Mieders zu lösen, noch bevor das Mahl beendet war.

Zurück in dem Raum, den man ihnen für die Zeit ihres Aufenthaltes im Gemach der Mutter mit einem Vorhang abgeteilt hatte, entledigte sich Susanna sofort ihres einengenden Gewandes. Dort saß sie jetzt in ihrem leinenen Unterkleid und wünschte, das Völlegefühl würde endlich nachlassen. Sie hatte sorgfältig darauf geachtet, nach dem Fleisch Käse und nach dem Fisch Nüsse zu essen, aber das schien ihrer Verdauung nicht großartig geholfen zu haben, und sie jammerte laut, während Ffenna ihr das Haar kämmte.

«Du bist so still, Ffenna», sagte Susanna, als ihr schließlich auffiel, dass ihre Schwester kaum ein Wort gesagt hatte, seit sie den Saal verlassen hatten. «Bedauerst du, dass wir hergekommen sind?»

«O nein», erwiderte Gorffenna mit Nachdruck und vergaß weiterzukämmen. «Es ist einfach nur ein bisschen anders, als ich erwartet habe. Mama ist anders», sagte sie leise.

Susanna seufzte. «Tut mir Leid, Liebes. Du hattest natürlich eine bestimmte Vorstellung von ihr. Ich wusste, dass du enttäuscht sein würdest, aber du solltest nicht überrascht sein, dass sie deine Erwartungen nicht erfüllt.»

«Aber nein! Das tut sie. Ich meine, dass Mama so viel *netter* ist, als ich dachte. Nachdem ich jahrelang deine und Idwals Kommentare über sie gehört habe, konnte ich mir kaum noch vorstellen, dass sie so …», sie suchte nach Worten, «… so warmherzig ist.» Ihr Gesicht strahlte geradezu. «Und alle sind so nett zu mir. Sie wissen, dass ich kein Französisch beherrsche, und sprechen trotzdem immer mit mir.» Sie lachte ihr helles, klirrendes Lachen. «Es ist lustig, sich mit Händen und Füßen zu verständigen. Findest du es hier nicht auch einfach wunderbar?»

Susanna schwieg betroffen. «Wir sind nur für zwei Wochen hier», entgegnete sie schließlich brüsk.

«Ich weiß», erwiderte Gorffenna enttäuscht. «Soll ich dir das Haar wirklich zusammenbinden? Es ist so schwer und lang, du könntest es offen tragen.»

«Ich will es gebunden», beharrte Susanna. Das Letzte, wonach ihr der Sinn stand, war, hier ihren Jungfrauenstatus zur Schau zu tragen.

«Unsere Geschwister werden sich fragen, wo wir bleiben, wenn wir nicht bald im Saal auftauchen.» Gorffenna wickelte erst um den einen und dann um den anderen Zopf ein breites Band.

«*Halb*-Geschwister», betonte Susanna gereizt und zog die Bänder ganz fest.

Es gelang Susanna zwar, den ganzen Abend lang ein eingefrorenes Lächeln zur Schau zu tragen, aber der Singsang der fremden Sprache ermüdete sie schließlich. Sie entfernte sich von der Wärme des Kamins, wanderte längs des Saals und nahm eines der zahllosen Figürchen in die Hand, die überall auf den kleinen Tischen herumstanden. Es war ein kleiner, aus Holz geschnitzter Vogel mit ausgebreiteten Schwingen. Susanna fuhr über die feinen Linien des Federkleides und bewunderte die Kunstfertigkeit des Schnitzers. Schließlich stellte sie es auf einem anderen Tisch wieder ab und schaute sich suchend nach Gorffenna um. Sie entdeckte ihre Schwester in einer der neu angelegten Fensternischen, wohin sie sich mit Geoffrey und Hawise zurückgezogen hatte. Die drei unterhielten sich offenbar äußerst angeregt. Sie waren vom Alter her nicht weit auseinander, und Gorffenna konnte wesentlich mehr mit ihnen anfangen als Susanna. Nicht, dass sie etwas gegen die beiden hatte; Geoffrey mit seinen acht Jahren versprach ein hoch gewachsener Bursche zu werden und hatte ein bisschen Ähnlichkeit mit Idwal. Hawise dagegen hatte äußerlich nichts gemein mit Gwladys' anderen Kindern, und Susanna vermutete, dass sie mehr nach der Familie ihres Vaters kam. Mit ihren breiten, etwas groben Gesichtszügen wirkte sie ein bisschen einfältig. *Wahrscheinlich ist Ffenna deshalb so freundlich zu ihr,* dachte Susanna zynisch. Die Jüngste, Eleanor, war bereits im Bett, sodass Gorffenna nicht von der Hübschesten in diesem Trio in den Schatten gestellt werden konnte. Geoffrey und Hawise sprachen beide fließend Walisisch, aber offenbar versuchten sie, Gorffenna einige Wörter Französisch beizubringen, und zu ihrer größten Begeisterung erwies sie sich als eifrige Schülerin. Susanna wandte sich ab. Obwohl sie gar nicht dazugehören wollte, fühlte sie sich ausgeschlossen. Sie sah, dass ihre Mutter sie erspäht hatte und entschlossen lächelnd auf sie zugeeilt kam.

«Da bist du also, Susanna», plapperte sie sofort munter drauflos und fuhr mit einem Blick auf die anderen fort: «Ist es nicht wundervoll, wie gut die drei sich verstehen? Ehrlich gesagt hatte ich Bedenken, insbesondere nach deinem letzten Besuch.» Sie sah Susanna an, aber das Gesicht ihrer Tochter blieb ausdruckslos.

«Aber wie dem auch sei», sprach Gwladys unbeirrt weiter, «ich dachte, du und Gorffenna, ihr würdet vielleicht für uns singen? Gorffenna hat mir verraten, dass du eine hübsche Stimme hast und dass ihr ab und zu gemeinsam Onkel Rhodris Gäste unterhaltet.»

Susanna war entsetzt. Die Vorstellung, vor all diesen Fremden etwas zu singen, war ihr schier unerträglich. «Ich habe meine Harfe nicht hier», murmelte sie hastig.

«Ach, die brauchst du nicht. Eure Stimmen sind Musik genug. Soll ich alle zusammenrufen?»

«Nicht jetzt ...», rief Susanna. «Ich muss ... wo ist der Abort ... bitte entschuldige mich.» Sie stürzte hinaus, bevor ihre Mutter etwas entgegnen konnte.

Draußen lehnte sich Susanna gegen die Wand und atmete tief durch. Nach der drückenden Wärme im Saal war ihr die frische Luft trotz der bitteren Kälte äußerst willkommen. Eine Windböe fegte über den Hof. *Ich hätte meinen Umhang mitnehmen sollen,* ging es Susanna durch den Kopf, aber sie fühlte sich außerstande, zurückzugehen und ihn zu holen – jedenfalls bis ihre Mutter diese dumme Idee mit dem Gesang wieder vergessen hatte. Sie zerrte an den engen Ärmeln ihres Unterkleides und versuchte sie über die Hände zu ziehen. Dann schlug sie die Arme um den Körper, um sich selbst ein bisschen zu wärmen, und spazierte zu den Gebäuden hinter der Halle. Sie spähte in die Vorratskammer und die Küche, die beide im rechten Winkel an die Halle angebaut waren. *Nicht viel anders als bei uns,* dachte sie und schaute den Arbeiten drinnen zu, die am Abend auf ein Minimum reduziert waren. Als sie zum Burghof zurückging, fiel ihr eine kleine Kammer direkt neben dem Haupttor auf, ein bisschen versteckt unter der Treppe, die zum Ausguck oben auf der Palisade führte. Drinnen spielten Trefor und seine Männer Würfel. Eine kleine

Kohlenpfanne wärmte den Raum, und mehrere Binsenfackeln spendeten Licht. Es wirkte beinahe gemütlich, und als Susanna auch noch den Klang der vertrauten Sprache vernahm, überkam sie Heimweh. Die kalte Luft hatte ihr das Wasser in die Augen getrieben, und sie wischte eine Träne weg. Trefor sah diese kaum wahrnehmbare Bewegung, und seine Hand fuhr sofort Richtung Schwertgriff.

«Ich bin es nur, Trefor», beeilte sich Susanna zu rufen und trat ins Licht. «Tut mir Leid, ich wollte dich nicht beunruhigen.»

«Mylady», entgegnete Trefor überrascht. «Was tut Ihr hier, so abseits der Festlichkeiten?»

«Vermutlich das Gleiche wie du.» Sie deutete ein Lächeln an.

Trefor lächelte verschwörerisch zurück. «Ihr werdet Euch da draußen in der Kälte den Tod holen, nur mit Eurem Gewand bekleidet. Kommt herein und wärmt Euch auf.»

Die Männer rückten etwas auseinander, und Susanna setzte sich zwischen sie. Sie sah zu, wie das Würfelspiel fortgesetzt wurde, und bemerkte, dass sie sich hier wesentlich wohler fühlte als in der Halle.

«Lady Gorffenna scheint sich gut zu unterhalten», wandte sich Trefor ihr zu, nachdem er aus dem Spiel ausgeschieden war.

Susanna nickte. «Sie liebt es, im Mittelpunkt zu stehen.»

«Nun, ich bin sicher, das wird sie morgen in Cardiff reichlich tun.» Trefor bot ihr einen Becher Bier an.

«Wie bitte?» Susanna war so überrascht, dass sie ein paar Sekunden brauchte, um zu merken, dass ihre Hand ins Leere gegriffen hatte.

«Eure Mutter will Euch und Eure Schwester morgen nach Cardiff mitnehmen – auf die Festung der Normannen.» Trefor schob ihr den Becher in die Hand und schloss behutsam ihre Finger um das Gefäß. «Sie war vorhin hier, um es mir zu sagen. Es können nicht alle Männer der Eskorte mitkommen, aber mich hat sie gebeten, Euch zu begleiten. Sie weiß, dass Lord Rhodri nicht gerade begeistert wäre, wenn ich Euch allein gehen ließe.»

Seinem Tonfall nach konnte Susanna sich gut vorstellen, dass er es gewesen war, der ihrer Mutter unzweifelhaft klar gemacht hatte, wie die Dinge lagen.

«Aber warum will sie mit uns dahin?»

«Euer Stiefvater», begann Trefor, setzte aber neu an, als er Susannas Gesichtsausdruck sah. «Lord Roger, der Gatte Eurer Mutter, befehligt die Burg – es gehört zu seinen militärischen Pflichten. Und da der König momentan nicht in Cardiff weilt, will Eure Mutter die Gelegenheit nutzen. Sie denkt wohl, Ihr fändet diesen Ausflug spannend.» Er konnte den Sarkasmus in seiner Stimme nicht unterdrücken, was Susanna daran erinnerte, dass seine Wut auf die Normannen dicht unter der Oberfläche brodelte und dass er ihre Mutter als eine von diesen betrachtete. *Wahrscheinlich schlimmer noch, er sieht sie als Verräterin,* dachte Susanna.

«Ich sollte besser zurück in die Halle gehen», erwiderte sie leise und reichte ihm den Becher. «Danke für deine Gastfreundschaft, Trefor. Dann bis morgen.»

«Ich begleite Euch zurück, Mylady.» Trefor erhob sich, aber Susanna bedeutete ihm, sitzen zu bleiben.

«Das ist nicht nötig. Gute Nacht euch allen», sagte sie und trat hinaus in die Dunkelheit.

Während des Ritts nach Cardiff war Susanna schweigsam und fiel etwas hinter die anderen zurück. Gorffenna ritt neben ihrer Mutter sowie Geoffrey und Hawise und plapperte die ganze Zeit unermüdlich. Die beiden jüngeren Kinder brüsteten sich mit ihren bisherigen Aufenthalten auf der Burg und ihren Begegnungen mit den Lords des königlichen Hofes. Gorffenna sog alles auf wie ein trockener Schwamm – zu Susannas größtem Verdruss. Sie hätte es niemals zugegeben, aber der bevorstehende Besuch machte sie nervös. An den Mann, den ihre Mutter geheiratet hatte, konnte sie sich kaum noch erinnern. Damals hatte er in ihrer kindlichen Vorstellung die Gestalt des Ungeheuers aus dem Cauldron Lake angenommen. Aber jetzt kam sie eher zu dem Schluss, dass er eine recht angenehme Erscheinung gewesen war. Und die Zuneigung, die Geoffrey und Hawise ihm entgegenbrachten, zeigte, dass er ein liebevoller Vater sein musste. Widerstrebend trieb Susanna ihr Pferd an.

«Rogers Zeit als Wachhabender der Burg ist bald um», sagte Gwladys, als Susannas Pferd aufgeschlossen hatte. «Und ich dachte, wir sollten die Gelegenheit nutzen, uns die Burg anzusehen.»

Susanna nickte geistesabwesend und schwieg, während sie nach Cardiff einritten. Sie konnte kaum glauben, wie groß diese normannische Siedlung war. Mit all den Gebäuden und vielen Menschen war sie eine richtige Stadt – mit der Burg als Zentrum. Für Susanna war es ein Schock, zu sehen, wie sehr sich die Normannen bereits etabliert hatten.

Sie bemühte sich, unbeeindruckt zu wirken, denn ihr entging nicht, dass ihre Mutter sie aufmerksam beobachtete, während sie durch die engen Gassen ritten. Und doch zuckte Susanna unter dem misstönenden Stimmenwirrwarr zusammen. Manche sprachen Französisch, andere Englisch – für sie beides gleichermaßen fremd. Die Menschenmassen drängten sich regelrecht um sie, und als ein zerlumptes Kind ihr bettelnd die schmutzige Hand entgegenstreckte, wich sie zurück.

«Im ersten Moment ist es überwältigend, aber du wirst dich schnell daran gewöhnen», sagte ihre Mutter mit sanfter Stimme. «Morgen ist Markttag, das wird dir gefallen», fuhr sie fort, streckte den Arm aus und tätschelte Susannas Hand.

Susanna wandte sich um und sah ihre Mutter an, als hätte diese den Verstand verloren. «Du magst mich für naiv und dumm halten, Mutter, und vielleicht bin ich das auch, aber ich versichere dir», sie wies mit einer weit ausholenden Armbewegung auf das ganze Treiben, «dass ich nicht den geringsten Wunsch hege, mich an das hier zu gewöhnen.»

Gwladys biss sich auf die Unterlippe und nickte steif. «Nun, du hast in jedem Fall den Stolz deines Vaters geerbt.»

Susanna verkniff sich nur mühsam den Kommentar, dass sie froh sei, ihrem Vater und nicht ihrer Mutter zu ähneln. Aber so feindselig sie ihrer Mutter gegenüber eingestellt war, es gab doch immer noch einen Teil in ihr, der sie davon abhielt, ihr willentlich wehzutun – und das würde sie mit diesen Worten zweifellos.

Kurz darauf erreichten sie ihr Ziel, und die walisischen Reiter in ihrer Gruppe verfielen in Schweigen, während sie durch das große Tor der Burg von Cardiff ritten. Selbst Gorffenna verstummte, als sie zu dem imposanten Hügel aufblickte, auf dem sich der steinerne Hauptturm erhob, den Lord Fitzhamon hatte bauen lassen und der die gesamte Anlage überragte. Der riesige Hügel ragte vom Burggraben aus mehr als zwölf Meter in die Höhe, ein einschüchterndes Symbol für die Absichten dieses Königs. Glücklicherweise begaben sie sich nicht zum Hauptturm, sondern blieben im Burgvorhof, wo Gwladys sie zu einer Reihe von Gebäuden auf der linken Seite führte.

«Dort wohnen Papa und die anderen Lords, wenn sie hier Dienst tun», verkündete Geoffrey ein bisschen altklug. In der Nähe einer der Hütten stiegen sie ab. Trefor kümmerte sich um Susannas und Gorffennas Pferde und folgte Gwladys' Männern zu den Stallungen am hinteren Ende des Hofes.

«Da kommt euer Vater», sagte Gwladys zu Geoffrey und Hawise. «Er muss uns gesehen haben.»

Susanna blickte in die Richtung, in die ihre Mutter wies. Ein hoch gewachsener, breitschultriger Mann kam auf sie zugeschritten. Der Wind fuhr durch sein blondes Haar, und er begann zu lächeln, als seine Tochter auf ihn zugelaufen kam. Sein markantes Gesicht wurde beim Anblick seiner Familie ganz weich.

Er begrüßte Gwladys und küsste sie liebevoll auf die Wange, dann stellte er seinen Kindern eine Frage auf Französisch und strubbelte ihnen durchs Haar.

Susanna hielt sich kerzengerade, während sie darauf wartete, dass er sich ihr und Gorffenna zuwandte. Sie betete, dass man ihr nicht ansah, was sie dachte. Es waren kindliche, irrationale Gedanken einer Sechsjährigen, der man die Mutter geraubt hatte. Aus den Augenwinkeln nahm sie eine Bewegung wahr. Gorffenna hatte schüchtern einen Schritt nach vorn gemacht.

Geh schon weiter, dachte Susanna. *Dieses eine Mal macht es mir wirklich nichts aus, dass du dich in den Vordergrund drängst.*

«Ah, deine zwei hübschen Töchter», sagte Roger in langsamem, aber überraschend gutem Walisisch.

«Das ist Gorffenna, die Jüngste», erklärte Gwladys und lächelte stolz.

«Bonjour, Mylord.» Gorffenna schoss vor Aufregung das Blut in die Wangen, als sie ihn auf Französisch begrüßte und dabei wie ein Papagei das nachplapperte, was ihre Halbgeschwister ihr eingetrichtert hatten.

Roger antwortete mit einem französischen Wortschwall und amüsierte sich über Gorffennas entsetzten Gesichtsausdruck. «Ich mache nur Spaß», sagte er freundlich auf Walisisch und führte ihre Hand an seine Lippen. «Es freut mich, dich endlich kennen zu lernen.»

Gorffennas verlegene Röte nahm nun einen dezenteren Ton an, und ihre Augen glitzerten nur so vor Zufriedenheit, als sie zu Susanna herübersah.

«Und du bist natürlich Susanna», wandte sich Roger an sie. «Du erinnerst dich vielleicht nicht an mich, aber ich weiß noch genau, dass du schon damals aussahst, als würdest du einmal zu einer wunderschönen Frau heranwachsen. Und offenbar habe ich mich nicht geirrt.»

Sie reichte ihm die Hand, um seinen Gruß entgegenzunehmen. «Ich kann mich gar nicht erinnern, Euch Walisisch sprechen gehört zu haben, Mylord», erwiderte sie höflich, aber sehr zurückhaltend.

«Das konnte ich damals auch leider noch nicht», erklärte er unbeirrt von ihrer kühlen Haltung. Er war kein Mann, dem die

Gefühle einer gekränkten jungen Dame übermäßig zu schaffen machten; lediglich seiner Frau zuliebe wollte er, dass dieser Besuch angenehm verlief. «Aber im Laufe der Jahre», fügte er gut gelaunt hinzu, «habe ich mich bemüht, es zu lernen – und bin froh darüber. Es ist eine wunderschöne Sprache.»

«Man sagt, es sei die Sprache des Himmels», erwiderte Susanna und musste lächeln, obwohl sie genau das nicht hatte tun wollen.

«Tatsächlich?», lächelte er zurück und schaute sie aufmerksam an, bevor er sich den anderen zuwandte. «Kommt, wir werden uns stärken, während eure Unterkünfte bereitet werden.»

Sie betraten die kleine Hütte, in der Roger lebte, während er seinen Dienst als Wachhabender der Burg verrichtete. Er teilte sie sich mit zwei anderen Männern, und es war ganz eindeutig die Unterkunft von Kriegern. Eine kleine Kohlenpfanne mitten im Raum bildete die einzige Wärmequelle. Schmale Strohpritschen waren längs der Wände eingerichtet, und ein paar gepolsterte Stühle sowie ein Tisch stellten die einzigen Möbel dar. Es war offensichtlich, warum Rogers Besucher im Hauptturm untergebracht wurden.

Roger stieß die Läden auf, um mehr Licht hereinzulassen. Der plötzliche Windhauch brachte die Glut tüchtig zum Qualmen. Roger wies auf die Stühle und schenkte allen etwas zu trinken ein, während sie sich setzten.

«Ich habe ihren Wein mit Wasser verdünnt», sagte er zu Susanna, während er Gorffenna einen Becher reichte. «Wie möchtest du deinen?»

«Ohne Wasser, bitte», erwiderte sie und sah aus den Augenwinkeln, wie ihre Mutter Roger unmerklich zunickte.

Susanna nahm den angebotenen Becher und nippte zögernd daran. Sie war an die Süße von Met und den leicht säuerlichen Geschmack von Bier gewöhnt, und dieser ausgezeichnete französische Wein war eine ganz neue Erfahrung für ihre Geschmacksnerven.

«Schmeckt er dir?», fragte Roger, während er ihre Reaktion beobachtete.

«Hmm, und wie», erwiderte sie aufrichtig.

Er lächelte, als sie einen größeren Schluck nahm und ihn dieses Mal etwas länger im Mund behielt, um den Geschmack intensiver auszukosten.

«Der König schätzt die schönen Dinge des Lebens – und Wein besonders. Das macht unseren Aufenthalt hier um einiges erträglicher», fuhr er an Gwladys gewandt fort, als er sah, dass auch sie sich den Wein auf der Zunge zergehen ließ.

«Wird der König herkommen?», fragte Geoffrey unerwartet. «Wenn ich ein großer Krieger wäre, der so viel erobert hat, würde ich dafür sorgen wollen, dass die Waliser es auch nicht vergessen», fügte er hinzu und stolzierte einher, wie es ein «großer Krieger» seiner Meinung nach wohl tat.

«Geoffrey!», fuhr Gwladys ihn entsetzt an und schielte kurz zu Susanna und Gorffenna herüber. Erst dann wurde ihr klar, dass er ja Französisch gesprochen hatte. Nichtsdestotrotz hatte er die Aufmerksamkeit der beiden erregt, und Susanna sah ihre Mutter fragend an.

«Geoffrey wollte nur wissen, warum der König nicht hier ist», erklärte diese auf Walisisch.

«Und warum nicht? Hält er es nicht für nötig, das eroberte Land zu sichern? Vielleicht steht den Walisern ja der Sinn danach, es zurückzufordern!», sagte sie mit einer Spur von Sarkasmus in der Stimme.

Roger blieb jedoch gelassen. «Wir haben größten Respekt vor den Walisern, Susanna», erwiderte er ganz ruhig. «Und König Henry bevorzugt friedlichere Abmachungen – wie eure Prinzen wahrscheinlich auch. Da ihr alle ausgetrunken habt», fuhr er fort, bevor Susanna etwas erwidern konnte, «werde ich euch zeigen, wo ihr schlaft. Dann könnt ihr euch auch endlich der Reisekleider entledigen. Euer Gepäck wartet bereits.» Er erhob sich, bot seiner

Frau den Arm und führte sie aus der düsteren Hütte heraus in das Sonnenlicht des klirrend kalten Wintertages.

Es war ein steiler Anstieg hinauf zum Hauptturm, und Susanna war ganz außer Atem, als sie ihre Unterkünfte erreichten. Drei Lager waren in einem kleinen abgeschirmten Bereich des Saals aufgeschlagen worden. Es war eng, aber sie waren für sich, und es wirkte recht gemütlich.

Zu Susannas größter Überraschung begegneten ihnen die Burgbewohner überhaupt nicht feindselig. Ganz im Gegenteil gaben sich die Leute größte Mühe, freundlich zu sein und die Sprachbarrieren zu überwinden. Susanna war höflich, aber zurückhaltend. Doch trotz ihres Bemühens, gleichgültig zu bleiben, war sie nicht wenig beeindruckt. Gwladys klärte alle über Susannas Status innerhalb der walisischen Gesellschaft auf, indem sie Onkel Rhodris Position am Hof von Morgannwg und Idwals Regentschaft über Plas-Marl erläuterte. Roger hatte Recht gehabt; die Normannen hegten tatsächlich Respekt gegenüber den Walisern und betrachteten den Adel als gleichwertig mit ihrem eigenen – wohingegen die Engländer von ihnen verächtlich als «faule Säufer» bezeichnet wurden.

Am nächsten Tag machten sie sich ausgehfertig, um den Markt in der Stadt zu besuchen. Susanna freute sich tatsächlich darauf und musste von Mutter und Schwester erst gar nicht ermutigt werden, sich hübsch zurechtzumachen. Sie wählte ein prachtvolles grünes Wollgewand mit langen Trompetenärmeln, deren Zipfel bis zu den Knien reichten. Innen waren sie mit einem Stoff in hellerem Grün gefüttert, passend zu den bestickten Einfassungen an Halsausschnitt, Manschetten und Saum ihres weißen Leinenunterkleides. Als lebhaften Kontrast hatte sie einen leuchtend roten, gewebten Gürtel locker um die Hüften geschwungen. Sie ging neben Gorffenna, die ein hellblaues Gewand trug. Gwladys sagte lachend, es sehe aus, als ginge sie mit den Bäumen und dem Himmel spazieren.

Als sie das Stadtzentrum erreichten, erstarrten Susanna und

Gorffenna ehrfürchtig vor dem Spektakel, das sich ihnen bot. Von weit her waren die Leute in Scharen angereist, angelockt durch die Vielfalt der Waren, die hier feilgeboten wurden. In den engen Gassen wimmelte es nur so von Menschen.

«Es gibt nichts, was du hier nicht kaufen kannst», flüsterte Gorffenna Susanna zu, während sie sich mit großen Augen umsah.

Susanna war nicht minder beeindruckt. Ängstlich blökende Schafe spähten Unheil ahnend aus ihrem Gehege. Sie drängten sich alle in einer Ecke zusammen, um bei der kleinsten Störung geschlossen in die entgegengesetzte Ecke zu laufen. Ganz in der Nähe gackerten Hühner in wacklig übereinander gestapelten Verschlägen. Hölzerne Verkaufsstände ächzten unter der Last aller Arten von Stoffen, Bändern oder Schmuck – «alles echte Juwelen», wie der Händler ihnen augenzwinkernd zurief. Gwladys ging direkt an einen Stand, der unauffällig mit roten und weißen Streifen dekoriert war, aber nur mit den edelsten Stoffen handelte. Sie erlaubte ihren Töchtern, sich jede einen Stoff auszusuchen, sagte dem Händler, wie viele Ellen sie jeweils davon brauchte, und nahm zusätzlich noch eine Bahn für sich selbst. Zum Schluss wählte sie noch einen besonders feinen Wollstoff, um Tuniken für Roger und Geoffrey anfertigen zu lassen.

Susanna war genauso aufgeregt wie Gorffenna, als sie ein paar Stände weiter leuchtend bunte Bänder für ihr Haar kauften und sich angrinsten, weil sie mit dem Geld bezahlten, dass Onkel Rhodri ihnen widerwillig mitgegeben hatte. Sie brauchten nicht lange, um sich an die Menschenmassen zu gewöhnen. Susanna begann schon bald, sich zu entspannen, und klebte nicht mehr ganz so eng an der Eskorte. Als sie an einem Stand mit Speisen vorbeikamen, konnte sie den einladenden, würzigen Düften nicht widerstehen. Zufrieden eine Pastete kauend, die mit kräftig gewürztem Hackfleisch, Rosinen, Datteln und zusätzlich noch Hühnchenstücken gefüllt war, beobachtete Susanna fasziniert das Geschehen um sie herum. Ein abgemagerter Hund kam angeschlichen, schielte hungrig nach einer Pastete, die vom Stand heruntergefallen war, und warf gleichzeitig ängstliche Blicke Richtung Susanna.

«Mach schon, mein Junge, ich verrate dich nicht», sagte sie leise. Sie stellte sich so, dass der Pastetenverkäufer es nicht sehen konnte, als sich der Hund die Pastete schnappte und damit zwischen den Ständen davonschoss. Susanna musste laut lachen, weil er dabei einem Jungen vor die Füße lief, der mit den Einkäufen seiner Herrin kämpfte. Der Junge versuchte auszuweichen und taumelte rückwärts gegen den Stapel mit Hühnerverschlägen. Der oberste stürzte herunter und ging auf. Die so plötzlich befreiten Hühner stoben hysterisch gackernd in alle Richtungen auseinander – und das reinste Chaos brach aus. Susanna hätte zerspringen können vor Lachen. Sie drehte sich um und wollte diesen Moment mit Gorffenna teilen – aber die war nirgends zu sehen. Susannas Lachen verstummte. Sie sah hektisch in alle Richtungen und bekam plötzlich Angst, ihre Schwester könnte allein losgezogen sein. Als sie aber erkannte, dass sie selbst ganz allein war, wandelte sich ihr neu gewonnenes Selbstvertrauen in Panik. Weit und breit keine Spur von ihrer Mutter, ihren Geschwistern oder der Eskorte. *Vielleicht sind sie ja wieder zu dem Stand gegangen, an dem wir vorher waren,* dachte Susanna und versuchte, den Weg, den sie gekommen waren, zurückzugehen. Aber die endlosen Reihen mit Marktständen sahen alle gleich aus. Susanna eilte hierhin und dorthin, und es dauerte nicht lange, bis sie die Orientierung endgültig verloren hatte. Immer panischer werdend, eilte sie fieberhaft suchend durch eine Gasse nach der anderen, aber das verschlimmerte ihre Situation nur mehr.

«Schluss damit, Susanna», schalt sie sich selbst, als sie schon wieder am Ende einer Sackgasse angekommen war. Sie atmete tief durch, um ihr rasendes Herz zu beruhigen, und zwang sich, erst einmal in Ruhe festzustellen, wo sie sich befand. «Wie sollte ich denn bei diesem hohen Turm die Orientierung verlieren?», murmelte sie dann erleichtert, als sie Cardiffs monumentalen Hauptturm am anderen Ende des Marktes hinter den Häusern aufragen sah. Sie fühlte sich wieder ein bisschen sicherer und entschied, noch ein letztes Mal nach ihrer Mutter Ausschau zu halten und sich ansonsten allein auf den Rückweg zur Burg zu machen. Zufrieden mit ihrer Souveränität, gestattete sie sich ein schwaches Lächeln und machte kehrt, um die Sackgasse zu verlassen.

Sie blieben noch drei Tage in der Burg, und am letzten Abend saß Susanna still in einer Ecke des Saals und beobachtete das Treiben um sie herum. Sie lächelte höflich, als sich Roger näherte.

«Ich habe eine Bitte», sagte er leise und setzte sich neben sie. «Da es euer letzter Abend hier ist, haben mich eine Menge Leute gefragt, ob du uns mit einem walisischen Lied beehren würdest. Ich respektiere es, wenn du nicht willst, aber auch ich würde mich freuen, walisische Klänge zu hören», sagte er, und es klang ehrlich, wie sie fand.

Es schien eine einfache Bitte zu sein, doch Susanna war unsicher, was sie tun sollte. Abzulehnen kam ihr ungehobelt und kindisch vor. Aber wenn sie einwilligte, sah es so aus, als würde sie die Normannen akzeptieren und wäre damit einverstanden, dass sie das Land ihres Volkes besetzt hielten. Als würde sie damit ihren Onkel, ihren Bruder und auch sich selbst verraten.

Roger beobachtete sie aufmerksam, und plötzlich huschte ein Ausdruck des Verstehens über sein Gesicht.

«Entschuldige bitte, Susanna, ich hätte nicht fragen sollen», sagte er.

«Aber nein, Mylord. Es macht mir nichts aus, wirklich nicht. Vielleicht später, wenn es mir gelingt, Ffenna von der Schar ihrer Verehrer loszueisen», versicherte sie ihm und versuchte so, die Sache herunterzuspielen.

«Ich freue mich darauf. Und jetzt entschuldige mich bitte.» Er erhob sich. «Brauchst du irgendetwas? Soll ich dir einen der Dienstboten schicken?», erkundigte er sich höflich.

«Es geht mir gut, danke. Ich sollte jetzt zu meiner Mutter gehen und ein bisschen mit ihr plaudern», erwiderte sie.

«Du bist ein gutes Kind», sagte er und tätschelte ihr den Arm, bevor er sich wieder in das Getümmel stürzte.

Aber statt zu ihrer Mutter zu gehen, verließ Susanna den Saal und floh zum zweiten Mal in die Einsamkeit des Burghofs. Aus einem Impuls heraus stieg sie die Stufen bis zur Spitze des hölzernen Wachturms hinauf. Von dort hatte sie in dieser sternklaren Nacht einen weiten Blick über die Umgebung. Sie sah, wie einer der Stallburschen den Burgvorhof überquerte und zu den Stallungen ging, hörte, wie die Pferde freudig wieherten, weil sie wahrscheinlich eine Leckerei bekamen. Draußen, vor den Toren, bereitete sich die Stadt auf die Nacht vor, hier und da sah man das Glimmen einer Binsenfackel oder einer Kohlenpfanne, wenn eine Tür oder ein Fensterladen offen stand. Susanna ließ den Blick weiterschweifen zu den dunklen Bergen, die sich schützend am Horizont erhoben. Dorthin würde sie zurückkehren. Eine völlig andere Welt, so nah und doch so fern. Ihre Gedanken wanderten nach Bryn y Ffin, Plas-Marl und zu allem, was ihr vertraut war. Sie dachte an die vergangenen Tage. Ihr Aufenthalt war angenehmer gewesen, als sie erwartet hatte. Aber kaum hatte sie das gedacht, da verspürte sie schon ein schlechtes Gewissen. Erschöpft rieb sie sich die Schläfen. Sie war es so leid, immer zu grübeln und ständig diesen Drahtseilakt der Gefühle zu vollführen. Susanna seufzte laut und machte sich auf den Rückweg hinunter in den Hof.

«Ich dachte, den brauchst du vielleicht», sagte eine Stimme, als Susanna unten ankam. Ihre Mutter trat aus dem Schatten heraus, Susannas Umhang auf dem Arm haltend.

«Danke», murmelte Susanna und gestattete ihrer Mutter, ihn ihr um die Schultern zu legen.

«Die Aussicht ist beeindruckend, nicht wahr?», sagte Gwladys im Plauderton, während sie die steile Treppe vor dem Hauptturm zum Burgvorhof hinabstiegen. «Und tagsüber erst. Du musst unbedingt morgen früh hinaufgehen.»

«Ich habe genug gesehen», erwiderte Susanna kurz angebunden, nicht bereit, ihre Mutter an ihren Gedanken teilhaben zu lassen.

Gwladys seufzte. «Susanna, warum bist du hier?», fragte sie leise.

«Ich wollte sehen, was Trefor so allein macht.»

«Sieh selbst.» Ihre Mutter wies auf eine Gruppe von Männern, die Karten spielten.

Zu Susannas Überraschung war Trefor einer von ihnen. Er lachte und trank mit den anderen und versuchte sich mit Gesten verständlich zu machen. Sie ärgerte sich, ihn so zu sehen, und schämte sich dafür. Sie wollte ja gar nicht, dass er allein und abseits seine Zeit verbrachte, trotzdem fühlte sie sich plötzlich umso einsamer.

«Er macht das Beste aus einer schwierigen Situation», sagte Gwladys, als könne sie Susannas Gedanken lesen. «Aber das meinte ich nicht, und das weißt du auch.»

Sie kamen an einer Bank vorbei und setzten sich. Susanna starrte auf den mondbeschienenen Hof und wich dem forschenden Blick ihrer Mutter aus.

«Ffenna zuliebe», sagte sie mit ernster Stimme. «Tante Gwen war für sie wie eine Mutter, und ihr Tod hat Ffenna sehr mitgenommen. Auch Onkel Rhodri hat das alles enorm zugesetzt und … nun, die Dinge haben sich eben geändert.» Sie sprach zögernd und versuchte, aus den Augenwinkeln den Gesichtsausdruck ihrer Mutter zu erkennen. Aber Gwladys saß einfach nur schweigend da, nichts verriet ihre Gedanken. «Ffenna war sehr unglücklich», fügte Susanna vage hinzu, da sie nicht gewillt war, mehr zu erzählen. «Allerdings sieht es so aus, als hätte sich dies recht schnell geändert», fuhr sie in bissigem Ton fort.

«Sie versucht einfach nur, den Schmerz zu verdrängen. Missgönn ihr das bisschen Freude nicht», sagte Gwladys besänftigend.

«Mag sein», murmelte Susanna.

«Das mit Tante Gwen tut mir Leid. Und Rhodri geht es auch nicht gut?»

«Es scheint langsam besser zu werden. Zumindest hat er jetzt wieder einen Grund, in die Schlacht zu ziehen. Er ist an Lord Iestyns Hof zurückgekehrt, nachdem Idwal ihm Nachrichten aus Gwynllwg überbracht hat.»

«Und Idwal ist jetzt ständig in Plas-Marl?»

Susanna nickte traurig und dachte an die Kluft zwischen ihnen. «Er wird bald heiraten», sagte sie. «Efa aus dem Herrscherhaus Brycheiniog.»

«Hat Rhodri das arrangiert?», fragte Gwladys eifrig, offenbar begierig, etwas über das Leben ihres Sohnes zu erfahren, der für sie ja wie ein Fremder sein musste.

«Nein, Idwal ist jetzt unabhängig von Onkel Rhodri», sagte Susanna mit einer Mischung aus Stolz und Trotz in der Stimme.

«Aha», lautete Gwladys einziger Kommentar.

Susanna sah sie forschend an. «Und was soll das bitte heißen, Mutter?»

«Idwal hatte schon immer einen starken Freiheitsdrang, genau wie sein Vater. Und wie sieht es bei dir mit einer Ehe aus?», fragte sie unvermittelt. «Du wirst bald 15 – längst alt genug für eine Verlobung.»

«Na und?» Susanna wollte das Thema schnell abtun, denn es traf genau den Kern ihrer Sorgen und Nöte.

«Nun, hat dein Onkel schon einen Bewerber für dich ausgesucht? Oder meint Idwal, das sei seine Aufgabe?», drängte Gwladys behutsam.

Susanna starrte ihre Mutter an. «Woher weißt du ...», stammelte sie überrascht.

Gwladys zuckte mit den Schultern. «Ich kenne die Männer dieser Familie. Rhodri will immer alle kontrollieren, und dein Vater hätte entschieden versucht, sich gegen ihn durchzusetzen. Ich vermute, dass Idwal ihm in dieser Hinsicht gleicht.»

Susanna saß ganz erstarrt vor lauter Anspannung. Dann ließ

sie die Schultern herabsinken. Sie hatte keine Kraft mehr, sich zu verstellen. Und ihre Mutter schien so viel zu verstehen, also brach die ganze traurige Geschichte aus ihr heraus. Den Streit zwischen Idwal und ihrem Onkel, ihre Auseinandersetzung mit Idwal und ihre Unsicherheit, welchen Ehemann sie selbst eigentlich wollte.

Während Susanna ihr das Herz ausschüttete, hörte Gwladys aufmerksam zu. Sie erkannte, wie aufgewühlt und durcheinander ihre Tochter war, und verspürte zum ersten Mal seit zehn Jahren so etwas wie Schuldgefühle. Susanna versuchte für jeden da zu sein, während es niemanden kümmerte, wie sie sich eigentlich fühlte. Der Onkel, der damals das kleine verwirrte Mädchen tröstete, nutzte ihre Loyalität jetzt rücksichtslos aus. Ihr Bruder, seit jeher ihr treuester Verbündeter, glaubte zwar, die richtige Wahl für sie zu treffen, und doch benutzte er sie, um seine Unabhängigkeit unter Beweis zu stellen und seine neu entdeckte Macht zu demonstrieren. Und dann die jüngere Schwester, für die Susanna meinte, die Mutterrolle übernehmen zu müssen. Kein Wunder, dass ihr Owain ap Cadwgan wie ein Traummann vorkam. Stürmisch, leidenschaftlich und romantisch – er verlangte scheinbar nichts, bot ihr aber all das, wonach sich ihre erwachende Sinnlichkeit sehnte. Gwladys kannte seinen Vater und konnte sich gut vorstellen, wie anziehend der Sohn war.

«Rhodri wird niemals eine Eheschließung mit Owain ap Cadwgan gestatten», sagte Gwladys, als Susanna schließlich schwieg.

«Er wird mir überhaupt keine Ehe gestatten», erwiderte Susanna verbittert.

Sie wandte sich ihrer Mutter zu, und ihre Augen leuchteten im Mondlicht wie die einer Katze. «Ich weiß, dass es verrückt von mir ist, zu erwarten, ich könnte mir selbst einen Ehemann aussuchen – aber überhaupt nicht heiraten? Mama, das könnte ich nicht ertragen», stieß sie unter Tränen hervor. Es war das erste Mal, dass sie «Mama» gesagt hatte.

Gwladys fühlte mit ihr und wählte ihre nächsten Worte sorgfältig. «Dein Bruder hat Recht, Susanna. Es steht ihm zu, über deine Zukunft zu entscheiden.» Sie ergriff Susannas Hand und sah ihre Tochter eindringlich an. «Aber es würde Folgen haben.»

«Und auf die hat Onkel Rhodri deutlich hingewiesen», erwiderte Susanna müde und schlug die Augen nieder, um dem forschenden Blick ihrer Mutter auszuweichen.

«Davon bin ich überzeugt», stimmte ihre Mutter zu. Sie kannte die Macht ihres Schwagers nur zu gut. «Lord Meurig scheint kein übler Mann zu sein», wagte sie sich vor.

«Ist er auch nicht. Und wenn Onkel Rhodri zustimmen würde, so wäre das für alle vorteilhaft. Und mit mir als seiner Frau wäre sich Lord Meurig in doppelter Hinsicht der Unterstützung sicher, was seine Herrschaft über Senghennydd angeht. Idwal wiederum würde davon profitieren, sowohl in Senghenydd als auch in Morgannwg familiäre Beziehungen zum Herrscherhaus zu haben. Es würde seine Position in Gwynllwg festigen.» Sie sah ihre Mutter mit einem traurigen Lächeln an. «Du siehst – ich bin ein interessanter Verhandlungsgegenstand.»

«Und du willst mehr sein als das», erwiderte Gwladys mit sanfter Stimme.

«Was spielt ‹wollen› dabei für eine Rolle?», fragte Susanna gereizt. «Bekommt denn irgendeiner von uns das, was er will? Alles hängt doch davon ab, wer die Macht hat.» Sie erhob sich und ging unruhig auf und ab. «Wir wollen die Normannen nicht hier haben, aber sieh doch nur.» Sie wies auf den steinernen Turm, der sich imposant über ihnen erhob. «Die Normannen wollen bleiben, und ich denke, sie haben ihren Standpunkt deutlich gemacht. Das hier war einst Eigentum unserer Prinzen – und das hier», sie breitete die Arme aus, «das hier war eine römische Festung. Sie bedienen sich unserer Vergangenheit und errichten darauf ihre Gegenwart.»

«Nun, die Römer sind auch Teil ihrer Vergangenheit», argumentierte Gwladys.

«Aber nicht hier, Mutter, nicht hier!», rief Susanna und rang verzweifelt die Hände. «Ich möchte mein Leben nicht als Jungfer verbringen. Aber ich möchte auch keine Schachfigur sein. Wem widersetze ich mich also? Onkel Rhodri, in der Hoffnung, dass Idwal Lord Meurig trotzdem eine Ehe mit mir schmackhaft machen kann, oder Idwal – um dann in Bryn y Ffin zu versauern?»

«Oder beiden», sagte Gwladys sanft. «Ich glaube, du bist mir ähnlicher, als es dir gefällt. Du kannst wählen, Susanna», fügte sie behutsam hinzu.

Susanna blieb abrupt vor ihrer Mutter stehen. «Du hast es getan, Mama. Du hast dich ihnen allen widersetzt und getan, was du wolltest», sagte sie leise. «Hast du es jemals bereut?»

Sie suchte im Gesicht ihrer Mutter verzweifelt nach einem noch so winzigen Hinweis. Denn am Ende hatte sie sich eingestanden, dass sie aus genau diesem Grund hier war. Aufmerksam betrachtete sie ihre Mutter, wollte, dass sie ihr die Antwort gab, die sie so sehr zu hören wünschte.

Gwladys saß einen Moment schweigend, spreizte die Finger und betrachtete ihre juwelenbesetzten Ringe, als würde sie sie zum ersten Mal sehen.

«Das ist eine gute Frage», sagte sie schließlich. «Und eine, von der ich nicht recht weiß, wie ich sie beantworten soll. Wenn ich ehrlich bin, habe ich über die Folgen gar nicht nachgedacht. Ich sah die Möglichkeit, ein neues Leben zu beginnen, und schaute nicht zurück», sie machte eine kurze Pause, «oder nach vorn.»

Susanna schluckte mühsam und bedauerte bereits, die Frage gestellt zu haben. Sie hatte sich eingeredet, sich Ehrlichkeit von ihrer Mutter zu wünschen, aber das dunkle Gefühl, dass ihr die Antwort nicht gefallen würde, wuchs.

«Sprich nur weiter», stieß sie mühsam hervor und blinzelte ihre Tränen weg.

Gwladys winkte ab und sah ihre Tochter an. Sie rutschte unbehaglich auf ihrem Platz hin und her, dann fuhr sie fort: «Mit Roger und unseren Kindern führe ich ein sehr zufriedenes Leben. Ich weiß, dass du es mir verübelst, wenn du mich mit ihnen siehst. Du fragst dich, wie ich euch verlassen konnte, während ich mit ihnen so liebevoll umgehe? Es war nicht so, dass ich damals hartherzig gewesen wäre – ich war einfach jung.» Sie breitete die Hände in einer Geste der Hilflosigkeit aus. «Ich kann mich nicht herausreden. Ich wollte ein aufregendes Leben, irgendwo anders. Und jetzt sitze ich hier mit dir, bin wieder da, wo ich anfing.» Sie lachte bitter und sah ihre Tochter auffordernd an, aber Susanna war nicht in der Lage, auch nur zu lächeln. «Ich bedaure nicht, Roger geheiratet zu haben», fuhr Gwladys mit gedämpfter Stimme fort, «aber ich kann meine Augen nicht länger vor den Folgen verschließen, die mein damaliges Handeln verursacht hat. Du hast Recht, die Normannen sind hier, um zu bleiben, und vielleicht ist es mein Fluch, dass der Aufstieg meiner zweiten Familie den Fall meiner ersten verursachen könnte. Die einen lassen es sich gut gehen, die anderen haben das Nachsehen.»

«Und damit kannst du leben?», fragte Susanna heiser.

«Ich muss.» Gwladys stand auf. «Aber es schmerzt mich, dich so zerrissen zu sehen, und ich denke, dass ich daran mitschuldig bin.» Sie legte die Hand an Susannas Wange, die vom eisigen Wind ganz kalt geworden war. «Wenn ich noch einmal in der gleichen Situation wäre, würde ich mich vielleicht anders verhalten», seufzte sie und schaute weg, «obwohl ich nicht wüsste, wie.»

«Ich verstehe.» Mehr zu sagen war Susanna nicht möglich. Ihre erstickte Stimme war kaum mehr als ein Flüstern.

Gwladys griff nach Susannas Händen. «Susanna, du musst aufhören, dich ständig um Rhodri und Idwal zu sorgen – oder um Gorffenna», drängte sie. «Sie alle werden es überstehen, egal, wofür du dich entscheidest. Wichtig ist allein, was du willst. Du musst an dich selbst denken.»

So wie du, dachte Susanna niedergeschlagen, weil sie zum ersten Mal erkannte, wie ihre Mutter wirklich war. Von ihr konnte sie keine Hilfe erwarten, denn Gwladys dachte nur an sich selbst. Sie war kein schlechter Mensch, aber egoistisch. Und als sie damals ihre Kinder verließ, ignorierte sie deren Gefühle nicht aus Boshaftigkeit, sondern um sich selbst zu schützen. Und obwohl sie ihr das nicht vorwerfen konnte, wusste Susanna, dass sie nicht so war wie ihre Mutter. Ein Zittern durchlief ihren Körper, sie entzog ihrer Mutter die Hand und wickelte sich fester in ihren Umhang.

«Wir sollten wieder hineingehen», sagte Gwladys und versuchte zu lächeln.

Susanna nickte und gestattete ihrer Mutter, sie zurück in den Saal zu geleiten. Ihr Dilemma bestand nach wie vor, aber zu erkennen, dass sie hier keine Lösung finden würde, schien eine Last von ihr zu nehmen, die sie seit ihrer Ankunft mit sich herumgetragen hatte.

«Roger hat mich gebeten, zu singen», sagte sie plötzlich, als sie sich dem Eingang näherten.

Gwladys zog überrascht die Augenbrauen hoch, sowohl wegen der Frage ihres Mannes als auch wegen Susannas vergnügtem Ton. «Und, was hast du geantwortet?», fragte sie erwartungsvoll.

«Ja, vorausgesetzt, ich kann Ffenna überreden, mit mir gemeinsam zu singen», erwiderte sie und lachte leise – zum ersten Mal an diesem Abend. Warum sollte sie eigentlich nicht singen? Sie wollte singen. «Er denkt jetzt bestimmt, ich sei bis nach Bryn y Ffin gereist, um sie zu finden», scherzte sie, und ihr wurde merklich leichter ums Herz.

«Da ist sie ja», rief Gwladys in hoffnungsvollem Ton, während sie den Saal betraten, in dem es recht laut zuging.

«Ich muss mich nur kurz aufwärmen, dann werden wir anfangen», versprach Susanna und entzog sich nicht, als ihre Mutter sie küsste und ihr ein «Danke» zuflüsterte.

Gestärkt mit einem Becher gewürzten Weines, stellte sich Susanna gemeinsam mit Ffenna auf, die zwar von Susannas

Liedauswahl überrascht war, aber keiner weiteren Ermutigung bedurfte. Gwladys' Augen füllten sich mit Tränen, als die beiden ein gefühlvolles Duett anstimmten. Ihre Stimmen waren die einzigen Instrumente, und Gwladys erkannte die Worte eines selten gehörten Liedes, das vom Frieden erzählte.

Cenedl dda a chenedl ddrwg –
Dysgent hwy mai rhith yw hyn,
Ond goleuni Crist a ddwg
Ryddid i bob dyn a'i myn.
Gwyn eu byd, daw dydd a'u clyw,
Dangnefeddwyr, plant i Dduw.

Pa beth heno, eu hystâd,
Heno pan fo'r byd yn fflam?
Mae Gwirionedd gyda 'nhad
Mae Maddeuant gyda 'mam.
Gwyn ei byd yr oes a'u clyw,
Dangnefeddwyr, plant i Dduw.

Ein Volk, ob gut, ob schlecht,
Ist eine Illusion, so heißt's.
Im Lichte Christi Freiheit ist
Ein Gut für einen jeden, doch
Gesegnet sei der Tag, der sie erhört:
Die Friedensstifter, Kinder Gottes.

Was ist denn ein Besitz noch wert heut Nacht,
Heut Nacht, wenn lichterloh die Welt in Flammen steht?
Wahrhaftigkeit beim Vater sei,
Vergebung mit der Mutter.
Gesegnet sei die Zeit, die sie erhört:
Die Friedensstifter, Kinder Gottes.

«Ich habe nicht die geringste Ahnung, was die beiden da singen, aber selbst wenn es etwas Beleidigendes wäre – man würde von Engeln beleidigt», sagte eine Stimme dicht neben Rogers Ohr. Als er sich umwandte, sah er William neben sich stehen, den jungen Neffen Herbert St. Quintins.

«Jetzt kann ich verstehen, warum du eine Waliserin geheiratet hast», fügte der Junge schelmisch grinsend hinzu, wich dem erwarteten Ellbogenstoß aus und stellte sich so, dass er Gorffenna noch besser sehen konnte.

«Hattest du ein gutes Gespräch mit Susanna?», raunte Roger seiner Frau zu, die neben ihn trat.

«Ich glaube schon, mein Liebling, ich glaube schon», flüsterte sie zurück.

Zurück in St. Gwynllwg, verbrachten sie noch recht angenehme Tage. Alle reagierten jedoch sehr überrascht, als Roger bei seiner Rückkehr aus Cardiff den jungen William St. Quintin im Schlepptau hatte.

«Er ist Herberts Neffe, und ich habe ihn mit hergebracht, um seiner Schwester einen Gefallen zu tun. Der Haushalt der St. Quintins ist immer wieder überbelegt, also schlug ich vor, dass William einige Zeit bei uns bleiben kann», lautete Rogers vage Antwort auf Gwladys' Fragen.

Aber Susanna war entsetzt, und selbst Gwladys zeigte sich ein bisschen beunruhigt angesichts des Interesses, das der Bursche Gorffenna gegenüber an den Tag legte. Noch schlimmer fand Susanna allerdings, wie hemmungslos Ffenna mit ihm flirtete und ihn dadurch auch noch ermutigte.

«Das ist nicht gut, Mama!» Susanna war außer sich.

Gwladys betrachtete ihre Tochter, und ein leichtes Schmunzeln spielte um ihre Mundwinkel.

«Susanna, du solltest das Ganze nicht überbewerten. Gorffenna genießt einfach die Aufmerksamkeit. Und was sollte denn passieren? William sieht doch, dass sie noch ein Kind ist.»

«Tut er das?», entgegnete Susanna scharf. «Sieh sie doch an. Ffenna hat wohl kaum die Figur eines Kindes. Wir sind beide viel früher fraulich geworden als andere Mädchen, und sie ist noch weiter, als ich es in ihrem Alter war. Sie ist zwar hier noch nicht einmal elf», sie tippte sich an den Kopf, «aber hier wirkt sie eher wie 14», fuhr sie fort und langte sich an die Brüste.

«Sei nicht so vulgär», ermahnte Gwladys sie.

«Wenn es aber hilft, dich wachzurütteln! Gütiger Gott, Mama, mach die Augen auf! Wenn er ihr nicht gerade bewundernd in die Augen schaut, starrt er auf ihre Brüste. Und sie hat vor einiger Zeit ihren Monatsfluss bekommen. Da bahnt sich eine Katastrophe an!»

«Jetzt reicht es aber, Susanna», fuhr Gwladys sie wütend an. «Willst du allen Ernstes andeuten, ich würde es zulassen, dass sich jemand an Gorffenna vergreift? Und glaubst du, Roger wird so geringer Respekt entgegengebracht, dass man sich auf irgendeine Weise unziemlich gegenüber seiner Stieftochter benehmen würde?» Ihre Augen blitzten zornig.

Susanna errötete. «Entschuldige bitte, Mama, das wollte ich damit natürlich nicht sagen. Aber du kennst Ffenna nicht so gut wie ich», fügte sie in flehentlichem Ton hinzu.

Gwladys holte tief Luft, um sich zu beruhigen. Sie hatte nicht vor, gerade jetzt mit Susanna zu streiten, wo sie einander langsam näher kamen. «Ich kann dir versichern, Susanna, dass wir uns durchaus der Gefahren bewusst sind und die Situation unter Kontrolle haben. Deine Schwester hat während der letzten Monate eine schwierige Zeit durchmachen müssen, gestatte ihr, all das für eine Weile zu vergessen.»

Susanna deutete ein kaum wahrnehmbares Nicken an. Gwladys berührte sie sacht an der Schulter. «Es ist ja nicht so, als würde dir überhaupt keine Aufmerksamkeit zuteil», sagte sie beschwichtigend.

«Diese ist unerwünscht», entgegnete Susanna scharf.

«Ja», seufzte ihre Mutter, «das hast du unzweifelhaft klargestellt.» Sie nahm die Papiere zur Hand, mit denen sie zuvor beschäftigt gewesen war. «Begleite mich doch in den Vorratsraum. Es gibt einige Unstimmigkeiten, die ich klären muss. Ich weiß, dass du Tante Gwen in diesen Dingen eine große Hilfe gewesen bist, vielleicht kannst du mich beraten.»

Schweigend folgte Susanna ihrer Mutter, aber zumindest schaute sie nicht mehr ganz so verbissen.

Zwei Tage vor der geplanten Abreise nach Bryn y Ffin begann Susanna mit dem Packen und fragte sich, wie sie all die neuen Kleider unterbringen sollten, auf deren Anfertigung Gwladys bestanden hatte. Sie freute sich darauf, nach Hause zu kommen, und es gefiel ihr, dass sie es nicht als Flucht von hier empfand. Was ihr allerdings nicht gefiel, war die offenkundige Verdrossenheit ihrer Kammerjungfer.

«Um Gottes willen, Olwen», fuhr sie das junge Mädchen an. «Du bist mir heute Morgen wahrlich keine Hilfe. Seit wir hier angekommen sind, hast du dich in einem fort beschwert. Dabei hätte ich eigentlich erwartet, dass du dich darauf freust, nach Hause zu kommen.»

Zu Susannas Überraschung brach Olwen in Tränen aus.

«Was ist hier los? Branwen?», wandte sich Susanna an ihre treue ältere Kammerjungfer.

«Kümmert Euch nicht um sie. Olwen leidet an der verrückten Einbildung, sie würde nicht zurückkehren», erklärte Branwen und warf Olwen einen warnenden Blick zu.

«Es ist keine Einbildung. Lady Gorffenna hat es mir selbst gesagt», jammerte Olwen.

«Genug!», fauchte Branwen sie an.

«Hätte eine von euch beiden die Güte, mir zu sagen, was hier gespielt wird?» Susanna konnte ihren zunehmenden Ärger nur mit Mühe im Zaum halten.

«Mylady, bitte zwingt mich nicht, hier zu bleiben», schluchzte Olwen und klammerte sich an Susannas Arm.

«Natürlich wirst du nicht hier bleiben. Wie kommst du nur auf so eine Idee?»

«Lady Gorffenna sagt, sie braucht eine eigene Kammerjungfer, und da ich mich um sie gekümmert habe, seit wir hier sind, hätte sie es wahrscheinlich gern, wenn ich das wäre.»

Susanna sah Olwen stirnrunzelnd an und versuchte, den Sinn dieser Worte zu verstehen. «Du meinst ...», begann sie und wagte kaum, es auszusprechen. Aber ein Blick in Branwens Gesicht bestätigte ihr auch so, dass sie richtig vermutete. «Hör auf zu heulen, Olwen. Du kommst mit nach Hause, so wie wir alle», sagte Susanna in scharfem Tonfall, löste den Arm aus Olwens Umklammerung und stürmte wütend aus dem Zimmer.

Sie fand Gorffenna im Kräutergarten – wie gewöhnlich in Williams Begleitung.

«Könnte ich dich kurz sprechen?» Susanna packte ihre Schwester am Arm.

«Ich bin beschäftigt», erwiderte Gorffenna und versuchte sich zu befreien.

«Es ist aber dringend», stieß Susanna zwischen zusammengebissenen Zähnen hervor. «Wenn du uns bitte entschuldigen würdest, William.» Ohne seine Antwort abzuwarten, zerrte sie Gorffenna mit sich.

«Aua, lass los, du tust mir ja weh!», protestierte Gorffenna und bemühte sich, aus Susannas eisernem Griff freizukommen.

«Ich werde dir gleich noch weitaus mehr wehtun», keuchte Susanna, während sie ihre widerstrebende Schwester über den Hof zerrte. Bei den Stallungen angekommen, suchte sie nach einer leeren Box, stieß Gorffenna hinein und schlug die Tür hinter ihnen beiden zu, sodass kein Entkommen möglich war.

«Würdest du mir bitte erklären, warum mich eine in Tränen aufgelöste Magd anfleht, sie mit nach Hause zu nehmen?», fragte sie mit eisiger Stimme.

Gorffenna rieb sich den Arm. «Ich werde nicht mit dir zurückkehren», sagte sie trotzig.

Susannas Blick wurde hart, während sie ihre Schwester ansah. «Und was bringt dich auf den Gedanken, dass du eine Wahl hättest?» Ihre Stimme war schneidend.

«Ich habe das Recht, bei meiner Mutter zu leben!»

«Du bleibst also wegen Mutter? Nicht vielleicht wegen eines schlaksigen jungen Ritters?», höhnte Susanna.

«Und wenn es so wäre?», gab Gorffenna schnippisch zurück. «Mama, William, dieser Ort. Wegen all dem bleibe ich. Wohin sollte ich denn zurückwollen?»

«Wohin?», schrie Susanna. «In dein Zuhause, in dein ganzes Leben. Wie kannst du auch nur daran denken, Onkel Rhodri so etwas anzutun?»

«O bitte, komm mir nicht mit Onkel Rhodri», schnaubte Gorffenna verächtlich.

«Du verrätst ihn, genauso wie Mama es getan hat. Und du verrätst all das, wofür unser Volk kämpft. Einer der Männer da draußen könnte deinen Cousins auf dem Schlachtfeld gegenübergestanden haben, womöglich sogar dein heiß geliebter William.»

Gorffennas Gesicht erstarrte, aber dann verzog es sich zu einem höhnischen Lächeln. «William ist zu jung, um dabei gewesen zu sein.»

«Aber jetzt ist er nicht mehr zu jung zum Kämpfen!», fauchte Susanna.

«Das ist mir egal. Verstehst du – egal! Ich bin hier glücklich. Ich werde nicht zurückkehren, und du kannst mich nicht dazu zwingen.»

«Ach nein? Ich werde dich eigenhändig auf dein Pferd schnüren!» Susanna näherte sich ihr drohend.

Instinktiv wich Gorffenna einen Schritt zurück, aber Susanna machte keine Anstalten, sie zu packen. Stattdessen holte sie tief Luft und zwang sich, ruhig zu sprechen. «Was ist mit Idwal? Hast du daran gedacht, wie ihm zumute sein wird? Es wird ihm das Herz brechen.»

Gorffenna schwieg mit gesenktem Blick. Dann schaute sie auf und fragte provozierend: «Oder bricht es *dir* vielleicht das Herz?»

Susanna versteifte sich. «Du warst schon immer selbstsüchtig.»

«Besser, als kein Rückgrat zu haben», fauchte Gorffenna. «Bist du wütend auf mich, weil ich nicht zurückkehre, oder nimmst du dir selbst übel, dass du nicht den Mut dazu hast? Hör endlich auf zu denken, du seist Onkel Rhodri so unendlich viel schuldig. Idwal kann dir zu einer wunderbaren Zukunft verhelfen, mein Gott, die Chance, Herrin von Senghennydd zu werden, hätte ich mir sicher nicht entgehen lassen.» Sie sah ihre Schwester voller Verachtung an. «Und ich hätte auch nicht aus Angst darauf verzichtet, nach Powys zu gehen. Aber du schwankst verzweifelt, versuchst, es jedem recht zu machen – und enttäuschst alle. Versteck dich hinter deinen Entschuldigungen, solange du willst, aber tief in deinem Innern hast du einfach nicht den Mut, dich für das eine oder das andere zu entscheiden. Du bist feige, Susanna.»

Es klatschte laut, als Susanna ihre Schwester hart ins Gesicht schlug. Dann drehte sie sich ohne ein weiteres Wort um und ließ Gorffenna allein im Stall zurück. Diese rieb sich die brennende Wange, während ihr heiße Tränen in die Augen stiegen.

Wenige Stunden später standen beide Mädchen vor Roger. Er saß hinter dem riesigen Tisch, an dem er sonst seine geschäftlichen Angelegenheiten regelte. Gwladys stand mit ausdruckslosem Gesicht neben ihm. Wie auch immer Rogers Entscheidung ausfiel, es war eindeutig, dass Gwladys sie nicht in Frage stellen würde. Seine Autorität in diesem Haus war unbestritten. Mit strengem Blick musterte er die beiden Mädchen. Als er zu sprechen anfing, war seine Stimme jedoch überraschend sanft.

«Ist dir klar, in was für eine Situation du uns alle bringen kannst?», wandte er sich an Gorffenna. «Nun?», drängte er, als sie schwieg.

Gorffenna trat von einem Bein aufs andere. «Ich verstehe nicht», sagte sie schließlich.

«Natürlich tust du das nicht», mischte sich Susanna ein. «Zu selbstsüchtig, um etwas anderes zu sehen als deine eigenen Bedürfnisse.»

Roger brachte sie mit einem strengen Blick zum Schweigen und zwang sie, die Augen niederzuschlagen. Er wandte sich wieder Gorffenna zu. «Meinst du nicht, dass es zum guten Ton gehört, deine Mutter und mich um Erlaubnis zu bitten, wenn du Mitglied dieses Haushaltes werden willst? Auch wenn dies keine Rolle spielt, denn nicht wir können darüber entscheiden. Und du ohnehin nicht, junge Dame.»

Gorffennas Wangen begannen zu brennen, aber sie hielt den Blick starr auf Roger gerichtet und vermied es geflissentlich, ihre Schwester anzusehen.

«Dein Onkel Rhodri und dein Bruder Idwal sind für dich verantwortlich. Du unterstehst ihrer Autorität, und sie entscheiden über deine Zukunft», fuhr Roger weiterhin in ruhigem Ton fort.

Susanna grinste triumphierend und provozierte Gorffenna dadurch zu einer Reaktion.

«Onkel Rhodri würde doch gar nicht merken, ob ich zurückkomme oder nicht. Wahrscheinlich wäre er sogar dankbar, mich endlich los zu sein. Bedauern würde er lediglich, dass Susanna nicht auch geblieben ist», sagte sie gehässig.

«Rede nicht so. Er war wie ein Vater zu uns», fuhr Susanna sie an.

«Wirklich? Dann verweigert wohl jeder Vater seiner Tochter das Recht zu heiraten?», zischte Gorffenna zurück.

«Wage es nicht, Familienangelegenheiten an diesem Ort zu diskutieren», herrschte Susanna sie an, und ihre Stimme wurde schrill. Sie öffnete den Mund, um zu einer weiteren Schimpftirade anzusetzen, wurde aber von einem dumpfen Schlag auf den Tisch abrupt zum Schweigen gebracht.

«Ich kann mich nicht erinnern, einer von euch beiden das Wort erteilt zu haben», sagte Roger mit eisiger Stimme, die geballte Faust immer noch auf dem Tisch. «Wenn ich jetzt vielleicht fortfahren dürfte? Deine Mutter und ich sind nicht deine Vormünder, Gorffenna, und haben auch gar nicht das Recht dazu, das hat deine Mutter an dem Tag verloren, als sie euch verließ.» Seine Frau zuckte zusammen. «Allerdings», so fuhr Roger fort, «sehe ich keinen Grund, warum wir nicht mit dem Vorschlag an deinen Onkel und deinen Bruder herantreten sollten, dass du Mitglied dieses Haushalts wirst. Zum jetzigen Zeitpunkt werde ich dich jedenfalls nicht zwingen, zurückzukehren.» Beide Mädchen holten Luft, doch er hob warnend die Hand. «Und grinse nicht so selbstgefällig, Gorffenna. Denn lass mich eines klarstellen: Wenn dein Vormund will, dass du zurückkommst, dann reist du auf der Stelle ab. Wir haben einen sehr wackeligen Frieden, und ich will keinen Anlass dazu bieten, dass der Waffenstillstand gebrochen wird. Ich möchte keinesfalls provozieren, dass eine Horde walisischer Krieger mit deinem Onkel oder deinem Bruder an der Spitze aus den Bergen gestürmt kommt. Sie wären völlig im Recht, so zu handeln, und in diese Position will ich nicht geraten. Ist das klar?», fragte er schroff.

Gorffenna blinzelte, um die aufsteigenden Tränen zurückzudrängen. «Ja, Mylord», flüsterte sie.

Susanna war sehr blass geworden. «Aber was soll ich Onkel Rhodri sagen, wenn ich allein nach Hause komme?»

«Du musst gar nichts sagen, Susanna, das unterliegt nicht deiner Verantwortung. Edward wird dich begleiten und Botschaften an deinen Onkel und an Idwal überbringen. Darin wird die Situation erklärt, und sie werden gefragt, ob sie Gorffenna in meine Obhut geben würden. Es wird unzweideutig klargestellt, dass du keinerlei Schuld an ihrem Verhalten trägst.»

Er signalisierte seiner Frau, dass er alles gesagt habe und sie jetzt mit ihren Töchtern das Weitere besprechen sollte. Er rief nach seinem Knappen, um die entsprechenden Briefe zu diktieren, und entließ alle anderen damit. Gorffenna ging zusammen mit ihrer Mutter, aber Susanna wollte jetzt keine von beiden sehen. Wütend, verzweifelt und sich verlassen fühlend ging sie zurück in ihre Kammer und packte kochend vor Wut zu Ende. Dabei riss sie sämtliche Sachen ihrer Schwester wieder aus den Taschen und ließ sie da liegen, wo sie gerade hinfielen.

Am nächsten Tag waren Susanna und ihre Eskorte – einschließlich Olwen – bereit zur Abreise.

Die beiden Schwestern standen noch im Saal, während die Eskorte bereits auf dem Burghof wartete. «Ich werde dir das niemals verzeihen», sagte Susanna und streifte wütend die Reithandschuhe über.

Gorffenna starrte sie an, und in ihren blauen Augen stand eine Mischung aus Trotz und Trauer. «Was ich zu dir gesagt habe, war nicht so gemeint», erwiderte sie leise.

«Das interessiert mich nicht mehr, Ffenna. Ich hoffe aufrichtig, dass Onkel Rhodri und Idwal nicht deine Rückkehr fordern, denn ich will dich niemals wiedersehen», fauchte Susanna.

Gorffenna zuckte zusammen. «Nun, es steht dir zu, so zu fühlen», sagte sie dann niedergeschlagen.

«Nicht nur mir – ich kann dir auch ganz genau sagen, wie Idwal reagieren wird.»

«Idwal wird es verstehen.» Gorffenna versuchte gleichgültig zu klingen.

«Idwal wird verstehen, dass er von nun an nur noch eine Schwester hat», schleuderte Susanna ihr entgegen, verspürte aber nur eine fade Befriedigung, als Gorffenna förmlich die Kinnlade herunterfiel. Ohne auf eine Antwort zu warten, marschierte sie hinaus auf den Hof und ließ Gorffenna im Saal zurück.

«Ich wünsche dir eine sichere Reise, Susanna.» Roger küsste sie flüchtig auf beide Wangen. «Kann ich mich darauf verlassen, dass dieser Vorfall unser Verhältnis nicht beeinträchtigt?»

«Natürlich.» Susanna zwang sich zu einem Lächeln. Dann wandte sie sich ihrer Mutter zu. «Auf Wiedersehen, Mutter», sagte sie und ließ sich widerstrebend umarmen.

Gwladys sah sie aufmerksam an. «Vergiss nicht, was ich dir vor diesem Zwist gesagt habe. Du kannst selbst wählen.»

Susanna entzog sich ihr. «Jetzt nicht mehr, Mutter. Dadurch, dass du Gorffenna erlaubst, zu bleiben, nimmst du mir jede Wahl», erwiderte sie voller Bitterkeit.

Sie spürte Tränen aufsteigen, drehte sich abrupt um und saß auf – niemand sollte sehen, wie verzweifelt sie war. Susanna wusste, dass ihre Schwester ihr von der Halle aus hinterhersah, während sie durch das Tor ritt. Aber sie hatte nicht vor, sich umzudrehen. Gorffenna hatte ihr alles zunichte gemacht, und Susanna glaubte nicht, ihrer Schwester jemals vergeben zu können.

Kapitel sieben

Februar 1109. Bryn y Ffin, Morgannwg

Wenn es nach Susanna gegangen wäre, hätten sie für die Rückkehr nach Bryn y Ffin ruhig länger brauchen können. Sie war nicht erpicht darauf, Idwal und Onkel Rhodri gegenüberzutreten. Trefor und Branwen spürten ihre Besorgnis und taten ihr Bestes, damit Susanna nicht den Mut verlor. Trefor sprach über alles Mögliche, nur nicht über Gorffenna, denn Susanna hatte keinen Zweifel daran gelassen, dass sie diesen Namen nicht mehr hören wollte.

Edward, einer von Rogers Männern, begleitete sie und fühlte sich offenkundig nicht wohl in seiner Haut. Es war nicht zu übersehen, dass er weder die Reise noch seinen Auftrag sonderlich genoss. Jeder Normanne wusste Geschichten über die Falschheit der Waliser zu berichten, und als sie das ebene Tiefland hinter sich ließen und immer weiter in die dicht bewaldeten Hänge vordrangen, blickte er sich nervös um, weil er hinter jedem Baum einen Hinterhalt vermutete.

Sein besorgter Gesichtsausdruck verstärkte sich, als sie nicht weit von Rhodris Land auf einige Angehörige des Haushalts stießen, die von einem Besuch bei einer benachbarten Familie zurückkehrten. Sie schlossen sich Susannas Eskorte an und ritten die letzten Meilen mit ihnen gemeinsam. Allerdings interessierten sie sich kaum für den Fremden und beantworteten viel lieber Susannas Fragen. Sie war erleichtert zu erfahren, dass sich Onkel Rhodri noch immer am Hofe Iestyns aufhielt. Mit Bestürzung vernahm sie dagegen, dass Idwal und Maredudd in Bryn y Ffin voller Ungeduld auf sie warteten.

Idwal ließ ihr nicht einmal Zeit zum Absteigen. «Sieh an», sagte er mit Blick auf Edward, «Gorffenna scheint sich in einen normannischen Ritter verwandelt zu haben.»

Jede Hilfe verweigernd, stieg Susanna flink ab. Sie stand vor ihrem Bruder und ihrem Cousin und war bemüht, sich nicht von ihnen einschüchtern zu lassen. «Edward begleitet uns auf Anordnung Lord Rogers. Er hat Briefe dabei für Onkel Rhodri und für dich, Idwal», sagte sie betont gelassen und hoffte, souveräner zu klingen, als ihr zumute war. Aber als sie in Idwals Augen schaute, konnte sie nicht länger heucheln. «Ich bin so wütend auf sie», flüsterte sie.

Sofort wurde Idwals Miene sanfter, und er nahm sie in die Arme. «Komm, lass uns hineingehen», sagte er und führte sie in Richtung Halle.

Maredudd bedeutete Edward, ihn zu begleiten, und die beiden folgten Susanna und Idwal.

Im Saal warf Susanna ihren Umhang ab und ließ sich auf einen Stuhl nahe dem Kaminfeuer fallen. Ein Dienstbote brachte ihr etwas zu trinken, während sie ihren Bruder beobachtete, der schweigend Rogers Brief las. Sie sah, wie sich die Muskeln in seinen Wangen anspannten.

«Ich vermute, in dem Brief an deinen Vater steht in etwa das Gleiche», sagte er und reichte das Schreiben weiter an Maredudd.

Sein Cousin überflog die Zeilen und wandte sich dann an Trefor. «Nun, was hast du uns zu sagen?», fragte er scharf.

«Mylord?», fragte Trefor.

«Du hattest den Auftrag, auf die beiden aufzupassen, und bist nur mit einer der jungen Damen zurückgekehrt.» Maredudd verschränkte die Arme vor der Brust und wartete auf Trefors Erklärung.

«Trefor trifft keine Schuld», eilte Susanna ihm zu Hilfe. «Er konnte sie ja schlecht mit Gewalt zurückbringen, so gern ich das auch gehabt hätte.»

«In Anbetracht unseres Aufenthaltsortes hielt ich das nicht für die beste Alternative», sagte Trefor leise. Nach einem kurzen Seitenblick auf Susanna fuhr er fort: «Zudem hatte Lady Susanna ihre Meinung bereits in aller Deutlichkeit zum Ausdruck gebracht. Ich hielt es nicht für angemessen, dem noch etwas hinzuzufügen.» Seine Mundwinkel zuckten leicht, als er an den dunklen Fleck auf Gorffennas Wange dachte und sich fragte, ob sie dort mittlerweile einen Bluterguss hatte.

Maredudd entging nicht der Blick, den Susanna und Trefor wechselten, und er brauchte nicht allzu viel Phantasie, um sich vorzustellen, was passiert war.

«Mein Vater ist nicht hier», sagte Maredudd in gebrochenem Französisch zu dem verloren wirkenden Edward, der noch immer den Brief an Rhodri in Händen hielt. «Ihr könnt ihn mir anvertrauen», fuhr er fort und streckte die Hand aus.

Edward zögerte.

«Kommt schon, Mann», sagte Maredudd gereizt. «Ihr könnt ihn entweder mir geben oder an den Hof Lord Iestyns reiten und ihn persönlich meinem Vater in die Hand drücken. Was ist Euch lieber?», herrschte er ihn an.

Edward überlegte. Sein Auftrag lautete lediglich, die Waliser nach Bryn y Ffin zu begleiten und die Briefe auszuhändigen. Doch wenn er ehrlich war, wusste Edward ganz genau, dass Lord Roger von ihm erwartete, die Briefe nur an die Adressaten auszuhändigen und auch auf Antwort zu warten. Aber der Zorn seines Lords erschien ihm erträglich im Vergleich zu der Vorstellung, sich noch tiefer in walisisches Territorium vorzuwagen, wo der Furcht erregende Lord Iestyn herrschte – also reichte er Maredudd den Brief.

«Guter Mann», sagte Maredudd lächelnd. «Macht es Euch bequem. Ihr werdet feststellen, dass wir sehr gastfreundlich sind. Würdest du dich bitte um ihn kümmern?», wandte er sich an Trefor, und dieser geleitete Edward hinaus.

«Wirst du zum Hof reiten?», fragte Susanna Maredudd.

Der nickte kurz, dann überkam ihn Mitleid mit seiner Cousine, und er legte ihr liebevoll die Hand auf die Schulter. «Keine Angst, Susanna, niemand wird dir die Schuld geben. Wir wissen alle, wie verzogen Gorffenna ist. Sie ist es gewohnt, ihren Kopf durchzusetzen, und lässt sich nichts verbieten.»

«Aber was ist mit Onkel Rhodri?», ließ Susanna nicht locker und zog besorgt die Stirn kraus.

Maredudd seufzte. «Keine Ahnung, wirklich nicht. Wenn er einsichtig ist, kommt er Rogers Bitte nach und lässt Gorffenna in seiner Obhut. Noch vor ein paar Monaten wäre ich mir dessen sicher gewesen. Aber in letzter Zeit ist er so unbeständig, dass ich wirklich nicht sagen kann, wie er reagieren wird. Er hat jedenfalls angekündigt, mich für alle Probleme zur Verantwortung zu ziehen, die sich aus diesem Besuch ergeben – deshalb dürfte es klug sein, ihm alles in Iestyns Anwesenheit zu erzählen», schloss er grinsend.

Susanna lächelte zaghaft, dann blickte sie nervös ihren Bruder an. «Du hast noch gar nichts dazu gesagt, Idwal.»

Ihr Bruder zuckte mit den Schultern. «Was soll ich sagen? Sie hat sich entschieden. Für mich ist die Sache erledigt», murmelte er dann und marschierte ohne ein weiteres Wort aus dem Saal.

Susanna seufzte und rieb sich die müden Augen. «Das ging ja besser, als ich befürchtet hatte.»

«Idwal muss einfach nur einen Moment allein sein», erklärte Maredudd und setzte sich neben sie. «Er würde es nicht zugeben, aber er hatte Angst, dass du nicht zurückkehrst. Dass Gorffenna für Ärger sorgen könnte, ist ihm gar nicht in den Sinn gekommen.»

«Du glaubst, es wird deshalb Ärger geben? Ich habe mich das während des Rückwegs auch gefragt, halte es aber für eher unwahrscheinlich.»

Maredudd lächelte. Seine Cousine mochte ein hitziges Temperament haben und manchmal überreagieren, aber sie verfügte auch über die ausgeprägte Fähigkeit, Situationen zu durchdenken und klar einzuschätzen. Er war davon überzeugt, dass sie für jemanden in Meurigs Position eine hervorragende Ehefrau abgeben würde und war ganz Idwals Meinung, dass sie in kein eheloses Leben gezwungen werden durfte.

«Du wirkst sehr erschöpft», sagte er liebevoll. «Was du jetzt brauchst, ist ein heißes Bad.»

«Oh, Maredudd, denkst du, das ließe sich machen?»

Maredudd musste angesichts ihrer plötzlichen Lebhaftigkeit lachen. «Geh in deine Kammer, ich kümmere mich darum.»

Susanna drückte ihm einen Kuss auf die Wange und eilte davon. Als sie die Vorhänge erreichte, die die privaten Gemächer vom Rest des Saals abtrennten, drehte sie sich noch einmal um und sagte grinsend: «Hätte ich fast vergessen. Ich habe exzellenten Wein mitgebracht, mit den besten Grüßen von Lord Roger.»

Maredudd zog die Augenbrauen hoch. «Mit Grüßen?»

«Die hätte er mir sicher mit auf den Weg gegeben – wenn ich nicht vergessen hätte, ihn wegen des Weines zu fragen.» Sie warf ihr Haar zurück und verschwand mit einem mädchenhaften Kichern hinter dem Vorhang.

Sobald Susanna außer Sicht war, wich das Lächeln aus Maredudds Gesicht. Jetzt, wo Gorffenna nicht mehr da war, hatte sich Susannas Situation enorm verschlechtert. Eine Heirat mit Meurig wäre für die ganze Familie von Nutzen, aber nun war Susanna tatsächlich die einzig verfügbare Frau in der Familie, die den Haushalt leiten konnte. *Papa ist aber auch schwierig geworden, warum kann er nicht einfach dem zustimmen, was wir eingefädelt haben?* Stirnrunzelnd dachte Maredudd an die Befürchtungen seines Bruders, was die wahren Motive ihres Vaters anging. Das schien ihm doch zu weit hergeholt, aber Susanna tat ihm in jedem Fall Leid. Sie würde sich zwischen Onkel und Bruder aufreiben, immer bestrebt, beiden die Treue zu halten. Und falls sein Vater tatsächlich andere Pläne mit ihr hatte, so wäre das der grausamste Treuebruch von allen.

Bereits am nächsten Tag brach Maredudd zu Iestyns Hof auf. Man erwartete ihn dort sowieso, er hatte seine Reise nur bis zur Rückkehr der Mädchen aufgeschoben.

«Mal abgesehen von der Geschichte mit Ffenna, wie war es denn jetzt in St. Gwynllwg?», fragte Idwal scheinbar beiläufig, als sie im Saal darauf warteten, dass das Essen angerichtet wurde.

«Der Wein war gut», erwiderte Susanna keck, während sie ihnen von Rogers Wein einschenkte. Dann verdüsterte sich ihr Gesicht. «Oh, Idwal, Ffenna hat sich fürchterlich aufgeführt – wie eine läufige Hündin.» Vor Zorn schoss ihr das Blut in die Wangen. «Es wird mir schwer fallen, ihr jemals zu vergeben.»

«Vergiss es», knurrte Idwal. «Sie ist weg, genauso wie Mutter.» Er nahm einen großen Schluck, um seinen Ärger herunterzuspülen, und trank danach langsam weiter. «Was den Wein angeht, muss ich dir wirklich zustimmen», sagte er lachend, und die Anspannung in seinem Gesicht löste sich ein wenig. «Ich habe dich vermisst», fügte er hinzu.

«Ich dich auch.» Sie wusste, dass er damit nicht nur auf die wenigen Wochen anspielte, die sie bei ihrer Mutter verbracht hatte.

Als sie später am Abend zu Bett gehen wollte, begleitete er sie zu ihrer Kammer. Susanna zog den schweren Vorhang beiseite, und sie betraten gemeinsam den Raum, den sie sich mit Gorffenna geteilt hatte.

«Was soll ich mit ihren Sachen machen?», fragte sie mit einem Blick auf die unzähligen Gewänder und all den Tand ihrer Schwester.

«Verschenken», erwiderte Idwal knapp. «Es gibt hier sicher eine Menge Mädchen, die sich darüber freuen werden.»

«Zumindest habe ich jetzt mehr Platz.» Susanna gähnte. «Und jetzt husch, husch, verschwinde, Bruderherz. Ich muss unbedingt schlafen, schließlich habe ich morgen eine Menge vor.»

«Ja, wir müssen unsere Reise nach Plas-Marl vorbereiten», sagte Idwal und wandte sich zum Gehen.

«Plas-Marl?»

«Ja», seufzte Idwal. «Du hast deinen Besuch bei den Normannen gehabt und bist ohne deine Schwester zurückgekehrt. Jetzt ist es an der Zeit, dass du deinen Pflichten nachkommst – und die warten bis zu meiner Eheschließung in Plas-Marl auf dich.»

«Ich kann Bryn y Ffin jetzt nicht verlassen! Bald beginnt die Aussaat, und ich muss sicherstellen, dass alles bereit ist», erwiderte sie aufbrausend.

«Jetzt mach dich nicht lächerlich, Susanna. Die Bauern bestellen diesen Boden schon ihr Leben lang, sie werden wohl kaum deine Anleitung benötigen. Wir haben vereinbart, dass du mich nach Plas-Marl begleitest. Ich will nicht länger vertröstet werden!»

Susanna zupfte an den Schnüren ihres Mieders herum. «Hinter Onkel Rhodris Rücken abreisen? Das werde ich nicht tun», sagte sie trotzig.

Idwal starrte sie lange an, dann packte er sie am Arm und zog sie mitten ins Zimmer, weit weg vom offenen Vorhang. «Du bist nicht Ffenna», sagte er ganz ruhig.

«Als wenn ich das nicht wüsste», fauchte sie und schob seine Hand weg.

«Du kannst nicht ihre Schuld auf dich nehmen! Zerstöre nicht deine Zukunft wegen des selbstsüchtigen Verhaltens dieser Göre.»

«Du verlangst doch von mir, genauso selbstsüchtig zu sein! Ich soll Onkel Rhodri im Stich lassen – so wie sie es getan hat und du auch.»

«Warum musst du nur so verdammt stur sein?», brüllte er sie an.

«Und warum du?», brüllte sie zurück.

Er fuchtelte drohend mit dem Finger vor ihrem Gesicht herum. «Eher verheirate ich dich mit Owain ap Cadwgan als zuzulassen, dass du hier dein Leben verschwendest», stieß er wütend hervor – und erkannte an dem Aufblitzen in Susannas Gesicht, dass er unbeabsichtigt einen Glückstreffer gelandet hatte.

Susannas Schultern entspannten sich ein wenig, während sie einen Schritt zurücktrat. «Du sagtest doch, das sei unmöglich.»

«Nichts ist unmöglich», erwiderte Idwal, «von Plas-Marl aus», betonte er. Er konnte ihr ansehen, dass er mit seiner beiläufigen Bemerkung mehr erreicht hatte, als ihm dies mit stundenlangem Argumentieren möglich gewesen wäre. Dass er nicht im Traum daran dachte, Susanna in das Haus Powys einheiraten zu lassen, musste sie ja nicht unbedingt wissen.

«Trotzdem, ich sollte zuerst mit Onkel Rhodri sprechen», erwiderte Susanna stur, aber sichtlich unsicher geworden.

«Du kannst doch herkommen, um mit ihm zu sprechen, wenn er zurück ist», feilschte Idwal.

«Ich warte auf seine Rückkehr», konterte sie, nicht bereit, ihre Position aufzugeben. Der Gedanke an Owain brachte zwar ihr Herz zum Rasen, aber die Loyalität ihrem Onkel gegenüber band sie an Bryn y Ffin. «Ich komme nach Plas-Marl, sobald ich mit ihm geredet habe. Versprochen.» Sie lächelte so gewinnend wie möglich.

«Darüber muss ich erst nachdenken», brummte Idwal grimmig. «Ich werde dich morgen früh meine Entscheidung wissen lassen.»

Er küsste sie flüchtig und ging. Sie hatten beide das Gefühl, als Sieger aus der Auseinandersetzung hervorgegangen zu sein – aber ganz sicher waren sie sich dessen beide nicht.

Am Ende ließ Idwal sie murrend in Bryn y Ffin bleiben. Er musste zurück und sich um seine Ländereien kümmern. Außerdem war es an der Zeit, dass er vor Prinz Urien von Gwynllwg den Lehnseid ablegte.

Auch wenn sie es nicht gern zugab – Susanna vermisste ihre Schwester. Nachdem alle abgereist waren, fühlte sie sich ein bisschen einsam. Umso energischer stürzte sie sich in ihre Haushaltspflichten, besuchte die Bauern, überprüfte, dass das Land für die Saat vorbereitet wurde, und kontrollierte die Viehbestände. Als es Frühling wurde, erwachte die Natur zu neuem Leben. Butterblumen und Gänseblümchen schmückten die Hänge. Die Vögel, deren Gesang sie während der kalten Wintertage vermisst hatte, kehrten aus wärmeren Gefilden zurück. Wenn Susanna jetzt durch die Ländereien ihres Onkels ritt, spürte sie einen Hauch von Freiheit. Oben auf einem Bergrücken angekommen, zügelte sie ihr Pferd und blickte sich um. Sie gehörte zu diesem Land, genauso wie die Pflanzen und Tiere. Aber als ihr Blick zu den Bergen am Horizont schweifte, wanderten ihre Gedanken in jenes ferne Land, in dem der charismatische Prinz herrschte. Während sie sich vorstellte, mit ihm durch seine Ländereien zu reiten und die Tage an seiner Seite zu verbringen, wünschte ein Teil von ihr, Onkel Rhodri würde nie zurückkehren. Denn solange er fortblieb, konnte sie diesen Zwiespalt, der sie förmlich in Stücke riss, in den hintersten Winkel ihres Herzens verbannen und ihren romantischen Tagträumen über Owain ap Cadwgan nachhängen. Sehnsüchtig blickte sie zu den Bergen, die so vieles verhießen: Schutz, Sicherheit – und den Weg zu ihren Träumen.

März 1109. Bryn y Ffin, Morgannwg

Susanna hatte den ganzen Morgen wie auf glühenden Kohlen gesessen. Onkel Rhodri hatte Nachricht geschickt, dass er am späten Nachmittag eintreffen würde, und sie hatte sich sehr bemüht, dass alles für einen herzlichen Empfang bereit war. Es war Fastenzeit, sodass sie den Koch nicht bitten konnte, Onkel Rhodris Leibspeisen, Wildbraten und ähnlich schwere Gerichte, zuzubereiten. Aber sie sorgte dafür, dass frischer Fisch aus dem Teich gefangen, gefüllt und gebraten wurde. Dazu gab es eine

Heringspastete, würzigen Kohl und Winterlauch. Da auch alle Milchprodukte verboten waren, wurden die Speisen stattdessen mit Mandelmilch und -butter zubereitet. Susanna hatte den Koch sogar dazu bewegen können, zum Abschluss des Mahls einen Mandelkäse zu servieren. In Kombination mit Rogers köstlichem Wein, hoffte sie, würde sich das Mahl als schmackhafter erweisen als die übliche Fastenkost. Ein letztes Mal ließ sie den Blick durch den Saal schweifen. Die Böden waren gereinigt und mit frischen Binsen und Kräutern bestreut worden, in beiden Kaminen brannte ein einladendes Feuer.

Die letzte Begegnung mit ihrem Onkel hatte sie in so bitterer Erinnerung, dass sie seiner Heimkehr ohnehin ängstlich entgegengesehen hätte – und zu allem Überfluss war sie jetzt auch noch ohne Gorffenna zurückgekehrt. Wie er reagieren würde, wagte sie sich deshalb kaum vorzustellen, und sie blieb im Saal, als sie ihn draußen durch das Tor reiten hörte. Allerdings hatte sie sich offenbar unnötig Sorgen gemacht, denn sobald er sie sah, breitete sich ein Lächeln auf seinem Gesicht aus.

«Susanna», dröhnte er, während er mit ausholenden Schritten den Saal betrat. «Warum warst du nicht auf dem Burghof, um mich zu begrüßen?»

«Ich dachte, ich sollte besser drinnen warten», erwiderte Susanna leise. Sie war verwirrt angesichts seiner offenkundig guten Laune.

Sie sah ihn so ängstlich an, dass Rhodri sich voller Scham daran erinnerte, wie er sich bei ihrer letzten Begegnung aufgeführt hatte.

«Eine kluge Entscheidung», sagte er. «Draußen pfeift ein frischer Wind.» Er ging auf das Feuer zu und ließ sich in seinen Lieblingsstuhl fallen. «Ich werde langsam zu alt für diese weiten Reisen», stöhnte er und lehnte sich gegen die Kissen.

«Ich habe genügend heißes Wasser vorbereiten lassen.» Susanna reichte ihm einen randvollen Becher Met.

«Danke, Susanna, ein heißes Bad ist genau das, was ich jetzt brauche.» Er trank den Becher in einem Zug leer und reichte ihn ihr zum Nachschenken.

«Es ist in deinem Gemach vorbereitet, ich fand es draußen zu kalt», sagte Susanna ein bisschen fröhlicher, da ihr Onkel wieder der Alte zu sein schien.

Rhodri stellte den zur Hälfte geleerten Becher auf den Tisch und erhob sich. «Ich sollte zusehen, dass ich aus diesen Sachen herauskomme.»

Susanna zögerte. Ihre Tante hatte ihm immer beim Baden geholfen, wurde das jetzt auch von ihr erwartet?

Rhodri bemerkte ihr Zaudern und verstand sofort. «Du machst einfach mit dem weiter, was du vor meiner Ankunft getan hast. Wir sehen uns dann später.» Ihm entging keineswegs der Anflug von Erleichterung auf ihrem Gesicht.

Nachdem er den Saal verlassen hatte, griff sie nach seinem Becher und schüttete den Rest aus. Sie war nicht sicher, wie sie auf seine Stimmung reagieren sollte, schließlich hatte sie fest damit gerechnet, dass er immer noch genauso wütend wäre wie vor seiner Abreise. Dass sie ihm nicht beim Baden helfen sollte, hatte sie aufatmen lassen. Nicht, dass sie zu schüchtern oder verlegen gewesen wäre, sie hatte Tante Gwen oft genug dabei geholfen, nicht nur den Onkel, sondern auch wichtige Gäste zu baden, wie es eben Sitte war. Aber nach dem, was zwischen ihnen passiert war, tat sie sich schwer mit dem Gedanken, wieder so vertraut mit ihm umzugehen.

Rhodris Stimmung blieb den ganzen Abend über heiter. Er erwähnte Gorffenna oder Idwal mit keiner Silbe, sodass Susanna sich schließlich völlig entspannte und das Gespräch genoss. Seit Maredudd und Idwal abgereist waren, hatte es sie nach Gesellschaft gedürstet, und so zögerte sie das Ende des Abends immer weiter hinaus – bis sie und ihr Onkel immer noch beisammensaßen, nachdem es dem übrigen Haushalt längst gestattet worden war, sich zur Ruhe zu begeben.

«In ein paar Tagen wird Llywelyn eintreffen», sagte Rhodri. «Er überlegt, seine Familie mitzubringen, um hier zu leben.»

Susanna nickte. «Maredudd hat mir davon erzählt.»

«Llywelyn gefällt sein Anwesen nahe Talyfan zwar, aber er hat nicht gerade die angenehmsten Nachbarn», sagte Rhodri lachend.

Susanna starrte in die Flammen. Von Talyfan war es nicht weit bis zu den Normannen, und obwohl Llywelyn sich bisher mehr als fähig gezeigt hatte, seine Ländereien zu verteidigen, dachte er nun offenbar darüber nach, ob seine Familie in dem geschützten Bryn y Ffin nicht besser aufgehoben wäre. Susanna wusste von den heftigen Angriffen Herbert St. Quintins auf das Gebiet, in dem Llywelyn lebte. Das totgeschwiegene Thema hing jetzt plötzlich im Raum.

«Onkel Rhodri», fragte sie leise, «was ist mit Ffenna?»

Rhodri trank einige Schlucke, bevor er antwortete. «Ich kann nicht leugnen, dass ich enttäuscht bin», sagte er schließlich. Ein schuldbewusster Ausdruck trat in Susannas Gesicht. Sofort stellte Rhodri den Becher auf dem kleinen Tisch vor ihm ab und beugte sich zu ihr. «Nicht von dir, Susanna», beeilte er sich zu versichern. «Das darfst du nicht denken. Maredudd hat mir berichtet, dass du alles versucht hast, um sie zurückzubringen.»

«Aber ich trug die Verantwortung bei diesem Besuch», sagte sie leise und senkte den Kopf vor Trauer und Schuldgefühl.

«Komm zu mir, Susanna», sagte Rhodri liebevoll und streckte die Hand aus.

Susanna erhob sich und setzte sich auf die Lehne seines Stuhls, wie sie es in glücklicheren Zeiten getan hatte. Rhodri drehte sich so, dass sie ihm ins Gesicht sehen musste.

«Du hast mich in keiner Weise enttäuscht», versicherte er mit sanfter Stimme.

Susanna wünschte verzweifelt, ihm glauben zu können. «Ich weiß, dass du immer das Richtige tun wirst», sagte er und sah sie so eindringlich an, dass Susanna wegschauen musste.

«Onkel Rhodri, ich …», setzte sie an, aber er legte ihr den Finger auf die Lippen.

«Schsch. Lass uns nicht mehr von deiner Schwester reden. Ich werde nicht darauf bestehen, dass sie zurückkehrt. Für mich zählst jetzt nur noch du, und entscheidend ist, was du denkst.»

Susanna wusste, dass sie jetzt etwas sagen sollte, es würde niemals eine bessere Gelegenheit geben. Er lud sie förmlich ein, sich zu offenbaren, war so nett und verständnisvoll. Und genau das ließ sie zögern. Wie sollte sie ihm ausgerechnet jetzt sagen, dass sie ihn verlassen und nach Plas-Marl gehen wollte?

Rhodri wandte sich plötzlich ab und neigte sich vor, um nach seinem Becher zu greifen.

«Lass mich das machen.» Susanna beugte sich über ihn. Dabei fiel ihr langes Haar nach vorn, das sie als Jungfrau offen und unbedeckt trug. Als die samtige Mähne ihrem Onkel über den Handrücken strich, zog er die Hand abrupt weg, als hätte er sich verbrannt.

«Entschuldige, Onkel», murmelte Susanna, während sie sich wieder zurücklehnte. Sie dachte, sie sei ihm unbequem, und verlagerte ihr Gewicht etwas, als sie ihm den Becher reichte.

Er trank in großen Schlucken, während plötzlich ein unbehagliches Schweigen im Raum hing.

«Warum erzählst du mir nicht ein bisschen von deiner Reise», sagte er schließlich mit heiserer Stimme und räusperte sich. «Es wird sich ja nicht alles nur um Gorffenna gedreht haben», fügte er mit einem kurzen, aufmunternden Lächeln hinzu.

«Wenn du es wirklich wünschst», erwiderte Susanna mit leichtem Zweifel. Ihr war nicht entgangen, dass die Stimmung plötzlich gekippt war, aber sie verstand nicht warum und in welche Richtung. Dennoch freute sein Interesse sie. Idwal hatte sich nicht ein Wort über ihre Reise anhören wollen, und abgesehen von dem Problem mit ihrer Schwester gab es durchaus einiges zu erzählen. Sie beschrieb das Territorium der Normannen sowie die große Siedlung vor der Burg Cardiff in den schillerndsten

Farben und untermalte ihre Schilderungen mit lebhaften Gesten.

Allerdings schien Onkel Rhodri ihr gar nicht zuzuhören. Zuvor war er so entspannt gewesen und auf ihr Gespräch eingegangen, aber jetzt wirkte er nervös, hielt sich krampfhaft von ihr fern und sah aus, als wäre er mit den Gedanken ganz woanders. Susanna bemühte sich, in heiterem Ton zu erzählen, aber sie fühlte sich zunehmend unbehaglicher. Ihr Onkel hielt seinen Blick erst in ihren versenkt, dann betrachtete er ihr Haar und tastete es mit seinem Blick der ganzen Länge nach vom Kopf bis zu den Knien ab. Ein Zittern durchlief seine Hand, mit der er den Becher hielt. Sofort umklammerte er diesen noch fester und trank angestrengt. Verwirrt brach Susanna mitten im Satz ab, aber er schien es gar nicht zu merken. Es war wohl besser, nicht weiter von den Normannen zu erzählen, vielleicht regte ihn das auf. Er hatte sich nicht dazu geäußert, was an Lord Iestyns Hof besprochen worden war, womöglich braute sich Ärger zusammen, und sie schüttete unbeabsichtigt Öl ins Feuer? Sie suchte nach einem weniger heiklen Thema, und ihr Blick fiel auf den halb leeren Weinkrug.

«Schmeckt dir der Wein, den ich mitgebracht habe, Onkel Rhodri?», fragte sie leichthin.

Rhodri starrte dumpf in den Becher, den er krampfhaft festhielt. Seine buschigen Augenbrauen waren gerunzelt, als verstünde er gar nicht, was sie sagte. Dann, als Susanna ihre Frage wiederholte, schaute er auf, und sein Blick klebte förmlich an ihren Lippen, als könne ihm das helfen, die Worte zu begreifen.

Susannas Unbehagen wandelte sich in Besorgnis. War er womöglich krank? «Ist alles in Ordnung, Onkel Rhodri?», fragte sie fürsorglich und legte nichts ahnend die Hand auf seinen Oberschenkel.

Seine Reaktion war überraschend und befremdend zugleich. Mit einem unterdrückten Fluch sprang er so abrupt vom Stuhl auf, dass Susanna das Gleichgewicht verlor und unsanft auf dem Boden landete.

«Onkel!», rief sie entsetzt, die Augen vor Schreck weit aufgerissen. Rhodri hatte seinen Becher fallen lassen, und Susanna zog rasch ihre Röcke weg, um zu verhindern, dass sich der Wein darüber ergoss.

Erstaunt sah sie ihren Onkel an, der sich hinter den Stuhl stellte und die Lehne so fest umklammerte, dass seine Fingerknöchel weiß hervortraten.

«Susanna, es tut mir Leid ...», begann er, brach jedoch ab. Er atmete stoßweise, sein Blick war düster und voller Qualen.

Susannas Entrüstung wich einer Mischung aus Sorge und Angst vor dem, was sie in den Augen ihres Onkels sah. Sie fühlte sich plötzlich so nackt und verletzlich, dass sie sich hilflos an den Ausschnitt ihres Kleides fasste, als müsse sie entblößtes Fleisch bedecken.

«Was ist, Onkel Rhodri?», flüsterte sie. Zu ihrer Erleichterung schien ihr sanfter Appell ihn zurückzuholen von jenem finsteren Ort, an dem er sich befunden hatte. Wieder Herr seiner Sinne, betrachtete er Susanna mit einem Anflug von Entsetzen. Dann begann er, ruhiger zu atmen, und fuhr sich mit der zitternden Hand über die Augen, als wolle er einen Albtraum wegwischen.

«Es geht mir gut, Susanna», sagte er mit belegter Stimme. «Mein Bein war eingeschlafen.» Zögernd kam er hinter dem Stuhl hervor und streckte die Hand aus, um ihr aufzuhelfen. «Vergib mir, mein Kind, mein Benehmen war höchst unritterlich.» Er bemühte sich um einen scherzhaften Ton, aber sobald Susanna wieder auf den Füßen stand, ließ er ihre Hand los, als verbrenne er sich daran.

Susanna wusste nicht, was sie tun sollte, und beschäftigte sich angestrengt damit, die Kissen aufzuschütteln und seinen Becher zu suchen. «Möchtest du noch etwas Wein?», fragte sie schließlich.

«Nein! ... Nein, du solltest jetzt zu Bett gehen», sagte er in so scharfem Ton, dass Susanna zusammenzuckte. Dann wandte er sich ab, um sich an den Flammen des Kamins zu wärmen.

Susanna biss sich auf die zitternde Unterlippe. «Natürlich», murmelte sie bedrückt. «Gute Nacht, Onkel Rhodri.» Sie zögerte, normalerweise hätte er sich jetzt umgedreht, damit sie ihm einen Gutenachtkuss geben konnte. Aber sie spürte, dass dies kein normaler Abend war, und zog sich schweigend zurück.

Bevor sie jedoch den Saal verließ, blieb sie stehen und drehte sich noch einmal um. Rhodri führte mit zorniger Stimme Selbstgespräche. Dann warf er sich auf einen Stuhl, hielt in Ermangelung eines Bechers den Weinkrug an die Lippen und trank gierig, bis er fast an einem Hustenanfall erstickte.

Als sie ihn einige Zeit später herumstolpern hörte, lag Susanna wach in ihrem Bett. Der Wein zeigte jetzt seine Wirkung. Als Rhodri an ihrer Kammer vorbeikam, hörte sie, dass er kurz stehen blieb. Dann schlurfte er weiter in seine Gemächer.

Susanna atmete auf. Sie wollte nicht wahrhaben, was sich heute Nacht im Saal abgespielt hatte. Die Aufmerksamkeit von Männern zu erregen war für sie nichts Ungewöhnliches – angefangen von den dreisten Anzüglichkeiten Iestyns bis hin zu den jüngsten plumpen Annäherungsversuchen der Normannen, aber das mit Onkel Rhodri war anders gewesen. Es kam ganz tief aus seinem Innern, fast so, als hätte er keine Kontrolle darüber – und das hatte ihr Angst gemacht. Sie kniff die Augen fest zusammen, um seinen Blick zu vergessen. Dann rollte sie sich auf die Seite, zog die Knie eng an den Körper und versuchte sich an die Zeit zu erinnern, als sie noch ein Kind war. Sein liebevolles Gesicht, wenn er sie tröstete, das Lachen in seinen Augen, wenn er mit ihr spielte. Er war der von ihr angebetete Onkel gewesen, der sie aufzog wie seine eigene Tochter. Aber sosehr sie sich auch anstrengte, sie konnte diesen Ausdruck in seinem Gesicht einfach nicht vergessen. Tränen liefen ihr über die Wangen, und sie barg das Gesicht in den Händen. Plötzlich hatte sie das Gefühl, ihr Onkel sei gestorben und alles, was sie an ihm geliebt und geschätzt hatte, sei für immer verloren.

Als Rhodri sie am nächsten Morgen in sein Arbeitszimmer

kommen ließ, achtete sie tunlichst darauf, dass ihr Haar streng zusammengebunden und ihre Kleidung überaus züchtig war.

Rhodri musterte sie kurz, sein Gesicht verriet jedoch nichts.

«Susanna, ich habe entschieden, dass du nach Plas-Marl gehen wirst», sagt er schroff, während sie ihm gegenüberstand, die Hände sittsam gefaltet. «Du reist noch heute ab. Branwen und Olwen werden dich begleiten.»

«Du schickst mich weg?», fragte sie verblüfft. Damit hatte sie nicht gerechnet, und sie überlegte, ob er ein Spielchen mit ihr trieb und womöglich erwartete, dass sie darum bettelte, bleiben zu dürfen.

«Das ist doch das, was du wolltest, oder etwa nicht?», herrschte er sie an.

Sein scharfer Tonfall ließ sie zusammenzucken, aber sie hielt den Kopf erhoben und wurde etwas sicherer angesichts seines deutlichen Unbehagens.

«Übergibst du mich Idwals Vormundschaft?», erkundigte sie sich höflich.

Rhodri wühlte fahrig auf seinem Tisch herum, dann blickte er müde auf, und man konnte seinem eingefallenen Gesicht ansehen, dass er in der Nacht kein Auge zugetan hatte.

«Ich habe dich ungerecht behandelt, Susanna», sagte er leise. «Ich habe kein Recht, dir einen Ehemann zu verweigern, und werde dir auch deine Mitgift nicht versagen.»

«Dann akzeptierst du also Lord Meurig …» Susanna spürte ein Stechen in ihrem Herzen – während der eine Traum Realität wurde, schien sich ein anderer in Luft aufzulösen.

«Ich kann nicht leugnen, dass ich immer noch wütend bin auf Idwal und meine Söhne, weil sie über meinen Kopf hinweg Vereinbarungen bezüglich deiner Ehe getroffen haben», begann Rhodri und vermied es geflissentlich, seiner Nichte in die Augen zu sehen. «Aber ich muss meine Gefühle zurückstellen. Meurig war ebenfalls am Hof Iestyns anwesend, und zwischen den beiden wurde eine Übereinkunft getroffen – wenn auch von Iestyns

Seite aus höchst widerwillig.» Er grinste, als er an die endlosen Verhandlungen dachte, die Iestyn am Ende aber zur Einsicht gebracht hatten. «Wie dem auch sei, Susanna», fuhr er fort und räusperte sich. «Entscheidend ist, dass Iestyn Meurig ab jetzt als Herrscher über Senghennydd regieren lässt, ohne sich einzumischen und von ihm Abgaben oder Pflichten wie von einem Lehnsmann einzufordern. Er geht nicht so weit, Senghennydd als drittes unabhängiges Herrschaftsgebiet anzuerkennen – aber mit diesem Kompromiss scheint Meurig vorläufig zufrieden zu sein.» Rhodri hatte bisher die Wand hinter Susanna angestarrt, erst jetzt sah er seine Nichte an. «Ich hege großen Respekt für diesen jungen Mann und bewundere, wie er sich im Laufe der Jahre seine Position erkämpft hat. Ich bezweifle nicht, dass er irgendwann Herrscher über ein unabhängiges Reich sein wird – mehr könnte ich mir für dich gar nicht wünschen.»

Susanna schwieg. All das hatte ihr Onkel auch zuvor schon gewusst, und ihr war klar, dass nicht die Ereignisse an Iestyns Hof seine Meinung bezüglich ihrer Heirat geändert hatten. Sie war verunsichert, welche Konsequenzen sein Sinneswandel letztendlich für sie – und auch für Idwal – haben würde.

Rhodri kam um den Tisch herum und lehnte sich dagegen. «Susanna, ich habe Meurig gesagt, dass ich dich nicht zwingen werde, ihn zu heiraten. Aber er wäre dir ein guter Ehemann und würde dich nicht schlecht behandeln.»

«Ich weiß, Onkel», sagte sie leise. «Er ist sehr …», sie suchte nach dem richtigen Wort, «solide», meinte sie schließlich.

«Nun, was könntest du mehr wollen?», fragte Rhodri und gestattete sich sogar ein schwaches Lächeln.

Aufregung, Abenteuer, Liebe, dachte Susanna – aber sie schwieg.

Rhodri streckte den Arm aus und ergriff ihre Hand. «Susanna, hier kannst du nicht bleiben», sagte er, und sie merkte ihm an, wie unbehaglich er sich fühlte. «Du bist für mich wie eine Tochter, und ich muss mich entsprechend verhalten.»

Als sie seinem Blick begegnete, erkannte sie, dass ihm wirklich Leid tat, was letzte Nacht passiert war. Erleichtert sah sie, dass er sie und Idwal nicht verstoßen, sondern weiterhin unterstützen und für sie da sein würde.

«Pack nur das Nötigste ein, den Rest lasse ich dir schicken», schlug er vor.

Ohne nachzudenken umarmte Susanna ihn. «Danke, Onkel Rhodri. Ich werde dich nicht enttäuschen, ganz sicher nicht.» Sie küsste ihn auf die Wange.

Sie spürte, wie er sich verspannte, dann die Arme um sie legte und sie zärtlich auf die Schläfe küsste. Aber er drückte sie eine Spur zu fest an sich, barg sein Gesicht einen Augenblick zu lang in ihrem Haar und sog ihren Duft ein. Dann fing er sich wieder und ließ sie los.

«Mach deine Tante stolz auf dich», sagte er mit belegter Stimme und entließ sie mit einer Handbewegung.

Susanna rannte durch den Saal und rief aufgeregt nach ihren Kammerjungfern. Ihre Hoffnungen und Träume erwachten aufs Neue, denn Plas-Marl war der Ort, an dem sie Owain ap Cadwgan wiedersehen konnte. Sie ignorierte die Vereinbarung mit Lord Meurig stur. Onkel Rhodri hatte schließlich gesagt, dass er sie nicht zu einer Ehe mit ihm zwingen würde, falls sie berechtigte Einwände hätte. Dass sie ihm keine hatte nennen können, verdrängte sie ebenfalls beharrlich. Sie konnte an nichts anderes denken als an ihre Rückkehr nach Plas-Marl, an Owain ap Cadwgan und all die anderen Dinge, die sie die letzten Monate – und den Schrecken der letzten Nacht – vergessen lassen würden.

KAPITEL ACHT

März 1109. Plas-Marl, Gwynllwg

Susanna trieb ihr Pferd an und ließ die Eskorte etwas hinter sich zurück. Sie hatten die heimischen Wälder erreicht – nur die Bäume trennten sie jetzt noch von Plas-Marl. Als sie den schmalen Pfad entlangritt, hörte sie den vertrauten Ruf einer Bachstelze, die kurz darauf davonflatterte. Sie folgte ihr mit den Augen, bis sie in den Baumkronen über ihr verschwand. Die Bäume begannen bereits auszutreiben. Das verstärkte Susannas Gefühl, dass sie jetzt nach vorn schauen und die unerfreulichen letzten Monate ein für alle Mal vergessen konnte. Sie hatte Ffenna in dem Moment aus ihrem Leben gestrichen, als diese sich entschied, bei den Normannen zu bleiben. Was ihre Mutter anging, so begann Susanna allmählich, deren Verhalten und Fehler zu akzeptieren und sie als die Frau zu sehen, die sie war. Und zu grübeln, was Onkel Rhodris wahre Beweggründe gewesen waren, sie gehen zu lassen – nachdem er sie zunächst hatte bei sich behalten wollen –, weigerte sie sich schlichtweg. Sie konzentrierte sich stattdessen lieber auf das, was in Plas-Marl auf sie wartete. Dort sei nichts unmöglich, hatte Idwal gesagt, und auf ihn konnte sie sich verlassen, er würde sie nie im Stich lassen.

Der Weg wurde breiter, und die unregelmäßige Silhouette ihres Familiensitzes kam in Sichtweite. Aufgeregt warf Susanna den Kopf zurück. Jetzt würde die Köchin mit den Vorbereitungen für das Abendessen beginnen, um sie trotz der Fastenzeit mit einem schmackhaften Begrüßungsmahl willkommen zu heißen. Gestern war Waschtag gewesen, und sicherlich hatte die Waschfrau ihre Bettstatt mit frischen Laken bezogen, der Saal war gründlichst gekehrt, und die Böden waren mit lieblich duftenden Binsen bestreut worden. Plötzlich brach die Sonne durch die Wolken. Susanna ließ ihr Pferd in einen leichten Galopp fallen. Sie lachte vor Begeisterung, als ihr langes Haar und der Umhang im Wind flatterten, während sie Plas-Marl immer näher kam.

Im Burghof brachte sie ihr Pferd mit Mühe zum Stehen und grinste, während ihr Bruder ihr beim Absteigen half.

«Gut gemacht!» Er zwickte sie in die Nase. «Ich muss zugeben, so schnell hätte ich nicht mit dir gerechnet. Ich dachte, der alte Mann würde bis zum bitteren Ende streiten.»

«Ich wäre viel früher hier gewesen, aber auf dem Pass versinkt man förmlich im Schlamm. Ihr müsst hier eine Menge Regen gehabt haben.» Als Beweis zeigte Susanna ihm ihre Stiefel. Sie waren so verschlammt, dass man nicht einmal mehr die Stulpen erkennen konnte.

«Es war furchtbar.» Idwal verzog das Gesicht. «Letzte Woche haben wir in dem Morast etliche junge Kälber verloren. Aber», fuhr er strahlend fort, «du scheinst die Sonne mitgebracht zu haben. Komm, du musst aus den nassen Sachen raus, oder möchtest du dich erst stärken?»

«Beides, wenn möglich.» Sie lachte und hakte sich bei ihm ein, während sie hinüber zur Halle gingen.

«Das sollte wohl möglich sein. In deinem Gemach ist alles für dich vorbereitet, und ich werde einen Dienstboten mit Erfrischungen schicken.»

«Nein, du bringst sie selbst – und wir erzählen, während ich mich umziehe.»

Dazu musste Idwal nicht erst überredet werden. «Nun, ich bin äußerst gespannt, wie du es geschafft hast, Onkel Rhodri so schnell umzustimmen.»

«Was hast du ihm denn jetzt eigentlich gesagt?» Idwal schenkte ihnen beiden Met ein und achtete darauf, dass er seiner Schwester den Rücken zukehrte, während sie sich aus ihren Sachen schälte.

«Igitt, sogar in den Haaren klebt dieser fürchterliche Schlamm», jammerte Susanna.

«Jetzt ist keine Zeit zum Waschen, kämme sie einfach durch», erwiderte Idwal unbeeindruckt. «Hier», er reichte ihr über seinen Kopf hinweg einen Becher, «trink das, und du wirst dich besser fühlen.»

Susanna ergriff den Becher und nutzte die Gelegenheit, ihm tadelnd einen Klaps auf den Kopf zu geben.

«Vorsicht, Schwester, vergiss nicht, wer der Herr im Haus ist.» Er rieb sich den Kopf und strich sorgfältig sein Haar glatt.

Es dauerte nicht lange, bis Susanna sich neben ihn setzte. Obwohl Branwen ihr das Haar unermüdlich kämmte, klebte immer noch Schlamm in den Spitzen. Aber da es ihr jetzt mit einem edelsteinbesetzten Stirnband aus dem Gesicht gehalten wurde, sah es nicht mehr ganz so schlimm aus. Ihr Teint war rosig, und ihre Augen strahlten vor Freude darüber, wieder in Plas-Marl und bei dem einzigen Menschen zu sein, dem sie wirklich vertraute.

«Es scheint dir wesentlich besser zu gehen als bei unserer letzten Begegnung. Du wirkst entspannter», bemerkte Idwal.

«Bin ich auch. Es ist, als wäre eine große Last von mir genommen», antwortete sie und deutete ein Lächeln an.

«Ach ja?», fragte Idwal, und Susanna war klar, dass sie der Antwort nicht länger ausweichen konnte.

«Ich würde ja gern den Ruhm dafür einheimsen, aber Onkel Rhodri selbst hat mich hierher geschickt. Ohne das geringste Drängen meinerseits.»

«Du hast nichts gesagt, und er kam einfach von selbst damit heraus?» Idwal war sichtlich überrascht. «Komm schon, irgendetwas musst du doch gesagt haben – oder ist etwas vorgefallen?»

Susanna hob ruckartig den Kopf. «Was willst du damit sagen?»

«Ich finde es einfach sonderbar, dass er plötzlich mit allem einverstanden ist, nachdem er sich vorher so dagegen gesperrt hat.»

«Ich weiß nicht, was zu dem Sinneswandel geführt hat. Bei

seiner Rückkehr hat er keinerlei Andeutungen gemacht, und am nächsten Tag teilte er mir mit, dass ich unverzüglich aufbrechen sollte.» Susanna hielt den Blick gesenkt, damit Idwal nicht sehen konnte, dass sie log und dass sie sich immer noch elend fühlte. Sie wagte nicht, Idwal davon zu erzählen, was in jener Nacht im Saal passiert war; das Verhältnis zwischen ihm und seinem Onkel war auch so schon angespannt genug. Sie fürchtete, wenn Idwal von den dunklen Gedanken seines Onkels erfuhr, würde er womöglich das Schwert gegen ihn erheben.

«Aber warum?» Idwal ließ nicht locker.

«Du meine Güte, Idwal», fuhr Susanna ihn an, stand auf und ging hinüber zu dem Tisch, auf dem der Krug mit Met stand. «Du hast bekommen, was du wolltest. Lass es doch dabei bewenden.»

«Ich dachte eigentlich, es wäre das, was wir beide wollen», erwiderte er ruhig. Er ging zu ihr und sagte so leise, dass die Kammerjungfern es nicht hören konnten: «Susanna, Onkel Rhodri hat dir doch nichts angetan, dich womöglich im Zorn geschlagen und dann aus Reue gehen lassen?», fragte er besorgt.

Susanna sah ihn an und fragte sich, ob sie sich irgendwie verraten hatte. «Nein, ich schwöre dir, er hat mich nicht angerührt.» Sie legte die Hand an seine Wange. «Llywelyn bringt seine Familie nach Bryn y Ffin, wahrscheinlich werden sie in Zukunft dort leben. Dann kann seine Frau Tante Gwens Aufgaben übernehmen.»

Idwals Gesichtszüge entspannten sich ein wenig. «Das wird wohl der Grund sein. Was auch immer ihn dazu gebracht hat, ich bin jedenfalls froh, dass du hier bist.»

Susanna betrachtete ihn misstrauisch. Vielleicht würde er jetzt anfangen, über ihre Verheiratung zu sprechen? Aber er schnitt das Thema nicht an, sondern berührte den Ärmel ihres bernsteinfarbenen Kleides. «Diese Farbe steht dir ausgezeichnet. Sie scheint deine Augenfarbe zu verändern.» Er lachte leise. «Bernstein, wie die Augen einer Katze.» Dann befingerte er grinsend ihre Haarspitzen. «Einer ziemlich schmutzigen Katze!», scherzte er und wich gekonnt aus, bevor sie ihm erneut eins überziehen konnte.

Susanna gewöhnte sich schnell wieder in Plas-Marl ein. Idwal war meistens unterwegs, entweder in Epynt bei der Familie seiner zukünftigen Frau, weiter östlich beim Lord von Upper Gwent, mit dem er ein paar Jahre zuvor die Normannen in die Flucht geschlagen hatte, oder am Hof seines Herrn, des Prinzen Urien von Gwynllwg. Obwohl er seine Aufenthalte dort auf ein Minimum beschränkte, achtete er doch darauf, dass seine Zurückhaltung nicht zu offenkundig wurde. Idwal hatte bereits den Respekt der anderen Lords erworben. Seine Beliebtheit ging gleichermaßen auf seine diplomatische Art, seine Tapferkeit auf dem Schlachtfeld sowie seinen Weitblick zurück, was die Zukunft dieses kleinen Teils von Wales anging.

Ostern rückte rasch näher, und da Idwals Hochzeit direkt nach den Festtagen stattfinden sollte, war Susanna damit beschäftigt, alles vorzubereiten und dafür zu sorgen, dass genügend Vorräte an Speisen und Getränken zur Verfügung standen. Die Hochzeitsfeierlichkeiten würden zwar in Epynt stattfinden; da Plas-Marl aber an der Wegstrecke durch die Berge lag, ging Susanna davon aus, dass viele Gäste auf ihrem Rückweg das frisch verheiratete Paar hierher begleiten und für ein paar Tage bleiben würden, bevor sie weiter nach Süden, Osten oder Westen reisten. Sie freute sich nicht gerade auf die neue Herrin von Plas-Marl – schließlich musste sie ihr die Leitung des Haushalts übergeben. Susanna versuchte, möglichst nicht daran zu denken. Um sicherzugehen, dass alles auf dem neuesten Stand war, machte sie es sich in Idwals Privatgemach gemütlich und ging die Bücher durch. Sie wollte noch einmal überprüfen, ob alle Abgaben pünktlich bezahlt worden waren. Als sie die Zahlen durchsah, runzelte sie die Stirn. «Nun,

Idwal, du hast die Einkünfte während meiner Abwesenheit ganz schön gesteigert, aber wie?», murmelte sie zu sich selbst, während sie die Aufzeichnungen verglich. Schließlich fand sie, wonach sie gesucht hatte. Ihr Stirnrunzeln wich einem Lächeln. «Das ist es also!», sagte sie laut. «Und wie kommst du darauf, dass die Schafzucht so einträglich sein wird?» Sie studierte die Zahlen bezüglich der Parzellen, die Idwal zu Weideland erklärt hatte, und verglich sie mit früheren Einnahmen. Die Prognose war mehr als günstig, und sie musste vor Aufregung leise lachen. Dann packte sie alle Aufzeichnungen, bis auf die über das neue Weideland und die Schafzucht, wieder zusammen. Wenn Idwal später zurückkehrte, wollte sie mit ihm darüber sprechen. Susanna drehte sich zu der schweren Eichentruhe hinter dem Schreibtisch um und legte die Aufzeichnungen hinein. Danach verschloss sie die Truhe sorgfältig und überlegte währenddessen laut, was sie an diesem Tag noch alles zu erledigen hatte.

«Ist das eine rein private Unterhaltung oder kann man sich daran beteiligen?», erklang es amüsiert von der Tür herüber.

Susanna wirbelte herum. «Lord Owain!» Ihr schlug das Herz bis zum Hals. «Wann seid Ihr angekommen?»

«Just in diesem Moment. Ich hoffe, ich habe Euren Verwalter nicht beleidigt», erwiderte Owain ap Cadwgan und stiefelte breit grinsend ins Zimmer, «aber ich schlug sein Angebot aus, im Saal auf Euch zu warten.»

«Du liebe Güte!» Susanna bemühte sich, souverän zu klingen. «Er wird ganz schön wütend auf Euch sein.» Sie atmete tief durch, um ihr Herzklopfen zu beruhigen.

«Dann muss ich mich wohl entschuldigen», sagte Owain und sah alles andere als reuevoll aus. «Idwal hält Euch gut beschäftigt, wie ich sehe», fuhr er fort, machte es sich in einem Armlehnstuhl bequem und legte ein Bein lässig über die Lehne.

«Er müsste bald zurück sein, aber er hat Euren Besuch mit keinem Wort erwähnt. Erwartet er Euch?», fragte sie und hoffte verzweifelt, dass Idwal ihn eingeladen hatte.

«Leider nein, ich bin ein ungeladener, aber hoffentlich willkommener Gast.» Owain lehnte sich lachend zurück, und seine Augen blitzten verheißungsvoll.

Susanna spürte, wie ihr das Blut in die Wangen schoss. «Aber, Mylord, natürlich seid Ihr hier willkommen. Bitte lasst mich Euch in den Saal begleiten, damit Euch Erfrischungen gereicht werden können.»

Owain erhob sich in einer geschmeidigen Bewegung und richtete seinen hoch gewachsenen, schlanken Körper auf. Er strich sich über den geschwungenen Schnurrbart, und seine rauchgrauen Augen musterten Susanna, bis sie noch röter wurde. «Es ist recht gemütlich hier, Ihr könntet mir doch etwas zu trinken reichen und mir alles über diese Aufzeichnungen erzählen, in die Ihr so vertieft wart.» Er setzte sein charmantestes Lächeln auf.

Susanna verschränkte nervös die Finger. «Ich täte meiner Pflicht nicht Genüge, Mylord, wenn ich Euch von der Wärme und Gastlichkeit des Saals fern hielte», sagte sie und erwiderte sein Lächeln. Sie neigte den Kopf und schaute kokett zu ihm auf: «Wollen wir?»

Ihr war klar, dass sie schamlos mit ihm flirtete, aber sie konnte einfach nicht anders. Alles an ihm, von seinen hochgezogenen Augenbrauen bis hin zu seinem spitzbübischen Lächeln, zwang sie förmlich dazu. Aber sie war eine Anfängerin in diesem Spiel und merkte nicht, dass es ihre Unschuld war, die Owain so anzog. Er erkannte, dass sie wie eine reife Frucht darauf wartete, gepflückt zu werden. Und er würde all seine Verführungskünste einsetzen, damit ihm diese direkt vor die Füße fiel – er hatte noch nie widerstehen können, als Erster in unberührtes, frisches Fruchtfleisch zu beißen.

«Mylord, sollen wir gehen?», wiederholte Susanna, gleichermaßen aufgeregt wie irritiert, weil er sie unentwegt anstarrte.

Owain seufzte theatralisch. «Nun gut, Susanna, wenn mir schon die Vorzüge Eures Geistes verweigert werden, dann tue ich gut daran, mich mit den Vorzügen Eurer Schönheit zufrieden zu geben.» Er hakte sie bei sich unter. «Unter einer Bedingung», fuhr er fort und neigte seinen Kopf dicht zu ihrem herab, «dass Ihr mich Owain nennt.»

Alle Köpfe wandten sich beim Klang ihres Gelächters zu ihnen um, als Owain mit Susanna am Arm in den Saal geschritten kam. Er stolzierte mit einer Selbstsicherheit, als wäre er der Herr im Haus.

Als Idwal am frühen Abend zurückkehrte, war er alles andere als erfreut, Owain ap Cadwgan in seinem Saal Hof halten zu sehen – und dann auch noch mit einer Susanna, die förmlich an seinen Lippen klebte. Owain fesselte sie mit Geschichten von seinen Heldentaten. Nachdem er herausgefunden hatte, wie zwiespältig Susannas Gefühle gegenüber den Normannen waren, hatte er sich das zunutze gemacht, sie einerseits verdammt und dann wiederum eine Geschichte zum Besten gegeben, in der die Normannen recht gut wegkamen. Er hatte den Angelhaken ausgeworfen und zog den Fisch jetzt langsam an Land. Als Idwal herankam, wandte sich Owain ihm träge grinsend zu.

«Owain», begrüßte Idwal ihn mit einem starren Lächeln, «was führt dich her?»

«Eine Menge Dinge. Gwynllwg, Powys, Deheubarth.» Er lächelte, aber an dem Funkeln seiner Augen erkannte Idwal, dass etwas im Busch war.

«Ich muss mich umziehen, begleite mich doch, dann können wir währenddessen reden», schlug Idwal vor.

«Ach, jetzt habe ich schon so lange gewartet, da kommt es auf ein bisschen mehr Zeit auch nicht an. Deine entzückende Schwester kümmert sich im Übrigen ganz ausgezeichnet um mich», erwiderte Owain lachend, und Idwals Miene verfinsterte sich.

«Susanna», wandte sich Idwal seiner Schwester zu, «ich sterbe vor Hunger, bitte weise Catrin an, dass wir heute früher essen.»

Susanna machte Anstalten, einen Bediensteten herbeizurufen.

«Nein, Susanna», ging Idwal dazwischen, «ich möchte, dass du dich persönlich darum kümmerst.»

Sein Tonfall ließ keinen Widerspruch zu. Susanna verkniff sich eine freche Antwort und wandte sich an Owain. «Wenn Ihr mich entschuldigen würdet, Lord Owain», sagte sie leise und warf einen säuerlichen Blick in Richtung ihres Bruders, der bereits aus dem Saal stürmte.

«Ich bin gleich bei dir, Owain», rief Idwal schroff über die Schulter. «Die Mädchen werden dich solange unterhalten.» Er gab den Harfenistinnen ein Zeichen und eilte zu seinem Gemach.

Als Idwal zurückkehrte, waren die Tische bereits für das Abendessen vorbereitet. Die Mitglieder des Haushalts fanden sich nach und nach ein, wuschen sich die Hände und nahmen ihre Plätze ein.

«Die Küche wird einige Speisen warm halten, für später eintreffende Gäste», bemerkte Susanna ein wenig spitz, während sie sich neben Idwal setzte.

«Gut, dann können wir ja jetzt essen», erwiderte Idwal betont freundlich.

«Es wird sofort aufgetragen, obwohl Catrin nicht gerade glücklich darüber war, so gehetzt zu werden.» Susanna war immer noch verstimmt wegen seines Verhaltens.

«Ich bin sicher, es ist dir gelungen, sie zu beruhigen – und wie ich sehe, hast du sogar Zeit gefunden, dich umzuziehen.»

«Ich hatte etwas auf mein Gewand verschüttet.» Verlegen zupfte sie ihre Röcke glatt.

«Natürlich. Nun, dann solltest du wohl unseren Gast holen und ihn zum Podium geleiten», sagte Idwal. Er arrangierte ihr hübsch frisiertes Haar ein bisschen um und musste lachen, als sie es energisch wieder in die alte Position brachte und ihn dabei finster anblickte.

«Nun, Owain», meinte Idwal, sobald das Essen begonnen hatte. «Welche Neuigkeiten bringst du uns?»

Owain wischte penibel über seinen Schnurrbart und schluckte, bevor er antwortete. «Dein Prinz, Urien ap Caradog, scheint die Anwesenheit der Normannen akzeptiert zu haben», erwiderte er.

«Stimmt», erwiderte Idwal knapp. «Man muss jedoch fairerweise sagen, dass er stark an Autorität verloren hat und weder über die Macht noch über die Mittel eines Lord Iestyn verfügt, um sich gegen die Normannen zu wehren.»

Owain neigte den Kopf. «Dem muss ich zustimmen», räumte er ein.

Idwal nahm sich ein weiteres Stück Fischpastete und kaute nachdenklich. «Und was ist mit Powys?», fragte er.

«Mein Vater plant zu Ostern ein fürstliches Mahl für die führenden Männer seines Landes, an dem auch ich teilnehmen werde.»

«Soviel ich weiß, hat sich Gerald der Normanne unweit des Palastes deines Vaters eine Burg gebaut?», bemerkte Idwal liebenswürdig und tat so, als bemerke er Owains grimmige Miene nicht.

«Das stimmt», erwiderte Owain unwirsch. «Und er hat viel Freude daran, damit zu prahlen, dass er Prinzessin Nesta geehelicht hat. Aber für eine derartige Kränkung unseres Volkes wird er noch bezahlen.»

Susanna beobachtete die Gesichter beider Männer genau. Idwals wirkte verschlossen, seine Augen sagten ihr, dass er auf der Hut war. Im Gegensatz dazu schien Owains Antlitz ständig zu verraten, was er gerade dachte, und als er das Gespräch an sich riss, glitzerten seine Augen leidenschaftlich.

«Wir sind aus dem gleichen Holz geschnitzt, du und ich, Idwal», begann er. «Unsere Ambitionen liegen nicht in der Politik, aber wir haben genaue Vorstellungen, was wir für unser Land wollen. Wir haben die Normannen eisern bekämpft und sind erst zurückgewichen, als es nicht mehr anders ging. So wie du sehen wir alle die Gründe dafür, warum Prinz Urien die Anwesenheit der Normannen akzeptiert. Aber wenn sich ein gewöhnlicher Ritter für gut genug hält, in unser Königshaus einzuheiraten, so können wir das nicht hinnehmen.»

Er nahm einen großen Schluck Met und blickte verstohlen in die Runde, um festzustellen, ob auch ja alle zuhörten – Susannas Aufmerksamkeit war ihm jedenfalls sicher. Während sie ihn bewundernd ansah, schienen sich alle anderen in Luft aufzulösen. Für sie gab es im ganzen Saal nur noch ihn und keine Stimme außer der seinen.

«Verstehst du», fuhr Owain leidenschaftlich fort, «mit dieser Tat beleidigen sie uns alle. Wir müssen endlich einsehen, dass wir Waliser ein Volk sind, auch wenn wir in unabhängigen Königreichen leben. Wir alle befolgen die gleichen Traditionen und Gesetze, glauben an eine Kirche. Und wir respektieren unseren Adel und die königlichen Familien. Deheubarth ist kein Einzelfall», fuhr er fort und hob die Stimme, damit er bis in den hintersten Winkel des Saales zu hören war. «Es wird überall im Land geschehen, sie werden in unsere Herrscherhäuser einheiraten und versuchen, unsere Prinzen zu verdrängen. Wir wissen, was wir zu verlieren haben, und unsere eigenen Unstimmigkeiten sollten angesichts dieser Gefahr unwichtig werden. Wir müssen mehr denn je zusammenstehen, um unser gemeinsames Erbe zu behaupten, müssen all unsere Kräfte bündeln, damit unser Wales den Walisern erhalten bleibt.»

Susanna stiegen Tränen in die Augen, als sie sah, welche Emotionen sich auf Owains Gesicht abzeichneten – als hielte er sie nur unter Aufbringung all seiner Kräfte unter Kontrolle. *Er offenbart uns nicht nur seine Gedanken, er lässt uns in sein Herz schauen,* dachte sie.

Owain wandte sich ihr zu und strich mit dem Finger zärtlich eine Träne von ihrer Wange. «Weint nicht um Wales», sagte er voller Inbrunst. «So Gott will, werdet Ihr das niemals müssen.»

«Also gut, Owain», unterbrach Idwal, entschlossen, diesem Affentheater ein Ende zu machen. «Was willst du von mir?»

Wie auf Kommando verschwand die Rührung aus Owains Gesicht. Er sah Idwal an, und seine Augen wurden hart wie die eines Befehlshabers in der Schlacht. «Du hast die gleiche Vision wie ich, Idwal, dass die Königreiche in der Hand der walisischen Prinzen bleiben. Hätte doch das Haus Deheubarth genauso empfunden. Wie ich schon sagte, die Tochter des Königshauses mit einem normannischen Niemand zu verheiraten, war ein schwerer Fehler.»

Susanna runzelte die Stirn, als sie sah, dass Idwal einfach nur schweigend dasaß. *Ja, sieht er denn nicht, dass Owain um Unterstützung bittet in der Fehde zwischen seiner Familie und dem Herrscherhaus Deheubarth?,* dachte sie voller Leidenschaft und war fest davon überzeugt, dass ihr Bruder Owain jede Hilfe gewähren sollte, der dieser bedurfte.

«Nun, Idwal, was sagst du?», forderte Owain mit leiser Stimme, ebenfalls verärgert über dessen anhaltendes Schweigen.

«Ich kann deinen Gefühlen nicht widersprechen», sagte Idwal vorsichtig. Er hatte nicht vor, sich in Owains Intrigenspielchen oder Familienstreitigkeiten hineinziehen zu lassen, aber er wollte ihn sich auch nicht offen zum Feind machen. «Lass mich darüber nachdenken», sagte er mit fester Stimme und gab Zeichen, dass der unterhaltsame Teil des Abends beginnen sollte.

Owain lehnte sich zurück und musste sich für den Augenblick mit Idwals unverbindlicher Erwiderung zufrieden geben. Aber sein Gesichtsausdruck verriet Idwal, dass er ihm eher früher als später antworten sollte.

Später, als das Essen und die Tische längst weggeräumt waren, kam Susanna vom Aborterker zurück. Als sie um die Ecke bog, stieß sie beinahe mit Owain zusammen.

«Immer mit der Ruhe», sagte er lachend und fing sie auf, als sie stolperte.

«Entschuldigt bitte, Owain», sagte sie ganz außer Atem.

«Nichts passiert. Ich habe schon weitaus heftigere Zusammenstöße erlebt – aber nie mit etwas so Hübschem», erwiderte er mit betont tiefer Stimme.

Susanna schwieg verlegen, während Owain sie amüsiert musterte.

«Was Ihr im Saal gesagt habt», sagte sie dann, froh, ein Gesprächsthema gefunden zu haben, «hat mich sehr bewegt.»

«Das freut mich zu hören, Susanna», erwiderte er und kam ein Stück näher an sie heran. «Idwal kann sich glücklich schätzen, eine Schwester wie Euch zu haben, eine Frau, die mit offenen Augen durch die Welt geht und sich für andere einsetzt.»

Er nahm ihre Hand und führte sie an seine Lippen. Seine grauen Augen wirkten so dunkel wie Schiefer, und Susanna sah ihn gebannt an.

«Ich kann die Männer nicht verstehen, die geistlose Frauen heiraten, die nicht weiter denken als bis zum nächsten Kleid oder Schmuckstück.» Er hauchte zarte Küsse auf ihre Finger. Er spürte, wie ein Zittern durch ihren Körper lief, und kam noch näher an sie heran. «Ich würde immer mehr wollen als nur eine Bettgefährtin», sagte er mit heiserer Stimme und umschloss ihr Gesicht mit beiden Händen. «Kluge Worte machen die Lippen einer Frau um so vieles attraktiver.»

Er neigte sein Gesicht dicht an Susannas heran, sie keuchte leise, und ihre Lippen öffneten sich wie von selbst. Owain küsste sie sanft auf ihren einladenden Mund, ließ ihr Zeit, darauf zu reagieren. Dann zog er sie an sich, und sie erschauerte, als seine Zunge zärtlich ihren Mund erkundete. Genauso sanft löste er sich auch wieder von ihr, mit einem Leuchten in den Augen, während sie ihn benommen ansah und scheu den Geschmack seiner Lippen auf ihren kostete.

«Ihr solltet besser in den Saal zurückgehen, bevor man Euch vermisst», sagte er sanft, und ein Lächeln umspielte seine Lippen. «Aber vielleicht könnten wir uns später noch sehen?»

«Ja, sicher», erwiderte Susanna, viel zu verwirrt von all den neuen Gefühlen, die auf sie einstürmten, um die Bedeutung seiner Worte richtig zu verstehen. Sie wandte sich zum Gehen, aber Owain hielt sie am Arm zurück.

«Ich sehe keinen Grund, dass Euer Bruder hiervon erfahren muss.»

«Natürlich nicht», beeilte sich Susanna zu versichern, und ein dankbares Lächeln huschte über ihr Gesicht. Sie konnte sich lebhaft vorstellen, wie wütend Idwal wäre, wenn er davon erfuhr.

Wenn Owain erst einmal mit ihm gesprochen hat, sieht die Sache anders aus, dachte sie. In ihrer Unerfahrenheit zweifelte sie keine Sekunde an Owain ap Cadwgans ehrlichen Absichten und eilte glücklich vor sich hinsummend in den großen Saal zurück. Sie drehte sich nicht um und sah daher nicht, wie sich Owains charmantes Lächeln in ein triumphierendes Grinsen wandelte. Sie sah nicht das siegesgewisse Blitzen in seinen kalten Augen, wie bei einer Katze, die ihr Opfer in die Enge getrieben hat und nur noch mit ihm spielt, bis sie zum tödlichen Schlag ausholt.

Es war schon spät, als Susanna sich fürs Bett zurechtmachte, und sie reagierte keineswegs erfreut, als sich der Vorhang zu ihrem Gemach teilte.

«Susanna, ich muss mit dir reden.» Idwal kam hereingeschlüpft.

Sichtlich verärgert wandte sich Susanna um. «Es ist mitten in der Nacht! Hat es nicht bis morgen Zeit?»

Idwal zog überrascht die Augenbrauen hoch. «Hast du vielleicht noch etwas vor?» Er machte es sich in einem Armlehnstuhl nahe der glimmenden Asche der Kohlenpfanne bequem.

«Ja, schlafen», erwiderte sie schnippisch.

Ihre nächtlichen Gespräche waren zu einer Gewohnheit geworden, die sie normalerweise genoss, und ihre Kammerjungfern hatten gelernt, währenddessen einfach zu schlafen. Aber heute Nacht wollte Susanna allein sein, um den Abend in Gedanken noch einmal durchzugehen und ihren romantischen Phantasien über Lord Owain freien Lauf zu lassen. Als sie aber sah, wie angeschlagen ihr Bruder wirkte, wurde sie weich und schenkte ihm Met ein.

«Es war ein langer Tag», sagte sie entschuldigend, während sie ihm den Becher reichte.

«Ich bleibe nicht lange», versprach er, während sich Susanna wieder vor die polierte Metallscheibe setzte, um die Kohlestriche um die Augen zu entfernen. «Aber es gibt ein paar Dinge, die ich gerne mit dir besprechen würde, und diese nächtliche Stunde scheint der einzige Zeitpunkt zu sein, zu dem wir Ruhe haben und ungestört sind», fuhr er fort.

«Ich weiß», seufzte Susanna versöhnlich. «Ich gebe zu, das wird mir fehlen, wenn du verheiratet bist.» Sie ging zu dem Tisch hinter Idwal, um sich selbst einen Becher Met einzuschenken.

«Warum sollte sich dadurch etwas ändern?»

Susanna stellte den Krug ab, wandte sich um und blickte amüsiert auf den Hinterkopf ihres Bruders. Dann beugte sie sich vor, schlang beide Arme um ihn und hielt ihren Mund dicht an sein Ohr. «Weil du, mein lieber Bruder», sagte sie lachend, «eine Frau haben wirst, mit der du die Leitung deiner Ländereien besprechen wirst, die sich um den Haushalt kümmert und deine geheimsten Gedanken mit dir teilt. Du wirst keine Zeit mehr für mich haben.»

Idwal lehnte sich an sie. «Warum solltest du nicht weiterhin in alles eingeweiht sein, auch wenn ich verheiratet bin? Schließlich vertraue ich dir.» Er drückte ihr liebevoll den Arm.

«Du solltest Efa vertrauen», sagte Susanna ruhig. «Ich glaube nicht, dass sie gern ihre Position mit jemandem teilen wird.»

«Sie wird das tun, was ich will. Und ich entscheide, wann ich ihr vertraue.»

Susanna richtete sich auf und griff nach ihrem Becher. Sie setzte sich Idwal gegenüber und versuchte, in seinem Gesicht zu lesen. «Ich dachte, du wärst so erpicht auf diese Heirat.»

«Bin ich auch.»

«Aber nicht auf Efa», stellte Susanna fest.

Idwal lächelte traurig. «Je mehr Zeit ich in Epynt verbringe, desto mehr Angst bekomme ich, dass Efa ein ziemliches Biest ist.»

«Das tut mir Leid. Ich weiß, was du dir von dieser Verbindung versprochen hast», sagte sie sanft.

Idwal wollte widersprechen, dass er immer noch das bekäme, was er hatte haben wollen, aber ihr Blick sagte ihm, dass sie wusste, wonach er sich sehnte, und dass es ihm um mehr als nur Politik ging. Also zuckte er mit den Schultern. «Ich habe ja immer noch dich.» Er zwang sich zu einem Grinsen.

Obwohl es Susanna ehrlich Leid tat, freute sie sich insgeheim darüber, dass Efa ihr nicht ihre Position streitig machen konnte – denn noch war sie nicht bereit, diese aufzugeben. Nicht, bevor ihre eigenen Träume wahr wurden. Sich um einiges besser fühlend, lächelte sie Idwal aufmunternd zu. «Du wirst die Frau finden, die dir das geben kann, wozu Efa nicht in der Lage ist. Bis dahin, und auf die Gefahr hin, Efa noch ein bisschen mehr zu einem Biest zu machen, hast du, wie du selbst sagst, immer noch mich.» Sie musste leise kichern.

«Nichts zählt mehr als Blutsverwandtschaft.» Idwal hob seinen Becher.

Susanna erhob ihren ebenfalls, bevor sie jene Frage stellte, die ihr auf den Nägeln brannte. «Was wirst du in Bezug auf Owain ap Cadwgan unternehmen?»

«Nichts», erwiderte er knapp.

Susanna sah ihn betroffen an. «Warum?», rief sie. «Du weißt, dass er Recht hat mit dem, was er sagt. Wir müssen zusammenhalten, wenn wir unsere Traditionen bewahren wollen. Ich habe es dich oft genug selbst sagen hören.»

«Davon bin ich auch immer noch überzeugt, aber meine Hoffnungen für Wales sind auch nicht untrennbar mit meinem persönlichen Vorteil verwoben.»

«Lord Owains Leidenschaft für Wales ist aufrichtig», stieß Susanna heftig hervor.

Idwal beugte sich vor. «Susanna, Owain hat nur eine Leidenschaft – sich selbst. Und jetzt hör mir zu», er hob die Hand, um etwaige Kommentare im Keim zu ersticken, «dieser Schrei nach Freiheit heute Abend ausgerechnet in meiner Halle – warum, glaubst du, hat er den getan? Weil ich ihn schon viel zu oft nachsichtig behandelt habe. Ich muss zugeben, ich finde ihn unterhaltsam, aber ich mache mir keine Illusionen darüber, was oder wer er ist. Und du solltest das auch nicht tun.» Er sah sie so ernst an, dass sie wegschaute, sonst verriet sie womöglich noch etwas von ihrem abendlichen Zusammenstoß mit Owain.

«Die anderen Herrscher trauen ihm nicht und können ihn nicht leiden», fuhr er fort. «Efas Familie, das Herrscherhaus von Brycheiniog, würde keinen Finger krumm machen, um ihm zu helfen, ihr Hass auf das Haus Powys sitzt tief. Owain ist sich all dessen bewusst, deshalb kommt er zu mir, um mich und meinen vermeintlichen Einfluss auszunutzen. Es ist ein Zeichen seiner Verzweiflung, dass er sich dazu herablässt, aber auch ein Merkmal seiner Verschlagenheit. Wenn ich für ihn einträte oder, Gott bewahre, tatsächlich ihm und seiner Familie in dieser fruchtlosen Fehde mit Deheubarth beistünde, dann würde Owain jeglichen Erfolg, den ich vielleicht hätte, an sich reißen, um den Ruhm dafür zu ernten. Sollte ich jedoch scheitern, könnte er sich unbeschadet aus dem Staub machen. Und das, liebe Susanna, ist die Wahrheit hinter Owains sorgfältig gesetzten, leidenschaftlichen Worten.»

Susanna starrte stur in ihren leeren Becher. Sie weigerte sich, Idwals zynischer Analyse zu glauben. Nein, diese Gefühle, die er gezeigt hatte, konnten unmöglich aufgesetzt gewesen sein. «Hat Lord Owain mit dir auch noch über etwas anderes gesprochen?», fragte sie leise.

«Als da wäre? Nein, er kam nur wegen dieser einen Sache zu uns, und mein Gefühl sagt mir, dass er bleiben wird, bis er eine

Antwort erhalten hat. Die wird er morgen früh bekommen, und sie wird ihm nicht zusagen.»

Susanna erhob sich und füllte ihre Becher erneut. «Bist du nicht ein bisschen voreilig?» Sie reichte ihm seinen Becher. «Was auch immer Owains Beweggründe sein mögen, er hat Recht. Wir sollten einander helfen – darin liegt unsere einzige Chance.»

«Mit wem das Haus Deheubarth seine Frauen verheiratet, ist allein deren Sache, sie bringen lediglich über sich selbst Schande. Das Thema ist jetzt beendet, Susanna.»

Verärgert setzte sich Susanna wieder und trank so hastig, dass sie sich verschluckte und husten musste. Idwal kam zu ihr und klopfte ihr auf den Rücken, bis der Husten verebbte.

«Ich kam nicht her, um über ihn zu reden», sagte er in versöhnlicherem Ton. «Wäre er bei meiner Rückkehr nicht hier gewesen, hätte ich es dir schon längst sagen können. Ich war in Senghennydd.» Er beobachtete sie sehr genau, während er weitersprach. Susanna versteifte sich kaum merklich, zeigte ansonsten aber keinerlei Regung. «Ich habe mit Meurig alles endgültig arrangiert. Er wird nächste Woche hier eintreffen – zum Zwecke eurer Verlobungsfeier.»

Und genau aus dem Grund muss Idwal Owain natürlich loswerden, dachte Susanna verstimmt. «War Onkel Rhodri mit dir dort?», wollte sie wissen.

«Nein, er hat Maredudd bevollmächtigt, in dieser Sache zu sprechen.»

«Bist du sicher, dass er einverstanden ist?», hakte sie verzweifelt nach und klammerte sich an jeden Strohhalm, um die Hochzeit hinauszuschieben.

«Ganz sicher, Susanna», erwiderte Idwal fest. «Die Zeitplanung hat er mir überlassen, und ich wollte, dass ihr verlobt seid, bevor ich heirate. Dann kann ich Efa in dem Gefühl ehelichen, dass sich jemand um dich kümmern wird.»

Als sie ihre Träume so jäh zerplatzen sah, ging das Temperament mit ihr durch. «Es fiel dir also nicht sonderlich schwer, mir vorhin zu sagen, ich solle meine Funktion auch noch innehaben, wenn Efa da ist – du wusstest ja, dass es nicht für lange sein würde», sagte sie in bissigem Ton, erhob sich und ging ein Stück von ihrem Bruder weg. Sie verspürte eine gewisse Befriedigung, dass er wenigstens den Anstand besaß, beschämt auszusehen.

«Falls es dich tröstet, ich hätte lieber dich hier statt Efa.» Er streckte die Hand aus und zupfte an ihrem Umhang herum, als könne er dadurch die Intimität ihrer geschwisterlichen Beziehung wiederherstellen.

Aber Susanna ließ sich nicht besänftigen. «Weil du eine Ehe ohne Liebe eingehst, soll es bei mir also genauso geschehen. Nichts zählt mehr als Blutsverwandtschaft, nicht wahr, Idwal?», sagte sie verächtlich.

«Niemand heiratet aus Liebe, Susanna», antwortete er trocken und lehnte sich in seinen Stuhl zurück. Er sah plötzlich unglaublich erschöpft aus. «Ich habe keine Lust, mit dir zu streiten. Meurig ist eine ausgezeichnete Partie. Ich hätte mich über ein bisschen Dankbarkeit gefreut, aber was auch immer du denkst oder sagst, es ändert nichts. Es gibt niemanden sonst, mit dem ich dich verheiraten würde, hörst du? Niemanden!»

Er stellte seinen leeren Becher ab und erhob sich. «Und jetzt gehe ich schlafen. Ich habe zwei anstrengende Reisetage hinter mir und heute Abend so viel falschen Stolz präsentiert bekommen, dass es für ein ganzes Leben reicht. Gute Nacht, Susanna.»

Sein Ton war so unerbittlich, dass Susanna erst zögerte, dann aber zu ihm ging. Sie wollte nicht schon wieder streiten – sie hatte doch jetzt niemanden mehr außer ihm. «Gute Nacht, Idwal, und das mit Efa tut mir Leid», sagte sie aufrichtig und bedauerte wirklich, dass sein zukünftiges Leben nicht dem entsprach, wovon er geträumt hatte. Aber noch klammerte sie sich an die Hoffnung, dass diese Enttäuschung der Grund für seine Unnachgiebigkeit im Hinblick auf ihren potenziellen Ehemann sei. *Mir bleibt ja noch eine ganze Woche,* dachte sie und zwang sich zu einem versöhnlichen Lächeln.

Idwal legte ihr die Hand auf die Schulter. «Wir sind schon ein besonderes Paar.» Er küsste sie zärtlich auf die Stirn.

Dann schlüpfte er hinaus in den dunklen Saal. Er machte sich auf den Weg zu seinem eigenen Gemach und achtete darauf, niemanden aufzuwecken. Aber nicht alle schliefen. Owains Augen verengten sich zu schmalen Schlitzen, als er Idwal aus Susannas Gemach kommen sah.

Owain schwieg einen Moment, erst dann antwortete er auf die Abfuhr, die Idwal ihm gerade erteilt hatte. «Du musst mir gar nicht mehr erklären, Idwal. Ich habe schon verstanden, in welcher Situation du dich befindest.» Obwohl er das mit einem Lächeln sagte, waren seine Augen hart wie Granit und sein Blick düster. Aber das war der einzige Hinweis auf seine Wut, während er betont gelassen in Idwals Zimmer auf und ab ging.

«Das hatte ich gehofft», sagte Idwal spitz und widmete sich den Büchern auf seinem Schreibtisch. «Sollte sich eine Möglichkeit ergeben, wie ich dir behilflich sein kann, so werde ich es dich umgehend wissen lassen.»

«Mehr kann ich nicht verlangen.» Owain neigte den Kopf. «Nun, ich sehe, auf dich wartet jede Menge Arbeit, und dein Verwalter wirkt schon recht ungeduldig.»

«Ja, und ich möchte dich auch nicht unnötig aufhalten, Owain, du willst dich sicher auf den Weg machen.» Idwal begleitete Owain zur Tür.

«Ich habe keine Eile», erwiderte Owain aalglatt, während er bereits im Türrahmen stand. «Außerdem wäre es ungehobelt von mir, davonzustürzen, nur weil ich nicht die erhoffte Antwort bekommen habe.» Owains Lächeln wurde in dem Maße breiter, wie sich Idwals Stirn in Falten legte.

«Wie du willst, Owain, mein Haus steht dir immer offen.» Idwal musste sich in höchstem Maße zusammenreißen, um die

Tür leise hinter Owain zu schließen. «Allmählich geht mir die Geduld mit diesem Burschen aus», zischte er seinem Verwalter zu, nachdem er sich wieder an seinen Platz begeben hatte.

Susanna spazierte gerade in Olwens Begleitung mit dem Arm voller Narzissen und Märzenbecher über den Burghof, da entdeckte sie Owain, der vor dem Eingang zur Halle stand. Er schirmte mit der Hand die Augen gegen das gleißende Sonnenlicht ab. «Guten Morgen», rief sie, und ihr Herz machte einen Satz, als er sich ihr mit strahlendem Lächeln zuwandte.

«Was für ein wunderschöner Anblick», rief er und eilte sofort zu ihr.

Susanna schnupperte an den Blumen. «Hübsch, nicht wahr? Es ist ein so schöner Frühlingstag, dass ich einfach nicht widerstehen konnte, einige für den Saal zu pflücken», sagte sie lächelnd, als er bei ihr ankam.

«Ich meinte nicht die Blumen», sagte Owain mit samtiger Stimme und schaute ihr tief in die Augen.

«Ihr schmeichelt mir, Mylord.» Susanna schlug sittsam die Augen nieder.

«Ich dachte, wir hätten uns darauf geeinigt, dass Ihr mich Owain nennt», zog er sie auf. «Und es sind keineswegs leere Schmeicheleien. Seht, Eure Blumen lassen ja bereits die Köpfe hängen, weil sie wissen, dass Ihr sie überstrahlt.»

«Du liebe Güte, ich sollte sie ins Wasser stellen, bevor sie verwelken», rief Susanna, rührte sich jedoch nicht von der Stelle.

Owain nahm ihr die Blumen ab und gab sie Olwen. «Eure Magd kann sich darum kümmern. Warum zeigt Ihr mir nicht Euren Garten?»

«Die Blumen sind nicht aus dem Garten. Ich habe sie auf der Wiese hinter der Burgmauer gesammelt.»

«Umso besser.» Owain ergriff ihren Arm. «Ich könnte etwas Bewegung gebrauchen. Das heißt, wenn Ihr nichts dagegen habt, noch ein zweites Mal Eure Wiese aufzusuchen.»

«Überhaupt nicht.» Nur zu gern ließ sie sich von Owain aus der Burg geleiten und ignorierte Olwens Proteste geflissentlich.

Sie brauchten nicht lange bis zu der Wiese, die auf einer Lichtung direkt hinter der Burgmauer lag. Susanna beantwortete voller Begeisterung Owains Fragen zu den verschiedenen Blumen und merkte nicht, dass er sie immer weiter zu einem verschwiegenen Plätzchen führte, das versteckt hinter ein paar Bäumen lag und von Plas-Marl aus nicht zu sehen war.

Er breitete seinen Umhang auf dem Boden aus. «Wollen wir uns einen Augenblick setzen?» Susanna stimmte bereitwillig zu. Sie entspannte sich zunehmend, während Owain sie mit einer unterhaltsamen Geschichte über einen Streich aus seiner Kindheit zum Lachen brachte. Die Sonne schien zu dieser Jahreszeit schon recht kräftig, und Susanna wurde es langsam zu warm. Sie öffnete die Fibel, die ihren Umhang zusammenhielt. Owain beugte sich vor und befühlte das immer noch an dem Stoff befestigte Schmuckstück. «Ein erlesenes Juwel», sagte er und kam noch näher.

«Idwal hat sie mir geschenkt.» Sie lächelte ihn kess an und entblößte dabei ihre wohlgeformten, weißen Zähne. «Vermutlich hat er sie in einer Schlacht erbeutet.»

«So wie die vorherigen Besitzer wahrscheinlich auch», erwiderte Owain und betastete die Edelsteine, bis er wie durch Zufall über Susannas Kehle strich. Er ließ seinen Blick über ihren Körper wandern. Was auch immer die ursprünglichen Motive für sein Vorhaben sein mochten, er würde auf jeden Fall seinen Spaß haben.

Susanna schlug das Herz bis zum Hals. «Wir sollten allmählich zurückgehen», sagte sie, und ihre Stimme war kaum mehr als ein Flüstern.

«Sollten wir das?», fragte er mit tiefer Stimme. Sein Gesicht war dicht an ihrem, seine Augen dunkel und verheißungsvoll. «Seit letzter Nacht konnte ich nicht aufhören, an dich zu denken», raunte er. «Ständig habe ich mich gefragt, ob ich dich wohl noch einmal küssen darf?»

Susanna hielt die Luft an, sie war wie gebannt durch die Macht seiner fesselnden Augen. «Ihr dürft», gelang es ihr schließlich atemlos zu flüstern.

Owain lächelte, und Susanna schaffte es, den Blick von seinen Augen loszureißen, aber nur, um ihn auf seine Lippen zu heften.

«Etwa so?», fragte er und hauchte einen keuschen Kuss auf ihre Wange. «Oder», er streichelte mit den Fingern ihr Gesicht, bis er plötzlich ihr Kinn umfasste, «so.» Er berührte mit den Lippen ihren Mund, zuerst ganz sanft, dann, als sie den Kuss erwiderte, ein kleines bisschen drängender.

Susanna hatte das Gefühl, ihr gesamter Körper zerfließe, und sie erwiderte seine Küsse mit erwachender Lust. Sie drängte sich ihm entgegen, erlaubte ihm, sie an sich zu ziehen, und spürte kaum, wie seine Hand ihren Körper hinab zu den Schnüren ihres Mieders wanderte. Erst, als Owain versuchte, ihre Brüste zu entblößen, riss sie das auf einen Schlag aus ihrer Benommenheit.

«Mylord … Owain. Das dürfen wir nicht», keuchte sie und entzog sich ihm.

«Keine Angst, meine Teuerste, ich werde sehr behutsam sein», murmelte Owain und küsste ihren Hals. «Ich mache es so, dass es schön für dich ist, versprochen.»

Seine Hand wanderte ihre Beine hinab. Als er begann, die Falten ihrer Röcke hochzuschieben, hielt Susanna ihn zurück. «Wir sind nicht verheiratet, nicht einmal verlobt», rief sie, erschrocken über ihr eigenes Verhalten. Sie setzte sich auf und schnürte mit zitternden Händen ihr Mieder.

«Noch nicht», erwiderte er, «aber das können wir ja später nachholen.» Er fasste ihre Hände und führte sie an seine Lippen.

Sie hielt den Blick gesenkt, war aber nicht in der Lage, ihre Hände wegzuziehen. «Du bist so wunderschön, Susanna», flüsterte er, küsste ihre Fingerspitzen, eine nach der anderen, und näherte sich Susanna erneut. Als er den Arm um ihre Taille legte, blickte sie auf. Tränen schimmerten in ihren Augen.

«Bitte nicht», hauchte sie.

Sie sah, wie er zögerte, und flehte ihn innerlich an, aufzuhören, denn sie wusste, dass sie ihm nicht widerstehen konnte, wenn er sich anders entschied. «Du musst mit meinem Bruder reden», sagte sie verzweifelt. «Er will mich mit Lord Meurig verheiraten. Die Verlobung soll schon nächste Woche stattfinden. Wir müssen mit Idwal reden, bevor es zu spät ist.»

Owain blickte noch immer auf ihre Hände hinunter, und da er nicht reagierte, fürchtete sie, ihn vergrämt zu haben. Aber dann schaute er langsam auf, und Susanna stellte erleichtert fest, dass sie keine Anzeichen von Verärgerung in seinen Augen erkennen konnte. «Du bist nicht wütend auf mich?», fragte sie unter Tränen.

«Aber Susanna», sagte er sanft. «Ich könnte niemals böse auf dich sein. Ich bin zornig auf mich selbst. Ich hätte auf meinen Verstand hören sollen und nicht auf das, was ich in deinen Augen las. Es tut mir Leid, dass ich nicht mehr Zurückhaltung geübt habe. Vergibst du mir?»

«Natürlich, Owain», beeilte sich Susanna zu versichern. «Und ich werde Idwal nichts davon erzählen, denn dann würde er dir gar nicht mehr zuhören wollen.»

«Ich fürchte, Idwal wird mir ohnehin kein Gehör schenken», seufzte Owain sichtlich betrübt. «Ich hatte fest vor, heute Morgen mit ihm über uns zu sprechen, aber als er mich darüber in Kenntnis setzte, dass er Powys nicht unterstützen wird, machte er mir sehr deutlich, dass sich seine Ablehnung vor allem gegen meine Person richtet. Da wurde mir klar, dass er mich niemals als Bewerber um deine Hand akzeptieren würde.» Sein Gesicht nahm den Ausdruck eines Märtyrers an, und Susanna wurde wütend auf ihren Bruder.

«Dann muss ich mit ihm sprechen und ihm verständlich machen, wie wichtig du und deine Familie für Wales seid.»

«Das würde vermutlich alles nur noch schlimmer machen …»

«Aber was können wir denn tun?», sagte sie und brach in Tränen aus.

Owain zögerte und sah nachdenklich in die Ferne, als wäge er zwischen zwei Möglichkeiten ab.

«Nun», sagte er langsam, «du könntest mit mir nach Powys kommen.»

«Ich soll Idwal sagen, dass ich ihn verlasse?», fragte sie unsicher.

«Dann wird er es dir verbieten und mich des Hauses verweisen – das wäre sein gutes Recht. Ich glaube nicht, dass er mir erlauben würde, dich jemals wiederzusehen.»

Aus seinen Worten sprach solche Qual, dass Susanna meinte, ihre Not verschmelze mit seiner. Sie hörte nur die Worte, die sie zu hören wünschte, sah nur die Zukunft, von der sie geträumt hatte, und verdrängte jegliche Vernunft konsequent. Hier lockte ein anderes Leben, in dem sie mehr sein konnte als nur Onkel Rhodris Nichte oder Idwals Schwester, wo sie um ihrer selbst willen begehrt wurde und nicht wegen ihrer einflussreichen Familie. Ffennas verächtliche Worte kamen ihr in den Sinn – dass sie ein Feigling sei, der es jedem recht machen wolle und letzten Endes alle enttäusche, am meisten sich selbst. Nun, die Welt war nicht untergegangen, als ihre Mutter ihrem Herzen folgte, und auch nicht, als Ffenna es tat. Sie spürte Owains drängenden Blick, und ihr Entschluss stand fest: Wichtig war nur, dass sie mit ihm zusammen war, nichts und niemand sonst spielte eine Rolle. Diese Gefühle waren zu stark, um sie zu verleugnen. Susanna hob energisch den Kopf und blickte in Owains fesselnde Augen.

«Dann sollten wir ohne sein Wissen gehen», sagte sie trotzig, konnte jedoch nicht verhindern, dass sie erschauerte.

Owains Augen blitzten kurz auf, während sein Gesicht unbewegt blieb. «Ich möchte keinesfalls der Grund für einen Bruch zwischen dir und deinem Bruder sein – aber wenn du dir sicher bist … Du möchtest doch mit mir zusammen sein, oder?» Er presste seine Lippen auf die empfindliche Innenseite ihrer Hand.

«Ja, Owain, o ja», rief Susanna voller Leidenschaft und lehnte den Kopf an seine Brust, als er sie in die Arme schloss.

«Dann soll es geschehen», raunte er. Er strich ihr zärtlich übers Haar, während sich in seinem Gesicht ein hämisches Grinsen ausbreitete und seine Augen triumphierend glitzerten. «Wir sollten zurückgehen», sagte er so sanft, dass Susanna nicht den geringsten Verdacht hegte, was seine wahren Gefühle anging. «Aber vorher pflücken wir noch Blumen. Schließlich soll niemand darauf kommen, was hier passiert ist, nicht wahr?»

«Nein, Owain, da hast du Recht», stimmte sie verlegen zu.

Während sie die Blumen pflückten, fragte sie: «Wann brechen wir auf?»

«Heute Abend nach Einbruch der Dunkelheit, aber noch vor dem Essen», erwiderte Owain. «Wir reiten jedoch nicht gemeinsam weg. Ich werde mich bereits am Nachmittag verabschieden und dich in Nantybeddau erwarten. Kannst du heute Abend dorthin kommen?»

Susanna nickte, obwohl ihr ein Schauer über den Rücken jagte. Nantybeddau war der Fluss des Todes.

Niemand schien sie vermisst zu haben. Idwal war anscheinend die ganze Zeit in seinem Arbeitszimmer gewesen, jedenfalls gab er keinerlei Kommentar zu ihrem Ausflug ab. Susanna fiel es schwer, sich auf ihre Pflichten zu konzentrieren, und sie fragte sich, wie Owain es nur schaffte, so zu tun, als sei alles in bester Ordnung. Seine Stimme und sein Lachen schallten durch den Saal, was ihm giftige Blicke von Idwal einbrachte. Mittags hielt Susanna es nicht länger aus. Sie musste einen klaren Kopf bekommen. Mit einer Kräutermixtur gerüstet verkündete sie Idwal, dass sie einen der Bauern besuchen würde, um nach dessen krankem Kind zu sehen.

«Schick einen Dienstboten», brummte Idwal.

«Es geht um Addas kleines Mädchen. Du weißt, dass ich mich um diese Familie persönlich kümmere, seit er seine Frau verloren hat. Außerdem wird er wissen wollen, wie es dem Baby geht, das Catrin zu sich genommen hat», erklärte sie betont gelassen.

«Wie du willst. Aled und Morgan sollen dich begleiten», sagte Idwal und wandte sich bereits wieder ab.

Susanna wollte gerade ihr Pferd besteigen, da kam Olwen angelaufen, hektisch ihren Umhang schließend. «Mylady, ich werde Euch begleiten», rief sie.

«Das ist nicht nötig, Olwen», entgegnete Susanna knapp.

«Aber es ist meine Pflicht», beharrte Olwen, während sie näher kam. «Ich hätte Euch heute Morgen nicht allein weggehen lassen dürfen.»

Susanna drehte sich blitzschnell um und packte Olwen an den Handgelenken. «Und, bist du sofort zu Lord Idwal gelaufen und hast ihm alles erzählt?», entfuhr es ihr.

«Nein, Mylady, kein Wort habe ich gesagt», sagte Olwen gekränkt, weil sie derartig beschuldigt wurde.

Susanna lockerte den Griff. «Entschuldige, dass ich dich so angefahren habe, ich bin heute nicht ganz bei mir. Außerdem habe ich bereits eine Eskorte und bestehe darauf, dass du hier bleibst.»

Olwen zögerte, aber Susannas entschiedener Gesichtsausdruck ließ keinen Widerspruch zu. Folglich blieb ihr nichts anderes übrig, als missmutig zuzusehen, wie die kleine Gruppe durch das Burgtor ritt.

Susanna ritt in scharfem Tempo. Sie hoffte, sich durch die frische Luft ein wenig zu beruhigen. Als sie bei der kleinen Hütte ankam, holte sie die Kräutermixtur hervor und übergab sie dem Mädchen, das sich mittlerweile um Addas Haushalt kümmerte. Susanna lächelte das Mädchen an, das etwa so alt war wie sie selbst. Sie hatte bereits davon gehört, dass Adda kurz nach Weihnachten eine neue Frau gefunden hatte, war jetzt allerdings überrascht, wie jung diese noch war. Sobald sich Nachwuchs ankündigte, würde Adda ganz sicher wegen einer Heiratserlaubnis bei Idwal vorsprechen.

Susanna blieb nicht lange, und schon bald bewegte sich die kleine Gruppe zurück Richtung Burg. Susanna drosselte immer wieder das Tempo, denn sie war nicht erpicht darauf, schon so bald zurückzukehren. Als sie an der kleinen Kirche vorbeikamen, in der die gesamte Gemeinde immer den Gottesdienst feierte, brachte sie ihr Pferd zum Stehen.

«Ich möchte für meine Tante Gwenllian beten», sagte sie zu Aled und Morgan. «Ihr braucht nicht zu warten, wir sind in Sichtweite des Wehrgangs und ich kann den Rest des Weges gefahrlos allein reiten.»

«Wir werden warten, Mylady», erwiderte Aled.

«Was ist heute eigentlich mit allen los? Ich bin schon so oft allein hierher geritten, dass ich es gar nicht mehr zählen kann», fuhr Susanna ihn an. «Ich sagte, ihr könnt gehen!»

Aled sah sie erhobenen Hauptes an. «Entschuldigt, Lady Susanna, aber Lord Idwal dreht uns den Hals um, wenn wir Euch allein lassen.»

«Ach, macht doch, was ihr wollt», fauchte Susanna gereizt. «Aber bleibt hier auf dem Weg. Ich möchte nicht, dass ihr auf dem Friedhof herumtrampelt.»

Sie stieg ab, warf Aled die Zügel ihres Pferdes zu und marschierte Richtung Kirche davon. Auf dem Friedhof verlangsamte sie ihre Schritte und suchte sich ihren Weg zwischen dem hier und da grasenden Vieh hindurch. Dabei hielt sie den Blick immer auf den Boden gerichtet, aus Respekt vor den Verstorbenen, die unter ihren Füßen ruhten.

An der Kirche angekommen, verweilte sie vor dem kleinen Portal und strich über die steinernen Verzierungen. Hier das Gesicht einer Katze, dort der Baum des Lebens und direkt neben ihr eine Sonne. Alle gingen hier zum Gottesdienst, Lord wie Bauer gleichermaßen, und Susanna hatte schwache Erinnerungen an ihre frühe Kindheit, als ihr Vater noch lebte. Sie lächelte gerührt, als sie daran dachte, wie er sie hochgehoben hatte, damit sie das Gesicht der Katze berühren konnte. Und ihre Mutter hatte ihr erklärt, dass diese Arbeiten von ihren Vorfahren stammten, aus einer Zeit, lange bevor es Heilige gab. Zu wissen, dass ihr Volk hier schon seit Generationen betete, gab ihr ein Gefühl von Zugehörigkeit, und als sie den dunklen Innenraum der Kirche betrat, hoffte sie, dass all diese Seelen ihr bei ihrer schwierigen Entscheidung beistehen würden.

Die Kirche war menschenleer, aber auf dem Altar brannte eine Kerze, um Gottes Gegenwart zu symbolisieren. Daneben standen frische Blumen, deren betörender Duft auf Susanna einströmte, während sie sich leise auf eine hölzerne Bank setzte. Sie schloss die Augen, genoss das Alleinsein und versuchte, die Anspannung zu vertreiben, die sich während des Tages aufgebaut hatte. Aber sosehr sie sich auch bemühte, sie fand keinen Frieden. Schließlich erhob sie sich, um auf dem schmalen Gestell neben dem Altar zwei Kerzen anzuzünden, eine für ihren Vater und eine für Tante Gwen. Dann betete sie um deren Unterstützung.

Ihr Blick fiel auf die große Wandmalerei über den Kerzen. Der Priester hatte in seinen Predigten oft auf sie verwiesen und die Qualen der Hölle aufgezählt, die jene erwarteten, die eine der auf der unteren Hälfte des Bildes dargestellten Todsünden begingen. Ein Wolkenband trennte die beiden Bildhälften, der obere Teil zeigte den Himmel und die Erlösung der Seelen. Unglückselige Gestalten versuchten verzweifelt, die Leiter zu erklimmen, die beide Welten miteinander verband, um zu Christus ins Paradies zu gelangen, während ein Dämon dies zu vereiteln suchte, indem er sie von der Leiter stieß.

In dem düsteren Licht der Kirche schien jede Figur ein Eigenleben zu entwickeln. Alle Todsünden waren abgebildet, aber Susannas Augen wurden magisch von dem sich umarmenden Paar angezogen, dem Sinnbild der Wollust. Sie errötete bei dem

Gedanken an das, was auf der Wiese geschehen war, und senkte den Kopf. Was hatte sie nur getan, schlimmer noch, was hatte sie Owain beinahe zu tun erlaubt, und das auch noch unter freiem Himmel, wie eine gewöhnliche Bäuerin? Heiße Tränen stiegen ihr in die Augen, als sie an das dachte, was sie noch vorhatte.

Sie schaute wieder auf. Die flackernden Kerzen warfen tanzende Schatten an die Wände und erweckten die Figuren des Gemäldes auf unheimliche Weise zum Leben. Vorwurfsvoll zeigten sie mit dem Finger auf Susanna, weil sie ihren Bruder hinterging, den einzigen Menschen, der ein Leben lang zu ihr gestanden hatte, der ihr vertraute, ihr gegenüber stets loyal war und genau das auch von ihr erwartete. Die Gestalten wandten sich ihr zu, sie verdammten sie für das, was sie an diesem Morgen getan hatte.

«Mein Gott», flüsterte Susanna, «was ist nur aus mir geworden?» Sie barg das Gesicht in den Händen. «Aber Gott möge mir vergeben. Ich möchte mit Owain zusammen sein.»

«Verräterin», flüsterte eine Stimme.

Susanna hob ruckartig den Kopf, konnte aber niemanden sehen.

«Lüsternes Weib.» Wieder diese Stimme.

«Wer ist da?», fragte Susanna scharf.

«Du bist wahrhaftig die Tochter deiner Mutter», höhnte die Stimme.

Susanna starrte auf das Wandbild, die Stimme schien von dort zu kommen. Ängstlich umklammerte sie die Lehnen des Stuhls. Es war der Dämon ganz links, der zu ihr sprach, eindeutig. Sein boshaftes Gesicht verzog sich zu einem teuflischen Grinsen, während er in dem Kessel über den Flammen des Fegefeuers rührte.

«Bin ich nicht!», rief sie weinend. «Ich bin ich.» Aber war sie denn einen Deut besser? Erst ihre Mutter, dann ihre Schwester, und jetzt plante auch sie, Idwal den Rücken zu kehren.

Im Zentrum des Gemäldes bewegte sich plötzlich etwas. Eine der Figuren wurde von der Leiter gezerrt und stürzte in die Tiefe. Im Fallen wandte sie sich Susanna zu, und mit Entsetzen blickte

Susanna in ihr eigenes Gesicht. Sie selbst war es, die ins Höllenfeuer stürzte. Und als der Dämon in hämisches Gelächter ausbrach – da war es Owains Lachen, das sie hörte.

Sie zitterte am ganzen Körper. «Du irrst», schluchzte sie, «ich hintergehe Idwal nicht, er liebt mich, er wird es verstehen … er wird mir vergeben.»

Ihre Stimme hallte so Furcht erregend durch die stille Kirche, dass Susanna sich panisch umschaute. Dann starrte sie wieder das Bild an, aber die Figuren waren so reglos wie zuvor, fixiert von der Hand des Künstlers. Der Klang ihres eigenen heftigen Atems dröhnte ihr in den Ohren. Susanna raffte die Röcke und stürzte aus der Kirche, als wären ihr die Dämonen leibhaftig auf den Fersen.

Draußen lehnte sie sich gegen das Portal, fasste sich an die Kehle und versuchte verzweifelt, ruhiger zu atmen und das Schwindelgefühl zu lindern. Ihr war speiübel, und sie fürchtete, jeden Moment ohnmächtig zu werden. Sie beugte sich vor, bis es ihr besser ging. Mit zitternder Hand ergriff sie den Saum ihres Umhangs und wischte sich den Schweiß von der Stirn. Ihre Finger waren eiskalt, und ihr fiel ein, dass sie ihre Handschuhe drinnen vergessen hatte, aber nichts auf der Welt würde sie dazu bewegen, noch einmal hineinzugehen und sie zu holen.

Susanna richtete sich auf und wankte über den Friedhof. Noch fühlte sie sich nicht in der Lage, zu ihrer Eskorte zurückzukehren. Sie ging an den Gräbern vorbei bis zu einer steinernen Bank und setzte sich. Je ruhiger sie wurde, desto alberner kam sie sich vor. Tante Gwen hatte immer gesagt, dass sie eine blühende Phantasie besitze, und die war heute von ihren Schuldgefühlen genährt worden.

«Geht es dir nicht gut, meine Liebe?», krächzte hinter ihr eine Stimme.

Fast zu Tode erschrocken wirbelte Susanna herum. Vor ihr stand ein altes Weib – zumindest vermutete Susanna, dass unter all diesen Lumpen ein menschliches Wesen steckte.

«Du hast mich erschreckt», sagte sie in scharfem Ton. «Was schleichst du hier herum?»

«Du siehst ein bisschen blass aus», fuhr die Alte unbeirrt fort, als hätte Susanna kein einziges Wort gesagt.

«Danke, es geht mir gut», entgegnete sie abweisend und erwartete, dass das unverschämte Weib wieder ging. Aber zu Susannas größter Bestürzung kam die Alte um die Bank herumgeschlurft und setzte sich neben sie.

«Ich kann mich nicht erinnern, dich dazu eingeladen zu haben!», fuhr Susanna sie an.

Aber das Weib entblößte den zahnlosen Mund zu einem fratzenhaften Grinsen und rutschte nur näher an Susanna heran, die unweigerlich zurückwich. Die Haut dieser Alten war gewiss noch nie mit einem Tropfen Wasser in Berührung gekommen.

«Bitte geh», verlangte Susanna. Das Weib verströmte einen fauligen, säuerlichen Geruch, und Susanna versuchte möglichst nicht zu atmen.

«Besser, ich bleibe einen Augenblick bei dir», erwiderte die Alte und ergriff Susannas Hand.

«Was tust du da? Wie kannst du es wagen, mich zu berühren?», entfuhr es ihr wütend, während sie versuchte, ihre Hand zu befreien. Aber die Alte war erstaunlich stark und hielt sie mit eisernem Griff gepackt. Da wusste Susanna es plötzlich. «Du warst das!», rief sie. «Du bist in der Kirche gewesen und wolltest mich zu Tode erschrecken. Wer bist du?», verlangte sie zu wissen. «Nein, viel entscheidender ist: Weißt du, wer ich bin? Denn eines kannst du mir glauben – du wirst noch sehr bereuen, was du vorhin getan hast.»

«Schsch, Kind», sagte das Weib besänftigend. «Hab keine Angst, ich will dir nichts Böses.»

Ihre Stimme war nicht mehr krächzend, sondern weich und wohlklingend wie die Stimme einer jungen Frau. Bestürzt betrachtete Susanna das Gesicht der Frau, das nur aus Falten und Runzeln zu bestehen schien. Aber ihre Augen waren klar und strahlend und sahen Susanna mit solcher Eindringlichkeit an, dass sie glaubte, sie könnten ihre geheimsten Gedanken lesen. Jetzt bekam Susanna wirklich Angst und versuchte wieder, sich zu befreien, aber die Frau hielt sie mittlerweile an beiden Händen fest.

«Lass mich gehen», bat Susanna, während sich Panik in ihr ausbreitete.

«Du bist durcheinander und verunsichert», sagte die sanfte Stimme. «Ich bin hier, um dir zu helfen.»

Trotz ihrer Angst spürte Susanna plötzlich, wie von den Händen der Frau eine Wärme ausging, die ihre Finger hochstieg, durch ihre Arme fuhr, sich nach und nach in ihrem ganzen Körper ausbreitete, ein wohliges Prickeln auslöste und sie beruhigte. Die Frau lockerte den Griff, bis sie Susannas Hände nur noch behutsam hielt.

«Du hast die Wahl – du kannst viel Glück oder viel Kummer hervorrufen. Für dich selbst und für die deinen», sagte die Frau. Noch immer sah sie Susanna mit der gleichen Intensität an, zwang sie zu sprechen, sich ihr anzuvertrauen. Der Wille dieser Frau und Susannas Bedürfnis waren zu stark, um widerstehen zu können.

«Wenn ich mein Glück verfolge, dann füge ich den anderen Leid zu», bekannte Susanna.

«Nein, so ist es nicht. Dein Leid ist ihr Leid. Du musst herausfinden, was du wirklich willst, und diesem Willen folgen.»

«Aber dann verletze ich andere», beharrte Susanna.

«Verwechsle Wille und Begierde nicht, mein Kind», warnte die Frau. «Um deine wahren Wünsche zu finden, musst du ganz tief in dich hineinschauen. Finde sie, und du wirst den Weg erkennen, den einzuschlagen dir bestimmt ist.»

Die Frau sprach mit sanfter Stimme, aber eindringlich, und während sie redete, bekam Susanna eine Vorstellung davon, wie sie als junge Frau ausgesehen haben musste.

«Wenn mein Weg bereits vorherbestimmt ist, dann spielt

es doch keine Rolle, wofür ich mich entscheide», erwiderte sie kaum hörbar.

Die Augen der Frau blitzten zornig. «Du hörst mir nicht zu, genauso wenig, wie du auf deine innere Stimme hörst. Niemand ist verpflichtet, seine Bestimmung zu erfüllen. Es ist an dir, diese Entscheidung zu treffen. Aber du wirst niemals glücklich sein, wenn du nicht weißt, wonach du suchst. Dein Wille und dein Schicksal sind untrennbar miteinander verbunden, verleugne das eine und du verleugnest beides.»

Susanna war wie hypnotisiert. Vor ihr saß eine junge, außergewöhnlich hübsche Frau.

«Es wird kein leichter Weg sein, und nichts ist gewiss. Es wird Hindernisse geben – und Kummer. Aber es wird auch Triumphe geben und Wunder und inneren Frieden. Geh deinen Weg, und dein Leben wird zwar nicht ohne Leid sein, aber dieses wird nie die Oberhand gewinnen.»

«Aber woher weiß ich, was richtig ist?», flehte Susanna. Sie brauchte klare Antworten und keine vagen Andeutungen.

«Sieh genau hin, Kind, hab den Mut, den Kern dessen zu erkennen, was dich wirklich quält. Sei schonungslos ehrlich, wenn du nach der Wahrheit suchst, und sei mutig genug, ihr ins Auge zu sehen.»

Ein Zittern durchlief Susanna, und sie wandte sich abrupt ab.

«Du hast jetzt wieder etwas mehr Farbe in den Wangen», sagte die Frau.

Das Krächzen war in ihre Stimme zurückgekehrt. Susanna hob den Blick und hatte wieder das alte runzlige Gesicht vor sich, das sie zahnlos angrinste. Sosehr sie sich auch bemühte, sie konnte keine Spuren der Schönheit mehr darin entdecken – mit Ausnahme der Augen, die klar und hell waren, allsehend und allwissend.

«Ja, ich fühle mich sehr viel besser.» Susanna erhob sich. Sie zögerte. «Ich danke dir», sagte sie leise, zog ihren Umhang fest zusammen und verließ rasch den Friedhof. Sie wagte nicht, sich umzudrehen, hatte zu viel Angst vor dem, was sie womöglich sehen könnte. Am meisten fürchtete sie jedoch, dass dort nichts wäre außer einer leeren Bank.

Als Susanna mit ihrer Eskorte in Plas-Marl eintraf, war Idwal auf dem Hof, noch bevor sie absteigen konnte.

«Wie geht es Addas Tochter?», fragte er und half seiner Schwester aus dem Sattel.

«Sie wird wieder gesund werden», erwiderte Susanna knapp. «Adda hat eine neue Frau gefunden, du wirst sicher bald um Erlaubnis für die Eheschließung gebeten werden.»

«Du hättest also gar nicht hinreiten müssen?», stichelte er.

«Nein, Idwal, wohl nicht», sagte Susanna müde. Die Ereignisse dieses Tages hatten sie erschöpft, sie brauchte nicht auch noch einen Streit mit Idwal.

«Du hast dir trotzdem viel Zeit gelassen», sagte er ärgerlich.

«Ich war noch in der Kirche, um für Tante Gwen zu beten. Hast du etwas dagegen?», fuhr sie ihn an. «Und jetzt bin ich müde und durstig. Wenn es dir nichts ausmacht, würde ich mich gern für eine Weile zurückziehen.» Sie nickte dem Stalljungen zu, der ihr Pferd mitnahm, und eilte über den Hof.

«Lord Owain bereitet seine Abreise vor», rief Idwal.

Susanna blieb abrupt stehen und musste sich erst ein paar Sekunden sammeln, bevor sie sich umdrehen und ihrem Bruder ins Gesicht sehen konnte.

«Dann wünsche ihm bitte eine gute Reise», sagte sie gefasst.

«Wird er es nicht ungehörig finden, wenn du dich nicht von ihm verabschiedest?», fragte Idwal herausfordernd, nachdem er sie eingeholt hatte.

«Du hast Recht. Das wäre unhöflich. Ich bin gleich wieder da», sagte sie, ihr Gesicht eine Maske der Höflichkeit.

«Warum kommst du nicht direkt mit?» Idwal griff nach ihrem Arm.

«Will er jetzt sofort aufbrechen?», fragte sie unbeirrt, und Idwal schüttelte den Kopf. «Dann mache ich es so, wie ich sagte. Ich trinke etwas und ziehe trockene Stiefel an. Falls das für dich annehmbar ist.»

«Selbstverständlich», erwiderte Idwal kühl.

Nachdem sie gegangen war, rief Idwal Aled zu sich. «Lady Susanna war in der Kirche?», fragte er.

«Ja, Mylord», bestätigte Aled.

«Hat sie mit jemandem gesprochen?»

«Wir haben niemanden gesehen, Mylord.»

«Ich möchte, dass du sie im Auge behältst, Aled, und mir sofort Bericht erstattest, falls sie die Burg verlässt.»

«Soll ich sie in diesem Fall aufhalten, Mylord?» Aled fragte sich, was die junge Herrin angestellt haben mochte.

«Nein. Achte nur darauf, in welche Richtung sie reitet, und lass es mich wissen. Ich kann doch auf deine Verschwiegenheit zählen?»

«Natürlich, Mylord», erwiderte Aled, ohne die geringste Regung zu zeigen. Er war schon Zeuge von mehr als einer heftigen Auseinandersetzung zwischen seinem Lord und der Lady geworden, und eines war gewiss: Die Lady nahm niemals ein Blatt vor den Mund. Aled war immer der Meinung gewesen, dass sie für eine Frau zu geradeheraus war, aber er fürchtete sich auch vor ihr. Es lockte ihn keineswegs, das Ziel ihres Zorns zu werden, und er konnte nur hoffen, dass sie nicht erfuhr, wer sie ausspionierte. Aber wenn Lord Idwal es für nötig hielt, sie im Auge zu behalten, dann hatte das seinen berechtigten Grund – daran zweifelte Aled nicht im Geringsten.

Sobald Susanna in ihrer Kammer war, verlangte sie nach einem Becher Met und leerte ihn mit einem Zug. Sie streckte Olwen den leeren Becher entgegen, damit sie ihn erneut füllte, und ließ sich auf die Bank am Fenster fallen.

«Hilf mir bitte aus meinen Stiefeln heraus», forderte sie ihre

Kammerjungfer auf. Deren mürrisches Gesicht ignorierend, trank sie langsam den zweiten Becher Met. Die Ereignisse in der Kirche und die Begegnung mit dem Weib hatten sie bis ins Mark erschüttert, und sie wünschte, sie könnte sie in den hintersten Winkel ihres Gedächtnisses verbannen. Aber das war unmöglich, alles war zu frisch, zu nachhaltig und zu sehr mit ihren zwiespältigen Gefühlen verwoben.

Susanna leerte den Becher und schlüpfte in die weichen Schuhe, die sie im Haus trug. Nur noch wenige Stunden, dann würde sie die wichtigste Entscheidung ihres Lebens treffen. Sie zupfte an ihrem Haar herum und strich die Röcke ihres Gewandes glatt, aber noch länger konnte sie es nicht hinausschieben. Sie musste Owain gegenübertreten und darauf vertrauen, dass Idwal nichts Verdächtiges an ihrem Benehmen wahrnahm.

Allerdings ging sie nicht den direkten Weg in den Saal, sondern zögerte ihre Ankunft hinaus, indem sie den Gang benutzte, der von der Küche dorthin führte. Dadurch konnte man sie beim Betreten des Saals nicht sofort sehen, da sie von dem Vorhang hinter dem Podium verborgen wurde. Sie selbst konnte jedoch alles überblicken und sah, wie Idwal mit Owain sprach. Sie zögerte, sich bemerkbar zu machen, und wollte erst sehen, ob die beiden ein friedliches oder ein feindseliges Gespräch führten. Idwal lächelte. Das war ein gutes Zeichen; sie erkannte zwar sofort, dass er sich dieses Lächeln abringen musste, aber zumindest fielen keine hitzigen Worte. Susanna seufzte. Sie musste Owain nur sehen, und sofort begann ihr Herz wie wild zu schlagen. Auch er lächelte, aber es wirkte nicht aufgesetzt wie bei Idwal. Die beiden Männer waren etwa gleich groß, aber Owain wirkte größer, so sehr dominierte er durch sein Charisma. Susanna verzehrte sich danach, in seinen Armen zu liegen, und jegliche Gefühle von Zweifel und Schuld waren wie weggewischt. Das musste der Wille sein, von dem das alte Weib gesprochen hatte. Nie zuvor hatte Susanna Ähnliches verspürt, es musste also richtig sein, diesem Willen zu folgen. Sie verstand einfach nicht, warum Idwal Owain so misstraute. Warum konnte er ihn nicht so sehen, wie er war, statt ihn mit seiner Familie über einen Kamm zu scheren? Besonders Idwal sollte einem Menschen nicht die Fehltritte seiner Verwandten ankreiden.

Als Susanna aus dem Schutz des Vorhangs trat und sich gerade bemerkbar machen wollte, wurde Idwal weggerufen.

«Entschuldige mich, Owain», sagte er. «Es gibt ein kleines Problem, um das ich mich kümmern muss. Ich werde aber zurück sein, bevor du aufbrichst, und Susanna muss auch jeden Moment kommen.»

«Nimm dir so viel Zeit, wie du brauchst», erwiderte Owain, sein Gesicht ein Ausbund an Charme und Geduld. «Ich kann warten.»

Als sich Idwal umwandte und ging, konnte er nicht sehen, wie jegliche Liebenswürdigkeit aus Owains Miene verschwand und stattdessen ein spöttischer Ausdruck auf sein Gesicht trat. Aber Susanna sah es, und obwohl sie energisch versuchte, es als Trugbild abzutun, das ihr Gewissen ihr vorgaukelte, beunruhigte es sie so sehr, dass sie sich bestürzt umdrehte, um zurück in ihre Kammer zu eilen.

«Lady Susanna, da seid Ihr ja!» Owain hatte sie entdeckt und mit wenigen Schritten eingeholt. «Lauft Ihr etwa vor mir davon?» Er hielt sie am Ellbogen fest und flüsterte ihr ins Ohr: «Ich habe dich heute Nachmittag vermisst, wie konntest du mich solchen Qualen aussetzen?» Sein lächelnder Mund war so verheißungsvoll, und seine Augen blitzten vielsagend. Susannas Herz schlug wie verrückt.

«Ich … ich hielt es für klug, dass wir nicht zusammen gesehen werden», stotterte sie.

«Eine kluge Entscheidung, denn ich muss zugeben, dass es mir schwer fällt, meine Gefühle für dich zu verbergen», sagte er mit heiserer Stimme.

Susanna senkte den Blick. Wenn sie noch länger in diese Augen schaute, konnte sie nicht mehr für ihr Handeln garantieren.

«Du hast doch nicht etwa deine Meinung geändert, was heute Nacht angeht?», wollte er wissen. «Susanna?» Er legte den Finger an ihr Kinn und hob es an, sodass sie gezwungen war, ihm in die Augen zu blicken.

«Nein, Owain, habe ich nicht. Ich werde da sein», sagte sie leise.

«Und ich werde warten», erwiderte er.

Die nächsten zwei Stunden schienen die längsten in Susannas Leben zu sein. Voller Ungeduld wartete sie darauf, dass die Sonne unterging. Owain war längst abgereist, und dennoch wirkte Idwal sehr angespannt, was Susanna noch nervöser machte. Sie hasste es zu lügen, und der Gedanke an das, was sie vorhatte, setzte ihr dementsprechend zu – trotzdem konnte sie ihre Gefühle für Owain einfach nicht unterdrücken.

Als der Haushalt sich nach und nach zum Abendessen im Saal einfand, beobachtete Idwal seine Schwester aufmerksam. Susanna wirkte schweigsam und abwesend, und mehrfach glaubte er, sie sei den Tränen nahe. Schließlich nahm er sie beiseite.

«Bist du krank? Du siehst blass und erschöpft aus», sagte er besorgt.

«Ich fühle mich in der Tat nicht wohl», murmelte Susanna mit gesenktem Blick. Sie konnte Idwal nicht in die Augen sehen, aus Angst, er würde die Lüge in ihren erkennen.

«Vielleicht solltest du zu Bett gehen», schlug er vor.

Sofort ergriff sie die Gelegenheit. «Wenn es dir nichts ausmacht», erwiderte sie hastig. «Gute Nacht, Idwal.»

Susanna floh förmlich aus dem Saal, wartete dann zitternd und unruhig in einer Nische neben dem Eingang, bis alle sich zum Essen versammelt hatten, und rannte zu den Ställen. Sie sattelte rasch ihr Pferd und dankte Onkel Rhodri im Geiste dafür, dass er ihr das beigebracht hatte. Es war ihm wichtig gewesen, für den Fall, dass sie jemals in eine Situation geriete, aus der sie rasch entfliehen musste. Sie führte ihr Pferd durch das hintere

Burgtor hinaus und saß erst auf, als sie weicheren Boden erreicht hatten, der den Klang der Hufe dämpfte. Ein kurzer Blick nach oben bestätigte ihr, dass der einzige Wachposten den Zugang zum Haupttor im Auge behielt – der Weg war frei. Ein kurzer Schlag mit dem Zügel, und sie galoppierte zwischen den Bäumen hindurch, weg von Plas-Marl Richtung Nantybeddau.

Die Lichtung direkt am Fluss war in Mondlicht getaucht, und Susanna entdeckte Owain sofort, der dort mit seinen Männern auf sie wartete. Noch bevor er zu ihr geeilt kam, stieg sie rasch ab. Dabei entging ihr nicht, wie wenig überrascht seine Männer auf ihr Eintreffen reagierten. Was sie jedoch nicht sehen konnte, waren die anzüglichen Blicke, die sie einander zuwarfen.

«Susanna, bist du allein gekommen?» Owain war ein bisschen überrascht, dass sie keine Kammerjungfer mitgebracht hatte.

«So ist es mir lieber», erwiderte sie ruhig.

«Ich sehe schon, ich habe noch eine Menge über dich zu lernen.» Er fasste sie um die Taille. «Aber jetzt müssen wir uns auf den Weg machen. Wir sollten so viele Meilen wie möglich zwischen uns und deinen Bruder bringen, bevor er dein Verschwinden bemerkt.»

«Vorher muss ich mit dir reden, Owain», murmelte sie.

«Das können wir unterwegs tun, Liebste.» Owain versuchte ihr wieder auf das Pferd zu helfen.

«Nein, ich habe dir etwas zu sagen, bevor wir aufbrechen», erwiderte sie entschieden.

Owain unterdrückte einen Fluch. «Susanna, ich weiß, wie schwer dir diese Entscheidung fällt», begann er.

«Ich denke, wir sollten Idwal eine Chance lassen», unterbrach sie ihn. «Wenn er sich weigert, zuzuhören, können wir immer noch gehen. Wenn du jetzt mit mir zurückkommst …»

«… räume ich ihm das moralische Recht ein, mir die Eier abzuschneiden», dröhnte Owain brutal.

«Die Moral wird jedenfalls ganz sicher auf seiner Seite sein, wenn wir uns nachts wie Diebe davonschleichen», entgegnete sie genauso heftig.

Owain holte tief Luft. «Susanna», sagte er schmeichelnd und ergriff ihre Hand. «Wir haben doch heute Morgen alles besprochen. Es war deine Idee, gemeinsam fortzugehen.» Er sah sie vorwurfsvoll an und strich ihr eine Haarsträhne aus dem Gesicht. «Du willst mich doch noch, oder nicht?»

Susanna spürte seinen warmen Atem an ihrer Wange, fühlte, dass sie schwach wurde, und entzog sich ihm abrupt. Wenn er ihr so nah war, konnte sie nicht mehr klar denken.

«Aber willst du mich denn?», gab sie zurück.

Owain breitete verwundert die Arme aus. «Wie kannst du das fragen? Ich habe meine Gefühle dir gegenüber heute Morgen wohl mehr als deutlich zum Ausdruck gebracht.»

«Als deine Frau, Owain», ergänzte sie mit erhobenem Kopf. «Willst du mich als deine Ehefrau?»

«Susanna … natürlich», sagte er und kam auf sie zu.

«Dann sag es Idwal, jetzt, heute Nacht», beharrte sie.

Owain lächelte, und sein Blick schien eine einzige Absichtserklärung zu sein, aber als Susanna sein Gesicht genauer betrachtete, begriff sie plötzlich, dass er niemals vorgehabt hatte, mit Idwal zu sprechen. Ein Gefühl der Demütigung überkam sie. Ihr wurde mit einem Mal klar, dass er sie quasi vor aller Augen genommen hätte, um dann jeden wissen zu lassen, wie bereitwillig sie ohne Ring am Finger das Lager mit ihm geteilt hatte.

«Ich reite nach Hause», sagte sie enttäuscht und wollte sich abwenden.

«Das denke ich nicht.» Owain packte sie am Arm. «Du bist kein Kind mehr und weißt sehr genau, was du heute Morgen getan hast. Glaubst du etwa, wir hätten uns hier stundenlang den Hintern abgefroren, um jetzt ohne dich weiterzureiten?»

«Es ist falsch!», schrie sie.

Owain zog sie unsanft an sich. «Wo ist dein Sinn für das Abenteuer geblieben, Susanna? Ich biete dir Vergnügen, Aufregung – all das, was du dir gewünscht hast, seit wir uns das erste

Mal begegnet sind. Du wolltest endlich ausbrechen aus der Enge deines so pflichtbewussten Lebens. Was hat sich geändert?»

Susanna zögerte, die Gedanken in ihrem Kopf rasten nur so, während sie ihn unentwegt ansah. Er hatte Recht mit dem, was er sagte, es war seine freie, abenteuerlustige Art, die sie anzog. Seine Missachtung unausgesprochener Verhaltensregeln, seine unbekümmerte Haltung gegenüber anderen. Ein Leben an seiner Seite wäre aufregend und atemberaubend – *sowohl im als auch außerhalb des Bettes,* dachte sie errötend. Aber als sie ihn jetzt ansah, wusste sie auch, dass es nur von kurzer Dauer sein würde, dass er früher oder später ihrer überdrüssig werden und sich nach neuem Spaß umsehen würde. Mit ihm gäbe es für sie weder Sicherheit noch Erfüllung, und tief in ihrem Innern wurde ihr bewusst, dass es weniger der Mann war, nach dem sie sich sehnte, sondern der Prinz – jemand, den sie nie würde haben können. Pflichtbewusstsein und Loyalität waren Fremdwörter für ihn, genauso leicht abzutun wie den betrogenen Ehemann oder wütenden Bruder. Aber sie würde niemals so sein können; sie konnte den Menschen, die sie liebten und brauchten, nicht einfach den Rücken kehren. Es war dumm von ihr gewesen, etwas anderes zu glauben. Sie entzog sich ihm und sagte traurig: «*Ich* habe mich geändert.»

Owain kniff die Augen zusammen, und sein Blick wurde hart wie Stein. «Nun, für mich nicht. Du hast gesagt, du kommst mit mir, und das wirst du gefälligst auch tun», sagte er mit kalter Stimme und packte sie erneut am Arm.

«Du willst mich mit Gewalt fortschleppen?», fragte sie ungläubig. «Denk noch einmal darüber nach, Owain, denn ich werde Zeter und Mordio schreien, bis dir halb Gwynnllwg zu Leibe rückt.»

Ihre deutlichen Worte brachten Owain für einen Augenblick aus dem Konzept. Aber dann grinste er. «Susanna, du hast wirklich Temperament. Glaube mir, meine Teuerste, ich freue mich sehr darauf, ein bisschen von dieser Leidenschaft kosten zu dürfen. Warum, glaubst du wohl, habe ich Nantybeddau vorgeschlagen? Du könntest hier den Höllenhund persönlich heulen lassen, und niemand würde es hören.» Seine Augen blitzten triumphierend, und er lachte höhnisch, sodass Susanna nun endgültig sein wahres Gesicht erkannte: Er war durch und durch selbstsüchtig, hinterhältig und kaltherzig. «Du kannst also ruhig schreien, mir macht es nichts. Ich bedaure lediglich, nicht den Gesichtsausdruck deines Bruders sehen zu können, wenn ihm klar wird, dass du bei mir bist.»

Plötzlich verstand sie, worauf sein Interesse an ihr in Wahrheit gründete. «Darum ging es also die ganze Zeit! Eine hübsche, kleine Rache an Idwal, weil er deine Pläne durchkreuzt hat. Du wolltest ihm zeigen, was es heißt, sich gegen das Haus Powys zu stellen. Mit einer Schwester, die du ihm nach Benutzung einfach wieder vor die Tür stellst und die keinen Ehemann mehr finden wird, machst du ihn zum Gespött der Leute. Du empfindest rein gar nichts für mich, stimmt's?»

Owain grinste unverfroren. «Nicht das Geringste – ich bedaure zutiefst, Mylady. Aber das heißt nicht, dass ich mich nicht darauf freue, dich in meinem Bett zu haben, schließlich habe ich schon einen flüchtigen Blick auf das erhaschen können, was in dir steckt. Und vertraue mir, Susanna», er fuhr mit den Fingern ihre Kehle entlang, «ich werde dir genauso viel Vergnügen bereiten wie du mir.»

Er lachte nur, als Susanna seine Hand wegstieß, und machte einen Schritt auf sie zu. Aber plötzlich hielt er inne, lauschte angestrengt und blickte mit zusammengekniffenen Augen die Baumreihen entlang. In der Dunkelheit konnte er nur wenig erkennen, aber seine Erfahrung als Krieger sagte ihm, dass sie nicht mehr allein waren. Seinem Gefühl nach waren nicht nur Blicke, sondern auch ein gutes Dutzend Pfeile auf seinen Rücken gerichtet. Er sah hinüber zu seinen Männern, die an ihre Pferde gelehnt gelangweilt herumstanden und offenbar keine große Lust mehr hatten, noch lange zu warten. Ihnen war anscheinend nichts aufgefallen. Aber Owain war ein sehr erfahrener Krieger, und alle seine Sinne waren in höchster Alarmbereitschaft. Vielleicht waren sie in der Überzahl, vielleicht aber auch nicht, er hatte jedenfalls nicht vor, ein Risiko einzugehen. Angst spielte keine Rolle bei seiner Entscheidung, denn er war genauso waghalsig wie tapfer. Aber auf seinen Instinkt konnte er sich verlassen, er sagte ihm immer eindeutig, ob er kämpfen oder sich besser zurückziehen sollte. Er ließ Susanna gehen.

«Ich weiß, dass ich nicht friedlich in meinem eigenen Bett sterben werde», sagte er leise zu Susanna, «aber auch nicht jetzt, nicht hier und nicht wegen dir.» Er küsste sie brutal auf den Mund, dann grinste er sie böse an. «Verzeih mir, dass ich dich nicht zurückgeleite», höhnte er und ging mit ausholenden Schritten zu seinem Pferd. «Aufgesessen, Männer, wir haben hier genug Zeit vertrödelt.»

Seine Männer gehorchten, ohne Fragen zu stellen, und würdigten Susanna keines Blickes mehr. Wenn Lord Owain zum Aufbruch mahnte, tat man gut daran, sich zu sputen.

Susanna wischte sich mit zitternder Hand angewidert über den Mund. Sie war wütend auf Owain, weil er sie benutzt hatte, aber vor allem auf sich selbst, weil sie so dumm gewesen war, sich von ihm täuschen zu lassen. Sie konnte sich nicht erklären, warum er sie am Ende doch hatte ziehen lassen. Im Gegensatz zu ihm war ihr nichts Verdächtiges aufgefallen. Aber sie dankte Gott dafür, dass er über sie gewacht und sie vor großer Schande bewahrt hatte. Sie wusste zwar noch nicht, welchen Weg sie einschlagen würde, aber eines war gewiss: Sich für Owain ap Cadwgan zu entscheiden hätte bedeutet, alles zu verlieren.

Sie biss sich auf die zitternde Unterlippe, stieg in den Sattel und ritt Richtung Plas-Marl davon. *Lieber Gott: Sorge dafür, dass noch niemand meine Abwesenheit bemerkt hat,* flehte sie.

Idwal sah ihr schweigend hinterher.

«Sollen wir Owain verfolgen und ihn stellen?», fragte sein

Freund und Begleiter Dafydd, begierig darauf, diesen Schurken zur Strecke zu bringen.

«Nein, ich entscheide, wann der Zeitpunkt dafür gekommen ist – wenn er es am wenigsten erwartet und wir nicht in der Minderheit sind», erklärte Idwal. «Achte bitte darauf, dass Susanna sicher nach Hause gelangt.» Als Dafydd aufstieg, hielt er ihn mit der Hand noch einmal kurz zurück. «Halte genügend Abstand. Ich möchte nicht, dass sie von unserer Anwesenheit hier erfährt. *Niemand* darf Kenntnis davon erhalten.»

Dafydd blickte Idwal lange an, schwieg jedoch. Wenn es seine Schwester gewesen wäre, hätte er keine Nachsicht walten lassen. Aber die Beziehung zwischen Idwal und Susanna war schon immer ungewöhnlich gewesen.

«Ich reite vor, damit ich in der Burg bin, wenn sie ankommt», fügte Idwal hinzu.

Dafydd nickte und lenkte sein Pferd auf den gleichen Weg, den Susanna eingeschlagen hatte, während Idwal zwischen den Bäumen davonsprengte.

«Was hast du vor?», fragte Dafydd wenig später, als er und Idwal sich in eine ruhige Ecke zurückgezogen hatten und vorgaben, eine Partie Schach zu spielen.

«Sie so schnell wie möglich mit Meurig zu verheiraten.»

«Du willst sie nicht zur Rede stellen?» Dafydd war überrascht, dass Idwal so beherrscht bleiben konnte.

«Ich habe zu lange und zu hart für diese Heirat gearbeitet, um sie jetzt noch scheitern zu lassen. Warum habe ich wohl niemanden außer dir mit nach Nantybeddau genommen, Dafydd? Meinst du, ich hätte Owain um seinetwillen davonkommen lassen?» Idwal nahm einen großen Schluck Met. «Niemand, und ich meine wirklich niemand, darf erfahren, was heute Nacht beinahe passiert wäre. Glaubst du etwa, dass Meurig auch nur eine Minute länger mit dem Gedanken spielen würde, sie zu heiraten, wenn er davon Wind bekäme?»

«Sicher nicht», räumte Dafydd ein. Er verstand Idwals Verhalten allmählich und sah, dass dieser seine Wut nur mühsam im Zaum halten konnte. «Aber was ist mit Owain? Wird er es nicht überall herumerzählen?»

«Dass Susanna nicht seinem Charme erlag, sondern ihn zurückwies? Das wäre seinem Ruf wohl kaum zuträglich. Und da ich nichts unternommen habe, Susanna nicht bestraft habe und mich nicht an Owain zu rächen versuchte – wer wird ihm Glauben schenken?»

«Der eine oder andere könnte es tun.» Dafydd neigte zum Pessimismus. «Und wenn genügend Zweifel gesät sind, wird Meurig sicher anfangen, noch einmal über alles nachzudenken.»

«Genau deshalb will ich, dass die Verlobung so schnell wie möglich öffentlich verkündet und die Hochzeit für den Spätsommer angesetzt wird», erklärte Idwal entschieden.

«Wirkt das nicht verdächtig?».

«Ich werde in wenigen Wochen heiraten, und Efa ist nicht erfreut, Susanna hier zu haben – meine Schwester braucht einen eigenen Haushalt. Was liegt also näher, als dass wir beide innerhalb kürzester Zeit heiraten?», sagte Idwal lächelnd.

Dafydd schwieg. Er schloss sich Idwals Überzeugung an, dass Owain nichts sagen würde. Der Gerechtigkeit halber musste man zugeben, dass die Frauen immer freiwillig das Lager mit Owain teilten und ihre Schande selbst verursachten. Owain brauchte immer nur die Tatsachen für sich sprechen zu lassen. Aber was war mit Susanna? Dafydd räusperte sich, bevor er sprach, aber es musste gesagt werden.

«Glaubst du, Susanna hat ihn zurückgewiesen?», fragte er leise.

«Ja», antwortete Idwal ohne Zögern, aber Dafydd schien nicht überzeugt. «Ich kenne Susanna», beharrte Idwal. «Sie hat sich Owain nicht hingegeben, dessen bin ich sicher.»

«Wird sie Stillschweigen bewahren?»

«Warum denn nicht?», fragte Idwal in aller Schärfe. «Um

Himmels willen, Dafydd, meine Schwester mag einen Mangel an Urteilsvermögen an den Tag gelegt haben, aber sie hat nicht völlig den Verstand verloren. Sie wird Meurig wohl kaum erzählen wollen, dass sie sich fast auf ein Techtelmechtel mit einem seiner ärgsten Feinde eingelassen hätte.»

«Sie war immer gegen diese Heirat», betonte Dafydd.

Idwal sah seinen Freund über den Becherrand hinweg an. «Susanna und ich hatten nicht gerade eine leichte Kindheit. Unser Vater starb jung, unsere Mutter – nun, du kennst ja die Geschichte. Ständig zwischen den Anwesen meines Onkels und Lord Iestyns Hof hin- und herzuziehen, dann die Jahre fortwährender Kämpfe, nachdem die Normannen in unsere Gebiete eingedrungen waren – Susanna sehnt sich nach Stabilität in ihrem Leben. Sie möchte ihr eigenes Zuhause, eine Familie und Kinder. Und sie wird nicht ihre Chance aufs Spiel setzen, genau das zu bekommen. Glaube mir, Dafydd, ich kenne meine Schwester besser als sie sich selbst.» Er lehnte sich in seinem Stuhl zurück und lächelte selbstgefällig. «Wer weiß, Owains Störversuch könnte sich als Vorteil erweisen, denn Susanna wird Meurig jetzt vielleicht eine wesentlich fügsamere Ehefrau sein. Und wenn Meurig erst einmal seine Ehe unter Dach und Fach gebracht hat, ist er frei, sich um seine Herrschaftsgebiete zu kümmern. Und da dessen südliche Grenzen unweit von Cardiff verlaufen, wird Meurig sich als weiterer Dorn im Fleisch der Normannen erweisen.»

Dafydd grinste. «Dein Ansehen in Gwynllwg, der Einfluss deines Onkels in Morgannwg, deine Verbindungen nach Upper Gwent, Efas Familie in Brycheiniog – und jetzt bringst du auch noch Susanna in Senghennydd unter. Du hast deine Fäden wirklich klug gesponnen.»

«Das habe ich, Dafydd, das habe ich», erwiderte Idwal zufrieden lächelnd.

Es war schon spät, als Idwal sich zu seinem Gemach begab. Als er sah, dass in Susannas Kammer eine Kerze brannte, spähte er durch die halb offene Tür. Susanna war noch auf. Sie kauerte in einen Umhang gewickelt in einem Lehnstuhl.

«Susanna?», flüsterte er.

«Lass mich allein, Idwal, bitte», sagte sie bedrückt.

Idwal wollte sich gerade zurückziehen und dachte, dass es für sie wohl am besten wäre, wenn sie in Ruhe ihre Wunden leckte. Aber sie sah so zart und verletzlich aus, dass er sich anders entschied und eintrat. Sie sagte nichts, als er sich ihr gegenüber setzte, sondern starrte weiterhin in das Feuer.

«Hast du einen Krug Met hier?», fragte Idwal.

«Er ist leer», antwortete sie matt.

«Soll ich einen frischen besorgen?» Er erhob sich bereits.

«Wenn du möchtest», entgegnete sie gleichgültig.

Idwal setzte sich wieder. «Muss nicht sein. Ich dachte nur, dann hätten wir etwas, worüber wir reden könnten.»

«Warum sprechen wir nicht über meine Verlobung», murmelte sie in ihren Umhang.

Damit hatte Idwal nicht gerechnet, und da das offene Haar ihr Gesicht verdeckte, konnte er auch nicht an ihrer Miene ablesen, warum sie dieses Thema ansprach. «Was möchtest du denn hören?», fragte er vorsichtig.

Susanna strich ihr Haar zurück und holte tief Luft. «Du hast mir gesagt, dass Lord Meurig nächste Woche kommt», begann sie mit etwas kräftigerer Stimme. «Ich werde ihn freudig erwarten.»

«Ach ja?» Idwal fragte sich, was für ein Spiel sie mit ihm trieb. «Warum der Sinneswandel?»

«Ich möchte dich nicht enttäuschen», sagte sie ruhig. Sie wandte ihm das Gesicht zu, dunkle Schatten lagen unter ihren Augen, in denen Tränen schimmerten. Sie sah so entsetzlich traurig aus. Sie hatte ihre Zöpfe gelöst, und das Haar fiel ihr zerzaust über die Schultern herab.

«Großer Gott, du siehst ja fürchterlich aus», entfuhr es Idwal – und es war nur halb scherzhaft gemeint.

«Danke», erwiderte sie trocken.

«Ich hoffe, du hast dich nicht bei Addas Tochter angesteckt.»

Susanna brachte ein zaghaftes Lächeln zustande. «Nein, das ist es nicht.» Sie zögerte und beobachtete Idwal sehr genau. «Es ist mein Ernst, ich werde dich nicht enttäuschen. Ich werde Lord Meurig bereitwillig heiraten, und er wird niemals Grund haben, anzuzweifeln, dass ich diese Ehe wollte.»

Ihr verletzter Blick verriet ihm mehr, als Worte es jemals könnten. Sie mochte Owain ihren Körper vorenthalten haben, aber sie hatte ihm ihr Herz geschenkt. «Ich hätte heute beinahe etwas Furchtbares getan», flüsterte sie, und Tränen liefen ihr über die Wangen.

«Hast du aber nicht», sagte er leise.

«Nein.»

Idwal kniete sich neben sie und strich ihr zärtlich das Haar aus dem Gesicht. «Wenn ich das Leid von dir nehmen und es an deiner Stelle erdulden könnte, so würde ich es tun», sagte er mit sanfter Stimme.

Sie barg das Gesicht in seiner Hand und sah ihn unter Tränen an. «Aber das kannst du nicht», flüsterte sie erstickt. «Ach, Idwal, ich bin so dumm gewesen», schluchzte sie.

Idwal nahm sie in die Arme und ließ sie eine Weile weinen, dann hob er ihr Kinn an. «Hör mir zu, Susanna. Ich halte dich nicht für dumm. Du bist fürsorglich, mutig und wunderschön, und ich bin stolz, dich als Schwester zu haben. Und Meurig wird stolz sein, dich zur Frau zu haben, das verspreche ich dir.»

Susanna lächelte ihn tränenüberströmt an. Idwal konnte so etwas ja gar nicht versprechen, aber dafür, dass er es gesagt hatte, liebte sie ihn in diesem Moment mehr denn je.

«Branwen soll morgen dein Jagdgewand bereithalten, wir gehen ein paar Stunden auf die Falkenjagd und vergessen für eine Weile alles andere», sagte Idwal, während er sich erhob.

Kurz nachdem er gegangen war, legte sich Susanna ins Bett. Sie war noch eine Weile wach und lauschte dem Regen, der auf das Dach fiel. Wie glücklich sie sich doch schätzen konnte.

Irgendwie hatte Idwal von dieser Geschichte mit Owain erfahren, und trotzdem ließ er sie heiraten. Und wenigstens eines konnte sie retten: Sein Vertrauen in sie würde sie nicht enttäuschen, das schwor sie bei der Heiligen Jungfrau. Schluss mit den naiven, romantischen Vorstellungen, sie war schließlich kein Kind mehr. Sie war Susanna ferch Ifor, Nachfahrin eines Königsgeschlechts, und dieses würde sie nicht entehren. Sie würde Meurig eine gute Frau und Senghennydd eine fähige Herrin sein.

kapitel neun

April 1109. Epynt, Brycheiniog

Der Termin für Idwals Hochzeit nahte, und Susanna war vollauf damit beschäftigt, Efa auf ihren großen Tag vorzubereiten. Dies erwies sich als undankbare Aufgabe, und das war – den Blicken der anderen Damen nach zu urteilen – nicht nur Susannas Meinung. Efa beschwerte sich ständig und rümpfte bei jeder Gelegenheit die Nase – bis Susanna fürchtete, ihre Zunge nicht länger im Zaum halten zu können. Aber statt Efa noch mehr aufzubringen, suchte sie lieber Zuflucht in der Vorratskammer, angeblich damit beschäftigt, den Bestand an Getränken zu überwachen. In Wahrheit brauchte sie einfach eine Verschnaufpause, sonst lief sie ernsthaft Gefahr, Efa gehörig die Meinung zu sagen.

Es dauerte nicht lange, da gesellte sich ihre Cousine Crystin zu ihr. «Gott gebe mir Kraft», raunte sie Susanna zu und nahm sich einen Weinkrug.

«Efa hat dich losgeschickt, um etwas zu besorgen, stimmt's?» Susanna warf Cristyn einen vielsagenden Blick zu.

«Der ist nicht für sie – sondern für mich. Ich brauche jetzt eine Stärkung, bevor ich wieder zu ihr gehe und mir ihr Genörgel anhöre. Auch Lust?» Cristyn schwenkte verschmitzt grinsend den Krug.

Susanna zögerte, aber nur kurz, und schon huschten die beiden Frauen über den Burghof, kicherten wie zwei unartige Kinder und setzten sich auf eine Bank nahe dem Fischteich, in der Hoffnung, hier nicht allzu schnell ausfindig gemacht zu werden.

«Wir haben keine Becher», stellte Susanna fest.

«Egal.» Cristyn führte den Weinkrug ohne Zögern an den Mund.

Susanna sah überrascht zu. Cristyn war um einiges älter als sie selbst und zudem für Susanna immer die Kultiviertheit in Person gewesen. Von hoch gewachsener Statur und stets elegant gekleidet, konnte Susanna sich nicht daran erinnern, dass je auch nur eine einzige Flechte ihres glänzenden braunen Haars nicht richtig lag oder dass ein Anflug schlechter Laune ihr hübsches Gesicht mit der zarten Elfenbeinhaut verunzierte. Und jetzt fluchte sie wie ein Krieger und trank Wein direkt aus dem Krug – allerdings ohne einen einzigen Tropfen auf ihr leuchtend gelbes Kleid zu verschütten.

«Hier.» Cristyn hielt Susanna den Krug entgegen, und ihre dunklen Augen blitzten übermütig. «Wenn du schon mit weit aufgesperrtem Mund dasitzt, dann kannst du ihn auch für etwas nutzen.»

«Entschuldige», sagte Susanna, nachdem sie einen Schluck getrunken hatte. «Es ist nur, weil ich mich nicht erinnern kann, dich jemals so erlebt zu haben ...» Sie zögerte, weil ihr einfach die passenden Worte fehlten.

«Efa könnte selbst eine Heilige zum Fluchen bringen.» Cristyn griff wieder nach dem Krug.

«Ich denke, das ist ihr bereits gelungen», grinste Susanna, und Cristyn verschluckte sich prompt.

«Ich mag ja vielleicht perfekt sein, aber eine Heilige – ganz bestimmt nicht», lachte Cristyn.

«Ich muss gestehen, dass ich Ffenna jetzt in einem ganz anderen Licht sehe», höhnte Susanna. «Meine Schwester hat eine Menge Fehler, aber bei weitem nicht solche wie meine zukünftige Schwägerin.»

«Wir sollten nicht zu hart über Efa urteilen», sagte Cristyn, die jetzt doch ein schlechtes Gewissen bekam. «Ihre Familie war eine der großen Herrscherdynastien, und sieh, wie wenig davon übrig ist. Nachdem ihr Vater von den Normannen besiegt und getötet wurde, hat man die Familie entmachtet und von ihren Ländereien vertrieben.» Sie ließ den Blick über das bescheidene Anwesen mit seiner kleinen Halle schweifen. Außer für Efas Bruder und seine Frau als Lord und Lady des Anwesens gab es nicht einmal Privatgemächer. «Allein in den Saal ihres alten Familiensitzes hätte diese ganze Anlage gepasst.»

«Vermutlich», stimmte Susanna widerwillig zu. «Es muss ihr auch schwer fallen, von ihrer Familie wegzugehen. Die Beziehungen untereinander scheinen zwar nicht sonderlich eng zu sein, aber Blutsverwandtschaft bleibt nun einmal Blutsverwandtschaft.»

«Vermisst du Ffenna?», fragte Cristyn unvermittelt.

«Ich hätte es nie gedacht, aber sie fehlt mir tatsächlich», gab sie zögernd zu und seufzte. «Wir sollten so langsam wieder zurückgehen.»

Cristyn nahm einen letzten Schluck, stellte den Krug auf die Bank, erhob sich und strich sorgfältig mit beiden Händen ihr Kleid glatt.

«Auf in den Kampf», scherzte sie und hakte sich bei ihrer jüngeren Cousine ein.

Susanna lächelte schüchtern und verspürte eine kindliche Freude über diese kurzen, vertraulichen Momente mit Cristyn. Ihre heitere Stimmung verflog jedoch sofort, als sie den Raum betraten, der Efa eigens für diesen Tag zur Verfügung gestellt worden war. Ein Kamm flog durch die Luft – und verfehlte nur knapp Susannas Kopf.

«Du nutzloses Trampel», schrie Efa die unglückselige Magd an. «Kannst du denn gar nichts richtig machen?»

Susanna und Cristyn warfen sich vielsagende Blicke zu. Susanna hob den Kamm auf und ging zu Efa, die vor der polierten Metallscheibe saß.

«Lass mich das machen, Efa», sagte sie besänftigend.

Efa warf ihr einen finsteren Blick zu, protestierte jedoch nicht, als Susanna begann, ihr das Haar zu kämmen. Aber Efas fahlblondes Haar war so fein, dass es dadurch anfing abzustehen, als wäre sie vom Blitz getroffen worden. Susanna legte schnell den Kamm weg, bevor die nächste Schimpftirade über Efas Lippen kam, und befeuchtete die Hände mit kaltem Wasser, das in einer Schüssel bereitgestellt worden war. Dann fuhr sie mit den Fingern durch Efas Locken, um sie in eine schmeichelhaftere Form zu bringen. Efas armselige Haarpracht reichte kaum bis an die Schultern und hing trostlos herab. Und sie verweigerte rigoros das Tragen von Haarverlängerungen, was viele Frauen mit kürzerem Haar machten. Aber mit dem geschickten Einsatz versteckter Haarnadeln und unendlicher Geduld, von der sie selbst überrascht war, verhalf Susanna Efas Locken zu einer Fülle und Lebendigkeit, die die anderen Frauen im Raum nie für möglich gehalten hätten. Wie durch ein Wunder verschwand Efas finsterer Blick, wenngleich ein Lächeln anscheinend zu viel des Guten gewesen wäre. Susanna nahm eine Auswahl an Wildblumen, deren Stiele sie sorgfältig mit Goldfaden umwickelt hatte. Sie waren eigentlich für ihre eigene Frisur vorgesehen, aber jetzt steckte sie die Blumen kurzerhand in Efas Haar. Dann trat sie einen Schritt zurück, um ihr Werk zu bewundern.

«Wie findest du es?», fragte sie und konnte ein zufriedenes Lächeln nicht unterdrücken.

«Es sieht phantastisch aus», rief Cristyn begeistert.

«Es wird gehen», lautete Efas undankbarer Kommentar. «Und es wird nichts von diesem Mist in mein Gesicht gekleistert», fuhr sie Susanna an, als diese nach Kohlestift und Wangenrot griff.

«Wie du willst», sagte Susanna gelassen. Sie hatte nicht vor, sich provozieren zu lassen. «Dann lass uns dir dein Hochzeitskleid anlegen … und es wird nicht über den Kopf gezogen!»

Efas Schneiderin, ein sehr begabtes junges Ding, hatte kunstfertig ein Kleid geschaffen, das Efa genau jene Rundungen verlieh, die die Natur ihr verweigert hatte. Efa mit ihrer knabenhaften Figur hatte voller Neid auf Susannas üppige Brüste und geschwungene Hüften geschaut. Mit jedem anderen hätte Susanna darüber scherzen können, aber nicht mit Efa. Als die Braut jedoch fertig angezogen und hergerichtet war, machte Susanna ihr durchweg ehrlich gemeinte Komplimente. Das prachtvolle karmesinrote Kleid und die Blüten im Haar verliehen selbst Efas blasser Erscheinung Ausstrahlung und Lebendigkeit. Der Stoff lag an der Taille eng an und war über dem Busen gerafft, sodass ihr Körper weiche Rundungen erhielt, die nicht einmal der harte Ausdruck ihres Mundes zunichte machen konnte.

«Was für eine hübsche Braut du bist, Schwester», sagte Susanna und lächelte sie freundschaftlich an.

«Ich bin nicht deine Schwester», entgegnete Efa kühl.

«Noch nicht, aber sehr bald werden wir Schwestern sein.» Susanna bemühte sich, die Herzlichkeit in ihrer Stimme beizubehalten.

«Lass mich eines klarstellen, Susanna», begann Efa mit eisiger Stimme und sah Susanna mit ihren farblosen Augen an, als wäre sie eine der niedersten Dienstboten, «durch die Ehe mit mir steigt Idwal in den gesellschaftlichen Rang meiner Familie auf. Ich heirate ganz sicher nicht in seinen hinunter. Wir sind keine Schwestern und werden es auch niemals sein. Ich wäre dir dankbar, wenn du das nicht vergisst.»

Susanna hörte dieser Gehässigkeit fassungslos zu, dann kniff sie die Augen zu schmalen Schlitzen zusammen.

«Du brauchst dich nicht zu beunruhigen, Efa. Ich weiß sehr genau, wer und was du bist», stieß Susanna mit beißender Stimme hervor.

«Deine Brüder sind soeben eingetroffen, um dich zur Kirche zu geleiten, Efa», unterbrach Cristyn, bevor Susanna weiter ausführen konnte, was sie von Efa hielt.

«Oh, Lord Meurig von Senghennydd ist auch dabei», fuhr Cristyn mit honigsüßer Stimme fort. «Hast du damit gerechnet, dass dein Verlobter herkommen würde, Susanna?» Mit einem übermütigen Glitzern in den Augen sah sie Susanna an.

«Ja, da Idwal bald mit Lord Meurig verwandt sein wird, habe

ich es vermutet», erwiderte Susanna lachend und hatte ihren Zorn schon fast vergessen.

«Noch so ein Emporkömmling», zischte Efa und hätte zu gern den Kopf stolz nach hinten geworfen. Da sie aber Sorge um die kunstvoll arrangierte Frisur hatte, musste sie sich damit begnügen, die Zähne zusammenzubeißen und so zu tun, als hörte sie das Kichern hinter ihrem Rücken nicht.

Während des Hochzeitsfestes saß Susanna neben Meurig. Sie hatte ihn seit ihrer Verlobung nicht mehr gesehen, und an diese konnte sie sich nur vage erinnern. Ihr Schmerz wegen der Geschichte mit Owain war damals noch so frisch gewesen, dass ihr wochenlang alles egal gewesen war. Immer noch verspürte sie hin und wieder ein Gefühl der Demütigung, meistens dann, wenn sie am wenigsten damit rechnete. Aber die Verzweiflung war irgendwann gewichen, und sie akzeptierte Idwals Entscheidung für Lord Meurig – ihrem eigenen Urteil konnte sie ja ganz offensichtlich nicht trauen. Sie hatte mitbekommen, dass die Mägde kichernd darüber flüsterten, wie gut aussehend Lord Meurig sei, hatte dem jedoch keine Beachtung geschenkt – bis heute Abend. Geschützt durch ihr langes Haar, musterte sie ihn unauffällig und fand, dass er bei genauer Betrachtung wirklich attraktiv war. Während er mit ihr sprach, musste sie immer wieder denken, dass sein ernstes Gesicht wesentlich entspannter wirken würde, wenn er einmal herzhaft lachen statt immer nur lächeln würde. Aber auch so strahlten seine braunen Augen, als er sie nach Beendigung des Festmahls vom Tisch wegführte.

«Eure neue Schwägerin wirkt nicht besonders glücklich», bemerkte er, während sie umhergingen und die Dienstboten alles für den Tanz herrichteten. Obwohl er sicher war, dass niemand sie hören konnte, sprach er leise.

Susanna folgte seinem Blick. «Nein, sie hat bereits sehr deutlich gemacht, dass diese Heirat unter ihrer Würde ist», erwiderte sie, und die Wut auf Efa schwang in ihrer Stimme mit.

Meurig zog die Augenbrauen hoch und strich sich die Locken aus der Stirn. «Hat sie das? Nun, ein Herrscher ohne Land hat nicht gerade viele Möglichkeiten. Sie sollte dankbar sein, dass ihre Brüder sie in eine aufstrebende Familie einheiraten lassen – und nicht in eine, die an Macht verliert.»

Susanna errötete vor Freude über dieses Kompliment, denn seit Efas Worten hatte sie Angst gehabt, dass Meurig vielleicht ähnlich denken könnte. Seine eigene Machtposition war natürlich auch noch recht frisch, aber er war willens, noch weiter aufzusteigen, und es waren ihre Verbindungen, die ihm viele Türen öffnen könnten.

«Da kommt Euer Cousin», bemerkte Meurig. «Und der Bräutigam höchstpersönlich.»

Wenn auch die Braut offenbar entschlossen war, diesen Tag auf keinen Fall zu genießen, so konnte man das vom Bräutigam sicher nicht behaupten. Idwal hatte sich längst an die Tatsache gewöhnt, dass seine Ehefrau keineswegs die Erfüllung seiner Träume war. Aber Efas Persönlichkeit schmälerte nicht ihren Wert als Braut, und er war fest entschlossen, diese Verbindung zu feiern, die ihn – das hatte Efa durchaus richtig erkannt – in einen anderen Rang erhob und mit der Tradition der Dynastie Brycheiniog verband.

«Susanna», lallte er breit grinsend. «Ich schwöre, du bist die hübscheste Frau im ganzen Saal. Mir ist klar, warum Lord Meurig dich mit Beschlag belegt und sein Anrecht deutlich macht – allein heute Nacht hätte ich dich leicht zweimal verheiraten können.»

«Idwal!», zischte Susanna mahnend, damit er leiser sprach. Efa musste diese kränkenden Worte nicht unbedingt hören, vor allem aber brachten sie Susanna selbst in Verlegenheit. Erleichtert stellte sie fest, dass nun die Musiker zum Tanz aufspielten.

«Ihr habt doch hoffentlich Eure Meinung nicht geändert», sagte Meurig scherzend, aber mit ernstem Blick an Idwal gewandt.

«Auf gar keinen Fall», beeilte sich Maredudd zu versichern. «Idwal mag ein bisschen zu tief in den Becher geschaut haben, aber sein Urteilsvermögen hat nicht darunter gelitten.» Er lachte leise, warf Idwal jedoch einen warnenden Blick zu. «Nun, Meurig», fuhr Maredudd fort, bemüht, das Thema zu wechseln. «Was denkt Ihr, wie die Sache für Powys ausgehen wird?»

Meurig zuckte mit den Schultern. «Beides ist möglich. Falls Owain ap Cadwgan …»

«Susanna, möchtest du tanzen», ging Idwal dazwischen. «Entschuldigt mich, Mylords, aber ich bin wild entschlossen, wenigstens heute Nacht nicht über Politik zu reden.»

Maredudd und Meurig neigten die Köpfe, während Idwal Susanna mit sich fortzog.

«Lächle, Schwesterherz», flüsterte er ihr ins Ohr und wirkte mit einem Mal völlig nüchtern. «Und halt dich nicht so verkrampft, oder wir werden noch über unsere Füße fallen.»

«Warum hast du mich weggezogen?», zischte Susanna wütend zurück.

«Die beiden haben zum Glück deinen Gesichtsausdruck nicht gesehen – ich schon.»

Susanna schluckte mühsam. *Wann konnte sie endlich diesen Namen hören, ohne dass es sich anfühlte, als stoße man ihr ein Messer ins Herz?* «Was ist mit Owain?», fragte sie schließlich.

«Lächeln», befahl Idwal, zeichnete mit den Fingern ein Lächeln in sein Gesicht und nickte den anderen Paaren freundlich zu.

«Sag es mir», fauchte sie – lächelnd.

«Während eines Besuches bei seinem Vater hat Owain erfahren, dass sich Prinzessin Nesta in der benachbarten Burg ihres Gatten aufhält. Er stattete ihr daraufhin einen höflichen Besuch ab, aber offenbar hat ihm das noch nicht genügt. Mit ein paar Männern ist er im Schutz der Nacht noch einmal dorthin, legte als Ablenkungsmanöver ein Feuer, drang in ihr Gemach ein, entführte sie und verführte sie anschließend.»

Susanna senkte den Blick, damit Idwal nicht sehen konnte, dass sie erleichtert war und sich dessen gleichzeitig schämte. Erleichtert, weil Owain nichts passiert war, und beschämt, weil es sie immer noch kümmerte. Sie hatte gehofft, dass die Wunde mittlerweile verheilt sei, aber eine so tiefe Verletzung bedurfte nur eines geringen Anstoßes, um erneut aufzureißen.

«Seinem Vater muss es zu schaffen machen, dass sich sein Sohn an einer Lady vergangen hat», murmelte sie.

«Nun, ich bezweifle, dass es für Nesta eine wirklich neue Erfahrung war», entgegnete Idwal trocken. «Aber Cadwgan hat tatsächlich allen Grund zur Besorgnis, denn er hat sich vergeblich darum bemüht, dass Owain sie wieder gehen lässt. Dabei ist es nicht Cadwgans Zorn, den Owain fürchten sollte, nicht einmal den von Nestas Ehemann Gerald, sondern den König Henrys. Der wird dieses Vergehen nicht ungesühnt lassen und will mit Streitkräften in Powys aufmarschieren, um Owain einen Denkzettel zu verpassen.»

«Der König unterstützt seine Vasallen aber sehr», sagte sie leise und völlig desinteressiert am Gebaren des englischen Königs.

Idwal schnaubte verächtlich. «Es ist weniger Geralds Stolz, den er verteidigt.» Er lächelte, als Susanna ihn fragend ansah. «Ausgerechnet die Geliebte des Königs zu verführen war nicht gerade Owains genialster Schachzug.»

Susanna riss überrascht die Augen auf und konnte nicht umhin, zynisch zu lachen. «Wer Owains Wege kreuzt, der tut gut daran, seine Frauen unter Verschluss zu halten», flüsterte sie in bissigem Tonfall.

Idwal packte sie fester. «Ich hatte gehofft, du hättest all das hinter dir», sagte er leise.

«Habe ich auch», protestierte sie.

Idwal zog ungläubig die Augenbrauen hoch und entlockte ihr immerhin ein entschuldigendes Lächeln.

«Ich arbeite daran», gestand sie ein.

«Gut so», murmelte er.

«Solltest du nicht eigentlich mit deiner Frau tanzen?», fragte Susanna verschmitzt, um das Thema zu wechseln.

Idwal stöhnte. «Muss ich wohl, oder?»

«Und vielleicht solltest du lieber ihr Komplimente machen statt den anderen Damen. Du kannst von Glück reden, dass ihre Brüder deine Bemerkung vorhin nicht mitbekommen haben», ermahnte Susanna ihn

«Vielleicht hätte ich etwas leiser sprechen sollen, das gebe ich zu.»

«Oder ganz den Mund halten. Du hättest nicht nur Efas Brüder kränken können», schimpfte sie.

Idwal runzelte fragend die Stirn, dann hellte sich sein Gesicht auf. «Mein Scherz, dass ich dich zweimal hätte verheiraten können?» Er grinste verlegen.

«Es ist sicher nicht das Geschickteste, mit einer einzigen Bemerkung direkt beide Familien vor den Kopf zu stoßen», erklärte sie ihm, konnte aber nicht umhin, sein Grinsen zu erwidern. «Und jetzt lass mich los, Bruderherz, und geh zu deiner Frau.» Theatralisch seufzend lieferte er Susanna bei Meurig ab. Nachdem er sich wieder die Maske des beschwipsten Bräutigams aufgesetzt hatte, schlängelte er sich durch die Menge zu seiner Frau, die mit säuerlichem Gesichtsausdruck auf einem Stuhl saß. Angestachelt durch die neugierigen Blicke der Umstehenden, bestand er darauf, dass Efa mit ihm tanzte, und zog seine widerstrebende Gemahlin auf die Tanzfläche. Susanna hatte nie zuvor ein Paar gesehen, das so wenig zusammenpasste wie die beiden. Diese Verbindung würde nie mehr sein als eine Zweckehe.

Susanna lehnte sich im Stuhl zurück und rieb sich die müden Augen. Nur noch eine Woche bis zur Hochzeit. Sie und Cristyn waren gerade damit beschäftigt, die endgültige Gästeliste noch einmal durchzugehen.

«Ich muss zugeben, ich finde es ein bisschen übertrieben», sagte Susanna. «Bei einigen der Namen könnte man denken, es ginge um eine königliche Hochzeit.»

«Vielleicht ist genau das Meurigs Absicht», lachte Cristyn leise. Als sie den erschöpften Blick ihrer Cousine sah, erhob sie sich. «Komm, lass uns einen Spaziergang machen. Es ist ein wundervoller Tag, das sollten wir nutzen.»

Susanna pflichtete ihr nur zu gern bei – Hauptsache, sie musste nicht länger über den Vorbereitungen brüten.

Als sie den Burghof betraten, drang ein lauter Tumult aus der Küche zu ihnen herüber, und Efas schrille Stimme hallte über den Hof. Cristyn packte Susanna am Arm und zog sie Richtung Tor.

«Komm», sagte sie mit energischem Gesichtsausdruck. «Sie ist wirklich das Letzte, was du jetzt brauchst. Lass uns zur Wiese gehen. Ich habe gehört, dort gibt es jetzt jede Menge Schmetterlinge.»

«O ja, alle möglichen Arten», erwiderte Susanna leise und ließ sich widerstandslos führen. «Danke, dass du hier bist, Cristyn», fügte sie verlegen hinzu.

«Ich weiß, wie nervenaufreibend all das sein kann. Und von Mylady hier kannst du keinen schwesterlichen Beistand erwarten», gab Cristyn grimmig zurück.

«Nein», bestätigte Susanna, müde lächelnd. «Und seit sie ein Kind erwartet, ist sie vollends unerträglich geworden.»

«Und das wird sich bis zur Geburt auch nicht mehr ändern, denk an meine Worte. Gut, dass du bald von hier wegkommst. Ist Idwal glücklich über das Kind?»

Susanna nickte begeistert. «Er freut sich sehr darauf, Vater zu werden.» Sie lächelte innerlich, denn es lieferte ihm zudem die perfekte Entschuldigung, sich monatelang von Efas Bett fern zu halten.

Die beiden gingen eine Weile schweigend, bis Cristyn begeistert ausrief: «Wie wunderschön!» Vor ihnen erstreckte sich die Wiese, die mit ihrer Fülle an spätsommerlichen Blumen alle Arten von Schmetterlingen anzog. Es wimmelte nur so von Farben und Düften.

«Wir sollten uns hierher setzen, damit wir sie nicht aufscheuchen», schlug Cristyn vor, und sie ließen sich auf einer Bank nieder, von der aus sie die Wiese überblicken konnten.

Die Sonne strahlte kräftig. Susanna lehnte sich zurück und genoss die Wärme auf ihrem Gesicht.

«Cristyn», fragte sie leise, «es wird doch keinen Ärger bei der Hochzeit geben, oder?»

«Warum sollte es?» Cristyn sah Susanna überrascht an.

«Was du da gesagt hast über die königliche Hochzeit, die Meurig im Kopf hat», erklärte Susanna zaghaft.

«Ich habe doch nur Spaß gemacht, Susanna. Obwohl in jedem Scherz ja bekanntlich ein Funke Wahrheit steckt.» Cristyn drückte Susannas Hand. «Unterschätze nicht die Zukunft deines Mannes, meine Liebe, er hat es verstanden, aus den krisenreichen Jahren seinen Vorteil zu ziehen. Und er ist nicht ein einziges Mal von seinem Herrschaftsanspruch abgewichen.» Sie lachte kurz auf.

«Und jetzt will er demonstrieren, wie weit er es gebracht hat.»

«Das ist nur konsequent», erwiderte Cristyn. «Aber du musst dir keine Sorgen machen. Glaubst du etwa, Papa und meine Brüder würden zulassen, dass dir irgendetwas diesen Tag verdirbt?»

«Nein, ein einziger Blick auf Onkel Rhodri wird selbst den Streitlustigsten zum Schweigen bringen», stimmte Susanna lächelnd zu. «Aber das hier ist keine Hochzeit, sondern Politik.»

«Ist es das nicht immer?», fragte Cristyn trocken.

«Vermutlich.» Susanna zuckte mit den Schultern, dann grinste sie verschmitzt. «Aber wie dem auch sei, wieso weißt du eigentlich so gut über meinen zukünftigen Ehemann Bescheid?»

Cristyn wurde ein bisschen verlegen. «Jetzt hast du mich erwischt», gab sie zu. «Sobald ich erfuhr, wen sie als Ehemann für dich im Kopf hatten, habe ich Rhys gelöchert, mir alles über Meurig zu erzählen.» Sie verdrehte die Augen gen Himmel. «Für mich ist entscheidend, dass du jeden Morgen neben einem attraktiven Mann erwachst.»

«Cristyn!», rief Susanna. Sie lachte, aber es klang gezwungen, denn sie wollte nicht an den körperlichen Aspekt der Ehe erinnert werden.

«Hör mir zu», sagte Cristyn, als sie sah, wie unbehaglich Susanna zumute war. «Wir reden über Nichtigkeiten, während dir so vieles durch den Kopf geht.» Sie ergriff Susannas Hände. «Falls es irgendetwas gibt, das du mich über die Hochzeitsnacht fragen möchtest, so habe bitte keine Scheu. Wie du weißt, habe ich sie schon hinter mir.» Sie lachte kurz und hell auf. «Ich weiß noch, dass Mama mir riet, mich zu entspannen und zu lächeln.» Ein Schatten legte sich über ihr Gesicht, als sie an ihre geliebte Mutter dachte, die ihr immer noch fehlte.

«Tante Gwen hätte so viel Freude daran gehabt, diese Hochzeit vorzubereiten», sagte Susanna, von Cristyns Trauer angesteckt. Dann kicherte sie plötzlich. «Sie hätte sich nicht von der Gästeliste einschüchtern lassen.»

«Susanna», Cristyn drückte sanft die Finger ihrer Cousine, «wünschst du dir vielleicht, deine Mutter wäre hier?» Sie spürte, wie sich Susanna verspannte, hielt es aber für nötig, über dieses Thema zu sprechen. «Dass Idwal sie nicht bei seiner Hochzeit dabeihaben wollte, hat mich nicht überrascht, aber du stehst immerhin in Kontakt mit ihr. Ich muss gestehen, ich war etwas erstaunt, dass sie gar nicht eingeladen wurde. Hat Idwal das unterbunden? Dazu hat er kein Recht. Vielleicht sollte Maredudd einmal mit ihm reden …»

«Das ist nicht nötig», unterbrach Susanna. Sie wandte den Blick von Cristyns besorgtem Gesicht ab, schaute auf die Wiese und beobachtete den Tanz der Schmetterlinge. «Seit meinem Besuch mit Gorffenna haben wir keinen Kontakt mehr», sagte sie leise.

«Aber jetzt heiratest du, und deine Mutter wird ganz sicher an deiner Seite sein wollen», erwiderte Cristyn.

Susanna wandte sich ihr zu, und der Schmerz, der in ihren Augen zu lesen war, versetzte Cristyn einen Stich.

«Als Ffenna nicht mit zurückkommen wollte, machte Mutter sich Sorgen, man würde ihr die Schuld daran geben. Aber sie war überhaupt nicht ärgerlich auf Ffenna, und, weißt du, Cristyn, sie hat nicht ein einziges Mal gefragt, ob ich auch bleiben möchte.» Tränen des Zorns traten ihr in die Augen, die sie rasch wegblinzelte. «Warum in Gottes Namen sollte ich sie also an meinem Hochzeitstag hier haben wollen? Tante Gwen war mehr eine Mutter für mich, als sie es je gewesen ist oder sein könnte.»

Cristyn schluckte mühsam. Sie legte die Hand an die Wange ihrer Cousine. «Ich weiß, mein Liebes, ich weiß. Und ich gebe mein Bestes, sie würdig zu vertreten.» Sie strich Susanna das Haar aus dem Gesicht. «Ich werde dich zurechtmachen und hätscheln und dafür sorgen, dass du eine wunderschöne Braut bist. Eine, auf die Mama stolz wäre.»

Aus einem Impuls heraus umarmte Susanna ihre Cousine und erhob sich dann leicht verlegen. «Wir sollten zurückgehen», sagte sie und strich ihren Schleier glatt.

«Ja, zurück zu dieser verdammten Gästeliste.» Susanna lachte trotz der Tränen. «Danke, Cristyn», fügte sie leise hinzu.

Cristyn winkte ab, als sei das doch nicht der Rede wert, aber insgeheim freute es sie, dass sie nicht nur erwünscht war, sondern gebraucht wurde.

Cristyn erwies sich während der nächsten Tage als der reinste Segen. Ihre Begeisterung war so ansteckend, dass Susanna aufhörte, sich zu sorgen, und den Feierlichkeiten tatsächlich freudig entgegensah. Außerdem stellte sich Cristyn mit aller Entschiedenheit zwischen Efas Gehässigkeit und Susannas Empfindlichkeit. Schlagfertig gab sie die passenden Antworten auf Efas bissige Kommentare – und amüsierte sich hinterher gemeinsam mit Susanna köstlich darüber.

Am Tag vor der Hochzeit trafen nach und nach die ersten Gäste ein, und bei Einbruch der Dunkelheit platzte Plas-Marl fast aus allen Nähten. Susanna stand allein in ihrer Kammer und betrachtete den verregneten, dämmrigen Himmel. Dies war ihre letzte Nacht als Jungfrau. Sie sah hinüber zu den pechschwarzen Bäumen. Urien, der Prinz von Gwynllwg, besaß ganz in der Nähe ein Jagdschloss und hatte es Meurig und Lord Iestyn samt Gefolge als Quartier zur Verfügung gestellt. Sie fragte sich, wie Meurig jetzt zumute war, ob er wohl Zweifel oder Bedenken hatte. Aber das war eher unwahrscheinlich. Er war ausgezogen, um seinen Status sichtbar zu machen, und morgen, wenn er ihr den Ring an den Finger steckte, würde er genau das tun. Seufzend schloss sie die Läden. Sie würde ihren Teil dazu beitragen, was immer es auch kostete, und dafür sorgen, dass er nicht enttäuscht war. Das war sie Idwal schuldig – und mehr noch sich selbst.

Am Morgen des Hochzeitstages war der Himmel strahlend blau. Es hatte aufgehört zu regnen, und alles glitzerte taufrisch – ein verheißungsvolles Zeichen für ein Paar, das an diesem Tag sein gemeinsames Leben beginnen wollte.

Ihr Haar war über Nacht mit Bändern aufgewickelt gewesen, und Susanna betrachtete entsetzt die wippenden Ringellocken.

«So kann ich unmöglich unter die Leute gehen», schluchzte sie.

«Schsch, mein Liebes», beruhigte Branwen sie. «Dein Haar ist so schwer und dick, dass es sich bald aushängen wird. Ich musste es so straff aufdrehen, damit es nachher genau richtig ist und locker fällt.» Sie klopfte auf Susannas Finger. «Jetzt hör auf, daran herumzufummeln, und iss etwas.»

Als Susanna sich an den Tisch gesetzt hatte, schob Branwen rasch einen Teller mit Honigwaffeln weg und stellte stattdessen zwei gekochte Eier hin.

«Eier?», rief Susanna angewidert.

«Jawohl, Eier, mein Lämmchen», entgegnete Branwen streng. «Ich möchte nicht, dass es in deinem Bauch zu sehr rumort. Und diese süßen Waffeln würden das nur noch schlimmer machen.»

«Branwen, bei mir rumort nichts», protestierte Susanna.

«Unsinn», wiegelte Branwen ab, «alle Bräute sind nervös. Und jetzt iss», befahl sie, schlug beiden Eiern die Köpfe ab und achtete streng darauf, dass ihre junge Herrin alles aufaß.

Cristyn war mittlerweile hereingekommen und hatte die Hälfte des Gespräches mit angehört. Jetzt sah sie amüsiert zu, wie Branwen Susanna mit dem Löffel fütterte, damit diese auch noch den letzten Krümel Ei vertilgte.

«Branwen hat völlig Recht», bemerkte sie und nahm sich eine der verbotenen Waffeln. «Jetzt glaubst du vielleicht, völlig ruhig zu sein, aber warte ab, bis der Moment gekommen ist, dein Ehegelübde abzulegen. Dann wirst du Branwen dankbar sein. Mhmm», sie biss noch einmal hinein, «die sind aber auch gut.»

Sie schob den Teller noch weiter weg, weil Susanna ebenfalls nach einer Waffel griff. Dabei verschätzte sich Cristyn, und der Teller samt Waffeln landete auf dem Boden. Beide Frauen sahen betroffen zu, wie Nina, Susannas treue Hündin, sich darauf stürzte und alle auf einmal hinunterschlang. Dann sahen sie sich an und prusteten los.

«Oje», sagte Susanna, sobald sie wieder Luft bekam, «die wird sie nicht lange bei sich behalten.» Sie wandte sich an eine junge Magd. «Bring Nina nach draußen, ich möchte nicht, dass sie sich auf mein Kleid übergibt. Ach, und räum das hier bitte auch weg», fügte sie hinzu und wies auf die Eierschalen.

Als sich Susanna wieder Cristyn zuwandte, tat sie so, als bemerke sie nicht, dass Branwen in den Boden jeder Eierschale ein Loch bohrte, bevor die Magd sie wegbringen durfte. Branwen hatte nämlich nicht vor, das kleinste Risiko einzugehen: Falls böse Geister heute Unfrieden stiften wollten, so konnten sie die Eierschalen nicht als Boote nutzen.

«Komm, Lockenkopf», lachte Cristyn, «lass mich dir helfen, dich fertig zu machen.»

Susanna saß ganz ruhig, während Cristyn ihr die Augenlider mit Kohle nachzog, die Wimpern mit einer winzigen Bürste mit Kohlepulver tuschte und ihr die Brauen glatt strich.

«Wangenrot wirst du nicht brauchen. Wenn es so weit ist, hast du von allein genug Farbe», erklärte Cristyn mit sanfter Stimme. «Mach es mir nach», forderte sie Susanna auf und biss sich auf den Lippen herum, um Susanna zu zeigen, wie man sie röter bekam. «Jetzt steh bitte gerade und zieh deinen Umhang aus.»

Susanna tat, wie ihr geheißen, und Cristyn tupfte ihr duftendes Öl auf die Stellen, an denen man den Puls fühlt. Die Kammerjungfern streiften ihr ein zartes Leinenunterkleid über den Kopf, das mit feiner Goldstickerei eingefasst war. Fügsam setzte sich Susanna dann hin, damit ihr die zartgelben Strümpfe angezogen werden konnten, die direkt über dem Knie von einem Strumpfband gehalten wurden.

«Du hast so wundervolles Haar», sagte Cristyn neidvoll, als Branwen begann, die schwere, glänzende Mähne zu kämmen. «Das stellt wirklich alles in den Schatten.»

Branwen hatte Recht gehabt. Die Ringellocken hatten sich so weit ausgehangen, dass Susannas Haar jetzt in vollen, lockeren Wellen fiel. Als Zeichen ihrer Jungfräulichkeit trug sie es offen und unbedeckt.

«Darf ich?», mischte sich Cristyn ein, verrieb ein paar Tropfen des Parfumöls auf ihren Handflächen und fuhr damit durch Susannas Haar. «Schütteln», befahl sie, und als Susanna leicht den Kopf schüttelte, umgab sie ein dezentes Aroma, und auch die letzten widerspenstigen Haarsträhnen fügten sich in die Haarpracht ein.

«Und jetzt das Kleid», sagte Cristyn und ging einen Schritt zur Seite, während die Kammerjungfern das bernsteinfarbene Hochzeitsgewand so hielten, dass Susanna hineinsteigen konnte. Onkel Rhodri hatte es bezahlt. Er hatte dafür die kostbarsten Stoffe gekauft und es von der besten Näherin weit und breit anfertigen lassen. Und diese hatte ihn nicht enttäuscht. Das Kleid war ein absoluter Traum, und Susanna streifte es jetzt voller Stolz über. Die Kammerjungfern hielten vorsichtig ihr Haar hoch, während sie das samtene Oberteil befestigten, das vom Halsausschnitt bis knapp unter Susannas Brüste reichte, sie dezent betonte, ohne sie zu einem Blickfang zu machen. Schier endlos zupften die Kammerjungfern an den Ärmeln herum, die bis zu den Ellbogen schmal geschnitten waren und sich dann so weit öffneten, dass sie, was die Länge anging, mit Susannas Haar wetteiferten. Das Mieder war aus einem sehr viel feineren Gewebe gearbeitet und durch gitterartig verlaufende Tuchstreifen verstärkt. Diese waren mit einem breiten Goldfaden bestickt, der das warme Bernsteingelb des Kleides noch unterstrich. Das Mieder war so perfekt auf Susanna maßgeschneidert, dass es kaum nötig war, die Schnüre auf dem Rücken festzuziehen. Der Rock war aus dem gleichen fließenden Samt wie das Oberteil gearbeitet und fiel locker von den Hüften über das Unterkleid herab, dezent Susannas weibliche Rundungen betonend. Cristyn zupfte am Halsausschnitt herum und arrangierte das Unterkleid so, dass eine Rüsche sichtbar wurde. Der Hüftgürtel war aus edelster Seide und ebenfalls mit einem Goldfaden bestickt.

Susanna legte Meurigs Verlobungsgeschenk, ein edelsteinbesetztes Armband, um ihr Handgelenk und schüttelte den Arm, um das ungewohnte Gewicht in eine angenehmere Position zu bringen. Zuletzt schlüpfte sie in zierliche Schuhe aus ganz weichem Leder. Das Material war mit Mineralien gefärbt worden, bis es die Farbe von gebranntem Bernstein hatte. Die darauf genähten Perlen glänzten im Licht, als Susanna die Schuhe von allen Seiten betrachtete und ihre eigene Handarbeit bewunderte.

Cristyn machte einen Schritt zurück, um Susanna anzuschauen. «Wo ist nur meine kleine Cousine geblieben?», fragte sie gerührt. Sie ergriff Susannas Hände und hauchte auf jede einen Kuss. «Du siehst atemberaubend aus. Lord Meurig wird heute von jedem Mann beneidet werden.»

Susanna errötete vor Freude und betrachtete sich in dem polierten Metallspiegel. «Er wird wirklich nicht enttäuscht sein?», fragte sie besorgt.

«Nicht eine Sekunde lang», versicherte Cristyn und wusste, dass sie die Wahrheit sagte. Susannas verführerische Augen mit den goldenen Sprenkeln und ihr feiner Teint wurden noch betont durch das prachtvolle Kleid, das zudem ihre weiblichen Formen richtig zur Geltung brachte. Ihr schwarzes Haar bildete dazu einen aufregenden Kontrast und umspielte sie wie ein knielanger Umhang. Sie war eine strahlende Schönheit und würde so manches Männerherz höher schlagen lassen.

Ein Geräusch aus Richtung des Burghofes erregte die Aufmerksamkeit der Frauen. «Wenn mich nicht alles täuscht, steht deine Eskorte bereit», sagte Cristyn lachend.

Susanna nickte und betrachtete sich mit einem letzten prüfenden Blick. Dann schluckte sie nervös und verließ an Cristyns Seite den Raum. An der Türschwelle blieb sie stehen, blinzelte in das helle Sonnenlicht und blickte in den Burghof, wo Idwal, Onkel Rhodri und ihre beiden Cousins warteten.

«Was für ein Juwel, nicht wahr, Mylords?», rief Cristyn den Männern mit stolzem Lächeln zu.

Idwal gab einen Laut der Begeisterung von sich und war mit einem Satz bei Susanna. «Du siehst aus wie ein Sonnenstrahl», sagte er augenzwinkernd. «Dieses perfekte Werk muss bewahrt werden. Der Boden ist ein bisschen rutschig, du gestattest also, Schwesterherz?» Mühelos hob er Susanna auf seine Arme und trug sie zu dem wartenden Pferd. Er stellte sich auf den Tritt, setzte Susanna vorsichtig in den Sattel und wartete, bis sie ganz fest und sicher saß.

«Mylady.» Er verbeugte sich demonstrativ und küsste ihr die Hand.

Susanna sah das komplizenhafte Glitzern in seinen Augen.

«Danke», flüsterte sie und strich ihm über die Wange.

Während die anderen ebenfalls aufsaßen, wandte sich Susanna noch einmal um und winkte dem Haushalt zu, der sich komplett versammelt hatte, um sie zu verabschieden. Dann zog sie leicht an den Zügeln und ritt begleitet von Hochrufen durch das Tor hinaus.

Als sie an der Kirche ankamen, stiegen sie ab und gingen den kurzen Pfad zum Portal zu Fuß. Idwal und seine Cousins gingen vor, Susanna und Onkel Rhodri folgten als Letzte.

«Susanna», sagte Onkel Rhodri mit heiserer Stimme und hielt sie zurück.

Susanna blickte zu ihm auf und sah ihm fest in die Augen. Sie beide wussten von den dunklen Begierden, gegen die er angekämpft hatte, aber nachdem der erste Schreck überwunden gewesen war, hatte Susanna ihn dafür geliebt, dass er diesen nicht nachgegeben hatte. Sie warf einen Blick auf Meurig, der voller Stolz und Zuversicht auf sie wartete. Er war in eine kostbare, fast knielange Tunika aus burgunderrotem Wollstoff gekleidet, in das ein Muster aus Adlern und Greifen inmitten goldener Ringe eingewebt war, ein jeder mit einem filigranen handgestickten Goldherzen in der Mitte. Dazu trug Meurig Stiefel mit hohem Schaft aus festem Kalbsleder und einen mit Fuchspelz verbrämten Umhang, den er elegant über die Schultern geworfen hatte. Er wirkte durch und durch wie ein Prinz, und Susanna musste daran denken, was Cristyn über seine Zukunft gesagt hatte. Es war an ebendiesem Ort gewesen, an dem Susanna ihr unheimliches Erlebnis gehabt hatte, und jetzt, plötzlich, verstand sie seinen tieferen Sinn – sie begriff, wer sie war und sein wollte.

«Susanna, ich …», begann Onkel Rhodri, aber Susanna brachte ihn zum Schweigen, indem sie einen ihrer zarten Finger auf seine Lippen legte.

«Du hast richtig gehandelt, Onkel Rhodri», sagte sie leise. «Ich kann dir gar nicht genug danken.»

Rhodri ergriff ihre Hand, schaute kurz zur Kirche, wo alle auf sie warteten, und dann zurück zu seiner Nichte.

«Das hier ist genau das, was ich will», sagte sie mit fester Stimme.

Rhodri betrachtete forschend ihr Gesicht, dann lächelte er sie liebevoll an und bot ihr den Arm. «Wollen wir?»

Bei einem derartigen Anlass begann das Festgelage bereits am Nachmittag. Das war um einiges früher als die übliche Essenszeit – und hatte ganz praktische Gründe. Die Zusammensetzung der Gäste hatte es durchaus in sich, und es war nicht klug, wenn zu viel Met auf nüchternen Magen konsumiert wurde. Außerdem wurden derartige Mengen an Köstlichkeiten aufgetischt, dass man ohnehin Tage zu brauchen schien, bis alle Gänge beendet waren. Idwal und Rhodri hatten keine Kosten gescheut und wurden dafür bei jedem Gang mit Applaus und lauten «Ahs» und «Ohs» belohnt. Vor jedem neuen Gang wurde eine aufwendige Marzipanfigur hereingetragen. So kündigte zum Beispiel eine Marzipanskulptur in Form eines Fisches, der einen Wasserfall emporschwamm, den Fischgang an, bestehend aus in Bier marinierten und gebackenen Forellen, gefüllten, gebratenen Karpfen, kräftig gewürzten Fischpasteten sowie ganzen Hechten in einem Bett aus Lauch und Karotten, die aussahen, als würden sie sich im Schilf verstecken. Die Skulptur eines Kriegers, der sich über seinen besiegten Gegner erhebt, zollte Meurigs Leistungen auf dem Schlachtfeld Tribut und lenkte die Aufmerksamkeit der Gäste auf den Wildbraten in einer dicken, würzigen Soße und ein Dutzend Spanferkel, die noch am Spieß hängend hereingetragen wurden. Es war allerdings das nachfolgende Kunstwerk, welches die lautesten Hochrufe erzielte: höchst kunstvoll arrangierte Fasane, Moor- und Rebhühner. Die Federn waren nach dem Rupfen aufbewahrt und sorgfältig wieder an die zubereiteten Vögel gesteckt worden. Einige hatten die Flügel gespreizt, als wollten sie sich gerade in die Lüfte erheben, andere hatten den Kopf unter einen Flügel gesteckt. Als sie an Meurig vorbeigetragen wurden, erhob sich dieser und reichte Idwal die Hand. Er brachte damit seine Anerkennung zum Ausdruck für die Mühe und Kunstfertigkeit, die in die Vorbereitung all dessen gesteckt worden war, und für die Ehre, die Susannas Familie ihm damit zuteil werden ließ.

Susanna sah, wie Meurig einen äußerst zufriedenen Blick durch den Saal wandern ließ. *Und dazu hat er auch allen Grund,* dachte sie. Alle von Rang und Namen hatten sich eingefunden: Iestyn, der es sogar geschafft hatte, den ganzen Tag über verträglich zu bleiben, und seine Söhne; Urien von Gwynllwg und seine jungen Thronfolger; die führenden Lords von Upper Gwent. Dass sie hier ihre Aufwartung machten, lag nicht allein an den Kontakten, über die Meurig durch seine Mutter und jetzt auch durch seine Frau verfügte. Susanna hatte genug von den Gesprächen der Männer aufgeschnappt, um zu wissen, dass Meurigs Vorgehen und sein diplomatisches Geschick im Laufe der Jahre Früchte getragen hatten. Die Anwesenheit der hohen Lords bei dieser Hochzeit bedeutete die inoffizielle, aber unbestreitbare Anerkennung seines neu erworbenen Status als gleichwertiger Herrscher.

Als die Festlichkeiten weiter fortgeschritten waren, bemerkte Susanna, dass die Aufmerksamkeit ihres Ehemannes sich zunehmend auf sie und weniger auf die Gäste richtete. *Ihm ist sicher aufgefallen, dass ich weniger abweisend bin,* dachte sie mit einem Anflug von schlechtem Gewissen. Bei ihrer Verlobungsfeier war sie sehr zurückhaltend und distanziert gewesen. Bei Idwals Hochzeit hatte sie sich zwar bemüht, etwas zugänglicher zu sein und sich freundlich mit ihm zu unterhalten, aber sie hatte immer noch deutlich Abstand gehalten. Dass heute alles anders war, musste ihm schon aufgefallen sein, als er sie den Weg zum Kirchportal entlangkommen sah. Natürlich hatte er ihr Komplimente über ihr Aussehen zugeflüstert – aber was wäre er sonst auch für ein ungehobelter Bräutigam? Nein, ihre ganze Haltung, als sie stolz und mit fester Stimme ihren Eheschwur leistete, konnte ihm nicht entgangen sein. Voller Zuversicht hatte sie ihm in die Augen geblickt, als er ihr den Ring ansteckte, und so, wie er sie dabei ansah, wagte sie zu hoffen, dass er es gern getan hatte.

Während des Festes war er geflissentlich um sie bemüht, legte ihr die besten Fleischstücke vor, blinzelte ihr zu, als sie verlegen wurde, nachdem er in eine Kirsche gebissen und sie ihr dann gereicht hatte. Und immer, wenn er ihr den Weinbecher gab, berührte er ihre Finger ein bisschen länger als notwendig. Jedes Mal, wenn Susanna ihn verstohlen ansah, ertappte sie ihn dabei, dass er sie betrachtete. Sie dachte daran, was in der Nacht noch passieren würde, und je weiter der Abend fortschritt, desto unsicherer wurde sie.

Nachdem das Essen beendet und der Tanz begonnen hatte, zerrte Susanna ihren Bruder auf die Tanzfläche. Sie brauchte jetzt einfach seinen vor nichts Halt machenden Humor, um diesen Knoten in ihrem Innern loszuwerden, der immer fester zu werden schien.

Meurig strich über seinen Schnurrbart, während er Susanna beim Tanzen mit Idwal zusah, und als sie den Kopf zurückwarf und kehlig über einen Scherz ihres Bruders lachte, wandte er sich mit versonnenem Lächeln seinem engsten Freund und Ratgeber zu. «Hywel, ich denke, es wäre an der Zeit für das Beilager», meinte er leise.

Hywel grinste. «Überlass alles mir», sagte er und machte sich auf, es weiterzusagen.

Idwal wirbelte Susanna herum. «Sieht so aus, als würde das Beilager eingeleitet», sagte er. Ihm war aufgefallen, dass sich bereits einzelne Gruppen zusammenfanden.

«Schon?» Susanna versuchte, möglichst lässig zu klingen.

«Du hast doch nicht etwa Angst, oder?», zog Idwal sie auf,

aber dann sah er den Ausdruck von Verunsicherung in ihrem Blick. «Es wird schön werden. Weißt du, es kann sogar äußerst angenehm sein.»

«Dessen bin ich sicher», murmelte sie.

«Wir Männer sind nicht diese gefühllosen Tiere, für die ihr Frauen uns immer haltet», spaßte er und fügte dann wesentlich ernster hinzu: «Und Meurig ist ganz sicher nicht so.»

Der traditionelle Ruf wurde laut und verbreitete sich im ganzen Saal: Das frisch verheiratete Paar möge sich jetzt zu seinem Lager geleiten lassen.

«Ich fürchte, jetzt kannst du es nicht länger hinausschieben», sagte Idwal, während die Musiker eine andere Melodie anstimmten.

«Wohl nicht», stimmte Susanna zu, sah sich suchend um und erblickte Cristyn, die auf sie zugeeilt kam. Rasch kniff Susanna Idwal in den Arm. «Würdest du etwas für mich tun?», flüsterte sie eindringlich.

«Und das wäre?», fragte er misstrauisch.

«Morgen früh», sagte sie und wurde ganz rot, «kannst du dafür sorgen, dass nicht jeder das Laken begaffen kann?»

«Versprochen», sagte er zärtlich.

Cristyn war jetzt bei ihnen angekommen, und Susanna wurde von den Frauen umringt, die sie zu Idwals Gemach führten, das dieser dem frisch getrauten Paar für die Hochzeitsnacht zur Verfügung gestellt hatte. Die Männer blieben währenddessen im Saal, stimmten schlüpfrige Lieder an und ergötzten sich an anzüglichen Witzen, beides immer wieder unterbrochen von Trinksprüchen auf die bevorstehende Vereinigung.

Susanna zuckte zusammen, als sich die Gesänge ihrem Gemach näherten. Sie hörte die Trinksprüche, in denen Meurig als erfolgreicher Krieger bejubelt wurde, wegen der «Stoßkraft seines Schwertes» und weil er wisse, «wie er am besten durchbrechen könne». Es folgte grölendes Gelächter und der Ruf nach mehr.

«Ignorier sie einfach», sagte Cristyn, während sie Susanna half, das Gewand aufzuschnüren. «Zu viel Bier und das Wissen, dass nicht sie selbst hier in aller Öffentlichkeit hochgenommen werden. Sie fühlen sich stark und glauben, wahnsinnig witzig zu sein.»

Susanna lächelte bemüht, aber trotz ihrer bisherigen Selbstsicherheit wurde der Druck in ihrem Inneren so quälend, dass sie schließlich fürchtete, sich jeden Moment übergeben zu müssen.

«Hier, meine Süße.» Cristyn reichte ihr einen Becher mit verdünntem Wein.

Susanna nahm ihn dankbar und nippte daran, während die Frauen sie entkleideten.

«Eine Quaste Puder für deine Puderquaste», sagte Cristyn kess, während Susanna mit leicht parfümiertem Puder bestäubt wurde.

«Ich weiß gar nicht, was der ganze Aufwand soll», versetzte Efa gehässig. «Er kriegt doch sowieso nichts davon mit, wenn er nach Bier stinkend ins Bett fällt.»

«Es gibt Frauen, bei deren Anblick die Männer sofort wieder stocknüchtern sind», erwiderte Cristyn zuckersüß. «Natürlich aber auch solche, bei denen sich die Männer wünschen, sie wären betrunken.»

Efa blickte sie giftig an. Als sie aber die Blicke bemerkte, die die anderen Frauen einander zuwarfen, hielt sie lieber den Mund – sie würde hier den Kürzeren ziehen.

Die Klänge der Musik und die Stimmen der Männer kamen immer näher.

«Wir sollten dich jetzt schnell ins Bett stecken, sonst wird nicht nur der Bräutigam in den Genuss deines Anblicks kommen», rief Cristyn lachend.

Susanna zog die Laken zurück und atmete tief ein, denn jetzt wurden überall im Raum Blütenblätter verstreut.

«Wunderschön», flüsterte sie, und Tränen traten ihr in die Augen.

«Und das wird es auch bleiben», sagte Cristyn beruhigend.

Die Frauen halfen Susanna, ins Bett zu steigen, und drapierten die Laken und ihr Haar um sie herum.

«Wenn der Segen gesprochen wird, sind wir wieder da», versicherte Cristyn und zog die Bettvorhänge zu, um Susanna vor den Blicken der Männer zu schützen.

Susanna hörte leises Kichern und Quieken, als Frauen und Männer draußen vor der Zimmertür aneinander vorbeigingen. Dann wurde die Tür aufgestoßen, und sie war allein in einem Raum voller Männer – nur durch die Bettvorhänge geschützt.

Sie versuchte, die vulgären Bemerkungen zu überhören, unter denen Meurig entkleidet wurde. Schließlich bat eine Stimme um Ruhe. Jetzt musste Meurig wohl nackt sein.

«Ein abschließendes Wort», sagte eine Stimme.

«Möge er immer Oberhaupt seines Hauses sein,
denn wenn der Jungfrau Schoß
den Einäugigen umfängt,
kann ein Mann schon den Kopf verlieren.»

Die letzte Zeile sprachen alle gemeinsam:

«Und jetzt auf ins Bett!»

Die Bettvorhänge wurden aufgezogen und Meurig von unzähligen Händen umgedreht, sodass er frontal vor seiner Braut stand.

Susanna unterdrückte einen Aufschrei und zog die Laken fester um sich. Dankbar erkannte sie, warum die Frauen ihr das Haar so arrangiert hatten – es bedeckte sie so gut, als würde sie einen Bärenfellmantel tragen und wäre nicht nur von einem dünnen Laken umgeben. Sie versuchte, ihren Ehemann möglichst nicht anzusehen, nicht mit dem Blick der Brustbehaarung nach unten zu folgen, wo sie sich zu einer Linie verjüngte, geradewegs seinen Bauch hinunter.

Begleitet von Hochrufen und Jubel hob Meurig das Laken an

und stieg zu Susanna ins Bett. Als Susanna zaghaft wagte, ihm ins Gesicht zu sehen, stellte sie fest, dass sein freches Grinsen, das er für die Männer aufgesetzt hatte, verschwunden und einem entschuldigenden, mitfühlenden Blick gewichen war. Für einen kurzen Moment überkam Susanna die törichte Hoffnung, er würde sie heute Nacht verschonen.

«Bitte, Mylords», übertönte eine Stimme das Gegröle, und der Priester schob sich durch die Menge, gefolgt von den Frauen. Den Blick starr auf die Wand hinter dem Bett gerichtet, sprach er seinen Segen, auf dass diese Ehe fruchtbar sein werde. Das Bett mit Weihwasser besprengend, stimmte er das Abschlussgebet an, wartete, bis er ein reuevolles «Amen» von der versammelten Menge zu hören bekam, und machte sich dann schnellstens auf und davon.

Die Frauen folgten ihm bald, aber die Männer schienen gern noch eine Weile in dem Gemach herumlungern zu wollen, bis Onkel Rhodri sie in energischem Ton aufforderte, zu verschwinden und das Paar allein zu lassen. Er ging als Erster, und die anderen folgten ihm auf dem Fuße. Idwal ging als Letzter. Der Anblick von Susanna, die so zerbrechlich und verletzlich wirkte, während sie ängstlich und mit weit aufgerissenen Augen in dem blassen Gesicht die Laken umklammerte – all das ließ ihn mit Scham daran denken, wie gefühllos er Efa in ihrer Hochzeitsnacht genommen hatte, ohne einen Gedanken an ihre Ängste zu verschwenden. Selbst ihr unterdrücktes Schluchzen hinterher hatte er einfach ignoriert.

«Gute Nacht, Schwesterherz», sagte er liebevoll. Dann wandte er sich Meurig zu und sah ihn warnend an. Die Botschaft seiner Augen war eindeutig: *Vergiss nicht, dass sie meine Schwester ist; behandle sie schlecht – und du bekommst es mit mir zu tun.*

Meurig erwiderte Idwals Blick unerschrocken. «Gute Nacht, Idwal», sagte er freundlich, aber bestimmt. Idwal blieb jetzt nichts anderes übrig, als sich zurückzuziehen.

Die Stille im Raum war erdrückend. Susanna spielte nervös

mit ihrem Haar und drehte es in einem fort um ihre Finger. Meurig legte seine Hand zärtlich auf ihre. Susanna wurde zwar sofort ruhiger, konnte jedoch nicht verhindern, dass ein Zittern durch ihren Körper lief. Meurig nickte, als hätte er einen Entschluss gefasst, griff nach einer neben dem Bett liegenden Felldecke, die während der Sommermonate nicht gebraucht wurde und breitete sie auf dem Boden aus. Er wickelte sich ein Tuch um die Hüften, holte einen Krug und zwei Becher und stellte sie neben die Decke auf den Boden.

Susanna sah ihm irritiert zu, während er die Kerze holte, die neben dem Bett stand, und sie ebenfalls auf dem Boden positionierte.

«Kommst du?» Er lächelte, als er ihren fragenden Gesichtsausdruck sah.

Da sie nicht wusste, was sie sonst tun sollte, stand sie auf, hielt das Laken fest um sich geschlungen und setzte sich zu Meurig auf die Decke.

Er schenkte ihnen Met ein und reichte ihr einen Becher. «Ich bin kein wildes Tier», erklärte er mit sanfter Stimme. «Ich habe nicht vor, mich auf dich zu stürzen, sobald wir im Bett liegen, während du Todesängste ausstehst.» Er sah einen Anflug gespielter Tapferkeit in Susannas Augen aufblitzen. «Das Unbekannte ist immer auch ängstigend», sagte er liebevoll. «Nicht wahr?»

Susanna nickte zögernd. «Aber ich werde mich dafür schämen.»

Einen Moment lang wusste Meurig nicht, was sie meinte, dann hellte sich sein Gesicht auf und er lächelte. «Ach, Susanna, ich behaupte zwar, kein wildes Tier zu sein – aber ich bin ein Mann. Und du bist eine bezaubernde Braut, wie könnte ich nicht mit dir schlafen wollen? Das hier *wird* unsere Hochzeitsnacht, aber wir haben noch bis zum Morgen Zeit dafür.»

Begeisterungsschreie drangen vom Saal bis zu ihnen. Die Musiker hatten eine besonders beliebte Melodie angestimmt.

«Es wird immer noch gefeiert, und ich sehe keinen Grund,

warum wir nicht unsere eigene, kleine Hochzeitsfeier haben sollten», prostete Meurig ihr zu.

Susanna lächelte ihn zaghaft an und führte ihren Becher an die Lippen. Er gab sich sehr viel Mühe, aber sie hätte die Sache lieber schnell hinter sich gebracht – so hing sie die ganze Zeit drohend über ihr.

Sie nahm ein paar Schlucke und bemerkte, dass Meurig lediglich an seinem Wein nippte. Er hatte den ganzen Abend über nicht viel getrunken, und es rührte sie, dass er einen klaren Kopf behalten wollte. In Zukunft würde es sicher Nächte geben, in denen er sich betrunken neben sie ins Bett legte, aber eben nicht heute, nicht bei ihrem ersten Mal.

«Hast du den Tag genossen?» Er bemühte sich, eine entspannte Unterhaltung in Gang zu bringen.

«Ich denke, es ist alles sehr gut gelaufen», erwiderte sie und nahm noch einen Schluck. «Und bisher hat es ja auch zum Glück keinen Streit gegeben.»

«Wollen wir hoffen, dass es auch so bleibt», sagte Meurig, als aus dem großen Saal ein Krachen und ein Schrei zu hören waren. «Deine Cousine Cristyn kümmert sich sehr um dich», fuhr er fort.

«Das stimmt. Seit Idwals Hochzeit ist unsere Beziehung sehr eng geworden. Vorher kannte ich sie kaum, sie war ja längst verheiratet, als wir damals zu Onkel Rhodri zogen.»

Von Meurig dazu ermuntert, begann Susanna, von ihrer Familie zu erzählen. Ihre Worte waren zwar vorsichtig gewählt, aber dennoch bekam er einen Eindruck von der Verunsicherung und Verwirrtheit des kleinen Mädchens, das erst den einen Elternteil und dann den anderen verlor. Er schenkte ihr nach und machte eine Bemerkung über Idwal. Sofort hellte sich ihr Gesicht auf, weil sie Gelegenheit bekam, über ihren geliebten Bruder zu sprechen.

«Die Familie bedeutet dir sehr viel», meinte er.

Susanna nickte errötend und ließ das Haar nach vorn fallen,

um ihr Gesicht zu verbergen. Aber Meurig streckte die Hand aus und strich es zurück.

«Lass mich dich anschauen», sagte er.

Susanna hielt den Blick gesenkt und wartete angespannt, aber außer mit dieser liebevollen Geste berührte Meurig sie nicht weiter.

«Du versteckst dich viel zu oft hinter deinem Haar», schalt er sie, aber als Susanna den Kopf hob, sah sie seinen Augen an, dass er sie nur aufzog.

«Ich weiß», sagte sie und zuckte mit den Schultern. Der Met wärmte sie von innen, und sie spürte, wie sich die Anspannung langsam löste.

Sie griff nach ihrem Becher, dabei geriet das Laken ins Rutschen, entblößte eines ihrer wohlgeformten, langen Beine und lenkte Meurigs Aufmerksamkeit unweigerlich zu dem Punkt hinauf, wo es wieder zwischen den Laken verschwand. Sich der Wirkung nicht im Geringsten bewusst, plauderte Susanna weiter und leerte ihren Becher.

Es war eine sehr warme Nacht, und Susannas Haut glitzerte feucht. Ein kleiner Tropfen perlte von ihrem Hals herab, bis er zwischen ihren Brüsten verschwand.

«Deine Mutter lebt noch, nicht wahr?», fragte Susanna.

Meurig riss seinen Blick mühsam vom Weg des glücklichen Tropfens los. «Bitte? O ja. Sie ist mittlerweile ziemlich gebrechlich und lebt bei meiner Schwester.» Er rückte ein Stück näher zu ihr hin, griff nach dem Krug und füllte noch einen Schluck nach, sich selbst aber nichts mehr. Als er den Krug zurückstellte, zog er geschickt an einem Ende des Lakens, sodass es ihr vom Körper glitt.

«Kein Versteckspiel mehr», sagte er leise.

Susanna zog instinktiv die Knie an den Körper, um ihre verwundbarste Stelle zu schützen.

«Schäme dich nicht deiner Nacktheit, Susanna», sagte er zärtlich. «Du hast einen wunderschönen Körper.»

Sie wusste nicht, was sie darauf entgegnen sollte, denn dieses Thema war für sie Neuland. Um nichts sagen zu müssen, führte sie erneut den Becher an die Lippen, aber Meurig griff danach und stellte ihn weg.

«Ich möchte, dass du entspannt bist – aber nicht besinnungslos», sagte er mit einem liebevollen Lächeln auf den Lippen.

Durch ihre Anspannung in Kombination mit dem Met klang diese Bemerkung in ihren Ohren höchst amüsant, und Susanna entfuhr ein leises Kichern. «Nein, ich muss ja schließlich morgen früh darüber berichten können.» Der Met lockerte allmählich ihre Zunge.

Meurig stieg auf ihre Heiterkeit ein und zog amüsiert die Brauen hoch. «Meine Leistung wird also erörtert werden?»

«Na ja, die Frauen finden alle, dass du ein sehr attraktiver Mann bist», klärte sie ihn auf.

«Teilst du ihre Meinung?», konnte sich Meurig nicht verkneifen zu fragen.

Susanna sah ihn an, seine sanften braunen Augen, den lächelnden Mund unter dem gepflegten, gestutzten Schnurrbart, sein Haar, das ihm in Locken bis auf die Schultern fiel. Plötzlich verspürte sie den Wunsch, es zu berühren und mit den Fingern hindurchzufahren. Ob er wohl wusste, wie ihr zumute war? Sicher war sie nicht seine erste Jungfrau, sie aber würde immer nur ihm gehören. All die neuen Erfahrungen würde sie mit ihm erleben, er würde sie anleiten, unterrichten, prägen.

Sie hatte seine Frage noch nicht beantwortet, aber ihr Gesicht sagte alles. Ihre Augen glänzten in dem sanften Kerzenlicht, und die goldenen Sprenkel darin erinnerten an eine scheue Bergkatze. Als Meurig sich ihr näherte, teilten sich ihre Lippen wie von selbst und sie atmete kurz und heftig. Er berührte ihren Mund mit seinem, küsste sie zärtlich und drückte sie sanft auf die Decke herunter. Er küsste und liebkoste ihren Hals, wanderte ihr Schlüsselbein entlang, bis er schließlich ihre üppigen festen Brüste mit den Lippen streichelte, deren Spitzen sofort auf den Reiz reagierten. Er saugte und knabberte zärtlich an ihnen, bis Susanna vor Lust leise aufschrie. Als seine erfahrenen Hände ihren Körper erforschten, meinte sie, all ihre Sinne würden plötzlich zum Leben erwachen. Er glitt mit der Hand über ihren Bauch hinunter bis auf den sanften Hügel. Sofort versteifte sich ihr Körper.

«Entspanne dich, Susanna», sagte er mit heiserer Stimme. «Ich werde nichts tun, was du nicht willst.»

Seine Hand liebkoste und beruhigte sie, sein warmer Atem strich über ihre Wange, als er ihren Hals und ihr Ohrläppchen zärtlich küsste. Susanna drängte sich an ihn, jede Faser ihres Körpers verlangte nach ihm.

«Du fühlst dich so wundervoll an», flüsterte er. «Öffne deine Schenkel für mich.»

Aber Susanna war wie benommen. Da schob er zärtlich, aber entschieden ihre Beine auseinander und legte sich dazwischen. Er suchte ihren Blick.

«Wenn du willst, höre ich jederzeit auf, aber ich glaube, das möchtest du gar nicht, oder?»

«Nein», keuchte Susanna zwischen kurzen heftigen Atemzügen. Er drückte sich hart an sie, drang jedoch noch nicht ein, sondern bewegte sich an sie gepresst, bis sie ihre Hüften im gleichen Rhythmus bewegte wie er. Geschickt schob er die Hand unter ihr Gesäß, hob sie sacht an und drang langsam in sie ein.

«Gutes Mädchen», flüsterte er und drang immer weiter ein.

Susanna keuchte, sie hatte nicht erwartet, dass er so gewaltig sein würde. Sie klammerte sich an Meurig, als er sacht gegen den leichten Widerstand presste. Als er durchbrach, schrie sie kurz auf, und dann war er in ihr.

Susanna war wie in einem Taumel neuer Gefühle gefangen, unsicher, ob es nun Schmerz oder Lust war, was sie spürte. Sie wusste nur, dass er nicht aufhören sollte. Aber genau das tat er – abrupt zog er sich aus ihr zurück und erhob sich, während sie keuchend, verlangend und ängstlich zu ihm aufsah. Was hatte sie falsch gemacht?

Er holte den Wasserkrug und die Waschschüssel. Als er ihren Gesichtsausdruck sah, kniete er sich neben sie und küsste sie leidenschaftlich auf den Mund.

«Guck nicht so entsetzt», lächelte er. «Ich bin noch nicht fertig. Ich dachte nur, wir sollten das hier erst loswerden.»

Er griff nach dem Laken, in das sie zuvor gewickelt gewesen war, tupfte zärtlich das Blut ab und warf das Laken zur Seite.

«Da haben sie ihren Beweis», sagte er verächtlich, und ihm war deutlich anzusehen, was er von der Gepflogenheit hielt, das Bettlaken der Hochzeitsnacht zu begaffen. Er schüttete Wasser in die Schüssel und tauchte einen Lappen hinein. «Das Unbekannte haben wir jetzt aus dem Weg geräumt», erklärte er, als er Susannas fragenden Blick sah. «Jetzt weißt du, dass es nichts gibt, wovor du Angst haben musst.»

«Ich habe keine Angst», sagte sie schüchtern.

«Das freut mich zu hören. Ich möchte, dass du es genießt.» Er nahm den Lappen und wusch erst sich selbst und dann Susanna.

Sie hielt die Luft an, als das kalte Wasser ihre Haut benetzte, wich jedoch nicht zurück.

Meurig warf den Lappen beiseite und sah Susanna mit dunklen Blick an. «Ich denke, jetzt bist du bereit für den Unterricht.»

«Und du wirst mein Lehrer sein.» Ein Schauer fuhr durch ihren Körper.

«O ja, mein Liebling», sagte er und lächelte. «Der will ich sein.»

Susanna konnte sehen, dass er immer noch erregt war, und streckte die Hand in Richtung seines Bauches aus. «Zeigst du mir, was ich tun soll?»

Meurig nahm ihre Hand und führte sie an seine Lippen. «Das werde ich, aber das hat Zeit bis zur zweiten Unterrichtsstunde. In der ersten Stunde widmen wir uns ganz dir. Ich bitte dich nur darum, mir zu vertrauen.»

Er zog sie an sich, und Susanna lieferte sich ganz den Liebkosungen seiner Hände, Lippen und Zunge aus. Er drang bis zu ihren intimsten Stellen vor, und als er sie zum Höhepunkt brachte, tief in sie hineinstieß und sich ergoss, stand ihr ganzer Körper förmlich in Flammen. Nie zuvor hatte sie sich so lebendig gefühlt.

Susanna erwachte früh und blinzelte in das helle Sonnenlicht, das durch einen Spalt zwischen den Bettvorhängen hereinfiel. Ihr Mund war trocken, sie hatte sicher viel zu viel getrunken. Als sie sich bewegte, spürte sie jeden einzelnen Muskel, und mit einer Mischung aus Lust und Scham dachte sie an die letzte Nacht. Sie setzte sich auf und betrachtete Meurig, der immer noch so dalag, wie er eingeschlafen war, flach auf dem Rücken, den Kopf zur Seite geneigt. Seine Brust hob und senkte sich mit jedem Atemzug. Eine einzelne Locke hing ihm in die Stirn, und Susanna beugte sich herüber, um sie zurückzustreichen. Wie der Blitz packte er sie am Handgelenk. Susanna fuhr zusammen.

«Gott, gütiger, du hättest mich beinahe zu Tode erschreckt!», entfuhr es ihr.

Meurig öffnete die Augen und grinste verlegen. «Kampfinstinkt», erklärte er und lockerte den Griff, ohne jedoch ihren Arm freizugeben.

«Werde ich mir für die Zukunft merken.»

Meurig strich ihr das Haar aus dem Gesicht. «Wie geht es dir heute Morgen, mein Kätzchen?»

«Kätzchen?»

«Mhmm, du erinnerst mich an eines. Vielleicht, weil ich dich so gern streichle.» Er fuhr mit der Hand ihren Rücken hinab. «Oder weil es mir so gut gefällt, dein Fellchen zu spüren», fügte er hinzu, drückte sie zärtlich zurück in die Kissen und bewegte seine Hand an eine ganz andere Stelle.

«Wir sollten aufstehen», sagte Susanna hastig und wollte sich erheben.

«Warum?»

«Die Mägde … ich kann hören, dass sie im Zimmer sind.»

«Das will ich hoffen. Wir haben ein rechtes Durcheinander auf dem Boden hinterlassen.»

Er beugte sich über sie und knabberte erst an ihrem Hals, dann an ihren Ohrläppchen. Als Susanna leise stöhnte, lächelte er. «Ahh, wir haben wohl soeben eine weitere Stelle entdeckt, an der du sehr erregbar bist.»

Susanna versuchte immer noch, freizukommen. «Die Mägde», ließ sie nicht locker.

«Was ist mit ihnen?»

«Was werden sie denken?»

Meurig stützte sich auf den Ellbogen und sah sie an. «Sie können denken, was sie wollen, entscheidend ist, was ich will. Und ich bin der Meinung, dass wir noch ein bisschen im Bett bleiben sollten.» Er zog sie wieder an sich.

Susanna kapitulierte und sank in seine Arme. Plötzlich wurde ihr bewusst, dass sich ihr Status unwiderruflich verändert hatte. Ihr Ehemann war der Lord von Senghennydd; sie war seine Frau und hatte damit ihren festen Platz in der Gesellschaft – sie war nicht länger auf das Wohlwollen anderer angewiesen. Meurig sprach mit der Selbstsicherheit eines Mannes, der seine Position rechtmäßig und aufgrund seiner Fähigkeiten innehatte. Es waren seine Ansichten und Wünsche, die zählten – und wer anderer Meinung war, der tat gut daran, diese für sich zu behalten. Susanna rollte sich auf den Bauch.

Meurig gähnte und wühlte sein Gesicht in ihr Haar. «Du hast auf jeden Fall die Gewohnheiten einer Katze», knüpfte er an ihre Neckerei von vorher an. «Du hast mich schließlich die halbe Nacht wach gehalten.»

Sein scheinbar träges Streicheln wurde eindringlicher, und Susanna gab es auf, so zu tun, als wäre sie wieder eingeschlafen. Sie wandte sich ihm zu und erwiderte begierig seine Küsse. Als er sich zwischen ihre Beine schob, brauchte sie keine weitere Aufforderung. Er drehte sie so, dass er im Licht des hereinfallenden

Sonnenstrahls ihr Gesicht sehen konnte, während sie sich ihm auslieferte. Als sie laut seinen Namen schrie, kümmerte es sie nicht länger, dass sich auf der anderen Seite des Bettvorhangs Leute aufhielten und dass es bereits helllichter Tag war. «Sieh mich an, Susanna», murmelte Meurig verlangend, und als sie die Augen öffnete, war sie sich bewusst, welche Lust darin loderte, während sie sich ihm ganz und gar hingab.

Susanna zögerte am Eingang des großen Saals und verspürte plötzlich eine Scheu, einzutreten. Sie sah Meurig am entgegengesetzten Ende stehen und seinen Männern die letzten Anweisungen für die Rückreise geben.

«Endlich», sagte eine amüsierte Stimme hinter ihr.

«Ich wünsche dir ebenfalls einen guten Morgen, Idwal.» Susanna drehte sich lachend um.

«Ich darf doch hoffen, dass mein Bett die Nacht überlebt hat?» Er küsste sie auf die Wange. «Willst du nicht hineingehen?»

«Ich hatte es gerade vor», erwiderte Susanna, rührte sich jedoch nicht, sondern suchte mit den Augen den ganzen Saal ab.

«Dadrin ist nichts, was dich beunruhigen könnte», meinte Idwal augenzwinkernd. «Das Laken wurde begutachtet und in die Wäsche gegeben, während du noch im Bett gelegen hast.»

Susanna lächelte erleichtert und fragte sich einen Augenblick lang, ob wohl auch über den nassen Lappen und die Felldecke auf dem Boden gesprochen worden war.

Idwal senkte die Stimme. «Und? Geht es dir gut?»

«Besser als gut – einfach phantastisch.» Sie strahlte und klatschte in die Hände. «Ich fühle mich großartig.»

Idwals Mundwinkel zuckten. «Freut mich zu hören. Nur ein kleiner Rat nebenbei: Hör auf, so zufrieden zu grinsen. Von jungen Bräuten erwartet man einen leidenden Ausdruck, als wären sie in der letzten Nacht durch die Hölle gegangen – und nicht, dass sie offen zeigen, den Schlüssel zum Himmel erhalten zu haben.»

«Du hast vermutlich Recht, aber wenn sie das von mir erwarten, dann kennen sie mich schlecht», konterte Susanna und machte nicht die geringsten Anstalten, ihr Lächeln zu unterdrücken.

Sobald sie den Saal betreten hatte, wurde Susanna von Cristyn und den anderen Frauen umringt, sodass Idwal rasch weiterging.

«Ich weiß nicht, was du meiner Schwester verabreicht hast! Wenn ich meine Frau einmal mit nur einem halb so strahlenden Lächeln sehen könnte, wäre ich ein glücklicher Mann», sagte er und klopfte Meurig auf den Rücken.

«Ich weiß nicht, ob ich dir da helfen kann. Was bei Susanna solche Wirkung zeigt, muss nicht auch Efa gefallen», erwiderte Meurig Idwals Grinsen.

Idwal sah zu seiner Frau hinüber. Sie stand bei den anderen Damen, hielt sich aber mit versteinerter Miene abseits und lehnte es ganz offensichtlich ab, sich an den wohlmeinenden Neckereien an die Adresse der frisch gebackenen Ehefrau zu beteiligen.

«Da wirst du wohl Recht haben», murmelte er und beneidete Meurig plötzlich. «Habe ich richtig gehört, dass ihr noch heute nach Gelligaer aufbrechen werdet?»

Meurig nickte. «Leider kann ich dort nicht allzu viel Zeit verbringen, deshalb halte ich es für das Beste, Susanna so schnell wie möglich mit ihrem neuen Zuhause vertraut zu machen.»

Am späten Vormittag waren Susanna, ihre Kammerjungfern Branwen und Olwen, Meurig und sein Gefolge fertig zum Aufbruch. Als es Zeit war, Idwal Lebewohl zu sagen, wurde Susanna fast von ihren Gefühlen überwältigt.

«Keine Tränen», bat er und hielt sie auf Armeslänge von sich weg. «Du siehst aus wie eine echte Prinzessin», flüsterte er. Susanna trug ein dunkelrotes Gewand – die Farbe des Hochadels. Er zog an einem ihrer Zöpfe und den Enden ihrer Schleppenärmel. «Was ist das denn, führst du für die Damen von Senghennydd eine neue Mode ein?», scherzte er, um seine Gefühle zu überspielen.

Susanna fasste sich verlegen ans Haar. Als verheiratete Frau musste sie ihr Haar in der Öffentlichkeit geflochten und mit einem Schleier bedeckt tragen. Sie hatte die Zöpfe jedoch hinten zu einer Schleife hochgebunden. Und die Schleppenärmel ihres Gewandes hatte sie ebenfalls festgesteckt.

«Sie verheddern sich im Sattel, wenn ich sie herunterhängen lasse», erklärte sie – was nicht von der Hand zu weisen war.

Lautes Wiehern und Stampfen der Pferde gemahnten Idwal, den Abschied nicht weiter hinauszuzögern. «Pass auf dich auf, Susanna.»

«Idwal», sie kämpfte mit aller Kraft gegen die aufsteigenden Tränen an. «Du warst mir immer mehr als nur ein Bruder.»

Er legte die Hände an ihre Wangen. «Und ich werde auch in Zukunft für dich da sein. Was auch passieren mag, nie werde ich mich von dir abwenden.»

«Ich weiß», sagte Susanna mit erstickter Stimme. «In ein paar Wochen erwarte ich dich dann in Gelligaer.»

«Keine zehn Pferde könnten mich davon abhalten, dich zu besuchen. Gute Reise.» Er zwickte sie in die Nase, und sich nicht darum scherend, was die anderen denken mochten, küsste er sie kurz, aber heftig auf den Mund.

Efa betrachtete die Szene voller Abscheu, und selbst Meurig runzelte die Stirn angesichts derartiger Liebesbekundungen in der Öffentlichkeit.

«Susanna», drängte Meurig sanft, «wir müssen los.»

«Natürlich.» Sie stieg in den Sattel und ritt an der Seite ihres Mannes zur Spitze des Zuges.

Begleitet von Hochrufen verließen sie Plas-Marl und ritten den Pfad hinab, den die Bauern mit kleinen Feuern gesäumt hatten, die ihr den Weg in ein neues Leben weisen sollten. Oben auf dem Hügel verlangsamte Susanna das Tempo und warf einen letzten Blick zurück.

Meurig streckte den Arm aus und ergriff ihre Hand. «Bist du bereit?», fragte er. Als sie nickte, küsste er zärtlich ihre Finger, und sie lenkten ihre Pferde in Richtung Senghennydd.

teiL DREI

kapitel zehn

Dezember 1109. Gelligaer, Senghennydd

«Du kannst gehen», sagte Susanna und seufzte, während der alte Kerzenmacher davonschlurfte.

Schon wieder hatte sie ihn wegen der schlechten Qualität seiner Kerzen ermahnen müssen. Sie hatte Meurig gebeten, die Aufgabe jemand anderem zu übertragen. Aber der hatte eine Schwäche für den Alten, der schon Kerzenmacher bei seinem Vater gewesen war, und brachte es einfach nicht fertig, ihm zu sagen, dass er nicht länger gebraucht wurde. «Dir fällt sicher eine andere Lösung für das Problem ein», hatte er gesagt. «Ich habe vollstes Vertrauen in dich.»

Meurigs Standardantwort zu allen Fragen des Haushalts, dachte Susanna stirnrunzelnd. Er merkte nicht, dass es für sie hier alles andere als leicht war. Es war nicht so, dass sie sich unwohl fühlte, im Gegenteil, sie hatte Gelligaer vom ersten Augenblick an geliebt, eigentlich sogar schon vorher, so sehr hatte die Landschaft von Senghennydd sie auf ihrer Reise hierher verzaubert.

Susanna ließ ihre Gedanken zum Tag ihrer Ankunft zurückschweifen. Von Plas-Marl nach Bryn y Ffin und wieder zurück hatte ihr Weg immer über die Berge geführt, die die nördliche Grenze von Gwynllwg, Senghennydd und Morgannwg bildeten. Dort oben fühlte sie sich wie auf dem Dach der Welt, denn nach Süden lag das Land tief unter ihr, und nach Norden erstreckten sich die gewaltigen Bergketten von Brycheiniog. Am ersten Tag ihrer Ehe ritt sie mit Meurig von Plas-Marl aus diesen hoch gelegenen Weg entlang, bis sie den Fluss Rhymni überquerten, der Senghennydds östliche Grenze markierte. Die Nacht verbrachten sie in einem kleinen, befestigten Haus, das Meurig dort besaß. Am nächsten Tag drangen sie weiter nach Süden vor, mitten ins Landesinnere von Senghennydd. Die Reise war wunderschön. Alles war so völlig anders als in Gwynllwg, dass Susanna ihre Überraschung nicht verbergen konnte. Von hier fiel das Land sanft ab, ihr Weg war gesäumt vom Fluss an der einen und den schützenden Bergen auf der anderen Seite. Gegen Ende des dritten Tages bewegten sie sich vom Fluss weg und folgten einem von bewaldeten Hängen flankierten Weg. Die sanft geschwungenen Hügel zu beiden Seiten gingen ineinander über wie weit geöffnete Arme, die Susanna freundlich willkommen hießen. Erwartungsvoll und beinahe sehnsüchtig ritt sie weiter. Windungsreich schlängelte sich der Weg die bewaldeten Hügel hinauf bis auf die Spitze, und nach einer letzten von Pflanzen überwucherten Biegung sah sie zum ersten Mal Meurigs Burg. Wie aus dem Nichts erhob sich plötzlich über ihnen der Felsgipfel. Man sah auf den ersten Blick, welchen Schutz diese steil aufragende Felswand bot. Aber erst, als sie einmal ganz um den Berg herumgeritten waren, konnte Susanna ihr neues Zuhause in all seiner Pracht bestaunen. Je höher sie sich den steilen Pfad hinauf auf das Tor zubewegten, desto weiter reichte die Sicht, und ein jeder, der sich aus dem Wald heraus zur Burg wagte, wäre ein leichtes Ziel für Bogenschützen, noch bevor er den äußeren Burggraben erreicht hätte. Die doppelreihigen, stabilen Palisaden bildeten ein Viereck und griffen damit die Form des nahe gelegenen römischen Forts auf. *Klar und geradlinig, genau wie Meurig,* dachte Susanna. Als sie durch das offene Tor ritten, wandte sie sich ihrem Ehemann zu und lächelte über das ganze Gesicht. «Es ist wunderschön», flüsterte sie und wusste, wie sehr er sich über ihre Reaktion freute.

«Es ist nicht opulent wie Bryn y Ffin, und der Boden ist längst nicht so fruchtbar wie in Plas-Marl», hatte er sie vorgewarnt.

Aber das hatte sie nicht gestört, es war ihr neues Zuhause, und als sie sich jetzt umsah, konnte sie sich keine schönere

Umgebung wünschen. Mit Staunen hatte sie die Aufteilung der Anlage betrachtet. Im Unterschied zum sonst üblichen Aufbau befand sich die Halle ziemlich genau in der Mitte, wodurch zwei Burghöfe entstanden. Durch das Tor ritten sie in den vorderen, etwas größeren Hof, in dem die zur Küche gehörenden Wirtschaftsgebäude wie Spülküche, Speisekammer und Vorratsräume sowie der sehr gepflegte Küchengarten lagen, der die Rückwand dieser Gebäude schmückte. Der hintere Burghof war offenbar die Domäne der Männer. Hier befanden sich die Stallungen, die Schmiede sowie Vorrichtungen, um sich im Bogenschießen und Lanzenstechen zu üben.

Susanna war vom gesamten Haushalt begeistert empfangen worden. Voller Stolz führte man sie zu einem Holzgebäude, das an das hintere Ende der Halle angrenzte. Es war ganz offensichtlich später angebaut worden und verfügte über zwei Eingänge: einen mittels Vorhang abgetrennten Durchgang zum Saal sowie eine massive Tür, die auf den vorderen Burghof führte. Der Anbau bestand aus zwei Räumen; in einem standen ein riesiges Bett mit reich bestickten Bettvorhängen, ein kleiner Tisch für persönliche Dinge sowie etliche Haken und Truhen für Kleidung. Gepolsterte Armlehnstühle, die um eine achteckige Kohlenpfanne herum arrangiert waren, rundeten das Bild ab. In dem anderen Zimmer befand sich Meurigs gewaltiger Schreibtisch, an dem er seinen Geschäften nachging und in dessen Schubladen er sämtliche Aufzeichnungen aufbewahrte.

«Natürlich», so hatte Hywels Frau extra betont, «muss Meurig sich einen anderen Raum einrichten, wenn dieser als Kinderzimmer benötigt wird.»

Niemandem schien aufgefallen zu sein, wie sehr Susanna bei diesen Worten errötet war. *Aber hat mich denn nach diesem ersten Tag hier überhaupt noch jemand wahrgenommen?*, dachte sie seufzend.

Sie erhob sich von ihrem Platz hinter Meurigs Schreibtisch. Gewiss hatte sie dem alten Kerzenmacher jetzt genug Zeit gelassen, um wieder an seine Werkbank zurückzukehren. Susanna ging durch die Tür zum Burghof hinaus und hatte dadurch einen guten Vorwand, beim Küchenpersonal vorbeizuschauen. Die Küche war ein separates Gebäude längs der Halle mit einem einfachen Verschlag, der als Vorratskammer diente. Ein kurzer Blick zeigte Susanna, dass bereits die Getränke für das Abendessen vorbereitet waren und in den großen Saal gebracht wurden.

«Hier ist alles in Ordnung, Mylady», rief ihr die Köchin zu, als Susanna unsicher in der Küchentür stehen blieb. Mit hochrotem Gesicht machte sie unmissverständlich deutlich, dass die Hausherrin ihr bloß nicht im Weg stehen sollte, während sie einen riesigen Kessel mit Kanincheneintopf vom Feuer holte und auf einen stabilen Arbeitstisch stellte, um das Gericht abzuschmecken.

Susanna nickte kurz, ließ die Köchin ihre Arbeit machen und eilte an der Spülküche vorbei, wo das lebhafte Schwatzen der Mägde ihr Gefühl von Einsamkeit nur mehr verstärkte.

Während sie den großen Saal betrat, dachte sie daran, wie sehr sie sich darauf gefreut hatte, Herrin im eigenen Haus zu sein, und wie sehr sie sich von Anfang in alle häuslichen Belange hatte einbringen wollen.

Aber hier hatte es schon geraume Zeit keine Hausherrin mehr gegeben. Meurigs Mutter lebte seit dem Tod ihres Mannes bei der Tochter. Meurig selbst hatte sich gänzlich auf seine politischen Ziele konzentriert und war die meiste Zeit gereist, um seine Macht zu festigen, sich der Unterstützung der anderen Lords zu versichern oder an den Höfen von Morgannwg und Gwynllwg um Unterstützung seines Herrschaftsanspruches zu werben. Infolgedessen war man in Gelligaer daran gewöhnt, alles in eigener Regie zu machen, ohne dass einem irgendjemand dreinredete. Der Verwalter lächelte freundlich und zeigte ihr bereitwillig die Bücher, fand jedoch immer neue Ausreden, warum sie ihn nicht auf seiner Runde begleiten konnte. Die Köchin hatte den täglichen Speiseplan bereits ausgearbeitet, wenn Susanna sie morgens aufsuchte – wie früh auch immer. Und mit ihren gerade einmal 15 Jahren traute sie sich auch nicht, die Leitung eines etablierten Haushalts rigoros an sich zu reißen. Zudem ließen Meurigs Freunde und Gefolgsmänner, auch wenn sie noch so nett zu ihr waren, Susanna nie vergessen, dass sie die Kindbraut ihres Lords war – geheiratet wegen des Vorteils, den sie ihm in politischer Hinsicht brachte.

Susanna gab einem der Dienstboten im großen Saal ein Zeichen, er möge ihr etwas zu trinken bringen, und schaute sich um. Die meisten Anwesenden hatten sich um die gekachelte, zentrale Feuerstelle versammelt und genossen die Wärme des flackernden Feuers, aber Susanna zog sich in eine der Fensternischen zurück. Sie wollte sich nicht aufdrängen. Allerdings wurde sie auch von niemandem gebeten, sich doch dazuzugesellen. Von ihrem abgeschiedenen Platz aus ließ sie den Blick durch den Saal wandern, betrachtete die kleinen, angeregt plaudernden Gruppen und versuchte, nicht gekränkt zu sein, als Nerys, Hywels Frau, den Barden anwies, etwas vorzutragen. Susanna sah zu, wie er durch den Raum schlenderte, jede Gruppe in seinen Gesang einbezog und deren Scherze mit einem wohlwollenden Lächeln entgegennahm. Susanna näherte er sich nicht. In dieser verglichen mit Bryn y Ffin viel kleineren Halle, in der sie so eng mit Menschen zusammenlebte, die ihre Existenz kaum wahrzunehmen schienen, spürte Susanna ihre Einsamkeit umso heftiger.

Wenn doch nur Meurig öfter hier wäre, dachte sie zum x-ten Male, *dann könnte ich mich darin üben, etwas mehr Autorität auszustrahlen.* Immerhin hatte sie von den anderen Frauen gehört, dass er seit ihrer Ankunft wesentlich mehr Zeit hier verbrachte als zuvor – ein schwacher Trost. Sie lächelte, denn der Gedanke an ihren Ehemann ließ ein warmes Gefühl durch ihren Körper strömen. Wenn sie auch von ihrer Rolle als Hausherrin enttäuscht war, so hatte sie keinen Grund zur Klage, was Meurig anging. Er liebte sie noch immer so aufmerksam und leidenschaftlich wie in ihrer Hochzeitsnacht. Wenn er sich in Gelligaer aufhielt, dann war er nie weit von ihrem Bett entfernt. Seine Lust auf Susanna schien unersättlich. Sie brauchte nur mit dem ihr eigenen Hüftschwung an ihm vorbeizugehen oder ihm tief in die Augen zu schauen, schon war es ihm völlig egal, welche Stunde des Tages sie gerade hatten oder mit welch missbilligendem Gesichtsausdruck die älteren Ladys sie bedachten. Er zog sich mit Susanna in ihr privates Gemach zurück, wo sie eine äußerst angenehme und für gewöhnlich ziemlich kräftezehrende Stunde oder auch länger verbrachten. Meurig fand in Susanna eine lernwillige Schülerin, eine, die aus ihrer Vereinigung genauso viel Vergnügen zog wie er.

Was das angeht, gibt es ganz sicher keine Schwierigkeiten, dachte Susanna, während sie an ihrem Wein nippte. *Aber außerhalb des Schlafzimmers behandelt er mich wie ein Kind – so wie alle anderen auch.* Unwillkürlich legte sie die Hand auf ihren Bauch, und ihre Gesichtszüge wurden weich, als sie an das neue Leben dachte, das in ihr wuchs. *Vielleicht wird er mich mit anderen Augen betrachten, wenn ich ihm sage, dass ich sein Kind unter dem Herzen trage.* Ihr Monatsfluss war schon zweimal ausgeblieben, aber sie wollte die Neuigkeiten für sich behalten, bis sie ganz sicher war. *Und in der Zwischenzeit bereite ich ihm das schönste Weihnachtsfest, das er nur haben kann,* dachte sie fest entschlossen.

Die Kerze neben ihr fing an zu flackern und erlosch. «Aber zuallererst werde ich etwas wegen dieses verfluchten Kerzenmachers unternehmen», murmelte sie laut.

Zum hundertsten Mal blickte Susanna von ihrer Näharbeit auf und lauschte auf den Klang von Pferdehufen auf der hölzernen Brücke, die den schützenden Wassergraben rund um die Burg überspannte.

«Wahrscheinlich haben sie für die Nacht irgendwo Halt gemacht», sagte Nerys mitfühlend, als sie Susannas besorgten Gesichtsausdruck sah.

Susanna zwang sich zu einem Lächeln. Sie wusste, dass Nerys nur nett sein wollte, aber nichts konnte die Angst beseitigen, die an ihr nagte. Sie warf ihr Nähzeug beiseite, ging zum Kamin und nahm ein Holzscheit, um es in die Flammen zu werfen.

«Susanna!», rief Nerys entsetzt und gab mit einem Händeklatschen einem Bediensteten zu verstehen, er möge Susanna das Scheit aus der Hand nehmen.

«Ich bin kein Kind», fuhr Susanna sie an. «Und ich bin sehr wohl in der Lage, mich um das Feuer zu kümmern.»

«Aber das musst du nicht, und schon gar nicht in deinem Zustand», entgegnete Nerys streng.

«Ich weiß nicht, was du meinst», murmelte Susanna.

«Ach, Susanna.» Nerys ergriff ihre Hand und brachte sie dazu, sich neben sie zu setzen. «Ich kann die Zeichen erkennen, wir alle können das. Warum bist du so zurückhaltend und sprichst nicht mit uns darüber?»

«Ich wollte erst sicher sein … und Meurig sollte es als Erster erfahren», sagte Susanna abweisend.

«Wie viele Blutungen sind ausgeblieben?», fragte Nerys mit sanfter Stimme, unbeirrt von Susannas ablehnender Haltung.

«Zwei, und ich habe auch kein Ziehen im Bauch.»

«Dann hast du sehr erfreuliche Nachrichten für Meurig, wenn er zurück ist.» Nerys lächelte sie ermutigend an.

Susanna schaute rasch weg, aber nicht schnell genug, um den feuchten Schimmer in ihren Augen zu verbergen.

«Susanna», sagte Nerys sanft, «sich zu sorgen bringt ihn auch nicht schneller nach Hause, und es ist nicht gut für das Kind, wenn du dich aufregst.»

«Ich kann einfach nicht aufhören, mich zu ängstigen», gestand Susanna. «Er war dieses Mal so lange weg, und bei dem Ärger, für den der Prinz von Powys in diesem Jahr gesorgt hat, kommt es überall zu Kämpfen. Jetzt ist Meurig unterwegs, um den Aufstand im nördlichen Teil von Senghennydd niederzuschlagen, aber Merthyr grenzt direkt an Brycheiniog, wo die Normannen sitzen – und die sind nicht zimperlich, alle Waliser für das Handeln einiger verantwortlich zu machen ...» Susanna brach ab, es war nicht nötig, mehr zu sagen.

Sie war bestürzt gewesen, als Meurig ihr sagte, dass er an die nördliche Spitze seines Territoriums reise – ihr war nur zu bewusst, wie leicht dort ein Angriff aus dem Hinterhalt erfolgen konnte. Die Tatsache, dass sich der ganze Konflikt durch das Verhalten Owain ap Cadwgans in Powys zugespitzt hatte, verstärkte ihre Angst nur noch mehr. Sie hatte den Blick in Owains Augen nicht vergessen, als sie ihn zurückwies, und er galt als äußerst nachtragend. Es schien ihr nicht unwahrscheinlich, dass Owain versuchen würde, auch in Senghennydd Unruhe zu stiften. Aber das konnte sie Nerys nicht anvertrauen, ohne ihr Geheimnis preiszugeben, und dieses Risiko würde sie niemals eingehen.

Meurig hatte versprochen, heute zurückzukommen. Morgen war Weihnachtsabend, und Meurig würde ganz sicher nicht das Anzünden des Julklotzes verpassen wollen, den traditionellen Beginn der Festtage. Susanna ließ den Blick durch den großen Saal schweifen, der auf ihr Betreiben hin verschwenderisch mit Stechpalmen und Efeu geschmückt worden war – dieses eine Mal hatte Susanna darauf bestanden, dass ihre Anweisungen befolgt wurden. Das frische Blattwerk hatte den Saal förmlich zum Leben erweckt, und Nerys war voll des ehrlichen Lobes gewesen.

«Idwal und ich haben immer viel Aufhebens um Weihnachten gemacht», erklärte Susanna leise.

Nerys folgte Susannas Blick durch den Saal. «Bei solchen Anlässen ist es immer besonders schwer, von der Familie getrennt zu sein. Aber Meurig ist jetzt deine Familie», sagte sie freundlich, «und dein Platz ist hier.»

Susanna sah sie müde an und ließ dann den Kopf hängen. Sie war es so leid, ständig ihre Gefühle hinter einer Maske zu verbergen. «Ist er das?», fragte sie traurig.

Nerys drückte Susannas Hand. «Ganz sicher», sagte sie.

«Warum gehst du nicht zu Bett? Ich weiß, dass du nicht schlafen kannst, aber du solltest wenigstens ruhen. Es wird allmählich spät ... und kalt. Ich lasse dir sofort Bescheid geben, wenn unsere gedankenlosen Männer eintreffen.»

Susanna wollte widersprechen, aber im Grunde hatte Nerys ja Recht, und insgeheim sehnte sich Susanna nach der Abgeschiedenheit ihres Schlafgemachs, geschützt vor all den neugierigen Augen im Saal.

«Ich habe heute noch Angst, wenn Hywel fort ist, wenn auch nicht mehr ganz so viel wie zu Beginn unserer Ehe», versuchte Nerys die düstere Stimmung ein bisschen aufzulockern. «Ich habe rasch gelernt, dass er jedes Mal zurückkommt – mit einem frechen Grinsen und ohne großartige Erklärungen. Du wirst feststellen, dass es bei Meurig nicht anders ist.»

Susanna lächelte sie dankbar an. «Danke, Nerys, ich glaube, ich sollte wirklich zu Bett gehen. Gute Nacht.» Sie zögerte. «Du gibst mir auf jeden Fall Bescheid?»

«Versprochen.»

Nerys sah Susanna nachdenklich hinterher, als sie durch den Saal zu dem hinter einem Vorhang verborgenen Eingang der Privatgemächer ging.

«Bist du das liebeskranke Kind endlich losgeworden?», fragte eine gehässige Stimme neben Nerys.

«Sei nicht so gemein, Myfanwy. Wir alle kümmern uns kein bisschen um das arme Mädchen, kein Wunder, dass sie sich einsam fühlt. Und natürlich macht sie sich Sorgen um Lord Meurig. Ich muss zugeben, dass ich auch ein bisschen beunruhigt bin. Es hat dieses Jahr so viele Scharmützel in und außerhalb Senghennydds gegeben.»

«Ach, Unsinn, Nerys», entgegnete Myfanwy. «Meurig hat es sich im Bett einer anderen Frau gemütlich gemacht – das ist alles.»

«Nun, du musst es ja wissen», erwiderte Nerys trocken. «Wie ich hörte, ist er jedenfalls seit Susannas Ankunft kein einziges

Mal mehr in deinem gewesen.» Als Myfanwy vor Scham heftig errötete, lächelte Nerys zufrieden und zog sich zurück.

«Du kannst zurück in den Saal gehen, Branwen. Ich gehe zu Bett und brauche dich nicht mehr», sagte Susanna zu ihrer Kammerjungfer. «Aber sorge dafür, dass das Feuer nicht erlischt, die Nacht ist kalt, und Lord Meurig soll bei seiner Heimkehr ein warmes Gemach vorfinden.»

Branwen zog die Bettvorhänge zu. Susanna hörte, wie die Magd zusätzliche Holzscheite ins Feuer warf und dann die Tür hinter sich schloss. Sie wickelte sich fest in die Decke, nahm Meurigs Kissen, presste es an sich und sog seinen Duft ein. Sie wusste ja selbst nicht, warum sie sich so große Sorgen machte. Er war ein erfahrener Krieger und konnte sich der Unterstützung des Adels von Senghennydd immer sicherer sein. Aber als sie die Augen schloss, schickte sie doch ein Stoßgebet gen Himmel, dass er heil nach Hause finden möge.

Susanna hatte gedöst, war aber sofort hellwach, als sie hörte, dass das Feuer erneut geschürt wurde. Sie lag ganz still und versuchte herauszufinden, ob Branwen zurückgekehrt war, aber dann hörte sie das vertraute Geräusch von Schwert und Schwertscheide, die abgelegt und an den Haken gehängt wurden. Zögerlich richtete sie sich auf.

«Susanna», rief Meurig leise, «ich bin allein.»

Das sagte er jetzt immer, seit sie einmal des Nachts freudig aus dem Bett gesprungen war, um ihn zu begrüßen, und dann feststellen musste, dass er in Begleitung zweier Männer war. Es war so demütigend gewesen. Wochenlang hatte sie diesen Männern nicht ins Gesicht sehen können, ohne verlegen zu werden.

Sobald sie die erlösenden Worte hörte, riss sie die Vorhänge auf. «Meurig! Ich habe mir solche Sorgen gemacht.»

Sie kniete auf dem Bett, und ihr Haar umrahmte ein derart angsterfülltes Gesicht, dass er in zwei Schritten bei ihr war.

«Jetzt bin ich ja da, Kätzchen, gesund und munter, wie du siehst», sagte er heiter.

Er schlang die Arme um sie, und Susanna schrie leise auf, als seine kalten Hände ihren nackten Rücken berührten.

«Du bist ja völlig durchgefroren», beschwerte sie sich. «Und warum bist du so spät?»

Meurig trat betont entrüstet einen Schritt zurück. «Das ist der schnellste Wechsel von Sorge zu Vorwurf, den ich je erlebt habe», sagte er mit gespieltem Befremden.

«Wenn du deine Hände nicht anwärmst, bevor du mich noch einmal anfasst, wirst du die Krallen des Kätzchens zu spüren bekommen», fauchte Susanna ihn an, aber ihre Mundwinkel zuckten verräterisch, als sie versuchte, ihr erleichtertes Grinsen zu unterdrücken. «Und du hast meine Frage noch nicht beantwortet.»

«Hywels Pferd hat gelahmt.» Er grinste jungenhaft. «Und ich konnte ihn ja schlecht allein zu Fuß heimgehen lassen.»

«Und die Idee, zusammen auf einem Pferd zu reiten, war zu verwegen, um sie in die Tat umzusetzen?», konterte sie.

Seine ungezähmten Locken tanzten förmlich im Kerzenschein, als er plötzlich den Kopf zurückwarf und laut auflachte. Sein Lachen war einfach unwiderstehlich – und plötzlich wusste Susanna, warum sie solche Angst gehabt hatte: Sie liebte Meurig.

«Du frierst», sagte er, als ein Zittern ihren Körper durchlief. Er schlug eine Decke um Susanna und trug sie zum Feuer. «Da du so versessen darauf bist, mich auszufragen, sollten wir es währenddessen schön warm haben.»

Er setzte sich nah ans Feuer und Susanna auf seinen Schoß, ihre Füße neben ihm auf der Bank. Während Meurig über die Rückkehr aus Merthyr berichtete, hielt er Susanna die ganze Zeit fest umschlungen.

«Du siehst, es gab also wirklich keinen Grund zur Sorge», schloss er und lächelte, sodass seine weißen, herrlichen Zähne zu sehen waren.

«Aber ich habe mir Sorgen gemacht!», sagte sie ganz aufgeregt. «Und dieses Mal bist du so lange fortgeblieben, dass ich Angst bekam …» Sie brach ab.

«Habe ich dir so sehr gefehlt?», fragte er zärtlich.

Susanna erwiderte seinen Blick und fragte sich, wie sie jemals hatte denken können, es gäbe einen attraktiveren Mann als ihn. Plötzlich verlangte es sie danach, ihm die Locken aus der Stirn zu streichen, seine Wange zu liebkosen und ihm die Worte zu sagen, die sie bisher nur sich selbst eingestanden hatte.

Aber Meurig brauchte es gar nicht erst zu hören, der Ausdruck in ihren Augen verriet ihm mehr als Worte. «Susanna», sagte er mit sanfter Stimme, «als ich dich geheiratet habe, wusste ich, dass du mich als Ehefrau nie enttäuschen würdest. Aber dass du mich auch lieben würdest, war etwas, auf das ich nur hoffen konnte.»

Susanna errötete und schlug die Augen nieder.

«Mein Monatsfluss ist zweimal ausgeblieben», sagte sie leise.

Meurig umfasste ihr Kinn und hob es sanft an, sodass sie ihn unweigerlich ansehen musste. Dann legte er ihr die Hand auf den Bauch, im Gesicht einen Ausdruck ehrfürchtigen Staunens.

«Mich zu lieben und mein Kind unter dem Herzen zu tragen – damit machst du mich unsagbar glücklich.» Er beugte sich herab und küsste sie zärtlich. «Und ich werde dir keinen Anlass mehr zur Sorge geben. Dafür gibt es nur eine Lösung: Du wirst mich begleiten, wenn ich in Senghennydd unterwegs bin. Eine Rundreise ist längst überfällig, und es ist gut, wenn die Leute dich kennen lernen, insbesondere jetzt, wo du ein Kind erwartest.»

Susanna strahlte so sehr, dass sie leicht mit dem Feuer konkurrieren konnte. Sie schlang ihm die Arme um den Hals. «Wirklich? O danke, vielen Dank.» Sie bedeckte sein Gesicht mit Küssen.

«Nicht so wild.» Meurig lehnte sich zurück und lächelte sie an. «Man könnte meinen, ich hätte dir die Krone von England angeboten, dabei geht es nur darum, eine ganze Weile aus der

Reisetruhe zu leben.» Dann sah er sie besorgt an. «Wenn du überhaupt in der Lage bist, zu reisen.» Wieder legte er die Hand auf ihren Bauch.

«Ich denke, Bewegung ist gut für das Kind», sagte Susanna. Sie würde sich auf keinen Fall eine Gelegenheit entgehen lassen, so viel wie möglich mit ihm zusammen zu sein.

«Mir war nicht bewusst, dass du hier so unglücklich bist.»

«Ich bin nicht unglücklich.»

«Sondern?» Meurig ließ nicht locker. «Komm schon, Susanna, wenn ich dich mitnehmen soll, muss ich auch wissen, was dich bekümmert.»

«Ich fühle mich, als würde ich nicht dazugehören», sagte sie leise und senkte den Blick. «Ich komme mir so jung vor.»

«Ist es so, als wärst du wieder an Iestyns Hof?»

«Dort hatte ich Idwal», erwiderte sie, denn da sie ihm jetzt schon die Hälfte ihres Problems verraten hatte, konnte sie ihm den Rest auch noch sagen.

«Verstehe», sagte er und schwieg eine Weile. «Ich bin zwar auch der jüngste unter den Männern, aber mir bringt man Respekt entgegen. Für dich sieht das anders aus.» Er nahm ihre Hand. «Wenn das Kind zur Welt kommt, wärst du dann gern in Tongwynlais, näher bei deiner Mutter?»

«Gott bewahre!» Susanna richtete sich auf und Meurig schien überrascht von ihrer Heftigkeit. «Dein Kind muss in Gelligaer zur Welt kommen. Das ist wichtig. Du musst Zeichen setzen für Stabilität … und Fortbestand.»

Meurig nickte anerkennend. «Du verfügst wirklich über politischen Verstand. Die Jahre in der Obhut deines Onkels haben dir offensichtlich gut getan», sagte er und fuhr dann langsam fort: «Nun, was meine Berater und deren Ehefrauen angeht, kann ich nichts machen, wohl aber, was deine Gesellschafterinnen betrifft. Während unserer Reise kannst du sicher passendere – und jüngere – finden. Wäre das eine Möglichkeit?»

Das Lächeln, mit dem sie ihn bedachte, war Antwort genug.

«Bist du denn sicher, dass du reisen kannst? Ich will direkt nach Neujahr aufbrechen.»

«Ganz sicher», erwiderte sie. «Ich bin sehr stark, du wirst schon sehen.»

«Das weiß ich bereits», antwortete er und fuhr mit der Hand über ihren Körper. «Ich kann gar nicht glauben, dass ein so flacher Bauch Leben in sich birgt.» Er umfasste ihre Brüste, die sich bereits voller anfühlten. «Aber ich freue mich darauf, zu sehen, wie sich dein Körper verändert, während mein Kind in dir wächst. Auch deshalb möchte ich dich in meiner Nähe wissen – damit ich nichts verpasse.»

Er setzte sie vorsichtig auf die Bank neben sich, stand auf, holte eine zusätzliche Decke vom Bett und breitete sie auf dem Boden vor dem Feuer aus. Er entkleidete sich, legte sich auf die Decke und streckte die Hand nach Susanna aus.

«Ich muss gestehen, ich wollte dir nichts von dem Kind sagen», flüsterte sie schüchtern und ging zu ihm.

«Wieso denn das?», fragte er überrascht.

«Ich dachte, du würdest dann nicht mehr mit mir schlafen wollen. Idwal meidet seitdem Efas Bett.»

Meurig zog sie in seine Arme. «Aber ich bin nicht Idwal und du ganz bestimmt nicht Efa.» Er blickte sie zärtlich an, als er ihr volles Haar zur Seite strich und ihren Körper dadurch entblößte. Das Licht des Feuers schmeichelte ihren weiblichen Rundungen. «Jede Veränderung deines Körpers wird wunderbar sein, und dass du mein Kind austrägst, macht dich nur noch begehrenswerter», sagte er mit heiserer Stimme und küsste sie auf den Hals.

«Ich liebe dich», flüsterte Susanna.

Meurig streichelte ihr Gesicht. «Diese Worte aus deinem Mund zu hören, macht dich zu etwas ganz Besonderem für mich.» Dann verschloss er ihren Mund mit einem Kuss.

Während der folgenden Monate gab es für Susanna eine Menge zu lernen und viel Schönes, mit dem sie gar nicht gerechnet hatte. Anfänglich war sie einfach nur glücklich gewesen, mit Meurig zusammen zu sein und all das zu sehen, was Senghennydd zu bieten hatte. Zuerst brachte Meurig sie überallhin, wo er ein Domizil hatte und sich seiner Macht sicher sein konnte. Die Lords, die Meurigs Führungsanspruch unterstützten, begegneten Susanna voller Achtung, die sie genauso erfreut entgegennahm, wie sie Meurigs neue Wertschätzung ihrer Person genoss. Er erkannte, wie sehr es seine Position stärkte, seine junge und schwangere Frau zu präsentieren. Trotz ihrer Kindheit an einem königlichen Hof war Susanna mit den Spielregeln der Politik bisher nicht vertraut gewesen und stellte jetzt überrascht fest, wie sehr sie dies alles interessierte. Infolgedessen lauschte sie aufmerksam den Gesprächen von Meurig und Hywel mit den Lords verschiedener Besitztümer quer durch das gesamte Herrschaftsgebiet. Eines Tages fragte sie Meurig, warum er von einem Lord in einem der wohlhabenderen Gebiete nicht die übliche Abgabe verlangt habe. Die Abgabe war seit vielen Generationen üblich und bestand aus einer festgelegten Anzahl Vieh in Abhängigkeit zur Größe der Herde. Als herrschendem Lord stand sie Meurig rechtmäßig zu.

«Ifan verfügt über unzählige männliche Blutsverwandte, und das ist der Reichtum, an dem ich in Wahrheit interessiert bin», erklärte Meurig. «Er kann sein Vieh behalten im Austausch für die Kampfstärke seiner Männer. Andere Lords dagegen haben das Pech, dass ihr Besitz sowohl an Gwynllwg wie auch an normannisches Land grenzt. Diese brauchen militärische Unterstützung, und der Nutzen, den sie aus meiner Schirmherrschaft ziehen, ist ihnen und den ihren dienlicher als ein paar Viecher aus den Herden.»

«Du berücksichtigst also ihre Bedürfnisse?»

«Und sie danken es mir mit ihrer Unterstützung», erwiderte Meurig. Er lenkte sein Pferd näher an ihres heran. «Herrsche und helfe, meine Liebe», er küsste ihre Finger, «dann ist deine Macht gesichert.»

Ihr letzter Besuch, bevor sie nach Gelligaer zurückkehren wollten, erwies sich als eine Schlammschlacht voller Beschuldigungen und Vorwürfe. Es ging um Ehebruch und die Bitte um Erlaubnis, sich scheiden lassen zu dürfen. Susanna führte aus eigenem Antrieb heraus mit der Frau ein Gespräch unter vier Augen und teilte Meurig, durch ihn dazu ermutigt, ihre eigene Meinung über den Sachverhalt mit. Sie ging sogar so weit, ein oder zwei Lösungsvorschläge zu machen.

Als Meurig am nächsten Tag seine Entscheidung bekannt gab, erkannte Susanna stolz, dass er tatsächlich etwas von dem befolgte, was sie gesagt hatte. Während sie zum Aufbruch rüsteten, nahm sie den überschwänglichen Dank der Ehefrau entgegen.

Nachdem sie die Pferde bestiegen hatten, streckte Meurig den Arm aus und legte die Hand schützend auf Susannas Bauch. «Bereit?», fragte er.

Sie legte ihre Hand auf seine. «Ja, es wird Zeit heimzukehren», antwortete sie liebevoll.

September 1110

Susanna streichelte ihrer Tochter die Wange, um sie zum Trinken zu motivieren. Sie war so verliebt in ihre kleine Eluned, dass sie eine Amme strikt ablehnte und die besondere Nähe des Stillens genoss. Sie betrachtete die an Rosenknospen erinnernden Lippen, streichelte die kleinen Finger und Zehen, pustete zärtlich über das flaumweiche Haar. Sie wurde nie müde, die Kleine anzusehen. Vorher hätte sie sich nicht vorstellen können, jemanden so rückhalt- und bedingungslos zu lieben. Für dieses Kind würde sie alles tun und es vor jeder Gefahr schützen – wenn nötig, sogar unter Einsatz ihres Lebens.

«Mein kleiner Engel», hauchte sie mit sanfter Stimme. «Mama liebt dich so sehr, und ich werde dich nie allein lassen, auch nicht für eine Minute.» Sie wurde ganz aufgeregt, als Eluned erst die Stirn runzelte und sie dann anlächelte.

Da Eluned anscheinend nicht mehr trinken wollte, schnürte Susanna ihr Mieder wieder zu und trug das schlafende Kind vorsichtig in den Saal zurück. Sie küsste die Kleine zärtlich und legte sie in die Wiege, die neben dem Westfenster stand, durch das die Nachmittagssonne hereinfiel. *Wie kann etwas so Winziges derartig Besitz von mir ergreifen?,* fragte sich Susanna. Sie lächelte liebevoll und steckte die Decke rund um den kleinen Körper fest. Als sie sich über das Kind beugte, stöhnte sie leise auf. Ihre Brüste waren immer noch prall mit Milch gefüllt. Eluned trank jedes Mal nur wenig. *Wenig und oft,* dachte Susanna und unterdrückte ein Gähnen.

Die Hunde schlugen an. Soeben war ein Besucher eingetroffen, und Susanna schaute erwartungsvoll zum Eingang des Saals. Als ihre treue Hündin aufsprang und zur Tür lief, wusste Susanna sofort, wer der Besucher war, denn es gab nur einen Mann, für den Nina von der Seite ihrer Herrin wich. Einen Freudenschrei mühsam unterdrückend, raffte Susanna die Röcke und eilte zur Tür.

«Idwal!», rief sie voller Freude.

«Himmel! Bist du durch die Mutterschaft Hellseherin geworden?» Er kam gerade aus Richtung der Stallungen um die Ecke gebogen. Mit wenigen Schritten war er bei ihr und hob sie hoch, sodass Susanna leise aufschrie. «Ich kam, so schnell ich konnte», grinste er vor lauter Freude, sie zu sehen. Dann hielt er sie auf Armlänge von sich weg. «Lass dich ansehen. Ist deine Tochter genauso hübsch wie du?»

«Alter Schmeichler», lachte Susanna und hakte sich bei ihm ein. «Komm und sieh selbst.»

Sie führte ihn quer durch den Saal, um ihm stolz ihr Kind zu präsentieren. Damit er die Kleine besser sehen konnte, zog sie die Decke vorsichtig ein kleines Stück herunter.

«Ist sie nicht wunderschön?» Susanna war immer noch voller Ehrfurcht, dass ein solch perfektes kleines Wesen in ihrem Körper gewachsen war.

Idwal streichelte das winzige Gesicht und lächelte gerührt, als die kleinen Lippen im Schlaf zu nuckeln anfingen. Leicht verlegen schaute er über die Wiege hinweg seine Schwester an. «Ich habe festgestellt, dass ich richtig rührselig werde, wenn es um Kinder geht.»

«Keine Sorge, von mir erfahren es die anderen Männer nicht.» Susanna fasste Idwal am Arm und führte ihn zu einem Stuhl.

Er schnallte Schwert und Scheide ab, entledigte sich seines Umhangs und reichte alles einem wartenden Dienstboten.

«Welchen Namen hast du ihr gegeben?», fragte er und ergriff den angebotenen Becher Met, während er sich setzte.

«Eluned», erwiderte Susanna. «Und bevor du fragst – nein, er ist nicht enttäuscht, dass es ein Mädchen ist.»

«Wie könnte Meurig enttäuscht sein, wenn er zwei so wunderschöne Frauen hat?», erwiderte Idwal galant.

«Und wie geht es deinem Sohn?», erkundigte sich Susanna. «Und Efa», schob sie rasch nach.

«Die Mutterschaft hat sie kein bisschen umgänglicher werden lassen. Aber Rhodri, oh, er ist der reinste Schatz. Erst drei Monate und hebt schon allein den Kopf», sagte er stolz. Er zögerte und fügte dann hinzu: «Ich habe noch einen Sohn.»

Susanna sah ihn überrascht an, dann atmete sie langsam aus. «Du teilst also immer noch das Bett mit Angharad», stellte sie fest. «Wenigstens hast du in ihr das gefunden, was Efa dir nicht geben kann.»

Idwal starrte angestrengt in seinen Becher.

«Es ist nicht Angharad?»

«Doch, Tômas ist Angharads Sohn», erwiderte er langsam.

Susanna kannte ihren Bruder gut und verstand plötzlich. «O Idwal! Zwei Frauen haben erst vor kurzem deine Kinder zur Welt gebracht, und das dritte ist bereits unterwegs?!»

Idwal schaute auf und lächelte verlegen und stolz zugleich.

Susanna kicherte. «Ist es nicht typisch für uns, dass wir zur gleichen Zeit Kinder bekommen? Wann wurde Tômas geboren?»

«Im April. Allerdings kam er zu früh, und wir waren ziemlich besorgt, weil er sehr klein war. Aber er ist ein zäher Bursche und entwickelt sich mittlerweile prächtig. Ich denke, die Gefahr ist gebannt. Weder Tômas noch Angharad wird es an irgendetwas mangeln», sagte er ernst.

«Ich weiß.» Susanna ergriff seine Hand und drückte sie. «Du wirst ein guter Vater sein.»

«Und du eine gute Mutter», erwiderte Idwal leise.

Er sah sie an, und Susanna konnte in seinen Augen die gleichen Zweifel und Ängste lesen, die auch ihr zu schaffen machten. Eine kleine Falte erschien auf ihrer Stirn, dann zuckte sie leicht mit den Schultern und sah Idwal selbstbewusst an. «Ganz bestimmt», sagte sie fest, lehnte sich zurück und schlug sich mit den Händen auf die Oberschenkel. «Gibt es sonst noch Neuigkeiten?»

Idwal begann so breit zu grinsen, dass Susanna vor Neugier fast platzte, bis er endlich den Mund aufmachte. «Onkel Rhodri wird heiraten», rückte er schließlich mit der Sprache heraus. «Und du errätst nie, wer die Braut ist.» Seine Augen funkelten vor Vergnügen.

«Nun sag schon», drängte Susanna.

«Lord Iestyns jüngste Tochter», verkündete Idwal triumphierend.

«Die ist nicht älter als ich!», rief Susanna.

Idwal grinste. «Ich weiß, dieser listige alte Bock. Maredudd und Llywelyn haben jetzt natürlich Angst, dass sie ihm Söhne schenkt, mit denen sie dann ihr Erbe teilen müssen.»

«Onkel Rhodri ist fast 60 Jahre alt», sagte sie und fühlte sich ziemlich unbehaglich, als sie an die sonderbare Begegnung mit ihm dachte, die erst ein Jahr zurücklag.

«Genau, und wahrscheinlich schon ohne Manneskraft!» Idwal lachte immer noch.

«Sei nicht so gemein!», wies sie ihn zurecht, konnte seinem ansteckenden Lachen aber nicht länger widerstehen und stimmte mit ein.

«Idwal», rief eine Stimme von der Tür.

Sie wandten beide die Köpfe, und Susannas Lachen wandelte sich in ein strahlendes und zärtliches Lächeln. Meurig war hereingekommen.

«Da bin ich aber froh, dass du es bist», sagte Meurig und gesellte sich zu ihnen. «Ich war neugierig, wer meine Frau so zum Lachen bringt – ich konnte es schließlich nicht sein.»

Er zwinkerte Susanna zu und grinste Idwal an, während er ihm die Hand schüttelte.

«Du musst dir keine Sorgen machen, es ist nur der Bruder – und nicht der Liebhaber», konterte Idwal lachend.

Die beiden hegten große Sympathie füreinander und gingen derart kameradschaftlich miteinander um, dass man meinen konnte, sie wären uralte Freunde.

«Und wie geht es meinen beiden Frauen?» Meurig küsste erst Susanna zärtlich und spähte danach in die Wiege.

«Sie vermissen dich», sagte Susanna leise.

Meurig schaute hoch. «Unruhige Nacht?», fragte er.

Susanna nickte und wandte sich Idwal zu. «Meurig ist der Einzige, der Eluned nachts beruhigen kann.»

«Dass liegt an dem vielen Met, mit dem ich sie füttere», scherzte Meurig und setzte sich zu Idwal.

«Der Familie geht es gut?», fragte er höflich, und mit Idwals Nicken war der familiäre Teil der Unterhaltung beendet.

«Ich hörte, du hast immer noch Ärger im Norden?», begann Idwal. «Meinst du, dass die Probleme in Powys Ursache der Unzufriedenheit sind?»

«Die Lage dort ist wirklich nicht zum Besten, aber ich denke nicht, dass es einen Zusammenhang mit den Unruhen in Senghennydd gibt», erwiderte Meurig und ließ sich von einem Bediensteten etwas zu trinken reichen. Sein Blick wurde hart, während er weitersprach. «Mir war immer klar, dass Owain ap Cadwgan nur Ärger macht, aber jetzt ist er völlig außer Kontrolle geraten. Keiner ist mehr sicher, ob Normanne oder Waliser – es interessiert ihn nicht im Geringsten. Er verwüstet das Land, von dem er behauptet, es so zu lieben.»

«Und lässt dabei zu, dass Ceredigion vom englischen König in Besitz genommen wird», ergänzte Idwal verbittert.

«König Henry baut seine Macht in Wales also aus», meinte Susanna resigniert und fragte sich besorgt, welche Konsequenzen das für sie haben könnte. Die Normannen zogen die Schlinge langsam zu, und wenn ein so großes und mächtiges Königreich wie Powys fallen konnte, welche Hoffnung gab es dann noch für Senghennydd, Gwynllwg oder Morgannwg? Drei kleine Herrschaftsgebiete, jedes für sich, die gegen eine ständig wachsende Macht der Normannen ankämpften.

Das Baby regte sich, und Susanna war sofort bei ihm, noch bevor eine der Mägde sich um das Kind kümmern konnte. Sie drückte Eluned fest an sich und schlug die Decke um sie beide, nicht nur, um das Kind zu wärmen, sondern auch, um die Milchflecken zu verbergen, die sich auf ihrem Gewand ausbreiteten.

«Wenn ihr mich bitte entschuldigen würdet», sagte sie zu den Männern, «ich muss die Kleine füttern.»

Sie sah den Verwalter, der gerade durch den Saal ging, und rief ihn zu sich. «Geraint, würdest du mir bitte die Liste der Abgaben, die du heute eingesammelt hast, bringen? Ich werde die Gelegenheit nutzen, sie durchzugehen. Jetzt, bitte», fügte sie leise hinzu, als er zögerte. «Du findest mich in meinem Gemach.»

Geraint nickte und eilte davon. Er hatte nicht einen Blick auf seinen Lord geworfen, um sich die Aufforderung bestätigen zu lassen. Susannas mit ruhiger Stimme erfolgte Anordnung wurde befolgt – und zwar prompt.

Während des Essens gelang es Susanna, das Gespräch von politischen Themen fern zu halten. Idwal spielte mit und erzählte ihnen ausführlich von der bevorstehenden Hochzeit seines Onkels.

Meurig lächelte. Wie geschickt Susanna das Gespräch zu lenken verstand und das Thema umgangen hatte, das schnell zu Streitereien unter den Lords führen konnte. Seit er Susanna stärker in seine Aktivitäten einbezogen hatte, war sie wesentlich souveräner geworden, und nach ihrer Rückkehr hatte sie angefangen, die Dinge selbst in die Hand zu nehmen. Sich Meurigs Unterstützung gewiss, hatte sie auf freundliche, aber bestimmte Art die Leitung des Haushalts übernommen. Sie hatte die Einnahmen überprüft und, wenn ihr Zustand es erlaubte, auch die Bauern besucht – mit oder ohne Geraint. Außerdem bestand sie seitdem auf einer wöchentlichen Besprechung mit ihm. Meurig hatte sich mit ihr über ihre Entwicklung gefreut, und insgeheim hielt er sie für seine Leistung. Nachdem er Susanna in der körperlichen Liebe unterrichtet und geprägt hatte, glaubte er, auch ihre anderen Talente ans Tageslicht gebracht zu haben. Als sie seinem zufriedenen Blick begegnete, begann sie zu lächeln, was sie in letzter Zeit sehr häufig tat.

«In eurer Familie scheint ja momentan eine richtige Heiratslust ausgebrochen zu sein», warf Meurig leichthin ein.

«Tatsächlich?», fragte Idwal heiter und ging in Gedanken alle potenziellen Kandidaten durch, um herauszufinden, wen Meurig meinen könnte.

Unglücklicherweise übersah Meurig Susannas warnenden Blick und fuhr fort: «Hat sich deine Schwester nicht kürzlich mit einem St. Quintin verlobt?»

Idwal sah Susanna wütend an. «Du hast Kontakt zu ihnen?», zischte er.

Susanna rutschte unbehaglich auf ihrem Stuhl herum. «Ich fand, Mutter sollte von unseren Kindern erfahren», murmelte sie.

«Warum?», rief Idwal ungläubig.

«Als ich Eluned in den Armen hielt, wurde mir auf einmal klar, dass sie mich einst genauso gehalten hat. Wenn du deine Söhne ansiehst, kannst du dir dann nicht vorstellen, dass sie das Gleiche empfunden hat wie du jetzt?»

«Ich sehe meine Söhne an und weiß, dass ich sie nie verlassen oder verraten würde», stieß er wütend hervor. «Und ich kann mir nicht vorstellen, dass du Eluned an einen Normannen verschachern würdest. Gütiger Gott, Ffenna ist ja noch nicht einmal zwölf!»

«Sie wird erst im nächsten Jahr heiraten», erwiderte Susanna ruhig.

«Und dann auch noch einen St. Quintin», fuhr Idwal fort, als hätte Susanna gar nichts gesagt. «Diese Familie schielt allmählich ein bisschen zu gierig auf unsere Ländereien, sie hat nicht lange gebraucht, um sich unter Fitzhamon hochzudienen. Weißt du eigentlich, dass sie sich dafür ausgesprochen haben, unsere Kirchen englischen Abteien zu unterstellen? Die Normannen wollen alles haben, was sie sehen, und sie besudeln, was immer sie berühren.»

Er wandte abrupt den Kopf ab, die Faust um den Griff seines Fleischmessers geballt.

Susanna kämpfte mit den Tränen, sie wusste, dass Idwal in Wahrheit nicht von den Kirchen sprach. Ihr war klar gewesen, wie er reagieren würde, wenn er von dem Kontakt zu ihrer Mutter erfuhr. Für sie selbst war es schon schwer genug gewesen, mit ihren Gefühlen zurechtzukommen. Also hatte sie sich entschieden, Idwal nichts zu sagen. Meurig konnte sie keinen Vorwurf wegen seiner Bemerkung machen, denn sie hatte ihm nie verraten, wie Idwal zu alldem stand. Sie mochte ihrem Mann zwar fast alles über ihre eigenen Gefühle erzählen, aber nie gab sie die Idwals preis und schon gar nicht bei etwas so Persönlichem. Jetzt war für jeden deutlich zu sehen, wie Idwal zumute war, und Susanna fühlte sich fürchterlich schuldig. Behutsam löste sie Idwals Finger von dem Messergriff, nahm seine Hand und streichelte sie liebevoll. «Ich weiß, Idwal», flüsterte sie. «Ich weiß.»

Idwal wandte sich ihr zu, und die beiden sahen einander auf solch innige Art an, dass sich Meurigs überraschter Gesichtsausdruck angesichts Idwals Reaktion in Eifersucht wandelte.

Susanna spähte durch die halb offene Tür in die kleine Kammer hinter ihrem Schlafzimmer, wo das Kind und die Kammerjungfern schliefen. Allein mit seiner Tochter, hielt Meurig die Kleine auf dem Arm und sang ihr leise ein Schlaflied vor. Eluned blickte ihren Vater mit großen dunklen Augen an und runzelte fragend die Stirn, als versuche sie die Bedeutung seiner Worte zu verstehen. Susanna lächelte und lehnte die Tür leise an. Es war ihr egal, was Idwal meinte, vielleicht hätte Meurig wirklich lieber einen Sohn bekommen, aber er war deshalb kein bisschen enttäuscht über eine Tochter.

Olwen kämmte Susannas offenes Haar und öffnete ihr Mieder. Als Meurig ins Zimmer zurückkam, blieb er bei ihrem Anblick wie gebannt stehen. Susanna lächelte ihn an und schickte Olwen hinaus in den Saal.

Meurig kam auf sie zu. «Du bist wunderschön», murmelte er.

Susanna schlang die Arme um seinen Nacken. «Bin ich das?»

Er küsste sie zärtlich auf die Stirn. Dann löste er sich aus ihrer Umarmung und setzte sich auf eine Bank.

Susanna folgte ihm und setzte sich neben ihn.

«Es ist jetzt genug Zeit verstrichen», flüsterte sie liebevoll. «Das hat mir die Hebamme gesagt.» Ihre ausdrucksvollen Augen beobachteten ihn ganz genau, studierten jede Regung seines Gesichts.

Er nahm ihre Hand und küsste die Finger. «Vielleicht sollten wir noch ein bisschen länger warten», sagte er leise.

Genau davor hatte Susanna Angst gehabt: Dass er sie nach der Geburt mit anderen Augen sehen würde und ihn die Erinnerung an ihre Schreie aus dem Gebärzimmer nicht mehr losließ. Sie hatte für heute Nacht alles sorgfältig geplant und war trotzdem ängstlich und verkrampft – mehr noch als in ihrer Hochzeitsnacht. Als ihr Bauch zu dick geworden war und während der Wochen nach der Geburt hatte sie andere Wege gefunden, Meurigs Lust zu stillen, aber sie wusste, dass es ihn nach mehr verlangte. Sie musste ihn dazu bringen, mit ihr zu schlafen, denn am meisten fürchtete sie, er könne sein Vergnügen sonst anderswo suchen.

Sie öffnete sein Gewand und fuhr mit der Hand darunter. «Ich glaube nicht, dass ich noch länger warten kann», flüsterte sie.

«Bist du sicher?», neckte Meurig sie, während er ihre Taille umfasste. «Ich erinnere mich nur zu gut, dass du ganz andere Gefühle hegtest, als ich während der Geburt kam, um nach dir zu sehen. Was hast du noch gleich gerufen? ‹Wenn das mein Ehemann ist, dann sagt ihm, dass er sich erst wieder in meine Nähe wagen soll, wenn er einen Rammbock durch seinen Schwanz getrieben hat.› Fast wäre die arme Olwen auf der Stelle tot umgefallen», sagte er lachend.

Susanna zupfte an seinen Brusthaaren. «Es ist nicht gerade galant, eine Frau an ihre lockere Zunge zu erinnern», sagte sie lächelnd und spürte, wie sich die Anspannung löste. Sie beugte sich vor und küsste ihn zärtlich, sanfte flüchtige Küsse, bis er mit den Händen durch ihr Haar fuhr und die Küsse leidenschaftlich erwiderte.

«Ich weiß nicht, Susanna», sagte er zwischen den Küssen.

Statt zu antworten, öffnete sie geübt seinen Gürtel. Er stöhnte, als sie ihn entblößte und seinen Körper liebkoste, der wie eh und je auf sie reagierte.

«Ich habe dich zu gut unterrichtet», raunte er, und sein Atem wurde heftiger.

«Dann ist es jetzt an mir, dich zu unterrichten.» Sie schob seine Hände unter den Stoff ihres Mieders und setzte sich rittlings auf seinen Schoß, während Meurig mit beiden Händen ihre Brüste umfasste.

«Ich habe dich so vermisst», keuchte er und suchte mit den Lippen ihren Körper. Ihre nackte, heiße Haut entfachte ein solches Feuer in ihm, dass er in dem Verlangen, mehr von ihr zu spüren, ihr Mieder zerriss. Er fuhr mit der Zunge um ihre Brustspitzen, zögerte kurz, als er die ungewohnte Süße schmeckte, und saugte dann gierig. Susanna wand sich vor Lust und presste sich an ihn.

«Oh, Susanna, du bringst mein Blut zum Kochen wie keine andere Frau», flüsterte er mit heiserer Stimme, fuhr über ihren Rücken, küsste ihren Bauch, ihre Brüste, ihren Hals.

Sie schloss die Augen. Das hatte sie gebraucht, aus seinem Mund zu hören, dass er sie mehr begehrte als jede andere Frau.

Er zog sie fest an sich und barg das Gesicht in ihrem Haar. «Es ist schon so lange her. Mein Liebling, ich glaube, ich kann nicht mehr warten», raunte er.

«Das musst du auch nicht», flüsterte sie, hob ihre Röcke und setzte sich langsam auf ihn.

Er hielt den Atem an, als ihre Hitze ihn umfing und sie begann, sich rhythmisch auf ihm zu bewegen, ihn packte und reizte, um seine Lust langsam zu steigern. Sie fuhr mit den Händen durch sein Haar, suchte mit den Lippen seinen Mund, küsste ihn tief und leidenschaftlich. Sie bewegte sich schneller, trieb ihn immer weiter dem Augenblick höchster Lust entgegen. Seine dunklen Augen waren voller Verlangen. Er suchte ihren Blick, sah in ihrem die gleiche lodernde Lust. Jetzt war sie es auf einmal, die die Kontrolle hatte, die in seinen Augen die Hingabe sehen wollte, die sonst in ihren glühte. Meurig kämpfte dagegen an, wollte sich ihr nicht gänzlich ausliefern.

«Langsamer», keuchte er.

«Nein.» Susanna drückte die Hände fest auf seine Schultern und begann, sich schneller zu bewegen.

Ihre Haut glänzte feucht, ihr Schweiß mischte sich mit seinem, als sich ihre Körper berührten. Meurig presste die Hände auf ihre Oberschenkel, zwang sie, sich langsamer zu bewegen, und rang nach Atem. «Sachte», flüsterte er. Er führte ihre Hüften und verwöhnte mit den Fingern die Teile ihres Körpers, die sie zum Gipfel der Lust bringen würden.

Susanna hielt die Luft an, als sie das vertraute Gefühl kommen spürte, das sie zu verschlingen drohte. Ihre Pupillen weiteten sich, bis sich das Kerzenlicht in der schwarzen Fläche spiegelte. Dann wurden sie wieder bernsteinfarben, und Susanna versuchte erneut, die Oberhand zu gewinnen.

«Ich möchte nicht sachte sein.» Sie umklammerte ihn noch fester und ließ das Becken kreisen, bis er die Hände von ihren Schenkeln nahm und sie tief auf sich herabzog. Er küsste sie hart und gierig, stand auf und legte sie mit dem Rücken auf den Tisch. Jetzt war er über ihr und drang tief und heftig in sie ein. Sie wusste, dass er sich nicht mehr lange zurückhalten konnte, aber nun kontrollierte er das Tempo. Susanna krallte sich in sein Haar, zerrissen zwischen dem Verlangen, zu nehmen und genommen zu werden.

Dann spürte Susanna, dass sie nicht länger dagegen ankam, sie umklammerte ihn, schrie auf, und als sie sich ihm ganz auslieferte, da ließ auch er es zu, gab sich seiner Lust hin, ohne deren Opfer zu sein. Gemeinsam feierten sie den Augenblick der Erfüllung, und ihre Körper bebten, als die Sehnsucht, festzuhalten und loszulassen, eins wurde.

Schweißgebadet rangen sie beide nach Luft. Meurig stützte sich auf die Hände und sah Susanna an. «Willkommen zurück, mein Weib», sagte er anerkennend und grinste.

«Du kennst mich einfach zu gut, du Schuft.»

«Dachtest du etwa, ich hätte etwas verlernt?» Er richtete sich auf und half Susanna vom Tisch herunter. Dann zog er sie fest an sich, strich ihr feuchtes Haar zurück und umfasste ihr Gesicht mit beiden Händen. «Jeder Teil von dir ist für immer in mich eingebrannt.»

Während der Nacht liebte Meurig sie ein weiteres Mal. Sanft und zärtlich war diese Begegnung, ganz anders als ihre Vereinigung wenige Stunden zuvor. Susanna war jetzt sicher, dass niemand ihren Platz eingenommen hatte. Meurigs aufgestaute Lust und sein unbändiges Verlangen sagten ihr ganz eindeutig, dass er mit keiner anderen Frau zusammen gewesen war. Und Susanna fühlte genau jene Zufriedenheit, nach der sie immer gesucht hatte. Sie hatte es vielleicht nicht von der ersten Sekunde an gewusst, aber hier war ihr Platz. Und während Meurig seine Arme fest um sie geschlungen hatte, schlief Susanna mit einem Gefühl von Sicherheit ein, wie sie es nie zuvor verspürt hatte.

kapitel elf

Juli 1111. Gelligaer, Senghennydd

Idwal sah Susanna mitleidig an. Sie kam gerade vom Abort zurück, und das Grün ihrer Gesichtsfarbe ähnelte sehr dem Ton ihres Gewandes. Jetzt war ihm klar, warum sie ihn nicht im Saal empfangen wollte. Er war hin- und hergerissen zwischen Belustigung und Neid, während er zusah, wie Meurig Susanna an das offene Fenster setzte und ihr einen Becher brunnenfrisches Wasser reichte.

«Dieses Mal wird es bestimmt ein Junge», bemerkte Idwal. «Angharad hat sich bei beiden Jungs ganze sechs Monate lang ständig übergeben.»

«Soll das etwa ein Versuch sein, mich aufzuheitern?», stöhnte Susanna in ihr feines Leinentaschentuch.

«Und Efa?», fragte Meurig und grinste, als Idwal verächtlich schnaubte.

«Ihr Magen würde es nicht wagen, sich mit ihr anzulegen.»

Susanna runzelte die Stirn, fühlte sich jedoch nicht stark genug, um die Männer zurechtzuweisen. Sie atmete flach und ließ sich den frischen Wind ins Gesicht wehen, bis die Übelkeit langsam abflaute.

«Wieder besser, mein Schatz?», fragte Meurig, als er sah, dass allmählich etwas Farbe in Susannas Wangen zurückkehrte.

Sie nickte. «Idwal, verrate mir doch mal», sagte sie mit einem schwachen Lächeln, «wie du Angharad dazu gebracht hast, dir nur ein Jahr nach Tômas' Geburt noch einen Sohn zu schenken?»

«Von allen Leuten muss ich euch beiden das wohl am wenigsten erklären», grinste er Meurig an.

«Ich dachte, eure Beziehung wäre zu dem Zeitpunkt schon eine andere gewesen», stichelte Susanna.

«Wir sind aber Freunde geblieben», erwiderte Idwal trotzig, «und ich bin gern mit ihr zusammen.»

«Und zwar äußerst intensiv, wie es scheint.» Susanna dehnte jedes Wort. «Weiß Efa von ihr?»

«Sie weiß, dass ich zwei weitere Söhne habe, und über meine Liebschaften ist sie durchaus im Bilde. Aber sie hat sich entschieden, zu bleiben, und da ich ganz sicher schon mehr als dreimal abtrünnnig geworden bin, kann sie nichts mehr dagegen unternehmen», erwiderte Idwal gelassen.

Susanna blickte durch das Fenster auf die sanft geschwungenen Berge. Aber sie konnte zum ersten Mal in diesem Anblick keinen Trost finden. Es führte zu nichts, weiter über dieses Thema zu sprechen, denn am Ende würde Idwal nur wieder wütend werden. Und er hatte Recht, nach ihren Gesetzen hatte eine Frau Anspruch auf Wiedergutmachung, wenn der Mann Ehebruch beging – beim ersten Mal in Form einer Geldstrafe, nach dem zweiten Mal konnte sie die Scheidung verlangen. Unternahm sie jedoch nichts, obwohl sie Kenntnis davon hatte, dass ihr Mann mindestens dreimal untreu gewesen war, so verlor sie jegliches Recht, sich darüber zu beschweren. Susanna warf einen Seitenblick auf ihren eigenen Mann. Sie könnte nicht damit leben, wenn sich Meurig öffentlich mit anderen Frauen einließ.

Meurig sah ihren Blick und deutete ein Schulterzucken an, was so viel hieß wie: *Er ist dein Bruder, erwarte nicht von mir, dass ich ihn verstehe … und nimm ihn nicht als Maßstab für mich.*

«Wirst du hingehen?»

Susanna wandte sich wieder Idwal zu. «Wie bitte?»

«Ich wollte wissen, ob du hingehst?», fragte Idwal mit scharfem Unterton.

«Du meinst zu Ffennas Hochzeit? Nun ja, wenn du mich begleitest.» Es musste ein selbstquälerischer Zug an ihr sein, der sie dazu brachte, ihn so zu provozieren.

«Susanna wird nirgendwo hingehen», mischte sich Meurig ein, der sah, wie Idwal zu einer Schimpftirade über seine Mutter, die Normannen und alle, die ihm in diesem Zusammenhang noch einfallen wollten, ansetzte. Er würde diese Beziehung zwischen Bruder und Schwester niemals wirklich verstehen können. Loyal und einander bis aufs Blut verteidigend, konnten sie plötzlich mit Worten aufeinander losgehen, die manchmal verletzender waren als ein Schwerthieb.

«Sie ist nicht in der Verfassung zu reisen, und schon gar nicht kräftig genug, um mit den Gefühlen zurechtzukommen, die unweigerlich hochkochen würden.» Er sah Idwal fest an. «Die Schwangerschaft macht ihr schon genug zu schaffen, ich will nicht, dass sie sich zusätzlicher Aufregung aussetzt.»

«Dann tust du gut daran, ihr die Reise zu verbieten», meinte Idwal schulterzuckend. Er würde es nicht wagen, mit Meurig zu streiten, konnte aber nicht widerstehen, diesen Seitenhieb auf seine Schwester loszulassen.

Aber Susanna hörte gar nicht zu, und ihre Blässe verriet den beiden Männern, dass die Übelkeit zurückgekehrt war. Meurig machte das jetzt schon seit Monaten mit und war entsprechend routiniert. Im Nu war er auf den Beinen und stellte gerade noch rechtzeitig eine Schüssel vor Susanna, bevor sie den letzten Rest ihres Mageninhalts von sich gab.

«Ab ins Bett», befahl er, nachdem sie aufgehört hatte zu würgen. «Komm, Idwal, lass uns in den Saal gehen, damit Susanna ihre Ruhe hat.»

«Tut mir Leid», murmelte Idwal beim Hinausgehen, «ich hätte wohl besser meinen Mund halten sollen.»

«Allerdings», fuhr Meurig ihn an, aber sein Ärger auf Idwal verschwand so schnell, wie er gekommen war. «Sie teilt genauso gut aus, wie sie einsteckt», gestand er seufzend ein.

Susanna fühlte sich nicht in der Lage, am gemeinsamen Essen teilzunehmen. Im Laufe des Abends ging es ihr jedoch zunehmend besser, sodass sie sich in ihrer Kammer mit einer Näharbeit beschäftigen konnte.

Es klopfte leise an die Tür, und Branwen ging nachschauen.

«Wer ist es denn, Branwen?», rief Susanna.

«Euer Bruder, Mylady.»

«Dann lass ihn doch nicht draußen vor der Tür stehen, er soll reinkommen», sagte Susanna amüsiert. Branwen verdrehte die Augen und öffnete die Tür weit, damit Idwal eintreten konnte.

«Lass die Tür ruhig ein bisschen offen stehen, damit frische Luft hereinkommt», wies Susanna sie an und tupfte sich mit einem weichen Tuch über den verschwitzten Hals. Branwen murmelte, sie wolle nach Eluned sehen, und verschwand im Kinderzimmer, um die Geschwister allein zu lassen.

«Wie in alten Zeiten», sagte Susanna und lächelte Idwal an.

Idwal holte einen Krug und zwei Becher hinter seinem Rücken hervor. «Genau wie in alten Zeiten», grinste er. Er stellte alles auf den Tisch und füllte seinen Becher randvoll, Susannas dagegen nur mit einer kleinen Menge.

Dann setzte er sich zu ihr auf die Bank. «Du siehst jetzt viel besser aus», bemerkte er und reichte ihr den Becher. «Hast du etwas essen können?»

Susanna nickte. «Ein bisschen Suppe und Hühnchen. Bisher ist es auch noch nicht wieder herausgekommen. Abends geht es mir immer etwas besser», klärte sie ihn auf.

Ein Wetterleuchten kündigte ein herannahendes Gewitter an.

«Hoffentlich regnet es bald. Es ist so verdammt heiß.» Sie hob ihr schweres Haar, das sie zu einem Pferdeschwanz gebunden hatte, hinten über die Rückenlehne der Holzbank, um Luft an den Nacken zu lassen. Sie trug nur ein dünnes Gewand, aber Idwal sah die Schweißperlen an ihren Schläfen und ihrem Hals glitzern.

«Die Ehe hat dir das Fluchen auch nicht abgewöhnen können», sagte Idwal lachend.

«Wenn der Regen nicht diesen Gestank wegspült, wird es noch schlimmer werden», erwiderte sie grimmig.

Es hatte seit nahezu zwei Wochen nicht mehr geregnet, und der stehende Gestank in den Latrinen verschlimmerte ihre Übelkeit. Lautes Donnern ließ sie beide zusammenzucken, dann grinsten sie einander an.

«Habe ich im Saal etwas verpasst?» Susanna lehnte sich zurück und nippte an ihrem Getränk.

«Dein Ehemann hat uns einen Vortrag über die Absichten des englischen Königs gehalten», sagte er gedehnt.

«Er ist sehr leidenschaftlich, nicht wahr?», sagte Susanna stolz.

«Da kennen wir ja noch jemanden», deutete Idwal an.

«Du willst ihn doch nicht etwa mit Owain ap Cadwgan vergleichen?», ereiferte sich Susanna. «Meurigs Ziele haben Hand und Fuß und sind nicht rein selbstbezogener Natur. Er lässt sich von seinem Verstand leiten und nicht von seiner Vergnügungssucht. Er ist der geborene Herrscher, und seine Macht ist gefestigt. Und er zerstört mit seinem Tun auch nicht das Königreich – niemals würde er das zulassen.»

«Ich nehme alles zurück», zog Idwal sie auf und hob in gespielter Kapitulation die Hände. «Bist du glücklich mit Meurig?» Er erhob sich, um seinen Becher aufzufüllen.

«Ich liebe ihn», erklärte Susanna schlicht.

Idwal drehte sich weg, aber Susanna sah trotzdem, wie er leicht zusammenzuckte.

«Ach, ich wünschte, ich könnte dir etwas anderes sagen.»

Idwal wirbelte herum. «Nein, Susanna, nein. Niemals wollte ich, dass du eine Ehe wie die meine führst.» Er nahm den Becher und setzte sich wieder neben sie. «Ich wollte mich einfach nur vergewissern, dass nicht alles schief geht, was ich anpacke.»

Susanna sah zu, wie er einen großen Schluck nahm, enthielt sich aber jeglichen Kommentars. Er trank zu viel. Sie spürte, dass ihm etwas auf der Seele lastete.

«Idwal, dir ist schon so viel gelungen. In Plas-Marl hast du reine Wunder vollbracht – aus einem bescheidenen Domizil hast du ein blühendes Anwesen gemacht. Du bist ein fähiger Krieger, an Gwynllwgs königlichem Hof begegnet man dir mit Respekt, du hast mittlerweile drei gesunde Söhne, und da Efa erneut schwanger ist, kann deine Ehe nicht ganz so entsetzlich sein.»

Idwal lachte verbittert. «Zum Glück ist sie äußerst fruchtbar. Ihr Bauch wird dick, sobald ich ihr nur einmal beigewohnt habe.» Er sah seine Schwester mit ausdruckslosem, aber hartem Blick an. «Ich empfinde nichts für sie, Susanna, rein gar nichts. Und das beruht auf Gegenseitigkeit. Sie kann es kaum ertragen, von mir berührt zu werden. Ich erfülle meine Pflicht, mehr nicht.»

«Sobald sie also wieder schwanger ist, hältst du dich von ihrem Bett fern», seufzte Susanna.

«Ich vermisse unsere Gespräche», gestand er leise. «Am Abend in dein Gemach zu kommen, alles zu besprechen und miteinander zu teilen.»

«Es geht mir auch so.» Er brauchte jetzt einfach ihren Trost. «Aber was ist mit Angharad? Mit ihr kannst du doch bestimmt reden?»

Idwal lächelte zärtlich. «Nicht so wie mit dir. Mit dir kann ich über alles sprechen. Niemals könnte ich einer anderen Frau so vertrauen wie dir.» Er fuhr sich durchs Haar, und das Lächeln verschwand aus seinem Gesicht. «Dass ich mit Angharad ein zweites Kind gezeugt habe, war ein Fehler», sagte er. «Das hätte nicht passieren dürfen. Du hattest Recht vorhin, ich hatte Angharads Bett seit Monaten nicht mehr geteilt, aber es gab eine Situation, da brauchte sie Trost …» Seine Stimme brach, und er holte tief Luft. «Wir beide suchten Trost, nur das eine Mal, in einem Moment der Schwäche – und jetzt ist Iolo da.»

Susanna betrachtete ihn besorgt, irgendetwas belastete ihn, aber er rückte nicht recht mit der Sprache heraus. «Aber dem Kleinen und Angharad geht es gut?», fragte sie.

«Er scheint gesund zu sein, und Angharad hatte keine schwere Geburt.» Er leerte seinen Becher und ließ ihn auf den Boden fallen. Dann beugte er sich vor, stützte die Ellbogen auf die Knie und ließ die Hände schlaff herunterhängen. «Schläft Meurig mit dir, wenn du schwanger bist?», fragte er plötzlich.

Susanna sah ihn verwundert an, aber er starrte weiter auf den Boden. Spontan dachte sie, dass ihn das nichts anginge, aber aus irgendeinem Grund brauchte er ganz verzweifelt eine Antwort auf seine Frage – das sah sie ihm an.

«Bei dieser Schwangerschaft ist es ein bisschen schwierig, aber bei Eluned haben wir es getan, bis mein Bauch zu dick und es mir nicht mehr angenehm war.»

«Und mit Eluned ist alles in Ordnung? Dir ist nichts Ungewöhnliches an ihr aufgefallen?»

Susanna sah ihn scharf an. Wovon sprach er? Hatte er etwas bemerkt, das sie womöglich übersehen hatte? «Sie entwickelt sich prächtig, in jeder Hinsicht, sie zieht sich überall hoch und kann schon fast allein stehen.»

«Ich habe Efa nicht mehr angerührt, als sie damals mit Rhodri schwanger war.» Seine Stimme war kaum mehr als ein Flüstern. «Mit Angharad dagegen war ich während der ganzen Schwangerschaft bei jeder Gelegenheit zusammen.»

«Idwal, was versuchst du mir zu sagen?», fragte Susanna zunehmend besorgter.

«Rhodri wächst und gedeiht prachtvoll», murmelte Idwal. Als er Susanna anblickte, waren seine Augen voller Trauer, Verwirrung und Schuldgefühl. «Als Tômas zu früh auf die Welt kam, war er so klein und schwach, dass wir fürchteten, er würde es nicht schaffen. Ich betete so viel wie nie zuvor in meinem Leben. Und meine Gebete wurden erhört, das dachte ich zumindest. Er begann langsam zuzunehmen und machte kleine Fortschritte. Aber er war gerade einmal fünf Wochen alt, da dämmerte mir, dass etwas nicht stimmte. Er und Rhodri sind im selben Monat zur Welt gekommen, sodass ich sie zwangsläufig vergleiche, zudem ist Tômas sogar etwas älter. Aber Angharad blieb dabei: Er brauche eben Zeit, um aufzuholen, wir sollten nicht vergessen, dass er viel zu früh auf die Welt kam.»

Susanna schluckte mühsam. «Aber er holte nicht auf», sagte sie leise und schloss für einen Moment die Augen, als Idwal nickte.

«Ich werde dafür bestraft, dass ich die ganze Zeit mit Angharad das Bett geteilt habe.» Er lachte voller Bitterkeit. «Erinnerst du dich an das Wandbild in der Kirche von Plas-Marl?»

Susanna zuckte zusammen, als hätte man ihr einen Schlag versetzt – sie erinnerte sich nur zu gut daran. Aber Idwal bemerkte nichts von ihrem Schrecken. Den Blick weiterhin auf seine Hände gerichtet, fuhr er fort.

«Mir wurde klar, dass meine Lust der Grund für Tômas' Probleme ist. Von da an konnte ich nicht mehr mit Angharad schlafen. Als der Kleine fünf Monate alt war, musste auch Angharad eingestehen, dass er nicht so ist wie andere Kinder. Er lag immer noch in der Wiege wie ein Neugeborenes, schrie, wenn er Hunger hatte, und war ein tüchtiger Esser – aber mehr auch nicht. Die Welt um ihn herum schien ihn überhaupt nicht zu interessieren. Eines Tages, als ich sie besuchte, fand ich sie zutiefst unglücklich. Sie dachte, alles sei ihre Schuld und ich würde ihr deswegen Vorwürfe machen. Ich konnte nicht zulassen, dass sie sich selbst bestrafte, und tröstete sie auf die einzige Art, die ich kannte.» Er holte tief und zitternd Luft. «Und jetzt haben wir Iolo.»

«Ist er …?» Susanna wagte nicht, den Satz zu Ende zu sprechen.

Idwal zuckte mit den Schultern. «Keine Ahnung. Er kam nicht zu früh und wirkt so munter und normal, wie es einem Neugeborenen entspricht. Aber ich habe nach dieser einen Nacht auch nie wieder mit Angharad geschlafen.»

Susanna ballte die Faust und schlug auf das Sitzkissen. «Idwal, was auch immer die Kirche sagt – das eine hat mit dem anderen nichts zu tun. Eluned ist so aufgeweckt wie jedes andere Kind, und Meurig begehrte mich als Schwangere genauso wie zuvor.» Sie nahm ihren Becher und reichte ihn Idwal, damit er ihn austrank. «Wie geht es Tômas jetzt?»

«Er macht ganz langsam Fortschritte, kann sitzen, lächelt und brabbelt – und erkennt mich.» Idwal sah Susanna an, und ein Lächeln breitete sich auf seinem Gesicht aus. «Du solltest sehen, wie er strahlt, wenn ich ihn hochhebe.»

«Na bitte! Angharad hat vermutlich Recht, er braucht einfach mehr Zeit.»

«Nein, Susanna. Er ist ein sechs Monate altes Baby im Körper eines Fünfzehnmonatigen. Körperlich entwickelt er sich normal, aber sein Verstand wird immer zurückbleiben, keiner von uns kann sich da etwas vormachen.»

«Dann braucht er deinen Schutz nötiger als die anderen», betonte Susanna leise.

«Und den wird er bekommen, solange ich lebe», sagte Idwal entschieden.

«Es kommt mir so ungerecht vor. Efas Kind wurde in einem Akt reinster Pflichterfüllung gezeugt und ist kerngesund. Angharads Sohn ist ein Kind der Liebe und muss leiden.»

«Zuneigung ja, Liebe nein.» Idwal wandte den Blick ab. «Nur Verrückte gehen ein solches Risiko ein.»

«O Idwal, Idwal.» Susanna beugte sich vor und rieb ihm über den Rücken. Mit der anderen Hand ergriff sie seine. Idwal drückte Susannas Hand ganz fest, während er gegen die Tränen ankämpfte und versuchte, die Gefühle in Schach zu halten, die durch seine Beichte aufgestiegen waren.

Meurig stand vor der halb offenen Tür und beobachtete die Szene. Missbilligend runzelte er die Stirn, weil Susanna so leicht bekleidet war. Trotzdem zögerte er, einzutreten – Idwal sollte nicht wissen, dass er Zeuge seines Gefühlsausbruchs geworden war. Leise entfernte sich Meurig und drehte eine Runde durch den Saal, um Idwal Zeit zu lassen, sich zu sammeln. Als er schließlich zurückkam, machte er genügend Lärm, um seine Ankunft anzukündigen. Er betrat das Schlafgemach und sah Bruder und Schwester friedlich einander gegenübersitzen. Idwal hatte sich wieder etwas gefangen und schien locker zu plaudern. Aber sein Gesicht wirkte müde, und in seinen Augen lag der wunde, wachsame Ausdruck eines Mannes, der gerade erst vom Schlachtfeld zurückgekehrt war.

«Du schläfst noch nicht, mein Liebes?», wandte sich Meurig an Susanna.

«Ich wollte auf dich warten, und Idwal hat mir solange Gesellschaft geleistet.»

«Und jetzt muss ich ins Bett und sehen, dass ich ein wenig Schlaf bekomme.» Idwal erhob sich, beugte sich zu Susanna herab und küsste sie zärtlich auf die Wange. «Du ruhst dich jetzt aus und passt gut auf Meurigs Kind in deinem Bauch auf», sagte er liebevoll. «Gute Nacht, Meurig», rief er und schloss die Tür hinter sich.

«Ah, jetzt kann ich endlich ein bisschen Luft an meinen Körper lassen», seufzte Susanna übermütig, öffnete ihr Kleid und fächelte sich Luft zu.

«Es wäre mir lieber, du würdest dich ein bisschen schicklicher kleiden, wenn du Besuch empfängst.»

«Er ist mein Bruder!» Susanna musste lachen.

«Trotzdem ist er ein Mann», betonte Meurig. «Und? Alles so weit in Ordnung?», fragte er beiläufig, während er sich auszog.

«Nicht ganz.» Sie streifte ihr Gewand vollends ab.

Susanna zog die Bettvorhänge auf, schlug die Decke zurück und streckte sich behaglich auf der Matratze aus. Meurig legte sich neben sie und ließ die Vorhänge offen, damit kühle Luft vom Fenster hereinkommen konnte.

Der Wind draußen wurde stärker und brachte die Kerze neben dem Bett erst zum Flackern, dann zum Erlöschen. Langsam setzte der Regen ein. Susanna starrte in die Dunkelheit und lauschte dem schweren Prasseln.

«Tômas ist geistig zurückgeblieben», sagte sie in die Dunkelheit hinein. «Und Idwal gibt sich die Schuld daran.»

«Warum?», fragte Meurig überrascht.

Er spürte, wie Susanna mit den Schultern zuckte. «Schuldgefühle, nehme ich an.»

Sie hatte nicht vor, Idwals Ängste preiszugeben, nicht nur, weil das eine ganz private Sache zwischen ihnen beiden war, sondern auch, um nicht irgendwelchen Aberglauben in Meurig zu wecken, insbesondere, da ihre Schwangerschaft dieses Mal viel schwieriger war. Es schadete allerdings nicht, ihn darauf hinzuweisen, dass es Idwals unehelicher Sohn war, der von dem Leiden betroffen war.

«Mir tut auch Angharad Leid», bemerkte Meurig. «Sie ist eine großartige Frau und hat es geschafft, Idwal länger zu halten als all die anderen.»

Susanna wandte sich ihm zu. In der Dunkelheit konnte sie nur die Umrisse seines Gesichts erkennen. Sie hatte Angharad nie kennen gelernt. Es passte Susanna nicht, dass Meurig Kontakt zu Idwals Geliebten gehabt hatte.

«Wie viele von ihnen gibt es eigentlich?», wollte sie wissen.

«Im Laufe der Jahre waren es einige. Aber keine blieb lange – bis auf Angharad.»

«Und das ist jetzt auch vorbei», meinte Susanna bedrückt.

Der Regen wurde stärker, und auch der Wind nahm zu. Die Luft im Zimmer kühlte so weit ab, dass Meurig nach einem Laken griff und es über sie beide zog. Susanna kuschelte sich in seinen Arm und legte den Kopf auf seine Brust.

«Warum nur muss er von einer Frau zur nächsten ziehen?», murmelte sie mehr zu sich selbst.

Meurig strich ihr das Haar aus der Stirn, drückte sie an sich und neigte den Kopf, um sie zu küssen. «Sorg dich nicht um Idwal, er kann selbst auf sich aufpassen», versicherte er ihr. «Du hast andere Männer, um die du dich kümmern musst, deinen Ehemann und», er legte die Hand auf ihren Bauch, «deinen Sohn.»

Susanna legte die Hand auf seine und lächelte.

«Wie fühlst du dich?»

«Viel besser. Ich glaube sogar, das mit der Übelkeit ist vorbei. Mein Magen ist schon seit Stunden friedlich.»

«Das höre ich gern», raunte Meurig, während er mit der Hand ihren Körper hinabfuhr und seine Lippen die ihren suchten.

Es war eine einsame Nachtwache, die Idwal da an seinem Fensterplatz hielt, während er dem prasselnden Regen lauschte, der sogar das Schnarchen der Männer im Saal übertönte. Er leerte den Krug Met und zog die Füße hoch auf den Sitz. Mit dem Rücken an die Wand gelehnt saß er dort und schaute mit leerem Blick zu, wie Blitze den Himmel über den Bergen erleuchteten.

Am 11. November brachte Susanna einen gesunden Jungen zur Welt. Sie streichelte sein flaumweiches Haar und blickte zu Meurig auf. Sie war erschöpft von den Strapazen der Geburt, ihr Haar noch feucht vom Schweiß, aber sie strahlte glücklich.

«Vielversprechender kann ein Leben nicht beginnen. Am elften Tag im elften Monat im Jahr 1111 des Herrn.» Sie streckte Meurig das in ein Tuch gewickelte Baby entgegen. «Nimm deinen Sohn», sagte sie.

Meurig betrachtete das Bündel in seinem Arm und strich liebevoll über den Kopf des Kindes. Der Kleine öffnete die Augen, die versprachen, so dunkel zu werden wie die seines Vaters, gähnte und führte seine kleinen Fäuste an den Mund.

«Willkommen auf dieser Welt, Siôn», flüsterte Meurig und hauchte einen Kuss auf die Stirn des Kindes.

Susanna sank in die Kissen zurück und betrachtete Vater und Sohn zufrieden. Ihr Blick wanderte zu ihrer 15 Monate alten Tochter, die ausnahmsweise brav sitzen blieb und vor sich hin brabbelte. Susanna seufzte glücklich, während ihr die Augen zufielen. Sie hatte einfach alles: einen Mann, den sie liebte, und eine wunderschöne Tochter. Und jetzt hatte sie Meurig auch noch einen Sohn und Erben geschenkt. *Wir sind stark, nichts kann uns etwas anhaben,* dachte sie. Dann forderte die Anstrengung der Geburt ihren Tribut, und Susanna schlief glücklich ein.

Kapitel zwölf

Dezember 1111. Gelligaer, Senghennydd

Susanna verschränkte die Arme und starrte Meurig von ihrer Sitzbank aus über die Kohlenpfanne hinweg an. «Ich begreife nicht, warum das nicht gehen soll», erklärte sie bockig. «Was hast du dagegen, das Weihnachtsfest mit meinem Bruder zu verbringen?»

«Um Himmels willen, Susanna», fuhr Meurig sie an. «Ich habe nichts gegen Idwal, sondern dagegen, nach Plas-Marl zu reiten. Wenn der Schnee früh einsetzt, könnte der Pass blockiert sein. Ich kann es mir aber nicht leisten, wer weiß wie lange dort festzusitzen.»

«Dann reite ich eben allein. Ist doch egal, ob ich Weihnachten hier bin.»

«Du würdest mich an Weihnachten allein lassen?», fragte Meurig ungläubig.

Susanna wandte den Blick ab. «Nein», murmelte sie, während sich ihre Augen mit Tränen füllten.

Meurig verkniff sich ein Stöhnen. «Was ist los mit dir? Seit Siôns Geburt bist du jetzt schon so – entweder den Tränen nahe oder streitlustig.»

«Es ist alles in Ordnung», erwiderte sie übellaunig und vermied es, Meurig anzusehen. «Aber es ist Jahre her, dass ich Weihnachten gemeinsam mit Idwal verbracht habe.»

«Gütiger Gott, du denkst nur noch an ihn», herrschte Meurig sie an, stand abrupt auf und fuhr sich ärgerlich mit der Hand durchs Haar. «Sein Name ist das Einzige, was dich zum Lächeln bringt.»

«Das ist überhaupt nicht wahr», schluchzte sie und tupfte sich mit dem Zipfel ihres Schleppenärmels die Augen ab. «Wie kannst du so etwas sagen!»

«Nun, an uns zeigst du reichlich wenig Interesse. Siôn nimmst du nur zum Stillen auf den Arm, und um Eluned kümmerst du dich gar nicht mehr. Und was mich angeht – es ist dir zuwider, von mir berührt zu werden.»

Er stand direkt vor ihr und klang so wütend, dass Susanna nicht wagte, ihn anzusehen. Sie schaute hinüber zur Wiege. Meurig sagte die Wahrheit. Seit die erste Euphorie über die Geburt ihres Sohnes verflogen war, konnte sie wenig Freude an dem Kleinen aufbringen, und Eluneds ständiges Gebrabbel ging ihr auf die Nerven. Sie wusste aber weder, woran das lag, noch kam sie aus diesem Gefühlstief heraus.

«Es tut mir Leid», sagte sie mit tränenerstickter Stimme. «Ich weiß auch nicht, warum ich so bin. Ich fühle mich so eingeengt.» Sie schluckte mühsam. «Ich bin eine fürchterliche Mutter – genau wie meine.»

«Mein Liebes, rede dir doch nicht so etwas ein.» Er setzte sich zu ihr und nahm sie tröstend in die Arme. «Schsch, mein Liebling, du bist überhaupt nicht wie deine Mutter. Ich weiß, wie sehr du deine Kinder liebst, aber dass du sie so kurz hintereinander bekommen hast, ist sicher nicht leicht für dich. Bitte, hör auf zu weinen», flehte er, als ihr Schluchzen lauter wurde. «Schau», lenkte er ein, «wir können Weihnachten dieses Jahr in Merthyr feiern, dann sind wir nur einen Tagesritt von Plas-Marl entfernt. Wenn sich das Wetter hält, könnten wir Idwal besuchen. Allerdings», fügte er rasch hinzu, als sich ihre Miene schlagartig aufhellte, «bestehe ich darauf, dass wir das Weihnachts- und Neujahrsfest in unserem Hause feiern.»

Er zwang sich zu lächeln. Dieses Entgegenkommen brachte eine Menge Unruhe in seinen Zeitplan, aber er hatte sich in letzter Zeit große Sorgen um Susanna gemacht. Sie wirkte so niedergeschlagen, dass er einfach etwas unternehmen musste, um sie aufzuheitern.

«Natürlich», stimmte sie zu. «Wir können ihn am Tag vor Weihnachten besuchen. Ich danke dir, Liebster.» Sie erhob sich und küsste ihn, bevor sie quer durch den Raum zu einer ihrer Truhen ging.

«Aber nur, wenn sich das Wetter hält», wiederholte Meurig. Aber Susanna hörte gar nicht mehr zu. Sie überlegte bereits, welches Kleid sie tragen würde, und Meurig hatte einige Mühe, seinen Ärger über diese Affenliebe zu ihrem Bruder im Zaum zu halten.

Sie waren noch nicht lange auf Meurigs Anwesen in Merthyr, da kam Idwal zu Besuch. Als er Susannas Nachricht erhielt, hatte er sich sofort auf den Weg gemacht. Er brachte Tômas und Iolo mit, seine beiden Söhne, die Angharad ihm geboren hatte.

Susanna war begeistert und machte viel Aufhebens um die Kleinen. Allerdings setzte es ihr zu, Tômas zu sehen, dessen Behinderung für niemanden zu übersehen war. Er war mehr als drei Monate älter als Eluned und hätte körperlich für ein zwanzigmonatiges Kind durchgehen können. Aber während Eluned herumtappte und in ihrer Babysprache mit jedem plapperte, saß Tômas schweigend und regungslos auf einem Fleck. Er konnte auf seinem Po über den Boden rutschen, aber noch nicht krabbeln. Sein Blick war äußerst aufmerksam, was über seine mangelnde Auffassungsgabe hinwegtäuschte. Aber wie sehr Susanna sich auch bemühte, eine Puppe vor ihn hielt und damit hin und her wackelte, er sah sie nur verwirrt an, und es dauerte eine schiere Ewigkeit, bis er danach griff. Und als er es endlich tat, nahm Eluned, die mit einem von Susannas schweren Zöpfen gespielt hatte, sie ihm sofort weg. Tômas zuckte leicht zusammen, weinte oder schrie aber nicht, sondern nahm die Situation einfach hin.

Im Gegensatz zu Susanna. «Eluned», wies sie ihre Tochter zurecht und packte sie am Arm, bevor die Kleine Reißaus nehmen konnte. «Du ungezogenes Mädchen, gib sie deinem Cousin zurück.»

Eluned schob die Unterlippe vor und verbarg die Holzpuppe hinter ihrem Rücken.

«Sofort», befahl Susanna streng.

Wütend warf Eluned die Puppe auf den Boden und lief weinend zu ihrem Vater.

«Du musst lernen, zu teilen», sagte Meurig und hob sie hoch. Sein Ton war so liebevoll wie immer, wenn er mit ihr redete. Er überließ es Susanna, streng zu sein. Für Eluned war er der vernarrte Vater, den sie zunehmend um den Finger wickelte.

«Weißt du, Tômas ist sehr gutmütig, deshalb sage ich es dir an seiner Stelle», erklärte Meurig, während Eluned sich an seinen Hals schmiegte, mit der einen Hand in seinen Locken spielte und fest am Daumen der anderen nuckelte.

Jedes Mal, wenn sie Meurig und Eluned so innig zusammen sah, strömte ein Glücksgefühl durch Susannas Körper. Sie löste sich von dem Anblick und wandte sich Idwals jüngerem Sohn zu. «Iolo könnte nicht unterschiedlicher sein», bemerkte sie. Mit seinen sechs Monaten begann er bereits zu krabbeln und machte so viel Lärm, dass er mit Eluned konkurrieren konnte.

«Was seinen Verstand angeht, habe ich auch nicht die geringsten Bedenken», sagte Idwal erleichtert. «Aber Tômas macht auch Fortschritte, nicht wahr, Sohn?» Er hob den Kleinen hoch.

Begeistert von der Aufmerksamkeit seines Vaters, breitete sich in Tômas' ernstem Gesicht ein strahlendes Lächeln aus, und er grapschte nach Idwals Schnurrbart. Idwal pustete auf die Innenseite des kleinen Patschhändchens, sodass es kitzelte. Tômas fing an, glucksend zu lachen. Trotz der Probleme des Kleinen oder vielleicht auch gerade ihretwegen liebte Idwal seinen Sohn sehr – das war nicht zu übersehen.

Am Abend stand Susanna neben der Wiege und betrachtete ihre beiden schlafenden Kinder. Sie streichelte über die dunklen Locken, die Eluneds engelhaftes Gesicht umrahmten. Die langen dunklen Wimpern ihrer Tochter zuckten im Schlaf.

«Sie ist dir wie aus dem Gesicht geschnitten», murmelte Susanna, als Meurig zu ihr kam und sich hinter sie stellte.

«Obwohl ich glaube, dass sie dein Temperament hat.»

«Wir haben so wundervolle Kinder. Ich wünschte, ich könnte eine genauso wunderbare Mutter sein ... und Ehefrau», fügte sie hinzu.

«Das bist du doch auch.» Meurig schlang die Arme um ihre Taille.

Susanna drehte sich in seinen Armen, um ihn anzusehen. «Es tut mir Leid, dass ich in letzter Zeit nicht ganz auf der Höhe war.»

«Hauptsache, es ist vorbei.» Seine dunklen Augen schienen sich förmlich in sie hineinzubohren.

«Ja.» Sie küsste ihn. *Es wird vorbeigehen,* sagte sie sich, *und bis es so weit ist, werde ich meine Ängste eben vor ihm verbergen.* Sie blickte von ihrem Ehemann zu den schlafenden Kindern. *Ich muss mich einfach immer nur selbst daran erinnern, wie sehr ich vom Glück verwöhnt bin.*

Januar 1112

Efa brachte Heiligabend eine Tochter zur Welt. Da es ein sehr milder Winter und in Senghennydd alles ruhig war, gab Meurig nach und richtete es so ein, dass sie im Anschluss an die Neujahrsfeierlichkeiten von Merthyr aus nach Plas-Marl reisten, bevor sie nach Gelligaer zurückkehrten.

«Meine erste Tochter.» Idwal hielt stolz das winzige Bündel im Arm.

«Väter und ihre Töchter – was ist nur das Besondere daran?», neckte ihn Susanna.

«Sie sind die einzigen Frauen, über die wir wirklich Macht haben», erwiderte Meurig lachend.

«Das denkst du», erwiderte Susanna, während sie missmutig beobachtete, wie Eluned sich gerade daranmachte, die von ihrem Cousin Rhodri sorgfältig errichteten Türme aus Holzklötzchen zu zerstören.

Bevor Susanna sie jedoch zurechtweisen konnte, versetzte Rhodri Eluned einen klatschenden Schlag ins Gesicht, so fest, dass es durch den ganzen Saal schallte. Susanna war entsetzt, denn das ging weit über eine kindliche Reaktion hinaus – es wirkte regelrecht boshaft. Sie eilte hin, um ihre schreiende Tochter auf den Arm zu nehmen, fest davon überzeugt, dass Efa mit Rhodri schimpfen würde. Aber Efa schwieg, und ihr billigender Gesichtsausdruck brachte Susanna noch mehr aus der Fassung.

Idwal reagierte dagegen sofort. Er legte seine Tochter vorsichtig in die Wiege, packte seinen Sohn am Kragen und übergab ihn der Magd.

«Bring ihn in sein Zimmer», befahl er. «Wenn er sich nicht zivilisiert benehmen kann, wird er sich auch nicht bei zivilisierten Menschen aufhalten.»

«Idwal, er ist noch ein Kind», sagte Efa mit eisiger Stimme. «Und Eluned hat ihn provoziert.»

Als Idwal nicht antwortete, erhob sie sich steif. «Ich werde meinen Sohn jedenfalls nicht ausschließen», sagte sie eisig. «Nimm Elen mit», befahl sie ihrer Kammerjungfer, die sofort zur Wiege eilte, das Baby heraushob und ihrer Herrin folgte.

Idwal hatte seine Frau während der ganzen Auseinandersetzung komplett ignoriert. *Seid wir hier angekommen sind, behandelt er sie wie Luft,* dachte Susanna traurig. Efa begann ihr Leid zu tun, und bei der nächsten Gelegenheit zog sie sich unter einem Vorwand zurück.

Die Tür zu Efas Gemach stand offen, aber Susanna klopfte dennoch an, bevor sie eintrat. «Darf ich hereinkommen, Efa?»

«Wenn du willst», entgegnete Efa abweisend und blieb auf ihrem Stuhl sitzen.

Susanna sah sich in dem Raum um. Früher hatte Idwal ihn bewohnt, doch ganz offensichtlich verbrachte er keine Zeit mehr hier. Nichts in diesem Raum verwies auf ihn, alles gehörte entweder Efa oder den Kindern. *Vermutlich schläft er in meiner alten Kammer,* mutmaßte Susanna. Sie zog eine Leinenserviette hinter ihrem Rücken hervor.

«Schau, Rhodri, was ich in der Küche entdeckt habe.» Sie beugte sich herab, um mit dem Kleinen auf Augenhöhe zu sein. Dann wickelte sie eine warme Honigwaffel aus und hielt sie ihm entgegen. «Möchtest du?»

Eluned hätte ohne zu zögern zugegriffen, aber Rhodri warf einen fragenden Blick auf seine Mutter. Als Efa kurz nickte, nahm er schüchtern die Waffel aus Susannas Hand.

«Vielen Dank, Tante», flüsterte er.

«Bitte sehr.» Susanna strubbelte durch sein Haar.

Dann spähte sie in die Wiege auf Elen. «Sie ist wunderschön, Efa», versuchte sie ein Gespräch zu beginnen. «Und du hast die beiden in der richtigen Reihenfolge bekommen, erst einen Sohn, dann die Tochter», fügte sie betont heiter hinzu.

«Ich wünschte, sie wäre auch ein Junge», erklärte Efa schroff.

«Aber eine Tochter ist doch etwas sehr Schönes. Und Idwal ist richtig vernarrt in sie.»

«Ich meinte das um ihretwillen», entgegnete Efa schnippisch. «Was für ein Leben hat sie schon zu erwarten?»

«Ein sehr gutes, denke ich, wenn Idwal darüber zu entscheiden hat.»

Efa schnaufte verächtlich. «Das behauptest du.»

«Idwal ist ein guter Vater.» Susanna zwang sich, nicht laut zu werden. Da Efa ihr keinen Platz angeboten hatte, stand sie immer noch neben der Wiege, zunehmend ärgerlich. Aber sie erinnerte sich daran, wie angeschlagen sie nach Siôns Geburt gewesen war, und versuchte, sich Efas Missmut damit zu erklären.

«Welcher Vater verweist schon seinen Sohn des Saals?» Efa sah Susanna mit offener Feindseligkeit an.

Susanna schaute hinüber zu Rhodri, der selbstvergessen den Honig von seinen Fingern ableckte. «Er hat ihn bestraft, Efa. So wie ich es mit Eluned getan hätte, wenn Rhodri das nicht selbst in die Hand genommen hätte.»

«Und hätte Idwal seine beiden Bastarde genauso bestraft?»

Susanna schwieg. Sie konnte Efa zwar nicht sonderlich leiden, aber sie hatte Mitgefühl mit dieser Frau, deren Ehemann sein Vergnügen woanders suchte.

«Davon gehe ich aus», sagte sie schließlich. «Er macht keinen Unterschied zwischen seinen Kindern.»

«Du weißt, dass einer von ihnen ein Idiot ist», sagte Efa voller Schadenfreude.

«Ja, ich weiß. Aber Tômas ist ein sehr liebenswertes Kind.»

Efa warf ihr einen stechenden Blick zu. «Du hast die beiden also gesehen. Hast du auch seine Hure getroffen?»

«Idwal hat uns mit den Jungen in Merthyr besucht.» Susanna verschränkte die Finger und rang um Fassung. «Er würde die Mutter der beiden nicht an Meurigs Hof bringen, und ich würde sie auch nicht empfangen.»

«Nein, von euch macht ja keiner etwas falsch», zischte ihre Schwägerin gehässig. «Was hält Meurig eigentlich davon, ständig im Wettstreit mit dem perfekten Bruder zu stehen? Ich jedenfalls kann es nicht mehr ertragen, in einem fort mit der ach so makellosen Schwester verglichen zu werden.»

Jegliches Mitleid, das Susanna für ihre Schwägerin empfunden hatte, löste sich in Luft auf, und sie sah Efa mit kaltem Blick an. «Es tut mir Leid, dass deine Ehe nicht die glücklichste ist», sagte sie mit schneidender Stimme. «Aber gib nicht mir die Schuld daran. Wenn du nicht vom ersten Augenblick an so herablassend zu Idwal gewesen wärst, hätte sich vielleicht alles angenehmer gestaltet.» Ihre Augen blitzten zornig. «Du bist eine völlig verbitterte Frau, Efa. Und vielleicht hast du dazu auch allen Grund. Aber zieh niemals Rückschlüsse über meine Ehe auf Basis der deinen. Alles Gute für dich.» Sie ging zur Tür.

«Du bist hier nicht willkommen», fauchte Efa.

Susanna blieb stehen und drehte sich ganz langsam um. «Mein Bruder ist der Lord von Plas-Marl. Wenn er mich einlädt, ihn hier, auf unserem Familiensitz, zu besuchen, dann komme ich. Und wenn mein Mann, der Herrscher von Senghennydd, Idwal in Plas-Marl aufsuchen möchte, dann wird er das ebenfalls tun.» Sie sah Efa voller Verachtung an. «Du hast in dieser Angelegenheit rein gar nichts zu sagen, Efa, und die Schuld daran musst du ganz allein bei dir selbst suchen.» Ohne ein weiteres Wort drehte sich Susanna um und marschierte aus dem Zimmer.

«Ich weiß, was du denkst, Tangwystl», sagte Efa zu ihrer Kammerjungfer, nachdem Susanna gegangen war.

«Ich habe kein Wort gesagt», erwiderte Tangwystl.

«Ich kann dir aber ansehen, dass du meinst, ich hätte lieber den Mund halten sollen», sagte Efa mit einer Spur Tadel in der Stimme.

«Denkt Ihr das denn nicht auch?», fragte Tangwystl leise. Sie hatte sich um Efa gekümmert, seit diese ein kleines Mädchen gewesen war, und hatte im Laufe der Jahre eine gewisse Freiheit gewonnen. Sie durfte ihre Meinung gegenüber ihrer reizbaren Herrin kundtun.

«Mag sein», räumte Efa ein. «Aber Susanna mit ihrer so perfekten Ehe macht mich einfach wahnsinnig. Und ich will nicht, dass sie mich auch noch bemitleidet.»

«Ihr habt Euch aber auch vor ihrer Heirat schon nicht recht für sie erwärmen können.»

«Was erwartest du? Mir hätte die bessere Partie zugestanden, das wäre dem Status meiner Familie angemessen gewesen.»

«Aber hätte nicht Eure Ehe eine bessere sein können?», fragte Tangwystl leise.

«Du meinst, statt der Katastrophe, die ich daraus gemacht habe?» Sie verlor die Beherrschung, und Tränen des Selbstmitleids traten ihr in die Augen. «Vielleicht habe ich mich am Anfang wirklich falsch verhalten. Aber ich wollte, dass er mir mit dem gebührenden Respekt begegnet. Er sollte zumindest dankbar sein für die Beziehungen, die ich mit in die Ehe brachte.» Sie erhob sich und blickte herunter auf ihre schlafende Tochter. Dann wandte sie sich mit einem Blick des Bedauerns Tangwystl zu. «Weißt du, ich hätte ihn sogar lieben können. Wenn er nur ein einziges Mal so etwas wie Wärme oder Interesse mir gegenüber gezeigt hätte. Jetzt kannst nicht einmal du mir Vorwürfe wegen meines Verhaltens machen. Er zeigt sich offen mit seinen Geliebten und seinen Bastarden, und seine Schwester wagt es, über mich zu urteilen. Eines Tages wird sie schon merken, dass sie zu dicht an die Sonne herangeflogen ist, sie beide tun das. Und ich hoffe nur, dass ich dabei bin und miterlebe, wie sie abstürzen.»

Efa erschien an diesem Abend nicht zum Essen. Als Susanna und Meurig sich am nächsten Tag zum Aufbruch rüsteten, kam sie, um sich zu verabschieden. Aber den geröteten Augen und dem Zug um ihrem Mund nach zu urteilen, tat sie es nicht freiwillig.

Juli 1112. Gelligaer

Meurig verharrte in der Tür zu ihrem Schlafgemach und beobachtete Susanna. Sie saß zusammen mit Eluned im Badezuber und wusch ihrer Tochter das Haar. Im Zimmer war es warm von dem vielen Wasserdampf, und das Aroma von Lavendel hing in der Luft. Es war Susannas Lieblingsduft, und sie achtete immer darauf, dass er ihrem Badewasser in reichlicher Menge zugesetzt wurde.

«Mach die Augen zu», sagte Susanna und lachte, als Eluned sie ganz fest zusammenkniff. Vorsichtig schüttete sie ihr dann Wasser über den Kopf und lobte sie währenddessen. «Fertig», sagte sie schließlich und strich Eluned das glänzende schwarze Haar aus dem Gesicht.

«Mamakuuus», verlangte Eluned in ihrer Kindersprache und streckte die zarten Ärmchen aus.

«Mama-Kuss», stimmte Susanna zu, hob die Kleine hoch und pustete ihr in den Nacken, sodass Eluned vor Vergnügen quietschte und Wasser über den Rand des Zubers spritzte.

Meurig schluckte. Susanna sah so unschuldig aus. Mit ihrem hochgesteckten Haar und dem feuchten, vergnügten Gesicht wirkte sie noch jünger, als sie es mit ihren 18 Jahren war. Er hasste es, diesen Augenblick zerstören zu müssen und Nachrichten zu überbringen, die Susannas Lächeln vertreiben würden – aber er musste es ihr sagen.

«Papa», rief Eluned, als Meurig den Raum betrat.

«Wie geht es meiner Prinzessin?»

«Arm, Arm», kommandierte Eluned, hüpfte auf den Beinen ihrer Mutter herum und reckte ihrem Vater die Arme entgegen.

Meurig nahm der wartenden Olwen das Handtuch ab und wickelte Eluned darin ein, nachdem er sie aus dem Wasser gehoben hatte. «Mhmm, du duftest aber gut, und wie sauber du bist», sagte er und rieb mit seinem Schnurrbart über ihre nackte Haut, was die Kleine sehr liebte. Dann reichte er sie an Olwen weiter. «Bring sie bitte nach nebenan», sagte er leise.

Olwen entschwand rasch mit ihr ins andere Zimmer, Eluneds Protest geübt zum Schweigen bringend, während Meurig Susanna ein Handtuch hinhielt.

«Jetzt bist du an der Reihe», sagte er.

«Oh, werde ich auch gekitzelt?», sagte Susanna lächelnd, als sie vor ihm stand. Aber der Ausdruck in seinem Gesicht hielt sie von weiteren scherzhaften Bemerkungen ab. «Was ist passiert?» Sie stieg aus dem Wasser und wickelte sich in das Handtuch.

«Ein Bote ist eingetroffen – deine Mutter hat ihn entsendet», sagte Meurig leise. «Deine Schwester hat eine Tochter zur Welt gebracht.»

«Verstehe.» Susanna rieb sich die feuchten Haare trocken. «Ist sie wohlauf?» So wie Meurig sich verhielt, vermutete sie, dass etwas nicht stimmte.

«Sie ist krank geworden, und man befürchtet, dass sie es nicht überlebt.»

«O nein, wie furchtbar für die arme Ffenna.»

«Nicht das Baby», erklärte Meurig ruhig. «Gorffenna.»

«Was?» Susanna wirbelte herum. «Ffenna stirbt?»

Meurig nahm Susannas Hände. «Ich habe Idwal Nachricht geschickt, dass wir ihn in St. Gwynllwg treffen. Wir sollten sofort aufbrechen.»

«Natürlich.» Susannas Stimme war kaum hörbar. «Aber warum St. Gwynllwg?», fragte sie verwirrt und zog die Stirn kraus. «Ich dachte, Ffenna lebt seit ihrer Hochzeit mit William St. Quintin westlich von Cardiff?»

«Anscheinend hält sie sich bei deiner Mutter auf. In der Nachricht hieß es lediglich, wir sollten so schnell wie möglich dorthin kommen.»

«Ja.» Susanna rubbelte sich energisch trocken. «Hast du etwa vor, mich zu begleiten?» Sie hielt plötzlich inne und warf ihm einen überraschten Blick zu.

«Natürlich. Oder willst du mich nicht dabeihaben?» Er erhob sich.

«Doch, sicher», erwiderte sie gerührt. «Aber ist es nicht gefährlich für dich?»

«Roger hat uns eine Botschaft aushändigen lassen, in der der Zweck unserer Reise genannt wird – für den Fall, dass uns irgendjemand aufhalten will», erklärte Meurig. Er nahm ihr das Handtuch aus der Hand und trocknete sie weiter ab. «Prinz Urien habe ich bereits eine Nachricht geschickt, warum wir durch Gwynllwg reisen werden.»

«Was ist mit den Kindern?», fragte Susanna besorgt.

«In diesen Zeiten ist ihr Zuhause der rechte Ort für sie», betonte Meurig. Er wusste, wie schwer es Susanna fiel, die Kinder allein zu lassen – selbst wenn es nur für einen Tag war. «Wir werden sehr schnell reiten müssen und umgehend aufbrechen», stellte er klar.

Susanna nickte schweigend. Er hatte Recht. Sie versuchte sich damit zu trösten, dass sie nicht lange wegbleiben würden. Aber sofort fühlte sie sich schlecht, weil sie das Leiden ihrer Schwester nicht enst nahm und nur an die Konsequenzen für ihr eigenes Leben dachte.

Sie sah Meurig an, und die Schuldgefühle standen ihr ins Gesicht geschrieben. Er beugte sich vor und küsste sie zärtlich auf die Stirn. «Geh nicht so hart mit dir ins Gericht», sagte er sanft, «du kannst dich nicht zerreißen, und deine Schwester braucht dich im Moment mehr.» Sein Lächeln war so voller Verständnis für ihren Zwiespalt, dass ihr die Tränen kamen und sie trotzdem nicht wegsah. «Du liebst deine Kinder deshalb nicht weniger», versicherte er ihr.

Mit nur kleiner Eskorte ritten sie schnell und erreichten spät in der Nacht Rogers Anwesen. Ihre Ankunft wurde erwartet, und das Tor öffnete sich, sobald sie sich zu erkennen gegeben hatten. Roger empfing sie auf dem Hof, beschränkte die Begrüßung jedoch auf die gebotene Höflichkeit. Während er mit Meurig in die Halle ging, ließ er Susanna von einem Dienstboten direkt zu Gorffennas Kammer bringen.

«Wie geht es ihr?», fragte Meurig.

«Ich bezweifle, dass sie die Nacht überlebt. Sie hat sich verbissen an die Aussicht geklammert, ihre Schwester und ihren Bruder noch einmal zu sehen, das hat sie bisher am Leben gehalten. Wo ist Idwal?»

«Er ist noch nicht hier?», fragte Meurig überrascht. «Er hätte schon eine ganze Zeit vor uns eintreffen müssen.»

Roger zuckte mit den Schultern. «Ich habe nicht wirklich mit ihm gerechnet. Aber ich bin froh, dass Ihr Susanna hergebracht habt – meine Frau braucht sie jetzt.»

Meurig nahm einen Becher Wein an und sah sich unruhig im Saal um. Sie hatten ihre Waffen am Eingang abgeben müssen, und ohne das vertraute Gewicht seines Schwerts an der Hüfte fühlte er sich nackt. Er hoffte, dass nicht irgendein Dummkopf – ob unter Rogers Männern oder seinen eigenen – einen Streit vom Zaun brach.

Als Susanna das Zimmer betrat, sprang Gwladys von ihrem Stuhl neben Gorffennas Bett auf.

«Susanna! Gott sei Dank, dass du da bist!»

«Wie geht es ihr?» Susanna streifte die Handschuhe ab und ließ ihren Umhang einfach auf den Boden fallen.

«Ich glaube ein bisschen besser», sagte Gwladys hoffnungsvoll.

Aber als Susanna einen Blick auf ihre Schwester warf, konnte sie den Optimismus ihrer Mutter nicht teilen. Gorffenna lag im Bett, in zahlreiche Decken eingewickelt, und ihr schweißnasses Gesicht wirkte ausgemergelt. Geschüttelt von heftigem Fieber verlor sie immer wieder das Bewusstsein. Ihr sonst so seidiges, hellblondes Haar hing strähnig herunter und klebte ihr am Kopf. Ihre eingefallenen Augen waren von dunklen Ringen umgeben. Ffenna wirkte todkrank, sodass Susanna ängstlich neben ihr auf die Knie fiel.

«O Ffenna», flüsterte sie und nahm die brennend heiße Hand ihrer Schwester, «was machst du nur für Sachen.»

Beim Klang der Stimme ihrer Schwester zuckten Gorffennas Lider, und sie öffnete die Augen. «Susanna?» Ihre Stimme war kaum hörbar.

«Ja, ich bin es», erwiderte Susanna eindringlich, drückte Ffennas Hand und versuchte zu lächeln.

«Du bist gekommen, jetzt weiß ich, dass ich sterben muss», hauchte Gorffenna.

«Schsch, Ffenna, sag nicht so etwas.» Susanna kämpfte mit den Tränen.

«Lass uns einander nicht belügen. Dafür ist keine Zeit mehr.» Matt erwiderte sie Susannas Händedruck. «Susanna, es tut mir so Leid.»

«Das braucht es nicht, Ffenna», sagte Susanna mit Nachdruck. «Spar deine Kräfte und sprich nicht so viel.»

«Aber ich muss reden. Es hat mich furchtbar gequält, wie wir auseinander gegangen sind. Was ich gesagt habe, habe ich nicht so gemeint.» Jeder Atemzug kostete sie unmenschliche Kraft, aber sie musste sprechen. Ihre blauen Augen glänzten vom Fieber und dem Drang, sich mitzuteilen, solange sie es noch konnte.

Susanna griff nach einem Tuch und tauchte es in eine Schale mit kaltem Wasser, die neben dem Bett auf einem Holztischchen stand. «Wir beide haben Dinge gesagt, die wir nicht so meinten.» Vorsichtig tupfte sie Gorffenna das Gesicht ab. «Und wir wissen auch beide, wie sehr wir es bedauern.»

Gorffenna nickte erleichtert, schloss die Augen und sank zurück in die Kissen. Susanna wartete einen Moment, dachte, Gorffenna sei eingeschlafen, und wollte sich erheben. Aber als sie ihrer Schwester die Hand entziehen wollte, öffnete Ffenna die Augen wieder.

«Geh nicht», flehte sie.

«Ich gehe nicht weg, ich wollte dich nur ein bisschen schlafen lassen», sagte Susanna liebevoll.

Gorffenna nickte wieder, ließ Susannas Hand jedoch nicht los. «Ich möchte, dass du Nesta zu dir nimmst», flüsterte sie mit geschlossenen Augen. «Nimm mein Kind zu dir.» Sie verlor wieder das Bewusstsein, und Susanna entfernte sich von dem Bett, tief bestürzt über Ffennas Bitte.

Sie ging zu ihrer Mutter, die völlig verloren auf einer Bank saß und Susanna flehend ansah. In Susannas Kummer mischte sich eine Spur Ärger über die Selbstsucht ihrer Mutter. *Kann sie sich denn nicht ein einziges Mal wie eine Mutter verhalten und uns den Trost spenden, den wir brauchen?*, dachte Susanna zornig. *Das hier ist Ffennas Tragödie – und nicht ihre.*

Sie biss sich so lange auf die Unterlippe, bis sie sicher war, in höflichem Ton sprechen zu können.

«Ist es das Milchfieber?», fragte sie ruhig, setzte sich auf die Bank neben Gwladys und gab einem Bediensteten Zeichen, ihr etwas einzuschenken, da ihre Mutter keine Anstalten machte, sich darum zu kümmern.

Gwladys schüttelte resigniert den Kopf, ihr Gesicht eine starre Maske des Leidens. «Wohl nicht. Die Nachgeburt konnte nicht herausgeholt werden. Wir haben es mit Basilikumöl und in Wein gekochtem Mutterkraut versucht, aber jetzt», ihre Stimme zitterte, und sie holte tief Luft, bevor sie fortfuhr, «jetzt müssen wir hilflos mit ansehen, wie sich das Wundfieber immer weiter ausbreitet.»

Susanna nickte niedergeschlagen. Sie hielt den Kopf gesenkt, um nicht den Schmerz und die Schuldgefühle zu zeigen, die in ihr aufstiegen. Sie schaute zum Bett herüber. «Wir sollten in den Saal gehen, solange sie schläft. Ich muss Meurig sagen, wie es ihr geht, und Ffennas Mann will sicher zu ihr.» Susanna erhob sich.

«Er ist nicht hier.»

«Nicht hier?», wiederholte Susanna ungläubig.

«Gorffenna ist jetzt schon seit ein paar Monaten wieder bei uns. William kam zwar, als sie in den Wehen lag, ging aber sofort wieder, nachdem er erfahren hatte, dass es ein Mädchen ist. Ich vermute, er steht bereits in Verhandlungen für seine nächste Ehe», erklärte Gwladys in gleichgültigem Ton.

Susanna betrachtete ihre Schwester. Es tat ihr weh, dass sich sämtliche Träume Ffennas zerschlagen hatten. «War der Name Nesta ihre Idee?», fragte sie und lächelte traurig, als ihre Mutter nickte. «Sie hat sich schon immer von einer schönen Fassade beeindrucken lassen. Wollen wir hoffen, dass die Kleine nur den Namen mit der Prinzessin von Deheubarth gemein hat.»

«Es ist ihr ernst damit. Sie will, dass du das Kind nimmst.» Als sie Susannas beunruhigten Gesichtsausdruck sah, tätschelte sie ihr zerstreut den Arm. «Lass uns erst einmal abwarten, was dein Mann dazu sagt.»

Als die beiden Frauen die wenigen Stufen hinuntergingen, die die Schlafgemächer vom Saal trennten, kam Meurig sofort auf Susanna zugeeilt.

«Sie ist noch bei uns», beeilte sie sich zu sagen, denn sie konnte sehen, welche Frage ihm auf den Lippen lag.

«Ihr müsst der Gemahl meiner Tochter sein.» Gwladys trat vor und streckte ihm die Hand entgegen.

«Das bin ich zu meinem größten Glück, Mylady», bestätigte Meurig und führte ihre Hand an seine Lippen.

«Wie ich sehe, hat Roger Erfrischungen für Euch bringen lassen», sagte Gwladys zu Susanna, während sie sich zu den anderen Leuten im Saal gesellten.

Während um sie herum überall angeregt geplaudert wurde, nippte Susanna lustlos an ihrem Wein, und ihr Blick wanderte immer wieder zur Tür von Gorffennas Gemach. Dort drinnen lag ihre Schwester im Sterben, dort sollte sie jetzt sein, an Gorffennas Seite, und sich nicht mit Leuten unterhalten, die sie kaum kannte und noch weniger mochte.

«Wo steckt eigentlich Idwal?», fragte sie plötzlich und sah sich suchend um. «Er müsste längst hier sein. Wen hast du nach Plas-Marl geschickt?», wollte sie von Meurig wissen.

«Er hat die Nachricht ganz sicher erhalten», beruhigte der sie. «Er wird bald eintreffen, mach dir keine Sorgen.»

Gwladys sprach leise mit einer ihrer Kammerjungfern, und ein paar Minuten später kam die junge Frau mit einem winzigen Bündel auf dem Arm zurück.

«Ich dachte, du würdest vielleicht gern deine Nichte sehen wollen», sagte Gwladys mit sanfter Stimme.

Susanna stellte ihren Becher ab, und die Magd übergab ihr das Kind. Als Susanna das Neugeborene betrachtete, spürte sie völlig widersprüchliche Gefühle in sich aufsteigen. Ein zartes, winziges Wesen, sehr viel kleiner, als ihre beiden es bei der Geburt gewesen waren, und mit so blondem Haar, dass es kaum zu sehen war. Susanna schluckte. Die Kleine war wunderschön, und doch war dieses winzige Wesen verantwortlich für Ffennas Verfassung.

Susanna sah zu Meurig herüber. «Ffenna möchte, dass wir sie nehmen», sagte sie. In seinen Augen stand Überraschung, aber er verzog keine Miene.

«Wir haben nichts dagegen», tat Roger ungefragt kund.

Susanna dankte es ihm mit einem vernichtenden Blick, dann sah sie ihre Mutter an und stellte verärgert fest, dass auch sie nicht widersprach. Was ging nur in diesen Menschen vor? Gwladys schien bereit, ihr Enkelkind jedem auszuhändigen, der bereit war, es zu nehmen. *Aber was sollte man auch anderes erwarten,* dachte Susanna verbittert, *es hat ihr damals ja genauso wenig ausgemacht, Ffenna im Stich zu lassen. War es nicht genug, dass Mutter einen Normannen geheiratet hat? Musste sie auch noch so werden wie unsere Feinde?* Sie schluckte die aufsteigende Verbitterung herunter. Das hier war nicht der richtige Zeitpunkt, um wegen alter Vergehen zu streiten, sie war Ffenna etwas Besseres schuldig.

«Was ist mit dem Vater?», wandte sich Meurig an Roger. Er konnte in Susannas Gesicht wie in einem offenen Buch lesen und wusste genau, welche Fragen ihr durch den Kopf gingen. Aber wenn es schon zu einem Streit käme, dann wollte wenigstens er der Verursacher sein. Sie verlor gerade ihre Schwester, Meurig wollte sie davor bewahren, auch noch die Mutter zu verlieren.

«Er beabsichtigt nicht, sich um das Kind zu kümmern», antwortete Roger kurz und bündig.

«Armes kleines Ding», murmelte Gwladys in Richtung Meurig.

Susanna reichte das Kind unvermittelt der wartenden Kammerjungfer. «Ich muss wieder zurück zu Ffenna», erklärte sie. «Kommst du, Mutter?», fügte sie kühl hinzu.

«Soll ich dich begleiten?», fragte Meurig.

Susanna zögerte. «Besser nicht», sagte sie schließlich. «Du solltest sie in diesem Zustand nicht sehen, und sie würde es auch nicht wollen.»

«Das verstehe ich», sagte er, ließ sie aber ungern allein gehen.

«Danke», flüsterte Susanna, und ihre Augen sagten ihm, dass sie wusste, wie gern er sie trösten und ein bisschen von ihrem Leid vertreiben würde. Und sie sagten ihm auch, dass sie verstand, dass er hier keine Schwäche zeigen durfte, umgeben von Leuten, die bei der erstbesten Gelegenheit versuchen würden, seine Ländereien an sich zu reißen.

«Also, Roger», sagte Meurig, nachdem die beiden Frauen gegangen waren. «Was ist nun mit diesem Kind?»

Roger seufzte, füllte seinen Weinbecher auf und stellte den Krug wieder ab, als Meurig den Kopf schüttelte. «Sowohl Herbert St. Quintin – Williams Onkel – als auch ich haben William gewarnt, dass diese Ehe nicht funktionieren wird. Aber er bestand darauf, und auch Gorffenna kann sehr bestimmt auftreten, wenn sie etwas will. Aber wie wir befürchtet hatten, war er seine hohlköpfige Kindfrau bald leid. Entschuldigt, dass ich so schlecht von den beiden spreche, Meurig, aber genau so war es nun einmal. Gorffenna mochte weder ignoriert noch zurückgewiesen werden, also kam sie zu uns, und wir nahmen sie ein weiteres Mal auf. Sie war bereits schwanger, und ich nahm an, dass sie nach der Geburt wieder zu William zurückgehen würde. Aber als William erfuhr, dass er eine Tochter hat und seine Frau das Wochenbett wohl nicht überleben würde, sagte er sich von beiden los und überließ sie uns. Um noch direkter zu werden: Gorffennas Tod gibt ihm seine Freiheit zurück, ohne seine Ehre anzukratzen. Wenn er einen Sohn bekommen hätte, nun, dann lägen die Dinge ein wenig anders. Aber für eine Tochter hat er keinerlei Verwendung. Sein Onkel ist bereits dabei, eine erfolgversprechendere Verbindung für ihn zu arrangieren, und auf Erinnerungen an seinen törichten Fehltritt kann er gut verzichten.»

Meurig starrte Roger an und hatte auf einmal einen faden Geschmack im Mund. Sein eigen Fleisch und Blut zurückzuweisen war einem Waliser so fremd, dass Meurig Mühe hatte, nicht seine ganze Verachtung zum Ausdruck zu bringen. «Und Ihr, Roger?», fragte er mit fester Stimme. «Wie steht Ihr dazu?»

Roger hielt Meurigs Blick stand, ohne Anzeichen von Scham. «Wir können sie nicht nehmen. Wenn Ihr sie nicht wollt, wird sie der Kirche übergeben.»

«Verstehe», sagte Meurig knapp und verkniff sich jedes weitere Wort.

«Mama?»

Susanna hob ruckartig den Kopf. Sie hatte ihn auf Ffennas Bett gelegt und musste eingedöst sein. Sie setzte sich auf und nahm Ffennas Hand.

«Nein, ich bin's, Susanna. Soll ich Mutter holen?»

«Susanna, gut ... genau dich will ich», stieß Gorffenna atemlos hervor. «Hast du Nesta gesehen?»

«Ja, habe ich. Sie ist wunderschön.» Susanna hauchte einen Kuss auf Ffennas Hand.

«Ich möchte nicht hier sterben», schluchzte Gorffenna plötzlich, und Tränen liefen ihr über die Wangen. «Aber ich kann nichts dagegen tun, ich werde hier sterben. Nein, Susanna, lass mich reden», sagte sie, als Susanna versuchte, sie zum Schweigen zu bringen. «Der Priester war hier, ich habe gebeichtet.» Sie machte eine Pause, und ihr Gesicht verzerrte sich vor Schmerzen. «Nesta – ich kann nur eines für sie tun. Ich will, dass sie zu Hause aufwächst, in Wales – dem echten Wales, mit unserem Volk, unseren Traditionen und unserer Sprache.»

«Ich verstehe, mein Liebes», beruhigte Susanna sie, damit Ffenna sich nicht noch mehr aufregte.

«Wirklich?» Gorffennas Augen glänzten fiebrig, und doch war sie bei klarem Verstand, als sie Susanna jetzt fest ansah und ihre Hand umklammerte. «Ich wollte nach Hause kommen, aber dann wurde mir klar, dass ich gar kein Zuhause habe. Tante

Gwen lebt nicht mehr und Plas-Marl habe ich nie gekannt. Aber du hast ein Zuhause und, wie Mama mir sagte, einen stattlichen Mann. Ich meine, mich schwach an ihn zu erinnern», schweifte sie ein wenig ab, besann sich jedoch sofort wieder, und zwar mit einer Energie, die Susanna ihr in dieser Verfassung gar nicht zugetraut hätte. «Bist du glücklich mit ihm?»

Susanna lächelte. «Sehr. Idwal hätte keine bessere Wahl treffen können», erwiderte sie und bedauerte im gleichen Moment, ihren Bruder erwähnt zu haben.

«Er hat mir nicht verziehen.» Gorffennas Augen füllten sich erneut mit Tränen.

«Er wird kommen, ich weiß, dass er kommen wird.» Susanna strich das feuchte Haar aus Ffennas Gesicht und versuchte, zuversichtlich zu klingen, nicht nur Ffenna zuliebe, sondern auch um ihrer selbst willen.

«Wir wissen beide, dass das nicht stimmt, Susanna. Deshalb musst du Nesta nehmen, sie hat sonst niemanden. Ich möchte, dass sie eine richtige Familie hat … nicht hier, hier hat sie keine Familie.» Ffenna versuchte verzweifelt, sich aufzurichten, war aber zu schwach und sank mit schmerzerfülltem Stöhnen zurück.

«Bitte, Ffenna, du musst deine Kräfte schonen», flehte Susanna.

«Wofür?», fragte Gorffenna verbittert. «Versprich es mir, Susanna!» Unbeherrscht schluchzend fuhr sie fort: «Versprich mir, dass du sie zu dir nimmst und wie dein eigenes Kind behandelst. Ich möchte, dass du ihr eine Mutter bist und dass sie glaubt, sie wäre deine Tochter. Ich möchte nicht, dass sie mit dem Gefühl heranwächst, nicht wirklich dazuzugehören und nur aus Pflichtgefühl geduldet zu werden.»

Susanna starrte sie an, und es zerriss ihr fast das Herz. So also hatte Gorffenna sich gefühlt. Hätte sie dies gewusst, dann wäre manches zwischen ihnen vielleicht anders verlaufen, aber jetzt war es zu spät. Sie nahm Ffennas heiße Hand und drückte sie an ihre Wange. «Ich habe so viel falsch gemacht. Mein Verhalten dir gegenüber tut mir sehr Leid», flüsterte sie unter Tränen.

«Nicht weinen, Susanna. Du bist immer so stark gewesen, du hast uns alle zusammengehalten. Ich war immer sehr eifersüchtig auf die Nähe zwischen dir und Idwal, aber ich glaube, mich hast du auch ein bisschen lieb gehabt.»

«Natürlich habe ich dich lieb», versicherte Susanna. Es zuckte verdächtig, als sie zu lächeln versuchte, und sie kämpfte verzweifelt dagegen an, laut loszuschluchzen.

«Hol sie, hol mein Kind», flüsterte Ffenna eindringlich. Sie packte Susanna am Arm und rang nach Luft. «Ich muss ihr Lebewohl sagen.»

«Nein, Ffenna, nein ...» Susannas Stimme brach.

«Bitte, sofort», stieß Ffenna mühsam hervor.

Susanna schickte rasch eine Magd nach Gwladys und Nesta.

«Hier ist sie, Liebling», sagte Gwladys, als sie mit dem Baby hereinkam. Sie legte es Ffenna vorsichtig in die Arme. Die sah ihre Kleine mit so viel Liebe und Bedauern an, dass Susanna glaubte, es nicht länger ertragen zu können.

«Pass auf dich auf, meine Kleine», flüsterte Ffenna. «Ich vertraue dich einer besseren Mutter an, als ich es dir je sein könnte.» Ffennas Gesicht verzerrte sich plötzlich vor Schmerz. «Nimm sie jetzt, Susanna.»

Als Susanna sich herabbeugte, um das Kind zu nehmen, packte Ffenna ihre Hand. «Versprich es mir.»

Susanna zögerte nicht. «Ich verspreche es», sagte sie – *blieb ihr denn überhaupt eine Wahl?*

Susanna hielt während der folgenden Stunden Wache an Gorffennas Bett. Sie sah mit an, wie das Fieber im Körper ihrer Schwester wütete und Ffenna immer wieder zu phantasieren anfing. Sie wirkte so zart und jung, wie sie da vor ihr lag, mit jedem Atemzug einen noch härteren Kampf ausfechtend. Susanna fühlte sich so hilflos, konnte nichts tun, um Ffennas Leiden zu lindern. Sie versuchte den Priester zu ignorieren, der seine Gebete herunterleierte und immer wieder zum Fenster in die aufgehende Sonne schielte, als hoffe er, dass es bald vorbei sei und man ihm Essen anbot, besseres als die schlichte Kost, die er gewohnt war.

Als es schließlich still wurde, hatte Susanna gar nicht damit gerechnet und starrte ungläubig auf den reglosen Körper ihrer Schwester. Aber das rasche Abkühlen der Haut bestätigte unzweifelhaft, dass sie von ihnen gegangen war. Gwladys warf sich jammernd und schluchzend auf das Bett, aber für Susanna ging der Verlust wesentlich tiefer, bis an den Kern ihrer Existenz. Fassungslos betrachtete sie ihren eigenen Körper, wunderte sich, dass er noch intakt war, denn als Ffenna ihren letzten Atemzug tat, fühlte es sich für Susanna an, als hätte man ihr eine Gliedmaße abgetrennt. Jetzt war sie wie betäubt, stand schweigend auf und ging aus dem Zimmer.

Meurig hatte Gwladys' Schreie gehört und wartete bereits an der Treppe. Als Susanna auf der obersten Stufe schwankte, fasste er sie schnell am Arm und stützte sie, bis sie den Saal erreicht hatten.

Susanna blickte Meurig an und schien ihn gar nicht wahrzunehmen, jeder Atemzug brannte in ihrer Kehle. Sie presste die Hand auf die Brust, meinte, eine schwere Last nähme ihr die Luft.

Von Meurig dazu gedrängt, setzte sie sich und griff wie von selbst nach dem vollen Weinbecher, den er ihr in die Hand drückte. Schemenhaft nahm sie wahr, dass er vor ihr kniete, ihr über das Haar, die Arme, die Schultern strich, sein Bestes tat, um sie über etwas hinwegzutrösten, für das es keinen Trost gab.

Sie zwang sich zu trinken, aber der Wein brannte in ihrem Magen. «Warum ist Idwal nicht gekommen?», flüsterte sie. «Sie ist unsere Schwester, das Nesthäkchen. Wie konnte er das tun, wie konnte er sie im Stich lassen?» Ihre Stimme brach, und sie sah Meurig verloren an. «Sie war erst 14.»

«Ich weiß nicht, mein Liebling, vielleicht dachte er, es sei zu gefährlich für ihn.»

«Für dich ist es viel gefährlicher, und trotzdem bist du hier», schluchzte Susanna. Der Schmerz schnitt durch ihre Benommenheit, überkam sie wie eine riesige Welle. Aber Susanna war froh darüber, denn wenn es sie so sehr schmerzte, dann gab ihr das die Gewissheit, dass sie ihre Schwester am Ende doch geliebt hatte. Als die Tränen zu fließen begannen und sie sich an Meurig klammerte, wurde eine Sache deutlich: Die Loyalität, die sie einst ungefragt Idwal entgegengebracht hatte, würde jetzt völlig auf Meurig übergehen.

Zwei Tage nach Gorffennas Beerdigung erreichten Meurig und Susanna Tongwynlais. Obwohl Susanna unbedingt so schnell wie möglich wieder bei Eluned und Siôn sein wollte, musste sie einsehen, dass es besser war, kurz hinter der Grenze Senghennydds Rast zu machen, damit die Reise für die kleine Nesta nicht zu anstrengend wurde. Es hatte für Meurig außer Frage gestanden, Nesta aufzunehmen – das Kind war schließlich Susannas Blutsverwandte, und er würde nicht zulassen, dass man sie wie eine lästige Plage abschob. *Und Roger wusste das ganz genau,* dachte Susanna voller Verachtung, während sie auf den Hof des kleinen Anwesens ritten.

Nesta hatte die ganze Zeit geschlafen, und obwohl Susanna meinte, sie hätten durchaus noch weiterreiten können, war sie doch froh über die Rast, um ihre Gedanken ein wenig zu ordnen und sich weit abseits der feindseligen Blicke der Normannen ihrer Trauer hingeben zu dürfen. Tongwynlais gefiel ihr sehr, es war um einiges kleiner als ihre Anwesen in Gelligaer und Merthyr. Die geschlossene ovale Anlage war mit nur zwei hölzernen Wachtürmen an jedem Ende recht bescheiden befestigt. *Eigentlich ein Witz,* dachte Susanna, schließlich befanden sie sich praktisch auf normannischem Gebiet. Aber bisher hatten ihre landgierigen Nachbarn diese Anlage links liegen lassen und sich lieber die reicheren Besitztümer unter den Nagel gerissen. Tatsächlich schienen es vielmehr die Normannen Besorgnis erregend zu finden, dass ein walisischer Herrscher über Ländereien verfügte, die so dicht an ihre grenzten. Zudem waren die umliegenden dichten Wälder den Walisern natürliche Heimat, den Normannen jedoch eine Quelle der Angst.

Während Meurig Susanna beim Absteigen half, kam der Verwalter aus einer kleinen, einladenden Halle am anderen Ende des Hofes gestürzt und zu ihnen geeilt.

«Willkommen, Mylord und Mylady», begrüßte er sie ein wenig atemlos. «Lord Idwal erwartet Euch im Saal.»

Susanna wirbelte herum. «Mein Bruder ist hier? Wann ist er angekommen?», fragte sie mit schneidender Stimme.

«Vor ein paar Tagen, Mylady. Er sagte mir, er würde erwartet», antwortete der Verwalter, sichtlich verwirrt über Susannas Ton.

«Ja, das stimmt», beruhigte ihn Meurig. «Ist unser Gemach vorbereitet?»

«Ja, Mylord. Für das Kind wurde eine Wiege hineingestellt.»

«Danke.» Meurig entließ den Mann mit einem Kopfnicken.

«Ich will ihn nicht sehen», erklärte Susanna, sobald der Verwalter weg war. Sie stand unbewegt und starrte zur Halle hinüber, die sie jetzt nicht mehr lockte. Der Puls hämmerte in ihren Schläfen, und die Kopfschmerzen, die sie seit Gorffennas Tod immer wieder plagten, kamen mit ungeheurer Macht zurück.

«Susanna, du musst ihm wenigstens die Möglichkeit geben, sich zu erklären.»

Susanna schüttelte den Kopf. «Ich kann nicht», flüsterte sie und wandte den Kopf ab, bevor er sehen konnte, dass ihr schon wieder die Tränen in die Augen schossen.

Meurig seufzte leise. «Wie du willst. Du kümmerst dich um Nesta, und ich spreche mit Idwal.» Er marschierte Richtung Halle davon, während Susanna zum Schlafgemach ging, das im Erdgeschoss des Nordostturms untergebracht war.

Susanna legte Nesta an und lächelte, als die Kleine sofort zu trinken anfing. Durch das Stillen Siôns hatte Susanna immer noch Milch. Da ihr Sohn aber mittlerweile nicht mehr darauf angewiesen war, entschied Susanna, Nesta selbst zu nähren und dies nicht eine Stillamme übernehmen zu lassen. Sie hatte die Nähe zu ihren Kindern beim Stillen immer genossen und wollte zu Nesta ein mütterliches Band knüpfen, damit sie von Beginn an ein vollwertiges Familienmitglied war. Sie wollte Nesta lieben, als wäre sie ihr eigenes Kind. Als sich Nestas kleine Hand um ihren Finger schloss, sah Susanna aus den Augenwinkeln, dass Meurig im Türrahmen stand. Sie tat so, als hätte sie ihn nicht gesehen, weil sie wollte, dass er dieses Bild verinnerlichte. Es hatte ihn immer sehr angerührt, wenn Susanna eines ihrer Kinder stillte. Wenn er jetzt sah, wie Nesta ihre Milch trank, dann könnte er sie vielleicht von Beginn an als sein eigen Fleisch und Blut betrachten. Nesta zappelte plötzlich und stieß einen zufriedenen Laut aus. Sie war satt, und als sie jetzt die Augen öffnete, hielt Susanna für einen Moment die Luft an, denn sie meinte, in Ffennas große blaue Augen zu blicken. Susanna schluckte und verspürte plötzlich Schuldgefühle. Wie konnte sie ihrer Schwester das nur antun? Ffenna war erst wenige Tage tot, und schon versuchte Susanna, sie aus der Erinnerung des Kindes zu verdrängen. Energisch drängte sie die Tränen zurück und wies Olwen an, ihr das Mieder zu schließen und Nesta zu nehmen. Um zur Ruhe zu kommen, sah sie einen Moment zu, wie Olwen die Kleine in der fremden Umgebung bettete. Es tat gut, zu sehen, wie geschickt und umsichtig ihre Kammerjungfer im Laufe der Jahre geworden war.

Schon bald hatte Susanna sich wieder so weit gefangen, dass sie Meurig das Gesicht zuwenden konnte. Er sollte sie nicht schon wieder weinen sehen oder eine Ahnung davon bekommen, welche Gedanken ihr gerade durch den Kopf gegangen waren. «Komm doch herein», flüsterte sie.

Meurig gab ihr einen Kuss, setzte sich jedoch nicht. «Du solltest mit Idwal sprechen», sagte er leise. Er ging im Zimmer auf und ab und fühlte sich offenbar recht unbehaglich. «Ich verstehe deine Gefühle, aber er ist sehr … aufgewühlt», erklärte er.

Susanna holte tief Luft. Meurig war ein Meister der Untertreibung, folglich stand Idwal offenbar kurz davor, den Verstand zu verlieren. «Na gut», erwiderte sie. «Ich werde ihn hier empfangen.»

Meurig warf einen besorgten Blick auf das Kind, nickte dann aber und ging.

«Du kannst ruhig in den Saal gehen, Olwen», sagte Susanna. Das Treffen sollte ohne weitere Zuhörer stattfinden.

Nachdem Olwen gegangen war, setzte sich Susanna, brachte nervös ihr Haar in Form und strich ihr Gewand glatt.

Idwal ließ nicht lange auf sich warten und kam trotzig ins Zimmer gestürmt.

«Was auch immer du zu sagen hast, Idwal, bitte sage es leise. Ich möchte nicht, dass das Kind aufwacht», begrüßte Susanna ihn steif.

Idwal warf keinen einzigen Blick in die Wiege. Stattdessen baute er sich missmutig vor Susanna auf.

«Warum bist du hier?», fragte sie leise und machte keinerlei Anstalten, sich von ihrem Stuhl zu erheben.

«Ich habe auf dich gewartet, um zu hören, wie es ihr geht», erwiderte Idwal schroff. Er hatte die Beine leicht gespreizt und das Kinn trotzig vorgeschoben. *Genauso hat er als kleiner Junge ausgesehen, wenn er etwas angestellt hatte, aber wild entschlossen war, sein Handeln zu rechtfertigen,* schoss es ihr durch den Kopf.

«Ich nehme an, mit ‹ihr› meinst du unsere Schwester. Warum bist du nicht gekommen, um selbst nach ihr zu sehen?»

«Das hatte ich auch vor, aber dann sagte man mir, du würdest hier erwartet.»

«Du hattest nie vor, zu Mutter zu reiten», sagte sie verächtlich. «Warum sonst hättest du einen Umweg über Tongwynlais gemacht? Doch nur, um zu verhindern, noch rechtzeitig vor Ffennas Tod bei ihr einzutreffen.»

Idwal sah sie mit einem flehentlichen Ausdruck in den Augen an. «Ich konnte einfach nicht, Susanna. Du weißt doch, wie ich fühle.»

Die Anspannung der letzten Tage machte sich jetzt bei Susanna bemerkbar. Wie der Blitz fuhr sie von ihrem Stuhl hoch. «Deine Gefühle interessieren aber nicht. Was ist mit Ffennas? Sie hat sich so gewünscht, du würdest kommen. Und obwohl sie eigentlich wusste, dass du es nicht tun würdest, hat sie es bis zur letzten Sekunde gehofft.»

«Bitte nicht, Susanna», flehte Idwal.

Susanna krampfte die Hände um den Stoff ihrer Röcke, ihr Gesicht verzerrt vor Kummer und Zorn. «Ffenna war nicht Mutter, Idwal, sie war unsere Schwester, und du hast sie im Stich gelassen. Wie konntest du nur, wie konntest du sie so enttäuschen? Wie konntest du mich so enttäuschen?» Sie wollte an ihm vorbeistürmen, blieb aber direkt vor ihm stehen, hielt ihr Gesicht ganz dicht an seines und spie ihm ihre Worte entgegen. «Ffenna starb einen qualvollen Tod, weder ihr Körper noch ihre Seele hatten Frieden. Sie hatte ihre Fehler eingesehen, aber du ließest sie in dem Glauben, dass du sie hasst und ihr niemals vergeben wirst. Und ich weiß nicht, ob ich dir das jemals verzeihen kann.» Energisch wischte sie sich die Tränen weg und ging zur Wiege, steckte die Decke um Nesta fest, die sich während der Auseinandersetzung nicht ein einziges Mal gerührt hatte.

«Ist das ihr Kind?», fragte Idwal leise.

«Sie haben sie nicht gewollt», sagte Susanna voller Verachtung, «aber wir.»

«Wieder ein Versprechen am Totenbett?», fragte Idwal leise, wich dem entsetzten Blick seiner Schwester jedoch aus.

Er blickte herunter auf das schlafende Wesen, sah das zierliche, herzförmige Gesicht – sie war das Ebenbild ihrer Mutter. Idwal konnte sich noch an Ffennas Geburt erinnern, wusste, wie sie als Baby gewesen war. Das Bild verschwamm, als sich seine Augen mit Tränen füllten. Er hob die Hand, um die Tränen fortzuwischen, aber durch die Bewegung wurden die Schleusen endgültig geöffnet, und er sank schluchzend auf die Knie.

«Gütiger Gott, Idwal», rief Susanna und eilte zu ihm. Jeglicher Ärger war verflogen, als sie seine Verzweiflung fühlte. Sie schlang die Arme um ihn und wiegte ihn, während er sich an sie klammerte. Von lautem Schluchzen begleitet, brach alles aus ihm heraus, der ganze Kummer und die Scham darüber, wie er seine Schwester behandelt hatte, die so jung und qualvoll hatte sterben müssen.

März 1113. Tongwynlais, Senghennydd

Susanna sah zu, wie Meurig das Gewand in Augenschein nahm, das er am nächsten Tag tragen wollte. Er legte stets viel Wert auf seine Kleidung, aber morgen war sie ihm besonders wichtig. Sein Status sollte klar zum Ausdruck kommen, folglich hatte er sich für ein Gewand aus feinstem Tuch in Dunkelrot entschieden – der Farbe des Hochadels. Er sah auf, als Susanna durch ihr kleines Schlafgemach ging. Ihre schweren Röcke fegten über den Boden, während sie die Kleidungsstücke aufsammelte, die Meurig überall verteilt hatte. *Dafür, dass er ein so disziplinierter Mann ist, kann er manchmal eine Menge Unordnung anrichten,* dachte sie seufzend.

«Willst du wirklich morgen mitkommen?» Er ging auf sie zu und ergriff ihre Hände. Dann neigte er den Kopf, um ihr direkt in die Augen zu sehen. «Du fühlst dich doch nicht wohl in Cardiff.»

«Iestyn und Urien werden ihre Söhne als Unterstützung dabeihaben, wenn sie dem englischen König ihre Aufwartung machen – ich möchte dabei sein, um dich zu unterstützen.» Sie drückte seine Hand und küsste ihn auf die Wange.

Meurig beugte sich hinunter und nahm Siôn auf den Arm, der

emsig bemüht war, auf die Füße zu kommen, indem er sich am Bein seines Vaters hochzog. «Es ist wohl noch etwas zu früh für meinen Sohn, um mich zu begleiten», scherzte er und schwang Siôn hoch über seinen Kopf in die Luft.

«Und wenn er alt genug ist, wird er, so Gott will, hoffentlich nicht mehr vor irgendeinem Fremden einen Kniefall machen müssen», fügte Susanna hinzu.

Meurig hielt Siôn auf dem Arm und sah seine Frau an, die an seiner Stelle vor Empörung geradezu kochte. «Ach, Susanna, lass es dir nicht so zusetzen. Die Normannen sind seit mittlerweile 20 Jahren hier, wir müssen ihre Anwesenheit im Tiefland einfach akzeptieren. Falls Wales wieder unter einem Herrscher geeint werden sollte, gelingt es vielleicht, daran etwas zu ändern, aber momentan haben sie einen mächtigen König, der über mehr Mittel verfügt als jeder von uns. Er hat sich bisher sehr zurückgehalten, aber ich für meinen Teil unterschätze diesen Mann nicht. Folglich versuche ich Senghennydd zu sichern, sorge dafür, dass meine Autorität nicht von den Lords in Frage gestellt wird, und tue, was ich kann, um das Vordringen der Normannen in mein Territorium zu verhindern. Dazu gehört eben auch, morgen ihrem König die Ehre zu erweisen. Es gefällt mir genauso wenig wie den anderen Herrschern, aber wir müssen dieses Lippenbekenntnis ihm gegenüber ablegen.» Er strich Susanna über die Wange. «Wie gesagt, du musst das nicht mit ansehen.»

Susanna hielt seinem Blick stand, Liebe und Loyalität strahlten aus ihren Augen. «Wohin du gehst, dahin gehe auch ich, mein Gemahl», erwiderte sie. «Davon abgesehen», fuhr sie fort, neigte den Kopf zur Seite und lächelte ihn schelmisch an, «denke ich nicht im Traum daran, dich mit all diesen vernachlässigten normannischen Ehefrauen allein zu lassen. Ein walisischer Mann ist ein fetter Fang – und mein Gemahl der lohnendste von allen.»

«Papa!» Eine fordernde Stimme unterbrach sie, bevor Meurig ihre kokette Bemerkung mit einem zweideutigen Kommentar beantworten konnte. «Papa, ich auch», quengelte Eluned und streckte die Arme hoch. Mit ihren mittlerweile drei Jahren war sie sehr besitzergreifend und nicht erfreut darüber, Siôn auf dem Arm ihres Vaters zu sehen.

«Schon gut, Fräulein Eifersucht», sagte Meurig lachend. Er kniete sich neben sie und hielt ihr den Rücken entgegen, damit sie an ihm hochklettern konnte. «Gut festhalten!», sagte er und stand auf, während sich Eluned mit triumphierendem Lächeln an seinen Hals klammerte.

«Pferdchen, Papa», kommandierte sie und kicherte, als Meurig mit seinen beiden Kindern durchs Zimmer trabte.

Susanna hob rasch Nesta vom Boden auf, bevor sie noch vor die Hufe des ‹Pferdchens› krabbelte, und lachte beim Anblick ihres Ehemannes, den niemand außer ihr und den Kindern je so sehen würde. Ein erfahrener und angesehener Kriegsherr, ein Mann, der seit seiner Jugend konsequent nach Macht gestrebt hatte und zum alleinigen Herrscher von Senghennydd geworden war; ein Mann, dessen politischer Erfolg gleichermaßen respektiert wie gefürchtet war.

Cardiff Castle

Susanna sah von weitem zu, wie die walisischen Prinzen einer nach dem anderen durch die prächtige, reich geschmückte Halle von Cardiff schritten und auf das Podium zugingen. Dort oben thronte König Henry und betrachtete majestätisch und herablassend die Versammlung zu seinen Füßen. Die Burg hatte sich nicht sehr verändert, seit Susanna das letzte Mal hier gewesen war. Aber in der Zwischenzeit hatte sie einige Brocken Französisch gelernt, und obwohl sie weit davon entfernt war, diese Sprache fließend zu beherrschen, verstand sie doch die Worte, die die vorgeladenen Lords zu sprechen aufgefordert waren. Mit Entsetzen hatte sie festgestellt, wie alt Lord Iestyn geworden war.

Es waren einige Jahre vergangen, seit sie ihn gesehen hatte, und obwohl er zielstrebig auf das Podium zuschritt, hingen seine Schultern herab, und sein Gesicht sah unglaublich müde aus. Er murmelte die Worte hastig und zog sich so schnell zurück, wie es gerade noch vertretbar war, ohne unhöflich zu wirken. Im Unterschied dazu sprach Urien von Gwynllwg – hinlänglich bekannt für seine Schwäche, gar nicht schnell genug kapitulieren und die Übermacht der Normannen anerkennen zu können – seinen Eid geradezu mit Nachdruck. Es schien ihm zu gefallen, eine Audienz beim englischen König zu haben, und nachdem er seinen Schwur geleistet hatte, zog er sich nicht zurück, sondern plauderte angeregt mit einigen normannischen Lords.

Susanna hatte die Söhne Iestyns und Uriens beobachtet, während ihre Väter den Eid ablegten. Ihre Mienen waren undurchdringlich, die Augen zu schmalen Schlitzen verengt, ihre Kiefer mahlten. Vor allem fielen Susanna die wütenden Blicke der Söhne Uriens auf. Susanna war sicher: Wenn sie erst auf dem Thron von Gwynllwg saßen, würden sie die Normannen nicht in der gleichen Weise willkommen heißen, wie es ihr Vater tat.

Als Meurig an der Reihe war, zu schwören, und Susanna sah, wie er niederkniete und die gefalteten Hände in die des Königs legte, durchströmten sie die unterschiedlichsten Gefühle. Nicht für eine Sekunde wandte sie den Blick von ihm ab, während er mit fester Stimme sprach, die weithin in der Halle zu hören war.

«Ich gelobe bei meiner Ehre, Euch von nun an die Treue zu halten und meinen Lehnseid Euch gegenüber vor jedermann aufrechtzuerhalten, auf Treu und Glauben und ohne Falschheit.»

Als er sich erhob und die beiden Männer den Friedenskuss tauschten, verspürte Susanna unbändigen Zorn, dass die Prinzen von Wales gezwungen waren, diesem König zu huldigen, damit sie ihre Ländereien behalten durften. Aber sie konnte auch eine Spur Stolz nicht verhehlen, dass Meurig diesen Schwur als Herrscher von Senghennydd leistete und dadurch gleichgestellt war mit Lord Iestyn von Morgannwg und Lord Urien von Gwynllwg.

Als Meurig zurück zu seinen Männern ging, suchte sein Blick den Susannas. Er deutete ein Grinsen an und zwinkerte ihr zu. Zufrieden darüber, dass anscheinend kein Tumult ausbrechen würde, verließ Susanna unbemerkt die Halle, um ihre Mutter zu suchen.

Es dauerte nicht lange, bis sich die jungen Thronfolger Morgannwgs und Gwynllwgs zu Meurig gesellten.

«Ihr habt Euren Eid äußerst selbstbewusst gesprochen, Lord Meurig», sagte Caradog ab Iestyn. Er besaß die dunklen Haare und Augen seines Vaters, aber in sein Gesicht hatten sich noch keine Falten des Misstrauens gegraben, und er bewegte sich mit dem Selbstvertrauen eines jungen Prinzen, der sich seiner Zukunft gewiss ist.

«Und überaus aufrichtig, wie ich Euch versichern kann», erwiderte Meurig, und seine Augen blitzten vor Vergnügen angesichts der offenkundigen Enttäuschung der beiden. «Genauso aufrichtig wie Henrys Versprechen mir gegenüber, mich weder zu töten oder zu verletzen noch mich meiner Ländereien zu berauben. Denn er weiß, dass wir dann das Recht haben, unseren Eid zu brechen.» Er senkte die Stimme, bevor er weitersprach, denn sie unterhielten sich zwar auf Walisisch, aber Meurig wusste, dass viele der normannischen Lords in den Grenzgebieten die Sprache mittlerweile fließend beherrschten. «Zeigt Eure Gefühle nicht so offen, Mylords, lächelt – das hier ist nicht der richtige Ort, um Streit anzufangen. Niemand in diesem Raum misst dem Gesagten Bedeutung zu, Henry am allerwenigsten. Es ist eine geschäftliche Vereinbarung, mehr nicht. Die Normannen erkaufen sich eine Phase des Friedens und wir uns Zeit. Je länger wir unsere Unabhängigkeit bewahren und nach unseren Gesetzen herrschen, desto stärker werden wir. Dieses Possenspiel verschafft uns Zeit, unsere Grenzen zu festigen und auf unsere Chance zu warten.»

Caradog warf einen kurzen Blick auf seine Begleiter, bevor er sprach. Es war offensichtlich, dass er zu ihrem Sprecher ernannt worden war.

«Genau aus dem Grund wollten wir uns mit Euch beraten, Lord Meurig. Wir hegen großen Respekt für Euch und Eure Verdienste. Ihr gehört eher unserer Generation an als der unserer Väter, weshalb wir wahrscheinlich zur gleichen Zeit regieren werden. Wir würden es bevorzugen, mit Euch statt gegen Euch zu arbeiten, denn wir alle kennen unseren gemeinsamen Feind.»

Meurig sah sie der Reihe nach an. Die Amüsiertheit war aus seinem Blick verschwunden und hatte einer ganz neuen Wertschätzung dieser jungen Thronfolger Platz gemacht. Sie waren die zukünftige Generation, strebten aber bereits nach der Krone. Jung und unerfahren, wie sie waren, brauchten sie Meurig als Verbündeten und nicht als Feind, und er wiederum war auf den Zusammenschluss mit den stärkeren Königreichen zu seinen beiden Seiten angewiesen.

«Ich werde mich einige Tage in Tongwynlais aufhalten. Ihr seid dort jederzeit herzlich willkommen.»

Ihr Gespräch wurde unterbrochen, weil König Henry das Wort ergriff.

«Mylords.» Seine gebieterische Stimme ließ alle im Saal sogleich verstummen. «Ich habt mir heute hier als Lord von Glamorgan und Gwynllwg Euren Eid geschworen. Es ist das letzte Mal gewesen, denn mein Sohn Robert wird sich mit der Tochter unseres geschätzten, von uns gegangenen Lord Fitzhamon verloben und deshalb von nun an die Herrschaftsgebiete Gloucester, Glamorgan und Gwynllwg regieren.»

Meurig zog die Augenbrauen hoch, als sich Henrys unehelicher Sohn erhob und den Beifall entgegennahm. Durch die Übernahme der Ländereien Fitzhamons wurde er zum zweitmächtigsten Mann in England – direkt nach dem König. «Und was haben wir von dir zu erwarten?», murmelte Meurig zu sich selbst.

«In Zukunft», fuhr Henry fort und sorgte mit einer Handbewegung erneut für Schweigen, «werde ich Euren Lehnseid vielleicht nicht mehr als Eurer Lord entgegennehmen, als Euer König aber natürlich weiterhin.» Er grinste hinterhältig angesichts des aufgebrachten Gemurmels, das durch die Reihen der versammelten Waliser ging. So unnachgiebig, wie er sich bisher Wales gegenüber gezeigt hatte, bestand kein Zweifel, dass er ein gefährlicher Feind war – nicht nur für die hier versammelten Lords, sondern für ganz Wales.

«Wenn Ihr mich jetzt entschuldigen würdet», murmelte Meurig den jungen Thronfolgern zu, «aber ich sollte gehen und nach meiner Frau sehen. Es ist nicht gut, sie allzu lange in der Gesellschaft ihrer Mutter zu lassen – jedenfalls nicht für ihre Mutter», sagte er mit einem trockenen Lachen, während er sich erhob.

Als er sich jedoch umwandte, um den Saal zu verlassen, stand er plötzlich vor einer Wache des englischen Königs.

«Ihr wollt uns schon verlassen, Lord Meurig?», erkundigte er sich freundlich.

«Ich fürchte, ich muss, meine Frau möchte zurück zu den Kindern», antwortete Meurig, bemüht höflich.

«Eure Majestät lässt fragen, ob Ihr wohl Zeit habt, ein Problem aus der Welt zu schaffen, bevor Ihr geht», sagte der Wachmann. «Wollen wir?» Er wies auf einen durch einen Vorhang abgeteilten Bereich hinter dem Podium.

Meurig blieb nichts anderes übrig, als ihm zu folgen und sich unterwegs zu fragen, was zur Hölle der König von ihm wollte. Sein Argwohn stieg, als Henry ihn in Anwesenheit von zwei Normannen empfing.

«Ich nehme an, Ihr kennt William und seinen Onkel Herbert St. Quintin», sagte Henry, während ein Dienstbote Wein ausschenkte.

«Ich habe von ihnen gehört», erwiderte Meurig knapp.

«Ach, kommt schon, Eure Beziehung ist wohl um einiges enger als das. Lebt nicht die Tochter des jungen William in Eurem Hause?», fragte Henry.

«Die Mutter des Kindes, die Schwester meiner Frau, bat uns auf dem Sterbebett, die Kleine aufzunehmen», erwiderte Meurig. Er sah William an. «Der Vater hatte kein Interesse an dem Kind.»

«William trauerte, Euer Gnaden», mischte sich Herbert St. Quintin ein. «Er war nicht Herr seiner Sinne.»

«Wollt ihr andeuten, dass er das Kind jetzt zurückfordert?», fuhr Meurig ihn an.

«Tut Ihr das?», fragte Henry die St. Quintins mit belustigter Miene.

«Ich verlange eine Entschädigung», verlangte William schroff, wurde von seinem Onkel aber mit einer Handbewegung sofort zum Schweigen gebracht.

«Was mein Neffe sagen will, ist, dass es ihn zwar sehr bekümmert, er es aber nicht für richtig hält, das Kind nach so vielen Monaten wieder aus Eurem Haushalt zu entfernen. Ihm kam zu Ohren, dass die Kleine Euch zugetan ist und Ihr dem Kind auch. Aber nichtsdestotrotz hat man ihn seiner Tochter beraubt.» Er ließ seine Worte verhallen und breitete in einer Geste der Hilflosigkeit und Anklage die Arme aus.

Meurigs Blick war düster und undurchdringlich. «Was will er?», fragte er geradeheraus – er hatte dieses Spielchen satt.

«Wir denken, Euer Anwesen in Tongwynlais wäre angemessen», erwiderte Herbert lächelnd.

Meurig knallte den Weinbecher auf den Tisch. «Das Kind wird umgehend reisefertig gemacht und kann von Euch abgeholt werden. Es ist bereits in Tongwynlais, Ihr wisst also, wo Ihr es findet.» Er machte auf dem Absatz kehrt und wollte hinausstürmen.

«Lord Meurig», rief König Henry. «Ich kann mich nicht erinnern, Euch entlassen zu haben.»

Meurig ballte die Fäuste, wandte sich um und sah alle der Reihe nach an. «Ihr werdet Tongwynlais nicht bekommen», sagte er mit leiser Stimme.

«Ich stimme Euch zu und finde, dass der junge William den Wert seiner Tochter ein bisschen sehr hoch ansetzt», erwiderte Henry beschwichtigend. «Wir finden sicher eine angemessenere Alternative. Irgendwelche Vorschläge, Herbert?»

«Nun, soweit ich weiß, besitzt Lord Meurig auch ein Rittergut in der Nähe von Talyfan», sagte Herbert. «Und William hat bereits Familie in Talyfan.»

Meurig lächelte verächtlich. «Meine *Frau* besitzt dort ein Rittergut. Sie brachte es als Mitgift in die Ehe.»

«Und das Kind ist die Nichte Eurer Frau», bemerkte Herbert sichtlich zufrieden.

«Ganz recht», sagte Meurig mit beißender Stimme. «Ich werde ihr Euren Vorschlag übermitteln.» Er wandte sich dem König zu. «Wenn ich mich jetzt zurückziehen dürfte?»

Henry neigte den Kopf. «Aus meiner Gegenwart ja, aber verlasst Cardiff erst, nachdem Ihr mir Eure Entscheidung mitgeteilt habt.»

Meurig nickte kurz.

«Eines noch, Lord Meurig», rief Henry. «Ich vertraue darauf, dass Ihr nicht die Worte vergesst, die Ihr vor einer Stunde gesprochen habt?»

Meurig versteifte sich, aber er sah Henry fest in die Augen. «Ich hoffe, Eure Erinnerung ist ebenso verlässlich wie die meine, denn ich bin mir der Verpflichtungen, an die der Eid uns beide bindet, vollstens bewusst, Euer Gnaden.»

Er ging hinaus, ohne einen weiteren Kommentar abzuwarten, spürte jedoch Henrys bohrenden Blick förmlich in seinem Rücken, während er die Halle durchmaß.

Seine Männer sahen ihm an, dass etwas nicht stimmte, noch bevor er bei ihnen angekommen war, und wunderten sich nicht über seinen barschen Befehl, in einer Stunde bereit zum Aufbruch zu sein.

«Was ist passiert?», fragte Caradog ab Iestyn.

«Lasst es mich so ausdrücken: Ich habe falsch eingeschätzt,

wo das Schlachtfeld ist. Nein, Caradog, ich möchte jetzt nicht weiter darauf eingehen. Allerdings würde ich mich freuen, Euch in Tongwynlais zu begrüßen, denn ich wurde heute zu mehr als einer Entscheidung gezwungen.»

Mit entschlossenem Gesichtsausdruck machte sich Meurig auf die Suche nach Susanna. Aber bevor er den Ausgang erreichte, erspähte er Roger, Susannas Stiefvater, der in einer der Fensternischen saß. Meurig sah ihm an, dass er schon lange vor dem heutigen Tag von der Forderung der St. Quintins Kenntnis gehabt hatte. Nachdem er im Beisein des Königs seinen Zorn im Zaum gehalten hatte, richtete sich Meurigs ganze Wut jetzt gegen Roger.

«Ihr wollt Euch auf meine Kosten einschmeicheln, Roger», zischte er leise.

«Ahh, ich nehme an, man hat Euch den Preis für Williams Tochter genannt», erwiderte Roger lächelnd.

«Sagt mir eines, war es von Anfang an so geplant? Habt Ihr bei Nestas Geburt entschieden, dass sie einen wertvollen Verhandlungsgegenstand abgeben könnte, oder kam Euch die Idee erst, als ihre Mutter auf dem Sterbebett lag?», fragte Meurig voller Verachtung und hatte immerhin die leise Genugtuung, dass Roger ihm nicht in die Augen sehen konnte. «Unterschätzt mich nicht, Roger, und mutmaßt niemals, wem meine Loyalität im Zweifelsfall gilt.»

«Was habt Ihr jetzt vor?»

«Wie Euer König, so könnt auch Ihr auf meine Entscheidung warten», zischte Meurig. Ihm einen letzten verachtenden Blick zuwerfend, eilte er zur Tür und trat hinaus. Die kalte, frische Frühlingsluft, die ihm draußen entgegenschlug, war eine Wohltat.

Rogers Sohn, Geoffrey, hatte während der Auseinandersetzung neben seinem Vater gesessen. «Was meint er damit, Papa, was für ein Preis ist das, den William da fordert?»

Roger lächelte seinen Sohn träge an. «Ich glaube, er verlangt Susannas Rittergut in der Nähe von Talyfan.»

«Und? Hat er Recht damit, dass du von dieser Forderung wusstest?»

«William hat einfach seine Chance gesehen, Geoffrey, und sich so verhalten, wie jeder von uns sich verhalten hätte. Du tätest gut daran, von ihm zu lernen», erklärte Roger geduldig

«Warum hat er das nicht kundgetan, als meine Schwester starb? Warum hat er die Bedingungen für die Freigabe seiner Tochter nicht klar formuliert? Das wäre ehrenvoller gewesen. Er will Nesta doch gar nicht, das weißt du ganz genau, Papa», sagte Geoffrey entrüstet.

«Aber Susanna will sie», betonte Roger. Mit seinen zwölf Jahren entwickelte sich Geoffrey sehr schnell – mit all der selbstgerechten Empörung und der Unbeholfenheit, die mit der Reifung vom Knaben zum Mann einherging. Roger wollte ihn deshalb nicht zu hart anpacken.

«Ach, komm schon, Geoffrey. Williams Familie hat Anspruch auf Talyfan erhoben und die Hälfte der Ländereien von Susannas Cousins an sich gebracht. Das hier ist Williams Chance, ein bisschen Land für sich selbst zu gewinnen und die Macht seiner Familie zu vergrößern. Du würdest genau das Gleiche tun.» Dann beging Roger den Fehler, zu lachen und seinem Sohn durchs Haar zu strubbeln, als wäre er ein eigensinniges Kind.

Geoffrey sprang auf und trat einen Schritt zurück. Zorn loderte in seinen Augen. «Und du fragst dich, warum die Waliser uns nicht trauen», herrschte er seinen Vater an.

«Ich frage mich, warum sie so starrköpfig sind», feuerte Roger gedankenlos zurück.

«Starrköpfig? Weil sie Wales den Walisern erhalten wollen und bereit sind, für ihre Freiheit zu kämpfen?»

Roger stand ebenfalls auf und stellte sich dicht vor Geoffrey. «Es überrascht mich, dass du dich so leidenschaftlich für dieses Volk einsetzt.» Seine Augen verengten sich zu schmalen Schlitzen. «Du bist ein Normanne, mein Junge, und solange du mir zu gehorchen hast, tust du gut daran, das nicht zu vergessen.»

Aber Geoffrey war nicht so leicht einzuschüchtern, und seine Verärgerung über die Ungerechtigkeit, die seiner Halbschwester und deren Mann widerfuhr, ließ ihn unvorsichtig werden. Er sah seinen Vater herausfordernd an. «Vielleicht hast du vergessen, dass meine Mutter Waliserin ist. Und ich werde mich nicht bis in alle Ewigkeit dir gegenüber rechtfertigen müssen.» Er machte auf dem Absatz kehrt und stürmte aus der Halle. Sein Gesicht brannte vor Wut und Angst darüber, so mit seinem Vater gesprochen zu haben.

Roger sah ihm nach. Die Verachtung, mit der sein Sohn ihn angesehen hatte, versetzte ihm einen Stich. Er hatte es Geoffrey gestattet, seinem Interesse an allem Walisischen zu frönen, und fand es nur natürlich, dass sich der Junge für die Wurzeln seiner Mutter interessierte. Er hatte es sogar amüsant gefunden, als Geoffrey ständig Walisisch sprechen wollte. Aber jetzt wurde Roger klar, dass etwas passieren musste. Er hatte vorgehabt, den Jungen weiterhin als Knappe in Cardiff dienen zu lassen, auch nachdem Robert Fitz Roy die Macht übernommen hätte, aber jetzt schien es ihm ratsam, den Jungen zu seinem Onkel nach England zu schicken, wo er all diesen Unsinn über die Freiheit der Waliser vergessen konnte.

Meurig traf Susanna mitten auf dem Burghof an.

«Ich wollte dich gerade suchen», sagte sie glücklich. «Ich habe Mutter gesagt, sie könne uns nach Tongwynlais begleiten, um ihre Enkelkinder zu sehen.»

«Das halte ich für keine kluge Idee», erwiderte Meurig ganz ruhig. Er nahm Susanna am Arm und führte sie hinter einen Mauervorsprung in der Nähe der Halle, wo er ihr in Ruhe alles erzählen konnte.

Susanna schwieg, nachdem er geendet hatte. Ihr Blick schweifte in die Ferne und ihr Gesicht verriet nichts.

«Susanna?», sprach Meurig sie mit sanfter Stimme an.

Sie wandte sich ihm zu, und ihre Augen, in denen Wut und Schmerz standen, hatten die Farbe von loderndem Feuer.

«Ich habe Roger nie getraut und mir von Anfang an gedacht, dass er uns Nesta nicht ohne Hintergedanken überlässt. Gut, dass wir sie mitgebracht haben, dann ist ihre Reise zum Hofe der St. Quintins nicht so weit», sagte sie mit kaltem Zorn.

«Du willst sie ihnen aushändigen?», fragte Meurig überrascht. «Bist du sicher, dass du das wirklich willst?»

«Es ist mein Rittergut, und ich will es behalten», murmelte sie.

«Mir war gar nicht klar, dass es dir so viel bedeutet.» Er fasste sie am Kinn und zwang sie, ihn anzusehen.

«Es war meine Mitgift, und ich kann nicht von dir verlangen, darauf zu verzichten», erwiderte sie störrisch.

«Susanna, hör mir zu. St. Quintin vermag es sich auf diese hinterhältige Weise anzueignen, es zu behalten ist eine ganz andere Geschichte. Aber wenn wir Nesta erst einmal weggegeben haben, verlieren wir sie für immer. Wir werden keinerlei Kontrolle mehr darüber haben, was mit ihr geschieht. Triff nicht die Entscheidung, von der du glaubst, dass ich sie hören will; ich habe mich bereits entschieden, den Forderungen nachzugeben.»

Ein Wechselbad der Gefühle zeichnete sich auf Susannas Gesicht ab.

«Sie ist auch mein Kind, wie du weißt», fügte Meurig zärtlich hinzu.

Nur wenige Male hatte Susanna ihn mit einem Ausdruck absoluter Liebe und völligen Vertrauens angesehen; dies war ein solcher Moment. Sie bezwang das dringende Verlangen, die Arme um seinen Hals zu schlingen, da sie den Normannen keine Gelegenheit zu Klatsch und Tratsch bieten wollte. «Du gibst also ohne mit der Wimper zu zucken meinen einzigen Besitz weg?», sagte sie lächelnd.

«Ich bin dein Ehemann. Was dir gehört, gehört auch mir.» Sein Blick wanderte über ihren Körper. «Davon abgesehen verfügst du über Vorzüge, die mir weitaus mehr Freude bereiten», erwiderte er zweideutig, doch dann verhärtete sich sein Blick. «Lass St. Quintin heute ruhig seinen Sieg feiern, er wird schon bald herausfinden, dass es ein trügerischer Sieg war.»

«Wusste meine Mutter davon?», fragte Susanna unvermittelt.

Meurig zögerte und mied ihren Blick.

«Wusste sie es?», insistierte Susanna, packte Meurig am Arm und zwang ihn, sie anzusehen.

«Ich möchte dich nicht anlügen, Susanna. Roger wusste bestens darüber Bescheid, ob er mit deiner Mutter darüber gesprochen hat, weiß ich allerdings nicht. Ich habe meinen Männern gesagt, sie sollen in einer halben Stunde aufbruchbereit sein. Ich werde dem König meine Entscheidung mitteilen, während du deinen Kammerjungfern Bescheid sagst und dich von deiner Familie verabschiedest.»

Susanna sah ihm nach, wie er in die Halle zurückging, und ihr Zorn loderte wieder auf.

Wie viele Chancen braucht diese Frau eigentlich?, fragte sie sich wütend. Sie raffte die Röcke und marschierte zu dem Anbau, in dem ihre Mutter untergebracht war.

«Susanna! Susanna, warte», rief eine junge Stimme, und als sich Susanna umwandte, sah sie ihren Halbbruder Geoffrey im Laufschritt näher kommen.

«Was gibt es denn, Geoffrey, ich bin in Eile», rief sie ihm ungeduldig zu.

Der Junge blieb keuchend vor ihr stehen. «Es tut mir Leid, wie man dich behandelt hat, Susanna, und das habe ich meinem Vater auch gesagt.»

Susanna sah ihn an und merkte, wie ernst es ihm war. Die wenigen Male, die sie mit ihm zusammen gewesen war, hatte sie sich vor Freundlichkeit nicht gerade überschlagen und ihn immer zurückgewiesen, wenn er auf sie zuging. Tatsächlich hatte es sie sogar geärgert, dass er fließend Walisisch sprach. *Auch wenn die Normannen unser Land genommen haben, so gibt ihnen das noch lange nicht das Recht, sich unserer Sprache zu bemächtigen,* hatte sie gedacht. Während der letzten beiden Jahre hatte er nicht mehr in Roberts Haus gelebt, sondern als Knappe in Cardiff Castle gedient, und Susanna hatte angenommen, dass er mit ganzem Herzen Normanne war.

«Du trägst keine Schuld daran», erwiderte sie knapp und wollte gehen.

«Ich kann verstehen, dass du die Normannen hasst», platzte er heraus.

«Ach ja?»

«Sie nahmen dir die Mutter, die Schwester und jetzt wollen sie auch noch dein Land.»

«Sie haben auch meinen Vater getötet», erwiderte Susanna leise, aber als sie den Ausdruck in seinem Gesicht sah, entschied sie, ihm nicht noch mehr wehzutun. «Sie haben immer schon unser Land gewollt», fuhr sie sanfter fort, «und meinen, sie hätten das Recht dazu. Und was meine Mutter und meine Schwester angeht, nun, es war ihre freie Entscheidung, hierher zu kommen.»

«Aber Ffenna würde noch leben, wenn sie William nicht geheiratet hätte.»

Susanna schluckte, als er ihre Schwester erwähnte, und sie nahm es ihm übel, dass er sie bei ihrem Kosenamen nannte. Aber ihr Verstand sagte ihr, dass Gorffena für ihn wie eine Schwester gewesen war und er sie gemocht hatte – ob ihr das nun passte oder nicht.

«Ffenna starb im Wochenbett, mit wem sie verheiratet war, spielte dabei keine Rolle», erwiderte sie schroff.

«Ich hasse sie», rief Geoffrey, «weil sie dich so behandeln, und weil sie das Kind erst weggegeben haben und jetzt skrupellos zu ihrem Vorteil einsetzen.» Er holte tief Luft. «Und ich hasse meinen Vater für die Rolle, die er dabei gespielt hat.»

Susanna packte ihn an den Schultern. «Lass nicht zu, dass so viel Hass in dir wächst. Er vergrößert nur dein eigenes Leid. Ich habe mit angesehen, wie mein Bruder davon zerfressen wurde, ich möchte nicht noch einen diesen Weg beschreiten sehen.»

«Dann siehst du mich als deinen Bruder an?», fragte Geoffrey hoffnungsvoll.

«Wir haben dieselbe Mutter», erwiderte Susanna kaum hörbar und ließ ihn los.

«Und das gleiche Blut. Walisisches Blut», bekräftigte er.

«Du bist Normanne, Geoffrey, was auch immer deine Mutter ist», erklärte Susanna entschieden und ging weiter.

«Nimm mich mit», bat er und bemühte sich, mit ihr Schritt zu halten.

«Mach dich nicht lächerlich.»

«Mein Blut ist nur zur Hälfte walisisch, aber mein Herz gehört diesem Land ganz», sagte er voller Leidenschaft.

«Du musst hier bleiben, Geoffrey», sagte sie zärtlich, angerührt von seiner Begeisterung. Spontan streckte sie den Arm aus und berührte seine Wange. «Pass auf dich auf.»

«In zwei Jahren bin ich 14», rief er. «Nach walisischem Recht bin ich dann ein Mann.»

Susanna sah ihn mitfühlend an. «Aber nicht nach normannischem Gesetz, da musst du noch neun Jahre warten, bis du mündig bist.»

Geoffrey sah ihr mit Tränen in den Augen nach. «Ich werde nicht warten», murmelte er. «Wenn es an der Zeit ist, werde ich dafür sorgen, dass ich auf walisischem Boden bin, von dem mein Vater mich nicht wegholen kann.»

Susanna zögerte, bevor sie das Nebengebäude betrat, in dem sich ihre Mutter aufhielt. Es fiel ihr schwer, den Dingen ins Auge zu sehen – aber daran führte jetzt kein Weg mehr vorbei. Wie oft sollte sie denn noch die Wahrheit zugunsten ihrer Mutter auslegen? Wie oft würde sie ihr Handeln denn noch verteidigen müssen? *Warum, Mutter?*, fragte sie sich gequält, dachte an

Ffennas letzte Stunden und rief sich Nestas süßes Gesicht in Erinnerung.

Sie holte tief Luft, ging durch die Tür und gab ihren Kammerjungfern Anweisung, schnellstens alles für die Abreise vorzubereiten. Sie fand ihre Mutter in dem durch einen Vorhang abgeteilten Bereich, wo sie sich für die Reise nach Tongwynlais fertig machte.

«William St. Quintin verlangt mein Rittergut in Talyfan als Ausgleich dafür, dass er mir Nesta überlässt», platzte Susanna heraus und war plötzlich von dem heißen Wunsch erfüllt, ihre Mutter möge die Mitwisserschaft abstreiten.

Aber Gwladys' Miene sagte ihr, dass sie längst im Bilde war. Susanna gefror förmlich das Blut in den Adern. «Spar dir die Mühe, dich anzuziehen, Mutter», sagte sie mit schneidender Stimme. «Du wirst uns nicht nach Tongwynlais begleiten.»

«Susanna, du kannst mir nicht die Schuld daran geben, ich hatte in dieser Angelegenheit nicht das geringste Mitspracherecht.»

«Aber du hast es vorgezogen, mir nichts zu sagen!»

«Damals war doch noch gar nichts entschieden, so kaltherzig sind wir nicht.» Ihre Empörung war zumindest echt.

«Tatsächlich? Du hattest also nicht vor, Nesta neun Monate lang bei mir zu lassen, damit ich mir nicht einmal mehr im Traum vorstellen könnte, sie wegzugeben? Und du dachtest wohl, es würde mir nicht das Geringste ausmachen, mein Rittergut zu verlieren, *mein* Rittergut, Mutter! Mir hat noch nie etwas gehört, nichts, das mir rechtmäßig zustand.»

«Mein Gott, Susanna, hör auf, das verlassene Kind zu spielen. Du bist neunzehn Jahre alt, eine verheiratete Frau und Mutter. Du warst damals nicht das Opfer und bist es jetzt auch nicht», entgegnete Gwladys scharf.

Susanna sah sie erbarmungslos an. Wie hatte sie sich nur einbilden können, zu dieser Frau jemals irgendeine Art von Beziehung aufzubauen? «Nein, Mutter. Ich bin kein Opfer, das überlasse ich dir, da du diese Rolle ja so perfekt beherrschst», erwiderte sie sarkastisch. «Und mein Ehemann wird nicht zum Opfer normannischer Habgier», fügte sie spitz hinzu. «Mir scheint, du setzt ein bisschen zu sehr auf unsere vermeintliche Unterschiedlichkeit. Du hast deine persönlichen Ziele immer über deine Gefühle für deine Kinder gestellt, warum sollte ich es nicht genauso machen?»

Gwladys starrte sie schweigend an und antwortete dann genauso ruhig. «Weil du nicht so bist.»

«Du weißt doch gar nicht, wie ich bin, Mutter», erwiderte Susanna scharf, und vor Zorn breiteten sich rote Flecken auf ihrem Hals aus. «Du weißt nichts über mich. Du denkst, ich hätte keine persönlichen Ziele? Nun, ich möchte ganz nach oben, so wie du, aber sei versichert, ich werde mehr erreichen, als du dir auch nur erträumen könntest.» Sie sah ihre Mutter voller Verachtung an. «Aber meine Ziele, ebenso wie die meines Ehemanns, beziehen meine Kinder *mit ein*. Wie bedauerlich, dass du das William St. Quintin nicht klar gemacht hast.»

«Ich sagte dir bereits, dass ich nichts mit dieser Sache zu tun habe. Als Roger mir davon erzählte, war ich entsetzt – und genau das habe ich ihm auch gesagt», beharrte Gwladys weinerlich.

«Und wahrscheinlich hat ihn das genauso überzeugt wie Geoffreys Proteste», erwiderte Susanna trocken.

«Was hat Geoffrey mit alldem zu tun?», fragte Gwladys irritiert.

Susanna lächelte sie kalt an. «Dein Sohn hat sich im Namen der Normannen bei mir entschuldigt – wozu du dich niemals überwinden könntest. Einen sauberen Waliser hast du dir da herangezogen, einen, der sich seines normannischen Blutes schämt. Wollen wir um seinetwillen hoffen, dass er diesen Konflikt nicht eines Tages mit seinem Vater auf dem Schlachtfeld austrägt.»

Gwladys wurde kreidebleich und fasste sich an den Hals. «Rede nicht so, niemals darfst du so etwas sagen.»

Susanna zuckte mit den Schultern. «Du bist ja Expertin darin, dir deine Kinder zum Feind zu machen – im Gegensatz zu mir. St. Quintin wird sein Rittergut also bekommen, aber glaube mir, er tut gut daran, seine Kampfkraft in Bestform zu bringen, wenn er vorhat, es auch zu behalten.»

«Meurig würde wegen dieser Sache den Frieden brechen?» Gwladys zog ungläubig die Augenbrauen hoch. «Talyfan gehört nicht zu seinem Territorium, und Iestyn wird es ihm nicht danken, wenn er in seinem Königreich Krieg führt.»

Susanna verschränkte die Arme und betrachtete ihre Mutter mit schmerzlicher Belustigung.

«Und genau das ist der Rat, den du deinen normannischen Freunden gegeben hast! O Mutter, du hast wirklich keine Ahnung – Machtverhältnisse ändern sich», sagte sie mit eisiger Stimme. Sie richtete sich zu ihrer vollen Größe auf und funkelte Gwladys drohend an. «Ich bin nicht mit irgendeinem Lord verheiratet, sondern mit dem Mann, der über ganz Senghenydd, von Tongwynlais im Süden bis nach Merthyr im Norden herrscht, ein hoch geachteter Mann, ein Prinz, wenn auch nicht dem Namen nach, dessen Sohn aber eines Tages genau diesen Titel tragen wird. Glaubst du etwa, die Marotten eines William St. Quintin sind für jemanden wie ihn akzeptabel?»

«Aber was ist mit Nesta?», fragte Gwladys, während die Farbe aus ihrem Gesicht wich.

«Du hörst mir nicht zu, Mutter.» Susanna näherte sich ihr, bis nur noch wenige Zentimeter ihre Gesichter voneinander trennten. «Meurig sieht Nesta als seine Tochter an. Er wird alles schützen und verteidigen, was sein ist, aber nicht, bevor die Kinder und ich sicher zurück in Gelligaer sind. Er wird nicht sofort und nicht unüberlegt reagieren, und schon gar nicht, wenn man damit rechnet. Aber handeln wird er, das kannst du mir glauben, und Gott stehe St. Quintin dann bei.»

Gwladys umklammerte Susannas Hände und sah sie flehentlich an. «Susanna, du darfst nicht William die Schuld geben.

Wenn du die Gesetze der Normannen kenntest, wüsstest du, dass er keine andere Wahl hat. Er ist der jüngste Sohn, seine Brüder haben Anspruch auf alle normannischen und englischen Besitztümer der Familie. Sein Onkel hat ihn hergebracht, damit er es zu etwas bringt. Wenn er Tongwynlais nicht erhält, hat er nichts, dann kann er sich höchstens als Krieger verdingen.»

Susanna sah ihre Mutter ungläubig an. Nicht einmal jetzt unterstützte sie ihre Erstgeborene. Jegliche Gefühle, die sie für ihre Mutter hegte, starben in diesem Augenblick, als sie endgültig erkannte, dass es keine Rolle spielte, wie viele Chancen sie ihr noch einräumte – sie würde keine davon zu nutzen wissen. Genug davon. Sie hielt sich kerzengerade, und dann sprach sie klar und deutlich: «Wage es nicht, sie zu verteidigen, Mutter. Nicht vor mir und nicht heute.» Ohne ein weiteres Wort wandte sie sich um und wollte den Raum verlassen.

«Susanna, warte», sagte Gwladys und packte sie am Arm. «Was ist mit meinen Enkelkindern? Ich muss sie sehen. Das kannst du mir doch nicht verweigern.»

Susanna blickte herab auf die Hand, die ihren Arm hielt, und schwieg, bis Gwladys beschämt losließ. Dann sah Susanna ihre Mutter mit kalten Augen an.

«Es ist vorbei, Mutter. Idwal hatte Recht, was dich betrifft, und ich muss mich bei ihm dafür entschuldigen, dass ich dich immer wieder verteidigt habe. Du tätest gut daran, Hawise und Eleanor besonders fürsorglich zu behandeln; von sechs Kindern sind sie die beiden einzigen, die dir noch geblieben sind. Du wirst nie wieder von mir hören.»

Sie ließ Gwladys geschlagen und gebrochen in dem Wissen zurück, dass sie sich ganz allein die Schuld daran zu geben hatte.

Susanna trat hinaus ins grelle Sonnenlicht und sah sich suchend nach Meurig um. Sie entdeckte ihn inmitten ihrer Eskorte am Haupttor, bereit zum Aufbruch. Sie ging rasch zu ihm hinüber.

«War es sehr schlimm?», fragte er besorgt und las aus ihrem

blassen Gesicht, dass diese Konfrontation mit ihrer Mutter wohl die letzte gewesen war.

Susanna hatte sich noch nicht so weit wieder gefangen, dass sie etwas zu sagen wagte, und nickte nur kurz. Sie wartete, bis ihre Kammerjungfer ihr einen Umhang umgelegt und befestigt hatte, und saß dann rasch auf.

«Bereit?», fragte er leise. Susanna ließ den Blick über Cardiff Castle schweifen, die lodernde Wut in ihren Augen wurde noch betont durch die Blässe ihres Teints.

«Ja, ich muss zurück zu meiner Familie», murmelte sie. Ihr Pferd Richtung Tor lenkend, schüttelte sie sich leicht. «Lass uns reiten», sagte sie energisch, «ich will den Gestank dieses Ortes weit hinter mir lassen.»

Kapitel dreizehn

September 1113. Gelligaer, Senghennydd

Susanna reagierte erst überrascht und dann ein bisschen erschrocken. Soeben hatte ihr ein Dienstbote gemeldet, dass Onkel Rhodri gesichtet worden sei. Er kam aus den Wäldern herausgeritten und näherte sich jetzt der Burg. Seit sie verheiratet war, hatte er sie nicht ein einziges Mal besucht. Sie hatte ihn seit jenem Tag nicht einmal mehr gesehen, und alle Neuigkeiten ihn betreffend hatte Idwal ihr überbracht. Rhodri hatte keine Nachricht geschickt, um seinen Besuch anzukündigen, was aber nicht ungewöhnlich für ihn war, da er das Überraschungsmoment schon immer geschätzt hatte, wenn er sich seiner Sache nicht sicher war. *Aber jetzt hat er ja diese junge Frau,* beruhigte sich Susanna, während sie zu ihrer Kammer eilte, *es sollte also keinen Grund für uns geben, verlegen miteinander umzugehen. Nein, ganz bestimmt kommt er wegen dieses Ärgers mit St. Quintin, darauf würde ich wetten.*

Ihr blieb nicht viel Zeit, bis ihr Onkel und seine Eskorte das Vorgebirge umrundet hatten und den Berg hinauf zur Burg geritten kamen, also ließ sie sich rasch von Olwen das Haar kämmen und neu flechten und musterte ihr Kleid, um sicherzugehen, dass es nicht verschmutzt war. Sie gab Anweisung, dass Erfrischungen in den Saal gebracht werden sollten. Dann begab sie sich über den Vorderhof dorthin und überprüfte, ob alles bereit war. Sie wollte sichergehen, dass Onkel Rhodri einen vorteilhaften Eindruck bekam, wenn er hereingeritten kam.

Susanna musste nicht lange warten. Als ihr Onkel in den Saal geführt wurde, erhob sie sich, um ihn zu begrüßen. Er hatte sich im Laufe der Jahre kaum verändert. Obwohl sein Haar jetzt vollständig ergraut war, strotzte es immer noch vor Fülle – ebenso wie seine buschigen Augenbrauen. Er war schon immer ein starker, massiger Mann gewesen, und Susanna freute sich zu sehen, dass sich seine Muskeln nach wie vor nicht in Fett verwandelt hatten. Er kam mit dem leichten Schritt eines jungen Mannes auf sie zu. Seinen dunklen, bohrenden Augen entging nichts, während er den Raum durchmaß, und als er Susanna entdeckte, breitete sich ein Strahlen auf seinem Gesicht aus.

«Onkel Rhodri, was für eine wundervolle Überraschung. Wir haben uns so lange nicht gesehen», sagte sie lächelnd und öffnete die Arme.

«Das stimmt, mein Mädchen.» Rhodri drückte sie so fest, dass sie fast völlig in seinen Armen verschwand. «Ich dachte, es sei an der Zeit, dir in deinem neuen Zuhause einen Besuch abzustatten – wenngleich mit ein paar Jahren Verspätung», fügte er leise lachend hinzu. Dann verdüsterte sich seine Miene. «Ich bin nicht vorsätzlich so lange weggeblieben, aber nie schien Zeit dafür zu sein.»

«Unsere Wege haben sich voneinander entfernt, Onkel Rhodri, aber du hast immer deinen Platz in meinen Gedanken», erwiderte Susanna freundlich und reichte ihm einen Becher Met.

Er ließ sich auf den Stuhl fallen, der dem Kamin am nächsten stand. Es war ein fürchterlicher Sommer gewesen, und der Herbst hatte kalt und regnerisch begonnen.

«Meurig wird sich freuen, dich zu sehen, er müsste jeden Moment zurück sein.»

«Unterwegs, um Kontakte zu pflegen, nehme ich an?»

«Genau», entgegnete Susanna und setzte sich Rhodri gegenüber.

Rhodri betrachtete sie voller Zuneigung, und wie sie vermutet hatte, schien er alle dunklen Gedanken von damals weit hinter sich gelassen zu haben.

«Du bist richtig aufgeblüht. Ehe und Mutterschaft tun dir gut.»

Susanna errötete vor Freude und konnte das alte Bedürfnis, ihm gefallen zu wollen, nicht ganz unterdrücken.

«Ich bin auch sehr zufrieden, Onkel Rhodri», murmelte sie schüchtern.

«Ich hörte, du hast zwei eigene Kinder und auch noch Gorffennas Baby», sagte er auf seine schroffe Art und fügte dann etwas sanfter hinzu: «Hat mir Leid getan, von ihrem Tod zu erfahren.» Er hustete, während Susanna traurig nickte. «Deine Mutter hat nichts dagegen, dass Ffennas Kind bei dir ist?», fragte er scheinbar beiläufig.

Er hatte ganz offenbar nicht damit gerechnet, dass Susanna auf diese Bemerkung reagieren würde, denn er zog überrascht die Augenbrauen hoch, als sich ihr Gesicht verdüsterte und sie mit großer Heftigkeit antwortete.

«Mutter hat nur eine Familie, und die lebt ganz sicher nicht auf dieser Seite der Grenze», zischte sie. «Niemand hat protestiert … damals. Nestas Wohlergehen interessierte sie alle nicht, Mutter am allerwenigsten.»

Sie holte tief Luft und wollte nicht mit ihrem Onkel über etwas diskutieren, das so frisch war, dass sie selbst mit Meurig noch nicht darüber hatte reden können. Und Onkel Rhodri würde ihre Wut, vermischt mit einem Gefühl der Verlorenheit, ohnehin nicht nachvollziehen können. Sie leerte ihren Becher und zwang sich zu lächeln. «Du musst die Kinder sehen.»

«Nur zu», erwiderte Rhodri aufgeräumt. Er wirkte fast ein wenig erleichtert. *Kein Wunder, gefühlsbetonte Familiendinge waren ohnehin nie seine Sache,* dachte Susanna. Er leerte seinen Becher auf einen Zug, erhob sich ein bisschen steif von seinem Stuhl und bot ihr den Arm. «Führe mich zu den jungen Zweiglein eures Familienbaums.»

Sie näherten sich dem Holzgebäude, das im rechten Winkel zur Halle angebaut worden war, und Rhodri konnte die Kinder schon von weitem hören. Als sie den Raum betraten, bearbeitete Eluned gerade mit hochkonzentriertem Gesichtsausdruck ihre

Spielzeugtrommel und sang dazu – ohne Melodie, dafür aber so laut und schrill wie möglich.

«Das ist Eluned, unsere Erstgeborene», lachte Susanna. «Gerade drei Jahre alt und die Herrscherin in diesem Reich.» Sie nahm ihrer Tochter die Trommelstöcke aus der Hand. «Leise, Kind, wir haben Besuch. Komm und begrüße deinen Onkel Rhodri.»

Rhodri betrachtete die Kleine, die mit verwegenem Gesichtsausdruck zu ihm aufsah. Mit ihren braunen Augen und den ebenso dunklen Locken war sie das Ebenbild ihres Vaters. Aber ihre zierliche Statur und die stolze Kopfhaltung erinnerten ihn stark an Susanna.

«Und das ist Siôn», sagte Susanna stolz, während der Kleine Rhodri eine halb gegessene klebrige Honigwaffel anbot. «Er wird im November zwei.»

Sie beugte sich herunter und hob die Jüngste der drei hoch, die gerade versuchte, eilig in die andere Richtung davonzukrabbeln. «Und das ist Nesta», sagte sie leise.

Rhodri sog hörbar die Luft ein, als er Gorffennas Tochter sah. «Mein Gott, sie ist deiner Schwester wie aus dem Gesicht geschnitten.»

«Ich weiß, durch sie wird Ffenna immer lebendig bleiben», sagte Susanna liebevoll.

«Der hellhäutige Typ ist sehr begehrt», meinte Rhodri und schätzte bereits Nestas Chancen auf dem Heiratsmarkt ab.

«Aber es grenzt sie so offensichtlich aus. Es wäre leichter, wenn sie genauso dunkel wäre wie die anderen.»

«Leichter für wen?»

Susanna sah ihn trotzig an. «Ffenna wollte, dass sie von uns aufgezogen wird wie unser eigen Fleisch und Blut, in dem Glauben, sie sei unsere leibliche Tochter. Und ich werde ihr eine gute Mutter sein.»

Rhodri strich Nesta übers Haar und schüttelte den Kopf. «Das würde ich nie bezweifeln, Susanna. Aber pass auf, dass du nicht die Saat für zukünftigen Kummer säst. Die Wahrheit wird irgendwann ans Licht kommen – und wie wird ihr dann zumute sein?»

Als an diesem Abend das Essen aufgetragen wurde, ging Susanna gut gelaunt im Saal umher, um sicherzustellen, dass alle Angehörigen ihres Haushalts und die Gäste gut versorgt waren. Mit Meurigs Haushalt und Rhodris Eskorte war der Saal voll besetzt, und selbst auf dem Boden gab es kaum noch einen freien Platz. Es lag Jahre zurück, dass Rhodri in Gelligaer gewesen war, und er konnte überall Susannas Handschrift erkennen. Die Fensterplätze waren mit aufwendig bestickten Kissen gepolstert, Gold auf Dunkelrot. Binsenfackeln steckten ringsum an den Wänden, und mit Kerzen bestückte Ständer sorgten dafür, dass es in diesem einladenden Saal keine düsteren Winkel gab. Er betrachtete den Wimpel über dem Podium, der unverkennbar von Susannas handwerklichem Geschick zeugte: Sie hatte das Abbild eines Roten Milans gewebt, der über dem Waldboden schwebte, leuchtend kastanienrot vor den gold- und bronzefarbenen Blättern im Hintergrund. Das Motiv war treffend gewählt, denn auf den ersten Blick verschmolz der Vogel mit der Umgebung, aber durch die gespreizten Flügel und die weißen Tupfen im Gefieder hob er sich ab, so wie auch Meurig nie in der Menge unterging. Selbst in den ruhigsten Momenten blieb er immer wachsam, bereit, sich auf jede noch so kleine Möglichkeit oder winzigste Bedrohung zu stürzen. Und die ganze Zeit über leuchtete Susanna im Hintergrund, schützend und behütend wie ein Laubdach. Sie bewegte sich anmutig zwischen all den Gästen, scherzte mit dem einen oder anderen von Meurigs Männern oder frischte eine Erinnerung mit einem von Rhodris Leuten auf. Hin und wieder tauschte sie mit Meurig einen kurzen Blick, kaum wahrnehmbar für andere, als gebe es ein unsichtbares Band zwischen ihnen.

«Du hast meine Nichte sehr glücklich gemacht», sagte Rhodri steif zu Meurig. «Ich habe nicht den geringsten Grund, meine Wahl ihres Gemahls zu bedauern.»

«Ich danke dir, Rhodri, und gebe das Kompliment gern zurück. Susanna ist mir nicht nur eine vorbildliche Ehefrau, sondern in jeder Hinsicht eine echte Partnerin», erwiderte Meurig. «Und wie geht es deiner Frau? Die Ehe scheint dir zu bekommen.»

Rhodri grinste verlegen. «Das Mädel hat mich noch einmal zum Leben erweckt.»

Die beiden beendeten das Thema, weil Susanna zu ihnen auf das Podium kam, und Meurig legte ihr eine Portion von dem in Bier gesottenen Hammelbraten vor.

«Du hast Senghennydd deutlich deinen Stempel aufgedrückt, und das ganze Gebiet floriert unter deiner Herrschaft», griff Rhodri das Gespräch wieder auf, und Meurig neigte in dankbarer Anerkennung dieses Komplimentes den Kopf. «Diese Geschichte mit dem Rittergut in Talyfan», fuhr Rhodri brummend fort, «was wirst du in der Sache unternehmen?»

Susanna blickte von ihrem Teller auf. Sie und Meurig sahen sich schweigend an. Jetzt kam Onkel Rhodri also auf den wahren Grund seines Besuches zu sprechen.

«Ich kann es unmöglich in den Händen St. Quintins belassen.»

«Das verstehe ich. Und im Prinzip versteht auch Iestyn, dass du das Recht hast, darauf zu reagieren», erklärte Rhodri.

«Aber er ist nicht damit einverstanden, dass ich in seinem Herrschaftsgebiet Krieg führe», fügte Meurig hinzu.

Rhodri nickte bestätigend, und Meurig fuhr fort: «Du kannst meinem Onkel ausrichten, dass ich nicht bis Talyfan vorrücken werde, ohne ihn vorher in Kenntnis zu setzen.»

«Das reicht aber nicht. Dir gefiele es auch nicht, wenn Iestyn vorhätte, ein Rittergut in Senghennydd anzugreifen. Du würdest das als dein Vorrecht erachten.»

«Und was soll ich deiner Meinung nach tun?», schnaubte Meurig. «Darauf warten, dass Iestyn etwas unternimmt? Ihn meine Schlachten führen lassen? Wenn ich darauf warte, werden noch St. Quintins Enkelkinder in Talyfan zur Welt kommen.»

Susanna legte ihrem Mann begütigend die Hand auf den Arm und spürte, wie sich seine Muskeln unter ihren Fingern langsam entspannten.

«Hast du einen Vorschlag, Onkel Rhodri?», fragte sie. Sie wusste, wie ihr Onkel dachte und vorging, schließlich hatte sie ihn oft genug beobachten können. Sicher hatte er sich längst Gedanken über eine Lösung gemacht, bei der sowohl Meurig als auch Iestyn ihr Gesicht wahren konnten.

«Bevor das Rittergut deine Mitgift wurde, gehörte es mir», antwortete er leise. «Und es grenzt an Llywelyns Ländereien.»

«Von denen St. Quintins Familie die Hälfte an sich gebracht hat, als sie Talyfan übernahmen», ergänzte Susanna.

«Richtig», bestätigte Rhodri. «Mein Sohn lechzt geradezu danach, sich das Land zurückzuholen», fuhr er fort und wandte sich dabei Meurig zu. Er trank einen Schluck und beobachtete den jüngeren Mann über den Rand seines Bechers hinweg.

«Fahr fort.» Meurigs Gesicht war ausdruckslos.

«Seinen eigenen Lords räumt Iestyn alle Freiheiten ein, wenn es darum geht, ihren Besitz zu schützen. Wenn das Rittergut wieder an mich zurückgeht, unter welchen Bedingungen auch immer, so kann niemand etwas dagegen haben, wenn meine Familie es belagert – außer den St. Quintins natürlich.»

«Und was wäre nahe liegender für Llywelyn, als meinen Mann um Unterstützung zu bitten», strahlte Susanna triumphierend und sah ihren Onkel anerkennend an – er hatte alles bis ins Letzte durchdacht.

«Ich vertreibe also St. Quintin, verliere aber dennoch das Rittergut», stellte Meurig klar.

Rhodri leerte seinen Becher und lehnte sich gemächlich zurück. Der Blick, den Meurig und Susanna kurz gewechselt hatten, war ihm nicht entgangen. Ganz offensichtlich war sie diesem aufstrebenden Mann wahrhaftig eine Partnerin.

«Bedeutet dir dieses Rittergut so viel?», fragte Rhodri leise. «Du wirst natürlich eine Entschädigung bekommen.»

«Du kennst meinen Preis noch nicht.» Zum ersten Mal lächelte Meurig.

«Ich halte dich für einen vernünftigen Mann», konterte Rhodri. «Jetzt komm schon, Meurig, lass uns offen reden. Es ist für alle die beste Lösung. Du kannst doch nicht im Ernst wollen, dass der Kleinkrieg mit Iestyn wieder ausbricht?»

«Nein, natürlich nicht. Ich habe zu hart daran gearbeitet, Senghennydd zu sichern. Das setze ich nicht aufs Spiel, indem ich blindlings einen unnötigen Krieg anzettele. Und die Thronfolger der beiden Nachbargebiete bevorzugen es sicher auch, dass die Wogen geglättet sind.»

«Dann seid ihr euch also einig», drängte Susanna und sah beide Männer abwechselnd an.

«Scheint so. Ich bestehe allerdings darauf, dass St. Quintin von dort verschwindet», betonte Meurig noch einmal.

«Das wird er», versprach Rhodri und streckte die Hand aus.

Meurig schüttelte Rhodris Hand mit festem Griff und gab Zeichen, dass ihre Becher nachgefüllt wurden.

Juni 1114. Gelligaer

Susanna war schon zu Bett gegangen, während Meurig und ihr Cousin Llywelyn noch im Saal geblieben waren. Llywelyn war kurz vor dem Abendessen eingetroffen, und Susanna wusste, dass die beiden Männer ihre Strategie gegen St. Quintin besprechen wollten. Es war schon spät, als Meurig ins Schlafgemach gestolpert kam. Susanna hatte schon seit Stunden geschlafen, aber jetzt war sie sofort hellwach.

«Du bist noch wach?», flüsterte er und ließ sich auf die Bettkante fallen.

«Nein, du hast mich geweckt», tadelte sie ihn liebevoll. Ihre Mundwinkel zuckten amüsiert, als sie sah, wie er mit seinen Stiefeln kämpfte. Meurig hatte seinen Knappen bereits vor Stunden schlafen geschickt und musste sich jetzt wohl oder übel allein entkleiden. Da er aber offenbar dem Bier überreichlich zugesprochen hatte, war das keine leichte Aufgabe.

«Ihr solltet strenger über Euren Haushalt wachen, Mylady.» Er beugte sich zu ihr und lächelte sie ohne das kleinste bisschen schlechtes Gewissen an. «Dann lägen wir alle zu einer christlichen Stunde im Bett.»

Susanna schlug die Decke zur Seite, und ihre Augen blitzten übermütig. «Komm ins Bett, und du bekommst genau die Lektion, nach der du so verlangst», konterte sie.

Meurig ließ den Blick über ihren nackten Körper schweifen. Verlangen loderte in seinen Augen. Er entledigte sich erstaunlich rasch seiner restlichen Kleidung und stieg zu seiner Frau ins Bett.

«Du bist ja ganz kalt», beschwerte sie sich.

«Mhmm, ich brauche etwas Warmes, in das ich hineinschlüpfen kann», raunte Meurig und saugte an einer Brustspitze, die eindeutig nach Zuwendung verlangte.

Susannas Hände fuhren über seinen Körper, fühlten die festen Muskeln seiner Arme, die kraftvollen Oberschenkel, seine starke Brust. Meurig stöhnte, als ihre langen Finger sich um ihn schlossen.

«Mach weiter so und ich halte mich ganz bestimmt nicht mehr lange aufrecht», flüsterte er und ließ sich auf sie herabsinken.

Susanna setzte sich auf und rüttelte ihren dösenden Ehemann. «Du hast dafür gesorgt, dass ich wieder hellwach bin. Jetzt will ich reden», sagte sie streng.

Meurig murmelte unzusammenhängend. Susanna grub ihre Nägel in sein Fleisch, und er öffnete vorwurfsvoll ein Auge. Als er jedoch ihren entschiedenen Gesichtsausdruck sah, setzte er sich widerstrebend hin.

«Erkläre mir doch noch einmal, warum ich dich eigentlich geheiratet habe», sagte er gähnend.

«Wegen meiner Reize.» Sie warf ihr Haar zurück und fuhr sich mit den Händen über den Körper. «Die in der Tat höchst beachtlich sind», fügte sie mit vielsagendem Lachen hinzu. Sie stieg aus dem Bett, schenkte für sich Met und für Meurig Wasser ein, reichte ihm seinen Becher und setzte sich ans Fußende des Bettes, die Zehen gegen seinen Bauch gedrückt. «Und? Was habt ihr beschlossen?», wollte sie wissen.

«Es ist alles vorbereitet. Ich werde in ein paar Tagen mit Llywelyn aufbrechen, und sobald wir seine Ländereien erreicht haben, schlagen wir los.»

Susanna nippte an ihrem Becher. «Kann auch nichts schief gehen? Henry hat Streitkräfte in Wales stationiert, die derzeit gegen Gwynedd und Powys vorgehen», gab sie zu bedenken.

«Genau deshalb ist jetzt der richtige Zeitpunkt gekommen. Henry hat die Geduld mit Owain ap Cadwgan verloren, dessen ‹Heldentaten› zu viele von Henrys Lords verärgert haben. Außerdem will er dem Prinzen von Gwynedd ein bisschen auf die Finger hauen, damit der nicht ständig versucht, seine Macht immer weiter auszudehnen», erklärte Meurig.

Dann zog er seine Frau an sich. Ihr langes Haar fegte über den Boden und weckte einen dort schlafenden Hund, während sie in Meurigs Arme glitt. Aber bevor er sie küssen konnte, legte sie die Finger auf seine Lippen. «Du wirst doch vorsichtig sein, nicht wahr?» Der scherzhafte Ton war ernster Besorgnis gewichen.

«Ich bin keineswegs so unbesonnen, einem anderen Mann die Möglichkeit zu geben, sich an etwas so Kostbarem wie dir zu erfreuen.» Seine Stimme hatte jetzt nichts Neckendes mehr, und seine Augen sagten jene Worte, die noch nie über seine Lippen gekommen waren.

Knapp zwei Wochen vergingen, bis Susanna endlich eine Nachricht von ihrem Ehemann erhielt. Sie saß gerade im Garten und genoss den ersten warmen Tag des Sommers, während sie den Kindern beim Spielen zusah. Sie liebte diesen kleinen Garten, weil sie das Gefühl hatte, er gehöre ihr ganz allein. Meurigs Mutter hatte ihren Blumengarten auf dem hinteren Hof angelegt, aber Susanna hatte ihren lieber vorne eingerichtet, neben dem Küchengarten und den Beerensträuchern. *Hier bekommt er mehr Sonne ab, wenn sie denn einmal scheint,* dachte Susanna bedauernd. Außerdem war es sicherer für die Kinder. Hinten hatte sie immer Angst gehabt, die Kinder könnten in die Ställe entwischen und womöglich von einem Pferd getreten werden. Außerdem trainierten dort die Bogenschützen, was für die überall herumtollenden Kleinen auch nicht gerade ungefährlich war. Die Narzissen und Wicken waren längst verblüht, aber als Susanna ihre Rosen inspizierte, stellte sie erfreut fest, dass sie sich in diesem Jahr wundervoll entfalten würden. Alle Pflanzen waren sorgfältig umgesetzt worden, insbesondere die Falschen Maiglöckchen. Diese hatte Susanna in schmalen Reihen um die schattige Steinbank herum angepflanzt. Genau dort saß sie jetzt, und obwohl die Blütezeit fast vorbei war, gab es immer noch zahlreiche der röhrenförmigen, wohlduftenden Blüten. Sie liebte es, wie die Stängel gerade nach oben wuchsen, bevor sie sich an der Spitze anmutig nach vorne neigten – wie eine Dame den Kopf vor einem um sie werbenden Herrn.

Sie blieb sitzen, als Idris, einer der jüngeren Männer, die Meurig nach Talyfan begleitet hatten, auf den Hof geritten kam, und wartete geduldig, bis er ihr Meurigs Brief übergab. Während sie das Siegel brach, hörte sie Eluned vor Vergnügen quietschen. Susanna sah herüber zu ihrer Tochter, die gerade versuchte, Schmetterlinge zu fangen, die in Scharen um die Lilien herumflatterten.

«Eluned», rief sie leise, «wir haben einen Brief von Papa.»

Eluned verlor sofort das Interesse an den Schmetterlingen und kam angelaufen. Ihre Augen blitzten vor Aufregung, und in ihrem lachenden Gesicht zeichneten sich auf beiden Wangen kleine Grübchen ab. Sie kletterte auf Susannas Schoß und versuchte verzweifelt, mit ihren klebrigen Fingern das Pergament zu erhaschen, das Susanna in Händen hielt.

Susanna überflog rasch die wenigen Zeilen. Der Text war kurz und prägnant – typisch Meurig.

«Das Rittergut ist wieder im Besitz deiner Familie, mein Liebling. Mir geht es gut und Llywelyn auch. Ich werde mich nicht länger als nötig bei deinen Cousins aufhalten, nur bis wir sicher sind, dass St. Quintin nicht so dumm ist, einen Gegenangriff zu starten. Mit ein bisschen Glück werde ich nur wenige Tage nach diesem Brief eintreffen. Ich küsse dich und die Kinder. M»

Susannas Gesicht war ein einziges Lächeln, als sie die quietschende Eluned fest an sich drückte. Trotz Meurigs Versicherungen hatte sie sich Sorgen gemacht, so wie immer, wenn er in die Schlacht zog. Und dieses Mal zog er ganz unverhohlen gegen einen hohen normannischen Lord in den Kampf. Der englische König mochte zwar anderweitig beschäftigt sein, aber man konnte nie wissen, welche Streitkräfte die St. Quintins womöglich zu ihrer Unterstützung herbeiorderten. Dass mehr als ein Jahr vergangen war, seit sie das Rittergut in ihren Besitz gebracht hatten, hatte sie aber offenbar in Sicherheit gewiegt. Außerdem hatten sie Meurigs Zorn, Einfluss und Macht wohl deutlich unterschätzt.

«Papa kommt bald nach Hause», flüsterte sie Eluned zu und lächelte glücklich.

Als Meurig heimkehrte, stellte Susanna bestürzt fest, dass er eine Verletzung am rechten Unterarm davongetragen hatte. Sie konnte sich denken, wie notdürftig die Wunde versorgt worden war, und zwang Meurig, stillzusitzen, damit sie sich um den tiefen Schnitt kümmern konnte.

Er zuckte zusammen, als Susanna die Wundsalbe aus Kreuzlabkraut auftrug.

«Trink aus», befahl sie, da Meurig seinen Becher erst zur Hälfte geleert hatte.

«Ich werde bald aussehen wie ein Trieb dieses Krauts, wenn du mir noch mehr davon aufzwingst», stöhnte Meurig.

«Es muss innerlich und äußerlich angewendet werden, damit die Wunde heilt», erwiderte Susanna geduldig. «Du bist wirklich der schwierigste Patient von allen.»

«Ich wusste gar nicht, dass du in deiner Freizeit die Schlachtfelder nach Verwundeten abklapperst, um sie zu verarzten.»

«Das nächste Mal guckst du gefälligst, ob der andere wirklich tot ist, bevor du ihm den Rücken zukehrst.» Sie befestigte den neuen Verband und zog vorsichtig den Ärmel seines Gewandes darüber.

«Traue niemals einem Normannen, nicht einmal einem toten», sagte Meurig schwach grinsend.

«Du glaubst also, dass die Sache jetzt ausgestanden ist. Wird William St. Quintin nicht versuchen, das Rittergut zurückzuerobern?»

«Er hat ja nicht einmal darum gekämpft, es zu behalten», schnaubte Meurig verächtlich. «Das war die leichteste Schlacht, die ich je geschlagen habe. Ein halber Tag, und es war vorbei. Und um diesen Hasenfuß noch mehr zu beleidigen, hat Llywelyn nicht einmal ein Lösegeld für ihn gefordert, sondern ihn einfach zurück zu seiner Familie geschickt. Allerdings ohne Schwert, Rüstung und Pferd – ach ja, und ohne Schuhe!»

«Dennoch sollte Llywelyn wachsam bleiben. Williams Familie ist sehr rachsüchtig und wird sich wahrscheinlich wieder an den König wenden», sagte Susanna. Sie schickte das Personal hinaus und schloss die Tür, um ihrem Ehemann ein wenig Ruhe zu gönnen.

«Du sagtest, dass König Henry mit Wichtigerem beschäftigt sei, aber was ist mit Robert Fitz Roy, seinem Sohn? Die Sache fällt unter seine Zuständigkeit, er könnte also durchaus etwas unternehmen», fragte sie und reichte Meurig einen Becher Met.

Meurig lehnte sich auf seinem Stuhl zurück und trank gierig. Er begrüßte den Geschmack des Mets nach der Kräutermixtur, die Susanna ihm aufgezwungen hatte. «Natürlich kann die Sache noch Folgen haben, aber du weißt, dass ich nicht unbesonnen handele. Ich denke schon, dass ich die eventuellen Gefahren ziemlich klein halten konnte. Fitz Roy regiert erst seit kurzem und ist noch sehr zurückhaltend in seinen Entscheidungen. Nach allem, was wir über ihn wissen, ist er ohnehin nicht der Typ, der schnell handelt. Er denkt erst gründlich über alle möglichen Konsequenzen nach, bevor er etwas unternimmt. Es wird für die St. Quintins nicht leicht werden, ihn zu manipulieren, denn – wie du richtig sagst – er ist der Sohn des Königs. Und ich vermute, dass er es bei dem momentanen Klima für ratsamer hält, sich die Gunst der walisischen Prinzen zu erhalten, als den stolzen Lord zu spielen – insbesondere einen, der nicht gegen uns bestehen kann. Und mein Instinkt hat mich doch während all der Jahre nie im Stich gelassen, oder?»

«Ich möchte nicht, dass du dich meinetwegen in Schwierigkeiten bringst», sagte Susanna leise.

«Ich musste handeln, und das weißt du auch. Ich konnte St. Quintin die Sache unmöglich durchgehen lassen – es hätte meinen Status und meine Autorität untergraben. Ich regiere Senghennydd, ja, aber nur ein Zeichen von Schwäche – und alles könnte sich leicht ändern. Meine Herrschaft stützt sich auf Respekt und Gehorsam – nichts davon darf in Frage gestellt sein. Mach dir keine Sorgen, es werden deshalb keine normannischen Streitkräfte vor den Toren von Gelligaer aufmarschieren, das verspreche ich dir.» Er erhob sich steif. «Und da wir jetzt allein sind, wie wäre es, wenn du mir zeigst, wie sehr du mich vermisst hast?»

Susanna stand auf, trat zu ihm hin und küsste ihn lange und zärtlich. «Verschafft dir das einen Eindruck?», fragte sie leise.

«Kein bisschen», murmelte er.

Sie öffnete die Riemen seines Gewandes und fuhr mit der

Hand darunter, hinterließ mit den Fingernägeln zarte Spuren auf seiner Brust und seinem Rücken, während sie Schultern und Hals mit Küssen bedeckte. «Und jetzt?»

«Nein», raunte er.

Mit seinem unverletzten Arm löste er ihre Zöpfe. Susanna schüttelte den Kopf, und ihr langes Haar umfing sie beide. Langsam schnürte sie ihr Mieder auf und ließ das Kleid zu Boden fallen.

«Ich bin nicht sicher, ob ich meinen verwundeten Ehemann zu stürmisch begrüßen sollte.»

Meurig zog sie wieder fest an sich heran. «Nur mein Arm ist verletzt, keine anderen Körperteile.»

Sie fuhr mit der Hand an ihm herunter. «Den Eindruck habe ich auch», flüsterte sie.

«Mhmm, mein kleines Luder, ich sollte öfter in der Schlacht verwundet werden», raunte er in ihr Haar und atmete heftig. Er verschloss ihre Lippen mit seinen, dann trug er Susanna ins Bett, wo sie nur noch ihre Körper sprechen ließen.

Kapitel vierzehn

September 1115. Plas-Marl, Gwynllwg

Am späten Vormittag passierte Idwal die Grenze von Brycheiniog nach Gwynllwg. Er fühlte sich großartig. Die Nächte, die er heimlich mit Lady Eleanor de Sées verbrachte, hoben seine Stimmung beträchtlich, und er trieb sein Pferd an, um vor der Mittagszeit in Plas-Marl einzutreffen.

Er gähnte herzhaft. Die schöne, junge und vernachlässigte Frau des alten normannischen Ritters Gilbert de Sées zog ihn immer wieder aufs Neue an. Vielleicht reizte ihn die Gefahr oder dass sie Normannin war, oder es lag einfach daran, dass sie nicht mehr als das von ihm wollte, was er ihr gab. Mit Liebe hatte das bei ihr nichts zu tun, sie war genauso herzlos wie schön. Aber sie lachte gern, war nie beleidigt und genauso wie Idwal begierig darauf, dass die Normannen wieder aus Wales verschwanden – wenn auch aus gänzlich anderen Gründen als er. Sie wollte zurück in die flacheren, wärmeren Gefilde ihrer Heimat. Aber da dieser Tag in weiter Ferne zu liegen schien, trösteten sich die beiden derweil mit körperlichen Vergnügungen, wann immer sie es einrichten konnten.

Während die frische Brise die letzten Spuren seiner Müdigkeit vertrieb, ritt Idwal zum Hof von Plas-Marl und fühlte sich so lebendig wie schon lange nicht mehr.

Allerdings löste sich seine heitere Stimmung in Luft auf, sobald er den Saal betrat. Dort herrschte das reinste Chaos. Seine fünf Kinder schrien vor Zorn oder Angst um die Wette. Der vierjährige Iolo trat Efa gerade heftig vor das Schienbein, während der fünfjährige Rhodri an Iolos Haar riss.

«Ihr seid auf der Stelle ruhig», brüllte Idwal. Mit Riesenschritten durchmaß er den Saal, packte Rhodri und Iolo am Kragen und schüttelte die beiden, bis sie aufhörten, sich zu prügeln.

«Hätte Mylady vielleicht die Güte, mir das zu erklären?», fuhr er Efa mit kalter Stimme an und setzte seine Söhne auf den Boden.

«Es liegt an deinen beiden Bastarden», fauchte Efa. «Seit du sie hergebracht hast, machen sie nichts als Ärger. Und jetzt hat dieses bösartige kleine Balg mich angegriffen.»

Idwal sah seinen Sohn fragend an. «Und warum hast du das getan, Iolo?» Aber der Kleine schwieg und hielt den Blick starr auf den Boden gerichtet.

«Da siehst du selbst, stumm und aufsässig. Es tut mir Leid, Idwal, aber hier können sie nicht bleiben. Ich kann nicht zulassen, dass sie mir den ganzen Haushalt auf den Kopf stellen.»

«Und was schlägst du vor? Wo sollen sie hin? Ihre Mutter ist tot, also müssen sie hier leben.»

«Die Hure hatte doch Verwandte, oder nicht?», entfuhr es Efa gehässig.

«Ich bin ihr Vater», entgegnete Idwal ruhig. «Und ihr Platz ist hier bei mir.»

«Und was ist mit deinen anderen Kindern? Was ist mit deren Sicherheit?»

«Wovon sprichst du?»

«Tômas kann man nicht trauen», entgegnete sie listig.

Idwal blickte seine Kinder eins nach dem anderen an. Rhodri, Efas Sohn, stand breitbeinig und sah seinen Vater zornig an; Iolo, Angharads Junge, blickte zu Boden, wirkte aber nicht weniger aufsässig; Siwan, sein jüngstes Kind mit Efa, war erst letztes Jahr zur Welt gekommen – sie hatte schon wieder zu weinen aufgehört und spielte glücklich. Seine ältere Tochter, Elen, war nur wenige Monate jünger als Iolo und gab ihr Bestes, Tômas zu beruhigen. Sie hatte die Arme um ihn geschlungen und küsste seine tränennasse Wange, während er erschrocken weinte.

«Tômas?», fragte Idwal ungläubig.

«Es ist natürlich nicht sein Fehler, er hat einfach nicht genug Verstand und weiß deshalb nicht, was er tut. Ich habe ihn dabei erwischt, wie er Siwan wehtat, und als ich ihm Einhalt gebieten wollte, hat mich dieses Monster von seinem Bruder angefallen.»

«Bringt die Kinder hier weg», herrschte Idwal die Mägde an und wartete, bis alle den Saal verlassen hatten.

«Ich glaube dir nicht», sagte er leise.

«Es ist aber die Wahrheit», empörte sich Efa.

Idwal fixierte sie mit hartem, unnachgiebigem Blick. «Elen zeigt nicht die geringste Angst vor ihm, sie ist ihm sogar ganz offensichtlich zugetan, und ich vertraue dem Urteil unserer vierjährigen Tochter mehr als deinen hasserfüllten Vorwürfen. Meine Söhne bleiben hier, und Rhodri wird das akzeptieren müssen.»

«Natürlich, gib ruhig Rhodri die Schuld an allem», schrie Efa vorwurfsvoll.

«Ich gebe nicht Rhodri die Schuld», versetzte Idwal, «sondern dir.» Er ging ohne ein weiteres Wort aus dem Saal, eine vor Wut kochende Efa zurücklassend.

Idwal ging auf direktem Weg zu den Räumen, in denen die Kinder untergebracht waren. Dort herrschte angespannte Stille. Er rief Iolo und Rhodri zu sich.

«Habt ihr mir etwas zu sagen?», fragte er mit sanfter Stimme.

Rhodri warf einen Blick auf Iolo, der ihn jedoch ignorierte.

«Nein, Papa», sagte Iolo leise.

«Rhodri?», fragte Idwal.

Rhodri schüttelte stumm den Kopf.

«Ich möchte eine solche Szene nicht noch einmal erleben», sagte Idwal streng. «Ihr alle seid meine Kinder, in meinen Augen genauso gleichwertig wie vor dem Gesetz, und ich erwarte von euch, dass ihr friedlich zusammenlebt. Habe ich mich klar ausgedrückt?»

Die beiden Jungen nickten missmutig, und Idwal entließ sie.

Aber sobald sie den Raum verlassen hatten, kam Efas Kammerjungfer, Tangwystl, mit Tômas auf dem Arm zu ihm.

«Mylord, dürfte ich Euch sprechen?», fragte sie leise. «Unter vier Augen – es geht um Tômas.»

Nichts Gutes ahnend, nickte Idwal beklommen und führte sie in sein Arbeitszimmer, das direkt hinter den Räumen der Kinder lag.

«Nun», fragte er, als die Frau verunsichert vor ihm stand und schwieg.

«Ich bin Kammerjungfer bei Lady Efa, seit sie ein junges Mädchen war», begann sie. «Und ich kenne sie wahrscheinlich besser als jeder andere.»

«Dann hat meine Frau die Wahrheit gesagt?» Idwal sah seinen Sohn traurig und ungläubig an.

«Nein, Mylord, hat sie nicht. Tômas hat nichts Boshaftes an sich, er würde niemals Siwan oder irgendjemand anderem wehtun.»

Idwal war sichtlich erleichtert. «Ich danke dir und weiß es zu schätzen, dass du zu mir gekommen bist.» Dann runzelte er die Stirn, weil Tangwystl keine Anstalten machte zu gehen. «Gibt es noch etwas?»

«Mylord, wie ich schon sagte, bin ich bereits sehr lange bei Lady Efa, aber ich kann es einfach nicht vor Euch verschweigen», sagte sie ängstlich.

«Was kannst du nicht verschweigen? Sprich endlich, Frau!», donnerte Idwal, weil er allmählich ärgerlich wurde.

Statt einer Antwort setzte sie Tômas auf ihren Schoß und schob sein Gewand hoch. Idwal sog hörbar die Luft ein, als er die vielen Striemen auf Tômas' kleinem Rücken sah, einige bereits verheilend, andere frisch.

«Ich dachte, Ihr solltet sehen, was hier vor sich geht», sagte sie leise.

«Willst du mir damit sagen, dass meine Frau ihm das antut?» Idwal war bis ins Mark erschüttert.

«Ich fürchte ja, Mylord.»

«Aber warum? Was könnte Tômas denn getan haben, das eine solche Bestrafung rechtfertigt?»

«Nichts, Mylord.» Tangwystls Augen füllten sich mit Tränen. «Er ist ein so freundlicher und lieber kleiner Junge. Und ich glaube, genau das macht Lady Efa wütend. Iolo bietet ihr die Stirn, aber Tômas möchte einfach nur geliebt werden.»

«Kleide ihn wieder an», sagte Idwal, der den Anblick seines misshandelten Sohns nicht ertragen konnte. «Das also ist heute passiert?»

Sie nickte. «Tômas tanzte einfach nur herum, war glücklich mit sich und der Welt. Da hat Lady Efa ihn sich geschnappt, ihn geschüttelt und geschlagen. Aber dieses Mal tat sie es vor Iolos Augen, und der Kleine würde seinen Bruder sogar gegen den Teufel verteidigen.»

«Also ging er auf meine Frau los», sagte Idwal müde. Wie hatte er nur so blind sein können? Er glaubte, das Beste für seine Söhne zu tun, als er sie in sein Haus holte. Aber er hatte ihr Leid nur vergrößert. Erst verloren sie die Mutter, und dann machte er sie zur perfekten Zielscheibe für Efa, an der sie ihren Hass auf ihn abreagieren konnte.

«Danke, dass du so ehrlich warst», sagte er zu Tangwystl. «Du kannst jetzt gehen. Nein, lass Tômas hier bei mir.» Sobald er mit dem Kleinen allein war, drückte er ihn fest an sich. «Es tut mir so Leid, mein Sohn, ich habe dich im Stich gelassen», flüsterte er.

«Papa», sagte Tômas. Idwal traten Tränen in die Augen – Tômas sprach das Wort zum ersten Mal.

«Ja, ich bin dein Papa», erwiderte er mit erstickter Stimme. Dann küsste er Tômas zärtlich. «Und ich werde nicht zulassen, dass dir jemals wieder wehgetan wird.»

Susannas Überraschung, als Idwal plötzlich mit Iolo und Tômas vor ihr stand, wandelte sich schnell in Entsetzen und Zorn, als Idwal ihr und Meurig die Situation schilderte.

«Ich wollte die beiden einfach nicht in Plas-Marl lassen, während ich an Uriens Hof bin», erklärte er. «Ich kann mir zwar kaum vorstellen, dass Efa es jetzt, wo ich Bescheid weiß, noch einmal wagen würde, ihn anzurühren, aber ich habe beim ersten Mal auch nicht damit gerechnet, dass sie so grausam sein könnte. Ein Miststück war sie schon immer, aber wie kann sie einem wehrlosen Kind so etwas antun?»

«Es gibt viele Möglichkeiten, einem Menschen Schmerz zuzufügen – nicht nur körperlich», sagte Meurig. «Du hast richtig gehandelt, die beiden herzubringen. Ich wollte dir sowieso vorschlagen, Iolo zu uns zu geben, wenn er ein bisschen älter ist; dass es nun ein paar Jahre früher der Fall ist, spielt keine Rolle.»

«Und Tômas muss unbedingt mit Iolo zusammenbleiben», beeilte sich Susanna zu versichern. «Mach dir keine Sorgen, wir werden uns gut um die beiden kümmern.»

«Das weiß ich», erwiderte Idwal dankbar. Er blickte sie liebevoll an, aber sie sah auch die Unerbittlichkeit in seinen Augen. *Ich möchte nicht in Efas Haut stecken, wenn er zurückkommt,* dachte sie und schüttelte sich innerlich. Aber ihre Sorge galt Idwal, nicht Efa. Sie war froh, dass er die Jungen zu ihr gebracht hatte, und auch, dass Meurig sie ohne zu zögern aufnahm.

Aus den Augenwinkeln sah sie, wie Eluned sich aus dem Saal schleichen wollte.

«Einen Moment, junge Dame!», rief sie.

Die Fünfjährige hielt inne und kam widerstrebend zu ihren Eltern zurückgeschlendert.

«Warum siehst du so schuldbewusst aus?», fragte Susanna amüsiert. «Kannst du dir nicht vorstellen, dass ich dich aus einem anderen Grund gerufen habe, als dich zu tadeln?»

Eluned beäugte ihre Mutter misstrauisch und sah dann zu ihrem Vater, der mit einem breiten Lächeln im Gesicht auf seinem Stuhl saß. Sie entspannte sich und erwiderte sein Lächeln. «Was möchtest du denn, Mama?», fragte sie zuckersüß.

«Deine Cousins Iolo und Tômas werden von nun an bei uns leben. Würdest du sie mitnehmen zu Siôn und Nesta?»

«Zu wem denn nun? Siôn ist auf dem Hof, da wollte ich auch gerade hin. Und Nesta ist bei Olwen.»

«Du nimmst Iolo mit auf den Hof, wo er mit dir und Siôn spielen kann, und wir bringen Tômas zu Olwen», erklärte Meurig ihr geduldig.

«Ja, Papa», erwiderte sie einschmeichelnd und wandte sich ihrem Cousin zu. «Komm, Iolo», sagte sie gut gelaunt und wartete, bis er aufgestanden war, nachdem er sich eines kurzen Nickens seines Vaters versichert hatte.

«Und es macht dir wirklich nichts aus, Idwals Söhne aufzunehmen?», fragte Susanna Meurig, als sie sich neben ihm ins Bett legte.

«Susanna, es war mir ernst mit dem, was ich gesagt habe. Ich wollte ohnehin, dass Iolo seine Ausbildung hier bei uns erhält. Und Tômas ist keine zusätzliche Belastung.»

«Fünf Kinder – und nur zwei sind deine eigenen. Ich weiß, dass du mich wegen meiner Familie geheiratet hast, aber du hast es dir wahrscheinlich nicht so vorgestellt, dass du nach und nach sämtliche ihrer Sprösslinge aufnimmst.»

Meurig zog sie in seine Arme. «Der Grund, aus dem ich dich geheiratet habe, ist längst dem Glück gewichen, mit dir verheiratet zu sein.» Er sah sie einen Moment lang sehr ernst an. «Ich weiß, dass du Idwals Söhnen unbedingt ein glücklicheres Leben ermöglichen willst. Aber verwechsle da nichts, es sind seine *Kinder*, nicht er selbst.»

Susanna wollte gerade etwas entgegnen, als ein Klopfen an der Tür sie unterbrach.

«Was gibt es?», rief Meurig und steckte den Kopf durch den Bettvorhang hinaus.

«Entschuldigt, dass ich Euch störe, Mylord.» Meurigs Knappe steckte den Kopf ins Zimmer. «Draußen steht ein junger Bursche, der verlangt, eingelassen zu werden.»

«Dann gib ihm ein Lager», sagte Meurig ärgerlich. «Das ist doch kein Grund, mich zu stören!»

«Nun, wir haben ihn eingelassen», beeilte sich der Knappe zu versichern, «aber er wünscht, Lady Susanna zu sprechen.»

«Mich?», fragte Susanna überrascht.

«Er behauptet, Euer Bruder zu sein, Mylady.»

«Er soll im Saal warten», befahl Meurig, sprang aus dem Bett und schnappte sich seine Kleidung.

«Das kann nur Geoffrey sein. Um Himmels willen, was ist jetzt bloß wieder passiert?», fragte Susanna beunruhigt. Sie band rasch ihr Haar zurück, wickelte sich in einen Umhang und folgte Meurig, der schon auf dem Weg in den Saal war.

«Mein Gott, Geoffrey, was ist denn geschehen?», rief Susanna. Ihr Halbbruder wirkte völlig verwahrlost. In seinem zerrissenen und schlammbespritzten Gewand sah er aus, als hätte er eine Woche lang im Freien genächtigt.

«Der Weg zu dir war weiter, als ich dachte», erklärte Geoffrey kleinlaut, aber offenbar erleichtert, dass er am Ziel war.

«Was tust du hier?» Susanna führte ihn zum Kamin, wo ein Dienstbote das Feuer neu in Gang brachte.

«Ich bin hergekommen, um hier zu leben», erklärte er schlicht.

«Weiß dein Vater davon?», fragte Meurig streng.

«Nein, Mylord, weiß er nicht. Allerdings wird er mittlerweile wohl gemerkt haben, dass ich nicht mehr in Cardiff bin», sagte er mit einem Lächeln, das er offenbar für einnehmend hielt.

Aber Meurigs zunehmender Ärger war nicht zu übersehen, und Susanna ging schnell dazwischen.

«Du musst hungrig sein, Geoffrey. Ich lasse dir etwas zu essen bringen. Und während du dich stärkst, musst du alles ganz genau erzählen.» Sie nickte einem Dienstboten zu, Essen zu holen, und nötigte Geoffrey, sich zu setzen.

«Ich bin seit Tagen nur gelaufen und habe einen Riesenhunger.» Nachdem die Tortur jetzt vorbei war, erleichterte es Geoffrey offensichtlich, darüber zu reden.

«Du bist gelaufen? Den ganzen Weg?», fragte Susanna entsetzt.

Geoffrey nickte stolz. «Ich dachte, wenn ich reite, bin ich zu leicht aufzuspüren. Ich habe mich nur selten verlaufen, und wenn doch, dann haben mich eure Leute aufgenommen, mir etwas zu essen gegeben und mir den Weg erklärt. Ihr werdet sehr respektiert, Mylord», sagte er ehrerbietig zu Meurig.

Meurig wollte Geoffrey gerade anherrschen, wie respektlos es sei, unangemeldet aufzutauchen, wurde aber davon abgehalten, weil Idwal soeben den Saal betrat.

«Bei dem Aufruhr kann man selbst in meiner Kammer kein Auge zutun», sagte dieser, während er näher kam. Dann musterte er Geoffrey stirnrunzelnd und versuchte herauszufinden, an wen dieser Bursche ihn erinnerte.

«Darf ich dir Geoffrey vorstellen – unseren Bruder», verkündete Susanna.

«Idwal?» Geoffrey sprang vor Aufregung von seinem Stuhl auf. «Was für ein Glück, dass du auch hier bist. Ich hätte nicht gedacht, dich so schnell zu treffen.»

Idwal ignorierte die begeisterte Begrüßung. «Mutters normannische Brut», sagte er zu Susanna. «Was will er hier?»

«Genau das versuche ich gerade herauszufinden», erklärte Meurig ruhig, aber bestimmt. «Du solltest jetzt etwas essen, Geoffrey, und dann werden wir hören, was du uns zu sagen hast.»

Geoffrey aß mit großem Appetit und erzählte zwischen den

einzelnen Bissen von seiner Reise. Trotz ihrer Besorgnis musste Susanna amüsiert lächeln über Geoffreys offenkundig reichlich ausgeschmückte Darstellung seiner Tapferkeit und Fähigkeiten als Jäger, der allein in den Wäldern überlebt. Schließlich wurde ihrem Halbbruder klar, dass er es nun nicht länger hinausschieben konnte, und er beendete sein Mahl.

«Du erinnerst dich, was ich zu dir sagte, als du das letzte Mal in Cardiff warst, Susanna?», fragte er.

«Ich erinnere mich.»

«Daran hat sich nichts geändert, und letzten Monat bin ich 14 geworden.»

Susanna seufzte. «Du hast Recht, Geoffrey, es hat sich nichts geändert. Du bist immer noch Normanne.»

Geoffrey sah aus, als hätte man ihn ins Gesicht geschlagen. «Aber jetzt bin ich auf Lord Meurigs Grund und Boden und unterstehe walisischem Recht», protestierte er.

«Würde mir vielleicht jemand erklären, was hier vor sich geht?» Meurig verlor allmählich die Geduld.

«Geoffrey möchte dem Ruf seines walisischen Blutes folgen», erklärte Susanna ruhig. «Wie du selbst hören kannst, beherrscht er unsere Sprache fließend, ohne jeden Akzent. Und weil seine Mutter Waliserin ist, glaubt er, sich selbst auch kurzerhand zum Waliser erklären zu können.»

«So ist das also.» Plötzlich verstand Meurig. «Tut mir Leid, mein Junge, aber ausschlaggebend ist die Herkunft deines Vaters, nicht die deiner Mutter.»

Geoffrey sah Meurig mit wachsender Verzweiflung an. «Du willst mich zurückschicken? Das kannst du nicht tun. Mein Vater weiß, wie ich fühle, ich habe es ihm oft genug gesagt. Er hat vor, mich zu meinem Onkel nach Nordengland zu schicken. Das hätte er letztes Jahr schon getan, wenn Mutter ihn nicht umgestimmt hätte. Aber jetzt wird er ihr kein Gehör mehr schenken. Ich bitte Euch, Mylord, lasst mich hier bleiben.»

«Geoffrey», sagte Meurig geduldig, «du hast mich bereits in

eine sehr schwierige Situation gebracht. Mach sie nicht auch noch ausweglos.»

Idwal hatte interessiert gelauscht. Er erhob sich mit einem beschwichtigenden Lächeln im Gesicht. «Ich denke, mein kleiner Bruder muss sich erst einmal richtig ausschlafen. Sämtliche Entscheidungen haben doch Zeit bis morgen, meinst du nicht, Meurig?», schlug er freundlich vor.

«Wir können alle ein bisschen Schlaf gebrauchen, aber der wird nichts an meiner Entscheidung ändern», erwiderte Meurig müde. «Ein Bediensteter soll …»

«Ich besorge ihm einen Schlafplatz», unterbrach Idwal. «Komm, Klein-Geoffrey.»

Geoffrey stand auf und sah Susanna verunsichert an. Sie ging zu ihm und küsste ihn auf die Wange. «Geh mit Idwal. Gute Nacht, Geoffrey.»

«Gute Nacht, Susanna», antwortete er und nickte Meurig steif zu. «Mylord», sagte er leise, dann verließ er den Raum.

Am nächsten Morgen sah Susanna Idwal mit einem Blick an, als hätte sie nicht ganz richtig gehört.

«Das ist nicht dein Ernst», sagte sie entsetzt. «Du willst Geoffrey nach Plas-Marl mitnehmen? Aber warum?»

«Ich hatte letzte Nacht noch ein langes Gespräch mit ihm, und ich glaube, dass es das Beste für ihn wäre.»

«Roger wird dem niemals zustimmen. Und es wäre sein gutes Recht, herzukommen und seinen Sohn zu holen», bemerkte Meurig.

«Er ist sich bestimmt darüber im Klaren, dass sein König es nicht schätzen würde, wenn Roger den Zorn einer einflussreichen Familie wie der unseren auf sich zöge. Genauso wenig wird Robert Fitz Roy einen Angriff auf walisischem Gebiet tolerieren, insbesondere, wenn es gegen dich als Regenten persönlich geht», erklärte Idwal selbstgefällig. «Er hat St. Quintin nicht verteidigt, als du Susannas Rittergut zurückerobert hast.»

«Das hier ist eine ganz andere Situation als bei Ffenna», widersprach Meurig. «Ffenna war Rogers Stieftochter. Geoffrey ist Rogers leiblicher Sohn – und zudem auch noch sein einziger.»

«Ist mir klar», lächelte Idwal triumphierend. «Er wird seinen Verlust deutlich zu spüren bekommen. Und meine Mutter ebenfalls.»

«Außerdem», fuhr Meurig leise fort, und man konnte ihm anhören, wie sehr ihn Idwals Verhalten ärgerte, «liegt Plas-Marl in Gwynllwg und Urien ist dein Prinz. Roger würde also seine Männer gar nicht gegen mich führen.»

Idwal wurde nachdenklich, aber nur kurz, dann lächelte er wieder. «Aber wir sind eine Familie, das genügt.»

«Zieh mich nicht da rein, Idwal», warnte Meurig. Er strich sich mit der Hand über den Schnurrbart, und die Verärgerung über die Sturheit von Susannas Familie war ihm anzusehen. «Ich würde Geoffrey noch heute zurückschicken. Wenn du ihn unbedingt mitnehmen willst, so werde ich deshalb nicht mit dir streiten, aber du tust es auf deine eigene Verantwortung.»

«Ich weiß, was ich tue», entgegnete Idwal.

«Wirklich?» Susanna konnte einfach nicht länger schweigen. «Es geht dir doch gar nicht um Geoffreys Wohl. Du hast den perfekten Weg gefunden, es Mutter heimzuzahlen. Und was ist mit Efa, wie wird sie darauf reagieren?»

«Nicht gut, würde ich sagen», erwiderte Idwal unbeeindruckt. «Sie gratuliert sich wahrscheinlich gerade selbst dazu, dass sie meine Söhne aus Plas-Marl vertreiben konnte. Aber ihr Triumph wird nur von kurzer Dauer sein, wenn ich mit einem neuen Kuckucksei zurückkehre. Und Geoffrey ist alt genug, um sich gegen sie zu wehren. Er wird sich nicht darüber täuschen lassen, welchen Platz sie in meinem Leben einnimmt.»

«Und was ist mit Geoffrey, Idwal? Während du ihn eifrig benutzt, um alte Rechnungen zu begleichen, was ist mit ‹Mutters normannischer Brut›, wie du ihn genannt hast?»

Idwal runzelte die Stirn. «Ich erkenne jedenfalls sein walisisches Blut an und erlaube ihm, seine eigenen Entscheidungen zu fällen – wie es nach walisischem Recht einem Mann zusteht. Du überraschst mich, Susanna – du solltest niemanden nur aufgrund seiner normannischen Abstammung ablehnen. Nicht jeder Normanne ist durch und durch schlecht. Wenn du mich jetzt bitte entschuldigen würdest, ich möchte mich von meinen Söhnen verabschieden und nachsehen, ob Geoffrey bereit ist, in sein neues Leben aufzubrechen.»

Er ging hinaus und ließ Susanna mit offenem Mund zurück. «Kann mir vielleicht irgendjemand sagen», wandte sie sich an Meurig, «wer Besitz vom Körper meines Bruders ergriffen hat?»

«Er überspannt den Bogen», sagte Meurig nüchtern. «Und ich fürchte, dass nichts Gutes dabei herauskommt.»

Letztlich hatte Idwal aber unverschämtes Glück, und alles entwickelte sich nach Plan. Geoffrey rührte sich nicht aus Plas-Marl weg, und bislang war Roger nicht so unbesonnen gewesen, in Gwynllwg einzumarschieren. Und bevor Robert Fitz Roy nicht nach Cardiff zurückgekehrt war, konnte Roger auch nicht die Krone um Unterstützung bitten.

Wie vorauszusehen, tobte Efa vor Wut und drohte damit, zu ihrer Familie nach Epynt zurückzukehren. Aber als Idwal ihr untersagte, Rhodri mitzunehmen, verkniff sie sich ihre Wut und blieb in Plas-Marl. Das sollte sich allerdings bald ändern. Prinz Urien schenkte Idwals Versicherungen Glauben, er habe seinen Halbbruder im Hinblick auf Uriens gute Beziehungen zu den Normannen bei sich aufgenommen. Erfreut darüber, dass einer seiner besonders sturen Adeligen einlenkte und sich seiner eigenen Haltung annäherte, schlug er vor, dass Idwal seinen Sohn Rhodri in zwei Jahren, wenn er sieben wurde, zu ihm bringe, damit er am Hof des Prinzen aufwuchs. Das entsprach genau Idwals Wünschen, und er stimmte bereitwillig zu. Als er Efa davon berichtete, verschwieg er jedoch, dass Rhodri erst in zwei Jahren dorthin gehen sollte. Stattdessen tat er so, als würde er ihn unverzüglich wegschicken. Dies war der Tropfen, der für Efa das Fass zum Überlaufen brachte. Sie packte ihre Sachen, nahm ihre Töchter und kehrte zu ihrem Bruder zurück.

Idwal ließ sie ziehen, er hatte nun genau das Leben, das er wollte. Seine drei Söhne würden an königlichen Höfen aufwachsen, er konnte sich frei bewegen, und in Plas-Marl herrschte Frieden. Er verbrachte hin und wieder Zeit an Prinz Uriens Hof und mehr noch mit Eleanor.

Und er hatte sich, zu seiner eigenen Überraschung, schnell für Geoffrey erwärmt. Er machte ihn zu einem seiner Knappen, und wenn sich Idwal bei Hofe aufhielt, gehörte Geoffrey zu seiner Eskorte. Auch die anderen Knappen legten ihr anfängliches Misstrauen schnell ab und akzeptierten Geoffrey. Er berief sich nicht ein einziges Mal auf seinen besonderen Status als Halbbruder des Lords, sondern war bereit, wie jeder andere auch niedere Arbeiten zu verrichten. Und wenn sie ihn über das normannische Leben befragten, antwortete er offen und ehrlich. Natürlich trug die Tatsache, dass er voller Hass auf seine Zeit in Cardiff zurückblickte und sein jetziges Leben unübersehbar liebte, dazu bei, ihm zu vergeben, dass sein Blut zum Teil normannisch war.

Idwal war so zufrieden, dass er nicht merkte, was für einen Fehler er gemacht hatte, indem er Efa so bereitwillig hatte ziehen lassen. Sie hatte voll darauf gezählt, dass ihre Brüder Idwals Verhalten missbilligen würden. Als dies aber nicht der Fall war, wuchs ihr Groll. Ihr Bruder in Epynt machte keinen Hehl daraus, dass er ihr die Schuld an dem Zerwürfnis gab. Er versuchte auch gar nicht, seinen Verdruss über ihr Auftauchen bei ihm zu verbergen. Als Idwal zudem keine Anstalten machte, seine Frau zurückzuholen, war sie schließlich gezwungen, sich auf ein Rittergut der Familie an der Grenze zu Powys zurückzuziehen. Die Monate vergingen, und sie wurde zunehmend einsamer und verbitterter, bis sie die Bekanntschaft Owain ap Cadwgans machte. In ihm fand sie einen bereitwilligen Zuhörer, dem sie all ihr Leid klagen konnte. Owain war erpicht darauf, Öl ins Feuer zu schütten. Efa kam ihm gerade recht als Mittel zum Zweck, folglich nährte er ihren Zorn auf Idwal, Susanna und Idwals uneheliche Söhne. Dabei kam ihm zunutze, dass er von Idwals Affäre mit einer normannischen Frau erfahren hatte – denn das lieferte Efa endlich das Argument, um ihren Bruder aufzuwiegeln. Unter Tränen versicherte sie ihm, obwohl sie diejenige sei, die man schlecht behandelt habe, nehme sie trotzdem einen Teil der Schuld auf sich. Sie müsse nur ihren Ehemann irgendwie dazu bekommen, sie wieder aufzunehmen. Sie weinte und schmeichelte ihrem Bruder, bis er ihr die Mittel bewilligte, um die sie bat. Diese setzte sie umgehend dafür ein, einige Männer zu engagieren, die taten, was sie verlangte, ohne Fragen zu stellen.

Ostern 1116. Merthyr, Senghennydd

«Du freust dich bestimmt, dass Meurig die Zeit findet, dich zu deinem Bruder zu begleiten», sagte Nerys, Hywels Ehefrau, zu Susanna.

Susanna sah von ihrer Näharbeit auf. «Er weiß, dass ich mich nicht länger als nötig in Plas-Marl aufhalten will. Wenn er dabei ist, habe ich den besten Vorwand, bald wieder abzureisen.»

«Dann freust du dich gar nicht auf das Familientreffen?»

Susanna seufzte und legte das Nähzeug weg. Sie hatte nicht die geringste Lust, Efa wiederzusehen, und fand alles sehr aufreibend. Idwal hatte vorgehabt, nach Gelligaer zu kommen, um Iolo und Tômas zu besuchen. Rhodri wollte er für diese Zeit zu Efa nach Brycheiniog schicken. Aber dann schrieb er, dass Efa mit den Töchtern zum Osterfest nach Plas-Marl käme und vorgeschlagen hätte, Susanna solle die Jungen doch dorthin bringen. Da Meurig wusste, wie Susanna zu Efa stand, hatte er vorgeschlagen, dass die ganze Familie an diesem Besuch teilnahm – was Susanna dankbar akzeptierte.

«Ich frage mich, was eigentlich in Efas Kopf vorgeht. Außerdem habe ich nicht die geringste Lust, in diesen Krieg hineingezogen zu werden, den die beiden ‹Ehe› nennen», murmelte Susanna und signalisierte einem der Dienstboten, Met einzuschenken.

Nerys zuckte mit den Schultern. «Vielleicht meint sie, dass die Kinder mit ihrem Vater zusammen sein sollten, trotz der Spannungen zwischen ihr und Idwal. Du musst zugeben, dass sie zwar als Ehefrau nicht viel taugt, aber ihren eigenen Kindern keine schlechte Mutter ist.»

Susanna stimmte widerwillig zu. «Und trotzdem, irgendwie habe ich bei dieser Sache kein gutes Gefühl.»

Meurig und Susanna kamen auf ihrer Reise langsamer voran als geplant, denn mit all den Kindern mussten sie nahezu jede Stunde kurz pausieren. Meurig reiste nie gern durch die Grenzgebiete, wenn er seine Familie dabeihatte, und seine Wachsamkeit übertrug sich auf Susanna, die ständig lauschte, ob irgendwo eine Gefahr lauern könnte. Von daher waren alle sehr erleichtert, als vor ihnen die Umrisse Plas-Marls auftauchten. Kurz bevor sie das schützende Laubdach des Waldes verließen, ließ Meurig jedoch plötzlich anhalten.

«Irgendetwas stimmt nicht», sagte er. «Es ist zu ruhig.»

«Idwal wird sicher nicht begeistert sein, dass seine Wache im Dienst schläft», murmelte Susanna mit Blick auf die Spitze der Palisaden.

Meurig folgte ihrem Blick. «Mein Gott, der Mann schläft nicht – er ist tot.» Mit dem geübten Blick des Kriegers schätzte er schnell die Situation ein. «Bleibt hier und versteckt euch», befahl er Susanna. «Dai und Trefor, ihr bewacht Lady Susanna und die Kinder. Der Rest von euch kommt mit mir.»

Die Männer ritten zügig aus dem Wald heraus. Meurigs Instinkt sagte ihm, dass sie nicht unter Beschuss genommen würden. Dennoch war er erleichtert, dass tatsächlich kein Pfeil durch die Luft geflogen kam. Beim Tor angekommen, stellten sie fest, dass es zwar geschlossen, aber nicht verriegelt war und sich einfach aufschieben ließ.

Sie stiegen ab, zogen die Schwerter und gingen vorsichtig hinein. Überall auf dem Burghof lagen Körper, junge und alte, und es herrschte gespenstische Stille.

«Überprüft alle Gebäude und schaut nach, ob noch jemand am Leben ist», befahl Meurig. «Und kehrt um Himmels willen niemandem den Rücken zu, bis ihr ganz sicher seid, dass er entweder tot oder unbewaffnet ist.»

Sie arbeiteten sich langsam über den Burghof vor. Die Sinne geschärft wie die von Raubtieren auf der Jagd, registrierten sie jede Bewegung.

«Mein Gott, o mein Gott!»

Meurig drehte sich blitzschnell um. «Susanna, geh sofort hinaus!», befahl er.

Aber Susanna hörte ihn gar nicht. Das Entsetzen stand ihr ins Gesicht geschrieben.

«Idwal», flüsterte sie und blickte verzweifelt Richtung Halle. «O Gott, Idwal!», schrie sie, raffte die Röcke und rannte auf die Halle zu.

«Susanna, nicht», rief Meurig, aber sie hörte nicht. Er fluchte lautstark und lief ihr nach.

Susanna stieß die Tür auf – und prallte zurück vor dem Anblick und dem Gestank, der ihr entgegenschlug. Sie musste sich fast übergeben, so Ekel erregend war der Geruch von frischem Blut und menschlichen Exkrementen. Sie hielt sich ihren Umhang vor die Nase und zwang sich, hineinzugehen.

«Idwal!», schrie Susanna wie von Sinnen. Von der gegenüberliegenden Seite des Saals war ein leises Stöhnen zu hören. Susanna lief an blutgetränkten Leibern vorbei zu der Stelle, von der das Geräusch gekommen war. Sie drehte den Verletzten auf den Rücken – es war einer von Idwals Stallburschen. «Wo ist Lord Idwal?», bedrängte sie den Mann. Als der nicht antwortete, schüttelte sie ihn. «Wo ist dein Herr?», schrie sie.

«Susanna! Susanna, hör auf!», gebot Meurig ihr wütend Einhalt und packte sie am Arm. «Komm zur Vernunft! Der Mann ist schwer verletzt, aber am Leben. Raube ihm nicht die letzte Kraft.»

Sein Tonfall riss sie aus ihrem Schockzustand. Erst jetzt sah sie, dass der Stallbursche aus einer tiefen Wunde in der Seite heftig blutete. Sie biss die Zähne zusammen, hob ihre Röcke an und riss Stoffstreifen von ihrem Unterkleid ab. Der Mann brauchte dringend Hilfe, und sie war nur eine zusätzliche Belastung, wenn sie jetzt hysterisch wurde.

«Entschuldige, ich kümmere mich um ihn», sagte sie mit fester Stimme und drängte die aufkeimende Panik energisch zurück. «Wenn du die Burg gesichert hast, lass mich wissen, wer noch Hilfe braucht. Wenn du allerdings …» Ihr versagte die Stimme, und sie war nicht in der Lage, den Satz zu beenden.

«Ich lasse es dich sofort wissen, falls wir ihn finden», versicherte Meurig.

Nachdem Meurig gegangen war, stillte Susanna flink und geschickt die Blutung. Das musste genügen, bis sie die benötigten Kräuter und Salben gefunden hatte.

«Wenn du kannst, dann drücke immer fest darauf», wies sie den Mann an und legte seine Hand vorsichtig auf die behelfsmäßige Binde. «Ich gehe und hole etwas, um den Schmerz zu lindern.»

Als sie den Saal durchquerte, erwachten ihre Sinne, die im ersten Moment durch den Schock wie betäubt gewesen waren, zu neuem Leben. Es war nicht nur der Gestank, sondern auch der Anblick des dunklen Blutes überall auf dem Boden, das platschende Geräusch bei jedem Schritt und das beklemmende Gefühl, dass ihre herabhängenden Röcke sich langsam mit Blut voll sogen. Sie versuchte, sich von dieser unheimlichen Stille nicht verrückt machen zu lassen, und ging rechts um das Podium herum in einen Gang, der zur Küche führte. Als sie die Küche betrat, dachte sie für einen Moment, das Blutbad im Saal wäre nur ein böser Traum gewesen. Hier wirkte alles unversehrt wie eh und je. In Töpfen über dem Feuer brodelte Essen, und der Duft frisch gebackener Waffeln verdrängte den Gestank des Todes. Aber ein nur zum Teil zerlegtes Schlachttier, eine auf den Boden gefallene Suppenkelle und die unnatürliche Stille sagten ihr, dass es kein Traum war. Sie ging zu den Vorratsräumen hinter der Küche und fingerte an dem Riegel herum, um die schwere Tür zu öffnen.

«Lady Susanna?», rief eine ängstliche Stimme.

Susanna wirbelte herum und sah eine der Frauen von Plas-Marl, die den Kopf aus einer Luke im Boden streckte.

«Teleri?» Susanna beugte sich herab und half der Frau heraus.

«Mylady, Ihr seid verletzt!», rief Teleri.

«Nein, das ist nicht mein Blut», versicherte Susanna ihr rasch, aber als sie an sich herunterblickte, konnte sie Teleris Bestürzung verstehen. Auf ihrem gelben Gewand sahen die Blutflecken umso dramatischer aus. «Ich brauche eure Hilfe», sagte Susanna bestimmt.

«Ist die Gefahr vorbei?»

«Es scheint so. Lord Meurig und seine Männer sichern gerade alles ab. Was zum Teufel ist hier passiert?»

Bevor sie antwortete, wandte sich Teleri ihrem Versteck zu. «Es ist Lady Susanna, ihr könnt jetzt herauskommen», rief sie in das Loch hinein.

Erstaunt sah Susanna zu, wie fast alle Frauen und Kinder des Haushalts nacheinander aus der Luke emporkletterten. Plas-Marl verfügte über drei Schlupflöcher, zwei waren Geheimgänge, die in die sicheren Wälder führten. Dieses hier führte allerdings nirgendwohin und wurde normalerweise benutzt, um bei einem Überfall Wertgegenstände zu verstecken. Sie war überrascht, wie viele Menschen sich dort hatten hineinquetschen können.

«Uns blieb keine Zeit, in die Wälder zu fliehen», erklärte Teleri, «und ohne diesen jungen Burschen wäre keiner von uns entkommen.»

Susanna sah, wer als Letzter aus dem Loch stieg. «Geoffrey!», rief sie und umarmte ihn kurz.

«Sie haben mich nicht mehr rausgelassen. Ich hätte kämpfen müssen», sagte er todunglücklich.

«Der Bursche hatte keine Waffe, wir mussten darauf bestehen, dass er bei uns bleibt», erklärte Teleri.

«Gott sei Dank hast du so viele retten können, Geoffrey», sagte Susanna. «Meine Damen, wir haben jede Menge Arbeit. Wir brauchen Salben, Kräuter, Verbände. Und Met, viel Met, um die Schmerzen der Verwundeten zu lindern.»

«Aber was machen wir mit den Kindern?», fragte Teleri.

Susanna überlegte kurz. «Gebt ihnen zu essen. Solange sie essen, werden sie keine Fragen stellen.»

Als Susanna mit dem ganzen Trupp in den Saal zurückkehrte, hatten Meurig und seine Männer die Verletzten bereits hereingebracht, sodass die Frauen sich um sie kümmern konnten.

«Es gibt jede Menge Tote», sagte er leise und nahm Susanna beiseite. «Was hat man dir gesagt?»

«Sie wurden völlig überrascht. Idwal ist nicht hier, er ist allein weggeritten, und selbst Geoffrey weiß nicht, wohin», berichtete Susanna. Ihre Augen waren geweitet vor Entsetzen. «Sie kannten den Geheimweg in die Burg, Meurig», flüsterte sie zornig, «wer hat ihn verraten, wer?»

Meurig schüttelte den Kopf, er war genauso entsetzt wie sie.

«Mylord, Lady Efa ist soeben eingetroffen.» Meurigs Knappe Dai kam in den Saal gestürzt.

Meurig und Susanna wandten sich abrupt in Richtung Tür

um. Dort stand Efa mit Rhodri an ihrer Seite. Meurig und Susanna eilten zu ihr, und Susanna tat ihr Bestes, um Rhodris Blick von den Toten abzulenken, musste jedoch erkennen, dass ihr blutbeflecktes Gewand nicht gerade dazu beitrug, seinen Schrecken zu mildern.

«Keine Angst, Rhodri, das ist nicht mein Blut», sagte sie hastig. «Efa, es ist nicht so schlimm, wie es scheint.» Sie legte Efa beruhigend die Hand auf die Schulter.

«Ach nein?» Efa zuckte zurück.

«Idwal ist nicht hier», sagte Susanna betont ruhig und dachte dabei an ihre eigene Panik, die sie überkommen hatte, als sie dieses Blutbad sah. «Die anderen Kinder sind in der Küche, vielleicht wäre es besser, wenn Rhodri sich zu ihnen gesellt. Wo sind deine Töchter?»

«Mit ihren Mägden auf dem Hof», erwiderte Efa abweisend. «Die Kinder sind alle in der Küche? Auch Idwals Söhne? Ihnen ist nichts passiert?»

«Nein, Efa, was das angeht, brauchst du dir keine Sorgen zu machen», erklärte Susanna und wunderte sich über Efas Benehmen. Sie wirkte kalt und unberührt, ihre Stimme klang völlig emotionslos. Ihre Frage nach Idwals und der Jungen Unversehrtheit hörte sich an, als lasse sie sich lediglich eine unangenehme Tatsache bestätigen.

Efas Blick wanderte durch den Saal, und da sie keine Anstalten machte, sich von der Stelle zu rühren, schürzte Susanna erzürnt die Lippen und nahm die Sache in die Hand. Sie rief Teleri und bat sie, Rhodri und die jungen Ladys, Elen und Siwan, in die Küche zu bringen.

Nachdem sie einmal von Susanna dazu gedrängt war, drückte Efa sich aber keineswegs, sondern half tatkräftig bei der Versorgung der Verletzten mit. Die Frauen arbeiteten schnell, legten Verbände an und verabreichten zuerst den leichter Verletzten, die wahrscheinlich überleben würden, Kräutermixturen. Dann taten sie, was sie konnten, um den Sterbenden Linderung zu verschaffen. Susanna war nie zuvor mit Schlachten, Überfällen und so vielen Toten konfrontiert worden. Sie schaffte es nur mit größter Anstrengung, sich auf ihre Aufgabe zu konzentrieren und nicht von ihren Gefühlen überwältigt zu werden. Aber ihre Entschlossenheit geriet ins Wanken, als sie auf den Körper eines toten Kindes stieß und sah, dass Efa ihn hinaustrug wie einen Sack Mehl. Wut und Tränen stiegen in Susanna auf. Wie konnte Efa nur so ruhig bleiben, so völlig ungerührt? Wo doch dieses Massaker in ihrem Heim stattgefunden hatte!

Schließlich konnte Susanna den Gestank nicht mehr ertragen und gab Anweisung, den Boden von Blut und Exkrementen zu reinigen und frische Binsen auszustreuen, während der Burghof so gut es ging abgespült werden sollte. Sie zwang sich, immer weiterzuarbeiten, nur so fragte sie sich nicht ständig, was mit ihrem Bruder war.

Meurig hatte Geoffrey mitgenommen, um die Toten zu identifizieren. Sie hatten sie möglichst weit von den Nahrungs- und Wasservorräten entfernt zusammengetragen, wo sie liegen bleiben konnten, bis man sie beerdigte. Das Geräusch klappernder Hufe ließ alle aufhorchen.

«Es ist Lord Idwal», rief einer der Jungen erleichtert. Nur wenige Minuten später kam Idwal in den Saal gestürmt – Meurig dicht hinter ihm.

Bevor irgendjemand etwas sagen konnte, lief Susanna auf ihn zu. «Idwal! Gott sei Dank, Idwal», rief sie.

«Susanna!» Als er das viele Blut auf ihrem Kleid sah, wich die Farbe aus seinem Gesicht.

«Ich bin nicht verletzt», beruhigte sie ihn, und die Tränen liefen erneut, dieses Mal vor Erleichterung darüber, ihn lebend zu sehen. «Ich dachte, du wärst tot.»

Er zog sie an sich, küsste und drückte sie und sah sich verzweifelt im Saal um.

«Was zum Teufel ist passiert?», fragte er Meurig.

«Ich hatte gehofft, das könntest du uns sagen», erwiderte der.

«Als wir eintrafen, war schon alles vorbei. Ich dachte, du hättest vielleicht eine Warnung erhalten und seiest unterwegs, um den Angriff zu verhindern.»

«Ich weiß nicht das Geringste. Als ich wegritt, war alles in bester Ordnung. Ihr seid nicht in den Überfall hineingeraten? Die Kinder sind in Sicherheit?» Seine Fragen kamen rasch hintereinander. Er wollte möglichst schnell Klarheit haben.

«Den Kindern ist nichts passiert», versicherte Meurig. «Und es gibt auch nicht so viele Tote, wie wir im ersten Moment dachten.»

«Idwal!» Geoffrey drängte sich zwischen all den Leuten hindurch, die seinen Bruder umringten. «Er hat dich gefunden!», rief er, als er bei Idwal ankam.

«Ja, und wir sind so schnell es ging zurückgekommen», antwortete Idwal und wandte sich Meurig zu. «Mein junger Knappe konnte entwischen und mir von dem Überfall berichten. Du bist unverletzt, Geoffrey?», fragte er seinen jüngeren Bruder.

«Geoffrey hat das Leben vieler Frauen und Kinder gerettet», sagte Susanna leise, während Geoffrey vor Verlegenheit rot anlief, weil er sich zusammen mit den Frauen versteckt gehalten hatte, statt zu kämpfen.

«Das hast du gut gemacht, mein Junge, ich bin stolz auf dich», lobte Idwal ihn.

«Warum warst du eigentlich nicht hier?», wollte Efa wissen, während sie sich durch die Menge zu ihrem Mann schob, der immer noch Susanna im Arm hielt.

«Ich musste mich um anderes kümmern. Es tut mir Leid, dass du enttäuscht bist», erwiderte Idwal sarkastisch.

So sprach er eigentlich immer mit ihr, aber es war Efas Gesichtsausdruck, der in diesem Moment Susannas Aufmerksamkeit erregte. Sie hatte hektische rote Flecken auf beiden Wangen, und ganz kurz flackerte so etwas wie Schuldbewusstsein in ihren Augen auf. Es war nur für den Bruchteil einer Sekunde zu sehen, passte aber zu dem sonderbaren Verhalten, das sie seit ihrer Ankunft an den Tag legte. Ein Verdacht keimte in Susanna. Sie löste sich aus Idwals Umarmung und ging schnurstracks auf Efa zu.

«Weißt du, wer das hier getan hat?», wollte sie wissen.

Efa sah sie hasserfüllt an. «Woher in Gottes Namen sollte ich das wissen? Du bist doch vor mir angekommen», erwiderte sie kühl.

«Wer könnte das getan haben, dazu noch während der Osterwoche?», fragte Idwal Meurig fassungslos.

«Geoffrey sagt, sie konnten die Angreifer nicht erkennen», antwortete Meurig leise.

«Sie hatten keine Abzeichen auf ihrer Kleidung oder ihren Schilden», erklärte Geoffrey.

«Wahrscheinlich war es dein Vater», sagte Efa hämisch, an Geoffrey gewandt.

«Mein Vater würde nie so hinterhältig handeln. Und er würde nie Rache an Unschuldigen nehmen», fuhr Geoffrey sie hitzig an.

«Nun, es gibt ja auch noch jede Menge andere Leute, die Idwal verärgert hat», ließ Efa nicht locker.

«Zum Beispiel dich», stellte Susanna fest.

«Versuch es mal bei einem normannischen Ritter namens Gilbert de Sées, Idwal teilt nämlich seit einem Jahr das Lager mit seiner Frau!» Efa lächelte triumphierend angesichts der Fassungslosigkeit, die sie damit hervorrief.

«Besser mit einer Normannin als mit dir, Efa», sagte Idwal leise, aber so hasserfüllt, dass Susanna ein Schauer durchfuhr. Er wandte seiner Frau den Rücken zu und sah Susanna an. «Sind alle Verletzten versorgt worden?» Sie nickte. Er fuhr fort und nahm jetzt die Situation in die Hand. «Dann musst du deine Garderobe wechseln, du kannst den Kindern nicht in diesem Zustand gegenübertreten.»

«Mylord, ich habe veranlasst, dass ein Bad in dem Zimmer vorbereitet wird, das für Lord Meurig und Lady Susanna hergerichtet wurde», sagte Teleri leise.

«Danke, Teleri, bring bitte meine Schwester dorthin, und dann müssen du und die anderen Damen sich auch reinigen», sagte Idwal fürsorglich. «Meurig, ich muss die Toten sehen und nach dem Priester schicken lassen.»

Die meisten verließen jetzt die Halle, Efa jedoch beobachtete Meurig ganz genau, und ein seltsames Lächeln spielte um ihre Lippen.

Es war ein düsterer Abend, an dem der Priester kam, um eine Totenmesse zu lesen und den Trauernden Trost zu spenden. Die Kinder standen dicht bei ihren Eltern, dennoch war nicht zu übersehen, dass dieses Haus so zerrissen war wie nie. Idwals Töchter, die einst eine enge Bindung zu ihren Halbbrüdern gehabt hatten, hielten sich abseits. Sechs Monate allein mit ihrer Mutter, und die Saat dessen, was sie den Kleinen einredete, begann zu keimen. Rhodri und Iolo, vor den Augen des Gesetzes ebenbürtig, beäugten einander vorsichtig. Tômas klammerte sich ängstlich an Susannas Röcke. Er brauchte unbedingt sein vertrautes Umfeld. Nach Plas-Marl zurückzukehren und dann auch noch mit diesen schrecklichen Ereignissen konfrontiert zu werden, hatte ihn völlig durcheinander gebracht.

Idwal, entsetzt und wütend, ließ den Blick über seinen unglücklichen Nachwuchs schweifen und fasste einen Entschluss. Heute Abend konnte er zwar nichts gegen die unternehmen, die für den Überfall auf sein Haus zuständig waren, aber er konnte versuchen, seine Familie zusammenzuführen. Er erhob sich und ging hinüber zu Efa.

«Auf ein Wort, wenn du gestattest», sagte er ruhig und führte sie zu einem abgeschiedenen Fensterplatz. «Ich werde direkt zur Sache kommen», begann er. «Ich will meine Töchter wieder hier in Plas-Marl haben. Die Kinder leiden unter unserer Entfremdung, deshalb schlage ich vor, dass du ebenfalls zurückkehrst.»

«Nur deine Töchter?», fragte Efa kühl.

«Iolo hat seinen Platz an Meurigs Hof und da gehört er auch hin. Tômas ist glücklicher, wenn er mit seinem Bruder zusammen ist, und ich weiß, dass Susanna sich gut um ihn kümmert.»

Efas Augen blitzten triumphierend, aber sie hielt klugerweise ihre Zunge im Zaum.

«Reize mich nicht, Efa.» Idwal packte sie am Arm, als sie aufstehen wollte. «Elens und Siwans Platz ist im Haus ihres Vaters, das heißt nicht zwangsläufig, dass du mit ihnen zusammen sein musst.»

Efa schüttelte seine Hand ab und stolzierte ans andere Ende des Saals. Idwal sah ihr nach, dann zwang er sich zu lächeln und ging zu seinen Töchtern.

«Kommt mit, meine Lieblinge. Warum begleitet ihr nicht Papa, und wir fragen eure Brüder, was sie in der Zwischenzeit so alles gemacht haben?» Er nahm Siwan auf den Arm und hielt Elen die freie Hand hin. Nach einem kurzen Blick auf ihre Mutter ergriff Elen schüchtern seine Hand.

Idwal setzte beide neben sich auf eine Bank nahe dem Kamin und rief Iolo und Rhodri zu sich. Nachdem er alle Kinder um sich versammelt, geduldig ihren Erzählungen gelauscht und keines von ihnen dabei bevorzugt hatte, begannen auch die Mädchen, sich zu entspannen und munter mitzuschwatzen. Die Rivalität zwischen Iolo und Rhodri war dennoch deutlich zu spüren.

Er sah hoch und fing Susannas Blick auf. Sie zeigte auf Tômas, der sich noch immer an ihre Röcke klammerte. Idwal winkte ihn lächelnd heran, aber Tômas zögerte, sich aus dem Schutz der Rockfalten hervorzuwagen. Susanna beugte sich herab und hob ihn hoch. «Komm, Tômas, lass uns zusammen zu deinem Vater gehen und ein bisschen mit ihm plaudern», sagte sie mit sanfter Stimme.

Idwal ging ihnen entgegen, und obwohl Tômas nicht aus Susannas Armen wegwollte, streckte er doch die Hand aus und spielte mit dem Schnurrbart seines Vaters. Als Idwal ihm auf die Handfläche pustete, kicherte er vor Vergnügen.

Efa beobachtete Idwal und Susanna, deren Hände sich fast

berührten, während sie Tômas liebevoll anlächelten. Sie sah aus den Augenwinkeln, dass Meurig den beiden ebenfalls zuschaute, und schlenderte zu ihm.

«Idwals Familie – wie froh er ist, dass alle unversehrt sind», sagte sie hinterlistig.

Meurig sah sie angewidert an. Er hatte diese Frau nie gemocht und war nicht gewillt, sich in ihre permanenten Streitereien hineinziehen zu lassen. «Dazu hat er auch allen Grund. Es gibt hier schon genug zu beklagen, auch ohne dass Plas-Marl seinen Lord und seine Erben verliert», sagte er mit mehr als nur einem Anflug von Kälte in der Stimme.

«Ärgert es Euch nicht, wie nah sich die beiden stehen?» Sie sah zu Idwal und Susanna hinüber.

«Sie sind Bruder und Schwester», stellte Meurig klar.

«Seid Ihr Eurer Schwester auch so verbunden? Zwischen mir und meinen Brüdern herrscht ganz sicher kein so zärtlicher Umgang.»

«Das muss Euch sehr betrüben», sagte Meurig trocken.

«Ihr habt gesehen, was er als Erstes tat, als er hier ankam. Seine ganze Sorge galt Susanna, mich würdigte er keines Blickes. ‹Besser mit einer Normannin als mit dir›, sagte er. Es hätte wohl heißen müssen: ‹Eine Normannin ist besser als nichts, wenn ich nicht haben kann, was ich wirklich will.›»

Meurig sah sie voller Abscheu an. «Was wollt Ihr mir eigentlich sagen, Mylady?», fragte er mit eisiger Stimme.

Sein harter Tonfall ließ sie verstummen und die Augen niederschlagen. «Nichts, nichts will ich damit sagen», entgegnete sie schließlich.

Aber als sie von ihm wegging, bemerkte sie zufrieden, dass er Idwal und Susanna mit starrem Blick beobachtete.

Meurig forderte Verstärkung aus Senghennydd an. Sobald die Männer eingetroffen waren, machte er sich mit seiner Familie zur Heimreise bereit.

«Das war kein spontaner Überfall, Idwal», sagte er, «sondern galt ganz speziell dir. Die Kinder und Susanna sind hier nicht sicher. Ich lasse dir genügend Männer da, bis du deine eigenen Leute aufgestockt hast.»

«Ich danke dir, Meurig. Du nimmst meine Jungen wieder mit?» Als Meurig nickte, fuhr Idwal fort: «Ich werde herausfinden, wer das getan hat, sei versichert. Und meine Rache wird keine Gnade kennen.»

«Ich werde mich umhören, ob ich etwas in Erfahrung bringen kann.» Meurig gürtete sein Schwert. «Aber wenn ich dir einen Rat geben darf, Idwal: Schau auf das ‹Warum›, denn ich könnte wetten, dass du dann auch auf das ‹Wer› stößt.»

Sie betraten den Burghof, wo sich Meurigs Eskorte bereithielt. Nur Susanna saß noch nicht im Sattel; sie wartete darauf, sich von ihrem Bruder verabschieden zu können.

«Pass auf dich auf, Idwal», sagte sie und umarmte ihn innig. «Das ist mein Ernst, du musst auf der Hut sein. Ich könnte es nicht ertragen, wenn dir etwas zustößt.»

«Susanna, wenn du jetzt bitte zum Schluss kommen würdest, wir müssen los», befahl Meurig mit scharfer Stimme.

Susanna war verblüfft über seinen Ton, sagte jedoch nichts. *Die letzten Tage waren für uns alle hart, und auch Meurig ist gegenüber solchen Dingen nicht unempfindlich,* dachte sie, während sie widerspruchslos in den Sattel stieg und ihrem Ehemann durch das Tor hinausfolgte.

Sie ritten eine Weile schweigend, bis Susanna es nicht länger aushielt. «Denkst du, Roger ist dafür verantwortlich? Ich mache mir solche Sorgen, Meurig, vielleicht hätten wir besser bleiben sollen.»

«Hätten wir nicht», erwiderte er kurz angebunden.

«Was ist los mit dir?», fragte sie gereizt. «Beunruhigt es dich nicht, dass Idwal beinahe getötet worden wäre, vielleicht sogar verraten von jemandem aus seinem eigenen Haus?»

Meurig wandte sich im Sattel zu ihr um. «Wir hätten genauso gut getötet werden können, Susanna. Hätten wir uns nicht verspätet, wären wir dort gewesen, als der Überfall stattfand. Ich bin nicht bereit, dich oder sonst jemanden wegen der Streitigkeiten eines anderen Mannes einer solchen Gefahr auszusetzen. Ich glaube nicht, dass Roger dafür verantwortlich ist, aber ich vermute, dass es jede Menge anderer Kandidaten gibt. Wie dem auch sei – Idwal ist alt genug, um selbst für die Konsequenzen seines Handelns einzustehen.»

«Du gibst Idwal die Schuld?» Susanna war völlig überrascht.

«Es ist bedauerlich, dass du deinen Bruder nicht mit den Augen anderer sehen kannst», erwiderte Meurig ruhig. «Und jetzt lass uns das Thema beenden.» Er trieb sein Pferd an und ritt nach vorn an die Spitze zu seinen Männern, während Susanna zornig und gekränkt zurückblieb.

Als sie ihre Burg in Merthyr erreichten, traf Meurig umgehend Vorbereitungen, dass Susanna und die Kinder sicher nach Gelligaer begleitet wurden, während er sich auf den Weg zu Lord Iestyns Hof in Morgannwg machen wollte. Er hatte diesen Besuch bereits vor ihrer Reise geplant, dennoch war Susanna ein wenig betroffen, dass er an seinem ursprünglichen Plan festhielt. Es war untypisch für ihn, sie einfach wegzuschicken. Normalerweise hätte er sie nach Hause begleitet. Sie hatte das Bedürfnis, nach den Ereignissen in Plas-Marl mit ihm zusammen zu sein. *Wir brauchen ihn jetzt, denkt er denn gar nicht an seine Familie? Aber wenn er es nicht von selbst bemerkt, dann werde ich auch nichts sagen,* grollte sie.

Zurück in Gelligaer versuchte sie, ihre Unruhe während Meurigs Abwesenheit zu vertreiben, indem sie sich einredete, dass es seine Pflicht war, an Iestyns Hof zu erscheinen. Gruffudd ap Rhys unternahm zunehmend erfolgreichere Anstrengungen, das Königreich Deheubarth zurückzuerobern, und viele Männer waren bereit, unter seiner Fahne zu kämpfen. Meurig hatte kein

Geheimnis daraus gemacht, dass er Gruffudds Aufstieg guthieß, und da Morgannwg zwischen Deheubarth und Senghennydd lag, war nachvollziehbar, dass Iestyn ganz genau zu wissen wünschte, ob Meurig sich an den Kämpfen zu beteiligen gedachte. Susanna wusste, dass Meurig nicht vorhatte, sich Gruffudd anzuschließen. Das würde er auch seinem Onkel klar machen. Sie wusste aber auch, dass Iestyn es jedes Mal schaffte, den verdammten Stolz ihres Mannes zu verletzen. Hinzu kam die Unberechenbarkeit von Iestyns Anhängern. Susanna meinte also allen Grund zur Sorge zu haben, wenn Meurig so lange wegblieb.

Als sie schließlich Nachricht über seine kurz bevorstehende Rückkehr erhielt, sah sie dem Tag ungeduldig entgegen und betete, dass sich das, was ihm vor seiner Abreise im Kopf herumgespukt war, mittlerweile erledigt hatte.

Während der letzten Tage hatte Susanna beobachten können, dass sich die Kinder zusehends von den schrecklichen Erinnerungen an Plas-Marl erholten, ihr Spiel war unbeschwerter geworden. Unbändige Vorfreude brach aus, als Susanna den Kindern von Meurigs bevorstehender Ankunft berichtete – was Eluned veranlasste, in den folgenden Stunden vor lauter Ungeduld mit jedem, der ihr unter die Augen trat, einen Streit anzuzetteln.

«Und somit war der Frieden erst wiederhergestellt, als du zum Tor hereingeritten kamst», schloss Susanna lachend, nachdem sie Meurig die Geschichte beim Abendessen erzählt hatte.

«Freut mich zu hören», sagte Meurig und tunkte sein letztes Stück Fleisch in die Bratensoße.

Sein Tonfall war locker, und er hatte auch versichert, dass die Besprechungen an Iestyns Hof einvernehmlich verlaufen seien, dennoch hörte Susanna die Anspannung in seiner Stimme.

Nachdem die Mahlzeit beendet war, erhob sich Meurig, nahm ein paar Knochen und warf sie den wartenden Hunden zu, die sich gierig darauf stürzten.

«Papa, Olwen meint, dass wir jetzt ins Bett müssen», sagte Eluned und sah ihren Vater flehentlich an.

Meurig hob sie hoch und schwang sie herum. «Und Olwen hat Recht», sagte er grinsend, küsste seine Tochter und stellte sie wieder auf den Boden. «Gute Nacht, meine Süße», sagte er und ging dann zu den anderen Kindern, um ihnen der Reihe nach gute Nacht zu sagen.

Während die Kinder in ihre Betten gebracht wurden, fanden sich die Anwesenden in Gruppen zusammen, und der Harfenist spielte. Susanna sah, wie Meurig es sich in einer Fensternische gemütlich machte und die Beine müde auf die Kissen hochlegte. Er hatte sie nicht gebeten, ihm Gesellschaft zu leisten. Seit seiner Rückkehr verhielt er sich ihr gegenüber seltsam distanziert.

«Lust auf eine Partie Würfelschach?», wandte sie sich an Hywel.

Der tat ihr gern diesen Gefallen und baute die Figuren auf. Sie spielten regelmäßig, und hin und wieder gelang es Susanna sogar, ihn zu schlagen. Als sie sich Hywel gegenübersetzte, trafen sich ihre Blicke, aber noch bevor sie etwas sagen konnte, schüttelte er kaum merklich den Kopf.

«Bevor du fragst, Susanna – ich weiß es nicht. Er war die ganze Zeit über in dieser düsteren Stimmung», sagte er leise. «Er hat mich aber nicht ins Vertrauen gezogen, und selbst wenn …» Er brach ab und fühlte sich sichtlich unbehaglich.

«Und wenn er es getan hätte, dann würdest du mir nichts sagen», beendete Susanna den Satz für ihn. «Und so sollte es auch sein», fügte sie rasch hinzu. Hywel war seit seiner Kindheit mit Meurig zusammen und unbeirrbar, was seine Loyalität und Freundschaft zu ihm anging.

Hywel lächelte erleichtert. Er wusste tatsächlich nicht, was Meurig zu schaffen machte. An Iestyns Hof war jedenfalls nichts Unangenehmes vorgefallen, tatsächlich war man richtiggehend freundschaftlich miteinander umgegangen. Er vermutete, dass es irgendetwas mit den vorangegangenen Ereignissen in Plas-Marl zu tun hatte, denn er hatte herausbekommen, dass Meurig nicht gut auf Idwal zu sprechen war. Aber Hywel wollte auf keinen Fall in einen Familienzwist hineingezogen werden. Er nahm die Würfel in die Hand.

«Wollen wir spielen?», fragte er, ließ die Würfel in seiner Hand klackern und sah Susanna mit einem herausfordernden Grinsen an.

Susanna nickte, und als die Würfel ständig zu ihren Gunsten fielen, war ihr ansteckendes Lachen schon bald im ganzen Saal zu hören. Gegen Meurigs Verstimmung konnte sie sowieso nichts unternehmen, solange sie nicht mit ihm allein war, und Hywel war eine angenehme, unkomplizierte Gesellschaft. Er konnte sie mit seiner Gewitztheit und Vorliebe für Klatsch und Tratsch immer zum Lachen bringen. Nachdem Susanna beim Schach gewonnen hatte, vergnügten sie sich mit dem kindischen Spiel «Schlag die Hand». Susanna streckte die Hände aus und versuchte einzuschätzen, wann und mit welcher Hand Hywel schlagen würde, um ihre vorher rasch wegzuziehen. Aber Hywel war zu schnell für sie. Er erwischte sie immer wieder, wobei Susanna jedes Mal vor Vergnügen quietschte, und auch sein lebhaftes Lachen war deutlich zu hören.

Plötzlich baute sich Meurig drohend neben ihr auf. «Susanna», sagte er mit schneidender Stimme.

Sie wandte sich ihm zu, und ihr verging das Lachen, als sie den düsteren Ausdruck seiner Augen sah.

«Wenn du meine Frau entschuldigen würdest, Hywel», sagte Meurig kalt, packte Susanna brutal am Arm und zerrte sie aus dem Saal.

Sobald sie in ihrem Gemach waren, befreite Susanna ihren Arm. «Was soll das?», fauchte sie ihn wütend an.

«Dein Benehmen heute Abend war unverzeihlich», erwiderte er mit eisiger Stimme.

«Wie bitte?», fragte sie verblüfft. «Was habe ich getan, das einen derartigen Vorwurf rechtfertigt?»

«Du meinst also, wie du dich mit Hywel aufgeführt hast, sei akzeptabel?»

Susanna sah Meurig erst verwundert, dann amüsiert an. «Um Gottes willen, Meurig, ich habe heute Abend nichts anderes getan als zu unzähligen anderen Gelegenheiten auch. Und ich erinnere dich daran, dass du dich mit derlei Spielchen selbst schon mit etlichen Damen des Hofes vergnügt hast. Warum hast du es heute so ernst genommen?», fragte sie leichthin, ging zum Tisch und schenkte sich etwas zu trinken ein.

«Ich nehme meine Position sehr ernst», herrschte er sie an und schlug ihr den Krug so heftig aus der Hand, dass dieser über den Boden rollte und sein Inhalt sich überallhin ergoss. «Und ich versuche, meine Frau nicht zu beschämen, und von dir, Mylady, erwarte ich das Gleiche – verdammt nochmal!»

Susanna war ganz still geworden, verdutzt angesichts seines unbegründeten Zorns. Als Meurig sich abrupt umdrehte und das Zimmer verließ, blieb sie verletzt und wütend zurück.

Sie starrte auf die offene Tür, während die Gedanken in ihrem Kopf nur so rasten. Meurigs Wutausbruch war für sie völlig überraschend gekommen. Was hatte sie denn nur getan, um ihn derartig zu provozieren? Irgendetwas machte ihm zu schaffen, aber seine Anspielungen auf sie und Hywel waren kompletter Unsinn. Ihre Verletztheit wandelte sich schnell in Angst, denn ob sie ihn nun provoziert hatte oder nicht, sein Verdacht konnte weiter gären, wenn sie nicht schnell handelte. «Lieber Gott im Himmel», flüsterte sie, während sie sich bückte, um den Krug aufzuheben. «Lass ihn sich nicht von mir abwenden.» Sie drehte das leere Gefäß in den Händen und sah sich im Zimmer um. Die Geräusche aus dem Saal drangen durch die Tür abgeschwächt bis zu ihr, während sie versuchte, das Ganze klar und logisch zu betrachten. Sie könnte es nicht ertragen, Meurig zu verlieren, genauso wenig aber ihre Position hier, und schon gar nicht wegen etwas so Lächerlichem. Sie musste etwas unternehmen, und zwar unverzüglich.

Entschlossen folgte sie Meurig, wohl wissend, dass er sich in sein Arbeitszimmer zurückgezogen hatte. Ohne anzuklopfen stürmte sie hinein. Meurig stand am Fenster und starrte auf den dunklen Burghof.

«Unser Gespräch ist beendet», zischte er, ohne sich umzudrehen. «Ich habe nichts hinzuzufügen.»

«Nun, ich allerdings eine Menge», erwiderte sie wutschnaubend. «Deine Anschuldigungen sind nicht gerechtfertigt, und ich verlange eine Erklärung.»

Meurig drehte sich um und sah sie schweigend an, mit einem Blick, als wäre sie eine Fremde.

Susanna strich mit den Enden ihrer Zöpfe über ihre Röcke und zwang sich, tief Luft zu holen. Die Kontrolle zu verlieren und hysterisch herumzuschreien würde gar nichts helfen. «Ich weiß doch genau, dass du selbst nicht glauben kannst, dass zwischen Hywel und mir etwas anderes als Freundschaft sein soll.»

«Ach nein?» Er blieb stur, aber er begann offenbar zu bereuen, Hywel in diese Sache hineingezogen zu haben.

«Du kennst Hywel, seit du ein kleiner Junge warst, du kannst nicht an seiner Loyalität zweifeln.»

«Du hast Recht, Susanna, Hywel hat nichts Verwerfliches getan, und ich schulde ihm eine Erklärung», erwiderte Meurig kühl.

Susanna hielt empört die Luft an. «Willst du damit sagen, dass du *mir* misstraust?»

«Du solltest jetzt besser gehen», sagte Meurig müde und wandte sich ab.

«Das werde ich ganz sicher nicht.» Sie war mit wenigen Schritten bei ihm. «Ich will nicht, dass irgendetwas zwischen uns steht. Du hast keinen Grund, mir zu misstrauen. In der ganzen Zeit, die wir miteinander verheiratet sind, habe ich nicht einmal einen anderen Mann angesehen», sagte sie entrüstet. «Und ich bezweifle, dass du dieses Kompliment erwidern kannst», fügte sie in bissigem Ton hinzu.

Sein Gesicht zeigte nicht die geringste Regung, und ihre letzte Bemerkung ignorierte er geflissentlich. Dann verengten sich seine Augen zu schmalen Schlitzen. «Und was war vor unserer Ehe?», fragte er leise.

Das Blut rauschte in Susannas Ohren, und vor ihrem geistigen Auge tauchte die grinsende Fratze Owain ap Cadwgans auf. Mit aller Entschlossenheit riss sie sich zusammen. «Vorher?», wiederholte sie ungläubig. «Du weißt, dass ich bis zu unserer Hochzeitsnacht Jungfrau war.»

«Es gibt viele Möglichkeiten, seine Unschuld zu verlieren und rein technisch gesehen immer noch Jungfrau zu sein», entgegnete er barsch. «Du hast mir selbst erzählt, warum Rhodri erst nicht wollte, dass du heiratest.»

Susanna zuckte zusammen wie unter einem Schlag und musste sich auf die Lehne eines Stuhls stützen. Darauf war sie nicht vorbereitet gewesen. Er rührte an einen Bereich, der für sie genauso unverständlich wie bedrohlich war. «Ich habe dir im Vertrauen davon erzählt.» Ihre Stimme war kaum mehr als ein Flüstern. «Ich tat es, weil ich dir vertraute, und du schlägst mir damit ins Gesicht. Wie konntest du das tun?»

Meurig drehte sich weg, ging im Zimmer auf und ab, ballte und öffnete immerzu die Fäuste. «Hör auf, die Heilige zu spielen, Susanna. Ich frage mich, ob es nicht in Wahrheit ein bisschen anders gewesen ist.» Er blieb stehen und sah sie von der gegenüberliegenden Seite des Zimmers aus an. «Vielleicht war gar nicht Rhodri das Problem, womöglich war nicht er es, der dich für sich wollte. Ich sollte wohl eher auf deine engste Familie schauen, auf deinen heiß geliebten Bruder.»

Vor Susannas Augen schien sich alles zu drehen. Meurig verschwamm zu einem weit entfernten Bild, als hätte sich die Erde zwischen ihnen aufgetan. Sie versuchte verzweifelt, sich auf ihn zu konzentrieren, aber es war, als taumele sie an einem Abgrund entlang. Ein Schritt genügte, um sie zu ihm zu bringen – oder sie in die Tiefe stürzen lassen, wenn es der falsche war. Die Stille im Zimmer war erdrückend, sie fuhr sich mit der Hand an den Hals, rang nach Luft. Dann schüttelte sie den Kopf, als könne sie dadurch diese ungeheuerlichen Worte aus ihrem Gedächtnis vertreiben.

«Idwal?», fragte sie mit erstickter Stimme. «Du denkst, dass ich … mit Idwal …»

«Er ist immer gegenwärtig. Du sprichst über ihn, sorgst dich um ihn», spie er ihr entgegen.

«Er ist mein Bruder», schrie Susanna. «Wir hatten nur uns.»

«Scheint so», erwiderte Meurig sarkastisch und richtete sich auf.

Susanna betrachtete diesen Fremden, und der erste eiskalte Schock wich allmählich kochender Wut. «Wie kannst du es wagen, mich einer so abscheulichen Tat zu bezichtigen», sagte sie leise und schneidend. «Sieben Jahre sind wir jetzt verheiratet, zwei Kinder habe ich dir geboren. Gütiger Gott, du hast sogar Idwals Söhne hier aufgenommen. Warum hättest du das tun sollen, wenn du wirklich gedacht hättest, wir …» Sie brach ab. «Was ist passiert?» Ihre Augen blitzten vor Wut und blickten genauso vorwurfsvoll wie seine. «Irgendetwas muss passiert sein, das diese widernatürliche Idee in deinen Kopf gepflanzt hat.»

Meurig hielt ihrem Blick stand. «Lass es mich einfach so ausdrücken: Ich habe meine Scheuklappen abgelegt. Und plötzlich ergab alles Sinn – bis hin zu unserer ersten Nacht. Ich weiß noch, wie er dich ansah, als er dich in meinem Bett zurücklassen musste. Und dann dieser rührende Abschied am nächsten Morgen.» Er schlug sich mit der Faust in die Hand. «Diese Innigkeit, immerzu diese verdammte Innigkeit zwischen euch. Dann in Plas-Marl, seine erste Reaktion auf die Gräueltat – ging er etwa zu seiner Frau? Nein, seine Sorge galt dir, er eilte schnurstracks zu dir.» Er fuhr sich mit der Hand durchs Haar und lachte bitter.

«Gott, was für ein Narr ich doch gewesen bin. Ich dachte

immer, er hält sich eine Geliebte nach der anderen, weil er auf der Suche nach einem Mutterersatz ist, in Wahrheit war es die Schwester, die er die ganze Zeit vermisste.»

Die Farbe kehrte in Susannas Gesicht zurück, ein tiefes Rot, das am Hals beginnend bis in ihre Wangen hochstieg. Seine furchtbaren Worte schärften aber auch ihre Sinne, und plötzlich sah sie mit untrüglicher Klarheit den Verursacher dieser gemeinen Verleumdungen.

«Efa», entfuhr es ihr, während sie auf Meurig zuging. «Efa hat dir mit ihrer Verbitterung und Eifersucht diesen Floh ins Ohr gesetzt. Und du hast ihr bereitwillig zugehört? Ich hätte dich für souveräner gehalten.» Sie stand jetzt so dicht vor ihm, dass sie einander fast berührten. Ihr Zorn verdrängte ihre Verletztheit gänzlich, und sie starrte ihn wütend an. «Sie weiß nichts von mir und Idwal, rein gar nichts. Aber du, du weißt alles, und dennoch hast du es vorgezogen, alles, was zwischen uns war, wegen des Geschwätzes einer verdrehten Frau über Bord zu werfen. Bist du wirklich so oberflächlich? Sollte ich mich in all den Jahren so in dir getäuscht haben?» Wütend streckte sie ihm ihr Gesicht entgegen. «Jetzt hör mir gut zu, Meurig. Ich liebe Idwal und werde mich dafür nicht entschuldigen. Wir spüren es, wenn der andere Schmerzen leidet. Und diese ‹verdammte Innigkeit› ist geschwisterliche Liebe, geschmiedet zwischen zwei verängstigten Kindern, die sich auf der Suche nach Trost und Sicherheit aneinander klammerten. Aber nie habe ich meine Loyalität zu ihm über die zu dir gestellt – und das weißt du auch. Ich bin nicht blind, was seine Fehler angeht, und werde ihn auch nicht bis aufs Blut verteidigen, wenn er sich falsch verhält. Uns verbindet die schlichte, bedingungslose Liebe zweier Kinder, und du verdrehst es so, dass es wie etwas Unnatürliches aussieht, etwas Schmutziges.» Sie ging ein Stück von ihm weg, rang die Hände und blinzelte zornig die Tränen weg.

Dann drehte sie sich plötzlich und so schnell zu ihm um, dass ihre schweren Zöpfe durch die Luft peitschten und Meurig zwei heftige Schläge verpasst hätten, wäre er nicht instinktiv zurückgewichen. Susanna wies mit zitternder Hand auf ihn, und ihre Stimme bebte vor Erregung.

«Das hättest du nicht tun dürfen, nicht du. Ich habe dich mehr geliebt als jeden anderen in meinem ganzen Leben. Ich habe dir alles von mir gegeben. Aber nicht ein einziges Mal in all den Jahren, nicht einziges Mal hast du mir gesagt, dass du mich liebst.» Sie ließ den Arm sinken und lächelte verbittert. «Ich war so töricht zu glauben, dass ich dir mehr bin als nur eine Stufe auf der Leiter nach oben.»

«Nein, tu das nicht», sagte Meurig und packte sie am Arm. «Verwende das jetzt nicht gegen mich.»

Susanna schüttelte seine Hand ab, machte jedoch keine Anstalten, die Tränen wegzuwischen, die nun ungehindert flossen. «Du weißt alles von mir, ich verheimliche dir nichts. Du bist eingeweiht in Dinge, die ich sonst niemandem sagen würde. Du verleumdest meine Gefühle für Idwal, aber er wird mich niemals so kennen, wie du mich kennst.» Sie wischte sich wütend über die Wangen. «Oder wie ich dachte, dass du mich kennst.»

Sie hielt den Kopf aufrecht und sah ihn fest an. «Ich habe dir meine geheimsten Ängste und Wünsche offenbart, weil ich dir vertraute. Ich vertraute dir als meinem Ehemann und meinem Liebhaber, aber mehr noch vertraute ich dir als meinem Freund. Verdammt, Meurig, scher dich zum Teufel.»

Der Blick ihrer Augen war verletzender als jeder Schwertstoß, denn hinter der Verletzung und Wut las er etwas noch viel Schlimmeres – seinen Verrat an ihr. Er verzog das Gesicht, wandte sich abrupt um und fegte alles, was auf seinem Schreibtisch lag, mit einer einzigen Armbewegung zu Boden. Susanna sah ihm teilnahmslos zu, während er die Tischkante umklammerte und versuchte, ruhiger zu atmen. Ohne ein weiteres Wort drehte sie sich um und verließ das Zimmer.

Die nächsten Wochen verliefen für alle äußerst angespannt. Susanna hatte fest damit gerechnet, dass Meurig Gelligaer für eine Weile verlassen würde, indem er dringende Angelegenheiten vorschob, um Abstand zwischen ihnen zu schaffen. Aber er war geblieben. Sie schlichen umeinander herum wie zwei Gespenster, die in demselben Albtraum gefangen sind. Tagsüber vergrub sich Meurig mit seinen Beratern im Arbeitszimmer, kümmerte sich um seine Regierungsgeschäfte oder machte, wenn nötig, Besuche auf seinen Ländereien – solange sie ihn nicht zu weit von Gelligaer wegführten und er abends wieder heimkehren konnte. Susanna wurde von allen Regentschaftsangelegenheiten ausgeschlossen, folglich beschränkte sie sich auf Haushaltsfragen und versuchte, die Situation für die Kinder so normal wie möglich erscheinen zu lassen. Aber die Dinge waren alles andere als normal, und die Kleinen ließen sich nicht täuschen.

Diese Kluft zwischen uns belastet auch die Kleinen, dachte Susanna, während sie die spielenden Kinder betrachtete, die ihr kaum noch von der Seite wichen. In seiner Gegenwart waren sie jetzt immer sehr still und zurückhaltend. Sie schlichen herum wie Schatten, um ihn in seiner schlechten Laune nicht noch mehr zu reizen. *So kann es nicht weitergehen,* sagte sie sich traurig. Sie wünschte beinahe, einer seiner Lords würde rebellieren oder die Normannen würden die Grenze überschreiten. Hauptsache, er müsste von hier weg und könnte seinen angestauten Ärger abreagieren. Aber überall blieb es friedlich, die einzige Schlacht, die geschlagen werden musste, fand zu Hause statt. Sie lächelte schmerzlich. Die Fronten waren klar, aber keiner war bereit loszuschlagen, denn es würde ein Kampf bis zum bitteren Ende werden. Also war der Saal tagsüber ihr Reich und seines während der Nacht. Das gemeinsame Abendessen war ein Niemandsland, gesprochen wurde nur, wenn es unvermeidlich war.

Das Knirschen des Stuhls neben ihr riss Susanna aus ihren quälenden Gedanken. Meurig hatte seinen Teller weggeschoben und erhob sich vom Tisch. Er würdigte Susanna keines Blickes, griff nach einem frisch gefüllten Krug und ging mit steifen Schritten zum Kamin. Wie an jedem Abend überwachte Susanna das Abräumen nach dem Essen, gab dem Barden ein Zeichen, etwas vorzutragen, und sammelte die Kinder ein, um sie ins Bett zu bringen. «Sagt Papa gute Nacht», forderte sie die Kleinen auf und bemühte sich um einen heiteren Tonfall, während sie sich innerlich für den Moment wappnete, ihm gegenüberzutreten.

«Die Kinder möchten dir eine gute Nacht wünschen», sagte sie mit eisiger Höflichkeit zu Meurig, während sie sich ihm näherten. «Ich bringe sie zu Bett und ziehe mich dann in mein Gemach zurück.»

Meurig ließ seinen Blick kurz zu ihr und dann zu seinen heiß geliebten Zöglingen wandern. Abrupt stand er auf. «Mir ist danach, sie heute selbst ins Bett zu bringen. Würde euch das gefallen?», wandte er sich an Eluned.

Eluned nickte stumm, ihre übliche Begeisterung wurde überschattet von der schwermütigen Stimmung, die über dem gesamten Haushalt hing. Meurig nahm sie auf den Arm, und sofort strahlte sie über das ganze Gesicht. Es tat Susanna in der Seele weh, als ihre Tochter sie um Erlaubnis bittend ansah, ihr Gesichtsausdruck eine Mischung aus dem Wunsch, beim Vater zu sein, andererseits der Mutter aber nicht wehtun zu wollen.

«Papa bringt euch heute ins Bett», sagte sie liebevoll. «Ich sehe später nach, ob ihr alle gut zugedeckt seid.» Sie beugte sich herab, küsste die Jungen und übergab Nesta an Olwen. Es folgte ein peinliches Zögern, bevor sie sich vorneigte, um Eluned zu küssen, die immer noch auf dem Arm ihres Vaters saß. Susannas Hand berührte dabei flüchtig Meurigs, und er zuckte zusammen, als hätte er sich verbrannt. *Das muss jetzt ein Ende haben,* sagte sich Susanna zum x-ten Mal, während Meurig die Kinder aus dem Saal führte.

Susanna wartete so lange in ihrem Gemach, bis sie davon ausgehen konnte, dass Meurig das Kinderzimmer wieder verlassen hatte. Als sie jedoch gerade vor der Tür ankam, öffnete sich diese, und ihr Ehemann stand direkt vor ihr.

«Ich wusste nicht, dass du noch hier bist», sagte sie und machte einen Schritt zurück.

«Ich wollte gerade gehen», murmelte er und drückte sich an ihr vorbei.

Seine kühle Höflichkeit ließ Susanna einen plötzlichen Entschluss fassen. Wenn sie schon nichts gegen seine ständige Anwesenheit tun konnte, so aber doch gegen die ihre. Sie zog rasch die Tür zu, damit die Kinder nicht mithören konnten.

«Meurig», sagte sie leise, «so kann es nicht weitergehen.»

Er blieb stehen, drehte sich langsam um und sah sie an. «Du hast Recht, Susanna. Was schlägst du vor?»

Sein Ton war so gleichgültig, dass es in Susannas Gesicht kaum merklich zuckte, aber sie blieb gefasst und sah ihn direkt an. «Ich halte es für das Beste, wenn ich für eine Weile von hier weggehe», entgegnete sie steif.

Meurig verzog spöttisch den Mund. «Ich nehme an, du willst zu deinem Bruder.»

«Damit du dich darüber freuen kannst, doch Recht gehabt zu haben?», herrschte sie ihn mit einem zornigen Blitzen in den Augen an. «Ich werde zu meiner Cousine Cristyn gehen. Dagegen wirst du ja wohl nichts einzuwenden haben.»

«Ich will nicht, dass beim Abendessen an den Tafeln von Gwent über mich getratscht wird. Deshalb habe ich in der Tat etwas dagegen.» Sein schroffer Tonfall verriet, dass er nicht darüber diskutieren würde.

Susanna spielte an ihrem Ehering herum, der viel zu leicht über den dünnen Finger rutschte. Die Anspannung der vergangenen Wochen hatte sie abnehmen lassen, und ihr Gesicht war so schmal geworden, dass die Augen darin riesig wirkten.

«Ich kann hier nicht bleiben», flüsterte sie, ein leises Flehen in der Stimme. «Du erträgst es nicht, in meiner Nähe zu sein, du schaffst es ja nicht einmal, mich anzusehen. Und das wirkt sich auch auf die Kinder aus.»

Meurig kniff die Augen zusammen. «Du bildest dir doch hoffentlich nicht ein, sie mitnehmen zu können?»

Susanna blieb die Luft weg. Panik breitete sich in ihr aus. «Ich kann meine Kleinen nicht verlassen», schluchzte sie, und ihre Stimme wurde schrill. «Ich habe geschworen, das niemals zu tun.» Sie war kurz davor, die Kontrolle über sich zu verlieren. Einer nach dem anderen erschienen vor ihrem geistigen Auge die Dämonen ihrer Vergangenheit.

«Dann wirst du wohl bleiben müssen», erklärte Meurig mit einem gleichgültigen Schulterzucken und wandte sich zum Gehen.

Verzweifelt packte sie ihn am Arm und zwang ihn, sie anzusehen. Seine Miene wirkte versteinert, lediglich ein Muskel in seiner Wange zuckte, weil er die Zähne fest zusammenbiss.

«Bitte, Meurig», flehte sie, «tu ihnen das nicht an. Was auch immer du über mich denkst, verletze sie nicht noch mehr. Ich bin ihre Mutter, Eluned ist jetzt so alt, wie ich damals war, als …»

Sie brach ab und holte tief Luft, um sich zu beruhigen. «Zwing mich nicht, sie zu verlassen», sagte sie etwas gefasster, «aber zwing mich auch nicht, zu bleiben.»

Regungslos wartete sie auf seine Antwort und wagte nicht, den Blick zu senken. Sie hatte Angst, der seidene Faden, den sie zwischen ihnen gewoben hatte, würde sofort wieder reißen.

«Also gut», sagte Meurig schließlich. «Du kannst dich eine Zeit lang mit ihnen aus Gelligaer entfernen, aber nicht aus Senghennydd. Ich will nicht, dass die Kinder mein Herrschaftsgebiet verlassen. Du kannst auf das Rittergut in Bedlinog ziehen. Ich werde morgen eine Nachricht schicken, dass man es für deine Ankunft herrichtet.»

Erleichtert atmete Susanna auf, und der drückende Schmerz in ihren Schläfen ließ sofort nach.

«Ich bereite alles vor, damit wir übermorgen aufbrechen können», sagte sie rasch, bevor er seine Meinung doch noch änderte. «Es gibt keinen Grund, es hinauszuschieben», fügte sie hinzu.

«Wie du willst», entgegnete er knapp.

Damit war alles gesagt. Susanna drehte sich um, öffnete die Tür zum Kinderzimmer und ging leise hinein.

Bedlinog

Susanna war mit der Hoffnung in Bedlinog eingetroffen, dass die räumliche Distanz helfen würde. Sie hoffte so sehr, dass ihre Welt noch nicht endgültig zerbrochen war. Meurigs kleines Rittergut lag zwischen Bäumen und an einem kleinen Fluss. Es wirkte so friedlich und einladend, dass es Susanna bei ihrer Ankunft wie eine Zufluchtsstätte vorkam.

Aber wenn die vergangenen Wochen in Gelligaer schon fürchterlich gewesen waren, so schien sie sich jetzt in der Hölle zu befinden. Durch die Distanz, nach der sie sich so gesehnt hatte, nahm Meurig nur noch mehr Raum in ihren Gedanken ein und bereitete ihr schlaflose Nächte. Anfänglich wollte ihre Wut auf ihn nicht verschwinden, weil er so etwas Schreckliches von ihr dachte und Efa mehr Glauben schenkte als ihr. Hielt er denn so wenig von ihr? Sie hatte immer gedacht, bei ihm wäre sie sicher, hatte geglaubt, dass sie ihm viel bedeutete. Aber jetzt fragte sie sich, ob er jemals wirklich etwas für sie empfunden hatte.

Ihre Stimmung schwankte zwischen Wut und Melancholie, bis sie allmählich fürchtete, den Verstand zu verlieren. Nur der Kinder wegen hatte sie sich noch im Griff. Aber sie konnte und wollte Meurig ihnen gegenüber nicht verteufeln. Er war ihr Vater und liebte sie – zumindest dessen war sie sicher. Folglich beruhigte sie die Kinder, wenn sie Fragen stellten. Sie sagte ihnen, dass ihr Vater zu tun habe und seine Aufgabe als Herrscher im Moment mehr

Aufmerksamkeit brauche. Auf keinen Fall habe er sie weniger lieb. Noch stellten ihre Antworten die Kinder zufrieden, aber sie würden dieses Ortes bald überdrüssig werden und Heimweh bekommen. Susanna konzentrierte sich mit ihrer ganzen Kraft auf die Kinder und ließ sie so viel wie möglich ihren Lieblingsbeschäftigungen nachgehen. In dieser ruhigen Ecke von Senghennydd schien die Zeit langsamer zu verstreichen. Der kleine Haushalt war außer sich vor Freude, eine ganze Familie umsorgen zu können, und Siôn und Iolo konnten sich nicht über einen Mangel an Freiwilligen beklagen, die mit ihnen auf Jagd gingen, Bogenschießen übten oder Schwertkämpfe organisierten. Eluned und Nesta liebten es, mit Susanna zum Fluss zu gehen, wo sie ihre Strümpfe ausziehen und mit nackten Füßen im Wasser planschen durften. Sie quietschten vor Vergnügen, als eine Entenmutter ihre flauschigen kleinen Küken zu ihnen führte, die mit ihren Schnäbeln in den kleinen Kinderhänden nach versteckten Leckerbissen suchten. Und Tômas war einfach glücklich, solange Iolo in Sichtweite blieb.

Es hatte nicht zur Debatte gestanden, Idwals Söhne in Gelligaer zu lassen. Die beiden hatten die Mutter verloren und waren von Efa alles andere als willkommen geheißen worden. Susanna hatte ihnen ein liebevolles Zuhause gegeben und konnte nicht zulassen, dass die beiden ihre neu gefundene Sicherheit wieder verloren. Tagsüber beschäftigte sie sich pausenlos und konnte dadurch ihre quälenden Gedanken verdrängen, aber sobald die Kleinen abends schliefen, war sie allein, hatte nichts, um sich abzulenken und ihre Gedanken in Schach zu halten. Wie jeden Abend entließ sie auch heute die Mägde, schob den Riegel vor die Tür und ging ins Schlafgemach, dessen Stille nur vom Atmen der Kinder durchbrochen wurde.

Schon ganz automatisch schüttete sie sich etwas zu trinken ein. Der Krug war immer in ihrer Reichweite. Aber heute Abend trank sie nur wenig. Sie hatte eingesehen, dass die Wahrheit nicht auf dem Boden des Kruges zu finden war und sie auf diese Weise auch nicht die Dämonen vertreiben konnte.

Sie lehnte sich zurück und schloss müde die Augen. Seit sie Gelligaer verlassen hatten, war keine einzige Nachricht von Meurig eingetroffen. Konnte es sein, dass er sie abschob? Brachte er das wirklich fertig? Waren seine schlimmen Vorwürfe gerechtfertigt? Nacht für Nacht quälte sich Susanna mit den gleichen Fragen. Stundenlang hatte sie ihre Erinnerungen durchforstet. Nicht nur die aus der Zeit ihrer Ehe, sie ging zurück bis zu ihrer Kindheit. Tante Gwen hatte immer die Stirn gerunzelt, weil sie und Idwal ständig zusammensteckten, hatte sie etwa auch diesen Verdacht gehegt? Susanna grübelte, ob es irgendetwas gab, das ihr bisher nicht bewusst gewesen war, das sie nicht hatte sehen wollen. Vielleicht hatten die Schwierigkeiten in Idwals Ehe und seine ständig wechselnden Geliebten wirklich etwas mit seinen Gefühlen für sie zu tun? Tränen schossen ihr in die Augen, und mit zitternder Hand führte sie den Becher an die Lippen. Sie nippte kaum merklich und schluckte langsam. «Gütiger Gott», murmelte sie, «nimm mir nicht meinen Bruder, er ist alles, was ich noch habe.»

In schweren Zeiten hatte sie sich immer auf Idwal verlassen können. Mit ihm konnte sie über alles reden, ohne dass er sie verurteilte oder verachtete. Während ihrer ganzen Kindheit hatte er für Stabilität in ihrem Leben gesorgt, er war ein Teil von ihr.

«Und jetzt ist all das nicht mehr da», flüsterte sie unter Tränen. Sie legte die Hand auf den Mund, damit er aufhörte zu zittern, und schluckte krampfhaft, um nicht laut zu schluchzen. Meurigs Worte hatten ihre ganze Welt erschüttert. Er war mit einem Messer auf ihre Gegenwart losgegangen und hatte dabei die Vergangenheit in Stücke geschnitten. Der Schmerz und die Verzweiflung waren schier unerträglich, denn tief in ihrem Innern fürchtete Susanna, dass er Recht haben könnte, dass sie doch schuldig war, dass sie etwas Böses in sich trug. Hatte sie selbst den Anstoß zu Onkel Rhodris sonderbarem Verhalten ihr gegenüber gegeben? Hielt sie Idwal gefangen? Hatte sie ihre Mutter dazu gebracht, die eigenen Kinder zu verlassen? Und vertrieb sie jetzt auch noch Meurig?

Zitternd atmete sie ein und stellte den leeren Becher beiseite. Genug davon, sie konnte noch so viel Met trinken, ihre Erinnerungen ließen sich dadurch nicht verscheuchen, weder die guten noch die schlechten. Würden die Schatten der Vergangenheit sie denn nie in Ruhe lassen? Immerzu bestimmten sie ihr Handeln, hielten sie gepackt, verurteilten sie und erklärten sie für unzulänglich. Sie wischte die Tränen weg und erhob sich schwankend von dem Stuhl. Sie ging zu den Betten, in denen die Kleinen schliefen. Jeder, der in ihrem Leben wichtig gewesen war, lebte in diesen Kindern weiter. Eluned war ein Abbild ihres Vaters, sie hatte die gleichen Augen und sein Haar. Allerdings war sie zu temperamentvoll, um ganz wie er zu sein. *Sie hat nicht seine geduldige Art, Situationen einzuschätzen, sondern stürmt wie ein Wirbelwind durch alles hindurch,* dachte Susanna mit einem schwachen Lächeln. Siôn mit seinem schwarzen Haar und den braunen Augen ähnelte ihr. Aber wie sein Vater war er besonnen, scharfsinnig und vorausschauend. Und er war jetzt schon so groß wie seine Schwester. Ihr Blick wanderte zu Nesta. Goldblondes Haar umschmeichelte ihre Porzellanhaut, ihre hellen Wimpern bewegten sich leicht, während sie träumte. Ffennas Baby und Ffennas Abbild – aber Susannas Kind. Und Iolo, Arme und Beine selbstvergessen von sich gestreckt, das Haar zu Berge stehend und selbst im Schlaf einen kecken Ausdruck im Gesicht – Idwal als kleiner Junge. Schließlich Tômas. Susanna betrachtete zärtlich diesen Burschen, der so oft übersehen wurde. Er erinnerte sie an Onkel Rhodri. Groß und stark, wie er war, könnte er für einigen Ärger sorgen, wenn er das entsprechende Naturell besäße. Aber Tômas war von allen Kindern das liebste. Ruhig und genügsam, ging er manchmal förmlich unter zwischen seinen lauteren und forderndenen Cousins. Aber niemals wurde er von seinem Vater übersehen und schon gar nicht von seinem Bruder, der ihn aufs wachsamste beschützte.

Normalerweise hatte es ihr Freude bereitet, zu sehen, wie viel Ähnlichkeit diese neue Generation mit der alten hatte. Diese

Kinder verkörperten Stabilität und Kontinuität, ihre Familie, ihr Heim und ihre Sicherheit. Aber das war vorbei. Erneut schossen ihr die Tränen in die Augen.

Sie wandte sich abrupt um und sah ihr Spiegelbild in der polierten Metallscheibe. Aber was sie sah, war nicht ihr Abbild, sondern ein verwirrtes sechsjähriges Mädchen mit tränenverschmiertem Gesicht. Ein kleines Kind, das an einem Tor stand, während seine Welt zusammenzubrechen schien, und das sich ängstlich fragte, was die Zukunft bringen würde.

«Oh, Meurig», sagte sie unter Tränen, «warum kannst du mich denn nicht lieben?»

Tômas hatte sie sprechen gehört und bewegte sich. «Es ist alles in Ordnung, Liebling», beruhigte sie ihn mit sanfter Stimme. «Ich bin's nur, Tante Susanna.» Sie beugte sich herab, wobei ihre Röcke raschelten, drückte einen Kuss auf ihre Fingerspitzen und führte diese an seine Lippen. «Schlaf weiter.»

Tômas sah sie mit wachen Augen an, dann huschte ein Lächeln über sein Gesicht, und er schlief wieder ein. *Er ist der Glücklichste von uns allen,* dachte Susanna, *er wird seine Unschuld für alle Zeit behalten.* Er schenkte Liebe bedingungslos und aus freien Stücken, und nur jemand ohne Herz würde diese Liebe nicht erwidern.

«Wie Efa», sagte eine innere Stimme.

Efa, dachte sie verbittert, *darauf läuft es immer wieder hinaus.* Sie war diejenige, die Meurigs Gedanken vergiftet hatte. Efa, mit ihren kleinlichen Eifersüchteleien und ihrer arroganten Vornehmtuerei, sie trug an allem die Schuld. Susannas Blick verhärtete sich, und ihre Tränen versiegten, als sie den Grund für ihren Kummer und Schmerz erkannte. Sie schob jegliche Selbstzweifel und ihren Zorn auf Meurig beiseite, denn die Ursache lag allein bei Efa.

«Dieses Miststück macht alles kaputt», murmelte Susanna wütend.

«Nur, wenn du sie lässt.» Dieses Mal kam die Stimme nicht aus ihrem Innern, sondern schien aus dem Nichts auf sie einzureden. «Gib ihr nicht die Macht dazu, hol sie dir zurück. Nimm die Dinge in die Hand.»

Susanna blickte hoch und betrachtete erneut ihr Spiegelbild. Jetzt blickte ihr kein verängstigtes Kind mehr entgegen. Sie sah eine Frau, in deren Augen der Wunsch und die Entschlossenheit blitzten, ihre Lage zu ändern – und zwar umgehend. Was passiert war, konnte sie nicht ungeschehen machen, und sie konnte keine Worte zurücknehmen, die gesagt worden waren. Aber sie konnte den Lauf der Dinge von nun an selbst bestimmen. Sie spürte plötzlich Stärke in sich aufsteigen; sie würde nicht mehr ängstlich vor der Wahrheit zurückschrecken, sich nicht mehr davor fürchten, andere Menschen zu enttäuschen. Wenn sie eine Zukunft wollte, für die es sich zu leben lohnte, dann musste sie auch dafür kämpfen.

«Und ich werde kämpfen, bis zum bitteren Ende», sagte sie laut. «Und wenn ich scheitere, dann habe ich es selbst zu verantworten, und ich verspreche dir, Efa, du wirst tiefer fallen, als ich es je könnte.»

In dieser Nacht tat Susanna fast kein Auge zu und dachte stattdessen darüber nach, wie sie am besten vorgehen könnte. Bei Einbruch der Dämmerung war sie bereits auf den Beinen – ihr Entschluss stand fest. Sobald die Kinder wach waren, schickte sie alle zum Frühstücken in die Küche und begann zu packen. Sie würde die Kleinen während ihrer Abwesenheit hier lassen, man würde sich gut um sie kümmern. *Und danach? Was wird sein, wenn ich zurückkomme? Nun, dann ist das Problem gelöst – so oder so,* dachte sie mit trotzig vorgeschobener Unterlippe.

Plötzlich wurde die Tür aufgestoßen, und Meurig kam ohne Vorankündigung hereinmarschiert. Er war allein und hatte ganz offensichtlich erwartet, sie noch im Bett vorzufinden. Als er sah, dass Susanna beim Packen war, hielt er verwirrt inne. Susannas Gesicht erhellte sich kurz, ehe sie wieder eine undurchdringliche

Miene aufsetzte. Seine sichtbare Erschöpfung tat ihr in der Seele weh. Er war sicher die Nacht durchgeritten, und sein Gesicht zeigte zudem die Spuren schlafloser Nächte. Sie musste ihre ganze Willenskraft aufbringen, um gleichgültig zu wirken, denn sie konnte es sich nicht leisten, dass ihr Panzer ausgerechnet jetzt Risse bekam.

«Was tust du hier?», fragte sie kühl.

«Ich hatte überlegt, dich nach Hause zu holen, aber wie es scheint, warst du mir einen Schritt voraus», sagte er erfreut. Ganz offensichtlich deutete er ihr Packen falsch.

Susanna sah ihn an, während sie ihr Lieblingskleid zusammenknüllte. «Wie kommst du darauf, dass ich nach Gelligaer zurückkomme?», fragte sie, aber ihre Stimme klang nicht mehr ganz so reserviert.

«Du bist meine Frau, die Mutter meiner Kinder», sagte Meurig auf eine Art, als wäre das Erklärung genug.

Susanna sah ihn eine Minute lang schweigend an, dann senkte sie den Blick. «Und genau das hat dir offenbar nichts bedeutet», erklärte sie kategorisch und widmete sich wieder dem Versuch, das Kleid zusammenzulegen.

«Wohin willst du dann?», wollte Meurig wissen und machte ein paar Schritte auf sie zu. Er hatte sein Schwert noch nicht abgeschnallt, und es schlug beim Gehen gegen sein Bein.

«Wenn meine Ehe gescheitert ist, dann werde ich dafür sorgen, dass Efas Scheinehe erst recht ein Ende findet», fauchte sie und sah ihn nicht einmal an.

«Unsere Ehe ist nicht gescheitert», sagte Meurig leise.

Susanna drehte sich wütend um. «Nach all dem, was du mir an den Kopf geworfen hast? Nachdem wir wochenlang getrennt waren und ich kein einziges Wort von dir gehört habe? Wie würdest du es sonst bezeichnen?»

Meurig trat unbehaglich von einem Bein aufs andere. «Susanna», meinte er schließlich und streckte den Arm nach ihr aus, «wir müssen reden.»

«Es gibt nichts zu reden, Meurig», sagte sie müde und wich einen Schritt zurück. Sie wusste nicht, wie standhaft sie bleiben konnte, wenn er ihr zu nahe kam oder sie sogar berührte.

Meurig räusperte sich und ließ seinen Blick durch das Zimmer schweifen, fast magisch angezogen von dem Bett, dessen Laken von Susannas ruheloser Nacht zerwühlt waren. «Du sagst, dass du mich liebst …», begann er.

«Dich lieben?», fiel Susanna ihm ins Wort. «So, wie du dich aufgeführt hast, weiß ich nicht einmal mehr, ob ich dich noch leiden kann.»

Sie schleuderte ihm die Worte entgegen, als stieße sie mit einem Dolch zu, und genauso zuckte Meurig auch zusammen.

«Susanna», murmelte er kaum hörbar, «ich hätte diese Dinge nicht sagen sollen. Ich glaube sie ja auch gar nicht, wirklich nicht. Aber …»

«Aber was? Du warst wütend, durcheinander, eifersüchtig? Weil du es nicht erträgst, dass mir jemand anderer wichtig ist? Weil du Liebe mit dem verwechselst, was sich dort abspielt?», fragte sie mit einer wütenden Kopfbewegung Richtung Bett.

«Es tut mir Leid, Susanna. Es tut mir Leid, dass ich an dir gezweifelt habe. Du bedeutest mir sehr viel, und wenn ich das Ganze ungeschehen machen könnte, würde ich es sofort tun. Was willst du denn noch von mir hören?», flehte Meurig.

«Diese letzten Wochen», begann Susanna mit brüchiger Stimme. Sie brach ab, um sich zu sammeln, und fuhr fort: «Warum hast du keine einzige Nachricht geschickt?»

«Weil ich wütend war. Weil ich dir wehtun wollte und ich wusste, dass Schweigen dir wehtun würde.»

Er drehte sich ihr wieder zu, sein Gesicht ein einziger Ausdruck des Zweifelns und Bedauerns. «Es war die reinste Hölle», flüsterte er heiser. «Eine Hölle, die ich mir selbst geschaffen hatte. Ich versuchte, dir die Schuld zu geben, aber ich habe mich falsch verhalten.»

Susanna kaute an der Innenseite ihrer Wange, bis sie den

Geschmack von Blut im Mund hatte. Ihre Kehle brannte. Sie wusste, was er von ihr wollte, aber wenn sie jetzt nachgab, dann würde diese Sache für alle Zeiten zwischen ihnen stehen. Nein, sie musste es zu Ende bringen, sie hatte sich diesen Zeitpunkt nicht ausgesucht, aber alles andere wäre Selbstbetrug.

«Warum», fragte sie schließlich. «Warum sagst du jetzt, du hättest dich geirrt?»

Meurig holte tief Luft. «Ich habe mich erinnert, wie es mit uns war», sagte er leise. «Ich erinnerte mich an das scheue fünfzehnjährige Mädchen in unserer Hochzeitsnacht, dann an die Frau, die ihren Körper fast in Stücke reißen ließ, um meine Kinder auf die Welt zu bringen, und an die Frau, deren ruhige Unterstützung immer da ist, die genau weiß, welche Dämonen in meinem Innern wüten, und die mich trotzdem liebt und mir vertraut.»

Susanna sah ihm bewegt in die Augen, hoffte, er würde weiterreden, endlich die Worte über seine Lippen bringen, nach denen sie sich so sehnte.

«Du bedeutest mir viel», sagte er schließlich leise, «sicher weißt du das.»

Susanna war es, als würde eine Tür zugeschlagen, und die zarte Verbindung zwischen ihnen war gerissen. «Ich bedeute dir viel», wiederholte sie sarkastisch. «Du bist aus dem gleichen Holze geschnitzt wie Idwal. Er hat Angst zu lieben und du hast Angst vor dem verdammten Wort.»

«Es ist doch nur ein Wort, Susanna, ein armseliges Wort», erwiderte Meurig leise und versuchte verzweifelt, das Band wieder zu knüpfen.

Susanna lächelte ihn traurig an. «Manchmal ist es so kostbar wie der seltenste Edelstein … und genauso schwierig zu bekommen», sagte sie kaum hörbar.

Sie sah ihn an, und plötzlich verstand sie, was ihm wirklich so zugesetzt hatte. Es waren gar nicht Efas Worte gewesen, sondern das Massaker in Plas-Marl. Wären sie pünktlich gewesen, hätte auch sie unter den Toten sein können. Die Angst, sie auf diese

Weise zu verlieren, war zu der Angst gewachsen, sie überhaupt zu verlieren. *Das* hatte an ihm genagt – und nicht etwa Efas Andeutungen. Sie, Susanna, war sein wunder Punkt, die Stelle, die ihn angreifbar machte und die er deshalb verzweifelt auszumerzen versucht hatte.

Als sie so dastanden, schien der Raum um sie herum dunkel zu werden, nur sie beide waren von Licht umhüllt. Ohne sie fühlte er sich verloren, und Susanna sah ihm an, dass er das erkannt hatte. Er liebte sie, und diese Liebe war so tief und innig, dass Susanna meinte, sie mit Händen greifen zu können. Dann zuckte es in seinem Gesicht, und Meurigs Augen füllten sich mit Tränen.

«Es tut mir so Leid», sagte er mit erstickter Stimme und sackte auf den nächsten Stuhl, als könnten seine Beine ihn nicht länger tragen.

Es war, als fielen die Fesseln von Susanna ab, die bisher jede ihrer Bewegungen vorschrieben. Im Nu war sie an Meurigs Seite. «Oh, Meurig», sagte sie gerührt, fiel auf die Knie und nahm seinen Kopf in die Hände.

«Es tut mir alles so Leid», schluchzte er noch einmal.

«Schsch», flüsterte Susanna beruhigend und strich ihm das Haar aus dem Gesicht. Sie küsste ihn auf die Stirn, aber als ihre Lippen sich seinem Mund näherten, zuckte er zurück. Sie sahen einander an, er wünschte so sehr, sie zu küssen, und fürchtete es doch. Susanna drängte ihn nicht, sondern wartete, bis er auf sie zukam. Langsam, zögernd neigte er sich zu ihr. Er hielt die Luft an, als ihre Lippen sich kurz berührten, dann zog er Susanna an sich, küsste sie lang und tief. Er küsste sie, wie er es nie zuvor getan hatte, als könne er nie wieder aufhören. Er bedeckte ihren Hals mit Küssen, fuhr wieder zurück zu ihrem Mund, öffnete die Schnüre ihres Kleides, schob es von den Schultern. Susanna fuhr mit der Hand unter sein Gewand, spürte die Hitze in ihren Fingerspitzen, das zarte Gefühl von Haut auf Haut. Meurig zog sie langsam aus, streichelte und liebkoste jeden Zentimeter ihres nackten Körpers, als sehe er ihn zum ersten Mal. Er hob sie auf seine Arme und trug sie zum Bett. Während er sich auszog, sah er sie unentwegt an. Schweigend beugte er sich über sie, und zum ersten Mal liebte er sie wirklich. Jede Faser ihres Körpers sehnte sich nach ihm, während er in sie glitt. Er gab sich ihr hin, verlor sich in der süßen, heißen Sinnlichkeit Susannas. Endlich öffnete er sich ihr ganz, zeigte ihr seine verletzliche Seite, weil er jetzt wusste, dass er ihr vertrauen konnte, dass sie ihn nie verletzen würde. Es war das größte Geschenk, das er ihr machen konnte, umso kostbarer, weil es ihm so schwer gefallen war. Sein Atem wurde heftiger, schweißgebadet erreichte er den Höhepunkt, und dann, endlich, brach er sein Schweigen, rief er ihren Namen so voller Seelenqual, dass Susanna heiße Tränen in die Augen schossen.

«Susanna», sagte er noch einmal, leiser. Sein Atem wurde ruhiger, und er umfasste ihr Gesicht mit beiden Händen. «Susanna, meine Liebe, meine einzige», flüsterte er. Er küsste sie zärtlich und lange.

In der Nacht zog Susanna vorsichtig ihr Haar unter Meurigs schlafendem Körper weg, wickelte sich in einen Umhang und ging leise zum Fenster. Sie sank auf den gepolsterten Fenstersitz und schaute auf den mondbeschienenen Fluss. Das Wiehern eines unruhigen Pferdes durchbrach die Stille, und der Schrei eines Käuzchens lenkte Susannas Blick gen Himmel. Susanna betrachtete den Mond, voll und strahlend stand er am sternklaren Firmament. Susanna verspürte die vollkommene innere Ruhe, nach der sie sich immer gesehnt hatte. Sie legte die Hände auf ihren Bauch, schloss die Augen und dachte an das lange zurückliegende Ereignis auf dem Friedhof in Plas-Marl. Damals war sie gewarnt worden, dass es Hindernisse geben würde auf ihrem Weg, aber mit diesem hatte sie nicht gerechnet. Es war so groß, dass es beinahe alles zerstört hätte, wofür sie gekämpft und wonach sie sich gesehnt hatte. Ihr Weg war kein leichter, und an den entscheidenden Gabelungen hätte sie sich beinahe für die falsche Abzweigung entschieden. Aber am Ende triumphierte sie doch, war stärker als zuvor, sie beide waren stärker als zuvor. Ihre Mundwinkel verzogen sich zu einem zufriedenen Lächeln, und sie strich fürsorglich über ihren Bauch. Das Neue nahm jetzt seinen Anfang, begann in ihr zu wachsen – dessen war sie sicher.

Kapitel fünfzehn

Juli 1116. Gelligaer, Senghennydd

Susanna las Meurigs Brief zu Ende. Dann rollte sie das Pergament bedächtig zusammen und dachte über den Inhalt nach. Durch Gruffudd ap Rhys' fortwährende Erfolge in Deheubarth hatte sich die politische Situation rasch gewandelt. Nachdem Meurig sich vergewissert hatte, dass zwischen ihm und Susanna wieder alles in Ordnung und in seinem Herrschaftsgebiet alles friedlich war, ergriff er sofort die Gelegenheit. Er hatte Susanna versichert, dass Iestyn seine Abwesenheit nicht ausnutzen würde. Das hatte dieser ihm zugesagt, als Meurig ihn einige Wochen zuvor aufgesucht hatte. Susanna traute Iestyn nicht, aber Meurig verließ sich auf Caradog, der schon dafür sorgen würde, dass sich sein Vater an das Versprechen hielt. Folglich konnte Susanna Meurig nicht ausreden, sich Gruffudd ap Rhys bei dessen Vorhaben anzuschließen, in Ceredigion einzumarschieren. Meurig hatte ihr auch erklärt, dass Gruffudd seine Erfolge noch ausbauen würde, und ihm war daran gelegen, eine stabile Beziehung zwischen seiner und der königlichen Familie von Deheubarth herzustellen.

Sein Brief erzählte von ihren Siegen über die Normannen und die Flamen in Ceredigion, durch die immer mehr Waliser ermutigt wurden, unter Gruffudds Banner zu kämpfen. Susanna seufzte. Mittlerweile dürfte Meurig Hywels Nachricht erhalten haben und sich auf dem Rückweg befinden. Trotz Meurigs sorgfältig durchdachter Pläne waren genau dort Schwierigkeiten aufgetreten, wo er es am wenigsten erwartet hatte: in seinem eigenen Reich. Es war zu einem Aufstand im Süden gekommen, und bevor Hywel aufbrach, um diesen niederzuschlagen, hatte er klugerweise nach Meurig geschickt. Dessen persönliche Anwesenheit war jetzt unabdingbar, damit sich nicht noch andere unzufriedene Lords dem Aufruhr anschlossen.

Susanna machte sich schreckliche Sorgen. Mit drei kleinen Kindern und dem vierten unter dem Herzen hatte sie nicht die geringste Ahnung, was aus ihnen werden sollte, wenn Meurig etwas zustieß. *Wie bei meinem Vater,* dachte sie ängstlich. Sie glaubte Hywels Worten, dass Meurigs Rückkehr genügen würde, um dem Aufrührer jegliche Unterstützung zu entziehen, und trotzdem konnte das ihre Angst nicht vertreiben. Sie fragte sich zudem voller Sorge, wer hinter diesem Aufstand steckte. Die Normannen würden die Kämpfe in Deheubarth nicht unbeantwortet lassen, und der König hatte weitaus größere Reserven an Streitkräften als die Waliser. Er konnte Senghennydd zerquetschen wie eine Fliege. Sein Sohn herrschte in Cardiff, und der Aufstand war unweit des normannischen Territoriums ausgebrochen. Susanna sah zu ihren spielenden Kindern hinüber. Sollte es zum Schlimmsten kommen, war ihre Sicherheit wichtiger als alles andere. Nicht nur der Aufstand machte ihr Sorgen. Meurig und sie hatten sich zwar versöhnt, aber durch sein unerwartetes Erscheinen in Bedlinog hatte sie nichts wegen Efa unternehmen können. Die Konfrontation war aber unvermeidlich, denn Susanna konnte es nicht riskieren, dass Efa ihre Verleumdungen weiter verbreitete – vielleicht würde sie es nicht jetzt tun, aber irgendwann sicher, und dann fand sie womöglich interessierte Zuhörer.

Sie rief den Leiter der Wache von Gelligaer zu sich und ließ rasch eine Eskorte zusammenstellen, die sie nach Plas-Marl geleiten sollte. Idwal verbrachte auf Wunsch der Söhne Uriens viel Zeit am königlichen Hof von Gwynllwg, und Susanna betete, dass er noch nicht nach Plas-Marl zurückgekehrt war. Idwal würde völlig die Beherrschung verlieren, wenn er erfuhr, was Efa angezettelt hatte. Susanna hoffte, dass sie stark genug war, die Sache mit Efa allein zu regeln, sodass Idwal niemals davon erfuhr.

Denn trotz allem meinte Susanna immer noch, ihren Bruder beschützen zu müssen. Sie mochte ja ein bisschen kämpferischer werden, aber sie war und blieb eben Susanna.

Plas-Marl

Efa sah unangenehm überrascht auf, als ihr Susanna gemeldet wurde.

«Wenn du zu Idwal willst, der ist nicht hier.» Efas Tonfall spiegelte ihre schlechte Laune wider.

«Eigentlich wollte ich zu dir.» Susanna blieb vor dem Stuhl stehen, auf dem Eva saß. Die machte nicht die geringsten Anstalten, sich zu erheben.

«Ich bin beschäftigt», sagte sie schnippisch und wich Susannas Blick aus.

«Ich werde dich nicht lange aufhalten, aber was ich zu sagen habe, wirst du dir anhören. Wir können es gern hier im Saal tun, aber ich vermute, dass du eine etwas vertrautere Atmosphäre vorziehst», sagte Susanna mit eisiger Stimme.

Susanna hatte ihre Kleidung für diese Konfrontation sorgfältig ausgewählt. Ihr fein gewebtes Wollkleid war von einem tiefen Dunkelrot, ihr Umhang mit begehrtem und teurem Biberpelz gesäumt (Meurig hatte ihn von einem etwas widerwilligen normannischen Vorbesitzer ‹bezogen›), und mit den funkelnden Juwelen an jedem Finger sah sie durch und durch aus wie die Frau eines Regenten. Ihr Status sollte Efa förmlich entgegenschreien und sie dadurch auch an ihren eigenen erinnern. Bei diesem Zusammentreffen musste Susanna alle Register ziehen.

Ein einziger Blick in Susannas Gesicht verriet Efa, dass ihre Schwägerin im Zweifelsfall auch vor dem gesamten Haushalt sprechen würde. Da Efa aber das unangenehme Gefühl beschlich, sie wisse, worüber Susanna reden wollte, wünschte sie keine Auseinandersetzung in der Öffentlichkeit und hielt es für klüger, mit ihr in Idwals Arbeitszimmer zu gehen.

«Ich will gar nicht erst drum herum reden», begann Susanna, sobald Efa die Tür hinter ihnen geschlossen hatte. «Du hast meinem Ehemann gesagt, ich hätte eine widernatürliche Beziehung mit Idwal gehabt.»

«Habe ich nicht.» Efas blasses Gesicht verzog sich zu einem boshaften Grinsen. «Ich wies ihn lediglich darauf hin, wie nah ihr euch steht. Wenn er solche Schlussfolgerungen daraus gezogen hat, dann hat er offenbar genau wie ich einfach nur Augen im Kopf.»

«Spiele keine Spielchen mit mir, Efa», sagte Susanna warnend und ging auf Efa zu.

«Er hat dich also fallen lassen», höhnte Efa, wich aber sicherheitshalber einen Schritt zurück.

«Ganz sicher nicht», entgegnete Susanna mit aller Schärfe. «Es geht hier auch nicht um Meurig, sondern um dich und mich. Du bist immer eifersüchtig auf mich gewesen. Aber ich hätte nicht gedacht, dass du so tief sinken und derartig niederträchtige Lügen verbreiten würdest.»

«Meurig gegenüber kannst du es gern leugnen, aber ich weiß, wie es wirklich ist.»

«Du weißt gar nichts. Zerfressen von Hass und Verbitterung, willst du anderen die Schuld an deinem Scheitern geben. Ich rate dir dringend, mit diesen Verleumdungen aufzuhören, oder ich erzähle alles Idwal.»

«Nur zu! Soll er doch versuchen, es zu widerlegen – ich bin nämlich nicht die Einzige, die davon weiß.» Efa setzte einen triumphierenden Blick auf.

Susanna holte tief Luft. «Wem hast du davon erzählt?», fragte sie gefährlich leise. Ihre schlimmsten Befürchtungen schienen sich zu bewahrheiten.

«Niemandem. Ich war diejenige, der es mitgeteilt wurde. Und

das hat meinen Verdacht bestätigt. Ich bin die Leidtragende in dieser Geschichte, und ich halte es für das Beste, wenn du jetzt gehst.» Efa wandte sich ab.

Susanna machte einen Schritt vor und packte Efa am Arm. «Ich gehe nicht, bevor du mir sagst, mit wem du gesprochen hast.»

«Mit jemandem, den du sehr gut kennst – oder kanntest.» Sie stieß ein schrilles Lachen aus. «Das muss man dir lassen, Susanna, du magst verdorben sein, aber zumindest bist du treu. Nur zwei Kinder in sieben Jahren Ehe. Ganz offensichtlich gelingt es dir, Meurig von deinem Bett fern zu halten – so wie damals Owain ap Cadwgan.»

Erschrocken ließ Susanna Efas Arm los, Schweißperlen traten ihr auf die Stirn, während Efa höhnisch grinste. «Noch eines deiner kleinen Geheimnisse.»

«Du hast mit Lord Owain gesprochen», sagte Susanna. Sie mochte es nicht glauben, aber niemand außer ihm wusste von dem, was zwischen ihnen passiert war. Nach all diesen Jahren hatte er sein Schweigen gebrochen – und ausgerechnet gegenüber Efa. Aber Susanna konnte beim besten Willen nicht erkennen, was diese uralte Geschichte mit Efas Verleumdungen zu tun hatte.

Efa registrierte Susannas Gesichtsausdruck mit boshafter Genugtuung. «O ja, ich habe viel Zeit mit Lord Owain verbracht», prahlte sie. «Er hat mir erzählt, wie verrückt du nach ihm warst, wie bereitwillig du auf seine Avancen eingegangen bist – und wie du dich dann plötzlich zurückgezogen hast, am Tag, nachdem Idwal nachts einige Stunden in deinem Gemach zubrachte», erklärte Efa siegessicher.

Susanna starrte sie an, dann brach sie in schallendes Gelächter aus. Das also verbarg sich hinter Efas Worten! «Traurig und verbittert warst du schon immer, aber erst jetzt wird mir klar, wie töricht du bist. Wenn Owain diesen Unsinn auch nur eine Minute lang geglaubt hätte, meinst du nicht, dass er es dann an jedem

Hof von Gwynllwg bis Gwynedd hinausposaunt hätte? Er hat dir das gesagt, was du hören wolltest. Das ist seine Masche bei Frauen, die er ins Bett kriegen will. Und er beherrscht diese Taktik, das garantiere ich dir. Seine Erfolge sind zahlreich. Er hasst Misserfolge, Ablehnung kann er nicht ertragen, und es gehört zu seinen Vorlieben, sich über die Frauen an den Männern zu rächen. Idwal hat es damals abgelehnt, sich in Owains blutige Familienfehde hineinziehen zu lassen, und ich habe Owain zum Glück durchschaut, bevor es zu spät war. Aber wie viel Zeit auch vergeht, Owain trägt seinen Groll mit sich herum und wartet nur auf die passende Gelegenheit. Und du hast ihm die Möglichkeit gegeben, eine alte Rechnung zu begleichen. Nun, ich hoffe, das kurze Techtelmechtel war es wert.»

Susannas Verachtung und Herablassung sprach aus jedem ihrer Worte, und auf Efas Wangen zeichneten sich rote Flecken ab. Ihre Augen funkelten zornig, sie war jetzt so wütend, dass sie jegliche Vorsicht fahren ließ. «Ich bedaure nichts von dem, was ich getan habe – sondern lediglich, dass ihr beide, du und Idwal, immer noch da seid», presste sie mit zusammengebissenen Zähnen hervor.

Susanna stand regungslos, während sie Efas Worte wirken ließ. Und als ihr klar wurde, was ihre Schwägerin da gerade zugegeben hatte, gefror ihr förmlich das Blut in den Adern.

«Du warst es also», sagte sie leise und ging langsam auf sie zu, jeder Schritt ein dumpfer Schlag auf dem hölzernen Boden, wie Totengeläut. Efa wurde kreidebleich. «Der Überfall auf Plas-Marl war dein Werk. Jetzt verstehe ich auch, warum du bei deiner Ankunft nicht überrascht gewesen bist. Der Schock bestand lediglich darin, dass Idwal noch am Leben war.» Susanna sah sie voller Verachtung an, dann schnappte sie nach Luft. «Die Kinder – mein Gott, du wolltest sogar seine Söhne töten. Deshalb hast du vorgeschlagen, dass ich sie mitbringen soll. Mein Tod wäre die Zugabe gewesen.»

«Du bezichtigst mich des Mordes?» Efa hatte sich wieder etwas gefangen. «Du, eine Hure mit widernatürlichen Vorlieben, wagst es, mich zu beschuldigen?»

«Allerdings. Und wie hättest du leichter die Aufmerksamkeit von dir ablenken können, als mich und Idwal zu verleumden, wir hätten ... Nun, es ist dir nicht gelungen. Mein Mann ist deinen giftigen Lügengeschichten nicht aufgesessen – der Beweis seines Vertrauens wächst in meinem Bauch heran. Und wenn ich erst mit dir fertig bin, wird dir niemand mehr Gehör schenken.» Sie warf Efa einen angewiderten Blick zu. «Ich wünsche dir einen guten Tag.»

«Niemand wird dir glauben», schrie Efa und packte Susanna am Arm.

«Idwal schon, und ich werde ihm von deinem Verrat erzählen ... und deinen Lügen.» Sie schüttelte Efas Hand ab.

«Er wird es nicht leugnen», tobte Efa, ihr Körper starr vor Zorn. «Ich sage die Wahrheit über euch beide, wir alle wissen das – selbst dein Mitleid erregender Emporkömmling von Ehemann. Mal sehen, wie lange er seine Krone noch trägt, wenn ich auf den Beweis dafür zeige, dass man ihm Hörner aufgesetzt hat. Einen Beweis, den niemand leugnen kann.» Und während Eva gehässig weitersprach, wich langsam die Farbe aus Susannas Gesicht.

Als Susanna Plas-Marl kurz darauf verließ, war sie leichenblass, aber um ihren Mund lag ein entschlossener Zug. Sie wusste, was sie jetzt zu tun hatte. Efa war so voller Hass, dass sie ohne Rücksicht auf Verluste zur Räson gebracht werden musste. Wenn Susanna nicht handelte, würde Efa ihre gesamte Familie zerstören, und das konnte sie nicht zulassen.

Susanna kam kurz vor Meurig zu Hause an. Sie wurde mit der Nachricht empfangen, dass er den Aufstand in Senghennydd niedergeschlagen hatte und sich mit dem Anstifter im Schlepptau auf dem Rückweg befand.

Als er eintraf, hatte Susanna keine Gelegenheit, ihm von ihrem Besuch in Plas-Marl zu berichten. Meurig wollte, dass der Aufrührer, Lord Gwilym, unverzüglich vor Gericht gestellt wurde – und Susanna sollte dabei sein. Was in Bedlinog zwischen ihnen vorgefallen war, hatte ihre Beziehung auf eine andere Ebene gebracht. Meurig hatte endlich erkannt, dass Susanna ein Teil seiner Stärke war und nicht etwa eine Schwachstelle, die er verbergen musste. Ihr Platz war an seiner Seite, darauf hatte er bestanden und duldete keinen Widerspruch. Noch eine Woche zuvor hätte Susanna nichts mehr gefreut, aber Efas boshaftes Gerede klang ihr noch im Ohr, und sie wusste, wie schmal der Grat zwischen Schwäche und Stärke war, zwischen absoluter Macht und Entthronung. Sobald die Sache mit Gwilym erledigt war, musste sie unbedingt mit Meurig reden. Aber jetzt war es erst einmal wichtig, zu demonstrieren, dass im Haus Senghennydd Eintracht und Harmonie herrschten – da stimmte sie mit Meurig völlig überein.

Ihre Hand leicht auf die Meurigs gelegt, schritt sie an seiner Seite durch die wartende Menge, die sich in der Halle von Gelligaer versammelt hatte, und nahm ihren Platz neben ihm auf dem Podium ein. Mit ausdruckslosem Gesicht sah sie zu, wie der aufrührerische Lord hereingeführt wurde.

«Nun, Gwilym, zum wiederholten Male hast du meine Autorität in Frage gestellt und bist erneut gescheitert», begann Meurig mit kalter Stimme. «Dir ist doch klar, dass du besiegt bist?», fragte er herausfordernd. Meurig trug immer noch seine Kriegertunika, einen schlichten braunen Rock und Wollbeinlinge. Sein Dolch steckte in einem breiten Ledergürtel, Schwert und Scheide lehnten Furcht einflößend neben dem Stuhl. In dieser Situation wollte Meurig vor allem militärische Macht und Autorität ausstrahlen.

Gwilyms schmales Gesicht mit den kleinen, fast schwarz wirkenden Augen wendete sich herausfordernd Susanna zu. «Das ist kein Ort für eine Frau, und ich weigere mich, ihr Rede und Antwort zu stehen», stieß er wütend hervor.

Meurig lehnte sich auf seinem Stuhl nach vorn, er strahlte Macht und Zorn gleichermaßen aus. «Lady Susanna ist meine Gemahlin und die Herrin von Senghennydd. Du hast sie beleidigt, als du gegen mich, den Lord von Senghennydd, rebelliert hast. Und mir wirst du Rede und Antwort stehen.»

Gwilyms Blick löste sich von Susanna und wanderte durch den Saal, wie eine Ratte, die nach einem Schlupfloch sucht. Dann starrte er Meurig an, die Muskeln seines Gesichts zuckten vor Zorn darüber, dass ihm hier und jetzt keine Wahl blieb.

«Sprich!», befahl Meurig.

«Ich beuge mich Eurem Willen.» Gwilyms Augen waren hasserfüllt, als er das sagte.

«Gebt mir sein Schwert», verlangte Meurig. «Nein, wartet. Gwilym wird es mir selbst geben.»

Der Mann, der Gwilyms Schwert in Händen hielt, reichte es seinem Besitzer zurück. Gwilym legte die Finger um den Griff und starrte Meurig an. Meurig hielt seinem Blick stand. Dann fiel der Besiegte auf ein Knie und reichte Meurig sein Schwert mit dem Griff voran.

Meurig stand auf und stieg vom Podest herunter. Er nahm das Schwert, erlaubte Gwilym jedoch nicht, sich zu erheben.

«Ich billige keinen Aufruhr», sagte Meurig und lächelte kalt, als Gwilyms Kopf hochschnellte. «Oh, du meinst, du hättest das Recht, meine Macht in Frage zu stellen? Jeder Mann hat das Recht, so zu handeln, wie er es für richtig hält – solange er auch bereit ist, die Konsequenzen zu tragen. Ich hatte berechtigten Anspruch auf die Herrschaft über Senghennydd, ich habe für mein Recht gekämpft – und war erfolgreich.»

Er ging zurück zu seinem Platz und setzte sich. «Als du das erste Mal einen Aufstand gegen mich angezettelt hast, räumte ich dir die Chance ein, aus deinen Fehlern zu lernen. Wie es scheint, hast du das nicht getan. Du hast mich mehr als nur Zeit gekostet, indem du mich gezwungen hast, durch halb Wales zu reiten, um dich ein weiteres Mal zur Ordnung zu rufen. Ich bin nicht gewillt, mich auch dieses Mal nachsichtig zu zeigen. Du behältst dein Rittergut, aber die umliegenden Ländereien samt ihrer Erträge fallen an mich. Außerdem wirst du deine Söhne meinem Hof übergeben.»

«Ihr könnt mir nicht meine Söhne nehmen», zischte Gwilym und machte Anstalten, aufzustehen.

Meurig zog die Augenbrauen hoch. «Ich hoffe doch, du bist nicht so töricht, meine Autorität schon wieder in Frage zu stellen?»

«Sie sind noch Kleinkinder», knurrte Gwilym, sank aber wieder auf das Knie.

«Dann hatten sie ja noch keine Gelegenheit, sich deine Torheit anzueignen, denn ich halte Torheit für etwas Erworbenes und nichts Angeborenes. Ich hoffe um ihretwillen, dass es so ist.»

Meurig legte die Hand auf Gwilyms Schwert, während er ihn mit eisigen Augen fixierte. «Noch ein solcher Verrat, und dieses hübsche Schwert wird erst mit dem Blut deiner Söhne und dann mit deinem getränkt. Für jeden, der dich unterstützt, gilt das Gleiche – ohne Gnade. Habe ich mich klar ausgedrückt?»

Gwilym starrte ihn an. Er kochte vor Wut, nickte dann aber kurz als Zeichen seiner Zustimmung – etwas anderes blieb ihm gar nicht übrig.

«Du wirst so lange hier bleiben, bis mir deine Söhne überbracht wurden. Und jetzt schafft ihn mir aus den Augen», befahl Meurig.

Er ließ sich in seinen Stuhl zurückfallen und rieb sich müde und frustriert die Schläfen, während sich alle entfernen durften.

Susanna hielt ihm einen vollen Becher Met hin.

«Kaum zu glauben, dass wir als Jungen befreundet waren.» Meurig nahm den Becher und trank gierig.

«Genau darauf hat er beim ersten Mal spekuliert», machte sie ihm klar.

«Wollen wir hoffen, dass ihm das Leben seiner Söhne mehr wert ist als sein Machthunger.»

Susanna fragte sich, ob Meurig es wirklich fertig brächte, unschuldige Kinder töten zu lassen. *Nein, niemals,* dachte sie voller Überzeugung, betete aber zu Gott, dass Gwilym es ihm durchaus zutraute.

«Vertraust du ihm?», fragte sie leise.

Meurig sah sie an und lächelte schwach. «Nein. Aber ich hoffe, ihn unschädlich gemacht zu haben. Lieber Gott, es war ein so schwieriger Weg, diesen Thron zu erringen, aber wie viel härter ist es doch, ihn auch zu halten.» Er leerte seinen Becher, und Susanna winkte einem Bediensteten, er möge ihn auffüllen.

«Deine Feinde innerhalb Senghennydds sind rar, und deine Unterstützung Gruffudds in Deheubarth hat dir viele bedeutende Freundschaften eingebracht. Es wird immer Männer wie Gwilym geben, aber miss ihnen nicht mehr Bedeutung zu, als angebracht ist», sagte sie liebevoll.

«Ach, Susanna», Meurigs Augen wurden ganz sanft, als er sie ansah, «wie klug du bist. Aber ich hätte nicht so lange von hier wegbleiben dürfen. Ich muss in jeder Hinsicht demonstrieren, dass ich dieses Land regiere, und jedem Mann, der das in Frage stellt, wird unzweifelhaft bewiesen, wem er die Gefolgschaft schuldig ist.»

Susanna sah die Entschlossenheit in seinem Blick und wusste, dass sie jetzt sprechen musste. Sie gab dem Dienstboten in ihrer Nähe ein Zeichen, dass sie sich selbst versorgen würden, griff nach einem vollen Krug und führte Meurig zu einem Fensterplatz, wo sie ungestört waren. Sie öffnete die Läden weit, um die warme, milde Luft hereinzulassen.

«Sei mir bitte nicht böse», sagte sie und setzte sich dicht neben ihn, «aber ich war in Plas-Marl, um Efa zur Rede zu stellen.» Rasch fügte sie hinzu: «Weil ich wusste, dass Idwal jetzt nicht dort sein würde.»

Sie hielt den Atem an, während sie auf Meurigs Reaktion wartete.

Der presste die Lippen aufeinander. «Warum? Sie ist es nicht wert.»

«Aber du schon.»

Er beugte sich vor und griff nach seinem Becher. «Ich verstehe nicht ganz», sagte er zögernd.

«Gerade eben hast du dich um Gwilym kümmern müssen. Wie viele Aufstände wird es erst geben, wenn Efas Verleumdungen die Runde machen?»

«Das halte ich für unwahrscheinlich. Ich habe heute deutlich gemacht, dass ich dir voll und ganz vertraue, und ich kann mir nicht vorstellen, dass Efa quer durch Senghennydd reist, um mich in Verruf zu bringen. Wenn mich jemand herausfordert, dann hat er seine eigenen Beweggründe, so wie Gwilym. Damit kann und werde ich umgehen.» Er nahm ihre Hand und führte sie an seine Lippen. «Aber es gefällt mir nicht, dass du allein reist, insbesondere während der momentanen Unruhen und wo du zudem ein Kind erwartest.»

«Die Unruhen waren im Süden und ich bin nach Norden geritten.» Susanna lächelte. «Gwilym hatte dich nicht so früh aus Deheubarth zurückerwartet. Dass du so rasch heimgekehrt bist, war nicht nur für ihn lehrreich. Ich wusste, dass mir nichts passieren würde.»

«Dein Vertrauen in mich ist rührend, aber selbst ich kann nicht an zwei Orten gleichzeitig sein», sagte er und erwiderte ihr Lächeln. «Ich möchte nicht mit dir streiten, das haben wir genug getan. Versprich mir, dass es keine weiteren Zusammentreffen mit Efa geben wird. Sie ist Idwals Problem.»

«In der Tat ist sie das. Der Überfall auf Plas-Marl war ihr Werk.»

Meurig zog überrascht die Augenbrauen hoch. «Efa? Sie war dafür verantwortlich? Aber warum, zur Hölle?»

«Sie wollte ihren Ehemann und seine unehelichen Söhne auf einen Schlag loswerden. Sie schert sich einen feuchten Kehricht um die Menschen, die stattdessen den Tod gefunden haben», sagte Susanna voller Verachtung. «Und das ist noch nicht alles», fuhr sie fort. Sie musste Meurig unbedingt klar machen, wie gefährlich Efa war.

«Ich schlage vor, du berichtest den Rest später», sagte Meurig, während er aus dem Fenster sah. «Soeben kommt Idwal auf den Hof geritten.»

«Hast du ihn hergebeten?», fragte Susanna, und ihr Herz schlug wie verrückt vor Sorge darüber, was nun wieder passiert sein mochte.

Meurig schüttelte den Kopf. «Und ich nehme an, du auch nicht. Allmählich scheint sich alles zuzuspitzen. Bitte überlege gründlich, welche Karten du ausspielen möchtest.»

«Idwal, was führt dich her?» Meurig erhob sich höflich, als Susannas Bruder den Saal betrat.

«Eine Menge Dinge.» Idwal grinste über das ganze Gesicht. «Als Erstes möchte ich dir gratulieren. Ich habe von deinen Schwierigkeiten im Süden gehört und dass du die Unruhestifter erfolgreich zur Räson gebracht hast.» Er schüttelte Meurig die Hand.

«Freut mich, dass du mit mir zufrieden bist», erwiderte Meurig trocken.

«Kommst du aus Plas-Marl?», fragte Susanna angespannt.

«Nein, direkt vom Hof des Prinzen», sagte Idwal unbekümmert. «Als ich von Meurigs Machtdemonstration erfuhr und außerdem Lust verspürte, meine Jungen zu sehen, entschied ich mich, den landschaftlich reizvolleren Heimweg einzuschlagen. Du siehst übrigens aus wie das blühende Leben, Susanna.» Er ging auf sie zu, umarmte sie und hauchte ihr einen Kuss auf die Wange. «Wann ist es fällig?» Er tätschelte ihr liebevoll das Bäuchlein.

Idwal spürte, wie Susanna sich versteifte, und sah den Blick, den sie Meurig zuwarf.

«Habe ich vielleicht irgendetwas nicht mitbekommen?» Er ließ Susanna los und machte einen Schritt zurück.

«Kommt», sagte Meurig an ihrer Stelle. «Lasst uns in mein Arbeitszimmer gehen. Das, was Susanna dir zu sagen hat, ist nicht für neugierige Ohren bestimmt.»

Er gab einem Bediensteten ein Zeichen, ihnen etwas zu trinken dorthin zu bringen, und sie warteten schweigend, bis ihre Becher gefüllt und sie allein waren.

«Nun?», fragte Idwal gespannt, nachdem der Diener gegangen war und die Tür hinter sich geschlossen hatte. «Geht es um den Überfall auf Plas-Marl? Habt ihr Beweise, dass Geoffs Vater dahinter steckt? Soll er deshalb nichts von dem Gespräch mitbekommen? Er ist gerade erst von einem Besuch bei seinem Vater zurückgekehrt, und ich weiß, dass er ihn mit dieser Sache konfrontiert hat.»

«Wir wissen, wer die Verantwortung dafür trägt», sagte Meurig ruhig und sah Susanna an. «Susanna glaubt, dass es Efas Werk war.»

«Efa?», rief Idwal überrascht. «Ich weiß, dass sie mich nicht ausstehen kann, aber Mord? Nein, Susanna, du musst dich irren, zu so etwas ist sie dann doch nicht fähig.»

«Sie hat es zugegeben», sagte Susanna leise.

«Susanna war bei ihr», mischte sich Meurig erklärend ein. «Allerdings ohne mein Wissen oder meine Zustimmung, wie ich anfügen möchte.»

«Was genau hat Efa zu dir gesagt?», wollte Idwal wissen.

«Susanna soll dir alles erzählen, denn bisher weiß ich nicht mehr als du», sagte Meurig und setzte sich.

Die beiden Männer sahen Susanna erwartungsvoll an. «Sie wollte dich loswerden, Idwal», kam Susanna direkt zum Kern der

Sache. «Und Iolo und Tômas direkt mit. Sie hatte vor, Plas-Marl zu regieren, bis Rhodri als dein einziger Erbe alt genug dafür wäre.»

«So sehr hasst sie mich?» Idwal war wie gelähmt. «Und die Jungen auch?»

«Und Susanna», fügte Meurig hinzu und sah Idwal über den Rand seines Bechers hinweg an. «Susanna sollte dabei ebenfalls ihr Leben lassen.»

«Hat sie denn völlig den Verstand verloren?», rief Idwal. Er nahm einen großen Schluck Met und verschüttete vor Aufregung die Hälfte. Sich mit dem Handrücken über den Mund wischend, wandte er sich dann an seine Schwester. «Sie ist von Anfang an eifersüchtig auf dich gewesen, Susanna, weiß der Henker, warum. Aber Mord?»

Susanna holte tief Luft und sah ihm fest in die Augen. «Sie glaubt, dass wir beide eine Liebesbeziehung hatten.»

Idwals Gesicht spiegelte blankes Entsetzen, und Meurig erkannte, dass sein Schwager diese Idee für genauso verabscheuungswürdig hielt wie Susanna. «Das hat sie dir gesagt?», fragte Idwal.

«Mir hat sie es gesagt, am Abend des Überfalls», bekannte Meurig.

«Bitte, sag jetzt nicht, dass du ihr geglaubt hast. Jeder Trottel kann doch sehen, wie sehr Susanna dich liebt.»

Meurig hob besänftigend die Hand. «Nein, ich glaube ihr nicht. Ich hege nicht das geringste Misstrauen gegen Susanna», sagte er und signalisierte Susanna mit einem Blick, dass es nur sie beide anging, was zwischen ihnen vorgefallen war.

Idwal setzte sich. Er war zutiefst erschüttert. «Aber wie ist sie nur auf so eine krankhafte Idee gekommen?» Er fuhr sich mit der Hand über das Gesicht und lachte verbittert auf. «In dieser Nacht zeigte sie sich so besorgt um mich, dass sie sogar das Bett mit mir teilen wollte! Und ich dachte, sie wollte, dass wir einander Trost spenden.»

«Und? Hast du das Bett mit ihr geteilt?», wollte Susanna wissen, für die sich jetzt die letzten offenen Fragen dieser traurigen Geschichte klärten.

«Natürlich», fauchte Idwal. «Efa hat alle weiblichen Verführungskünste angewendet, und ich bin schließlich ein Mann. Lieber Himmel, bis zu meiner Abreise an den Hof war sie jede Nacht bei mir und überraschte mich mit Fähigkeiten, von denen ich gar nichts ahnte.»

«Sie hat ein paar Unterrichtsstunden genommen», unterbrach Susanna ihn.

Meurig sah sie genauso überrascht an wie Idwal, und er schien unsicher, ob Susanna wirklich ins Detail gehen sollte.

«Was willst du damit sagen, Susanna?», verlangte Idwal zu wissen und sah sie durchdringend an.

Aber Susanna ließ sich durch seinen Blick nicht einschüchtern und sprach ohne zu zögern weiter. «Die Monate, die sie in Epynt verbrachte, grübelte sie nicht allein vor sich hin. Ihr Hass und ihre Verbitterung wurden von jemandem genährt.»

Wutentbrannt sprang Idwal auf und ging im Zimmer auf und ab. «Nur, damit ich dich richtig verstehe, Susanna. Du sagst also, dass Efa geplant hat, mich und meine Söhne zu töten. Dass sie glaubt, ich ginge mit meiner eigenen Schwester ins Bett, und dass sie all das auch noch gemeinsam mit einem Liebhaber ausbrütete?! Du musst mir nachsehen, wenn ich ein wenig skeptisch bin. Es fällt mir ja schon schwer, ihr einen Mord zuzutrauen, aber welcher Mann würde ihr denn bitte ihre Hirngespinste abnehmen oder sie auch noch darin ermutigen?!»

«Ein Mann, der nachtragend ist bis in den Tod, ein Mann, der allem zuhört, wenn es für ihn nur zweckdienlich ist. Ein Mann, der höchsten Gefallen daran findet, eine Frau zu benutzen, um eine Rechnung zu begleichen. Prinzessinnen, Bäuerinnen, Schwestern, Ehefrauen, sie alle dienen nur einem Zweck – der Befriedigung seiner Eitelkeit», sagte Susanna verbittert.

Idwal schwang hasserfüllt herum. «Owain ap Cadwgan!» Jede

Silbe klang wie in Eis gemeißelt. «Willst du damit sagen, dass dieser Hurensohn aus Powys mit meiner Frau geschlafen hat?»

Meurig starrte Susanna ungläubig an, öffnete den Mund, um etwas zu sagen, aber Bruder und Schwester hatten offenbar ganz vergessen, dass er auch noch da war. Idwals Entsetzen wandelte sich jetzt in Zorn auf seine Schwester. Es war gerade ihre innige Verbundenheit, die sie jetzt mit der gleichen Intensität wütend aufeinander losgehen ließ.

«Genau das sage ich», herrschte Susanna ihn an.

Idwal ging mit raschen Schritten auf sie zu. «Ich hoffe für dich, dass du Recht hast», wütete er, sein Gesicht ganz dicht vor ihrem. «Wehe, wenn sich das hier als deine Rache an Efa erweist.»

«Warum sollte ich lügen?», schrie sie ihn an. «Was hätte ich davon, seinen Namen auf den Tisch zu bringen? Sag es mir, Idwal, was hätte ich davon?»

Idwal starrte sie nur keuchend an.

«Für Efa dagegen steht alles auf dem Spiel», fuhr Susanna etwas ruhiger fort. «Wenn du weiterlebst, werden all ihre Lügen früher oder später ans Licht kommen. Was glaubst du wohl, warum sie das Bett mit dir teilte?»

«Ist sie schwanger?»

Noch nie hatte er Susanna so zornig angesehen, aber sie wusste, dass sie jetzt keinen Rückzieher machen durfte. Sie musste ihm alles offen legen, ohne Wenn und Aber.

«Ja, sie ist schwanger. Du musst selbst entscheiden, ob du glaubst, dass es von dir ist.»

Idwal schlang die Finger um seinen leeren Becher und hob den Arm. Aber bevor er ihn wütend durch den Raum schleudern konnte, packte Meurig Idwal mit eisernem Griff am Handgelenk.

«Während der letzten Wochen ist schon genug zerstört worden», sagte er ruhig und ließ Idwals Arm erst los, als sich dessen Muskeln langsam entspannten. Sobald er seinen Griff lockerte, entriss sich Idwal ihm und stürmte zur Tür.

«Idwal, wo willst du hin?», schrie Susanna.

Idwal hielt inne und wandte sich um, sein Gesicht dunkelrot vor Zorn. «Nach Plas-Marl – und dann zu Owain nach Carmarthen», knurrte er. Ohne ein weiteres Wort riss er die Tür so schwungvoll auf, dass er sie fast aus den Angeln hob, eilte durch den Saal und befahl seinen Männern barsch, unverzüglich die Pferde bereit zum Aufbruch zu machen.

«Gütiger Gott, Susanna», stöhnte Meurig. «Wenn du deine Krallen ausfährst, dann fließt Blut. Musstest du das Messer so tief in ihn hineinstoßen?»

«Ja», murmelte Susanna und sah Meurig traurig an. «Solange ich zurückdenken kann, habe ich Idwal beschützt, mich um ihn geängstigt und ihn entschuldigt. Du hattest Recht, mir zu verübeln, dass ich ihn immer an die erste Stelle setze. Doch, das hast du, Meurig, streite es nicht ab. Nun, jetzt ist die Zeit gekommen, dass er hinter dir zurückstehen muss.»

«Susanna!», wurden sie von Geoffrey unterbrochen, der hereingestürzt kam. «Was ist passiert? Warum ist Idwal so außer sich?»

Susanna sah ihren Halbbruder an und fragte sich, wie viel sie ihm wohl erzählen konnte. «Ich hatte einige unangenehme Nachrichten für ihn», sagte sie. «Aber du musst ihn jetzt nicht begleiten, du kannst gern hier bei uns bleiben», fügte sie hinzu und dachte, dass es vielleicht besser für ihn wäre.

«Ich kann nicht, Susanna, ich muss bei Idwal sein», rief er und ging bereits wieder rückwärts Richtung Tür, da Idwal nach ihm rief. «Ich wollte mich nur vergewissern, dass es dir gut geht.»

«Geoffrey!» Susanna lief ihm nach. «Geoffrey!», rief sie noch einmal und packte ihn am Arm, damit er ihr nicht entwischen konnte. «Was hat Lord Owain von Powys in Carmarthen zu schaffen?» Als Geoffrey nicht antwortete, ergriff sie auch noch seinen anderen Arm und schüttelte ihren Halbbruder, obwohl der genauso groß war wie sie. «Du hast etwas erfahren, als du bei deinem Vater warst, stimmt's? Sprich!», befahl sie.

Geoffrey warf erst einen Blick auf Meurig, dann auf Susannas entschlossenes Gesicht.

«König Henry ist furchtbar wütend wegen der Attacken von Prinz Gruffudd in Deheubarth. Er hat Owain ap Cadwgan aufgefordert, gegen Gruffudd in den Kampf zu ziehen – gegen gute Bezahlung natürlich. Lord Owain hat sich der Armee angeschlossen, die von des Königs Sohn angeführt wird, und jetzt sind sie auf dem Weg nach Carmarthen.»

«Verstehe», sagte Susanna. «Danke, Geoffrey.»

Geoffrey hörte, dass sein Name erneut gerufen wurde, und sah besorgt hinüber zum Burghof. «Susanna, ich muss gehen.»

«Ich weiß.» Spontan umarmte sie ihn. «Pass auf dich auf, Geoff», sagte sie leise.

«Mach ich», grinste er. «Und ich werde auch ein Auge auf unseren Bruder haben.»

Meurig begleitete Susanna auf den Burghof. Sie sahen zu, wie Idwal und seine Eskorte durch das Tor hinausritten.

«Was Idwal wohl jetzt vorhat?», fragte Meurig, während sie zurück in die Halle gingen.

«Er wird tun, was er tun muss. So wie ich es auch gemacht habe.»

«Und Efa bekommt ein Kind von Owain?» Meurig konnte es immer noch nicht recht glauben.

Sie wich seinem Blick aus und fühlte sich sichtlich unwohl.

«Susanna, sie ist doch von einem anderen Mann schwanger, oder etwa nicht?»

Sie zuckte mit den Schultern. «Ich weiß, dass sie ein Kind erwartet. Und sie hat sich mit Owain ap Cadwgan eingelassen.»

Sie betraten Meurigs Arbeitszimmer, und Susanna schenkte ihnen beiden etwas zu trinken ein. Meurig nahm seinen Becher und leerte ihn schweigend.

«Warum sonst sollte sie sich solche Mühe geben, Idwal in ihr Bett zu bekommen?», fragte sie gereizt, da sie Meurigs Missfallen nur zu deutlich spürte.

«Idwal hast du jedenfalls nicht in Zweifel über das ‹Warum› gelassen. Ich fürchte nur, er wird es dir nicht danken.»

Susanna knallte ihren Becher auf den Tisch. «Ich habe das nicht für Idwal getan, sondern für dich – und für unseren Sohn.» Sie ging zum Fenster. «Du weißt ja nicht, was sie mir sonst noch gesagt hat. Ich musste sie unglaubwürdig machen.»

«Wovon sprichst du?»

Susanna wandte sich um und sah ihm in die Augen. Sie liebte ihn so sehr, kannte jede seiner Launen, wusste genau, welche Dämonen ihm zusetzten, wenn ihm Zweifel kamen und er sich fragte, wie sicher seine Macht über Senghennydd wirklich war. Gwilyms Aufstand hatte ihn weitaus mehr beunruhigt, als er zugeben wollte. Meurig war überzeugt gewesen, dass seine Großzügigkeit nach dem ersten Vergehen Gwilym dazu gebracht hätte, ihn zu respektieren. Jetzt fürchtete er, damit lediglich einen Beweis seiner Schwäche geliefert zu haben. Susanna wollte diese Ängste nicht auch noch verstärken, aber er musste einfach verstehen, warum sie so gehandelt hatte.

«Du hast hart um die Krone von Senghennydd gekämpft», sagte sie mit sanfter Stimme. «Du bleibst an der Macht, weil du mit Aufwieglern kurzen Prozess machst und weil die Menschen dich respektieren. Gwilym hat zweimal rebelliert, und ich weiß, dass seine Gründe zum Teil ganz persönlicher Natur sind. Aber wie viele würden dir wohl die Stirn bieten, wenn du für sie ein Trottel wärst, ein Mann, den man in der verabscheuungswürdigsten Weise zum Hahnrei gemacht hat?»

«Ich sagte dir bereits, dass es dazu nicht kommen wird. So weit reicht Efas Einfluss nicht.»

«Wenn doch aber Rhodri am Hof von Gwynllwg aufwächst und irgendwann die Behauptungen seiner Mutter wiederholt, was dann?»

«So dumm würde er nicht sein. Susanna, ich glaube, du machst dir unnötig Sorgen.» Er packte sie an den Schultern und sah sie eindringlich an. «Um Efa wird sich Idwal kümmern, dafür hast du gesorgt. Sie wird es nicht wagen, ihre Hirngespinste noch einmal herumzuposaunen.»

«Ich hoffe, dafür gesorgt zu haben. Du verstehst einfach nicht. Sie ist fest davon überzeugt, dass Idwal und ich miteinander geschlafen haben, und glaubt, auch den Beweis dafür zu haben. Owain ap Cadwgan hat sie es bereits erzählt, und der hält sich am normannischen Königshof auf.» Tränen traten ihr in die Augen. «Ein jeder innerhalb oder außerhalb Senghennydds könnte die Gelegenheit beim Schopfe packen, dich vom Thron zu stürzen.»

«Was für einen Beweis glaubt Efa zu haben, Susanna?», fragte Meurig drohend.

Susanna sah ihn zutiefst unglücklich an. «Sie sagte, du hättest die ganze Zeit von Idwal und mir gewusst, und wir hätten mit deinem Einverständnis gehandelt. Sie sagte …» Tränen liefen ihr übers Gesicht und sie schluckte, um nicht laut aufzuschluchzen. «Sie sagte, ein jeder wisse, wenn eine Frau Zwillinge bekommt, dann deshalb, weil sie mit zwei Männern zusammen gewesen ist, von denen jeder eines der Kinder zeugte. Sie sagte, Eluned habe einen Zwilling – Tômas.» Sie begann hemmungslos zu schluchzen und barg ihr Gesicht in den Händen.

«Schsch, Susanna, schsch», beschwichtigte Meurig sie, zog ein Tuch aus seinem Gewand und reichte es ihr. «Tômas ist drei Monate älter als Eluned», gab er zu bedenken.

«Aber Idwal hat nie ein Geheimnis daraus gemacht, dass er zu früh auf die Welt kam», weinte Susanna. «Efa sagt, dass Tômas nicht gesund sei, weil seine Eltern gesündigt haben, und dass er vor der Welt verborgen werden sollte. Sie sagt, dass du all das gewusst hättest. Und dass du ihn in dein Haus aufnahmst und offen vorzeigst, wäre der Beweis.»

Sie wischte die Tränen weg und sah Meurig voller Zorn und Schmerz an. «Jetzt verstehst du, warum ich sie verleumden musste. Idwal muss sie als genau die verlogene, untreue Ehefrau anprangern, die sie ist. Es wäre schon schädigend genug, wenn sie dich als Hahnrei bezeichnet, aber dich als Mitwisser einer derartigen Sünde hinzustellen – was meinst du, wie hart du gegen diese Anschuldigungen zu kämpfen hättest? Was würde dann aus Senghennydd und aus uns?»

Es war eine Erleichterung, Meurig endlich alles zu erzählen, aber diese Bürde, die sie bisher allein hatte tragen müssen, hatte ihr auch die Kraft gegeben, sich zusammenzureißen. Als Meurig sie jetzt in die Arme schloss, gab sie diesen Kampf auf, weinte hemmungslos und klammerte sich verzweifelt an ihn, während er ihr beruhigend übers Haar strich.

«Ich verstehe deine Beweggründe, und du hattest Recht, so zu handeln», versicherte er ihr. Er drückte sie noch fester an sich und fasste sie unter das Kinn, sodass sie ihn ansah. «Ich weiß, wie hart es für dich gewesen sein muss, deinem Bruder so wehzutun. Aber er wird jetzt dafür sorgen, dass niemand Efa zuhört, wenn sie jemals wieder derartige Geschichten verbreitet. Versuche, dich nicht länger damit zu quälen, mein Liebes, du wirst damit nur das Kind beunruhigen.» Er legte die Hand schützend auf ihren Bauch. «Meine Position und Senghennydd werden nicht angetastet werden, und unsere Söhne können ihr Erbe antreten.» Er lächelte sie zuversichtlich an. «Wie könnte ich denn mit dir an meiner Seite scheitern? Ich hätte nicht die geringste Angst, in die Schlacht zu ziehen, denn du hast bewiesen, wie gut du es verstehst, mir den Rücken zu decken.»

Meurig drückte ihr einen Kuss aufs Haar und zog sie wieder an sich. «Idwal darf Efa nicht verzeihen. Er muss entschieden gegen sie und Owain vorgehen. Ohne jedes Pardon. Denn wenn er es nicht macht, werde ich es tun müssen.»

Plas-Marl

Efa stand mitten in ihrer Kammer, blass und zitternd. Aber sie weigerte sich, kampflos von dannen zu ziehen.

«Du stellst dich immer auf ihre Seite und glaubst alles, was sie sagt. Das allein beweist eure Verbindung», fauchte sie.

«Genug, Weib», brauste Idwal auf. «Es interessiert mich nicht, was du zu sagen hast. Bist du etwa wirklich davon ausgegangen, dass ich nicht auch selbst Erkundigungen einholen würde? Keiner von euch beiden war besonders diskret, Owain nicht, weil es ihm ja gerade darum ging, dass ich es erfahre, während du dich einfach nur dämlich angestellt hast. Eines muss man Owain allerdings zugestehen: Er hat wohl kaum damit gerechnet, dass du mit deinen Mordplänen wirklich Ernst machst. So etwas passt nicht zu ihm, und wenn er mir den Tod wünschte, würde er selbst zum Schwert greifen und sich nicht hinter den Röcken einer Frau verstecken. Und ganz sicher wollte er nicht, dass du frei bist für ihn. Du hattest deinen Zweck erfüllt, nachdem du für ihn die Beine breit gemacht hast.»

Efa zuckte zusammen, als hätte er sie geohrfeigt. «Du lügst», entgegnete sie schroff, ohne aber wirklich überzeugt zu wirken.

«Deine Eskorte wartet. Ich möchte, dass du aus Plas-Marl verschwindest.»

«Wohin gedenkst du mich zu schicken?», fragte sie mit so viel Würde, wie sie gerade noch aufbringen konnte.

Idwal lächelte grausam. «Du erinnerst dich doch sicher an den Besitz in Nyth Brân, der mir zufiel.»

Blankes Entsetzen sprach aus Efas Augen. «Aber das ist ein Bauernhaus, schlimmer noch, das umgebende Land ist völlig unfruchtbar. Du kannst nicht im Ernst wollen, dass die Kinder dort leben!», rief sie verzweifelt.

«Du scheinst immer noch nicht zu verstehen, Efa», sagte Idwal sarkastisch. «Nicht die Kinder werden dort leben, sondern du.»

«Ich verstehe ja, dass Rhodri hier bleiben muss, aber die Mädchen – du kannst mich doch nicht von meinen Töchtern trennen. Siwan ist noch nicht einmal drei, sie braucht eine Mutter», flehte Efa. Panik stieg in ihr auf, denn allmählich erkannte sie, dass ihre Schandtaten sich jetzt gegen sie wendeten.

«Ich stimme dir zu, dass Siwan eine Mutter braucht, und sie wird auch eine haben. Du bist jedoch denkbar ungeeignet für diese Aufgabe, und du wirst die Kinder nicht wiedersehen», sagte Idwal kalt. Er öffnete die Tür und rief zwei seiner Männer herein. «Meine Frau ist bereit zum Aufbruch.»

«Idwal, bitte, du kannst mir nicht meine Kinder nehmen», rief Efa schluchzend und packte Idwal am Arm.

«Du wirst Owains Bastard haben», entgegnete er brutal und schob ihre Hand weg.

«Es ist dein Kind, was auch immer geschehen ist, ich trage dein Kind unter dem Herzen», schrie Efa.

«Warum kann ich dir eigentlich nicht glauben?», fragte Idwal mit geradezu sanfter Stimme, aber eiskaltem Blick.

Er nickte, und die beiden Männer nahmen Efa in ihre Mitte. Sie hatte sich in Plas-Marl nicht gerade viele Freunde gemacht, und Idwals treue Anhänger zögerten nicht, seinen Befehl auszuführen.

«Das wirst du bitter bereuen», schrie sie, nachdem ihre Panik Wut gewichen war. «Glaubst du etwa, meine Brüder lassen mich in diesem Loch verrotten?»

«Vielleicht nicht», antwortete Idwal gleichgültig. «Wenn sie dich und deinen Bastard zu sich holen wollen, habe ich keine Einwände. Aber glaube ja nicht, dass sie dich unterstützen bei irgendeinem Racheakt gegen mich. Sie haben teuer dafür bezahlt, dir schon einmal Gehör geschenkt zu haben.» Er lächelte triumphierend, als er Efas Gesichtsausdruck sah. Seine Frau hatte ja keine Ahnung, was ihre Brüder alles getan hatten, um sich von den Handlungen ihrer Schwester zu distanzieren. Sie hatten wirklich nicht gewusst, was Efa im Schilde führte, als sie um Hilfe bettelte. Und umgeben von normannischem Territorium, waren ihre Brüder nicht gerade in der sichersten Position und hatten von daher nicht das geringste Interesse daran, in eine Blutfehde mit Idwal hineingezogen zu werden – nicht bei seinen Verbindungen zu zwei königlichen Höfen.

Efas Schultern sackten herab; sie hatte mit hohem Einsatz gespielt und alles verloren. Geschlagen ließ sie sich von den beiden Männern hinausführen. Ihre einzige Hoffnung bestand jetzt darin, dass Owain ap Cadwgan ihr helfen würde – und das tat er sicher, wenn er erst einmal eingesehen hatte, dass das Kind von ihm war.

Kurz darauf brach Idwal nach Deheubarth auf. Er nahm nur wenige, aber sehr erfahrene und bewährte Männer mit. Das Glück war ihm hold, denn sein Prinz, Urien von Gwynllwg, war bereitwillig geeilt, um den Normannen zu helfen, ihre Burg in Carmarthen gegen den Aufstand der Waliser in Deheubarth zu verteidigen. Zum ersten Mal war Idwal dankbar für Urien von Gwynllwgs Unterwürfigkeit gegenüber den Normannen, und er beglückwünschte ihn zu der Ehre, in diesem Kampf den Tod gefunden zu haben. Wenn Idwal normannisches Gebiet durchquerte, könnte er keine bessere Tarnung haben als das loyale Anliegen, den Tod seines Prinzen zu rächen.

Idwal wusste, dass Owain ap Cadwgan an der Seite der Normannen gegen die Waliser ritt, aber als er in Carmarthen ankam, konnte es gar nicht besser laufen. Owain war im Wald auf eine Gruppe von Reisenden losgegangen und hatte sie um ihren gesamten Besitz erleichtert. Auf ihrem Weg zur Burg, um sich beim Sohn des Königs persönlich zu beschweren, stießen die Überfallenen auf einen Trupp Normannen und Flamen mit Gerald von Pembroke Castle, dem betrogenen Ehemann von Prinzessin Nesta, an der Spitze. Die Fehler, die Owain in der Vergangenheit gemacht hatte, kamen Idwal sehr zupass, da Gerald und seine Männer unverzüglich die Verfolgung des Prinzen von Powys aufnahmen. Idwal hängte sich mit seinen Männern sofort an deren Fersen, denn diese Gelegenheit konnte er sich nicht entgehen lassen.

Der Kampf war noch nicht lange im Gange, als sie am Ort des Geschehens eintrafen. Idwal wandte sich an seine Männer: «Ich verlange nicht, dass ihr euch in die Streitigkeiten eines anderen Mannes hineinziehen lasst. Ich bitte euch nur um eure Hilfe, damit ich mich hinterher sicher zurückziehen kann.»

«Wohin Ihr geht, dahin folgen wir Euch, Mylord. Wir decken Euch den Rücken und die Flanken», erwiderte ihr Anführer mit rauer Stimme.

«Wie ihr wollt. Denkt an eure Deckung und bleibt wachsam. Und vergesst nicht – diese Höllenbrut aus Powys gehört mir.»

Sie verhüllten die untere Hälfte ihrer Gesichter, sodass niemand erkennen konnte, ob sie Waliser oder Normannen waren, und mischten sich unauffällig ins Schlachtgetümmel. Sie arbeiteten sich sorgfältig vor und verwickelten Owains Gegner und Anhänger auf meisterhafte Art in Zweikämpfe, bis Owain auf einmal von den anderen Kämpfern isoliert war. Er versuchte, in dem Gemenge zu erkennen, wo der nächste Feind war, auf den er sich stürzen könnte. Seine leidenschaftliche Kämpfernatur ließ keine Sekunde lang die Idee aufkommen, sich einfach davonzumachen, und als er einen seiner Männer zu Boden gehen sah, hob er sein Schwert, um einzuschreiten und den Mörder zu Fall zu bringen. Der parierte zwar, war aber nicht schnell genug, und Owain stieß zu. Er spürte den befriedigenden Adrenalinstoß des Tötens, wandte sich um und wollte sich erneut ins Getümmel stürzen. Aber seine Beine gehorchten ihm nicht. Er blickte verwundert an sich herunter und fragte sich, warum sie sich nicht bewegten. Wie durch einen Nebel spürte er, dass seine untere Körperhälfte zunehmend taub wurde. Plötzlich fuhr ein stechender Schmerz durch seine Wirbelsäule, und dann sackte er langsam auf die Knie. Im Fallen sah er die leeren Augen des Mannes, den er gerade erschlagen hatte und wusste, dass es nicht sein Schwert gewesen sein konnte, das ihn durchbohrt hatte. Owain versuchte sich von den Knien zu erheben, sank jedoch nur noch weiter zusammen. Sein Schwert glitt ihm aus der Hand, er hatte nicht länger die Kraft, es zu halten. Er hörte neben sich eine Bewegung und schaffte es mit unglaublicher Willenskraft, den

Kopf zu wenden. Sterbend sah er das blutige Schwert des Fremden und wusste, dass es sein Blut war, das daran klebte.

Idwal blickte teilnahmslos auf ihn herab. Ihm entging nicht, dass andere sich auf ihn zubewegten, aber er zwang Owain, ihn anzusehen. Dann enthüllte er sein Gesicht und wartete, bis er in den Augen Owains Überraschung aufflackern sah, als der ihn erkannte. Erst, als er sicher sein konnte, dass Owain ap Cadwgan von Powys wusste, dass er, Idwal ab Ifor von Gwynllwg, ihm den tödlichen Stoß versetzt hatte, zog er sich in den Schutz der Wälder zurück, wo seine Männer mit gesattelten Pferden auf ihn warteten.

Kapitel sechzehn

Februar 1117. Tongwynlais, Senghennydd

Meurig fluchte leise, als das Feuer in der Kohlenpfanne zischte und flackerte. Er blickte hoch zur Lüftungsöffnung im Dach ihres kleinen Schlafraumes und zog an den Schnüren, mit denen sie reguliert werden konnte. Erst kürzlich hatte er ihr Schlafgemach in den oberen Stock des Nordostturms verlegt und fragte sich jetzt, ob das eine weise Entscheidung gewesen war. Normalerweise war diese Lüftungsöffnung sehr wirkungsvoll, um den Rauch abziehen zu lassen und dennoch die Feuchtigkeit draußen zu halten. Aber dem stürmischen Wind und sintflutartigen Regen dieser Nacht war die Konstruktion offenbar nicht gewachsen. Er verschloss sie zur Hälfte und warf Susanna einen entschuldigenden Blick zu.

«Wir müssen uns mit dem Qualm abfinden oder frieren», sagte er und warf ein weiteres Holzscheit ins Feuer.

«Ich bin nur froh, dass wir in einer Nacht wie dieser drinnen sind», erwiderte Susanna. «Hör doch nur den Wind.»

Meurig setzte sich, und sie kuschelte sich an ihn. «Wer weiß, wann wir nach Gelligaer zurückkönnen», sagte sie seufzend. «Mir ist klar, dass du die Burg sicherer machen willst, aber etwas mehr Platz und Bequemlichkeit wären nicht schlecht, insbesondere bei der baldigen Ankunft des Kindes.» Sie strich sich über den ausladenden Bauch. «Wie kommen die Handwerker voran?»

«Sie sind schon weiter, als ich dachte», erwiderte Meurig. «Ich hatte befürchtet, dass der viele Regen die Arbeit an manchen Tagen verhindert hat, aber das obere Stockwerk der Halle ist fast fertig. Sobald sich der Sturm gelegt hat, können sie mit dem Dach anfangen.»

«Und die Ringmauer?»

«Fast fertig, wir werden schon bald die Palisaden abbauen können. Ich fühle mich wesentlich besser bei dem Gedanken, dich von Mauern geschützt zu wissen. Wenn es gut genug ist für die Normannen, wird es das für uns ja wohl erst recht sein.» Er nahm eine einzelne Strähne ihres Haars und wickelte sie um sein Handgelenk.

Susanna erwiderte sein Lächeln, dann zuckte sie zusammen und veränderte ihre Position ein wenig.

«Macht er dir Ärger?», fragte Meurig besorgt. Er gab ihr Haar frei und stopfte ein zusätzliches Kissen hinter ihren Rücken. Er umsorgte sie jetzt ständig, wie eine Glucke.

«Um diese Zeit in der Nacht wird er immer munter», erklärte Susanna und nutzte so Meurigs Aufmerksamkeit.

«Du bist immer noch davon überzeugt, dass es ein Junge wird?» Meurig öffnete ihren Umhang und schlüpfte mit der Hand darunter.

«Ja, aber frag mich nicht warum.» Susanna lachte leise. Sie schob Meurigs Hand auf eine Seite ihres Bauches. «Fühlst du das?»

Meurig grinste, als er eine Bewegung unter seiner Hand spürte. «Ist das ein Tritt oder ein Schlag?», fragte er völlig fasziniert. Im Verlaufe dieser Schwangerschaft hatte er Susanna wesentlich mehr Aufmerksamkeit gewidmet als während der beiden ersten. Vielleicht lag es an den Umständen, unter denen das Kind gezeugt wurde, vielleicht hatte er auch mehr Muße, sich ihr zu widmen. Susanna war zwar mit ihm gereist, als sie Eluned erwartete, aber er war damals damit beschäftigt gewesen, seine Position als Herrscher zu festigen. Als Siôn unterwegs war, hatte er darauf bestanden, dass Susanna die ganze Zeit in Gelligaer blieb. Aber jetzt erhielt Gelligaer gerade neue Befestigungen, und Meurig hatte den gesamten Haushalt kurzerhand nach Tongwynlais verlegt. Das grenzte allerdings an Gebiete, wo es früher bereits Schwierigkeiten gegeben hatte, also zog er es vor, während der letzten Monate hier auch Hof zu halten.

«Es ist ein unglaubliches Gefühl, zu sehen, dass mein Kind in dir heranwächst», sagte er liebevoll und strich über den vorgewölbten Bauch. «Ich frage mich, wie viele Männer wohl bereit wären, ihren Körper zu opfern, wenn sie es wären, die die Kinder bekämen», fügte er mit einem verlegenen Grinsen hinzu.

«Gott wollte, dass wir uns fortpflanzen. Aus diesem Grunde hat er den Frauen diese Aufgabe übertragen.»

Meurig beugte sich herab und küsste ihren Bauch, dann bedeckte er ihn wieder mit dem Umhang. Er strich Susanna das Haar aus dem Gesicht und sah sie besorgt an.

«Mach dir um uns keine Sorgen», sagte sie leise. «Es wird uns gut gehen. Du musst morgen aufbrechen.»

Meurig lehnte sich seufzend zurück. «Ja, ich weiß. Ich kann diesen neuesten Streich Gwilyms nicht ungestraft lassen.» Er fuhr sich mit der Hand durch die Locken. «Ganz ehrlich, Susanna, das ist sogar für Gwilyms Verhältnisse dumm. Er hat nicht einmal versucht, seine Identität zu verbergen, während er Überfälle verübte und Reisende drangsalierte, die mein Land passierten. Und er hat meine Aufforderungen, an den Hof zu kommen und mir Rede und Antwort zu stehen, rundweg ignoriert. Er lässt mir keine Wahl, ich muss dieses Problem ein für alle Mal lösen.»

«Ich weiß, mein Schatz, und ich wünschte nur, ich könnte dabei sein, wenn du ihn unterwirfst.»

«Es wird nicht lange dauern. Ich will rechtzeitig vor der Ankunft unseres Sohns wieder zurück sein.»

«Du wirst dir so viel Zeit nehmen, wie du brauchst», sagte Susanna streng. Sie wollte nicht in einer ohnehin schon belastenden Situation zusätzlichen Druck ausüben. «Bei deiner Rückkehr wirst du erwartet, entweder von einer oder von zwei Personen!»

Susanna schaute aus dem Fenster ihres Schlafgemachs auf den Burghof und lachte.

«Man kann sie bestimmt bis Cardiff hören», sagte sie zu Nerys, während das Gejohle und Gekreische über den Hof hallte.

Die Burschen des Haushalts, einschließlich Siôn, Iolo und Nerys' Söhnen, waren nass bis auf die Haut. Was als Übung im Lanzenstechen begonnen hatte, war schnell in einen freundschaftlichen Ringkampf ausgeartet, in dem alles erlaubt war. Susanna hatte die Jungen daraufhin angewiesen, sich ja gründlich mit Wasser abzuspritzen, bevor sie zurück in die Halle gingen.

«Sie sollten allmählich hereinkommen, sonst holen sie sich noch den Tod. Der Frühling steht zwar vor der Tür, aber eingetroffen ist er noch längst nicht», sagte Susanna und schüttelte sich. «Lass uns in den Saal gehen und sie dort abfangen», fuhr sie mit einem Grinsen fort, verzog dann aber plötzlich schmerzhaft das Gesicht.

«Alles in Ordnung?», fragte Nerys besorgt.

Susanna nickte. «Ich denke – besser gesagt, ich hoffe – dass es nur eine leichte Magenverstimmung ist. Ich habe mich schon den ganzen Tag über nicht so gut gefühlt.»

«Falls du lieber hier bleiben möchtest, dann knöpfe ich mir die Schlingel allein vor», bot Nerys an, aber Susanna schüttelte den Kopf.

«Ich werde noch früh genug hier liegen müssen – es ist ja nur noch eine Woche.»

Beim Abendessen griff Susanna nur spärlich zu, die Schmerzen waren zwar nicht schlimmer geworden, aber sie fühlte sich so schlecht, dass sie früh zu Bett gehen wollte. Sie trank ein Gebräu, das Olwen für sie angemischt hatte, legte sich komplett angezogen aufs Bett und fiel rasch in einen erholsamen Schlaf. In den frühen Morgenstunden erwachte sie mit krampfartigen Schmerzen und beugte sich aus dem Bett hinunter, um ihre Kammerjungfer zu wecken.

«Olwen, würdest du bitte in die Küche gehen und mir einen Becher warme Milch mit Honig holen?», flüsterte sie.

Olwen warf nur einen kurzen Blick auf Susanna und war sofort auf den Beinen. «Soll ich nach der Hebamme schicken?»

Susanna schüttelte den Kopf. «Noch nicht.» Sie sprach sehr leise. «Lass sie noch ein bisschen schlafen. Und das Gleiche gilt für die anderen», ordnete sie an und wies in Richtung der anderen schlafenden Frauen.

Nachdem Olwen gegangen war, hielt Susanna es nicht mehr lange im Bett aus. Sie griff nach ihrem wollenen Umhang und warf ihn sich um die Schultern. Ein paar Schritte zu gehen, würde sicher gut tun. Sie stieg vorsichtig über die schlafenden Körper hinweg und trat hinaus auf den Gang. *Die Luft ist hier kühler,* stellte Susanna aufatmend fest. Ihr war plötzlich fürchterlich heiß geworden. Ein stechender Schmerz fuhr ihr durch den Rücken, und sie stöhnte. Vielleicht hatte Olwen doch Recht und sie sollten die Hebamme wecken. Sie spähte in den dunklen Treppenschacht, um Ausschau nach Olwen zu halten. Da sah sie es – sie standen so regungslos, dass Susanna im ersten Moment dachte, ihre Augen spielten ihr einen Streich. Aber es war keine Einbildung, diese furchtbare Szene war Realität, genauso wie die Angst in Tômas' Augen, der von zwei Männern festgehalten wurde. Einer hielt ihm den Mund zu und der andere drückte ein Messer an die Kehle des Jungen. Entsetzt und voller Panik blickte Susanna sich Hilfe suchend um, aber sie war allein, und plötzlich stiegen die furchtbaren Bilder von Plas-Marl in ihr auf. Der Mann mit dem Messer legte warnend den Zeigefinger an die Lippen. Das Mondlicht spiegelte sich auf der Klinge, als er seine Drohung andeutete.

«Was macht ihr mit meinem Neffen?», stieß Susanna mühsam flüsternd hervor.

Der Mann wirkte für einen Moment irritiert, dann verzog sich sein Mund zu einem brutalen Grinsen, bei dem er eine Reihe schwarzer Zahnstümpfe entblößte. «Netter Versuch, Mylady», flüsterte er mit kehliger Stimme. «Ihr seid doch Lady Susanna, nicht wahr?»

Susanna blickte Tômas' Entführer fest an. «Wenn ihr wisst, wer ich bin, dann ist euch ja auch klar, wer mein Ehemann ist – und wie er mit Verrätern verfährt.» Sie hatte sich wieder ein wenig gefasst, als ihr klar wurde, dass es sicher nicht lange dauern würde, bis ihr jemand zu Hilfe kam.

«Er wird wohl lernen müssen, stillzuhalten – schließlich haben wir seinen Sohn», höhnte der Mann.

«Aber das ist nicht sein Sohn», lächelte Susanna kalt. «Ihr habt euch den Sohn meines Bruders geschnappt, und ich befehle euch, ihn auf der Stelle loszulassen. Ich weiß nicht, wie es euch gelungen ist, an den Wachen vorbeizuschleichen, aber wenn ihr den Jungen unverletzt freigebt und sofort verschwindet, habt ihr immerhin die Chance, mit dem Leben davonzukommen.»

Aber die Männer hörten ihr gar nicht mehr zu. Bereits nach ihren ersten Worten hatte derjenige, der Tômas den Mund zuhielt, ihn fluchend herumgerissen und zu der Schießscharte gezerrt, durch die ein schmaler Streifen Mondlicht hereinfiel.

«Wie heißt du, Junge», herrschte er ihn an.

Aber Tômas war vor Angst wie betäubt. Verzweifelt blickte er zwischen seiner Tante und den Männern hin und her.

«Du Trottel», zischte der Mann seinen Komplizen an, «du hast dir den Idioten geschnappt.»

Der andere handelte unverzüglich, war mit einem Satz bei Susanna und drehte ihr brutal den Arm auf den Rücken.

«Wenn Ihr Lord Meurigs Frau seid, dann ist das aber sein Kind», knurrte er ihr ins Ohr und schob den Umhang auseinander, um ihren vorgewölbten Bauch sichtbar zu machen. Dann blickte er plötzlich an Susanna vorbei. Sein Griff wurde noch fester, weil er Olwen um die Ecke biegen sah, die vor Schreck den mitgebrachten Becher fallen ließ.

«Ein Wort», zischte er, «und ich schlitze sie auf.» Er hielt sein Messer an Susannas Bauch. Olwen presste sich die Hand auf den

Mund, um nicht laut aufzuschreien. Der Mann schob Susanna Richtung Treppe. «Komm schon», sagte er zu seinem Komplizen. «Wir haben zwei statt einem. Wir sollten den Sohn bringen, niemand hat uns gesagt, dass er nicht mehr in ihr drinstecken darf.»

«Was ist mit dem hier?», fragte der andere, der immer noch Tômas gepackt hielt.

«Er wird nichts verraten», versicherte Susanna verzweifelt, voller Angst, das die Männer dem Jungen etwas antun würden. «Ihr seht doch, dass er nicht sprechen kann!» Sie sah ihren Entführer panisch an und betete inbrünstig, dass Tômas nicht ausgerechnet jetzt anfing zu schreien – bestimmt würden die Männer ihm sofort die Kehle durchschneiden.

«Was machen wir mit ihr?» Der andere Mann stieß Tômas weg und schnappte sich Olwen. «Sie wird loskreischen, sobald wir außer Sicht sind.»

«Ihr könnt meine Herrin nicht mitnehmen», stieß Olwen hervor. «Die Wehen haben begonnen, das Kind kommt. Ihr könnt sie nicht mitnehmen. Nehmt mich stattdessen.»

Olwen schob mutig ihr Kinn vor, aber Susanna sah, wie ihre Hände vor Angst zitterten, und eine Welle der Zuneigung für ihre tapfere Kammerjungfer überkam sie.

Der Mann verdrehte Olwen den Arm, bis sie vor Schmerz aufschrie. «Du bist zwar ein Prachtweib, aber nicht die Beute, hinter der wir her sind», sagte er kalt und zückte sein Messer.

«Warte», mischte sich der andere ein, als Susanna vor Angst aufstöhnte. «Wenn das Balg kommt, bevor wir bei unserem Lord sind, brauchen wir die Magd. Ich bringe es jedenfalls nicht auf die Welt.»

Olwens Entführer zuckte mit den Schultern und stieß seine Geisel Richtung Susanna. «Ihr kennt ja wohl den sichersten Weg hinaus», herrschte er Susanna an. «Bewegt euch.»

Sie erreichten das Versteck in den Wäldern, wo die gesattelten Pferde warteten.

«Ich kann in meinem Zustand nicht reiten.» Susanna keuchte entsetzt, als eine neue Welle des Schmerzes sie ergriff.

«Du wirst das tun, was man dir sagt», blaffte ihr Entführer, und im nächsten Moment wurde Susanna einfach in den Sattel gehoben. Der Mann schwang sich hinter sie und trieb das Pferd zum Galopp an.

«Halt, haltet sofort an», jammerte Susanna schmerzgepeinigt und versuchte so ruhig wie möglich zu sitzen, während sie sich um ihr Leben bangend an den Sattel klammerte. Ihr Flehen ließ den Mann völlig kalt. Er ritt sein Pferd in immer schärferem Galopp durch die dunklen Wälder.

Gerade als Susanna glaubte, am Ende ihrer Kräfte zu sein, brachten sie die Pferde abrupt zum Stehen. Olwen sprang sofort aus dem Sattel, eilte zu Susanna und fing ihre Herrin auf, die kraftlos vom Pferd rutschte.

«Wieso zum Teufel bringt ihr mir zwei Frauen?», fragte eine hochmütige Stimme. «Wo ist Meurigs Sohn?»

«Seinen Sohn konnten wir nicht kriegen, aber seine Frau trägt ein Kind im Bauch», erklärte einer der Entführer.

«Ihr habt Susanna?», fragte die Stimme ungläubig.

Susanna beugte sich vor, stützte sich gegen einen Baumstamm und atmete schwer. Sie war schweißgebadet von der Anstrengung, sich auf dem Pferd zu halten, und den immer stärker werdenden Schmerzen. Die Geburt hatte begonnen, daran bestand kein Zweifel, und das Gerede der Männer interessierte sie nicht im Geringsten – bis zu dem Moment, als sich der Mann mit der anmaßenden Stimme plötzlich an sie wandte.

«Susanna … es ist schon eine ganze Weile her.»

Susanna hob langsam den Kopf. «William? William St. Quintin?», fragte sie zwischen zwei tiefen Atemzügen und erkannte in dem Gesicht des Mannes noch den Jungen, der vor vielen Jahren in St. Gwynllwg Gorffenna den Hof gemacht hatte.

William lächelte sie kalt an. «Dein Gedächtnis funktioniert tadellos. Und das, obwohl du sicher nicht damit gerechnet hast, mich hier zu treffen.»

Mit Mühe richtete sich Susanna auf. «Arbeitest du mit Gwilym zusammen oder verfolgst du deine eigenen Ziele?»

William lächelte unbeirrt weiter. «Gwilym und ich haben derzeit das gleiche Problem – deinen Ehemann. Er hat Gwilyms Söhne und, wie du weißt, auch meine Tochter. Wir wollen lediglich für Gerechtigkeit sorgen.»

Susanna ließ sich nicht provozieren: «Einen gemeinsamen Feind zu haben macht euch also zu Freunden», sagte sie voller Sarkasmus. «Wo steckt er denn?»

«Du wirst ihn treffen, sobald er Meurig lange genug abgelenkt hat.»

«Ihr Dummköpfe. Meurig wird euer Spiel schnell durchschauen, wahrscheinlich ist er bereits hierher unterwegs», schnaubte Susanna verächtlich. «Und sobald du ihm unter die Augen kommst, tötet er dich, dessen sei versichert.»

«Deshalb werden wir uns hier auch nicht unnötig lange aufhalten, auch wenn ich gerne noch weiter mit dir über alte Zeiten plaudern würde. Wie geht es übrigens meiner Tochter?»

Aber Susanna konnte nicht mehr antworten. Sie war leichenblass geworden, schwitzte heftig und klammerte sich so fest an den Baumstamm, dass ihre Knöchel weiß hervortraten.

«Olwen», keuchte sie.

«Wage es nicht, Spielchen mit mir zu treiben», sagte William kalt. «Ich lasse mich nicht mit Tricks hier festhalten, damit dein Mann uns einholen kann.»

«Die Geburt hat begonnen!», fauchte Olwen ihn wütend an. «Wir müssen sie in die Burg zurückbringen.»

«Ich … kann … nirgendwohin gehen», keuchte Susanna.

William verlor die Beherrschung und packte sie brutal am Arm. «Genug! Wir brechen sofort auf», schrie er und stieß sie grob vor sich her.

«Mein Kind, mein Kind kommt», weinte Susanna und fiel auf die Knie.

William zog sie hoch und schleppte sie zu den Pferden. «Jetzt helft mir schon, ihr Trottel», schrie er die beiden Männer an, aber selbst die schreckten davor zurück, eine Frau gewaltsam mitzuschleifen, die so offensichtlich in den Wehen lag.

«Ihr werdet sie umbringen», schrie Olwen und versuchte Susanna aus Williams eisernem Griff zu befreien.

Susanna brach plötzlich zusammen, und William blieb nichts anderes übrig, als sie auf den Boden gleiten zu lassen.

«Mylady ...» Olwen stützte Susanna den Kopf.

«Es geht mir gut, Olwen», hauchte Susanna. «Soweit das möglich ist.»

«Hebt sie auf», befahl William seinen Männern.

Einer der beiden stieß Olwen brutal weg, während der andere zögerlich Susannas Arme ergriff.

«Steht auf, Mylady, bitte», murmelte er.

«Ich gehe nirgendwohin», fauchte Susanna. «Ich werde jetzt mein Kind auf die Welt bringen.»

«Ich muss darauf bestehen.» Der Mann war sichtlich verlegen angesichts ihres Zustands. Er versuchte sie hochzuzwingen, aber Susanna verfügte in dieser Situation über ungeahnte Kräfte und wehrte sich heftig. Überrascht von ihrem Widerstand, verlor er das Gleichgewicht und fiel auf sie. Beschämt stammelte er wirre Entschuldigungen und rappelte sich auf.

«Himmel Herrgott», schrie William, der bereits im Sattel saß. «Kann vielleicht irgendjemand diesem Trottel helfen?» Sein Pferd wurde immer unruhiger, und William versuchte leise fluchend, es unter Kontrolle zu halten.

Plötzlich schrie Susanna vor Schmerz laut auf. Der Mann, der immer noch neben ihr stand, machte einen Satz, als hätte er sich erschreckt, dann kippte er plötzlich nach vorn und begrub Susanna abermals unter sich.

«Weg mit dir», schrie Susanna, kämpfte sich mühsam frei und

setzte sich auf. Der Mann rührte sich nicht, und als Susanna ihn ansah, blickte sie in ein paar leblose Augen.

Um sie herum schien das Chaos auszubrechen. Sie hörte Pfeile durch die Luft schwirren und das Klirren von Schwertern. Mindestens ein Dutzend Beine waren um sie herum in Bewegung. Panisch versuchte sie, den Mann endlich ganz von sich herunterzuschieben und freizukommen, aber die in immer kürzeren Abständen auftretenden Wehen unterbrachen ihre verzweifelten Bemühungen. Plötzlich wurde sie von dem Gewicht des Mannes erlöst und sah vor sich ein blutiges Schwert aufblitzen. Vor Angst begann Susanna zu schreien, sie schrie ihr ganzes Entsetzen heraus.

«Susanna! Susanna!» Jemand versuchte, sie in die Arme zu nehmen, aber sie schlug wild um sich. Dann wurden ihre Hände gepackt und festgehalten. «Susanna, Liebling. Du bist jetzt in Sicherheit.»

«Meurig?», fragte Susanna ungläubig und richtete den Blick auf das Gesicht direkt vor sich. «Oh, Meurig», schluchzte sie erleichtert. «Ich wusste, dass du kommst.»

Meurig hatte eine neckende Bemerkung auf den Lippen, kam jedoch nicht dazu, sie auszusprechen, weil Susanna vor Schmerz aufstöhnte.

«Bist du verletzt? Hat dieser Bastard dir etwas angetan?» Panisch suchte er ihren Körper nach Wunden ab. «O Gott, Susanna», entfuhr es ihm, als er ihre nassen Röcke fühlte. «Wo bist du verletzt?»

«Das ist mein Wasser», keuchte sie. «Nur mein Wasser», wiederholte sie, als sie die Angst in Meurigs Augen sah.

«Ich verstehe nicht …» Meurig sah sie verwirrt an.

«Das Kind, es kommt», stieß sie hechelnd hervor und spürte bereits die nächste Wehe kommen.

«Wir müssen dich sofort zurückbringen.» Meurig wandte sich um und rief seinen Männern entsprechende Befehle zu.

«Dazu ist keine Zeit mehr», sagte sie ruhiger und atmete etwas leichter.

Meurig fuhr sich mit den Fingern durchs Haar. Er wusste, dass er dieser Situation bald nicht mehr gewachsen sein würde. Mit einer Schlacht kam er zurecht, aber auf diesem Gebiet hier hatten Männer nichts verloren. «Olwen», schrie er, «kümmere dich um deine Herrin.» Er erhob sich von den Knien. «Ich bin bald zurück», versicherte er Susanna.

Sie ergriff seine Hand. «Was ist mit William St. Quintin?»

«Der wird dir nie wieder Leid zufügen.»

«Er und Gwilym …», begann Susanna.

«Ich weiß. Mach dir keine Sorgen. Die Männer, die wir am Leben lassen, werden uns als Gegenleistung verraten, wo er sich aufhält.»

Sie nickte und blickte ihm nach, wie er zu seinen Männern ging und mit ihnen sprach. Dann wandte sie den Kopf und suchte nach Olwen.

«Wie weit seid Ihr?» Olwen kniete sich neben sie und tätschelte fürsorglich ihre Hand. «Meint Ihr nicht, wir schaffen es noch zurück zur Burg?»

Susanna schüttelte den Kopf. «Ich habe bereits mein Wasser verloren, und die Schmerzen kommen in sehr kurzen Abständen.» Schweiß trat ihr auf die Stirn, als sich die nächste Wehe ankündigte.

«Dann müssen wir einen Platz für Euch finden, der zumindest trocken ist.» Olwen sah Susanna besorgt an. «Wir haben weder einen Trank mit Mutterkraut, noch bin ich Hebamme.»

«Du wirst deine Sache schon gut machen, Olwen, gemeinsam bringen wir dieses Kind sicher auf die Welt», sagte Susanna wesentlich zuversichtlicher, als sie sich fühlte.

Hywel zog fragend die Augenbrauen hoch, als Meurig sich mit besorgtem Gesichtsausdruck näherte.

«Das Kind kommt», sagte Meurig. «Ich muss Susanna aus dieser Kälte schaffen. Sie sagt, die Zeit reiche nicht, um nach Tongwynlais zurückzukehren.»

Hywel überlegte einen Moment. «Nicht weit von hier gibt es eine Art Höhle. Ein verlassener Wolfsbau, vermute ich.»

Meurig runzelte die Stirn, dann hellte sich sein Gesicht auf. «Ich kenne diese Höhle. Dort ist es wenigstens trocken. Vielleicht schaffen wir es sogar, ein Feuer zu entzünden.»

«Bevor du gehst», Hywel hielt Meurig am Arm fest, «wir wissen, wo Gwilym darauf wartet, dass St. Quintin ihm deinen Siôn bringt.»

«Ich kann Susanna jetzt nicht allein lassen», sagte Meurig mit fester Stimme. «Wie viele Männer brauchst du?»

«Da er nicht mit uns rechnet, denke ich nicht, dass wir erst Verstärkung aus der Burg holen müssen. Und wir können dir auch ein paar Leute zum Schutz hier lassen.»

«In Ordnung. Aber, Hywel, schnappe ihn lebend. Dieses Mal muss er vor Gericht gestellt werden, und zwar ganz öffentlich. Jeder soll sehen, was einem Mann widerfährt, der sich mir entgegenstellt und meine Familie bedroht», sagte er mit kalter Wut. «Schicke jemanden zur Burg, um die Wachen darauf vorzubereiten, dass ein Gefangener gebracht werden wird, und lasse meine Kinder wissen, dass ihre Mutter in Sicherheit ist.»

Sie hörten Susanna vor Schmerz laut aufschreien. «Ich muss los», drängte Meurig. «Und du auch, Hywel.»

«Komm, Susanna», sagt er, als er bei ihr ankam. «Ich bringe dich an einen geschützteren und trockeneren Ort. Es ist nicht weit, und ich werde dich tragen.»

«Ich kann gehen.» Susanna rappelte sich mühsam auf. Sobald sie stand, wurde der Schmerz jedoch stärker und sie holte tief Luft. «Aber schneller geht es, wenn du mich trägst», fügte sie mit einem schwachen Lächeln hinzu.

«Ieuan», rief Meurig einen der Männer zu sich. «Kennst du den verlassenen Wolfsbau? Wir müssen Lady Susanna dort hinbringen. Gehe du mit Olwen und bereite alles vor, so gut es geht. Die anderen Männer kommen mit mir nach.»

Sie brauchten nicht lange bis zu der Höhle, einem natürlichen Spalt in den Felsen. Dennoch dachte Meurig, seine Arme seien für immer taub geworden, so anstrengend war es, die sich vor Schmerz windende Susanna zu tragen.

Olwen und Ieuan waren nicht untätig gewesen. Der Boden war mit Reisig gefegt, und sie hatten aus so vielen Blättern, wie sie nur zusammentragen konnten, ein Lager geschaffen. Ieuan hatte sogar ein Feuer in Gang zusetzt. «Wir haben jede Menge trockene Zweige gefunden», sagte er, als Meurig zufrieden nickte. Sie würden nicht nur die Wärme brauchen, sie konnten zudem nicht ganz sicher sein, ob der Bau wirklich verlassen war.

Susanna konnte sich keinen einladenderen Ort vorstellen – und wenn es das Schlafgemach eines Kaisers gewesen wäre. Sie seufzte erleichtert, als Meurig sie vorsichtig auf das Laubbett legte.

Olwen nahm die Dinge jetzt energisch in die Hand. «Wir brauchen Wasser, geht und bringt, was Ihr finden könnt, wir erhitzen es dann über dem Feuer», befahl sie den Männern.

«Wir haben keine Gefäße», sagte einer von ihnen hilflos dreinschauend.

«Ihr habt doch Helme, oder nicht?», fuhr Olwen ihn an und wies in die Ecke, in die die Männer ihre Kopfbedeckungen geworfen hatten.

Sie grinsten sich verlegen an, sammelten gehorsam ihre Helme ein und machten sich an die Arbeit, froh über ihre Aufgabe, die sie davon enthob, einer Frau beim Gebären zuzusehen.

«Wie fühlst du dich, mein Liebes?», fragte Meurig.

«Ich wünschte, es wäre schon vorbei.»

«Wie zum Teufel konnten die nur bis zu euch vordringen?» Immer wieder stellte sich Meurig diese Frage.

«Sie haben sich an den Wachen vorbeigeschlichen.» Susanna stützte sich auf die geballten Fäuste und bereitete sich auf die nächste Wehe vor.

«Wer hatte Dienst? Du musst es mir sagen, Susanna», bedrängte Meurig sie.

«Ich kann nicht, nicht jetzt», hechelte sie, denn die nächste Wehe begann.

«Würdet Ihr wohl aufhören, meine Herrin zu befragen!», wies Olwen ihn zurecht und eilte an Susannas Seite. «Wenn es etwas zu besprechen gibt, so hat das Zeit bis später, nicht wahr, Mylord?», sagte sie so streng, dass Meurig nichts anderes übrig blieb, als zu nicken.

Susanna schrie plötzlich vor Schmerzen so laut auf, dass es Meurig durch Mark und Bein ging. Er hatte auf dem Schlachtfeld schon oft Männer schreien hören – aber nie zuvor so etwas wie das hier. Susannas Schreie kamen tief aus ihrem Innern, instinktiv, animalisch, wild – der seit Anbeginn der Zeit immer gleich klingende Schrei einer Frau in den Wehen. Sie lehnte sich erschöpft zurück, während Olwen Susannas Röcke anhob, um zu sehen, wie weit sie war.

«Ich glaube, es dauert nicht mehr lange, Mylady», sagte sie leise.

«Was kann ich tun?», fragte Meurig zögernd.

Olwen sah ihn an, stand kurz davor zu sagen, das einzig wirklich Hilfreiche wäre, wenn er das Kind bekäme – aber diesen Kommentar verkniff sie sich lieber.

«Wenn Ihr Euch wirklich nützlich machen wollt», sagte sie und stand auf, «dann zieht Euer Gewand aus.» Mit diesen Worten langte Olwen unter ihre Röcke und schaffte es mit einiger Mühe und vorsichtigem Reißen, den Stoff ihres Unterkleides abzutrennen. «Für das Baby», erklärte sie, während es um ihre Mundwinkel amüsiert zuckte. «Wir müssen das Kind schnell in Tücher wickeln, um es nach der Geburt vor der Kälte zu schützen. Wenn wir es dann noch in Euer wollenes Gewand hüllen, müsste das warm genug sein.»

Meurig streifte rasch sein Gewand ab und nahm Olwens Unterrock. «Ich hänge beides ans Feuer, damit es warm bleibt.»

«Und wenn Eure Männer endlich mit dem Wasser kommen, könnt Ihr es vorsichtig erhitzen, wir brauchen es körperwarm, nicht heiß», wies Olwen ihn an. «Die Männer sollen sich dann vor dem Eingang aufstellen, um den eisigen Wind abzuhalten – mit dem Rücken zu uns, wohlgemerkt.»

Meurig nickte schweigend und war in keiner Weise über ihren Kommandoton gekränkt, denn in dieser Welt der Frauen war er hilflos.

«Und dann, Mylord», fügte Olwen wesentlich sanfter hinzu, «wäre es gut, wenn Ihr Eure Frau unterstützen könntet, denn ich werde damit beschäftigt sein, dem Kind auf die Welt zu helfen.»

Susannas Wehen kamen in immer kürzeren Abständen und steigerten sich in ziemlich raschem Tempo. Aber Meurig kam es vor wie eine Ewigkeit. Jeder Schrei fuhr durch ihn hindurch wie die Klinge eines Messers, und obwohl er sein Gewand ausgezogen hatte, warf er bald auch seinen Umhang von sich, denn er schien fast mehr zu schwitzen als Susanna. Als Olwen verkündete, sie könne den Kopf sehen, betete er laut, wie er es nie zuvor in seinem Leben getan hatte.

«Heilige Maria, Mutter Gottes, geleite dieses Kind sicher auf diese Welt. Und, Heilige Jungfrau, tu es bitte schnell!»

«Mylord! Mylord!» Olwen holte ihn mit ihrem eindringlichen Rufen schnell ins Geschehen zurück. «Der Kopf ist draußen, ich brauche Wasser und die Tücher.» Sie konzentrierte sich sofort wieder auf Susanna. «Kommt schon, Mylady, noch einmal pressen», sagte sie und schob Susannas Röcke zurück, damit sie dem Baby heraushelfen konnte.

Susanna biss die Zähne zusammen und wartete darauf, dass ihr Körper sie wissen ließ, wann sie pressen musste.

Innerhalb von Sekunden war Meurig mit Helmen voller Wasser und den angewärmten Tüchern bei ihr. Er fiel auf die Knie und hätte das Wasser fast verschüttet, als Susanna einen letzten durchdringenden Schrei ausstieß und sein Kind auf die Welt brachte.

Völlig überwältigt sah er zu, wie Olwen mit dem Wasser geschickt Nase und Mund des Babys von Schleim befreite und den kleinen Körper dann kurz mit dem warmen Wasser abspülte.

«Gut gemacht, Mylady!», rief sie freudig. «Ihr habt einen hübschen und gesunden Jungen.»

Als sie ihn vollständig versorgt hatte und dann fest in die Tücher wickelte, stieß er einen lauten Schrei aus, um seine Ankunft zu verkünden. Olwen packte ihn dann noch in das wollene Gewand und legte ihn in Meurigs Arme.

«Haltet ihn dicht an eurem Körper, um ihn zu wärmen», sagte sie und wandte sich wieder Susanna zu. Sie massierte ihr mit sanftem Druck den Bauch, um das Ausstoßen der Nachgeburt anzuregen.

Meurig schaute auf seinen neugeborenen Sohn, der lautstark zum Ausdruck brachte, was für kräftige Lungen er hatte.

«Schsch, mein Kleiner, schsch. Papa ist hier», flüsterte er besänftigend und hob das Kind an seine Wange.

Das Baby schien auf seine Stimme zu reagieren, jedenfalls wurde es sofort ruhiger. Dann öffnete es zwei riesige dunkle Augen und sah Meurig an. Den durchströmte eine solche Rührung, dass seine Knie weich wurden. Er hob den Kleinen an seine Lippen und drückte ihm einen Kuss auf die Stirn. «Willkommen, mein Sohn», sagte er mit erstickter Stimme.

Dann war der Zauber gebrochen, und das Baby begann beharrlich zu schreien.

«Er hat Hunger», erklärte Olwen.

Meurig blickte zu Susanna hinüber. Olwen hatte sie gewaschen und bedeckt. Jetzt lehnte Susanna gegen einen Felsen, mit ihrem zusammengefalteten Umhang als Polster im Rücken. Sie sah erschöpft aus, strahlte aber vor Glück, während sie die Arme nach ihrem Kind ausstreckte. Meurig kniete sich neben sie, reichte ihr den Kleinen und streichelte Susanna übers Haar, während sie ihren Sohn anlegte.

Er räusperte sich verlegen. «Ich glaube, wir alle können jetzt einen Schluck gebrauchen», sagte er und erhob sich von den Knien. «Ich habe einen Sohn», verkündete er heiter seinen Männern, während er auf den Höhleneingang zuschritt, und diese brachen in lauten Jubel aus. «Lasst uns darauf trinken, dass er gesund und munter, wenn auch auf recht ungewöhnliche Weise, das Licht der Welt erblickte.» Er nahm zwei Weinschläuche, reichte einen an die Männer und trank aus dem anderen selbst einen Schluck.

Dann fiel ihm plötzlich Olwen ein, er ging zu ihr und hielt ihr breit grinsend den Weinschlauch entgegen.

«Das hast du sehr gut gemacht, Olwen», lobte er sie. «Ich werde nicht vergessen, was du für meine Frau getan hast.»

Olwen grinste und blinzelte ihm zu. «Ihr habt Euch auch nicht schlecht gehalten, Mylord.» Sie nahm einen Schluck.

Für einen Moment schien vergessen, dass sie Herr und Magd waren, und sie sahen sich an wie zwei Verbündete.

«Ist es immer so hart?», fragte Meurig.

«Das war keine allzu schwere Geburt», klärte Olwen ihn auf. «Bei der Geburt von Eluned hatte Mylady wesentlich mehr zu leiden.»

Meurig sah sie mit großen Augen an. «Und trotzdem hat sie mir noch mehr Kinder geschenkt?»

Olwen gab ihm den Schlauch zurück und wies mit dem Kopf in Richtung Susanna. «Weil das da die Sache wert ist.»

Meurig folgte ihrem Blick und beobachtete, wie Susanna das Kind stillte. Er verstand sofort, was Olwen meinte. Dieser Ausdruck grenzenloser Liebe in Susannas Gesicht, während sie ihr Kind anlächelte, war mit nichts zu vergleichen.

Leise ging er zu ihr und setzte sich neben sie.

«Bist du in Ordnung?», fragte sie ihn besorgt.

Meurig lachte verlegen. «Das fragst du mich?»

«Ein Mann sollte so etwas nicht mit ansehen.» Susanna betrachtete forschend sein Gesicht.

Meurig streichelte die Hand des Babys und lächelte, als der Kleine nach seinem Finger griff.

«Ich will ehrlich sein. Mein Kind auf die Welt kommen zu sehen, war wunderbar, aber ich hoffe bei Gott, dass ich nicht noch einmal dabei sein muss.»

Susanna grinste ihn an, dann blickte sie wieder auf ihr Kind. «Wie sollen wir ihn nennen?» Sie strich über die flaumig zarte Wange.

«Das entscheidest du, mein Liebling, du hast es dir redlich verdient.»

«Nun», erwiderte Susanna nachdenklich, «ich würde ihn gern nach meinem Vater nennen – Ifor.»

«Ifor soll er heißen», stimmte Meurig zu. «Und was wirst du dieser Welt bringen, Ifor?», fügte er hinzu und liebkoste das winzige Gesicht des Kindes.

«Was auch immer, er wird jedenfalls nicht unbemerkt bleiben.» Susanna lachte leise. «Gezeugt und geboren unter dramatischen Umständen – du wirst die Welt deine Anwesenheit spüren lassen, nicht wahr, kleiner Ifor bach?»

April 1117. Gelligaer

Susanna und Meurig thronten auf ihren mit kunstvollen Schnitzereien verzierten Stühlen auf dem Podium, während sich der gesamte Hof vor ihnen im Saal versammelte. Susanna sah regungslos zu, wie Lord Gwilym hereingebracht und vor Meurig auf die Knie gezwungen wurde. Ihre sonst so ausdrucksstarken Augen verrieten nichts von den Gefühlen, mit denen sie an den Tagen nach Ifors Geburt zu kämpfen gehabt hatte.

Meurig hob die Hände, um dem Stimmengewirr Einhalt zu gebieten. Dann stand er auf und sah auf den Mann hinunter, der vor dem Podium kniete.

«Zweimal hast du rebelliert, und zweimal habe ich mich nachsichtig gezeigt», sagte er laut und deutlich. «Aber für deine jüngste Tat kann es keine Gnade geben. Du führst die Normannen in mein Territorium, willst meinen Sohn entführen und verschleppst meine Frau, bringst ihr Leben und das meines ungeborenen Sohnes in Gefahr. Du hast dein Leben verwirkt, aber ich erlaube dir, hier und heute ein letztes Mal zu sprechen.»

Gwilym hielt den Kopf hoch erhoben, sein Hass auf Meurig war nicht zu übersehen, aber er gab der Sorge um seine Familie den Vorzug, als er zu sprechen anhob. «Was ist mit meiner Frau und meinen Söhnen? Sie hatten mit alldem nichts zu tun.»

«Dessen bin ich mir durchaus bewusst», erwiderte Meurig.

«Was habt Ihr mit ihnen vor?», fragte Gwilym mit heiserer Stimme.

«Das braucht dich nicht mehr zu interessieren.»

«Ihr könnt mich nicht in den Tod schicken, ohne dass ich das Schicksal meiner Familie kenne», protestierte Gwilym und wollte sich erheben. Er wurde jedoch von den Wachen brutal wieder heruntergedrückt.

«Du hast immer noch nicht verstanden, was, Gwilym?» Meurigs Stimme war ruhig und eindringlich. «Das hier ist kein Streit zwischen kleinen Jungen. Ich bin der Herrscher, dem du unterstellt bist, du beugst vor mir das Knie, besitzt Land durch meine Gnade.» Er hob die Stimme. «Und falls irgendjemand der hier Anwesenden meine Macht in Zweifel zieht, so spreche er jetzt.» Er ließ das Gesagte kurz wirken, dann fuhr er fort. «Falls irgendjemand etwas zu Lord Gwilyms Verteidigung vorzubringen hat, so möge er es jetzt tun.» Wieder machte er eine Pause. Nicht ein einziges Wort erscholl im Saal. Er lächelte Gwilym kalt und zufrieden an. «Du siehst also, Gwilym, ich kann und ich werde entscheiden, was du vor deinem Tod noch erfährst.»

Dann wandte sich Meurig an die Wachen. «Bringt ihn nach Pencader, dieser Verräter soll umgehend seine Strafe erhalten.»

Die Wachen zogen Gwilym hoch auf die Füße, während ein Raunen durch die Menge ging.

«Lasst mich ihnen wenigstens Lebewohl sagen», schrie Gwilym und versuchte freizukommen. «Ihr schuldet mir diesen einen Moment, ich will ihnen Mut machen.»

Meurig machte zwei Schritte auf ihn zu. Sein Gesicht wirkte düster und unnachgiebig. «Ich schulde dir gar nichts», sagte er kalt. «Und du hast nichts, womit du ihnen Mut machen könntest.»

Gwilyms Widerstand erstarrte, und er sah Meurig ungläubig an. «Ihr könnt ihnen nicht alles nehmen, ihr habt die Pflicht, meine Ländereien zu verwalten, bis meine Söhne alt genug sind.»

In Meurigs Augen gab es nicht das geringste Anzeichen von Gnade für diesen Mann. «Du hast sämtliche Rechte verwirkt – auch die deiner Söhne. Du hast nichts mehr, was du ihnen hinterlassen kannst, und ich verweigere dir, sie noch einmal zu sehen», sagte er.

«Mylady», wandte sich Gwilym verzweifelt an Susanna. «Ihr seid Ehefrau und Mutter, bedenkt nur, was mein Weib jetzt durchmachen muss. Habt Mitleid mit meinen Kindern, sie sind noch sehr klein.»

Susanna stand auf und stellte sich neben Meurig, ihr Gesichtsausdruck war ebenso gnadenlos wie der ihres Mannes. «Du bittest uns, mit deiner Frau wohlwollend umzugehen, so wie es auch mit mir geschah, als ich verschleppt wurde? Deinen Söhnen die gleichen Annehmlichkeiten zuteil werden zu lassen, die auch mein jüngster Sohn erfuhr, als er draußen in der Kälte auf dem feuchten Waldboden zur Welt kam?» Mit kalter Gleichgültigkeit musterte sie ihn. «Ich denke, mein Gemahl hat genau das vor.»

«Sagt mir wenigstens, ob sie noch am Leben sind?», flehte Gwilym, seine Stimme nur noch ein heiseres Flüstern.

Meurig kam die Stufen des Podiums herab und stellte sich dicht neben ihn. «Was glaubst du denn? Wie schätzt du mich ein?» Ohne ein weiteres Wort ging er davon und ließ Gwilym seine eigenen Schlussfolgerungen ziehen.

Innerhalb weniger Stunden hatten sich alle in Pencader eingefunden, der Stätte des alten römischen Kastells auf dem südlichen Bergrücken, und sahen zu, wie der Galgen vorbereitet wurde. Es war für alle eine ernüchternde Lektion, auch für Meurig. Er war als Regent sehr beliebt, aber das hier war für jedermann eine nachhaltige Erinnerung an die Tatsache, dass ein Angriff auf seine Autorität unverzüglich und rigoros geahndet wurde. Alle, die gegen ihn waren, wurden hier und jetzt gewarnt, dass sie sich ihres Sieges sicher sein sollten, wenn sie ihn herausforderten, oder aber bereit sein mussten, die Konsequenzen zu tragen. Für seine Unterstützer war es eine Bestätigung seiner Position. Er war ihr regierender Fürst und musste als solcher respektiert werden. Wer sich ihm widersetzte, tat es auf eigenes Risiko. Dass Meurig als Vollstreckungsort Pencader gewählt hatte, blieb auch nicht ohne Wirkung, denn von diesem Platz aus hatten ihre Ahnen regiert, bevor die Römer an der gleichen Stelle ihr Kastell errichteten. Der Hinrichtungsakt selbst bedeutete mehr als der Tod eines aufrührerischen Lords – das wusste jeder der Anwesenden, einschließlich Meurig. Als die Schlinge um Gwilyms Hals gelegt und er von den Henkersknechten hochgezogen wurde, sah Meurig mit unbewegtem Blick zu. Er wandte sich erst ab, als Gwilyms Körper nicht mehr zuckte, sondern leblos herabhing.

«Lasst ihn hängen», herrschte er die beiden Männer an, die den Leichnam abschneiden wollten. «Die Krähen sollen ihn fressen.» Dann wandte er sich ab und ging, in dem sicheren Bewusstsein, dass alle ihm folgen würden.

«Meurig?» Hywel fiel mit ihm in Gleichschritt. Meurig wandte sich ihm zu, lächelte seinen engen Vertrauten schwach an, und Hywel war keineswegs erstaunt, dass die Härte aus Meurigs Blick verschwunden war und einer müden Resignation Platz gemacht hatte.

«Lieber wäre mir gewesen, ich hätte ihn im Kampf mit meinem Schwert durchbohren können. Aber ich musste ein Exempel statuieren», sagte Meurig.

«Nun, das hast du», erwiderte Hywel, «eines, das deine Position gestärkt hat.»

Juni 1117. Gelligaer

Idwal reichte Ifor zurück an Susanna. «Er ist ein kräftiger Bursche, trotz seiner ungewöhnlichen Ankunft auf dieser Welt.»

«Oder vielleicht gerade deshalb», lachte Susanna. «Er kann jetzt für ein paar Stunden in sein Bettchen», sagte sie und sah sich nach Olwen um.

«Ich nehme ihn», sagte ihre neue Kammerjungfer und trat vor.

«Das musst du nicht, Elen», sagte Susanna, übergab ihr den Kleinen jedoch trotzdem. «Wo steckt denn Olwen?», fragte sie mit einem Anflug von Ärger in der Stimme. «Neuerdings ist sie nie da, wenn man sie braucht.»

«Seid nicht zu streng mit ihr, Mylady», erwiderte Elen lächelnd. «Sie verbringt eine Menge Zeit in Cadells Gesellschaft.»

Susanna zog ihre dunklen Augenbrauen hoch. «Der junge Krieger, der kürzlich in Lord Meurigs persönliche Schutztruppe aufgenommen wurde? Nun, dann muss ich ihn mir einmal genauer ansehen, um zu prüfen, ob er für unsere Olwen geeignet ist.» Sie lächelte Elen an. «Dieses Mal lasse ich sie damit durchkommen. Du kannst Ifor mitnehmen, wenn es dir nichts ausmacht. Aber richte Olwen aus, dass ich sie sehen möchte.»

«Natürlich, Mylady.» Elen neigte den Kopf erst vor Susanna, dann vor Idwal.

Idwal sah ihr nach, und sein Blick klebte förmlich an ihrem Hüftschwung, während sie den Saal durchquerte.

«Seit wann ist sie bei dir?», wollte er wissen.

«Hände weg», warnte Susanna. «Sie hat kein Interesse an einem Mann. Elen ist Gwilyms Witwe.»

Idwal riss überrascht die Augen auf. «Gwilym, der gehängt wurde?»

«Genau der.» Susanna reichte ihm einen Becher Met.

«Nach all dem, was er dir angetan hat, hätte man diesem Mann zuvor noch das Fell gerben sollen», stieß Idwal wütend hervor. «Was hat seine Frau in deinem Haushalt verloren?»

«Es war meine Entscheidung», erwiderte Susanna ruhig und runzelte die Stirn über seinen Tonfall. «Meurig hat seiner Familie zu Recht alles genommen. Gwilyms Söhne wurden in unseren Haushalt aufgenommen, aber ohne Anspruch auf den ehemaligen Besitz ihres Vaters. Elen wusste, dass Meurig sie verheiraten könnte, mit wem es ihm passte, folglich wandte sie sich um Gnade bittend an mich. Sie wollte nicht an einen Mann gefesselt werden, den sie nicht liebt, sie will überhaupt nicht mehr heiraten. Sie wollte in der Nähe ihrer Söhne bleiben und bat mich, in den Haushalt übernommen zu werden – egal in welche Position.»

Idwal sah sie skeptisch an, und Susanna nickte. «Ich hatte auch erst Bedenken. Aber dann dachte ich darüber nach, habe mich einige Male lange mit ihr unterhalten und kam zu der Überzeugung, dass sie ehrlich ist. Was auch immer Gwilym getan hat, sie war nicht daran beteiligt und hat seine Ziele nicht unterstützt. Ihre Söhne sind beide noch nicht einmal fünf, ich konnte sie einfach nicht von ihnen trennen. Und da sie von adeliger Herkunft ist, konnte ich sie schlecht als Magd einstellen. Also habe ich Meurig überredet, sie zu meiner Kammerjungfer zu machen.»

«Auf deine alten Tage wirst du noch richtig sentimental», zog Idwal sie auf. «Ich glaube nicht, dass ich so gnädig sein könnte», fügte er hinzu. «Was ist, wenn ihre Söhne erwachsen sind oder sie doch wieder heiraten möchte, und zwar einen Mann, der im Interesse der Söhne Anspruch auf Gwilyms Ländereien erhebt?»

Susanna nippte an ihrem Getränk und sah Idwal über den Becherrand hinweg durchdringend an. «Sie kennt den Preis für derlei Bestrebungen. Wenn ich auch nur den leisesten Verdacht hegte, dass ihr so etwas im Kopf herumspukt, gäbe es kein Erbarmen. Du solltest doch am besten wissen, dass ich nicht zimperlich bin, wenn es darum geht, meine Familie zu schützen.»

Idwal hielt ihrem Blick stand und dachte daran, wie rigoros Susanna mit Efa verfahren war. Seine Schwester war eben nicht mehr das verunsicherte kleine Mädchen. «Stimmt», sagte er schließlich. «Und Meurig ist da nicht anders. Falls ihn irgendjemand für angreifbar gehalten haben sollte, ist das jetzt bestimmt vorbei. Wenn Meurig allerdings wieder Nachsicht gegenüber Gwilym gezeigt hätte, dann wärt ihr wahrscheinlich nicht mehr lange auf Gelligaer.»

«Nachsicht stand nie zur Debatte», erwiderte Susanna schroff. «Gwilym wurde letztes Jahr gewarnt, dass ein weiterer Aufstand unweigerlich seinen Tod bedeuten würde. Und William St. Quintin mit ins Boot zu holen, war natürlich das Dümmste, was er tun konnte.»

«Dich zu entführen kommt aber direkt dahinter», bemerkte Idwal trocken.

«Das war zwar nicht so geplant und wurde auch nicht von ihnen selbst durchgeführt, aber da sie Anstifter des Ganzen waren, hat es im Endeffekt ihr Schicksal besiegelt.»

«Es gibt erstaunlich wenige Reaktionen auf den Tod St. Quintins.» Idwal war sehr überrascht, dass die Normannen nichts unternahmen.

«Meurig hat Robert Fitz Roy sofort geschrieben, ihm die Umstände erklärt und sogar angeboten, ihm persönlich seinen Unmut über das Verhalten Williams zu schildern», sagte Susanna lächelnd. Sie war sehr zufrieden über dieses aktive und selbstsichere Vorgehen ihres Mannes. «Er hat zudem darauf hingewiesen, dass ich nicht nur seine Frau bin, sondern auch über enge Beziehungen zu den Höfen von Gwynllwg und Morgannwg verfüge, wobei er den Umstand hervorhob, dass ich am Hofe Iestyns aufgewachsen bin. William St. Quintin hat ein Verbrechen verübt, das nicht ungesühnt bleiben konnte. Gwilym wurde dafür rechtmäßig hingerichtet. Und Robert Fitz Roy war gezwungen, einzugestehen, dass William sich falsch verhalten hatte, und zwar – was noch wichtiger war – ohne sein Wissen und seine Unterstützung. Solange sich sein Vater immer noch in der Normandie aufhält und gegen die Franzosen kämpft, möchte Lord Robert keinen Krieg vor seiner eigenen Haustür. Also hat er klugerweise kundgetan, dass Meurig im Recht war, als er William mit dem Schwert niederstreckte. Davon abgesehen reagierte Lord Robert nicht gerade begeistert auf das eigenmächtige Vorgehen der St. Quintins, die sich während der letzten Jahre immer mehr Ländereien unter den Nagel gerissen haben. Insbesondere, da Robert versucht, sich mehr Autorität in den von ihm verwalteten normannischen Territorien zu verschaffen. Soweit ich weiß, hat er Williams Onkel untersagt, aus Rache Krieg gegen Meurig zu führen», erklärte sie mit einem Anflug von Triumph in der Stimme.

«Meurig kommt ganz ohne Gegenleistung davon?», fragte Idwal ungläubig.

«Nun, wir mussten mein Rittergut nahe Talyfan abtreten – mal wieder. Er hatte es gerade erst von Llywelyn zurückgekauft», sagte Susanna leicht ärgerlich, dann zuckte sie mit den Schultern. «Es ist ein Preis, den wir für den Frieden an den Grenzen zu zahlen bereit sind.»

Idwal grinste. «Ich würde meinen Schwager niemals unterschätzen, und sollten die Normannen es tun, werden sie es bereuen. Außerdem bin ich ziemlich beeindruckt von den baulichen Verbesserungen, die er hier hat vornehmen lassen. Der steinerne Schutzwall verbietet jeden Gedanken an einen Überfall.»

«Und er hat keine Kompromisse gemacht, was unsere Bequemlichkeit angeht», betonte Susanna und ließ den Blick stolz durch den wesentlich größeren Saal schweifen. Ein zweites Geschoss war über den beiden Wohnflügeln an jedem Ende eingezogen worden, wodurch sie mehr Platz für die wachsende Familie und komfortable Quartiere für wichtige Gäste hatten. Der Hauptteil der Halle war weiterhin eingeschossig, allerdings mit heraufgesetztem Dach und einer gewölbten und mit Schnitzereien reich verzierten Decke, was dem Ganzen eine elegante Geräumigkeit verlieh.

Idwal folgte ihrem Blick anerkennend. Dann wandte er sich wieder Susanna zu, sah sie ernst an und sagte: «Ich freue mich übrigens, dass Meurig es mir gestattet, dich und das Neugeborene zu besuchen.»

«Warum sollte er dir das verweigern?» Susanna lehnte sich überrascht zurück. «Ach, Idwal, das alles haben wir doch hinter uns gelassen; Meurig glaubt nicht daran, und mit Efa sind wir fertig.»

«Aber es wirkt noch nach», sagte Idwal leise. Trauer trübte seine früher immer blitzenden Augen.

Susanna schwieg, trank langsam und nachdenklich. «Nun, ich wäre heute nicht mehr so töricht, dich ohne Zeugen in meinem Schlafgemach zu empfangen», gab sie zu. Sie stellte den leeren Becher weg und sah Idwal mit einem schwachen Lächeln an. «Trotz all der Jahre, die wir an Iestyns Hof verbracht haben, waren wir schon ein bisschen naiv, nicht wahr?»

Idwal nickte. «Es ist mir nie in den Sinn gekommen, dass man die Beziehung zwischen Bruder und Schwester falsch auslegen könnte.»

«Was wirst du wegen des Kindes unternehmen?», fragte Susanna leise. «Wie ich hörte, hat Efa einen Sohn.»

Idwals Miene verhärtete sich. Er lehnte sich trotzig zurück. «Nichts werde ich unternehmen. Sie soll nicht darben, aber ich weigere mich, den Bastard als meinen Sohn anzuerkennen. Was auch immer sie behauptet.» Er warf seiner Schwester einen verächtlichen Blick zu. «Sie hat ihn Idwal genannt.»

«Und du hältst es für ausgeschlossen, dass er von dir ist?», fragte Susanna vorsichtig.

«Wenn er heranwächst, werden wir ja sehen, wem er ähnelt»,

erwiderte Idwal schroff. «Eher soll sie in Nyth Brân verrotten, als dass ich ihn vorzeitig anerkenne. Und jetzt beenden wir dieses Thema», erklärte er entschieden.

Susanna seufzte. Sie wollte nicht mit ihm über seine Gefühle streiten. Er wirkte so erschöpft von all dem, sie konnte ihm nicht verübeln, dass er nichts mehr von Efa wissen wollte. Er war härter geworden, genau wie sie selbst, und ob das nun gut oder schlecht war, würde die Zeit erweisen. Aber was auch immer in Zukunft geschehen mochte, das vergangene Jahr war für sie alle ein entscheidender Abschnitt in ihrem Leben gewesen.

Kapitel siebzehn

August 1122. Gelligaer

Die folgenden Jahre verliefen friedlich und äußerst erfolgreich für Senghennydd. Abgesehen von gelegentlichen Grenzstreitigkeiten blieb es von Kriegen verschont. Meurig und Susanna konzentrierten sich auf die Regierungsgeschäfte und die Erziehung ihrer Kinder zu selbstbewussten Menschen.

Mit dem Frieden kam die Möglichkeit, prunkvolle Feste zu veranstalten, und der heutige Tag, der zwölfte Geburtstag ihrer Erstgeborenen, bildete da keine Ausnahme. An diesem besonderen Tag saß Eluned im Schlafgemach ihrer Eltern und hatte ihre Mutter einmal ganz für sich allein. Sie saß ganz still, während Susanna ihr das Haar schnitt und frisierte.

«Bin ich hübsch, Mama?» Sie musterte ihr Spiegelbild in der blank polierten Metallscheibe.

«Bist du, meine Süße, aber das ist noch lange kein Grund, sich so selbstverliebt zu betrachten», erwiderte Susanna mit leichtem Tadel in der Stimme. Eluned nahm ihren sich verändernden Körper immer bewusster wahr, und Susanna wollte nicht, dass sie eitel und oberflächlich wurde. «Dein Haar ist genau wie das deines Vaters», fügte sie hinzu, als sich Eluneds Locken trotz aller Bemühungen, sie mit Hilfe von Wasser glatt zu kämmen, sofort wieder kringelten. Susanna seufzte und schnitt noch ein bisschen nach. Wenn sie Eluneds dichtes Haar ausdünnte, hatte sie mehr Erfolg, es in lockeren Wellen zu arrangieren, die ihr Gesicht umrahmten und ihr schmeichelhaft über die Schultern fielen.

«Wenn ich Papa so ähnlich sehe, bedeutet das, dass ich hübscher bin als Nesta?» Unter ihren dunklen Wimpern schielte sie zu ihrer Mutter rauf.

«Nein, das heißt es nicht», entgegnete Susanna streng. «Ihr seid beide gleich hübsch – jede auf ihre Art.»

«Aber Nesta sieht ganz anders aus als ich», beharrte Eluned.

«Sie kommt nach deiner Tante, meiner Schwester», sagte Susanna und fügte energisch hinzu: «Und jetzt halt still, damit ich fertig werden kann.»

Es klopfte an der Tür, und Iolo trat ein. «Tante Susanna, Onkel Meurig bat mich, dir zu sagen, dass Onkel Geoffrey gerade auf den Hof geritten ist», verkündete er ein bisschen außer Atem. Er war wie verrückt gerannt, um schnell wieder zurück in der Halle zu sein und ja nichts zu verpassen. Vielleicht brachte Geoffrey Neuigkeiten von Idwal mit.

«Wirklich? Was für eine schöne Überraschung», sagte Susanna erfreut. Sie hatte ihren Halbbruder mit der Zeit sehr lieb gewonnen und genoss seine seltenen, aber immer unangemeldeten Besuche. «Geh ruhig zurück in den Saal, Iolo», sagte sie, weil ihr seine Ungeduld nicht entging. «Wir kommen gleich nach.»

«Danke, Tante», rief Iolo und war schon wieder halb durch die Tür. «Du siehst hübsch aus, Eluned», ergänzte er aber noch, bevor er davonschoss.

«Na, sieh einer an, du hast einen Verehrer», strahlte Susanna.

«Er ist doch nur mein Cousin», erwiderte Eluned schmollend.

«So, fertig. Jetzt lass uns zu den anderen gehen. Und schau nicht so mürrisch drein, sonst findet dich ganz bestimmt niemand hübsch», fügte sie augenzwinkernd hinzu.

Susanna betrachtete Geoffrey voller Zuneigung, als sie den Saal betrat. Mit seinen 21 Jahren war er ein hübscher junger Bursche, der sich mit seinem goldblonden Haar, der hellen Haut und den strahlend blauen Augen von den anderen Männern deutlich abhob.

«Wie schön, dich zu sehen», begrüßte sie ihn und ging auf ihn zu.

«Und dich erst.» Geoffrey küsste sie auf beide Wangen. «Und

wie prächtig du am heutigen Tag gekleidet bist.» Er hielt sie auf Armlänge von sich weg, um sie bewundern zu können. Mit ihrem edlen grünen Gewand und den Juwelen an den Fingern und um den Hals war sie eine eindrucksvolle Erscheinung. «Und das bist du, Eluned?», wandte er sich an seine Nichte. «Zu was für einer hübschen jungen Dame du herangewachsen bist.»

Eluned errötete und schlug sittsam die Augen nieder, wie sie es bei den Damen des Hofes gesehen hatte. «Vielen Dank, Onkel Geoffrey», sagte sie und sah ihn dann mit kokettem Augenaufschlag an.

Geoffrey unterdrückte ein Lachen. Ihm entging nicht, wie Susanna die Augen verdrehte und Meurig einen vielsagenden Blick zuwarf.

«Und vielen Dank, dass du heute hergekommen bist», fügte Eluned hinzu.

«Es ist wunderbar, dass du mit unseren Traditionen genauso vertraut bist wie mit den normannischen», eilte Susanna ihm schnell zu Hilfe, als sie seinen verständnislosen Blick bemerkte. «Ich wusste, wenn jemand daran denkt, dass Eluneds Geburtstag gleichzeitig der Festtag der heiligen Eluned und der Höhepunkt des Erntedankfestes ist, dann du.»

«So einen besonderen Tag würde ich nie vergessen», sagte Geoffrey dankbar grinsend. Er nahm Eluneds Hand, beugte sich darüber und hauchte einen Kuss darauf. «Und die Heilige Jungfrau könnte sich keine bessere Namensschwester wünschen.»

Susanna verschluckte sich an ihrem Getränk. Eluned warf ihr einen kurzen Blick zu, dann musterte sie Geoffrey. Sie hatte den Verdacht, war sich aber nicht sicher, dass man sich ein bisschen über sie lustig machte, auf eine Weise, die sie nicht so ganz verstand.

«Du siehst bezaubernd aus, mein Liebling.» Meurig breitete die Arme aus. Als sie sich von ihm drücken ließ, küsste er sie auf den Scheitel und warf Susanna einen finsteren Blick zu. Aber dann musste er selber lächeln. Eluned war sein Liebling, aber er war nicht blind gegenüber der Persönlichkeit seiner eigensinnigen und sehr direkten Tochter.

«Nein, Gwyn, runter mit dir», piepste eine feine Stimme aus Richtung Tür. Sie schauten alle hinüber und sahen Nesta, die ein kleines Bündel hochhielt und somit vor dem aufgeregten Windhund an ihrer Seite in Sicherheit brachte. Ihre Ermahnungen ließen ihn nur noch mehr bellen, und Nesta reckte die Hände noch ein bisschen höher. «Verschwinde, Gwyn», sagte sie noch einmal. Aber der Hund sprang in einem fort um sie herum, bis Nesta überraschend einem jungen Dienstboten vor die Füße lief. Der versuchte auszuweichen, verlor jedoch das Gleichgewicht. Im Fallen Halt suchend, griff er nach einem in Reichweite stehenden Tisch und kippte ihn mit allem, was darauf stand, um. Der Hund bellte noch lauter, und Nesta versuchte, ihn mit dem Fuß wegzuschieben. «Papa, sag du es ihm», flehte sie.

«Gwyn! Hierher», befahl Meurig, ließ Eluned los und ging zu seiner anderen Tochter. Der Windhund, einer von Meurigs ganz speziellen Lieblingen, beruhigte sich sofort, legte sich neben Meurigs Füße auf den Boden und wedelte mit dem Schwanz.

Nesta schaute sich mit ihren großen blauen Augen überrascht um und schien gar nicht fassen zu können, dass sie dieses Chaos verursacht hatte. «Danke, Papa», sagte sie völlig außer Atem und hielt ihm das Bündel hin. «Ich habe ihn vor Gwyn gerettet. Ist er am Leben?», fragte sie voller Hoffnung.

Meurig nahm ihr den Babyhasen aus der Hand. «Gwyn hat den gefangen? Hätte nicht gedacht, dass der alte Knabe es noch vermag», sagte er leise lachend und untersuchte den Hasen. «Ich kann keine Bisswunden entdecken, er steht wahrscheinlich nur unter Schock, vor lauter Angst», erklärte er Nesta. «Wenn du ihn irgendwo unterbringst, wo er es warm hat und außer Gefahr ist, wird er sich bestimmt erholen. Sieh nur, Nesta, dein Onkel Geoffrey ist hier. Wir wollen mit den Festlichkeiten beginnen. Suche also bitte schnell einen Platz für den Hasen und komme dann zurück.»

Er reichte ihr das Tier und schüttelte den Kopf, während sie, schon wieder erleichtert lachend, davonstürmte. Staunend fragte er sich, wie sie nur so sauber bleiben konnte und nicht einmal ein bisschen zerzaust wirkte, nachdem sie sich auf dem Hof mit einem schmutzigen Hund gebalgt hatte.

«Unsere Nesta – die Retterin aller kleinen und flauschigen Wesen», sagte Susanna lachend. «Geoff, geht es dir gut?» Sie berührte ihn am Arm, weil er sehr blass geworden war.

«Gütiger Gott, sie ist Ffenna wie aus dem Gesicht geschnitten.» Er war sichtlich erschüttert.

«Ja, je älter sie wird, desto größer ist die Ähnlichkeit», erwiderte Susanna leise. «Und du hast sie seit einigen Jahren nicht gesehen, folglich muss es für dich ein ziemlicher Schock sein. Ffenna war nicht viel älter als Nesta jetzt, als du sie zum ersten Mal sahst.»

«Wie alt ist sie? Neun, zehn?» Geoffrey sammelte sich allmählich wieder, nachdem er den ersten Schrecken überwunden hatte.

«Letzten Monat ist sie zehn geworden.»

«Du hast es ihr nie gesagt?», riskierte er zu fragen, und Susanna schüttelte energisch den Kopf.

«Nein», sagte sie mit entschiedener Stimme, «sie ist in jeder Beziehung unsere Tochter.»

«Mama!» Eluned gesellte sich zu ihnen. «Müssen wir auf Nesta warten? Sie verdirbt mir noch meinen Tag, und das nur wegen eines Hasen», schimpfte sie übellaunig.

«Der Tag wird durch ein paar Minuten Verzögerung nicht ruiniert», wies Susanna sie leise zurecht und strich ihr eine verirrte Locke aus dem Gesicht. «Nicht, wenn wir alle gelassen bleiben.»

«Immer bist du auf ihrer Seite!» Eluned warf ihr Haar zurück und stürmte davon, um bei ihrem Vater zu warten.

Nesta kehrte kurz darauf zurück, und alle begaben sich hinaus, um den Spielen zuzusehen.

Beide Burghöfe waren für die Festlichkeiten mit Flaggen geschmückt worden, die munter im Wind flatterten und signalisierten, welche Spiele wo ausgetragen wurden. Das Lanzenstechen fand auf dem hinteren Burghof statt, zwischen den Stallungen und dem Platz für das Bogenschießen. Dorthin eilten Susanna und Geoffrey.

«Immer noch froh, dass du hergekommen bist?», fragte sie ihn, während sie sich der Menge anschlossen, um zu sehen, wie die Jungen des Haushalts sich im Wettstreit miteinander maßen. Meurig hatte mit seinen Töchtern ganz vorne Platz genommen, damit die Mädchen alles sehen konnten. Dadurch hatten Susanna und Geoffrey einen Moment Zeit, sich ungestört zu unterhalten.

«Und ob, ich liebe das Familienleben. Und eures besonders», erwiderte Geoffrey. «Sie zeigen alle ihre Gefühle so offen, ganz anders als Idwals Kinder in Plas-Marl. Bei denen weiß ich nie, was sie gerade denken, ob sie ihm zum Beispiel verübeln, wie er ihre Mutter behandelt, oder sie sie vielleicht gern sehen würden.»

«Nun, wir sind eben alle verschieden», murmelte Susanna ausweichend, denn sie wollte nicht in ein Gespräch über Idwals Ehe oder die Erziehung seiner Kinder hineingezogen werden. «Welchem Grund verdanken wir denn nun wirklich die Freude deiner Anwesenheit?», fragte sie, um das Thema zu wechseln.

«Ich wollte dich gern sehen, Susanna.» Er hob die Hände als Ausdruck völliger Unschuld. «Keine Hintergedanken, ich schwöre. Ich war auf dem Rückweg von einem Besuch bei meinem Vater und unserer Mutter. Papa hatte Geburtstag, und ich dachte, ich sollte einen Abstecher zu dir machen, bevor ich nach Plas-Marl zurückkehre. Wie du selbst gesagt hast, ist es schon einige Zeit her, dass ich euch besucht habe. Und bei der Hochzeit von Cristyns Sohn bin ich auch nicht gewesen.» Er lachte kurz auf. «Sie betrachten mich nicht als Familienmitglied, und Idwal hielt es für klüger, dass ich dann auch nicht als Mitglied seiner Eskorte dort auftauche.»

«Dieser Zweig der Familie hat Mutter nie verziehen», sagte Susanna. «Und wie geht es Roger und Mutter?»

Geoffrey runzelte die Stirn und verschränkte die Arme. «So wie immer. Papa hat mir nicht vergeben, glaubt aber immer noch, dass ich irgendwann wieder zur Vernunft kommen werde. Und Mama trägt ihren Märtyrerblick zur Schau. Ich dachte immer, wenigstens sie würde mich verstehen, aber sie ist fest davon überzeugt, dass ich nur weggegangen bin, um sie zu verletzen.»

«Sie ist und bleibt eben immer das Opfer», antwortete Susanna trocken. «Aber du musst es auch mit den Augen der beiden sehen. Du bist der einzige Sohn, der Erbe deines Vaters. Wenn du nicht zurückkehrst, wer soll dann alles übernehmen?»

Sie sah, wie sich Geoffreys Blick verdüsterte. «Du sagst mir nichts, was ich nicht selbst wüsste», erwiderte er leise. «Und Papa gibt mit dem Thema keine Ruhe. Ich bin in diesem Jahr 21 Jahre alt geworden, und er wollte mir das Anwesen übergeben – damit ich mein Erbe antrete, solange er noch am Leben ist. Seine Bedingung war allerdings, dass ich zurückkehre und es mit allen Pflichten übernehme.»

Er schwieg einen Moment und blinzelte nach oben in das strahlende Sonnenlicht. «Ich sagte ihm, eine solche Entscheidung könne ich nicht auf der Stelle treffen, ich müsse lange und intensiv darüber nachdenken. Jetzt kannst du dir sicher vorstellen, wie angespannt es bei diesem letzten Besuch zuging.»

Ein Windstoß hob die Enden von Susannas Zöpfen an. Sie drückte sie gegen ihren Rock und strich sich eine Strähne, die sich gelöst hatte, aus dem Gesicht. «Was, denkst du, wirst du tun?»

Geoffrey lächelte traurig. «Ich weiß es nicht, Susanna, wirklich nicht. Ich fühle mich hin- und hergerissen zwischen dem Leben, das ich mir hier geschaffen habe und das ich wirklich liebe, und dem Pflichtbewusstsein gegenüber meinem Vater.»

«Es ist dein Land, Geoff, du willst doch sicher dein Erbe antreten? Jetzt gehört dir nichts.»

«Das ändert sich vielleicht», sagte er gedehnt. «Es gibt nämlich noch weitere Neuigkeiten. Ich habe dir ja erzählt, dass Idwal in den engeren Zirkel von Morgan und Iowerth aufgenommen wurde und man ihm ein Gut nördlich von Machen übertrug. Nicht erwähnt hatte ich jedoch, dass die Prinzen mir vorgeschlagen haben, in ihre persönliche Schutztruppe einzutreten.»

«Und damit nimmt die Möglichkeit Gestalt an, dass du als Lohn für deine Dienste Ländereien erhältst.» Susanna verstand sein Dilemma. «Aber auf die Gefahr hin, Skepsis zu verbreiten: Würden Morgan und Iowerth es nicht begrüßen, wenn du die Ländereien deines Vaters übernimmst?»

Geoffrey lachte leise. «Ich bin nicht naiv, Susanna. Dass einem ihrer Krieger rechtmäßig Land tief im normannischen Gebiet gehört, würde ihnen sehr zusagen, und ich bezweifle nicht, dass sie meine Loyalität auf die Probe stellen. Aber genau das ist der Haken», erklärte Geoffrey, und sein Gesichtsausdruck machte deutlich, wie sehr ihm seine Zwickmühle zusetzte. «Wenn mir auf beiden Seiten der Grenze Land gehört, so habe ich eine Lehnspflicht gegenüber mehreren Herrschern. Sollte es zum Krieg kommen, würde von mir erwartet, sowohl für die Prinzen von Gwynllwg als auch für den König von England zu kämpfen.»

«Du meinst, dann müsstest du dich entscheiden!» Susanna spürte einen Anflug von Verärgerung über ihren Halbbruder. Sie mochten zwar jetzt Frieden haben, aber die Bedrohung durch einen Krieg war nie weit. Trotzdem hatte sie gehofft, wenigstens heute einmal nicht darüber sprechen zu müssen und unbeschwert ein schönes Familienfest zu genießen.

«Ich weiß nicht, ob ich überhaupt eine Wahl habe», gestand er leise.

Susanna sah ihn eindringlich an. «Schämst du dich für dein normannisches Blut?», erwiderte sie schroff und fragte sich, ob Idwal womöglich Geoffreys Dilemma noch verstärkte.

«Nein», erwiderte er entschieden. «Das Verhalten meines Vaters kann einen zwar manchmal frustrieren, aber er ist ein guter

Mann und war immer ein liebender Vater – nein, ich würde ihn nie verleugnen. Aber von Kindesbeinen an fühlte ich mich hin- und hergerissen, wer oder was ich sein sollte und wohin ich gehöre. Ich entschloss mich, meine walisische Seite anzunehmen und unter Walisern zu leben. Ich musste mir einfach Klarheit darüber verschaffen, was ich fühlte – und nicht einfach das tun, was mein Vater wollte oder mein Kopf mir sagte», stieß er leidenschaftlich hervor. «Ich kann meine Loyalität nicht teilen, und ich verachte andere, die genau das tun.»

«Ich verstehe, was du meinst», beruhigte ihn Susanna, als sie den flehentlichen Ausdruck seiner Augen sah. «Mehr als du ahnst», fügte sie hinzu. Ihr ganzes Leben lang war sie zerrissen gewesen zwischen all denen, die sie liebte, wollte es jedem recht machen und hatte schmerzlich erfahren müssen, dass das unmöglich war. «Hoffentlich muss Nesta niemals eine so schwere Entscheidung treffen», sagte sie mehr zu sich selbst als zu Geoffrey. «Das war nicht der Grund, warum wir ihr verschwiegen haben, wer ihre leiblichen Eltern sind», sagte sie mit allem Nachdruck in Geoffreys Richtung, um die Frage vorwegzunehmen. Sie biss sich auf die Unterlippe und starrte auf das Feld, wo sich die Finalisten des Lanzenstechens bereitmachten. «Es war sehr hart für uns drei Kinder, als Mutter uns damals verließ. Und wir lernten, jeder auf seine eigene Art, damit umzugehen. Aber keinem von uns ist es gelungen, sich damit auszusöhnen. Niemals könnte ich einem meiner Kinder einen derartigen inneren Kampf zumuten – und Ffenna wollte das genauso wenig. Nesta sollte sich geborgen fühlen und nicht dankbar sein müssen, und sie sollte sich als gleichwertig neben meinen anderen Kindern erleben.» Sie wandte sich Geoffrey zu und sah ihn eindringlich an. «Und sie ist genauso eine Tochter des Hauses von Senghennydd wie Eluned, ich habe es nie anders gesehen – und Meurig auch nicht.»

«Das ist mir nicht verborgen geblieben.» Geoffrey drückte kurz ihre Hand.

Susanna lächelte. «Dann verstehst du auch, dass sie mit Schwierigkeiten zu kämpfen hätte, die weit über ihre persönliche Betroffenheit hinausgehen, wenn sie die Wahrheit wüsste. Du weißt, wovon ich spreche. Du weißt so gut wie ich, dass auch in Zeiten des Friedens der Konflikt zwischen beiden Völkern nicht verschwindet. Obwohl es einfacher gewesen ist zu der Zeit, als ich noch ein Kind war. Die Normannen begegneten den Walisern damals auf Augenhöhe, sie begehrten zwar unser Land, aber sie behandelten unser Volk nicht herablassend. Im Laufe der Jahre hat sich das Verhalten der Normannen jedoch gewandelt, heute sehen sie auf uns herab, betrachten uns als Barbaren und missachten unsere Gesetze. Umgekehrt hat sich auch die Einstellung der Waliser verhärtet, sie trauen den Normannen nicht. Für ein Kind, das das Blut beider Völker in sich trägt, ist eine Entscheidung unvermeidlich.»

Sie sah ihn besorgt an, weil sie von dem Kampf wusste, der in ihm tobte. «Du hast noch ein paar Monate Zeit, denk also in Ruhe nach», riet sie ihm liebevoll. «Ich wünsche dir viel Glück dabei, Geoffrey. Solch eine Entscheidung bricht man nicht übers Knie, ich würde nicht gezwungen sein wollen, sie zu treffen. Wenn du das Angebot deines Vaters ausschlägst, wirst du mehr verlieren als nur dein Erbe. Wenn du dich entscheidest, bei den Walisern zu bleiben, so kannst du genauso gut alle Wege zerstören, die aus unserem Land herausführen, denn deine Familie wird dir niemals verzeihen und dich nie wieder zurückkehren lassen.» Sie zögerte, bevor sie fortfuhr. «So habe ich Ffenna behandelt, als sie bei deiner Familie blieb, und ich habe es mir nie verziehen. Wenn sie das Gefühl gehabt hätte, nach Hause zurückkehren zu können … nun, vielleicht hätte sich dann alles anders entwickelt.»

Geoffrey starrte in die Ferne. Er blinzelte, als die Sonne hinter einer Wolke hervorkam. Um zu verbergen, wie unbehaglich ihm zumute war, sah er Susanna mit einem jungenhaften Grinsen an. «Dann müsste ich wohl eine walisische Prinzessin heiraten», scherzte er. «Habt ihr schon einen Ehemann für Eluned gefunden?»

«Darüber darfst du nicht einmal Witze machen», sagte Susanna und lachte kurz auf. «Meurig hat einige Kandidaten in der engeren Auswahl, und sei versichert, keiner davon ist mit mir verwandt.» Sie schaute zu ihm auf. «Und sie sind alle Vollblutwaliser», fügte sie leise hinzu. «Er hat sogar», fuhr sie dann fröhlich fort, «bereits Verhandlungen mit der Herrscherfamilie von Upper Gwent geführt. Sie haben ihre Unabhängigkeit bewahrt, trotz der Angriffe der Normannen auf dieses Gebiet. Idwal kennt die Familie, er hat vor ein paar Jahren an ihrer Seite gekämpft, als sie die Normannen in die Flucht schlugen. Wenn alles gut läuft, können wir im nächsten Jahr vielleicht Verlobung feiern.»

«Und jetzt lass uns den Spielen zusehen», sagte Susanna energisch und wandte sich dem Geschehen auf dem Spielfeld zu. «Siôn ist gleich dran. Sieh nur, zu was für einem geschickten Reiter er heranwächst, er ist fast so gut wie Iolo.» Stolz betrachtete Susanna ihren Sohn, der jetzt fast elf Jahre alt war. Er ritt schnell auf das Ziel zu, traf es frontal mit der Lanze und bewegte sich geschickt im Sattel, um dem herumschleudernden Sandsack auszuweichen.

«Eines Tages wird er es übertreiben und aus dem Sattel stürzen», sagte Susanna, als ihr Sohn zu ihnen hochgrinste, während er zurückritt.

«Aber nicht heute», sagte Geoffrey und winkte Siôn zu.

«Nein, heute nicht», stimmte Susanna lachend zu. «Heute wird er wieder als Sieger aus dem Wettstreit hervorgehen.»

Die Festlichkeiten wurden mit Meurigs symbolischem Öffnen der Burgtore fortgesetzt, um allen Bauern und Dienern zu erlauben, nach Belieben hereinzukommen. Dieser uralte Brauch ging darauf zurück, dass einstmals der Lord während der Erntedankfesttage seine Ländereien zur freien Nutzung zur Verfügung stellte. Auf dem vorderen Burghof war eine große Festtafel aufgebaut worden, und schon bald labten sich alle nach Herzenslust und unterbrachen Essen und Trinken nur, um mitzusingen, als traditionelle Lieder angestimmt wurden.

Der Tag endete mit einer Kerzenprozession. Eluned hatte das Privileg, das erste Brot tragen zu dürfen, das aus dem Korn der neuen Ernte gebacken worden war. Brot zu essen war zwar nicht gerade ein walisischer Brauch, dennoch war der angelsächsische Schmaus im Laufe der Zeit zum Bestandteil der walisischen Festlichkeiten geworden. Eluned hatte den Kopf leicht geneigt, trug das Brot vorsichtig vor sich her und streckte es dem Priester entgegen, der den Segen der Kirche darüber sprach. Dann folgte ihr die gesamte Prozession dorthin, wo das Brot bis zum nächsten Jahr feierlich aufbewahrt wurde.

Susanna musste schlucken, als sie all ihre Kinder sah. Eluned wirkte sehr erwachsen und selbstsicher, schielte aber immer wieder zur Seite, ob ihr auch ja alle zusahen. *Ich war ungefähr so alt wie Eluned, als Meurig mich zum ersten Mal sah,* dachte Susanna und warf ihm einen kurzen Blick zu. Dann lenkte sie den Blick auf Nesta, die direkt hinter Eluned ging. Ihr seidiges, goldblondes Haar fiel ihr über den Rücken, und ihre blauen Augen strahlten nur so vor Aufregung. Dahinter folgten die Jungen, Siôn, aufrecht, mit stolz erhobenem Kopf, selbstsicher und sich seiner Zukunft gewiss, durch und durch der junge Thronfolger, begleitet von Idwals Söhnen Iolo und Tômas. Iolo war mit seinen gerade elf Jahren nur wenige Monate älter als Siôn, der keinen loyaleren und treueren Freund als seinen Cousin hätte finden können. Iolo war nicht so unbeherrscht und vorschnell mit seinem Urteil wie sein Vater. Er wägte stattdessen beide Seiten in Ruhe ab und erwog über das Kurzfristige hinaus mögliche Konsequenzen seines Handelns. *Ja,* dachte Susanna, *er wird Siôn einmal ein sehr guter Ratgeber sein.* Tômas trottete neben den beiden her, mit seinen zwölf Jahren der Älteste in diesem Trio und die beiden anderen überragend. Sein gerötetes Gesicht strahlte vor Freude, während er sich umschaute. Am liebsten hätte er vor Begeisterung laut gejuchzt, wusste aber, dass Iolo ihn dann ermahnen würde. Tômas sah seinen Bruder mit unverhohlener Bewunderung an, und als ihm Iolo den Arm um die Schultern legte, hätte er nicht mehr strahlen können. *O Tômas,* sagte Susanna leise zu sich selbst, *du bist wirklich der glücklichste und freundlichste Mensch, den ich kenne.* Sie hatte nie bedauert, ihn aufgenommen zu haben, und war überzeugt, dass Tômas hier glücklich war. Die anderen Burschen ließen ihn bei allem mitmachen, was sie anstellten, und beschützten ihn. Und wehe, einer wagte es, ihn zu hänseln oder verächtlich über ihn zu sprechen, der bekam es sofort mit Iolo zu tun. Susannas Augen leuchteten auf, als sie Ifor zwischen den anderen entdeckte. Mit seinen fünf Jahren hatte er noch etwas Mühe, mitzukommen, aber sein Kinn wild entschlossen vorgestreckt, marschierte er mit seinen kurzen Beinen und stolz geschwellter Brust neben den größeren Jungs. «Mein kleiner Engel», flüsterte sie und spürte plötzlich, dass jemand ihre Hand drückte – da wusste sie, dass Meurig ihre Worte gehört hatte. Sie wandte den Kopf und lächelte ihn an. Meurig sah Susanna liebevoll an und wandte sich dann wieder seinem Jüngsten zu. «Er wächst zu einem kräftigen Burschen heran», sagte er, als Ifor zu ihnen heraufwinkte. «So stämmig, wie Siôn hoch gewachsen ist, und genauso zielstrebig. Wenn ich an seine Geburt denke …», er erschauderte, «unser Ifor bach ist ein Geschenk Gottes.»

Wenige Tage nach dem Erntedankfest drang aus dem Schlafgemach der Mädchen ein so lauter Streit, dass die Halle zu beben schien.

«Was ist hier los?» Susanna kam atemlos ins Zimmer gestürzt. Sie war den ganzen Weg quer über den Hof und die Treppe hinauf gerannt. «Euer Vater erwartet die Ankunft der führenden Lords, und ihr macht einen Lärm, der Tote wiedererwecken könnte.»

Die Hände in die Hüften gestemmt, starrte sie ihre Töchter an, aber selbst ihre Verärgerung schien den Streit der beiden nicht beenden zu können.

«Das ist nicht wahr!», schrie Nesta Eluned an. «Mama, sag ihr, dass es nicht stimmt», forderte sie die Unterstützung ihrer Mutter.

«Was ist nicht wahr?»

«Ist es doch, ich habe gehört, wie Onkel Geoffrey es gesagt hat!», schrie Eluned und ignorierte die Frage ihrer Mutter schlichtweg.

«Würdet ihr wohl aufhören zu schreien!» Susanna musste selbst laut werden, um sich überhaupt Gehör zu verschaffen.

«Was in Gottes Namen ist hier los?» Meurig erschien im Türrahmen, nicht weniger wütend als Susanna. «Wollt ihr, dass meine Lords von mir denken, ich hätte zwei Furien aufgezogen?»

Seine strenge Stimme brachte die Mädchen endlich zum Schweigen, und sie sahen sich gegenseitig vorwurfsvoll an.

«Nun?», verlangte er zu wissen.

«Entschuldige bitte, Papa, wir wollten dich nicht stören», murmelte Eluned.

«Ich schlage vor, dass ihr euren Streit entweder beendet oder weit weg von hier austragt», sagte er schroff. «Susanna, du wirst im Saal gebraucht», fügte er knapp hinzu.

«Ich war gerade auf dem Weg dorthin», erwiderte Susanna. «Ich gehe jetzt und vertraue darauf, dass ihr euch angemessen benehmt, wie es sich für Töchter aus dem Hause Senghennydd ziemt», sagte sie streng und wandte sich mit Meurig zum Gehen.

«Bei mir kann sie darauf vertrauen, denn ich bin schließlich ihre Tochter», zischte Eluned Nesta zu. Aber sie hatte nicht leise genug gesprochen. Susanna hatte die Worte gehört und blieb wie angewurzelt an der Tür stehen.

«Was hast du da gesagt, Eluned?», fragte sie leise, drehte sich langsam um und betete, sich verhört zu haben. Aber als sie die beiden Mädchen ansah, wusste sie, dass dem nicht so war.

Eluned hielt den Kopf gesenkt. Die Lippen trotzig aufeinander gepresst, weigerte sie sich zu antworten.

Nesta nutzte ihre Chance. «Sie behauptet, ich sei nicht eure Tochter, sondern ein Findelkind.» Sie sah Susanna flehentlich an, dem zu widersprechen.

«Warum sagst du so etwas, Eluned?», fragte Meurig mit sanfter Stimme und schloss die Tür. «Ich möchte, dass du mir das auf der Stelle erklärst.»

Eluned sah ihren Vater schuldbewusst an. «Onkel Geoffrey hat das gesagt.»

«Was hat Onkel Geoffrey gesagt?» Meurigs Stimme wurde schneidend.

«Ich habe mit angehört, wie er über Nesta gesprochen und gesagt hat, er sei froh, dass sie hier aufgezogen wurde.»

«Du belauschst also private Gespräche und ziehst dann deine eigenen Schlussfolgerungen?», fiel Susanna ihr ins Wort.

Eluned errötete, sah ihre Mutter jedoch trotzig an. «Du bestreitest also nicht, dass nicht unser Blut in ihr fließt?», fragte sie herausfordernd.

«Dann bin ich ein Findelkind?», stieß Nesta hervor, und ihre Augen füllten sich mit Tränen.

«Du bist kein Findelkind», sagte Susanna streng.

Erleichterung hellte für einen Moment Nestas Gesicht auf, aber dann wurde ihr bewusst, was genau Susanna gerade gesagt hatte. «Aber ich bin auch nicht deine Tochter», fügte sie kaum hörbar hinzu.

Susanna und Meurig sahen einander kurz an. *Die Wahrheit muss jetzt ans Licht, auch wenn heute nicht der günstigste Tag dafür ist,* dachte Susanna.

«Du bist die Tochter meiner Schwester», sagte Susanna leise. «Du bist also von unserem Blut, und du bist seit deiner Geburt bei uns.»

«Wir haben dich nie als etwas anderes angesehen als unsere leibliche Tochter», fügte Meurig liebevoll hinzu.

«Aber deine Schwester ist tot.» Nesta blickte verzweifelt von einem zum anderen, während gerade ihre ganze Welt einzustürzen drohte.

Susanna schluckte und ging auf sie zu. Sie ergriff Nestas zitternde Hände und setzte sich mit ihr hin. «Sie starb kurz nach deiner Geburt.»

«Dann habe ich sie getötet?» Nestas Stimme war kaum mehr als ein Flüstern.

«Nein, Liebling, das hast du nicht. Du bist gesund auf die Welt gekommen, und Ffenna … deine Mutter hat dich gesehen und in den Armen gehalten. Ein Fieber hat sie von uns genommen», erklärte Susanna ganz ruhig und strich Nesta das Haar aus dem völlig verzweifelten Gesicht.

Nesta holte tief Luft. «Und wer ist mein Vater?»

Susanna zögerte und sah Meurig fragend an. Wie viel konnten sie ihr zumuten?

«Auch er lebt nicht mehr», sagte Meurig und setzte sich neben Nesta.

«Oh», sagte Nesta mit einer Mischung aus Erleichterung und Enttäuschung. «Und wer war er?», fragte sie mehr aus Pflichtgefühl.

«Sein Name war William St. Quintin», sagte Susanna leise.

«Ein Normanne?», fragte Nesta verwirrt.

Eluned hatte der Enthüllung dieses Familiengeheimnisses gebannt gelauscht. Eigentlich hatte sie gar nicht wirklich an das geglaubt, was sie Nesta so gehässig an den Kopf geworfen hatte. Jetzt war sie zwar einerseits fasziniert von dieser Geschichte, aber andererseits wünschte sie bereits, nie etwas gesagt zu haben, denn sie hatte Nesta dadurch zum Mittelpunkt des Interesses ihrer Eltern gemacht. Eifersüchtig musste sie mit ansehen, wie Susanna Nesta liebevoll in den Armen hielt. Der Name von Nestas Vater weckte vergessene Erinnerungen in ihr. Sie war zwei Jahre älter als Nesta und erinnerte sich noch gut an das schreckliche Ereignis im Zusammenhang mit Ifors Geburt. Eluned fiel wieder ein, wie markerschütternd Tômas geschrien hatte, sodass alle aufgewacht waren, die schiere Ewigkeit, bis Iolo seinen Bruder beruhigen und ihn dazu bringen konnte, zu erzählen, was passiert war. Kurz darauf war Papa eingetroffen, und plötzlich war im ganzen Haus die Hölle los gewesen. Und niemals würde Eluned vergessen, welch entsetzliche Angst sie überkam, als sie begriff, dass ihre Mutter entführt worden war. Nachdem dann alles vorbei gewesen war, hatte sie mit angehört, wer dafür verantwortlich gewesen war. Schließlich wuchs sie an einem Herrscherhof auf, wo man eine Menge Dinge mitbekam.

Meurig sah ihr an, dass sie sich an etwas erinnerte, aber es war zu spät, Eluned hatte bereits angefangen zu reden.

«William St. Quintin? Das ist doch der Mann, der Mama entführt hat, als Ifor geboren wurde», sagte sie triumphierend. «Du hast ihn getötet, nicht wahr, Papa? Du musstest ihn töten?»

Nesta starrte Eluned ungläubig an, doch dann sah sie den Gesichtsausdruck ihrer Eltern.

«Dein Feind, Papa.» Sie fuhr sich mit der Hand an den Mund, versuchte ein Schluchzen zu unterdrücken, dann riss sie sich von Susanna los und stürzte aus dem Zimmer.

Susanna stand auf, ging mit raschen Schritten auf Eluned zu und wollte das triumphierende Grinsen mit einem Schlag aus ihrem Gesicht vertreiben, aber Meurig schob sich gerade noch dazwischen.

«Wir können sie nicht in dem Zustand davonlaufen lassen», sagte er.

Susanna holte tief Luft, um ihre Wut unter Kontrolle zu bekommen. «Ja, ich muss zu ihr», sagte sie und wandte sich von Eluned ab.

«Lass Olwen gehen», sagte Eluned schnippisch. «Ich möchte mit dir reden, Mama.»

Susanna drehte sich um. Sie sah so wütend aus, dass Eluned einen Schritt zurückwich.

«Vielleicht wirst du eines Tages lernen, deine boshafte Zunge zu hüten», sagte sie mit eisiger Stimme und ging.

«Du hast sie schon immer mehr geliebt als mich», schrie Eluned ihr hinterher.

Meurig starrte seine Tochter an, bis sie den Blick senkte.

«Warum, Eluned?», fragte er müde. «Warum bist du nicht einfach zu Mama und mir gekommen, nachdem du die Bemerkungen deines Onkels aufgeschnappt hast? Warum musstest du es Nesta so grausam ins Gesicht sagen?»

«Wie könnt ihr sie als gleichwertige Tochter behandeln?», entfuhr es Eluned. «Sie ist nicht euer Kind, sie ist wie Iolo, mein Cousin. Ihr behandelt Iolo auch nicht so wie Siôn, aber Nesta stellt ihr auf die gleiche Stufe wie mich. Dabei bin ich wirklich eure Tochter, eure einzige Tochter.» Ihre dunklen Augen blitzten frech.

«Du bist meine leibliche Tochter», erwiderte ihr Vater leise, «und dein heutiges Verhalten hat mich dazu gebracht, mich dafür zu schämen.»

Eluned schnappte nach Luft, als hätte er sie geschlagen, aber er ging ohne ein weiteres Wort hinaus. Für den Bruchteil einer Sekunde verlangsamte sich sein Schritt, aber er drehte sich nicht zu ihr um, sondern ging weiter.

Susanna ahnte, wohin Nesta gelaufen war, und schlug den direkten Weg zu den Stallungen ein. Dort fand sie Nesta; zusammengekauert und mit tränenverschmiertem Gesicht hielt sie eine der Stallkatzen an sich gedrückt. Susanna setzte sich neben ihre Tochter und nahm sie fest in die Arme.

«Es tut mir so Leid, mein Liebling.» Sie wiegte Nesta liebevoll und drückte ihr einen Kuss aufs Haar. «Ganz ehrlich. Um nichts auf der Welt würden wir dir wehtun, dafür lieben wir dich viel zu sehr, das musst du mir glauben.»

«Obwohl ich eine Normannin bin?», schniefte Nesta.

«Halb-Normannin», stellte Susanna klar. «Und warum sollte dein normannisches Blut meine Gefühle für dich beeinflussen?»

«Papa ist so zornig auf sie und das, was sie tun. Deshalb hat er ja die Lords zu sich bestellt.»

Susanna seufzte. Genau davor hatte sie Nesta bewahren wollen. Onkel Rhodris warnende Worte fielen ihr ein: «Die Wahrheit kommt ans Licht, und wie wird ihr dann zumute sein?» *Nun, solange ich ein Wort mitzureden habe, wird sie sich genauso geliebt und sicher fühlen wie vorher auch,* dachte Susanna energisch. Sie hob Nestas Kinn an. «Nesta, hör mir zu. Ich kann nicht leugnen, dass Papa wütend ist auf König Henry. Papa hält es für ziemlich unpassend, dass der König das normannische Territorium von Brycheiniog an Miles von Gloucester übergeben hat, der schon mehrfach in unser Land eingedrungen ist. Es ist nicht gut für uns, dass er jetzt Land hat, das so dicht an unserer nördlichen Grenze liegt. Aber du weißt auch, dass Papa nicht auf jeden wütend ist, der eine Spur normannischen Blutes in sich hat. Und da sich der König darauf vorbereitet, in Powys einzumarschieren, ist dein Vater genauso wütend auf die walisischen Prinzen dort, denn sie haben diese Situation heraufbeschworen – und die haben kein normannisches Blut in sich.» Sie betrachtete forschend das Gesicht ihrer Tochter, dieses hübsche und jetzt so kummervolle Gesicht, das ihr so vertraut war. «Verstehst du das, mein Kind? Wie kannst du nur glauben, wir würden dich nicht lieben?»

Nesta schwieg und versuchte all das zu verarbeiten, was sie gerade erst erfahren hatte. «Mit dir bin ich blutsverwandt, Mama, aber nicht mit Papa», sagte sie mit zarter Stimme und wich Susannas forschendem Blick aus.

Susanna fasste sie liebevoll bei den Schultern und zwang sie, ihr in die Augen zu sehen. «Nesta, du magst vielleicht kein Kind unserer Lenden sein, aber du bist ein Kind unserer Herzen. Du bist ein Teil von uns – so wie Eluned, Siôn und Ifor, und wir haben dich vom ersten Augenblick an geliebt, genau wie unsere anderen Kinder.» Sie sah Nesta eindringlich an, strich ihr das Haar zurück und streichelte ihre Wange. «Du hast bestimmt eine Menge Fragen», sagte sie leise. «Frag, was immer du willst, ich werde nicht böse sein», fügte sie hinzu, als Nesta zögerte.

«Wo wurde ich geboren?» Nestas kleines Gesicht war von Verunsicherung gezeichnet.

«Du kamst im normannischen Territorium von St. Gwynllwg zur Welt», erklärte Susanna.

«Was hat meine Tante – meine Mutter – dort gemacht?», fragte Nesta befremdet, dann machte sich ein gequälter Ausdruck auf ihrem Gesicht breit. «Ist sie von diesem Mann entführt worden?»

«Nein, nein», beschwichtigte Susanna rasch. «William und Ffenna waren verheiratet.» Ihr wurde auf einmal klar, dass sie mehr erklären musste als nur die Umstände von Nestas Geburt.

«Aber wollte mein Vater mich denn nicht?», fragte Nesta ängstlich.

Susanna überlegte, was sie darauf antworten sollte. Nesta wirkte so verloren. Wie sollte sie diesem Kind ins Gesicht sagen, dass sein Vater ein selbstsüchtiger, herzloser Mistkerl gewesen war?

«Deine Mutter wollte, dass du in Wales aufwächst, bei einer richtigen Familie. William stimmte zu, dass es das Beste für dich sei.»

«Ich verstehe nicht, warum es ein Geheimnis bleiben musste. Habt ihr euch meinetwegen geschämt?» Nesta schossen erneut die Tränen in die Augen. «Warum habt ihr es mir nicht gesagt?»

Susanna drückte sie fest an sich. «Wir haben es gut gemeint.» Sie wusste, dass dies keine zufrieden stellende Antwort war. Nesta verdiente es, die Wahrheit zu erfahren, und Eluned auch, wenn sie schon einmal dabei waren. Susanna wollte nicht, dass diese Geschichte ungeklärt über ihnen schwebte, als Waffe, die Eluned jederzeit einsetzen konnte, wenn sie übel gelaunt war oder ihren Willen nicht bekam. Beide Mädchen mussten zweifelsfrei darüber aufgeklärt werden, dass Nesta ihre Tochter war – ohne Wenn und Aber.

«Ich will alles erklären, so gut ich kann.» Sie erhob sich. «Sowohl dir als auch deiner Schwester.» Sie streckte die Hand aus. «Komm, wir gehen nach draußen, und ich werde Eluned rufen lassen.»

Nesta ergriff die Hand ihrer Mutter und ließ sich aus dem Stall führen. Susanna schickte einen Dienstboten nach Eluned, während sie und Nesta sich in Susannas Blumengarten setzten, um dort auf sie zu warten, Susanna auf eine Steinbank, Nesta zu ihren Füßen.

«Du hast mich rufen lassen, Mama?» Eluned stand mürrisch vor Susanna.

«Ja. Setz dich, Eluned. Du sollst gemeinsam mit Nesta hören, was ich zu sagen habe.»

Eluned setzte sich widerstrebend neben Nesta, nicht darauf aus, ihre Mutter herauszufordern – zu sehr klangen ihr noch die Worte ihres Vaters in den Ohren. Trotzdem konnte sie es nicht lassen, viel Aufhebens darum zu machen, dass ihre Röcke nicht beschmutzt wurden und damenhaft arrangiert wirkten.

«Nesta hat mich gefragt, warum wir ihr und auch keinem anderen die Wahrheit über ihre Herkunft gesagt haben.» Susanna spielte nervös mit ihren Ringen, während sie nach den richtigen Worten suchte.

Eluned schwieg, blickte verstohlen ihre Schwester an, die sehr niedergeschlagen wirkte, und ein Ausdruck des Bedauerns huschte über ihr Gesicht angesichts dessen, was sie da entfesselt hatte. Sie war nicht willentlich gemein und boshaft, liebte aber Klatsch und Tratsch und hatte sich hinreißen lassen.

«Gorffenna starb wenige Tage nach Nestas Geburt. Sie hatte deinen Vater und mich gebeten, sie aufzunehmen und aufzuziehen wie unser eigen Fleisch und Blut», wandte sich Susanna an Eluned. «Es war ihr Wunsch, keinem von euch zu sagen, dass Nesta nicht unser leibliches Kind ist.»

«Warum? Hat sie sich geschämt, weil sie ein uneheliches Kind geboren hat?», fragte Eluned streitlustig.

«Nein, sie war mit Nestas Vater verheiratet», erklärte Susanna geduldig.

«Warum wollte sie dann, dass ihr sie aufnehmt? Vielleicht weil sie wusste, was für eine Art Mann Nestas Vater war?»

«William war nicht in der Lage, sich um Nesta zu kümmern, wir dagegen schon», entgegnete Susanna streng.

«Aber wie haben die beiden sich kennen gelernt?» Eluneds Neugier siegte jetzt über das Bestreben, ihre Schwester zu ärgern. «Weißt du es?», wandte sie sich an Nesta.

«Nein», entgegnete die leise.

«Hat Großonkel Rhodri das arrangiert?» Eluned war sichtlich verwirrt, denn sie wusste, dass er William St. Quintin genauso verabscheut hatte wie ihr Vater.

«Sie haben sich kennen gelernt, als Gorffenna und ich unsere Mutter in St. Gwynllwg besuchten.» Susanna beobachtete genau die erwartungsmäßige Reaktion der beiden. Ihre Töchter rissen vor Überraschung die Augen weit auf, denn sie wussten nichts über Susannas Geschichte. «Nach dem Tod meines Vaters hat meine Mutter einen Normannen geheiratet», erklärte sie. Sie musste jetzt mit der ganzen Wahrheit herausrücken. Halbheiten führten zu nichts, ihre Töchter hatten es verdient, dass sie ganz ehrlich zu ihnen war.

«Onkel Geoffreys Vater!», rief Eluned triumphierend. «Ich hatte mich schon darüber gewundert, dass er deiner und Idwals Bruder ist», fügte sie hinzu, als ihre Mutter nickte.

«Dann ist er also auch zur Hälfte Normanne?» Ein zartes Lächeln spielte um Nestas Mundwinkel, und sie war schon ein bisschen weniger bedrückt, weil sie wusste, wie gern alle ihren Onkel hatten.

«Aber du bist bei Onkel Rhodri aufgewachsen», betonte Eluned stirnrunzelnd, während sie versuchte, aus den Enthüllungen ihrer Mutter klug zu werden. «Ich dachte deshalb, deine Eltern wären beide tot. Warum habt ihr nicht alle bei deiner Mutter gelebt?»

«Sie hat sich für ein Leben ohne uns entschieden.» Susanna bemühte sich, mit fester Stimme zu sprechen, und war überrascht, wie wenig ihr das nach wie vor gelang. Sie räusperte sich, bevor sie weitersprach. «Ich war sechs Jahre alt, als sie uns verließ, und sah sie erst wieder, als ich so alt war wie du jetzt, Eluned. Wir wuchsen in Onkel Rhodris Haushalt auf, wo man sich gut um uns gekümmert hat.» Sie lächelte zu Nesta hinunter, und ihre Augen leuchteten beim Gedanken an diese Zeit. «Tante Gwen war völlig vernarrt in deine Mutter, Nesta. Man hat uns auch an Iestyns Hof gebilligt, und wir verbrachten einen Großteil unserer Kindheit dort.»

«Aber du wusstest, dass sie Tante und Onkel waren», sagte Nesta mit leisem Vorwurf in den Augen.

«Ja, das wussten wir, trotz all der Liebe, die sie uns schenkten. Es war aber auch gar nicht anders möglich, da wir unsere leiblichen Eltern kannten.» Susanna schwieg einen Moment, betrachtete ihre Hände und blickte dann zu ihren Töchtern hinab, die sie unverwandt und erwartungsvoll ansahen. Susanna holte Luft. Es war viel schwieriger, als sie erwartet hatte, aber es führte kein Weg daran vorbei. «Onkel Rhodri war um einiges älter als mein Vater und seine eigenen Kinder längst erwachsen, als er uns aufnahm. Er und Tante Gwen hatten nicht damit gerechnet, in ihrem Alter noch einmal so kleine Kinder aufziehen zu müssen. Wir wurden überall bei Hofe akzeptiert, aber eben immer als Onkel Rhodris Mündel, nie wurden wir darüber in Zweifel gelassen, ganz von ihm abhängig zu sein. Nach Tante Gwens Tod bekamen wir das umso deutlicher zu spüren. Deshalb wollte deine Mutter nicht, dass du in dem Gefühl aufwächst, nicht wirklich dazuzugehören. Du solltest in der Überzeugung heranwachsen, ein leibliches Kind dieser Familie zu sein, das aus diesem und keinem anderen Grund am Hof von Senghennydd lebt. Aber egal, welcher Art die Gründe waren», sie beugte sich vor und nahm Nestas Gesicht in beide Hände, «ich habe dieses Geheimnis nie gehütet, weil ich wollte, dass deine leibliche Mutter in Vergessenheit gerät. Ich sehe sie jeden Tag in dir; meine wunderschöne Schwester, die so jung sterben musste. Nein, der wahre Grund, warum wir nichts sagten, als du älter wurdest, ist der: Für uns *bist* du unsere Tochter, für deinen Vater ebenso wie für mich», betonte sie. «Warum also hätten wir dir etwas anderes sagen sollen?» Sie sah ihre Töchter durchdringend und flehentlich an.

Als die in die Augen ihrer Mutter schauten, konnten sie für einen kurzen Moment einen Blick auf das kleine Mädchen erhaschen, das unter der Oberfläche schlummerte, das sich verzweifelt anstrengte, allen zu gefallen und die Gunst jener zu erwerben, die es liebte.

«Wann hast du deine Mutter das letzte Mal gesehen?», fragte Eluned mit heiserer Stimme und musste schlucken. «Warum haben wir sie nie kennen gelernt?»

«Nachdem sie uns verließ, habe ich sie nur noch dreimal gesehen. Zuletzt, als Nesta wenige Monate alt war. Damals erkannte ich, dass es ein Fehler wäre, mit ihr Kontakt zu halten», erklärte Susanna, nicht willig und auch nicht fähig, noch mehr preiszugeben.

«Aber warum hast du uns nie etwas von ihr erzählt?»

«Es sind die Dämonen *meiner* Vergangenheit, und ich muss mit ihnen zurechtkommen», sagte Susanna mit zitternder Stimme, und ihre Augen füllten sich mit Tränen. «Sie gehört nicht zu dem Leben, das ich mit euch teile.»

«Oh, Mama.» Nesta schlang die Arme um Susannas Nacken, die Tränen ihrer Mutter brachten ihre eigenen erneut zum Fließen.

Susanna drückte sie fest, dann streckte sie Eluned die Hand entgegen. Die zögerte nicht, sondern warf sich ihrer Mutter in die Arme. Sie umarmten sich zu dritt, ihre Tränen und ihr Lachen vermischten sich, und Susanna hatte das Gefühl, eine große Last sei ihr von den Schultern genommen.

Beim Abendessen mit den zahlreichen Gästen ging es recht turbulent zu, und während die Tänzer und Sänger die Gäste unterhielten, zog Meurig Susanna zu einem abgeschiedenen Fensterplatz.

«Das ist jetzt die erste Gelegenheit, um mit dir allein zu sprechen, aber du kannst mir glauben, dass mir Nesta heute nie aus dem Sinn ging», sagte er leise. «Wie geht es ihr?»

«Sie hat sich wieder etwas gefangen. Aber ich hielt es für das Beste, wenn sie und Eluned heute in ihrem Zimmer speisen. Die beiden haben eine Menge zu bereden.»

Meurig nickte zustimmend. «Weiß Siôn Bescheid?»

«Ich habe es ihm und Iolo erzählt. Sie haben es ganz ruhig hingenommen, eben typisch Jungen», sagte sie lächelnd.

«Es ist gut, dass Nesta jetzt Bescheid weiß, früher oder später hätte sie es sowieso herausgefunden», sagte Meurig, dann lächelte er ebenfalls. «Sobald sie herausgefunden hätten, wie lange eine Schwangerschaft dauert, hätte sich einer von ihnen gefragt, wie du so kurz nach Siôns Geburt Nesta zur Welt bringen konntest.» Plötzlich runzelte er die Stirn. «Und ganz bestimmt wäre Eluned dann diejenige gewesen, die es herausposaunt.»

«Sei nicht zu streng mit ihr, Meurig.» Susanna legte ihm beschwichtigend die Hand auf den Arm. «Sie ist in einem schwierigen Alter, kein Kind mehr, aber auch noch keine richtige Frau. Ich habe mit ihnen beiden gemeinsam gesprochen, ihnen erklärt, warum wir uns so verhalten haben, und ihnen ein bisschen von meiner Kindheit erzählt. Ich glaube, das war hilfreich.»

«Ob Nesta mich jetzt hasst?», fragte er unvermittelt. «Schließlich habe ich ihren Vater getötet.»

«Nein, mein Liebling, sie hasst dich ganz sicher nicht. Sie hat vielmehr befürchtet, dass du sie womöglich ablehnst, weil sie zur Hälfte Normannin ist, oder wegen der Taten ihres Vaters.»

«Aber du hast ihr doch hoffentlich sofort gesagt, dass das Unsinn ist?» Meurig war bestürzt, dass sein kleiner süßer Liebling von solchen Gedanken geplagt wurde. «Sie weiß doch, dass ich sie liebe.»

«Ja, ich habe es ihr gesagt, aber ich glaube, sie würde es auch gern von dir selbst hören», sagte Susanna mit sanfter Stimme.

Meurig nickte. «Morgen spreche ich mit ihr, sobald die Gäste abgereist sind.»

Susanna schaute in die Runde zu den Männern, die hier zusammengekommen waren. Dann wandte sie sich wieder Meurig zu. «Und wann wirst du abreisen?», fragte sie leise.

Meurig wirkte überrascht, dann lächelte er. Susanna wusste wieder einmal früher als er selbst, was sein nächster Schritt sein würde. «Bald. Ich möchte sichergehen, dass die Grenzen gut gefestigt sind, und mich bei den Leuten zeigen. Sie sollen das beruhigende Gefühl haben, dass ich sie schützen werde, sollte die Situation es erfordern. Aber so Gott will, werden uns Grenzscharmützel erspart bleiben, zumindest solange sich Henry auf Powys konzentriert.»

Kapitel achtzehn

Oktober 1122. Bryn y Ffin, Morgannwg

Susanna legte ihr Kruzifix auf Onkel Rhodris Steinsarg und fuhr zärtlich mit der Hand über die Ornamente.

«Leb wohl, Onkel», flüsterte sie. «Ruhe in Frieden, denn das hast du verdient.»

Sein Tod war nicht überraschend gekommen, da er schon lange sehr krank gewesen war. Bereits bei Iestyns Begräbnis, das schon eine Weile zurücklag, hatte er so gebrechlich gewirkt, dass Susanna sich letztlich darüber gewundert hatte, dass er noch sechs Monate lebte. Es war dennoch schwer, sich vorzustellen, dass dieser Mann, der in ihrer Kindheit eine so wichtige Rolle gespielt hatte, nicht mehr lebte. Energisch drängte Susanna die Tränen zurück und hakte sich bei Cristyn ein, die neben ihr stand.

«Ich weiß ja, dass er jetzt an einem schöneren Ort ist, wo er keine Schmerzen leidet», schluchzte sie leise. «Aber mir tut es weh, ihn zu verlieren.»

«Wir alle werden seinen Verlust deutlich spüren», sagte Cristyn, der die Tränen über die Wangen liefen, während sie die Hand ihrer jüngeren Cousine fest drückte. «Er war ein bedeutender Mann. Man muss nur einen Blick auf die Zahl der Trauergäste werfen.»

Damit hatte sie zweifelsohne Recht. Nicht einmal das fürchterliche Wetter hatte die Menschen davon abhalten können, in Scharen zu erscheinen, um ihm die letzte Ehre zu erweisen. Die übrigen Trauernden hatten die Kapelle bereits verlassen und sich auf den Weg zur warmen Halle gemacht.

«Komm, wir sollten auch gehen», murmelte Susanna leise.

«Geh du, ich möchte noch einen Moment bleiben.»

«Natürlich.» Susanna warf einen letzten tränenblinden Blick auf den Sarg, dann ging sie, um sich den anderen Trauernden in der Halle anzuschließen.

«Das Schicksal hätte uns kein schlechteres Wetter bescheren können», sagte Susanna im Saal zu Meurig, reichte ihren nassen Umhang einem Dienstboten und nahm einen Becher Met entgegen.

«Komm ans Feuer, du siehst halb erfroren aus», sagte Meurig besorgt.

Ihre Cousins, Maredudd und Llywelyn, machten ihr Platz, als sie sich näherte.

«Susanna, liebste Cousine.» Maredudd küsste sie auf die Wange. «Neuerdings scheinen wir uns nur auf Beerdigungen zu treffen.»

«Ja, in diesem Jahr hatten wir einige davon», murmelte Susanna. Dann schaute sie sich im Saal um, der zum Bersten voll war. «Ich kann gar nicht glauben, wie viele Leute hergekommen sind. Fast genauso viele wie bei Lord Iestyns Begräbnis.»

«Rhodri war der Letzte der alten Garde», sagte Meurig.

«Und so wie Iestyn war auch Papa auf irgendeine Weise mit der Hälfte aller walisischen Regenten verwandt», fügte Maredudd hinzu.

Susanna nickte. Sie hatte gerade Morgan und Iowerth von Gwynllwg entdeckt, die am vorderen Kamin saßen, und Iestyns Söhne, die ihre jüngere Schwester trösteten, Rhodris Witwe.

«Was wird jetzt aus eurer Stiefmutter?», fragte sie leise.

Maredudd wechselte einen kurzen Blick mit seinem Bruder, dann zuckte er mit den Schultern. «Sie hat erklärt, sie wolle ins Kloster gehen.»

«Aber warum?» Susanna war ein bisschen schockiert. «Sie könnte wieder heiraten.»

«Du hast drei Kinder zur Welt gebracht», gab Llywelyn zurück. «Und Margeds Bauch ist in zwölf Jahren Ehe nicht einmal dick geworden. Wer sollte sie heiraten wollen?»

Susanna schwieg betroffen. «Onkel Rhodris Tod scheint ihr wirklich nahe zu gehen», sagte Susanna, während die weinende Marged von den anderen Damen weggeführt wurde.

«Na ja, Papa hat sie ganz schön verhätschelt. Der alte Narr konnte ihr keinen Wunsch abschlagen», sagte Llywelyn und folgte Susannas Blick. «Entschuldigt mich, Caradog ruft nach mir», fügte er hinzu, als Iestyns Sohn ihm ein Zeichen gab.

Die anderen beobachteten, wie Caradog ab Iestyn kurz mit Llywelyn sprach, woraufhin dieser ein paar Worte mit Idwal wechselte und dann zurückkam.

«Caradog würde gern die Gelegenheit nutzen, dass die Regenten unserer drei Königreiche auf neutralem Boden versammelt sind», erklärte er leise. «Idwal fragt gerade Morgan und Iowerth, ob sie bereit sind zu einem Gespräch mit Caradog und seinen Brüdern. Wärst du auch einverstanden, Meurig?»

Der nickte. «Ich habe schon mit so etwas gerechnet. Wie du richtig sagst, befinden wir uns auf neutralem Boden, wir sind alle hier zu Gast», sagte er und grinste dann. «Die Zusammenkunft bei der Beerdigung eines Verwandten wird die Normannen nicht so misstrauisch machen wie ein offizielles Treffen.»

«Ich dachte, Papas Privatgemach eignet sich gut dafür», sagte Llywelyn zu Maredudd, der zustimmend nickte. «Gut. Meurig, wenn du dann mit mir kommen würdest?», fuhr er fort. Sie durchquerten den Saal, und die anderen Regenten schlossen sich ihnen auf dem Weg zu Rhodris Gemach an, das hinter dem Podium lag.

«Ich nehme an, dass Morgan und Iowerth nicht gerade begeistert sind über die Aktivitäten Robert Fitz Roys in St. Gwynllwg», begrüßte Maredudd Idwal, der sich zu ihm und Susanna gesellte.

«Das ist eine recht milde Umschreibung ihrer Reaktion», meinte Idwal grimmig. «Seit er verheiratet ist und zum Earl erhoben wurde, ist sein Selbstvertrauen beträchtlich gewachsen. Robert Fitz Roy ist jung und ehrgeizig, aber kein Dummkopf.

Er weiß, dass er eine Menge tun muss, wenn er nicht nur dem Namen nach Lord sein will. Er lässt eine Burg in St. Gwynllwg errichten, am Ufer des Flusses Usk, und hat drum herum eine Grafschaft gegründet, die er New Port nennt. Selbst die Waliser nennen es nicht mehr St. Gwynllwg, sondern New Castle. Er errichtet Steinbauten und ersetzt die alten Namen, um die Normannen so tief zu verwurzeln, dass es scheint, sie wären schon immer dort gewesen.»

«Und jetzt fühlt er sich stark genug, um sein Augenmerk auf Morgannwg zu lenken», sagte Maredudd.

«Mit Iestyns Tod scheint für ihn jenes Hindernis verschwunden zu sein, das ihn bisher zurückhielt. Iestyns Söhne haben das Reich unter sich aufgeteilt, und Fitz Roy meint, dadurch einen schwächeren Gegner vor sich zu haben», warf Susanna leise ein.

«Dann wird er wohl am eigenen Leib erfahren müssen, dass er einem großen Irrtum aufsitzt», meinte Maredudd schroff. «Sie mögen es zwar aufgeteilt haben, aber nicht zerstückelt. Caradog hält mit Einverständnis seiner Brüder den Löwenanteil inne. Ihr wisst beide, wie schlagkräftig er ist.»

«Und mit Onkel Rhodris, und jetzt deiner, Rückendeckung verfügt er über genügend Unterstützung, um sich zu etablieren», stellte Idwal heraus.

«Glücklicherweise wurde bei der Aufteilung des Landes keinerlei Blut vergossen», fuhr Maredudd fort. «Es ist wichtig, zu demonstrieren, dass die Familie nicht zersplittert ist, auch wenn die Ländereien es sind – für den Fall, dass die Normannen mit dem Gedanken spielen, weiter in unsere Territorien vorzudringen.»

«Wovon Meurig fest überzeugt ist», fügte Susanna seufzend hinzu. «Die Lords in den Grenzgebieten sind es gewohnt, unabhängig von ihrem König zu agieren. Jetzt sehen sie diese jungen, unerfahrenen Prinzen an der Spitze von Gwynllwg und Morgannwg und würden daraus gern ihren Vorteil ziehen.»

«Und Senghennydd ist nicht sicher, auch wenn Meurig ein alter Hase unter den Regenten ist.» Maredudd lachte, als er Susannas Gesichtsausdruck sah.

«Es dauert noch zwei Jahre, bis er vierzig wird!» Susanna klang leicht eingeschnappt.

«Fahr deine Krallen wieder ein, Susanna.» Idwal zwinkerte Maredudd zu. «Im Hinblick auf seine Erfahrung ist Meurig ein alter Hase, das weißt du genau. Die Prinzen sind ungeduldig, in Gwynllwg genauso wie in Morgannwg. Man hofft, dass es Meurig gelingt, sie zur Räson zu bringen, damit sie nicht voreilig handeln.»

«Er geht nicht davon aus, dass ein Angriff unmittelbar droht», sagte Susanna mehr oder weniger besänftigt.

«Aber ob nun nächstes Jahr oder erst in zwei Jahren – kommen wird er», meinte Idwal grimmig.

Maredudd sah die Prinzen in den Saal zurückkommen und stellte seinen Becher ab. «Aber jetzt wollen wir erst einmal meinem Vater einen angemessenen Abschied bereiten», erklärte er.

«Ich sollte nachsehen, wo Siôn und Iolo stecken», sagte Susanna zu Idwal, als Maredudd sie allein ließ, um Anweisungen zu geben, dass die Feier jetzt beginnen möge.

«Es hat aufgehört zu regnen, sie sind bestimmt draußen.» Idwal begleitete Susanna zur Tür.

«Solange sie kein Wettreiten durch die Wälder veranstalten oder, schlimmer noch, über die Kornfelder der Bauern», sagte Susanna.

«Haben sie das etwa gemacht?» Idwal sah sie erstaunt an.

«Einmal», bestätigte Susanna. «Man muss zu ihrer Verteidigung einräumen, dass sie es nicht vorsätzlich taten, und seitdem Meurig ihnen die Leviten gelesen hat, ist ihr Bedarf an solchen Unternehmungen wohl auch für alle Zeiten gedeckt.» Sie warf Idwal einen amüsierten Blick zu. «Meurig verdonnerte sie dazu, das Land des Bauern zu pflügen und jede einzelne Frucht wieder einzupflanzen.»

Idwal grinste verschmitzt. «Diese Strafe werden sie im Leben nicht vergessen.»

Es waren drei schreckliche Tage, die Susanna, Meurig und ihr Gefolge für den Rückweg nach Senghennydd brauchten. Der Regen hörte nicht auf, und die einfachen Klöster, in denen sie die Nächte verbrachten, boten keinerlei Möglichkeit, ihre Kleidung richtig zu trocknen. Frierend und durchnässt zogen sie durch die trostlose Landschaft, die Berge hinter tief hängenden Wolken verborgen. Der starke Regen hatte den Boden so sehr aufgeweicht, dass sie nur langsam reiten konnten. Als sie am Ende des dritten Tages die vertraute Landschaft rund um Gelligaer erreichten, hob sich die allgemeine Stimmung ein wenig. Der Gedanke an die hell erleuchtete Halle und das knisternde Feuer im Kamin war so verlockend, dass sie entschieden, keine weitere Rast einzulegen, sondern durchzureiten.

«Sobald ich den Bergrücken von Pencader sehe, weiß ich, dass ich zu Hause bin», sagte Susanna, nachdem sie zu Meurig vorn an die Spitze geritten war. «Er sieht aus wie eine winkende Hand, mit einem Finger, der die Richtung weist.»

Meurig betrachtete das Wahrzeichen und lächelte über Susannas treffende Beschreibung. Dann verdrehte er die Augen, denn er hörte, wie sich Siôn und Iolo schlüpfrige Witze erzählten. Die beiden wuchsen so fürchterlich schnell heran.

«Siôn hat sich bei der Versammlung richtig souverän gezeigt», sagte er stolz zu Susanna. «Er legt eine große Begabung für politische Feinheiten an den Tag. Ich denke, er wird sich selbst sein bester Ratgeber sein, wenn er eines Tages die Macht innehat.»

«Er ist noch jung, mein Schatz. Bürde ihm nicht zu viel auf.» Susanna wollte nicht, dass die Kindheit ihres Sohnes zu früh zu Ende war.

«Kein Grund zur Sorge.» Meurig führte ihre Hand an seine Lippen. «Ich habe nicht vor, diese Welt so bald zu verlassen. Aber obwohl ich weiß, dass er immer noch ein Junge ist, kann ich schon deutlich erkennen, zu was für einem Mann er heranwachsen wird. Es gibt mir ein beruhigendes Gefühl, zu wissen, dass er das weiterführen wird, was ich begonnen habe. Du hast mir zwei starke Söhne geschenkt, Susanna.»

Susanna schwieg und konzentrierte sich auf den Weg, der vor ihnen lag. Seit Ifors Geburt war sie noch zweimal schwanger geworden und hatte beide Kinder im dritten Monat verloren. Der Gedanke daran tat ihr immer noch weh.

«Zwei Söhne sind vollauf genug», sagte Meurig liebevoll. «Und wir haben zwei wunderschöne Töchter. Ich brauche nicht noch mehr Kinder.» Er lenkte sein Pferd dicht an ihres heran, fasste sie am Gesicht, sodass sie ihn ansah, und wischte den Regen von ihrer zarten Haut. «Aber dich brauche ich an meiner Seite, und vergiss nicht, dass ich mitangesehen habe, wie hart eine Geburt ist. Ich weiß, wie du gelitten hast, als du die zwei Babys verloren hast, aber leide nicht um meinetwillen. Ich denke, es ist Gottes Art zu sagen, dass es genug sei. Du hast mir einmal gesagt, wir seien gesegnet mit unseren Kindern, Ifor war noch einmal ein zusätzliches Glück, das uns geschenkt wurde. Ich bin zufrieden mit dem, was wir haben.»

Susanna schluckte. «Es ist beunruhigend, wie gut du meine Gedanken lesen kannst», lächelte sie unter Tränen.

«Das ist genau der Grund, warum wir zusammen so stark sind», erwiderte Meurig und lächelte ebenfalls.

«Da sind die Schutzmauern», beendete Siôns Stimme diesen innigen Moment, als Gelligaer in Sichtweite kam. «Komm schon, Iolo, der Letzte darf nicht mit am Tisch sitzen!», rief er und ließ sein Pferd in Galopp fallen.

Iolo zögerte nicht, und die beiden lieferten sich ein wildes Wettreiten nach Hause.

Meurig und Susanna tauschten wehmütige Blicke, aber in der

Aussicht darauf, es bald warm und trocken zu haben, erhöhten alle das Tempo.

«Ooooh, bin ich froh, wenn ich wieder zu Hause bin.» Susanna zog ihren Umhang fester zusammen, weil der Regen zunahm. «Die Beerdigung war so schon traurig genug, es hätte nicht auch noch in Strömen gießen müssen.»

«Wollen wir hoffen, dass es für eine Weile die letzte war», erwiderte Meurig. «Das kommende Jahr sollte erfreulicher werden, insbesondere jetzt, wo wir Eluneds Hochzeit festgelegt haben. Ich freue mich schon auf die Verlobungsfeier», fügte er verlegen lächelnd hinzu.

«Vorsicht, sonst wirst du noch sentimental auf deine alten Tage», zog Susanna ihn auf. «Aber es wird schön sein, die Familie zu einem freudigen Anlass einzuladen. Ich hoffe nur, Eluned wird mit unserer Wahl zufrieden sein», fuhr sie fort, nur zu gut wissend, wie direkt und stur ihre Tochter sein konnte und wie sehr sie sich selbst damals dagegen gesträubt hatte, Meurig zu heiraten.

«Alles wird wunderbar laufen, das verspreche ich dir», sagte Meurig zärtlich. «Meine Gespräche mit den Prinzen waren äußerst fruchtbar, und wir haben einen recht stabilen Frieden zwischen unseren drei Königreichen, der auch halten wird. Eluned wird unsere Wahl gefallen, und die Familie, in die sie einheiratet, hat bereits Interesse an Nesta bekundet. Du siehst also, mein Liebling, dass die Zukunft viel Gutes verheißt.»

Dezember 1124. Gelligaer

Nesta wickelte sich fest in ihren Umhang, während sie quer über den Hof zur Halle eilte. Schneeflocken wehten ihr ins Gesicht. Nesta lächelte und leckte sie von den Lippen. Sie freute sich so sehr auf Weihnachten und strahlte ihre Mutter an, als sie den prächtig dekorierten Saal betrat.

«Nesta», rief Susanna. «Ich habe dich schon gesucht, wir wollen den Julklotz hereinbringen lassen. Wem sollte deiner Meinung nach die Ehre zuteil werden, ihn anzünden zu dürfen?»

Nesta errötete vor Freude, als sie mit wichtiger Miene darüber nachdachte. Ihre leuchtend blauen Augen sahen Susanna an, gänzlich unschuldig und noch ahnungslos, wie verführerisch sie mit zunehmendem Alter wurden.

«Wen haben die anderen vorgeschlagen?», fragte sie und kaute unruhig auf der Unterlippe.

«Das ist kein Test», sagte Susanna und verzog amüsiert den Mund. «Ich möchte, dass du jemanden vorschlägst», ermutigte sie ihre Tochter liebevoll.

«Eluned?», wagte Nesta einen Versuch und wurde mit einem erfreuten Lächeln ihrer Mutter belohnt. «Es ist ihr letztes Weihnachtsfest, das sie mit uns verbringt», fügte Nesta ein bisschen traurig hinzu. «Nächstes Jahr wird sie verheiratet sein und die Festtage sicher mit Madogs Familie verbringen.»

«Genau aus diesem Grund wollen wir das diesjährige Weihnachtsfest zu etwas ganz Besonderem machen», bestätigte Susanna.

«Manchmal wünschte ich, alles würde bleiben, wie es ist», sagte Nesta leise.

Susanna beugte sich vor und küsste sie zärtlich auf die Wange. «Eine Veränderung ist nicht immer schlecht», sagte sie liebevoll. «Oft ist es sogar zum Guten.»

Sie strich eine verirrte Haarsträhne aus Nestas Gesicht und umfasste mit beiden Händen ihre Wangen. «Wollen wir Eluned jetzt sagen, dass sie den Julklotz anzünden darf?»

Nesta begann zu strahlen. «Zuerst müssen wir sicherstellen, dass wir den allergrößten nehmen, der am hellsten brennt.» Sie war ganz aufgeregt. Die Röcke geschürzt, eilte sie immer ein paar Schritte vor ihrer Mutter her. «Jetzt komm doch, Mama. Wir müssen uns beeilen.»

Ein Glücksgefühl durchströmte Susanna, als sie Nesta jetzt

über den Burghof laufen sah. *Sie ist in diesem faszinierenden Alter,* dachte sie, während sie ihrer Tochter in einem etwas maßvolleren Tempo folgte, *an der Schwelle zum Frausein und doch immer noch ein Mädchen, das über Weihnachten völlig außer Rand und Band gerät.* Aber unter der Oberfläche erhaschte sie schon flüchtige Blicke auf die Frau, zu der Nesta heranwuchs.

Hoffentlich haben Meurig und ich mit ihrem zukünftigen Ehemann die richtige Wahl getroffen, dachte sie voller Hoffnung.

KAPITEL NEUNZEHN

August 1125. Gelligaer, Senghennydd

Ifor marschierte so zielstrebig durch den Saal zu seinen Eltern, wie es einem Achtjährigen möglich war. Sein Gesicht spiegelte seine ganze Enttäuschung wider.

«Siôn will mich nicht dabei helfen lassen, den Männern bei ihrer Ankunft die Waffen abzunehmen, und die Mädchen lassen mich nicht in ihr Zimmer», beklagte er sich.

Susanna lächelte auf ihren Jüngsten hinunter. «Weißt du, heute ist Nestas Verlobungstag, und sie muss ein bisschen mit Eluned allein sein», erklärte sie ihm.

«Ich weiß», räumte er ein, «aber Siôn hatte mir versprochen, dass ich ihm dieses Mal helfen darf», fuhr er unter Tränen fort.

Gerührt warf Susanna Meurig einen auffordernden Blick zu. Der hatte sich bereits bei Eluneds Hochzeit vor gerade einmal zwei Monaten über Siôn geärgert, weil er es auch damals Ifor verweigert hatte, zu helfen. Meurig hatte daraufhin ein ernstes Wort mit seinem Ältesten geredet. Da Siôn bald sein vierzehntes und damit wichtigstes Lebensjahr vollendete, hatte Meurig ihn an seine Pflichten als Mann und zukünftigen Regenten erinnert. Siôn hatte sich verdächtig reuevoll gegeben und Ifor tatsächlich versprochen, er dürfe ihm bei Nestas Verlobung zur Hand gehen.

«Papa?», drängte Ifor.

«Komm mit mir, mein Sohn.» Meurig lächelte ihn aufmunternd an. «Wir werden Siôn gemeinsam an sein Versprechen erinnern.»

Ifors Gesicht erhellte sich mit einem strahlenden Lächeln, das von seiner Überzeugung kündete, sein Vater könne schier jedes

Problem lösen. Mit einem frechen Grinsen in Richtung seiner Mutter trottete er vertrauensvoll an Meurigs Seite davon.

«Bist du nervös?», fragte Eluned Nesta, während sie in dem Gemach warteten, dass sie früher geteilt hatten und das Nesta seit Eluneds Heirat allein bewohnte.

«Nein», log Nesta. Sie saß am Fenster, durch das man über die Schutzmauer hinweg einen guten Blick auf die Umgebung hatte, und suchte gebannt den Horizont nach dem ersten Anzeichen des Mannes ab, den sie heiraten würde. Sie saß ganz still, die Hände sittsam in den Schoß gelegt, und strich abwesend über das weiche Material ihres neuen Gewandes. Sie wandte sich um und warf einen kurzen Seitenblick auf ihre Schwester, die jetzt eine erfahrene, verheiratete Frau war und in eine andere Welt gehörte als sie selbst.

«Du wirkst unheimlich erwachsen», sagte Nesta mit einem Hauch Ehrfurcht in der Stimme. Eluneds schwere Flechten lagen dunkel und glänzend unter dem Schleier, den sie jetzt trug, und das dunkle Grün ihres Gewandes war die Farbe einer Erwachsenen, wie Nesta mit einem Anflug von Neid dachte, und betonte ihre dunklen Augen und den warmen Ton ihres Teints.

Nesta ordnete die Röcke ihres eigenen Gewandes und ahmte ganz bewusst Eluneds Position nach. Sie selbst trug ein leuchtend gelbes Kleid, und ihr seidiges Haar fiel offen herab, nicht gebändigt durch Flechten oder einen Schleier. *Mama hat mich ihren kleinen Sonnenstrahl genannt,* dachte sie lächelnd. Stirnrunzelnd blickte sie an sich herab. *Ein Sonnenstrahl ohne Brüste,* sagte sie sich selbst. Erneut ging ihr Blick zu Eluned und deren wohlgeformtem Busen. *Wie der von Mama,* dachte sie seufzend.

«Was ist los mit dir?», fragte Eluned.

«Glaubst du, dass sie bald wachsen werden?», murmelte Nesta

und spähte unter ihr Hemdchen. «Du hattest in meinem Alter schon welche.»

«Vielleicht wachsen sie gar nicht, und du siehst so aus wie die Küchenmagd Cerys, flach wie ein Plätteisen», erwiderte Eluned verschmitzt, bedauerte ihre Worte jedoch sofort, als sie Nestas entsetztes Gesicht sah. Sie ermahnte sich, dass heute ein wichtiger Tag für ihre Schwester war und dass sie Nesta nicht verunsichern sollte, kurz bevor sie ihren Verlobten kennen lernte. Sie wusste noch zu gut, wie einschüchternd dieser Moment für sie selbst gewesen war, also stand sie auf und setzte sich Nesta gegenüber in die Fensternische.

«Sag mir doch nochmal, wie alt ist Lord Cadwaladr?», begann sie in einem entschlossenen Versuch, ihrer Schwester eine Stütze zu sein. Denn trotz aller Zankereien standen sie einander so nah wie leibliche Schwestern, und Eluned bedauerte nach wie vor, dass sie so viel Schmerz verursacht hatte, als sie damals Nestas Herkunft offen legte. Obwohl das jetzt schon einige Jahre zurücklag, überkam sie immer noch Scham, wenn sie daran dachte.

Nesta zuckte mit den Schultern. «Dreiundzwanzig, hat Mama gesagt.» Sie bemühte sich, lässig zu klingen.

«Oh, das ist nicht sehr alt», sagte Eluned strahlend. «Dann ist er jünger als Madog», fuhr sie mit Hinweis auf ihren eigenen Ehemann fort.

«Wie war es?», fragte Nesta leise und konnte nicht verhindern, dass sie rot wurde bei dem Gedanken, mit einem Mann zusammen zu sein. «Du weißt schon», fügte sie hinzu, «die Hochzeitsnacht.»

«Sei froh, dass du dir darüber in den nächsten Jahren noch keine Gedanken machen musst», erwiderte Eluned und versuchte möglichst erwachsen und überlegen zu klingen.

Nesta sah sie mit weit aufgerissenen Augen an. «So furchtbar?»

«Nein, eigentlich nicht», sagte Eluned und musste kichern. «In Wahrheit war es ganz lustig. Nachdem alle gegangen und wir allein im Schlafgemach waren, zog er die Decke weg, gab mir einen Klaps auf den Po und sagte: ‹Mal sehen, was wir hier Feines haben.› Dann drückte und betastete er mich, als wäre ich eine Frucht, die er zu essen gedachte.» Sie ergriff Nestas Hände und kicherte erneut. «Als er dann, du weißt schon … nun, ich habe darauf gewartet, dass es wehtut, aber nichts – ich habe rein gar nichts gespürt.» Lachend verdrehte sie die Augen. «Und ich meine *rein gar nichts*», sagte sie und wackelte mit dem kleinen Finger.

«Neeein», sagte Nesta und prustete los.

«Armer Madog», fuhr Eluned fort und wischte sich die Lachtränen weg. «Er genießt es so und ist so zufrieden mit sich selbst, dass ich es einfach nicht fertig bringe, nicht so zu tun, als wäre es die reinste Ekstase.» Sie sah Nesta mit einem vielsagenden Glitzern in den Augen an. «Und wie du weißt, ist Cadwaladr Madogs Cousin.»

Sie krümmten sich erneut vor Lachen, bis sich Nesta plötzlich kerzengerade aufrichtete, als sie den Ruf von den Mauern hörte, dass Reiter gesichtet worden seien. Sofort steckte sie den Kopf aus dem Fenster, beobachtete das näher kommende Gefolge der Lords von Gwent und fragte sich, welcher davon Lord Cadwaladr sein könnte.

«Nesta», zischte Eluned, «du solltest ein bisschen mehr Anstand zeigen.»

«Ich wollte doch nur mal sehen», erwiderte Nesta und versuchte einen Schmollmund zu ziehen, was aber nicht gelang.

«Dann lass mich mal», sagte Eluned augenzwinkernd, quetschte sich an Nesta vorbei und hängte sich, so weit es ging, aus dem Fenster. «Ich bin eine verheiratete Frau, da ist es akzeptabel, wenn ich mich ein wenig unziemlich benehme», rief sie über ihre Schulter nach hinten und brachte Nesta damit erneut zum Kichern.

In diesem Moment wurde die Tür aufgestoßen, und Susanna kam herein. «Kommt mit, meine Damen, euer Vater bittet euch, im Saal zu erscheinen», rief sie gut gelaunt. Als sie Eluned sah, runzelte sie die Stirn. «Eluned, würdest du bitte da wegkommen, du benimmst dich wie eine Dienstmagd.»

Eluned machte einen Satz zurück, stand aufrecht, strich Haar und Gewand glatt und versuchte reuevoll zu wirken.

«Ich schlage vor, du begibst dich in die Halle, wo Madog auf dich wartet», sagte Susanna belustigt. *Die Ehe hat Eluneds Übermut nicht zügeln können,* dachte sie mit einer Mischung aus Missfallen und amüsiertem Stolz.

«Ja, Mama», murmelte Eluned. «Ich sehe dich dann unten», wandte sie sich an Nesta. Sie küsste ihre Schwester auf die Wange und blinzelte ihr noch einmal verschwörerisch zu, dann ging sie.

Susanna eilte an Nestas Seite. «Wie fühlst du dich, mein Liebling?», fragte sie sanft und drückte Nestas Hand.

«Es geht mir gut, Mama», erwiderte Nesta mit fester Stimme, dennoch spürte Susanna, wie ein leises Zittern durch den Körper ihrer Tochter lief.

Doch das war nichts im Vergleich zu Susannas Aufregung. Sie hatte gedacht, nachdem sie es mit Eluned schon einmal durchgestanden hatte, wäre es dieses Mal leichter. Aber nichts dergleichen. Ihre heiß geliebten Kleinen wurden erwachsen und verließen das Nest. Sie konnte nicht glauben, dass eine Tochter bereits verheiratet war und sie heute die Verlobung ihrer anderen feierte. Sie zupfte an Nestas Haar herum, straffte das Mieder und zog ihr die Ärmel über die Hände.

«Ich bin so stolz auf dich», sagte sie mit Tränen in den Augen.

«Danke, Mama», flüsterte Nesta. «Ich glaube, wir sollten jetzt gehen», fügte sie hinzu und hob zuversichtlich den Kopf.

Als sie den Saal betraten, wanderte Susannas Blick bis zum Podium, wo die gesamte Familie wartete. Sie lächelte. Dann drückte sie liebevoll Nestas Arm. «Bist du so weit?», fragte sie.

Ihre Tochter nickte und hielt den Kopf hoch erhoben, während Susanna sie durch den Saal führte. Nesta wusste ganz genau, dass jetzt alle Augen auf sie gerichtet waren, und sie lächelte unentwegt – bis ihr Blick auf den älteren Mann neben ihrem Vater fiel.

Meurig hatte sich bereits erhoben, als sie vor dem Podium ankamen. «Darf ich Euch meine Tochter Nesta vorstellen», sagte er voller Stolz und kam die wenigen Stufen herunter, um Nestas Hand zu nehmen und sie hinaufzugeleiten. «Nesta, das ist Lord Cadwaladr.»

Susanna sah die Erleichterung in Nestas Gesicht, als ein wesentlich jüngerer Mann mit einem offenen Lächeln im Gesicht und humorvollen dunklen Augen vortrat.

Cadwaladr wiederum sah Nesta bewundernd an, während er ihre Hand an seine Lippen führte und sie dem älteren Mann vorstellte. «Mein Vater», sagte er mit einer warmen, angenehm klingenden Stimme.

Nestas Lächeln verstärkte sich, während sie ihrem zukünftigen Schwiegervater die Hand reichte und insgeheim Gott dafür dankte, nicht an ihn gekettet zu werden.

«Es wäre mir eine große Ehre, wenn Ihr dieses Geschenk annehmen würdet.» Cadwaladr holte eine juwelenbesetzte Halskette hervor – sein Verlobungsgeschenk. Er hatte dieses exquisite Stück im vergangenen Jahr bei einem Grenzüberfall in seinen Besitz bringen können. «Darf ich?» Er hielt die Kette geöffnet, um sie Nesta anzulegen.

Susanna sah zu, wie Nesta sich umdrehte und mit einer anmutigen Bewegung ihr seidiges Haar anhob. Sie errötete leicht, als Cadwaladr sich vorbeugte, um das Collier zu schließen, und dabei mit den Fingern ihre Haut zart berührte. Susanna sah hinüber zu Meurig, der dem Ganzen genauso gespannt und stolz wie sie folgte. Als alle zu klatschen begannen, ließ Nesta ihr Haar wieder herunterfallen, lächelte allen Versammelten zu und reichte ihrem Verlobten zuversichtlich die Hand, damit er sie an ihren Platz neben sich führen konnte.

Während das Fest in vollem Gange war, erlaubte sich Susanna, ein wenig zu entspannen. Nesta schien alles andere als enttäuscht zu sein, was die Wahl ihres Ehemannes anging, und tatsächlich hatte Susanna sie nie so voller Selbstvertrauen erlebt. Sie hatte Cadwaladr interessiert zugehört, intelligente Fragen gestellt, ohne ihn mit ihren Meinungen zu überrumpeln, die in Wahrheit die ihres Vaters waren. Als Susanna vorschlug, dass ihre beiden Töchter etwas vorsingen könnten, traten sie bereitwillig vor. Als sie mit hohen, klaren Stimmen eine bewegende Melodie sangen, fühlte Susanna sich in die Vergangenheit zurückversetzt. Sie sah sich selbst an der Harfe, mit Ffenna neben sich. Susanna spürte Tränen aufsteigen und schlich sich unbemerkt aus dem Saal. Sie ging zur Festungsmauer. Die Wachen neigten die Köpfe, als sie ihre Herrin erkannten, und gingen rasch weiter, um ihr die Ungestörtheit zu lassen, die sie offenbar suchte.

Der Mond leuchtete hell in dieser Nacht. Susannas Blick wanderte erst zu den schützenden Bergen in der Ferne und dann zu dem sich sanft dahinschlängelnden Tal. Die Gefühle, die dieser Anblick in ihr hervorrief, nahmen niemals ab, sie war verbunden mit diesem Land, es gehörte zu ihr, war ein Teil von ihr. Sie hatte einen weiten Weg zurückgelegt, angefangen von dem verwundbaren kleinen Mädchen, das damals in den Hallen von Iestyns Hof oder in Bryn y Ffin gesungen hatte. Das kleine Mädchen, das so verzweifelt nach Sicherheit, Stabilität und Liebe gesucht hatte, wertvollen Dingen, die immer außer Reichweite zu sein schienen. Jetzt nicht mehr. Dies war Meurigs Land, ihr Land. Das war ihr Zuhause, hier gehörte sie hin, ihre Familie war unter einem Dach versammelt und sie die uneingeschränkte Herrin.

Und doch war das kleine, unsichere Mädchen immer noch da, ein stiller Geist, einer von vielen, der fest mit ihr verbunden war, durch seidene Fäden, die so stark waren wie Ketten. Sie dachte an Tômas, die Fleisch gewordene Erinnerung an die Dämonen, von denen Idwal geplagt wurde. Aber der so liebenswerte Tômas war glücklich und geschützt vor den Grausamkeiten des Lebens.

Er war längst nicht so voller Seelenqual wie sein Vater, würde nie so leiden, wie er es tat, und er hatte Idwal gerade durch seine Beeinträchtigung etwas ungeheuer Kostbares schenken können: Er hatte ihm beigebracht, sich nicht vor der Liebe zu fürchten. Susanna spürte ein zartes Kitzeln auf der Haut, nicht mehr als der Flügelschlag eines Schmetterlings, als einer der seidenen Fäden sich löste.

Ihre Gedanken wanderten zu Nesta. Nesta, die Ffennas klangvolles Lachen und ihre Augen geerbt hatte. Durch sie würde Ffenna sie immer ermahnen, auf ihre Tochter aufzupassen. *Aber Nesta ist nicht Ffenna,* dachte Susanna und setzte sich halb auf die Mauer, mit dem Rücken an die Zinne gelehnt. Das hatte sie nur zu deutlich erkannt, als sie Nesta an der Seite ihres zukünftigen Mannes sah. Sie war so hübsch und lebendig wie ihre Mutter, aber nicht verzogen oder selbstsüchtig. Sie war eine eigenständige Persönlichkeit und sah die Welt nicht romantisch verklärt wie ihre leibliche Mutter. Als Cadwaladr ihre Hand nahm, ging sie mit ihm, überzeugt von ihrem eigenen Wert und ihrer Stellung als Tochter des Hauses Senghennydd. Susanna lächelte und entspannte die Schultern, denn noch eine Last schien von ihnen abzufallen, als sich ein weiterer Seidenfaden löste. Sie hob den Kopf, schaute zum nächtlichen Himmel empor und ließ die Geister ihrer Vergangenheit ziehen, ließ sie still und leise ihren Weg gehen und sich einen Platz zwischen den Sternen suchen.

«Einen letzten gibt es noch», flüsterte Susanna und erhob sich, als wolle sie danach suchen. Aber dann dachte sie an das Lachen ihrer Töchter, das aus Nestas Kammer gedrungen war, die Blicke, die die beiden während des Essens getauscht hatten. Es gab ein Band zwischen ihnen, das so stark war wie das zwischen leiblichen Schwestern, und obwohl Susanna auch traurig darüber war, dass sie sie verließen, während sie gleichzeitig einander näher kamen, wusste sie, dass es genau so sein musste. Und sie erinnerte sich an Eluneds Antwort, als sie sie an ihrem Hochzeitstag gefragt hatte, ob sie zufrieden sei mit dem Ehemann, den ihre Eltern für sie ausgesucht hatten. Eluned hatte sie mit großen Augen angesehen und gesagt: «Mama, mach dir doch nicht solche Sorgen. Ich vertraue dir, du wirst schon wissen, was das Beste für mich ist.» Und plötzlich erkannte Susanna, dass das Gespenst ihrer eigenen Mutter schon längst verschwunden war. Die Frau, deren Handlungen ihr Leben über so viele Jahre beeinflusst hatte, war entschwunden, ohne dass sie es überhaupt bemerkt hatte. Diese Frau hatte nämlich niemals existiert. Jahrelang hatte Susanna im Wettstreit mit der Mutter gestanden, die sie gern gehabt hätte, und nicht mit der, die sie tatsächlich hatte. Jetzt sah sie alles viel klarer und wusste, dass sie selbst eine gute Mutter war; sie hatte alle ihre Kinder aufgezogen und angeleitet, die leiblichen wie die angenommenen, und hatte sie zu selbstsicheren Menschen heranwachsen sehen. Sie hatte ihnen eine sichere, liebevolle Welt geschaffen, unbelastet von der Vergangenheit, und sie musste nicht länger für die Fehler einer anderen Frau büßen.

Plötzlich spürte sie, wie sich zwei Arme um ihre Taille legten. «Vorsicht», flüsterte sie. «Mein Ehemann kann jeden Moment auftauchen.»

Meurig lachte mit rauer Stimme. «Er genießt gerade viel zu sehr die Aufmerksamkeit eines hübschen Mädchens.»

«Wenn er das tut», sagte sie leise, «drehe ich ihm den Hals um.» Sie lehnte sich gegen ihn und seufzte vor Wonne, als er ihren Nacken küsste.

«Als ich dein Verschwinden bemerkte, dachte ich mir schon, wo ich dich finden kann. Denkst du an unsere Nesta?», fragte er leise.

«Nein, ich dachte über mich selbst nach», gab sie mit einem leisen Schuldgefühl zu.

«Darüber, was du alles erreicht hast?», neckte er sie.

«Ich wollte immer nur eine gute Ehefrau und Mutter sein.»

«Und das bist du, mein Liebling, das bist du», versicherte er mit fester Stimme.

Susanna sah plötzlich eine Sternschnuppe, folgte ihrem Weg

über den Himmel und lächelte in die Dunkelheit hinein, die der Stern zurückließ. «Ja, endlich denke ich das auch.»

«Ist schon komisch, nicht wahr?», sagte Meurig und stützte das Kinn auf ihren Kopf. «Da organisieren wir die Hochzeiten unserer Kinder und werden von unseren eigenen Erinnerungen eingeholt.»

Susanna drehte sich in seinen Armen um. «Geht es dir etwa auch so?»

Meurig nickte, dann nahm er ihre Hand, lehnte sich gegen die Mauer und drehte Susanna so, dass sie ihn ansah. «Mein Vater wäre ein mächtiger Mann geworden, wenn er nur mehr an sich selbst geglaubt hätte», sagte er leise. «Furchtlos in der Schlacht – aber er konnte das Leben bei Hofe nicht ertragen, wo weitaus mehr Hälse durchgeschnitten werden als auf dem Schlachtfeld. Dabei war er ein kluger Mann, der sich leicht auf die Unerbittlichkeiten des politischen Lebens hätte einstellen können. Während Iestyn und Urien um Senghennydd stritten, hätte er die Gelegenheit ergreifen und selbst die Macht übernehmen sollen.»

«Aber du hast es an seiner Stelle getan, du hast all das erreicht, was er sich für dich gewünscht hat, und mehr noch», sagte Susanna liebevoll und sah ihn mit leuchtenden Augen an.

Meurig schaute zum Horizont, all das gehörte ihm, so weit das Auge reichte. «Ja, und vielleicht habe ich genauso sehr für ihn wie für mich gehandelt.» Er küsste Susanna aufs Haar und zog sie an sich. «Aber ich könnte mir auch keine geeignetere Gefährtin an meiner Seite vorstellen. Ich vertraue dir, wie ich niemandem sonst vertrauen könnte. Alles, was ich erreicht habe, teile ich mit dir. Ich liebe dich, Susanna, ich liebe dich so sehr.»

Susanna sank in seine Arme. Tränen traten ihr in die Augen, als er endlich jene Worte sagte, nach denen sie sich gesehnt hatte. Sie wurde geliebt, als Ehefrau, Mutter, Geliebte, sie war zu Hause angekommen. Und jetzt endlich löste sich auch der letzte, stärkste Seidenfaden, und ein kleines, sechs Jahre altes Mädchen verließ seinen einsamen Wachposten am Tor und lief lachend und sorglos in die sie willkommen heißenden Wälder jenseits der Mauern.

Der Ruf einer Eule erklang, als diese sich zwischen den Zweigen eines Baumes in die Lüfte schwang. Ihr dunkler Schatten zeichnete sich vor dem hellen Mond ab, bevor sie davonflog und Susanna zurückließ in all ihrem Glück und Ruhm, strahlend und frei.

Danksagung

Ich möchte den zahlreichen Menschen danken, die mir beim Schreiben dieses Buchs eine unschätzbare Hilfe waren. Zunächst danke ich den Chronisten des Mittelalters dafür, dass sie alles, ob politische Ereignisse, die Wetterlage oder alltäglichen Klatsch, notiert haben. Dank an Dr. Rhidian Griffiths von der National Library of Wales für seine großzügige und unschätzbare Hilfe beim Erörtern realistischer historischer Szenarien und für die Zusendung weiteren Materials. Den Mitarbeiterinnen und Mitarbeitern der Bibliothek für ihre Gastfreundschaft und ihre Hilfe. Ein besonderes Dankeschön geht an Waldo Williams für sein wunderbares Gedicht «The Peacemakers» und an Gomer Press für die Erlaubnis, einen Auszug daraus zu verwenden. Vielen Dank an meine Lektorin Anne Tente, die mich mit Enthusiasmus, Kompetenz und Präzision auf Kurs hielt. Besonders danke ich außerdem Kathrin Jurgenowski für die Redaktion.

Dank an meine Familie für ihre Liebe und Unterstützung, und schließlich an meinen Mann John, der mich durch seine verlässliche Liebe und seinen Glauben an mich jeden Tag zum Schreiben ermutigt.